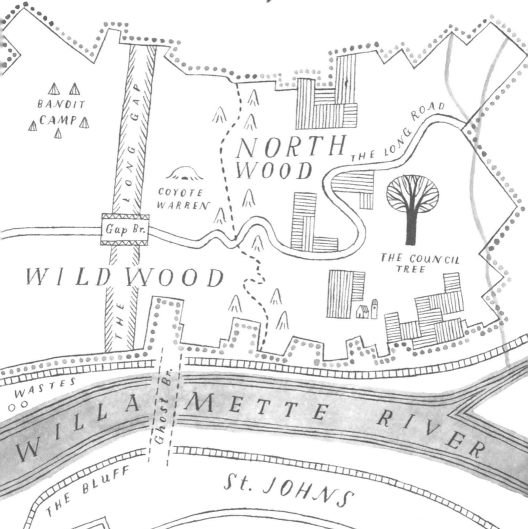

BANDIT
CAMP

NORTH
WOOD

THE LONG ROAD

LONG GAP

COYOTE
WARREN

Gap Br.

THE COUNCIL
TREE

WILD WOOD

THE

WASTES

WILLAMETTE RIVER

Ghost Br.

THE BLUFF

St. JOHNS

PRUE'S HOUSE

와일드우드

WILDWOOD : The Wildwood Chronicles, BOOK I
by Colin Meloy illustrated by Carson Ellis
Copyright ⓒ 2011 by Unadoptable Books LLC
All right reserved.
This Korean edition was published by Taurus Books in 2012 by arrangement with Colin Meloy
and Carson Ellis c/o Writers House LLC, New York through KCC(Korea Copyright Center Inc.),
Seoul.

와일드우드

와일드우드 연대기, BOOK I

콜린 멜로이 지음 | 카슨 엘리스 그림 | 이은정 옮김

황소자리

CONTENTS

PART ONE

PART TWO

PART THREE

컬러 그림 설명

1. 프루는 걸음을 멈추고 전나무에 기대서서 파릇파릇한 주변을 둘러보았다.
2. "이런 게 여기에 있다니, 정말이지 믿을 수가 없어요. 이런 풍경은 처음 봤어요."
3. 프루는 날고 있었다. 그 느낌은 엄청났다.
4. 다리를 감쌌던 안개가 점점 흩어져 다리 상판 바로 아래에만 남아있을 때, 다리 의 놀라운 모습이 온전히 드러났다.
5. "믿어지지가 않지, 그렇지? 회합 나무를 본 바깥세상 사람이 네가 처음은 아니란 다. 물론 용감하게 제 발로 찾아온 사람은 거의 없지만."
6. 여왕은 아기가 플린스 위에 반듯하게 누워있도록 손으로 누른 채 의식을 거행하 기 시작했다.

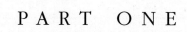

PART ONE

까마귀 떼

어떻게 까마귀 다섯 마리가 9킬로그램짜리 아기를 공중으로 들어올렸는지 프루의 머리로는 도무지 이해가 가지 않았지만, 틀림없이 그 점은 걱정거리 축에도 끼지 못했다. 사실 그때 거기 놀이터 벤치에 앉아 남동생 맥이 까마귀 다섯 마리에게 납치당해 하늘로 날아가는 모습을 뭔가에 홀린 것처럼 보고 있을 때, 프루에게 머릿속으로 무슨 걱정을 하는지 나열해보라고 했다면 어떻게 그런 묘기가 가능한지 알아내는 일은 가장 뒷전으로 밀렸을 것이다. 가장 큰 걱정거리는 자신이 책임지고 돌보던 어린 남동생이 새들한테 납치당했다는 사실이었다. 그 다음으로는 *새들이 왜 그런 짓을 했을까* 하는 점이었다.

　그날은 정말로 멋진 날이었다.

11

그날 아침에 눈을 떴을 때는 날씨가 약간 흐렸지만 포틀랜드의 9월 날씨야 원래 그렇지 않던가? 프루는 침실 블라인드를 올리고 잠깐 멈춰서서 뿌옇고 어슴푸레한 하늘을 액자처럼 담은 유리창 밖으로 나뭇가지를 내다보았다. 그날은 토요일이었다. 아래층에서 커피와 아침식사 냄새가 솔솔 올라왔다. 아래층 풍경은 여느 토요일과 같으리라. 아빠는 신문에 코를 박은 채 가끔 뜨뜻한 머그잔의 커피를 홀짝거리고, 엄마는 다초점 뿔테 안경을 쓰고 아직 모양이 정해지지 않은 뜨개질감을 바라볼 것이다. 한 살짜리 남동생은 키 높은 아기용 의자에 앉아 알아들을 수 없는 옹알이로 머나먼 경계를 탐험하고 있겠지. 두스! 두스! 아니나 다를까. 따뜻한 침대를 박차고 아래층 부엌으로 내려왔을 때 프루의 상상은 정확히 맞아떨어졌다. 아빠는 아침인사를 건넸고, 엄마의 눈은 안경 너머로 미소를 보내고, 동생은 "푸우!"라고 소리쳤다. 프루는 손수 시리얼을 그릇에 담았다.

"베이컨도 있어." 엄마는 이렇게 말한 뒤 아메바처럼 생긴 뜨개질감에 다시 주의를 기울였다 (스웨터일까? 찻주전자 덮개일까? 아니면 올가미?).

"엄마," 프루가 시리얼에 우유를 따르며 당돌하게 말했다. "제가 말씀드렸 잖아요. 전 채식주의자라고요. 에르고(ergo: '그러므로'라는 뜻의 라틴어): 베이컨은 안 돼요." 프루는 그 즈음 읽고 있던 소설책에서 '에르고'라는 말을 배웠다. 이번에 처음으로 그 말을 사용해보았다. 제대로 썼는지 아닌지 확신은 못 했지만 왠지 뿌듯했다. 프루는 식탁에 앉으며 맥을 향해 눈을 찡긋했다. 아빠가 신문 너머로 프루에게 살짝 미소를 보냈다.

"오늘 뭐 할 거니?" 아빠가 물었다. "맥 돌봐야 하는 거 잊지 마라."

"음, 모르겠어요." 프루가 대답했다. "아무 데나 돌아다니고 있겠거니 생각하세요. 할머니들이나 괴롭힐까, 어쩌면 철물점을 털지도 몰라요. 장물을 전당포에 맡기고요. 공예품 시장에 가는 게 나을지도 모르겠네."

아빠가 코웃음을 쳤다. "도서관에 책 반납하는 것도 잊지 마라. 현관 옆 바구니에 넣어뒀어."

엄마가 뜨개바늘을 딸깍딸깍 부딪치며 거들었다. "저녁식사 때는 돌아올 테지만, 이런 행사가 얼마나 걸리는지 너도 알 거야."

"알아요." 프루가 대꾸했다.

맥이 "푸우우우우!" 하고 소리 지르며 숟가락을 마구 휘두르고 재채기를 했다.

"아무래도 아기가 감기에 걸린 것 같구나." 아빠가 말씀하셨다. "어딜 가든 옷을 단단히 입혀야 한다."

(까마귀가 동생을 구름 뒤덮인 하늘로 데려갔다. 프루에게는 갑자기 걱정거리가 하나 더 늘었다. *맥은 감기에 걸렸단 말이야!*)

그게 그날 아침에 일어난 일이었다. 사실, 특별할 것 없는 아침이었다. 프루는 시리얼을 다 먹고 만화책을 뒤적이다 아빠와 함께 단어 맞추기 게임에서 아주 쉬운 문제 몇 개를 맞혔다. 그런 다음 빨간색 라디오 플라이어 왜건을 자전거 뒤에 매달기 위해 밖으로 나갔다. 하늘에는 아직 잿빛 구름이 남아있었지만 비가 올 것 같지는 않았다. 프루는 맥에게 코듀로이 안감을 덧댄 점퍼를 입히고 꽃무늬 조각보 담요로 한 번 더 감싼 다음 여전히 재잘거리는 동생을 왜건에 태웠다. 그러고는 누에고치처럼 감싼 담요 밖으로 동생의 팔 하나를 빼내 좋아하는 장난감을 쥐어주었다. 목각 뱀 인형이었다. 동생은 장난감을 알아보고는 반갑게 흔들어댔다.

프루는 검정색 운동화를 신은 발을 자전거 페달 클립에 밀어넣고 페달을 밟기 시작했다. 왜건이 요란하게 덜컹거리며 뒤따라오자 맥은 신이 나서 함성을 질렀다. 두 아이는 미늘 모양의 널빤지로 된 정갈한 주택가를 지나갔다. 자전거가 연석을 타넘거나 빗물 웅덩이를 지날 때 뒤에 매달린 왜건은 뒤집어질 듯 아슬아슬했지만, 촉촉한 포장도로를 지날 때면 자전거 타이어가 쉭쉭 만족스럽게 달렸다.

아침은 그렇게 흘러가고 따뜻한 오후가 되었다. 몇 가지 자질구레한 일(색 바랜 리바이스 청바지를 찾아오고, 레코드 가게인 비닐 레스팅 플레이스에 가서 새로 입고된 음반을 자세히 읽고, 타코 전문 멕시코 식당에서 채소 토스타다스를 마구 흘려가며 나누어 먹었다)을 마친 뒤 프루는 시내 중심가에 있는 커피숍 밖에서 느긋하게 시간을 보냈다. 맥은 빨간색 왜건에 앉아 얌전히 낮잠을 자고 있었다. 프루는 데운 우유를 홀짝거리며 유리창 안을 들여다보았다. 카페 종업원이 어설픈 솜씨로 박제한 엘프 머리 중고품을 벽에 달고 있었다. 그 즈음 롬바르드 거리에 러시아워가 시작되면 으레 그렇듯 차들이 빵빵 소리를 냈다. 지나가던 사람 몇 명이 왜건에서 잠들어있는 아기를 보며 예뻐 어쩔 줄 모르겠다는 듯 감탄사를 연발했다. 프루는 우애 넘치는 남매의 모습이라고 하기에는 다소 어색한, 빈정거리는 듯한 미소를 지어보였다.

프루는 지나가는 사람들을 개의치 않고 스케치북에 무언가를 그렸다. 카페 정면의 홈통을 타고 올라가는 파란 잎사귀, 맥의 고요한 얼굴을 그릴 때는 왼쪽 콧구멍에서 흘러나오는 콧물에 특히 주의를 기울여서 스케치했다. 오후도 그렇게 흘러가고 있었다. 그때 잠에서 깨어난 맥이 스케치에 빠져있는 누나를 깨웠다.

"알았어." 프루는 아직 졸음이 가시지 않아 눈을 비비고 있는 동생을 번쩍 들어올려 무릎에 앉혔다. "우리 도서관에 갈까?" 맥은 무슨 말인지 알아듣지 못하고 입술만 부루퉁하게 내밀었다.

"도서관 다 왔다." 프루가 말했다.

프루는 세인트 존스 지역도서관 앞에서 미끄러지듯 자전거를 멈춘 뒤 안장에서 내렸다. "아무 데도 가면 안 된다." 맥한테 이렇게 말하고는 왜건에서 책 무더기를 집어들었다. 프루는 로비로 뛰어들어가 반납함 앞에 선 채로 손에 쥐고 있는 책을 이리저리 뒤적였다. 프루의 손이 《시블리 조류 백과사전The Sibley Guide to Bird》 앞에서 멈추었다. 프루가 한숨을 내쉬었다. 반납 기한을 과감하게 넘겨 거의 석 달이나 갖고 있던 이 책을 사서한테서 경고성 쪽지를 받고 난 후 마지못해 반납하러 온 터였다. 프루는 아쉬운 마음으로 다시 책장을 넘겼다. 그 동안 새들의 아름다운 모습을 스케치북에 베껴 그리고, 비단풍금새라든지 쏙독새, 보스위프트 등 환상적이며 이국적인 새 이름을 주문 걸듯 조용히 읊조리면서 많은 시간을 보냈다. 그런 이름을 들을 때면 저절로 높다란 절벽에 위치한 마을이라든지 먼 외딴 동네, 고요한 평원의 새벽, 안개 낀 나무 꼭대기의 새둥지 같은 이미지가 떠올랐다. 책을 보던 프루의 시선이 시커먼 반납함으로 향했다가 책으로 돌아왔다. 프루는 잠깐 망설이다 "아이고, 모르겠다." 중얼거리며 옷 안에 책을 넣었다. 사서한테 일주일만 더 혼나고 말지 뭐.

밖에서는 어떤 할머니가 왜건 앞에 서서 찡그린 얼굴로 자전거 주인을 찾고 있었다. 맥은 목각 뱀 인형 머리를 신나게 빨고 있었다. 프루는 눈알을 이리저리 굴리며 심호흡을 한 뒤 도서관 문을 열어젖혔다.

프루를 발견한 할머니가 울퉁불퉁한 손가락을 흔들며 더듬거리듯 말했다.

"애야! 이건 안전하지 않아! 아기를 혼자 내버려두다니! 혼자 두면 안 돼! 부모님이 아기를 이렇게 내팽개쳐둔 걸 아시니?"

"누구요, 이 아이요?" 프루가 자전거에 올라타며 되물었다. "이 불쌍한 아이는 부모가 없어요. 제가 공짜 책 더미에서 발견했거든요." 프루는 싱글싱글 웃으며 연석을 타고넘어 도로로 자전거를 몰았다.

그들이 도착했을 때 놀이터는 텅 비어있었다. 프루는 담요를 풀고 맥을 번쩍 들어올려 자전거에서 분리해둔 왜건 옆에 내려놓았다. 아기는 뒤뚱뒤뚱 걸음마를 하며 균형잡기 연습을 할 기회를 만끽했다. 웃음 띤 얼굴로 가르랑거리고 이따금 왜건을 밀치기도 하면서 천천히 왜건 옆을 걸었다.

"열심히 해봐." 프루는 이렇게 말하고는 재킷 안에서 《시블리 조류 백과사전》을 꺼낸 다음, 귀퉁이를 살짝 접어놓은 '들종다리' 편을 펼쳤다. 늦은 오후에서 이른 저녁으로 바뀌는 때라 아스팔트에 비친 그림자가 서서히 길어지고 있었다.

까마귀를 처음 본 건 바로 이때였다.

처음에는 몇 마리 되지 않는 새들이 구름 낀 하늘을 배경으로 동심원을 그리듯 빙빙 돌았다. 그러다 갑자기 동심원 밖으로 튀어나가는 바람에 프루의 시선을 끌었다. 프루는 새들을 바라보았다. 바로 어젯밤 책에서 읽은 아메리카 까마귀Corvus brachyrhynchos였다. 거리는 멀어도 새들이 날개를 퍼덕일 때마다 크기와 힘이 무시무시하게 느껴졌다. 지금은 몇 마리가 무리 속으로 더 들어가 제법 많은 수가 한적한 놀이터 위를 선회하다 내려오곤 했다. '떼'라고 부르던가? 프루가 생각했다. 아니면, 무리? 프루는 백과사전 색인표를 뒤적이며 새가 여러 마리 모여있는 모습을 가리키는 멋진 표현을 찾아보았다. 프루는

16

그 모습을 보는 것만으로도 전율이 일었다. 프루가 다시 하늘을 쳐다보았을 때 까마귀는 놀랍게도 수가 엄청나게 불어나 있었다. 수십 마리쯤 되어 보였는데, 새까만 각각의 새가 넓은 하늘에 그야말로 구멍을 낸 것 같았다. 프루는 얼른 맥을 찾았다. 맥은 몇 미터 떨어진 아스팔트 위를 아장아장 걷고 있었다. 프루는 갑자기 불안해졌다. "맥! 맥!" 프루가 소리쳤다. "어디 가?"

그때 갑작스럽게 돌풍이 몰아쳤다. 프루는 하늘을 올려다보다 스무 배쯤 더 늘어난 까마귀 떼를 보고 소스라치게 놀랐다. 새들이 뭉텅이로 모여 이제 낱낱의 새가 구분되지 않았을 뿐 아니라 하나의 형체를 이룬 놈들이 발작적으로 움직일 때마다 오후의 햇빛이 가려질 지경이었다. 게다가 그 형체가 허공에서 흔들리고 휘어지며 요란한 날갯짓을 할 때마다 깍깍 비명소리까지 더해져서 귀가 멍했다. 프루는 다른 사람도 이런 기이한 모습을 보고 있는지 궁금해 두리번거렸지만 자기 혼자뿐이었다. 프루는 덜컥 겁이 났다.

바로 그때 까마귀 떼가 몰려왔다.

처음에는 속임수를 쓰듯 하나로 통일된 비명 같은 소리를 내며 하늘로 치솟더니 돌연 무시무시한 속도로 맥을 향해 달려들었다. 먼저 한 마리가 달려들어 빠르게 발톱을 흔들어대더니 맥의 점퍼 모자를 낚아챘다. 맥은 놀라서 비명을 질렀다. 이어 두 번째 까마귀가 소맷부리를 움켜쥐었고, 세 번째 까마귀는 맥의 어깨를 그러쥐었다. 네 번째 다섯 번째 까마귀는 바닥으로 내려와 맥을 들어올렸고, 이내 더 많은 놈들이 몰려들자 맥은 번쩍거리는 검은 날개의 물결에 휩싸여 보이지 않게 되었다. 그리고 잠시 후 맥은 아주 간단히 공중으로 붕 떠올랐다.

프루는 믿을 수 없는 광경에 놀라 온몸이 굳어졌다. *어떻게 이런 일이 일어*

날 수 있지? 다리는 시멘트로 만들어진 것 같았고 입안이 텅 빈 듯 아무 단어도, 소리도 나오지 않았다. 평온하고 예측가능하던 프루의 삶이 이 하나의 사건으로 달라질 것만 같았다. 지금까지 자신이 느끼고 믿어온 것들이 새삼스럽게 떠올랐다. 부모님도, 학교에서도 이런 일이 일어날 수 있다고 말해주거나 가르쳐주지 않았다. 혹은 진짜, 무엇이 일어났던 것인지도.

❦

"내 동생 내놔!"

몽상에서 깨어난 프루는 놀이터 벤치에 올라서서 지갑을 소매치기한 못된 악당에게 저주를 퍼붓는 만화 속 무능력한 행인처럼 까마귀 떼를 향해 주먹질을 해댔다. 까마귀들은 재빨리 고도를 높여 이제는 포플러나무의 가장 높은 가지보다도 높이 날고 있었다. 맥은 검은 날개에 가려 잘 보이지도 않았다. 프루는 벤치에서 뛰어내려 길가의 돌멩이를 주워들었다. 그리고 얼른 과녁을 겨눈 다음 있는 힘껏 돌을 던졌다. 하지만 돌은 목표에 한참 못 미쳐 떨어졌고, 프루의 입에서는 신음이 흘러나왔다. 까마귀들은 조금도 동요하지 않았다. 지금은 근처에서 가장 높은 나무보다도 높이 날고 있었고 낮게 걸린 구름에 가려 점차 희미하게 보였다. 그 시커먼 덩어리는 교착상태에 빠진 듯하다가도 갑자기

18

방향을 틀어 모양을 찌그러뜨리며 유유히 날았
다. 그런데 어느 순간 덩어리가 커튼처럼 갈라지
며 그 사이로 맥의 베이지색 옷이 드러났다. 맥의
점퍼는 까마귀의 발톱에 채여 헝겊인형처럼 기괴
해 보였다. 어떤 녀석의 발톱이 솜털 같은 맥의 머리카
락과 뒤엉킨 모습도 보였다. 그때 까마귀 무리가 둘로 나뉘었
다. 한 무리는 맥을 옮기는 까마귀 떼를 호위하고, 나머지
무리는 아래로 날아와 나무 우듬지를 에워쌌다. 그 순
간, 맥의 점퍼를 움켜쥐고 있던 까마귀 두 마리가 갑자기 발톱을 벌리자 나머
지 새들이 맥을 놓치지 않으려고 안간힘을 썼다. 프루는 동생이 떨어지는 줄
알고 등골이 오싹했다. 하지만 맥이 떨어지기 전에 다른 까마귀 떼가 날아왔
고, 맥은 다시 붙들려 까악까악 우는 새 떼 사이로 자취를 감췄다. 둘로 나뉘
었던 새 떼는 다시 합쳐서 공중을 선회하다 갑자기 놀이터에서 더 멀리 서쪽
으로 날아갔다.

  *뭔가 해야겠다*고 결심한 프루는 자전거로 뛰어가 올라탄 뒤 뒤쫓기 시작했
다. 마침 맥의 빨간색 왜건을 풀어놓은 터라 자전거는 쉽게 속도를 낼 수 있어서
이내 도로로 빠져나갔다. 프루가 도서관 앞 교차로를 건널 때 자동차 두 대가 앞
에서 끼익 소리를 내며 멈췄다. 누군가 보도에서 소리쳤다. "조심하지 못하니!"
프루는 멀리 하늘을 빙빙 날고 있는 까마귀 떼에게서 시선을 떼지 못했다.

  페달을 밟는 프루의 다리는 잘 보이지 않을 정도였다. 리치몬드와 아이반
호 거리에서는 자전거 경적으로 정지신호를 보내는 바람에 화난 행인들로부
터 항의를 들었다. 프루는 윌라메트에서 서쪽으로 미끄러지듯 방향을 틀었다.

반듯반듯 놓인 집들과 잔디밭, 도로, 신호등 따위에 방해를 받을 리 없는 까마귀들은 훨씬 빨리 날았기에 속도를 맞추려면 페달을 더욱 힘껏 밟는 수밖에 없었다. 까마귀들은 프루를 상대로 장난을 걸기도 했다. 뒤에서 갑자기 달려들기도 하고, 아래로 뚝 떨어질 듯 날고, 큰 호를 그려 지붕들을 요리조리 피하다가 속력을 내어 갑자기 다시 서쪽으로 날아가버렸다. 그러는 동안 새들의 발톱에 매달린 채 흔들거리며 회오리치는 날개들 사이로 잠깐 나타났다 사라지는 동생의 모습이 언뜻언뜻 보였다.

"누나가 구하러 갈게, 맥!" 프루가 소리쳤다. 뺨 위로 눈물이 흘러내렸지만 자신이 정말 울고 있는지 아니면 차가운 가을 공기가 뺨에 닿아 이슬이 맺힌 것인지 알 수 없었다. 가슴 속 심장은 미친 듯이 뛰었지만 기분은 최악이었다. 이런 일이 일어날 수 있다는 게 믿어지지 않았다. 프루의 머릿속에는 오직 동생을 구해야 한다는 생각뿐이었다. 절대 동생을 시야에서 놓치지 않겠다고 결심했다.

프루가 세인트 존스의 자동차 사이를 요리조리 빠져나가는 동안 주위는 온통 경적 소리로 요란했다. 윌라메트 거리 한가운데 가뜩이나 속도도 느려지고 차도 잘 막히는 Y자 갈림길에는 쓰레기 운반 트럭까지 가로막고 있어서 하는 수 없이 연석을 타고넘어 인도로 달렸다. 행인들이 비명을 지르며 길 밖으로 뛰쳐나갔다. "죄송해요!" 프루가 큰 소리로 외쳤다. 그때 까마귀 떼가 직각으로 움직여 지나간 길을 되돌아오는 바람에 프루는 급히 브레이크를 걸어야 했다. 새들은 일렬로 낮게 날다 곧장 프루를 향해 달려들었다. 까마귀들이 머리에 스칠 듯 낮게 날자 프루는 몸을 낮추며 비명을 질렀다. 새들이 지날 때 분명히 맥이 옹알거리며 "푸우우!"라고 외치는 소리가 들렸지만 까마귀 떼는 다

20

시 서쪽으로 날아갔고 맥도 사라져버렸다. 프루는 더 빠르게 자전거 페달을 밟았다. 바퀴가 토끼처럼 깡충 뛰고, 그 충격으로 팔이 자전거에 부딪혀 표정이 일그러지면서도 프루는 다시 검은 포장도로로 들어갔다. 그리고 기회를 엿보다 어느 순간 오른쪽으로 방향을 틀어 신축한 듀플렉스 건물 따위가 늘어선 샛길로 들어섰다. 지면이 완만한 내리막길이라 속도가 더 붙었고, 자전거는 덜컹거리고 뒤뚱거리며 프루를 따라왔다. 그러다 갑자기 길이 뚝 끊겼다.

프루는 낭떠러지 위에 서있었다.

이곳은 윌라메트 강 동쪽의 빽빽한 세인트 존스 주택가와 강둑 사이에 난 천연의 경계선으로, 길이가 4킬로미터쯤 되는 이 암벽을 사람들은 그저 낭떠러지라고 불렀다. 프루는 울음보를 터뜨리며 브레이크를 세게 밟았다. 몸의 상체가 핸들과 낭떠러지 앞으로 툭 튀어나온 채였다. 까마귀 떼는 이미 낭떠러지를 지나 강 건너 편, 그야말로 무인도와도 같은 산업폐기물 처리장의 굴뚝과 용광로에서 날아오르는 연기에 둘러싸여, 검은 회오리구름처럼 하늘 위로 날아가버린 후였다. 강 건너편은 오래 전 이 지역 산업계 거물의 요구에 따라 연기와 강철밖에 보이지 않는 을씨년스런 풍경으로 바뀌어버렸다. 한편 연기 사이로 보이는 쓰레기 처리장 너머로 울창한 숲과 언덕이 굽이굽이 펼쳐져 있었다. 그 광경을 보는 프루의 얼굴은 백짓장처럼 창백했다.

"어떡하지." 프루가 낮게 중얼거렸다.

까마귀 무리는 아무 소리도 없이 강 건너편에 내려앉더니 눈 깜짝할 사이에 한 줄로 서서 어두운 숲속으로 사라졌다. 프루의 동생은 그렇게 지날 수 없는 숲으로 끌려가고 말았다.

C H A P T E R   2

어느 도시의 지날 수 없는 숲

프루가 기억하는 한 지금까지 본 포틀랜드와 주변의 시골 마을이 나와 있는 모든 지도에는 북서쪽 귀퉁이부터 남서쪽에 걸쳐 이끼가 자란 것처럼 검푸르게 보이는 부분이 있고, 그 위로 "I.W."라는 알 수 없는 머릿글자가 적혀있었다. 맥이 태어나기 전 어느 날 저녁때까지만 해도 프루는 그게 무슨 뜻인지 물어볼 생각조차 하지 않았다. 그날 부모님과 거실에 앉아있었다. 온 가족이 소파에 앉아 아빠가 새로 사온 세계지도책을 보며 손가락으로 국경선도 짚어보고 먼 외국의 독특한 지명을 소리내어 읽기도 했다. 마침 오리건주 지도를 펼쳤을 때 프루는 한 귀퉁이에 삽입된 작은 포틀랜드 지도를 가리키며 언제나 궁금하던 질문을 했다. "I.W.가 뭐예요?"

"아무것도 아니야." 그게 아빠의 대답이었다. 그리고 나서 아빠는 방금 전에 보았던 러시아 지도를 다시 펼쳤다. 아빠는 손가락으로 그 나라 북동쪽에 위치한 넓은 지역에 희미하게 찍힌 시베리아라는 글자에 동그라미를 쳤다. 거기에는 도시 이름이 없고 고속도로 같은 길을 표시한 노란색 선이 그물처럼 얽혀있지도 않았다. 단지 색조가 미묘하게 차이 나는 초록색과 흰색의 거대한 웅덩이와 후추를 뿌려놓은 듯한 무수한 호수들 사이로 구불구불한 파란색 선만 나있었다. "세상에는 사람이 살지 않는 곳도 있단다. 너무 춥다든지 나무가 많다든지 산이 높고 가파른 곳이겠지. 하지만 이유가 어떻든 사람들이 길을 내지 않아서 도로가 없으면 집도 없고, 집이 없으면 도시도 생기지 않지." 아빠는 포틀랜드 지도로 되돌아가서 손가락으로 "I.W."라고 쓰인 곳을 톡톡 두드렸다. "이 글자는 지날 수 없는 숲Impassable Wilderness"의 약자란다.

"여기에는 왜 사람이 살지 않아요?" 프루가 물었다.

"러시아의 그 지역에 사람이 살지 않은 이유와 같지. 사람들이 처음 이곳에 정착해서 포틀랜드를 건설할 때 이 지역에는 아무도 집을 짓고 싶어하지 않았어. 숲이 너무나 울창했고 언덕도 가팔랐거든. 그래서 집을 짓지 않으니 길을 낼 필요도 없었어. 길도 없고 집도 없고, 한마디로 사람들이 살지 않은 상태가 이어진 긴 세월 동안 나무들은 더욱 무성하게 자라 이제는 사람들이 더욱 살기 힘든 곳이 되었단다. 그래서," 아빠가 계속해서 말했다. "'지날 수 없는 숲'이라는 이름이 붙었고, 사람들은 그곳에 가서는 안 된다고 생각하게 되었어." 아빠는 무시하듯 손으로 지도를 쓸어내며 엄지와 검지로 프루의 턱을 살짝 꼬집었다. 그리고 딸의 얼굴을 가까이 끌어당긴 후 말했다. "넌 절대, 절대로 거기에 가면 안 된다." 아빠는 장난스럽게 프루의 얼굴을 밀쳐내며 웃었다. "아빠 말 알아들었지?"

프루는 찌푸린 얼굴로 턱을 홱 잡아당겼다. "알았어요, 아빠." 두 사람은 다시 지도를 보기 시작했고, 프루는 아빠의 가슴에 머리를 기댔다.

"아빠 말 농담 아니야." 아빠가 다시 한 번 강조했다. 프루는 뺨 아래 아빠의 가슴이 잔뜩 움츠러든 것을 느낄 수 있었다.

그렇게 해서 프루는 이 '지날 수 없는 숲' 근처에 가면 안 된다는 것을 알게 되었다. 그 후 한 번쯤 더 이 숲에 관한 질문으로 부모님을 귀찮게 했지만 프루는 그곳을 잊을 수가 없었다. 시내에 계속해서 고층 아파트와 건물이 들어서고 변두리 도롯가에 적갈색의 아웃렛 몰이 세워지는 모습을 보며 도시 한쪽 옆에 붙어있는 그 어마어마한 땅덩어리는 왜 주인도 없고 아무도 접근하지 못하며 개발도 되지 않는지 의아해졌다. 하지만 어른들은 대화중 무심결에라도 그곳을 언급하거나 암시하지 않았다. 아니 사람들의 머릿속에 존재하지도 않는 것 같았다.

'지날 수 없는 숲'에 관한 이야기가 올라오는 유일한 자리는 프루가 다니는 학교 학생들 대화에서였다. 프루는 7학년생이었다. 고학년 학생들 사이에서는 실수로 I.W.에 들어갔다가 오랫동안 행방불명이 되었다는 어떤 남자(누군가의 삼촌이라고 했다)에 관한 출처불명의 이야기가 떠돌았다. 세월이 흘러 남자의 가족은 그에 대해 잊고 지냈는데 어느 날 느닷없이 그가 현관 앞에 나타났다. 그는 잃어버린 세월에 대한 기억은 전혀 하지 못한 채, 숲에서 길을 잃었으며 배가 몹시 고프다는 말만 했다. 프루는 처음 그 이야기를 들었을 때 의심이 들었다. 그 '남자'의 정체가 이야기마다 달랐기 때문이다. 어떤 이야기에서는 누군가의 아빠였고 다른 아이가 들려주는 이야기에서는 고집쟁이 사촌이었다.

자세한 내용도 이야기마다 달랐다. 교환학생인 한 고등학생은 넋 나간 프루의 반 친구들 앞에서 어떤 사람(그는 자기 형이라고 했다)이 '지날 수 없는 숲'에 살다가 돌아왔는데, 너덜너덜해진 신발에 닿을 만큼 허연 수염을 기르고 믿기지 않는 노인의 모습이 되어 나타났다고 전했다.

이런 이야기가 사실이든 아니든, 프루가 그랬듯 대부분의 반 친구들도 부모와 비슷한 대화를 나눈 게 분명했다. 숲에 관한 이야기는 알게 모르게 아이들의 놀이에도 스며들었다. 이를테면 네모난 운동장 둘레는 한때 독이 든 용암 호수였지만 이제는 '지날 수 없는 숲'으로 바뀌었다. 그래서 공놀이를 하다 공을 놓쳐 숲으로 빨간 가죽공을 찾으러 들어가는 아이는 화를 입었다. 또한 술래잡기 놀이를 할 때 술래는 예전의 술래가 아니었다. 이제 지날 수 없는 숲에 사는 야생 코요테가 되어 으르렁거리고 컹컹 짖으며 날쌔게 친구들을 잡으러 움직여야 했다.

프루가 부모님께 '지날 수 없는 숲'에 대해 두 번째로 질문을 했던 것은 이 코요테에 대한 공포 때문이었다. 어느 날 밤 프루는 코요테가 컹컹 짖는 소리에 놀라 잠을 깼다. 몸을 일으켜 침대에 앉아있는데 당시 생후 4개월이던 맥 역시 옆방에서 자다가 깨어 우는 소리가 들렸다. 부모님이 나지막이 "쉿!" 하고 중얼거리며 칭얼거리는 맥을 달래는 소리도 들렸다. 코요테들이 짖는 소리는 먼 곳에서 메아리처럼 울렸지만 그래도 프루는 뼛속까지 부들부들 떨렸다. 폭력과 혼돈의 불협화음 같은 그 소리는 점점 커져서 나중에는 이웃집 개들까지 짖기 시작했다. 프루는 그때 먼 곳에서 들리는 소리가 이웃집 개들이 짖는 소리와는 사뭇 다르다는 사실을 깨달았다. 그 소리는 더 날카롭고 더 어수선하며 분노에 차있었다. 프루는 이불을 걷어차고 방을 나와 부모님 방으로 걸어갔다. 그리고 그때 본 장면은 왠지 이상했다. 그때만 해도 맥은 엄마의 품에 안겨 더 이상 울지 않았다. 엄마는 맥을 안아 어르며 아빠와 창가에 서서 눈도 깜빡이지 않고 시내 건너 멀리 서쪽 지평선을 바라보고 있었다. 얼굴은 창백하게 굳은 상태였다.

"무슨 소리예요?" 프루가 부모님 곁으로 걸어가며 물었다. 세인트 존스 거리의 불빛은 집안까지 들어왔고, 깜빡거리는 별빛 무리는 강에서 멎은 뒤 어둠 속으로 녹아들고 있었다.

부모님은 프루의 목소리에 깜짝 놀랐다. 아빠가 말했다. "늙은 개들이 짖는 소리일 뿐이야."

"여기서 멀죠?" 프루가 물었다. "보통 개가 짖는 소리 같지는 않아요."

그때 부모님이 서로 시선을 주고받더니 엄마가 말했다. "프루, 숲에는 야생 동물이 산단다. 아마 코요테 무리가 어느 집 쓰레기통을 뒤지려나보다. 너무 걱정할 필요 없단다." 엄마가 웃었다.

그 날카로운 소리는 결국 멎었고, 이웃집 개들도 잠잠해졌다. 부모님은 프루를 방까지 데리고와서 침대에 뉘어주었다. 그때를 마지막으로 '지날 수 없는 숲'에 관한 이야기는 더 이상 꺼내지 않았지만 프루의 호기심은 사라지지 않았다. 프루는 뭔지 모르게 혼란스러웠다. 다른 때 같으면 든든하고 믿음직하게 여겨졌을 부모님이 그날은 이상하게도 그 소리에 놀라고 당황하는 것처럼 보였다. 그들도 프루처럼 그곳을 경계하는 듯했다.

그러니 검은 기둥 같은 까마귀 떼가 어린 동생을 납치해서 어두컴컴한 '지날 수 없는 숲'으로 사라졌을 때 프루가 얼마나 기겁했을지 짐작하고도 남으리라.

오후의 햇살이 거의 사라지고, 태양은 숲 언덕 뒤로 뚝 떨어졌다. 프루는 낭떠러지 가장자리에서 입을 떡 벌린 채 꼼짝 않고 서있었다. 발아래 기차가 굉음을 내며 철교를 건너 벽돌과 강철로 이루어진 산업폐기물 처리장 건물 옆을 지나갔다. 어디선가 불어온 바람에 진저리가 쳐졌다. 프루는 까마귀가 사라진 나무 사이 빈 틈을 노려보고 있었다.

비가 내리기 시작했다.

프루는 누군가가 자신의 가슴에 농구장만한 구멍을 뚫어놓은 것처럼 느껴졌다. 동생이 사라졌다. *말 그대로* 새들에게 납치당해 사람이 살지 않는 멀고 먼 숲으로 끌려갔다. 게다가 동생이 거기에서 어떤 일을 당할지 아무도 알 수 없었다. 모든 게 프루의 잘못이었다. 푸른 하늘빛이 짙은 잿빛으로 바뀌고, 가로등도 하나 둘 불이 들어왔다. 땅거미가 내려앉았다. 프루는 자신의 기도가 소용없음을 알고 있었다. 맥은 돌아오지 않을 것이다. 프루는 천천히 자전거를 돌려 걸어 내려가기 시작했다. 부모님께는 뭐라고 말씀드리지? 부모님은 결코 믿지 못하고 엄청난 충격을 받을 것이다. 게다가 프루는 벌을 받을 것이다. 다음날 학교에 가야 하는데 늦은 밤까지 자전거를 타느라 늦게 귀가해서 혼난 적은 있지만 이번 벌은 그때와 다를 것이다. 프루는 부모님의 하나밖에 없는 아들을 잃어버렸다. 프루에게는 하나밖에 없는 남동생이었다. 통행금지 시간을 두 번 어기면 기본적으로 일주일간 텔레비전을 시청하지 못하는 벌을 받는데, 어린 동생을 잃어버리면 어떤 벌을 받게 될까. 프루는 상상하고 싶지 않았다. 프루는 그렇게 멍하니 여러 블록을 걸었다. 까마귀 떼가 숲으로 사라지는 모습이 머릿속에 생생히 떠올랐다. 프루는 눈물을 삼키느라 숨이 막힐 지경이었다.

"정신 차려, 프루!" 프루는 뺨에 흐르는 눈물을 닦으며 큰 소리로 말했다. "찬찬히 생각해봐!"

프루는 심호흡을 한 다음 몇 가지 방법을 생각해내고 각각의 장단점을 비교해보았다. 경찰서에 신고하는 안은 제외했다. 경찰은 틀림없이 프루가 제정신이 아니라고 생각할 것이다. 까마귀 떼가 한 살 난 아기를 납치해갔다고 소리치며 경찰서에 찾아오는 미친 사람을 경찰이 어떻게 대할지 알 수 없었다. 다만 자신의 말을 믿지 않을 것만은 분명했다. 어쩌면 강화유리를 끼운 경찰차에 태워 멀리 떨어진 정신병원의 지하 병실에 가둘지도 모른다. 거기에서 동료 환자들의 한탄이나 듣고, 지나가는 간호사에게 나는 미치지 않았으며 실수로 들어왔다고 부질없는 해명을 하며 여생을 보내겠지. 그렇다고 집으로 돌아가 부모님께 사실대로 말하는 것은 상상만 해도 눈앞이 캄캄했다. 부모님은 심장이 갈기갈기 찢어지겠지. 그들은 죽을 때까지 맥이 돌아오기만을 기다릴 것이다. 자세한 내막은 모르지만 프루도 부모님이 둘째 아이를 갖고 싶어 했으나 금방 생기지 않아 마음 고생한 일을 기억하고 있었다. 그래서 맥을 임신한 사실을 알았을 때 두 분은 정말로 기뻐했다. 그야말로 얼굴이 활짝 핀 것 같았다. 집안 전체에 생기가 돌고 환해질 정도였다. 그렇다, 이런 끔찍한 소식을 부모님께 전할 수는 없었다. 한편 가출하는 방법도 있었다. 이 방법이 가장 적당했다. 철교를 지나는 기차 한 칸에 올라타고 이곳을 떠나 이 도시 저 도시 떠돌아다니는 것이다. 생활비는 허드렛일을 하거나 점을 쳐서 벌면 될 것이다. 어쩌면 길에서 가장 친한 동반자가 되어줄 골든리트리버를 만날지도 모른다.

그러면 둘은 거리를 함께 떠도는 집시 커플이 되고 부모님을 다시 보지 않아도 될 것이다. 잃어버린 사랑하는 동생을 생각하지 않아도 되고.

프루는 인도 한가운데에 걸음을 멈추고 서서 슬프게 고개를 가로저었다.

너 지금 무슨 생각하는 거야? 프루는 자신을 꾸짖었다. *정신 나갔어!* 프루는 심호흡을 한 뒤 자전거를 끌고 다시 걷기 시작했다. 자신에게 오직 한 가지의 방법만 있음을 깨닫자 등줄기가 오싹했다.

맥을 찾으러 가야 해.

'지날 수 없는 숲'에 들어가 맥을 찾아내야 했다. 불가능한 일처럼 보였지만 다른 방법은 없었다. 빗방울이 한층 굵어져 인도와 차도가 촉촉이 젖고 여기저기 커다란 물웅덩이가 생겼다. 게다가 물웅덩이마다 낙엽이 쌓였다. 프루는 이 모험이 얼마나 위험할지 신중하게 저울질하며 계획을 세웠다. 비에 젖은 도로 위로 차가운 저녁 공기까지 더해졌다. 아무래도 한밤중에 떠나는 것은 안전하지 않을 것 같았다. *내일 떠나야지.* 프루는 자신도 모르게 이런 말을 입 밖으로 내어 중얼거렸다. *내일 아침, 일찍. 엄마 아빠는 아실 필요 없어.* 하지만 어떻게 모르게 하지?

맥이 유괴당한 장소에 이르자 프루는 심장이 오그라드는 것만 같았다. 놀이터였다. 놀이기구는 내리는 비를 고스란히 맞고 있고, 맥의 빨간색 왜건도 빗물에 흠뻑 젖은 담요를 실은 채 아스팔트 위에 오도카니 서있었다.

"그래, 이거야!" 프루가 소리쳤다. 프루는 왜건이 있는 곳까지 달려갔다. 그러고는 젖은 바닥에 무릎을 꿇고 앉아 흠뻑 젖은 담요로 포대기에 감싼 아이 모양을 만들기 시작했다. 잠시 후 뒤로 물러서서 찬찬히 살펴보았다. 그리고 중얼거렸다. "음, 그럴 듯한데." 프루가 맥의 왜건을 자전거 뒤 차축에 매달고 있을 때 누군가 프루를 불렀다.

"야, 프루!"

프루는 잔뜩 긴장해서 뒤를 돌아보았다. 놀이터 옆 인도에 바지까지 비옷으로 갖춰입은 소년이 서 있었다. 그가 비옷에 달린 모자를 벗으며 웃었다. "나야, 커티스!" 그가 소리치며 손을 흔들었다.

커티스는 프루의 반 친구였다. 부모님, 여동생 둘과 함께 프루네 집 아래쪽에 살고 있었다. 학교에서는 책상 두 줄 건너가 커티스의 자리였다. 커티스는 수업 시간에 최강의 적들과 다양한 격투를 벌이는 슈퍼영웅을 그리다 선생님께 꾸중을 듣기 일쑤였다. 게다가 그림에 대한 집착 때문에 반 친구들과도 툭하면 분란을 일으켰다. 아무리 그림 그리기를 좋아한다고 해도 슈퍼영웅 따위는 이미 몇 년 전에 졸업했어야 한다. 지금쯤이면 대부분 아이들은 교과서 표지에다 자기가 좋아하는 밴드의 로고를 스케치하는 데 재능을 쏟아부었다. 프루 역시 슈퍼영웅이라든지 동화 속 한 장면 따위의 그림은 벌써 시들해지고 식물 그리기에 빠져있었다. 반 친구 커티스가 의혹 어린 시선으로 지켜보고 있었지만 프루는 신경도 쓰지 않았다. 커티스는 아직도 어린애 같은 그림에 매달리는 기피 대상일 뿐이었다.

"그래, 커티스." 프루는 최대한 무심하게 대꾸했다. "넌 여기에서 뭐해?"

커티스는 다시 모자를 썼다. "그냥 좀 걷고 있었어. 비오는 날 걷는 걸 좋아하거든. 길에 사람도 별로 없고." 그는 안경을 벗은 다음 비옷 안 셔츠자락을 잡아당겨 안경알을 닦았다. 모자 밖으로 비어져나와 둥근 얼굴 위로 흘러내린 검은 곱슬머리는 마치 철사로 만든 작은 코일 같았다. "왜 혼잣말을 했어?"

프루가 흠칫 놀랐다. "뭐라고?"

"너 혼잣말을 했잖아. 바로 저기에서." 그가 낭떠러지 쪽을 가리켰다. 그는 눈을 가늘게 뜨고 낭떠러지를 가리킨 뒤 다시 안경을 썼다. "어쩌다보니 너를 따라왔어. 아까부터 너를 부르려고 했는데, 네가 무척… 혼란스러워 보였어."

"안 그랬어." 프루는 생각나는 말이 이것뿐이었다.

"혼잣말을 하고 나서 걸어오다 여기에 서서 고개를 흔들고 이상한 행동을 하더라." 그가 말했다. "낭떠러지에선 왜 그렇게 오래 서있었던 거야? 그냥 내려다보고 있었던 거야?"

프루가 진지한 표정을 지었다. 프루는 자전거를 끌고 커티스에게 걸어간 뒤 그의 얼굴을 향해 삿대질을 했다. "내 말 잘 들어, 커티스." 프루는 겁을 주려는 듯한 목소리로 명령했다. "난 생각할 게 많아. 더 이상 날 귀찮게 하지 않았으면 좋겠어. 알겠어?"

다행스럽게도 커티스는 금방 겁을 먹은 듯했다. 그가 두 손을 쳐들고 우물

거렸다. "알았어! 알았어! 난 그저 궁금해서 그랬을 뿐이야."

"그러니까 궁금해하지 마." 프루가 쏘아붙였다. "네가 본 건 모두 잊어줘. 알았지?" 프루는 자전거를 끌고 집으로 걷기 시작했다. 얼마쯤 가다 자전거에 올라탄 뒤 페달을 밟기 전에 커티스를 돌아다보며 내뱉었다. "나 미친 거 아니야." 그러고는 달리기 시작했다.

CHAPTER 3

다리를 건너

집에 도착했을 때는 7시가 가까워져 있었다. 불 켜진 거실과 고개를 숙인 채 뜨개질을 하는 엄마의 얼굴 그림자가 보였다. 프루는 몸을 낮춘 채 길에 깔린 콩자갈 때문에 시끄러운 소리가 나지 않도록 살금살금 걸으며 집 밖을 살펴보았다. 아빠는 어디에도 보이지 않았다. 왜건 속 푹 젖은 담요는 영락없이 잠든 한 살짜리 아기처럼 보였지만 자세히 들여다보면 들통나기 십상이었다. 프루는 꼬치꼬치 캐묻는 부모님과 마주치지 않기만을 바라며 숨을 죽였다. 하지만 집 뒤편 구석의 분리수거용 쓰레기통 앞에서 씨름하고 있는 아빠와 마주치는 순간 그런 희망은 멀리 날아가버렸다. 그러고 보니 다음날은 쓰레기 수거일이었다. 쓰레기 분리수거는 언제나 아빠 담당이었다.

아빠가 프루를 보자 두 손을 닦으며 말했다. "어이, 딸!" 현관 밖 전등 불빛이 거무튀튀한 잔디밭을 희미하게 밝히고 있었다.

"아, 아빠." 프루의 심장이 두방망이질쳤다. 프루는 천천히 자전거를 몰고 집 옆으로 가서 벽에 세웠다.

아빠가 웃었다. "너무 늦었구나. 안 그래도 걱정하던 참이었다. 그런데 너희들 저녁도 안 먹었잖아."

"오는 길에 프로퍼 잇츠 식당에서," 프루가 얼버무렸다. "볶음밥 시켜서 나눠 먹었어요." 프루는 아빠가 왜건을 들여다보지 못하게 하려고 어색하게 옆으로 걸었다. 아무 일도 없는 듯 꾸미려다보니 행동 하나하나가 고통스러웠다. "아빠, 오늘 어떠셨어요?"

"응, 좋았어. 시장한지도 모를 정도로 바빴단다." 아빠가 말을 멈추고 프루를 보았다. "알아들었니? 공예품 시장이어서 시장한 줄도 몰랐던 거야."

프루는 목소리를 높여 큰 소리로 웃었다. 하지만 즉시 자신의 태도를 후회했다. 보통 때 같으면 아빠의 어이없는 말장난에 투덜거렸을 것이다. 아빠는 평소와 다른 프루의 태도에서 뭔가 낌새를 알아차린 것 같았다.

아빠가 눈을 치뜨며 물었다. "맥은?"

"잘 있어요!" 프루가 재빨리, 지나치게 재빨리 대답했다. "자고 있어요!"

"그래? 너무 일찍 자는데?"

"아, 예. 너무… 많이 놀았나봐요. 여기 저기 많이 쏘다녔거든요. 피곤해 보였어요. 그래서 저녁을 먹자마자 담요를 덮어주었더니 잠들었어요." 프루는 웃으면서 뒤에 있는 왜건을 가리켰다. "이렇게요."

"음. 그럼, 안으로 데리고 들어가 잠옷으로 갈아입혀라. 아무래도 곯아떨어진 것 같구나." 아빠는 재활용 쓰레기통을 돌아다보며 한숨을 내쉰 뒤 그것들을 길가로 끌어내기 시작했다.

프루는 안도의 한숨을 내쉬었다. 프루는 주위를 둘러보다 허리를 굽혀 조심스럽게 젖은 담요를 왜건에서 꺼내들었다. 그러고는 담요를 어르고 쉿! 속삭이는 시늉도 하며 집안으로 들어갔다.

뒷문으로 들어가면 부엌이 나왔다. 프루는 코르크 목재로 된 마루를 지나갈 때 최대한 살살 걸었다.

계단을 막 올라가려는데 거실에서 엄마가 불렀다. "프루? 너니?"

프루는 걸음을 멈추고 젖은 담요를 꼭 끌어안았다. "네, 엄마."

"저녁 안 먹었잖니? 맥은?"

"잘 있어요. 지금 자요. 집에 오는 길에 저녁 먹었어요."

"잔다고?" 엄마가 물었다. 엄마의 안경 쓴 얼굴이 벽난로 선반 위에 놓인 시계를 올려다봤다. "그래? 그럼……."

"제가 잠옷으로 갈아입힐게요." 프루가 얼른 엄마의 말을 가로막았다. "제가 할게요."

프루는 한 번에 여러 계단을 건너뛰어 위층으로 올라간 뒤 곧장 제 방으로 들어갔다. 먼저 젖은 담요를 빨래 바구니에 던져넣었다. 그런 다음 복도를 지나 맥의 방으로 갔다. 맥의 헝겊 올빼미 인형을 집어들어 요람에 누이고 찬찬히 담요로 감쌌다. 언뜻 보니 잠자는 아기처럼 보여 흡족하게 고개를 끄덕인 뒤 수면등만 켜놓고 자신의 방으로 돌아왔다. 그리고 문을 닫자마자 침대로 뛰어들어 베개에 머리를 묻었다. 심장은 여전히 격렬하게 뛰었고 숨을 고를 때까지 몇 분이나 걸렸다. 유리창으로 조용히 빗줄기가 들이쳤다. 프루는 베개에 묻었던 얼굴을 들어 방안을 둘러보았다. 아래층에서 현관문을 닫고 거실로 들어오는 아빠의 발소리가 들렸다. 이어서 목소리를 낮추고 두런두런 이야기를 나누는 부모님의 목소리가 들렸다. 프루는 침대에서 나와 내일의 모험을 준비하기 시작했다.

책상 밑에서 끄집어낸 가방을 거꾸로 들어 그 안에 든 과학책, 스프링 달린 조그만 수첩, 볼펜 몇 자루 따위를 바닥에 쏟았다. 그런 다음 침대 밑에서 꺼

낸 손전등과 열두 번째 생일에 아빠가 선물해준 스위스 군용 칼을 서랍에서 꺼내 가방 맨 밑에 넣었다. 프루는 잠깐 동안 방안에 선 채로 손톱을 잘근잘근 씹었다. 동생을 구출하러 '지날 수 없는 숲'으로 가려면 뭐가 더 필요하지? 음식물은 아침에 부엌에 가서 가져올 것이다. 지금 당장 해야 할 일은 기다리는 것뿐이었다. 프루는 재킷 안에서 《시블리 조류 백과사전》을 꺼내 침대로 간 다음 책장을 넘기면서 머릿속을 훑고 지나가는 복잡한 생각을 깨끗이 지우려고 애썼다.

한 시간 남짓 흘렀을 때 계단을 올라오는 부모님 발소리가 들렸다. 프루의 심장이 다시 두방망이질쳤다. 이윽고 문 두드리는 소리가 났다.

"네, 엄마?" 프루는 또다시 태연한 목소리로 말했다. 이렇게 천연덕스럽게 꾸미는 행동을 언제까지 할 수 있을지 자신이 없었다. 정말로 지치는 일이었다.

아빠가 문을 두드리고 얼굴을 들이밀었다. "잘 자라, 프루." 뒤에서 엄마도 덧붙였다. "너무 늦게 일어나지 마라."

"아, 네." 프루가 대답했다. 프루는 고개를 돌려 부모님을 향해 웃어보였다. 그들이 문을 닫았다.

프루는 동생의 방으로 향하는 부모님의 발소리를 들으며 얼굴을 찡그렸다. 이윽고 삐거덕, 동생의 방문을 여는 소리가 신경이 날카로운 프루의 귀에 천둥소리처럼 들렸다. 숨이 멎을 것만 같았다. 순간 한 가지 생각이 그녀의 머리를 스쳤고, 프루는 침대에서 벌떡 일어나 문으로 달려가서 문설주 밖으로 얼굴을 내밀었다. "저, 엄마? 아빠?" 프루가 큰 소리로 말했다.

"왜 그러니?" 아빠가 손잡이를 잡은 채 물었다. 맥의 방에서 흘러나온 수면등 불빛이 복도를 적셨다.

"곯아떨어졌을 거예요. 설마 깨우시려는 건 아니죠?"

엄마가 웃으면서 고개를 끄덕였다. "그럼." 엄마가 맥의 방을 들여다보려다 말고 나지막이 속삭였다. "잘 자라, 맥."

"좋은 꿈꾸고." 아빠도 속삭였다.

문이 삐거덕 소리를 내며 닫혔다. 부모님이 침실로 돌아가기 위해 방문을 지나갈 때 프루는 살짝 미소를 지었다. 부모님의 방문이 닫히는 것을 확인한 뒤 그제야 침대로 돌아와서 안도의 한숨을 내쉬었다. 하루 종일 꾹 참았던 숨이 이제야 터져나오는 것 같았다.

그날 밤 프루는 통 잠을 이루지 못했다. 올빼미와 독수리, 갈가마귀처럼 거대한 새 떼가 아찔하게 날개를 펼친 채 덮칠 듯 날아와 부모님을 어디론가 낚아채가고 자신만 빈 집에 혼자 남는 꿈을 꾸다 놀라서 잠을 깼다. 프루는 자명종을 새벽 5시에 맞춰놓은 채 한동안 누워있다 결국 침대에서 일어났다. 소리가 나지 않게 조심조심 침대를 빠져나왔다.

집안은 조용했다. 바깥 세상은 아직 어두웠고 이웃 사람들도 아직 일어나기 전이었다. 집 주위를 지나는 자동차 소리만 가끔 들릴 뿐이었다. 프루는 바지를 입고 티셔츠를 걸친 뒤 스웨터를 껴입었다. 재킷은 어젯밤에 걸쳐놓은 그대로 의자 등받이에 놓여있었다. 목도리를 두르고 재킷을 입었다. 발가락을 꼬물거리며 검정 운동화를 신고 나서 살금살금 복도로 나섰다. 부모님의 방문에 귀를 대고 아빠의 코고는 소리를 확인했다. 두 분은 곤히 잠들어 있었다. 부모님이 깰 때까지 한 시간쯤 여유가 있고, 그 정도면 충분히 준비를 할 수 있을 거라고 계산했다. 프루는 먼저 동생 방으로 갔다. 요람에서 헝겊 인형을 꺼내자 담요가 푹 꺼졌다. 프루는 맥의 빨간색 서랍장에서 두툼한 옷을 한 벌 꺼내

가방에 넣었다. 이어서 까치발로 조용히 계단을 내려가 냉장고 옆 게시판 앞에 서서 서둘러 메모를 남겼다.

> 엄마, 아빠.
> 맥이 일찍 일어났어요. 모험을 하고 싶대요.
> 나중에 만나요!
> 사랑해요, 프루

프루는 식료품 저장고 문을 열고 가져갈 만한 음식이 있는지 찾아보았다. 결국 곡물을 뭉쳐 만든 과자와 지난 여름 캠핑 때 남겨온 견과류 스낵바를 가져가기로 했다. 캠핑용 식료품은 가족의 최고 비상구호품이었다. 프루는 플라스틱 상자째 가방에 넣었다. 그때 나팔 모양의 플라스틱 경적이 달린 깡통처럼 생긴 에어혼air horn이 보였다. 프루는 그것을 집어들어 살펴보았다. 위협을 가하는 듯한 회색 곰 상표가 아름다웠다. 곰 그림 위에는 BEAR-BE-GONE('곰이 도망간다'는 뜻)이라는 글귀가 아치 모양으로 적혀있었다. 야생동물을 벌벌 떨게 할 만큼 경적 소리가 크니 숲에 가져가면 여러모로 쓸모가 있을 듯했다. 프루는 그것도 가방에 넣고 나서 마지막으로 부엌을 휘 둘러본 뒤 뒷문을 통해 마당으로 나왔다.

공기는 쩅하게 차고, 참나무의 누런 이파리가 바람에 흔들렸다. 프루는 라디오 플라이어 왜건이 여전히 달려있는 자전거를 끌고 조용히 도로로 나섰다. 멀리 동쪽에서 어슴푸레한 새벽빛이 비쳤지만 여전히 가로등이 가로수 길을 밝히고 있었다. 프루는 집에서 충분히 떨어진 곳까지 걸어간 후 자전거에 올라탔다. 지난 겨울 엄마가 떠준 목도리가 목을 아늑하게 감싸주었다. 자전거가 거리와 골목을 뚫고 남서쪽을 향해 속력을 냈다. 어느새 집집마다 가물가물 불이 들어오고, 이웃 사람들은 아침잠에서 깨어나고, 거리도 차 소리로 점점 시끄러워졌다.

프루는 전날 까마귀 떼를 추적하던 길을 되짚어 놀이터를 지나 낭떠러지로 갔다. 자전거에 매달린 왜건은 덜컹거리고 펄쩍 뛰어오르기도 하면서 뒤따라왔다. 강 위로 안개가 자욱해서 수면이 잘 보이지 않았다. 구름 아래로 저 멀리 강둑에 위치한 폐기물 처리장의 불빛이 반짝거렸다. 그때 강을 가로질러온 덜커덕 하는, 알 수 없는 소리가 낭떠러지 절벽에 부딪히며 메아리쳤다. 마치 거인의 손목시계 태엽이 재깍재깍 돌아가는 소리 같았다. 낭떠러지 너머 안개 낀 둑 위로 보이는 거라고는 웅장한 철교의 우뚝 솟은 철탑 꼭대기뿐이었다. 그 모습이 강 안개 위로 돛만 떠있는 듯했다. 프루는 자전거에서 내려 낭떠러지를 따라 남쪽, 낭떠러지 절벽이 구름 아래로 미끄러질 듯 흘러내리는 곳으로 걸어갔다. 내려갈수록 주변의 세상이 하얗게 흐려졌다.

발아래 지면이 평평해졌을 때쯤 프루는 자신이 이상한 풍경 속에 들어와 있음을 깨달았다. 사방이 안개에 잠기고 세상이 무시무시한 빛에 둘러싸여 있었다. 골짜기로 약한 바람이 불어오고, 멀리 안개 사이로 바람에 흔들리는 메마른 나무들이 형태를 바꿔가며 언뜻언뜻 보였다. 땅은 완전히 누런 낙엽으로 뒤덮여있었다. 늘어선 나무 너머에 동서로 놓인 직선 철길이 나있는데 양쪽 끝은 흐릿해서 잘 보이지 않았다. 프루는 철길을 따라가면 다리가 나오리라 생각하고 철길을 따라 서쪽으로 걷기 시작했다.

앞쪽의 안개가 걷히자 철교의 높은 철탑이 보였다. 그렇게 걸어가고 있을 때 갑자기 등 뒤에서 저벅저벅 자갈 밟는 소리가 들렸다. 프루는 온몸이 마비되는 것만 같았다. 잠시 후 호기심에 뒤를 돌아다보았다. 아무도 없었다. 프루는 고개를 돌리고 다시 걷기 시작했다. 그때 다시 그 소리가 들렸다.

"누구세요?" 프루가 뒤쪽을 살피며 소리쳤다. 아무 대답이 없었다. 철길은 양 옆으로 땅딸막하고 이상하게 생긴 나무들로 둘러싸인데다 안개에 잠겨있었다. 누가 따라오는 기척은 없었다.

프루는 몸서리를 치고 심호흡을 한 다음 더 빨리 다리를 향해 걷기 시작했다. 틀림없는 아까 그 발소리가 다시 들렸다. 프루는 고개를 홱 돌렸다. 누군가 급하게 철길을 벗어나 나무 사이로 뛰어들었다. 프루는 고민할 겨를도 없이 자전거를 바닥에 내동댕이치고 뒤쫓기 시작했다. 모퉁이를 돌아 나무 사이로 들어갈 때 신발이 자갈을 들어올려 작은 무덤을 만들었다.

"거기 서!" 프루가 소리쳤다. 안개 사이로 누군가 보였다. 작은 키에 두툼한 겨울 외투를 입고 있었다. 머리에는 긴 털모자를 푹 눌러쓰고 있어서 얼굴이 잘 보이지 않았다. 프루가 소리치자 그가 잠깐 뒤를 돌아다보았다. 그러다가 그만 흙이 단단하지 않은 구덩이로 미끄러져 어깨를 부딪치며 비명과 함께 바닥에 나동그라졌다. 프루는 쓰러진 도망자를 덮친 다음 털모자를 잡아당겼다.

"커티스!" 그녀가 놀라서 소리쳤다.

"안녕, 프루." 커티스가 숨을 헐떡이며 말했다. 그는 프루의 발밑에서 몸부림을 쳤다. "좀 비켜줄래? 네 무릎이 내 배를 짓누르고 있어."

"싫어." 프루가 평정을 되찾으며 말했다. "왜 나를 미행했는지 털어놓기 전까지는 그럴 수 없어."

커티스가 한숨을 내쉬었다. "그런 거 아니야! 정말이야!" 프루가 무릎으로 커티스의 갈비뼈를 더욱 짓눌렀다. 커티스가 비명을 질렀다. "알았어! 알았어!" 커티스는 거의 울 것 같은 목소리로 말했다. "재활용 쓰레기를 갖다 버리려고 일찍 일어났다가 네 자전거가 지나가는 걸 봤어. 난 그냥 네가 어디 가는지 궁금했을 뿐이야! 어제 저녁에 네가 동생에 대해 한 말이며 동생을 구하러 가겠다고 하는 말을 들었는데, 오늘 아침 너무 일찍 집을 나서는 걸 보고 무슨 일이 있구나 생각했어. 가만히 있을 수가 없었다고!"

"네가 내 동생에 대해 뭘 알아?" 프루가 물었다.

"아무것도 몰라." 커티스가 훌쩍거리며 대답했다. "난 그냥… 그냥, 실종되었다는 것만 알아." 커티스의 얼굴이 약간 붉어졌다. "네가 왜건에 넣은 젖은 담요로 누굴 속이려고 했는지는 몰라."

프루가 갈비뼈를 짓눌렀던 무릎을 풀자 커티스가 크게 숨을 내쉬었다.

"너 때문에 간 떨어질 뻔했잖아." 프루가 투덜거렸다. 프루는 커티스의 몸에서 물러났고, 커티스는 몸을 일으켜 앉으며 바지에 묻은 흙을 털었다.

"미안해, 프루." 커티스가 다시 한 번 해명했다. "정말 나쁜 뜻으로 그런 건 아니야. 그저 궁금했을 뿐이야."

"좋아, 하지만 궁금해할 것 없어." 프루는 이렇게 말하며 일어서서 걷기 시작했다. "이건 네가 상관할 일이 아니야. 내 일이라고."

커티스도 허겁지겁 일어났다. "나도… 나도 함께 가게 해줘!" 그가 프루를 뒤따르며 말했다.

철길로 돌아가 자갈 위에 누워있는 자전거를 일으켜세운 다음 다리를 향해 다시 걷기 시작하던 프루가 휙 고개를 돌리며 소리질렀다. "안 돼, 커티스. 당장 집으로 돌아가!"

강가의 지면은 첫 번째 교각 받침쪽으로 기울어지며 일종의 반도처럼 생긴 지형을 만들어냈고, 철로는 완만한 경사를 따라 이어지다 격자무늬 다리 난간과 만났다.

프루는 철길 한가운데로 자전거를 끌었다. 철로 위로 올라서자 안개 사이로 다리의 첫 번째 첨탑이 또렷하게 보였다. 탑 안에는 큰 배가 다리 아래를 지날 때 가운데 상판을 위로 들어올리는 도르레 장치가 들어있었다. 그리고 탑 위에는 번쩍거리는 붉은 신호등이 달려있었다. 다행히도 프루가 지나갈 수 있게 다리는 내려온 상태였다.

"기차가 오면 어쩌려고. 겁나지 않아?" 커티스가 뒤따라가며 물었다.

"아니." 프루는 사실 그 점은 생각해본 적도 없으면서 이렇게 대답했다. 철로와 다리 트러스 사이에는 1미터 못 되는 간격이 나왔고 성긴 자갈밭에서 자전거를 끄는 것은 그리 쉽지 않았다. 다리 중간쯤 이르렀을 때 프루는 난간을 내려다보며 침을 꼴깍 삼켰다. 강 위로 안개가 짙게 깔린 탓에 구름층이 생겨서 강물은 보이지 않고, 다리가 엄청나게 높은 곳에 있는 듯한 착각을 불러일으켰다. 마치 〈내셔널 지오그래픽*National Geographic*〉 잡지에서 본, 페루의 구름 낀 깊은 협곡에 가로놓인 정교한 밧줄 다리 같았다.

"난 기차가 올까봐 걱정스러운데." 커티스가 말했다. 그는 철로 중앙의 첨탑 아래에 서있었다.

프루는 걸음을 멈추고 다리 트러스에 자전거를 기대어놓은 다음 자갈밭에서 돌멩이를 하나 집어들었다. "커티스, 내가 하는 것 못하게 말려봐." 프루가 말했다.

"뭔데?"

그 순간 프루가 돌멩이를 던졌고, 커티스는 철로 밖으로 몸을 날리다시피 하며 돌멩이를 피했다.

"뭐 하는 짓이야?" 그가 두 손으로 머리를 감싸며 소리쳤다.

"넌 멍청하기 때문에, 네가 따라온다고 해도 나는 못 오게 할 거야. 그래서 그래." 프루는 허리를 구부려 아까보다 더 크고 날카로운 돌멩이를 주웠다. 그리고 무게를 가늠하듯 돌멩이를 손에 쥐고 저글링을 했다.

"야, 프루." 커티스가 달래듯 말했다. "내가 도와줄게! 너에게 큰 도움이 될 거야. 우리 아빠는 내 사촌의 보이스카우트 지도자였어." 커티스는 머리를 감쌌던 두 손을 툭 떨어뜨렸다. "난 사촌의 사냥칼도 가져왔다고." 그는 외투 주머니를 툭툭 치며 멋쩍게 웃었다.

프루가 두 번째 돌멩이를 던졌다. 돌멩이는 커티스의 발에 빗맞고 바로 앞에서 튀어나갔다. 프루가 욕설을 퍼부었다.

"꺼져, 커티스!" 프루가 소리쳤다. 그러고는 쪼그려앉아 다른 돌멩이를 고르려다 손길을 멈췄다.

바로 그때, 발아래 땅이 갑자기 흔들리는 것처럼 느껴졌다. 다리가 길게 전율하듯 흔들리자 돌들도 제 자리에서 달그락거렸다. 프루는 커티스를 올려다봤다. 커티스는 얼어붙은 듯 철로 한가운데 꼼짝 않고 서있었다. 둘은 휘둥그레진 눈으로 서로 쳐다봤다. 진동이 점점 더 강해지며 트러스의 강철 도리가 낮게 으르렁거렸다.

"기차야!" 프루가 소리쳤다.

CHAPTER 4

다리를 건너다

프루는 기차를 흘끗 돌아보며 피할 수 있을 거라고 판단했다. 그다지 길지 않은 기차는 꽤 일정한 속도로, 몇 분 전 자신들이 올라온 오르막을 씩씩거리며 올라오고 있었다. 프루는 얼른 방향을 틀어 자전거 쪽으로 몸을 던졌다. 그리고 다리 난간에 세워둔 자전거를 번쩍 들어 철로 레일 사이에 세웠다. 자전거에 올라탄 뒤 페달을 힘껏 밟았지만 침목 사이 엉성한 자갈밭에 박힌 뒷바퀴는 헛돌기만 했다.

"같이 가!" 커티스가 프루를 따라오며 소리쳤다.

달려오는 기차의 무게에 다리의 철골조가 덜컹거리고 들썩였다. 이미 출발한 프루는 연신 뒤를 돌아다보며 자전거와 기차 사이의 거리를 가늠했다. 커티스가 안개를 빠져나오는 기차의 불길한 강철 얼굴을 배경으로 미친 듯이 팔을 허우적대며 달려오고 있었다. 침목을 지날 때마다 자전거 바퀴가 덜컹거렸다. 프루는 울퉁불퉁한 땅에서 균형을 잃지 않기 위해 줄곧 앞만 바라보았다. 자전거 뒤에 매달린 라디오 플라이어 왜건은 침목을 지날 때마다 덜컹거리며 뒤집어질 듯했다. 귀가 먹먹할 정도로 시끄러운 기차 쪽을 향해 프루가 크게 외쳤다. "뒤에 타!"

"안 돼. 네가 너무 빨라!" 커티스가 소리쳤다.

프루는 숨죽여 욕설을 중얼거리며 핸들 브레이크를 잡았다. 뒷바퀴가 자갈 속에서 미끄러졌다. 이제 다리를 반쯤 지나온 기차는 짧고 날카롭게 경적을 울렸고, 기차 무게를 견뎌야 하는 철로는 힘에 겨운지 끙끙 신음소리를 냈다. 커티스가 라디오 플라이어 왜건으로 몸을 던졌다. 몸뚱이가 왜건의 철제 바닥에 부딪히며 뼛속까지 얼얼한지 커티스의 입에서 "으윽!" 소리가 새나왔다. 커티스가 왜건 난간을 붙잡고 소리쳤다. "어서 달려!" 프루는 자전거 뒤로 돌멩이가 튀도록 달렸고, 튄 돌멩이는 멀리 다리 난간 아래로 떨어졌다.

철로는 다리를 지나 검푸른 나무가 울창한 곳에서 Y자로 갈라졌다. 다리 끝이 서서히 눈에 들어오고 경사가 완만해지자 프루는 더욱 속력을 냈다. 이따

금 자전거가 튀어올랐다가 침목에 떨어지며 타이어가 쿵 하고 부딪혔다. 프루는 속력을 내기 위해 숨을 헐떡이지 않으면 안 되었지만 왜건은 잔뜩 움츠리고 있는 커티스를 태운 덕택에 아까보다 안정적으로 달렸다. 등 뒤로 기차 소리가 점점 더 커졌다. 프루는 앞으로 나아가느라 잠시도 한눈을 팔 수 없었다. 프루의 시선은 줄곧 강 저편 먼 곳을 향하고 있었다.

"꽉 잡아, 커티스!" 선로가 다리에서 45도로 갈라지는 지점에 이르렀을 때 프루가 소음을 뚫고 외쳤다. 다리가 끝나자마자 프루는 조금 떨어진 자갈밭 웅덩이로 튕겨나가기 위해 오른발로 페달을 힘껏 밟아 앞바퀴를 선로 밖으로 넘겼다. 이어서 뒷바퀴와 왜건도 뒤따라오고, 자전거 전체가 격렬한 발작을 일으키며 앞으로 튀어나갔다. 두 아이는 자전거 손잡이를 뛰어넘어 웅덩이 저편 메마른 관목 숲에 떨어졌다. 잠시 후 기차가 고함을 지르며 지나가자 강철 철로는 기차의 무게를 힘겨워하며 투덜거렸다. 기차는 남쪽 구름 낀 곳으로 달려갔다.

프루는 가쁜 숨을 몰아쉬며 차가운 바닥에 엎드려있었다. 팔다리가 감전된 것처럼 얼얼했다. 이윽고 프루는 무릎을 당겨 일어나 앉은 다음 뺨에 묻은 흙을 닦아내고 침을 뱉었다. 주위를 둘러보니 시들고 메마른 풀밭의 얕은 배수

47

로에 자신이 앉아있었다. 바로 건너편에는 창문도 없는 기괴하고 거대한 건물과 큰 저장고로 이루어진 산업폐기물 처리장이 있었다. 그 너머의 가파른 언덕은 아찔한 첨탑 같은 나무들이 수행원처럼 에워싸고 있었다. 나무들이 있는 곳은 바로 '지날 수 없는 숲'의 경계선이었다. 프루는 전율이 일었다. 그때 옆 풀밭에서 투덜거리는 소리가 들렸다. 돌아다보니 커티스가 라디오 플라이어 왜건을 거북 등껍질처럼 등에 매단 채 몸을 일으키고 있었다. 커티스는 마침내 왜건을 떼어내고 목덜미를 손으로 쓰다듬었다.

"아얏!" 커티스가 신음을 토했다. 그는 애처로운 눈으로 프루를 바라보았다. "아얏!"

"그러게, 왜 나를 따라왔어." 프루가 일어서며 대꾸했다. 부서지고 찌그러지고 엉망이 된 자전거와 왜건의 잔해가 옆에 널브러져 있었다. 프루는 배수로 풀숲에서 자전거 프레임을 끌어낸 뒤 잔해를 살펴보며 투덜거렸다. 대부분은 충격에 잘 견뎠지만 앞바퀴는 돌이킬 수 없이 휘어졌고, 바퀴살이 절망적인 각도로 틀어진 채 돌출되어 있었다.

프루는 큰 소리로 욕설을 내뱉으며 자전거를 내려놓고 나서 흙먼지가 일도록 엉겅퀴를 발로 걷어찼다.

커티스는 다리를 포개어 앉은 자세로 감탄하듯 철교를 돌아다보았다. "우리가 해냈다는 게 믿어지지 않아." 그가 씩씩거리며 말했다. "우리가 기차보다 빨랐어."

프루는 귀담아 듣지 않았다. 프루는 엉덩이에 손을 얹은 채 서서 찌그러진 앞바퀴를 바라보며 미간을 찌푸렸다. 지난 여름 내내 이 자전거의 성능을 높이려 얼마나 열심히 일을 했던가. 이제 수리조차 불가능해진 앞바퀴 테는 특히 최신 제품이었다. 다가올 작전이 시작부터 순조롭지 않아보였다.

"멋지게 성공했어." 커티스가 다시 입을 열었다. "내 말은, 우리 둘이 해냈다는 거야. 넌 자전거를 잘 탔고 나는… 왜건을 잘 탔고." 그가 손가락으로 관자놀이를 마사지하며 웃었다. "우린 환상의 파트너야, 그렇지?"

프루는 허리를 굽혀 아까 바닥에 나동그라질 때 떨어진 가방을 주운 뒤 다시 어깨에 멨다. "잘 가, 커티스." 프루가 말했다. 프루는 자전거와 왜건을 버려둔 채 폐기물 처리장을 지나 나무로 에워싸인 가파른 언덕을 향해 걷기 시작했다.

마르고 시든 황갈색 풀밭이 바둑판처럼 반듯하면서도 빽빽하게 들어찬 정체 모를 건물들까지 펼쳐져 있었다. 건물들은 참 다양해서 물결 모양의 양철판으로 뒤덮인 것은 꼭 창고처럼 보였고, 꼭대기에 달랑 하나 뚫린 창문과 옆 건물 사이로 도관이 꿈틀거리며 이어진 다른 건물은 마치 거대한 상자 모양의 곡물저장소 같았다. 또 어떤 건물에서는 마치 불이라도 난 것처럼 유리창 사이로 가물거리는 시뻘건 불빛이 새어나왔다. 게다가 이 '도시'는 어딜 가나 금속 부딪치는 쨍그랑 소리가 들리고 뿌연 가스가 뿜어져나왔다. 멀리에서 보던 황량한 모습과는 달리 매우 체계적으로 돌아간다는 인상을 주었다. 낮게 깔린 안개에 가려 모습은 보이지 않았지만 멀리 양철벽 너머에선 일꾼들의 투덜거림과 고함소리도 흘러나왔다. 프루는 여기저기 돌아다니면서 주변을 관찰했다. 지금까지 여기에 와봤다는 사람을 한 번도 만난 적이 없었다. 프루는 이곳으로 들어서자마자 자신이 외계세계를 최초로 탐험하는 사람처럼 느껴졌다. 안개가 점점 걷히고 있었다. 자갈 깔린 반듯반듯한 길에서 쑥 들어간 곳에 석조 주택이 있고 이끼로 뒤덮인 지붕 위로 시계탑이 보였다. 시계탑의 종이 시간을 알렸다. 종소리가 여섯 번 울렸다.

얼마쯤 가자 폐기물 처리장의 상자 같은 건물이 끝나고 짙푸른 관목이 무성한 언덕이 나타났다. 북쪽행 철로를 가로질러 가던 프루는 어느새 자신이 무릎까지 올라오는 빽빽한 고사리밭에 들어와 있음을 깨달았다. 바깥세상과 '지날 수 없는 숲'의 경계인 나무숲이 시작되는 곳까지는 계속 오르막이었다. 프루는 심호흡을 하고 어깨의 가방을 고쳐 멘 뒤 숲을 향해 걷기 시작했다.

"기다려!" 커티스가 소리쳤다. 커티스는 몸을 일으킨 후 지금까지 비틀거리며 프루를 따라오는 중이었다. 그가 장벽 같은 나무들 앞에서 걸음을 멈췄다. "너 저기 들어가려는 거야? 하지만 저긴… 저긴 *지날 수 없는 숲*이잖아."

프루는 커티스의 말을 들은 체도 하지 않고 계속해서 걸어갔다. 발바닥 아래 흙이 부드러웠고 걸을 때마다 살랑 이파리와 고사리가 종아리에 스쳤다. "그래, 나도 알아." 프루가 대답했다.

커티스는 할 말을 잃었다. 프루가 오르막을 더 올라 숲으로 들어서려고 할 때 커티스가 팔짱을 낀 채 소리를 질렀다. "거긴 갈 수 없는 곳이야, 프루!"

프루는 걸음을 멈추고 뒤를 돌아보았다. "내 눈에는 들어가도 괜찮을 것 같아 보이는데." 프루는 이렇게 대꾸하고 계속 걸었다.

커티스는 자신의 목소리가 들리도록 프루 앞을 가로질러 뛰어갔다. "좋아, 지금은 그렇겠지. 하지만 일단 안으로 들어가면 어떨지 아무도 몰라. 특히 이 나무들은…." 커티스는 말을 멈추고 언덕에 서있는 키 큰 나무들을 아래부터 꼭대기까지 훑어보았다. "어쩐지 불길한 느낌이 든단 말이야."

프루는 그의 경고를 귓등으로도 듣지 않고 계속해서 나무가 빽빽한 비탈을 걸어서 올라갔다. 올라가는 동안 줄곧 나무를 붙잡아야 했다.

"프루. 그 안에 코요테도 있어!" 커티스는 힘겹게 따라 올라오다 숲이 시작되는 경계의 나무 앞에서 걸음을 멈추었다. "잘못하면 갈기갈기 찢길지도 몰라! 여기 말고 다른 길이 있을지도 모르고!"

"없어, 커티스." 프루가 단호하게 잘랐다. "내 동생은 여기 어딘가에 있어. 난 동생을 찾아야 해."

"네 동생이 *여기* 있다고?" 놀란 커티스가 물었을 때 이미 숲속으로 들어간 프루는 검은딸기나무 넝쿨에 가려 빨간색 목도리마저 잘 보이지 않았다. 커티스는 심호흡을 한 뒤 프루가 시야에서 완전히 사라지기 전에 허둥지둥 따라 들어갔다. "좋아, 프루! 나도 널 도와 네 동생을 찾겠어!" 그가 소리쳤다.

프루는 걸음을 멈추고 전나무에 기대서서 파릇파릇한 주변을 둘러보았다. 눈에 보이는 것은 온통 초록색뿐이었다. 상상할 수 있는 온갖 농도의 초록색으로 칠해놓은 듯했다. 초록빛 도는 에메랄드색 고사리, 누런 올리브색을 띤 축 늘어진 이끼, 장중한 회색빛이 감도는 초록색 전나무. 태양은 더욱 높이 떠 있고, 빽빽한 숲 틈새로 빛이 흘러들었다. 프루는 헉헉대며 언덕을 오르다 가끔 커티스를 돌아보았다.

"와!" 커티스가 숨을 돌리는 중간중간 큰 소리로 말했다. "반 애들한테 이 얘기를 해도 절대 믿지 않을 거야. 여기에 와본 사람이 아무도 없잖아. 적어도 내가 알기로는 아무도 없어. 여긴 한마디로 야생이야! 이 나무들 좀 봐, 키가 정말… 정말… 하늘을 찌를 것 같아!"

"조용히 좀 해, 커티스." 마침내 프루가 나무랐다. "우리가 여기 왔다는 걸 숲 전체에 알릴 필요는 없잖아. 저기에 뭐가 있는지 알게 뭐니?"

커티스가 입을 떡 벌린 채 동작을 멈췄다. "방금 '우리'라고 했니, 프루?" 커티스는 이렇게 말한 다음 호흡을 가다듬고 나서 말을 이었다. "네가 방금 '우리'라고 했어!"

프루는 눈을 흡뜬 뒤 돌아서서 한 손가락으로 커티스를 찔렀다. "선택권은 나한테 있어. 그러니까 나와 함께 가려면 내가 시키는 대로 해야 해. 난 동생을 잃어버렸어. 멍청한 반 친구까지 잃고 싶지는 않다고. 내 말 무슨 뜻인지 알겠어?"

"그야…," 커티스가 중얼거렸다. 커티스는 프루의 경고를 떠올리며 얼굴을 찡그렸다가 이내 말을 이었다 "…당연히 알고말고!" 그는 경례를 하듯 한 손을 눈썹에 갖다붙였다. 그 모습이 마치 눈을 다쳐 아파하는 모습처럼 보였다.

그들은 한동안 말없이 걷기만 했다. 왼편 나무들 사이로 깊은 협곡이 보였다. 그들은 조심스레 비탈을 내려가 이끼가 끼어 미끄러운 바닥으로 향했다. 물이 흐르는 골짜기 주변에는 키 작은 양치류라든지 관목만 작은 뭉텅이로 자랄 뿐 나무는 없었다. 그래서 협곡을 가로질러 여기저기 쓰러져있는 통나무 때문에 거추장스럽기는 해도 걷기는 훨씬 쉬웠다. 햇빛은 땅 위에 얼룩덜룩한 무늬를 드리웠고, 뺨에 닿는 공기는 상쾌하기 이를 데 없었다.

프루는 숲의 당당한 모습이 경이로웠다. 이 믿을 수 없는 야생의 세계로 깊이 들어올수록 두려움도 사라졌다. 협곡 위로 어렴풋이 보이는 나무 꼭대기에서는 새들이 노래를 부르고 가끔 다람쥐와 얼룩다람쥐가 덤불 속에서 튀어나왔다. 프루는 이 숲에 들어와본 사람이 없었다는 사실이 믿어지지 않았다. 얼마나 아름답고 생명력 넘치며 고요하고 평화로운 곳인지 이제 알게 되었다.

시간이 얼마쯤 흘렀을 때 프루는 커티스가 말을 거는 바람에 몽상에서 빠져나왔다. "그래서 네 계획이 뭔데?"

프루가 걸음을 멈췄다. "뭐라고?"

커티스는 좀더 크게 속삭였다. "네 계획이 뭐냐고 물었어."

"속삭일 필요까지는 없어."

커티스는 혼란스러운 표정을 지었다. "아하." 커티스가 평소 목소리로 말했다. "난 네가 목소리를 낮추라고 말한 줄 알았어."

"낮추라고 했지만 속삭일 필요까지는 없어." 프루가 주위를 둘러보며 덧붙였다. "난 우리가 왜 몸을 숨겨야 하는지도 잘 모르겠어."

"코요테 때문이 아냐?" 커티스가 물었다.

"코요테는 밤에만 나와." 프루가 대답했다.

"맞아, 나도 어디선가 그렇게 읽었어." 커티스가 맞장구쳤다. "밤이 되기 전에 끝낼 수 있을까?"

"그러면 좋은데."

"네 동생 어디 있는데?"

이 간단하기 짝이 없는 질문에 프루의 얼굴이 창백해졌다. 프루는 맥을 찾는 일이 생각보다 어려울지도 모른다는 생각을 하고 있었다. 헤아려보니 이 숲에 들어오면 무엇을 해야 할지 구상해본 적도 없었다. 용감하게 들어오기는 했는데 이제 무엇을 할까? 프루가 즉흥적으로 대답했다. "나도 몰라. 그냥 새들이 이 근처에서 사라져서……."

커티스가 끼어들었다. "새? 무슨 새?"

"새들이 내 동생을 납치해갔어. 까마귀가 떼로 달려들었어. 까마귀 떼. 너 알아? 까마귀 별명이 살인자라는 사실?"

커티스가 고개를 움츠렸다. "그게 무슨 말이야? 새들이 네 동생을 납치했다니?" 커티스가 더듬거렸다. "*새들이?*"

프루가 눈을 치켜뜨며 말했다. "커티스, 넌 그냥 여기에 있는 게 좋겠다. 난 뭘 어떻게 해야 할지 모르겠어. 하지만 정신이 멀쩡하고, 내가 본 것을 믿을 수밖에 없어. 그러니까, 나를 따라오려면 너도 이 사실을 믿어야 해."

"맙소사." 커티스가 고개를 저으며 말했다. "알겠어. 나도 갈 거야. 너와 함께 갈 거야. 그런데 그 새들이 간 곳을 어떻게 찾지?"

"그 새들이 철교 너머 언덕에 있는 숲으로 날아가는 것을 봤어. 그 후 돌아나오는 것은 보지 못했고. 그러니 여기 어딘가에 있을 거라고 추측할 수밖에 없잖아." 프루는 찬찬히 숲을 둘러보았다. 단조로운 숲이 끝없이 펼쳐져 있고 언덕을 따라 눈에 보이는 데까지 협곡이 이어졌다. 문득 '*절망*'이라는 단어가 머릿속에 떠올랐다. 프루는 이 단어를 지워버리려고 애썼다. "그냥 희망을 갖고 최선을 다하는 수밖에 없을 것 같아."

"걔가 말귀를 알아들어?" 커티스가 물었다.

"뭐라고?"

"네 동생 말이야. 네가 부르면 동생이 대답할 수 있느냐고."

프루는 잠깐 생각한 뒤 대답했다. "아니. 자기만의 말을 해. 큰 소리로 뭐라고 웅얼거리기는 하는데, 이름을 불렀을 때 대답을 할지 어떨지 확실히 알 수는 없어."

"그것 참 큰일이네." 커티스가 머리카락을 쥐어뜯으며 걱정스럽게 프루를 쳐다봤다. "그건 그렇고, 좀 뜬금없는 말인데," 그가 어물거렸다. "혹시 먹을 것 좀 가져왔니? 배가 고파서 그래."

프루가 피식 웃었다. "물론이지. 몇 가지 가져왔어." 프루는 부러진 통나무에 걸터앉아 어깨에 멘 가방을 앞으로 돌렸다. "곡물과자 좋아해?"

커티스의 얼굴이 환해졌다. "물론이지! 지금 당장 먹고 싶어."

둘은 통나무에 걸터 함께 앉아 가시덤불이 있는 계곡을 바라보며 곡물과자를 한 줌 덜어 입안에 넣었다. 그리고 학교 이야기, 술주정뱅이 영어 선생님 머피 씨가 〈밀크우드 아래서 *Under Milk Wood*〉(웨일스의 시인 딜런 토머스가 쓴 라디오 드라마 각본. —옮긴이)에 나오는 캣 선장의 독백을 읽다가 울어버린 이야기 따위를 나누었다.

"난 그날 결석했어." 커티스가 말했다. "하지만 나중에 얘기는 들었어."

"그 사람들… 그도 없는 자리에서 정말 너무하더라." 프루가 흥분하며 물었다. "난 이해가 안 가더라. 사실 별일도 아니잖아. 그렇지 않아?"

"음." 커티스가 대꾸했다. "난 거기까지 이해하지 못했어."

"커티스, 그 내용은 처음 열 페이지 안에 있어." 프루가 견과류를 입에 한 줌 더 털어넣으며 말했다.

둘은 좋아하는 책 이야기를 시작했다. 커티스는 좋아하는 X-Men 뮤탄트 이야기를 했다. 프루는 그런 커티스를 놀리다 자신도 진 그레이Jean Grey(만화 여주인공. —옮긴이)의 원격이동이 부럽다고 인정했다.

"그런데 왜 그만뒀어?" 커티스가 망설이다 이렇게 물었다.

"무슨 말이야?"

"우리 5학년 때에는 서로 그림을 보여주곤 했잖아. 슈퍼영웅 그림 말이야. 넌 이두근을 아주 잘 그렸지. 실은 나도 네 기술을 보며 따라했어." 커티스는 수줍게 과자봉지를 내려다보며 건포도와 땅콩 사이에서 M&Ms 초콜릿을 골라 먹었다.

프루는 원망을 듣는 기분이었다. "나도 몰라, 커티스." 프루가 대답했다. "그냥 흥미가 없어졌어. 지금도 그림은 좋아해. 많이 그리기도 하고. 단지 다른 그림을 그릴 뿐이야. 아무래도 나이를 먹어서 그런 것 같아."

"그래. 네 말이 맞을 거야." 커티스가 맞장구쳤다.

"요즘은 식물을 그려. 너도 한번 그려봐."

"식물이라고? 풀이나 나무 그런 거 말이니?" 커티스는 믿을 수 없다는 듯한 표정으로 물었다.

"응."

"글쎄. 나도 가끔 그려볼게. 그릴 만한 나뭇잎이 있나 찾아봐야겠다." 커티스가 풀이 죽은 듯 조용히 말했다.

프루는 앉아있는 통나무를 흘끗 내려다보았다. 어지럽게 뒤엉킨 담쟁이가 통나무를 완전히 점령하고 있었다. 푸른 담쟁이 잎사귀에 가려 그 아래 나무 껍질도 잘 보이지 않을 정도였다. 마치 담쟁이가 나무를 넘어뜨린 것 같았다. "이 담쟁이 잎 좀 잘 관찰해봐." 프루가 미술 선생님의 말투를 흉내내어 말했다. "초록색 나뭇잎을 배경으로 하얀 줄이 무늬를 만들어내고 있네. 자세히 들여다보면 더 재미있는 모양이 보여."

커티스가 어깨를 으쓱했다. 그러고는 넝쿨 하나를 잡아당겼다. 그 넝쿨은 고집 센 동물처럼 나무껍질에 끈질기게 붙어있으려 했다. "그냥 놔줘야겠다." 커티스는 나지막이 중얼거린 뒤 다시 곡물과자를 한 줌 집었다.

프루는 분위기를 바꾸고 싶었다. 그래서 일부러 앙칼지게 소리쳤다. "야아! 초콜릿만 골라먹으면 어떡해! 그건 비겁한 행동이야."

머쓱해진 커티스는 웃으면서 과자봉지를 돌려주었다.

벌써 절반이나 먹은 과자봉지를 가방에 챙겨넣고 프루는 물통을 꺼내 물을 한 모금 마셨다. 커티스에게도 물통을 건넸다. 커티스도 한 모금 마셨다. 나무 위로 잿빛 구름이 나타나 태양을 가리는 바람에 아침 햇살이 약해졌다.

"그만 가자." 프루가 재촉했다.

그들은 계속해서 협곡을 따라 올라갔다. 발아래 비탈이 가팔라서 담쟁이넝쿨을 붙잡고 가야 했다. 겨울과 봄에는 제법 수량이 풍부할 듯한 계곡 바닥은 물도 얕고 거의 메말라 있었다. 그들은 이내 계곡을 따라가면 훨씬 쉽게 갈 수 있다는 것을 깨달았다. 협곡 위로 올라가자 평평한 땅이 나왔고 그들은 다시 나무숲 사이에 서있게 되었다.

"나 오줌 좀 눠야겠어." 프루가 말했다.

"그래." 커티스가 고개 돌려 협곡을 내려다보았다.

"얼른 저쪽으로 가." 프루가 빽빽한 고사리밭을 가리키며 소리쳤다. "보면 안 돼."

"물론이지." 커티스가 대꾸했다. "절대 안 쳐다볼게."

프루는 커티스가 나뭇가지에 가려 보이지 않을 때까지 기다렸다가 나무 뒤로 가서 적당한 장소를 찾아낸 뒤 쪼그려 앉았다. 볼일을 다 보았을 때 풀숲에서 알 수 없는 거친 소리가 흘러나왔다. 프루는 얼른 바지단추를 잠그고 조심스럽게 나무 주위를 살펴보았다. 아무것도 없었다.

"프루!" 커티스가 속삭이듯 불렀다.

"커티스, 내가 속삭일 필요 없다고 했잖아." 프루는 안도를 하며 이렇게 말했다.

"이리 좀 와봐!" 커티스가 여전히 속삭였다. "조용히 하고!"

프루는 담쟁이 넝쿨을 헤치고 커티스의 목소리가 나는 곳으로 갔다. 고사리 숲 저편에서 커티스가 허리를 구부린 채 뭔가 훔쳐보고 있었다.

"저기 좀 봐!" 커티스가 속삭이며 손짓을 했다.

프루는 눈을 깜박거린 다음 자세히 살펴보았다. "저건……."

프루의 말을 커티스가 가로막았다. "코요테야. 자기들끼리 말을 하고 있어."

CHAPTER 5

우드의 주민들

그 곳은 고사리밭에서 가파르게 내려가 나무들 사이에 있는 작은 목초지 너머 일종의 곶처럼 툭 튀어나온 공터였다. 나무가 없는 자리 한가운데 열 마리가 좀 넘는 녀석들이 꺼진 모닥불처럼 보이는 잔해 주위에 옹기종기 모여있었다. 거리가 멀어서 자세히 보이지는 않았지만 틀림없이 코요테였다. 몸뚱이는 엉겨붙은 잿빛 털로 뒤덮여있고 궁둥이는 홀쭉했다. 어떤 녀석은 꺼져가는 모닥불 주위를 네 발로 돌아다니고, 어떤 녀석들은 뒷다리로 서서 긴 회색 주둥이를 쳐든 채 킁킁거리며 공기 냄새를 맡았다. 그런데 놀라운 점이 두 가지 있었다. 하나는, 코요테들이 모두 높다란 자주색 모자에 빨간색 군복 차림이라는 점이고 다른 하나는, 틀림없이 말을 하고 있다는 점이었다. 그것도 인간의 언어로.

귀에 거슬릴 정도로 빽빽거리는 음색에다 문장 중간에 으르렁대거나 짖는 소리가 들어갔지만 프루와 커티스는 그들의 말을 간간이 알아들었다.

"한심한 놈!" 몸집이 큰 코요테가 자기보다 작은 동족에게 누런 이빨을 딱딱거리며 호되게 야단을 쳤다. "모닥불을 피우랬더니. 멍청한 녀석, 불도 제대로 붙이지 못해!"

어떤 동물들은 칼집에 넣은 칼처럼 생긴 것을 허리에 차고 있고, 어떤 동물은 단검을 부착한 긴 소총 옆에 기대어 서있었다. 덩치 큰 코요테가 길게 휘어진 검의 화려한 칼자루에 앞발을 얹었다.

꾸중을 듣는 당사자는 풀숲에 숨어 대답 대신 낮게 흑흑 울고 있었다.

"이렇게 간단하고 일상적인 정찰 훈련도 완수하지 못한다면," 덩치 큰 코요테가 계속해서 딱딱거렸다. "이 소대는 전투에 나갈 자격도 되지 않는다." 그는 나머지 코요테들을 둘러보았다.

커티스가 프루에게 속삭였다. "녀석들…, 군인인가?"

프루는 아직도 충격에서 벗어나지 못한 채 천천히 고개를 끄덕였다.

"그리고 눈이 있으면 군복이 얼마나 지저분한지 좀 봐." 덩치 큰 코요테가 호통을 쳤다. 프루는 그가 일종의 사령관일 거라고 추측했다. 그의 군복은 다른 병사들보다 훨씬 단정했고 어깨에 견장이 달려있었다. 깃털 달린 모자까지 쓰고 있었다. 프루는 단박에 그 모자가 세계사 시간에 시청한 나폴레옹에 관한 다큐멘터리에 나온 모자와 같다는 사실을 알아차렸다. 사령관이 계속해서 말했다. "나는 너희들을 미망인 여왕에게 데려가 검사를 받아야 한다." 그는 뒤편에 웅크리고 있던 다른 코요테에게도 딱딱거렸다. "널 와일드우드에서 추방하는 건 여왕님 마음이다. 무리도 없이 너 혼자 떨어지면 어떻게 될지 우리는 훤히 알고 있어." 그는 굳은 자세로 검 자루를 몸 옆에 붙인 채 말했다. "내선에서 네놈을 추방해버릴까 생각도 했지만, 네 녀석을 숲으로 쫓아내기 위해 내 발에 흙을 묻히고 싶지는 않다."

호된 꾸지람을 듣고 있던 코요테는 사령관의 당혹스러운 고함 중간중간에 이렇게 말했다. "네, 사령관님. 고맙습니다, 사령관님."

"그런데 빌어먹을 근위병은 어디 있나?" 사령관이 발을 구르며 호령했다. "나는 혼자서도 눈 한 번 깜빡이지 않고 여기까지 걸어왔다. 넌 우리 부대의 골칫거리고, 선배 코요테들의 명예를 더럽혔다."

"그렇습니다, 사령관님." 겁을 먹고 움츠린 코요테가 대답했다.

사령관은 허공을 향해 주둥이를 쿵쿵거린 뒤 말했다. "곧 어두워질 것이다. 이 훈련을 마치고 캠프로 돌아간다. 너, 그리고 너!" 사령관은 모닥불 옆에 차렷 자세로 서있는 병사 둘을 가리켰다. "덤불에 들어가서 땔감을 주워와라. 너희들 중 한 명을 불쏘시개로 쓸 필요가 있을지 몰라서 불을 다시 피워야겠다!"

대원들은 지시에 따라 움직이기 시작했다. 커티스와 프루는 유난히 잎사귀가 큰 양치류 아래 납작 엎드려 꼼짝도 하지 않았다. 코요테 몇 마리가 무리에서 떨어져나와 땔감을 구하러 이리저리 돌아다니고, 나머지 코요테는 목초지 한가운데 줄을 서서 사령관의 질책을 계속해서 들었다.

"저 녀석들한테 들키면 어떻게 해야 하지?" 코요테 몇 마리가 가까이 다가오자 커티스가 물었다.

"조용히 해." 프루가 속삭였다. 가슴 속에서 심장이 뜀박질을 했다.

코요테 두 마리가 커티스와 프루가 숨어있는 나뭇가지 바로 아래 관목 숲에서 막대기처럼 가늘고 긴 앞다리로 떨어진 나뭇가지를 주웠다. 그들은 일을 하는 동안에도 서로 물어뜯을 것처럼 으르렁거렸다. 프루는 숨을 죽이고 녀석들이 송곳니를 부딪치며 아옹다옹 다투는 소리에 귀를 기울였다.

"드미트리, 우리가 이 꼴이 된 건 너 때문이야." 코요테 한 마리가 다른 코요테에게 말했다. "원래 내 임무는 이게 아닌데, 도대체 이게 뭐야."

다른 코요테가 나뭇가지 사이로 몸을 구부리며 대꾸했다. "입 좀 다물어, 블라드. 자네는 평소에 누가 어디를 가든 '영역 표시를 해야 한다'고 주장하지. 내 평생 한 곳에서 이렇게 많은 오줌을 보는 건 처음이야. 이러고도 모닥불에 불이 붙으면 이상한 거지."

블라드는 화가 난 듯 눈을 부라리며 드미트리의 얼굴에 자작나무 가지를 휘둘렀다. "그건… 그건 *빌어먹을* 규약이라고! 야전교범 확인해봐. 아니 너 글을 읽을 줄이나 알아?"

드미트리가 땔감을 내려놓고 이빨을 드러냈다. 코요테와의 거리가 워낙 가까워서 프루는 그 빛나는 붉은 잇몸에서 툭 튀어나온 듬성듬성하고도 누런 이빨과 으르렁거리는 주둥이를 볼 수 있었다. "좋아, 내가 규약을 보여주지!" 드미트리가 소리쳤다. 두 녀석은 말없이 노려보기만 했다.

그러다 블라드가 먼저 입을 열었다. "도대체 무슨 뜻이야?"

드미트리는 날카롭게 컹컹 짖고 이빨을 번득이며 동료의 목덜미를 향해 달려들었다.

커티스는 이끼로 뒤덮인 바닥을 엉금엉금 기어 프루 곁으로 갔다. 그리고 프루의 손을 꼭 잡았다. 프루도 코요테들에게서 시선을 떼지 않으면서 커티스의 손을 꼭 쥐었다. 바닥에 나동그라진 두 코요테는 서로 목을 문 채 필사적으로 빙글빙글 돌았다. 이윽고 고통스런 신음과 분노에 찬 비명소리를 들은 다른 대원들이 달려왔고, 사령관은 뒤엉켜있는 병사들에게 고함을 질렀다. 마침내 이미 칼집에서 칼을 빼든 사령관이 몸싸움을 벌이는 병사들에게 다가와 가까운 블라드를 움켜쥐어 끌어낸 뒤 칼날을 드미트리의 목에 겨눴다.

"네놈들 머리통을 나뭇가지에 걸어놓겠다!" 사령관이 호통을 쳤다. "네놈들 사지가 찢겨 제발 살려달라고 울부짖는 꼴을 보여주겠단 말이다." 그는 손아귀에 든 병사를 내동댕이친 뒤 칼끝을 드미트리에게 들이대고 빙빙 돌렸다. 칼끝과 드미트리의 주둥이 사이에는 털끝만한 틈새밖에 나지 않았다. 사령관이 더욱 느리게 말했다. "그리고 네놈, 지저분한데다 콧물이나 질질 흘리고 코요

63

테라고 불릴 가치도 없는 놈. 난 당장 이 자리에서 네놈의 목숨을 끝장낼 준비가 되었다."

드미트리는 날카로운 칼끝을 발견하고 훌쩍거리기 시작했다. 사령관이 칼을 높이 쳐들었다. 그 모습을 지켜보던 커티스는 입을 떡 벌렸고, 프루는 끔직한 광경을 보지 않으려 손으로 얼굴을 가렸다.

그때였다. 어디선가 갑자기 불어온 바람이 나무를 훑고 프루와 커티스의 발에서 목을 타고 올라가 곳처럼 튀어나온 곳으로 불더니 그 아래 목초지까지 휩쓸었다. 돌연 아래에서 펼쳐지던 폭력이 중단되었다. 그와 동시에 코요테들의 귀가 움찔거리고 주둥이로 킁킁거리며 냄새를 맡기 시작했다. 사령관도 씩씩대며 허공에서 휘두르던 검을 멈췄다. 일시적으로 선고를 유예받은 드미트리는 안도하며 사방을 두리번거렸다. 프루는 얼굴을 가렸던 손을 떼고 고개를 들었다. 사령관이 천천히, 주둥이를 쳐들고 한껏 공기를 들이마셨다.

"인간이다!" 사령관이 침묵을 깨고 외치며 부하들 머리보다도 웃자란 양치류 줄기를 향해 검을 휘둘렀다. "저기, 저 나무들 뒤다!"

사령관의 갑작스러운 호령에 병사들이 대열을 깨뜨리고 프루와 커티스가 있는 언덕으로 기어오르기 시작했다.

"뛰어!" 커티스가 바닥에서 몸을 일으키며 소리쳤다. 프루도 일어서서 덤불을 헤치며 달아나기 시작했다. 코요테들은 미친 듯이 짖어대며 프루를 뒤쫓았다. 녀석들은 평평한 땅으로 단숨에 뛰어올라 고사리숲을 마구 헤쳤다. 프루는 나무 사이로 뛰어들어 달려가다 좀전에 지나온 협곡에 다다랐다. 그러고는 협곡 너머로 크게 한 발을 디뎠지만 뒤엉킨 들장미 덤불에 발이 걸려 넘어지는 바람에 도랑에 거꾸로 처박히고 말았다.

프루는 걸음을 멈추고 전나무에 기대서서
파릇파릇한 주변을 둘러보았다.

커티스는 아까 왔던 방향의 언덕으로 올라가는 대신 다른 방향으로 마구 달렸다. 숲이 **빽빽한** 이쪽은 가파른 경사가 좀처럼 완만해지지 않았다. 게다가 자작나무 가지와 검은딸기 넝쿨이 얼굴과 팔을 할퀴었고, 두 손으로 헤치며 달려가는데도 자꾸만 훼방을 놓았다. 반면에 그 지형에 익숙한 코요테들은 네 발로 덤불을 헤치며 쉽사리 따라왔다. 커티스가 경사면에서 겨우 9미터쯤 갔을 때 첫 번째 코요테가 커티스의 등을 덮쳐 바닥에 넘어뜨렸다.

"잡았다!" 코요테가 씩씩대며 말했다. 다른 병사들이 속속 포획 현장에 도착했을 때 커티스는 팔과 다리를 쭉 뻗고 꼼짝없이 땅바닥에 누워있었다.

🌿

"커⋯ 커티스?" 프루가 몸을 추스르며 중얼거렸다. 잠깐 정신을 잃었던 게 분명했다. 의식을 차려보니 계곡의 고사리숲에 얼굴을 처박고 있었다. 머리는 지끈거리고 입에서는 비릿한 피 맛이 느껴졌다. 그때 멀리 울부짖는 소리가 들려왔고, 프루는 퍼뜩 자신이 처한 상황을 깨달았다. 프루는 납작 엎드린 채 덤불 밑으로 기어가며 협곡 너머를 흘끔거렸다. 병사들은 프루가 협곡으로 미끄러진 것을 보지 못하고 커티스만 뒤쫓기로 작정한 게 분명했다. 프루의 위치에서 병사들이 커티스의 발을 잡아끄는 모습이 보였다. 이윽고 사령관이 천천히 다가가더니 커티스의 멱살을 움켜쥔 채 주둥이를 들이밀고 킁킁 냄새를 맡았다. 프루는 잔뜩 겁에 질린 커티스의 눈을 보았다. 커티스는 으르렁대는 코요테 무리에 둘러싸여 있었다. 어떤 코요테는 컹컹 짖으며 물려고 하고, 어떤 코요테는 커티스의 발 주변을 네 발로 어슬렁거렸다. 사령관이 잇달아 몇 가지 명령을 내리자 코요테들은 포획물을 밧줄에 묶었고, 가장 덩치 큰 코요테가 커티스를 들쳐멨다. 그리고 나서 코요테 무리는 숲으로 사라졌다.

프루는 터져나오려는 울음을 꾹 참았다. 뱃속 깊은 곳에서 뭔가 울컥하고 나올 것 같았고, 눈은 눈물로 그렁그렁해졌다. 프루는 손가락으로 풀을 한 뭉텅이 뜯어서 마음이 진정될 때까지 짓이겨지도록 꽉 쥐었다. 문득 찢어진 입술에 핏방울이 맺힌 것을 깨닫고 혀로 핥았다. 공기는 잠잠하고, 이른 오후의 태양이 약해지면서 햇빛도 희미해졌다. 프루는 오늘 아침 집을 나오기 전 부모님께 남긴 편지를 생각했다. *나중에 만나요*, 편지에는 그렇게 적었다. 상황이 말할 수 없이 심각한데도 웃음이 나오는 것을 참을 수가 없었다. 프루는 바닥에서 몸을 일으킨 뒤 협곡 가장자리에 걸터앉아 무릎에 묻은 흙을 털어냈다. 고개를 발딱 쳐든 다람쥐 한 마리가 뒤편 썩은 나무 밑동 위에 서서 어리둥절한 표정으로 프루를 바라보고 있었다.

"뭐 줄까, 다람쥐야?" 프루는 장난스럽게 말을 던졌다가 자기도 모르게 피식 웃었다. "함부로 말하면 안 되겠구나. 너도 말을 할 수 있을지 모르니. 그렇지 않아?"

다람쥐는 아무 말도 하지 않았다.

"좋아. 어쨌든 조금 위안이 된다." 프루는 손으로 턱을 떠받치며 말했다. "네가 말수가 없더라도 말이야."

프루는 주변을 둘러보고 나서 다시 다람쥐를 보았다. 다람쥐는 고개를 갸우뚱 기울인 채 프루를 쳐다보고 있었다. "이제 난 어떻게 해야 하지?" 프루가 물었다. "동생은 새들한테 납치당하고, 친구는 코요테한테 끌려가고." 프루가 손가락을 딱하고 튕겼다. "하마터면 잊을 뻔했네. 자전거도 망가졌다네. 그러고 보니 무슨 노래 가사 같은 걸. 하지만 노래 가사가 현실이면 정말 끔찍해."

다람쥐가 갑자기 허리를 쭉 펴더니 꼼짝 않고 귀만 씰룩거렸다. 나무 사이로 부는 바람에 뜻밖의 소리가 실려오고 있었다. 부릉부릉 하는 자동차 엔진 소리였다. 그 소리가 더욱 커지자 다람쥐는 나무 밑동에서 뛰어내려 어디론가 사라져버렸다. 프루는 벌떡 일어나 발에 차이는 마른 나뭇가지와 풀을 헤치고 소리나는 곳으로 뛰었다. "잠깐만요!" 프루가 소리쳤다. 엔진 소리가 점점 더 커졌다. 이쪽 숲은 유난히 풀도 무성하고 언덕도 가팔랐다. 프루는 소리가 나는 곳을 향해 필사적으로 달렸지만 그럴수록 자꾸만 다리가 휘청거렸다. 돌연 검은딸기나무 덤불이 앞을 가로막았지만 그곳으로 뛰어들 수밖에 없었다. 나무 가시가 옷자락과 머리카락을 잡아뜯었다. 프루는 눈을 질끈 감고 따갑게 찌르는 나뭇가지를 향해 팔을 마구 휘두르며 덤불과 싸웠다. 마침내 나뭇가지의 손아귀에서 벗어나나 싶었는데 숲에 들어온 후 처음 보는 공터에서 넘어지고 말았다. 고개를 들어보니 길처럼 생긴 곳에 자기가 넘어져 있었다. 게다가 이 길로 트럭처럼 보이는 것이 빠르게 달려오고 있었다. 프루는 벌떡 일어나 미친 듯이 두 팔을 흔들었다. 운전기사가 브레이크를 밟았고, 트럭은 미끄러지듯 흙길에 멈춰섰다.

좋은 시절이 지난 것처럼 낡은데다 함부로 대접받았는지 녹이 슬고 옆면의 페인트까지 벗겨진 연붉은색 트럭은 그 나이가 쉽사리 가늠되지 않았다. 트럭 옆면에는 이해할 수 없는 이상한 문장이 선명하게 새겨져 있었다.

프루가 이 수상한 트럭을 의혹 어린 눈으로 바라보고 있을 때 딸깍 하고 총의 공이치기 당기는 소리가 들렸다. 이어서 운전석 쪽 유리창이 급히 내려가고 반쯤 벗겨진 희끗희끗한 머리가 나타나더니 남북전쟁 때 것으로 보이는 커다란 2연발 소총 위로 내리 깐 눈이 보였다.

"꼼짝 마라, 움직이면 네 몸을 벌집으로 만들겠다." 운전수가 소리쳤다.

프루는 두 팔을 들어올렸다.

운전수가 조심스럽게 소총을 내리면서 프루를 보다가 입을 떡 벌렸다.

"너, 넌…," 운전수가 더듬거렸다. *"바깥세상에서 왔느냐?"*

프루는 뭐라고 대답해야 할지 몰랐다. 질문이 이상했다. 프루는 멍하니 보기만 하다 용기를 내어 대답했다. "전 포틀랜드 세인트 존스에서 왔어요."

총이 덜 위협적인 각도로 내려지고, 프루의 몸속에서 솟구치던 피도 잔잔해졌다. "그 말 네가 한 거냐?" 트럭을 타고 있는 남자가 물었다.

"아마 그럴 거예요." 프루가 대답했다.

남자는 계속해서 프루를 살폈다. "세상에 이럴 수가!" 그가 말했다. "믿을

수가 없군. 내 평생 너 같은 애를 만날 거라고는 꿈에도 생각하지 못했는데. *바깥세상*에서 왔다니!"

어쨌든 그가 더 이상 총을 겨누지 않아서 프루는 운전수를 자세히 볼 수 있었다. 나이는 들어보였지만 (피부는 창백하고 거칠었으며 진자줏빛 눈썹은 숱이 많고 빳빳해 보였다) 그에게는 뭐라고 꼬집어서 말할 수 없는, 일찍이 다른 누구에게서도 보지 못한 특별한 점이 있었다. 익숙한 풍경도 보름달 아래에서 달라 보이는 것처럼 뭐랄까, 남다른 품위랄지 믿음 같은 게 뿜어져나왔다.

프루가 용기를 내어 물었다. "저, 손 내려도 될까요?" 그가 그러라며 고개를 끄덕였다. 프루는 손을 내리고 사정을 설명했다. "저에게 문제가 좀 있어요. 제 동생 맥이 어제 새 떼한테 납치를 당했어요. 까마귀예요. 까마귀가 이 숲 어딘가로 데려왔어요. 반 친구 커티스도 바보처럼 저를 따라 이 숲까지 들어왔어요. 우린 군인처럼 보이는 코요테들한테 공격을 당했고요. 저는 다행히 도망쳤는데 제 친구는 붙잡혔어요. 오늘 일어난 일 때문에 정말 힘들고 어리둥절해요. 혹시 저를 도와주실 수 있다면, 정말, 정말로 감사할 거예요."

프루의 말을 들은 남자는 너무 놀라 할 말을 잃은 것 같았다. 그는 총을 트럭 운전석에 내려놓고 길 뒤쪽을 돌아다봤다. 그러고는 프루에게 말했다. "좋다, 트럭에 타거라."

프루는 트럭 옆으로 빙 돌아갔다. 운전수가 안에서 문을 열어주었다. 프루는 트럭에 올라탄 뒤 남자에게 손을 내밀며 인사했다. "제 이름은 프루예요."

"난 리처드다." 남자가 악수를 하며 말했다. "만나서 반갑구나."

그가 열쇠를 꽂고 시동을 걸었다. 트럭이 털털 시끄러운 소리를 냈다. 좌석 뒤로 화물칸과 연결되는 쇠창살 창문이 있고, 창문으로 차곡차곡 쌓인 누런 색깔의 상자와 깔끔하게 묶인 봉투가 보였다.

"그런데," 프루가 물었다. "아저씨… 우편배달부세요?"

"꼬마 아가씨가 원하면 우정장관도 될 수 있지." 리처드가 웃었다. 그는 감청색에다 노란색 장식문양이 새겨진 허름한 제복을 입고 있었다. 가슴에 붙은 장식은 트럭 옆면에서 본 도안과 똑같았다. 턱에는 일주일 정도 깎지 않은 허연 수염 그루터기가 뻣뻣했고, 얼굴에는 주름이 깊게 패여있었다.

"좋아요." 재빨리 상황을 판단한 프루가 이렇게 대꾸했다. "좀 도와주세요. 제 친구가 저기에서 끌려갔어요. 그렇게 멀리 가지 못했을 거예요. 아저씨와 저 그리고 그 총이 있으니 뭔가 작전을 세울 수 있을 거예요…, 그런데 지금 어디로 가시는 거예요?"

이미 출발한 트럭은 지금 울퉁불퉁한 길을 덜컹덜컹 흔들거리며 달리고 있었다. 부릉거리는 엔진 소리 때문에 리처드는 고함을 지르다시피 했다. "그리로 돌아가는 게 아니야." 그가 큰 소리로 말했다. "거긴 너무 위험해."

프루의 눈이 휘둥그레졌다. "하지만 아저씨! 내 친구를 구해야 돼요! 그애는 저기에 있다고요!"

"난 네가 말하는 그런 코요테 병사들은 본 적이 없단다. 이야기야 들었지만, 내 말 들어라. 네 친구는 우리가 도울 수 없는 곳에 있어. 그리로 갔다가는 우리도 죽을 수 있다는 뜻이다. 그래서는 안 되겠지. 내가 보기에는 사우스우드로 가서 주지사한테 이 사실을 보고하는 게 최선이야."

"뭘 보고해요?" 프루는 머뭇거리다 리처드의 대답을 기다리지도 않고 말을 이었다. "제 말 좀 들어보세요, 아저씨. 그 코요테는 무시무시하게 생겼지만 검과 구식 소총밖에 갖고 있지 않아요. 아저씨는 큰 총을 갖고 계시잖아요. 아저씨가 한 번만 빙 돌면서 총을 발사하면 상처 하나 입지 않고 들어갔다 나올 수 있어요."

"난 해야 할 일이 있단다." 리처드가 화물칸에 담긴 우편물 더미를 가리키며 말했다. "코요테한테 잡혀간 네 친구 때문에 이 우편물을 위험에 빠뜨릴 순 없다. 게다가 여긴 와일드우드야. 무슨 일이 있어도 여기에서 지체해선 안 돼. 네가 내 트럭으로 뛰어든 것도 운이 좋아선 줄 알아라. 그렇지 않았으면 난 너를 길바닥에 버려두고 갔을 게다."

"알았어요." 프루는 이렇게 말한 뒤 차문을 더듬어 손잡이를 찾았다. "저 좀 내려주세요. 혼자서라도 친구를 구하러 가겠어요."

프루가 트럭 문을 열려고 하는 순간 리처드가 프루의 무릎 너머로 손을 뻗어 차 문을 닫았고, 그 바람에 하마터면 트럭이 길 옆 도랑에 굴러떨어질 뻔했다. 한쪽 바퀴가 길바닥에 떨어진 나뭇가지를 그대로 뛰어넘었다. 리처드가 소리쳤다. "네 목숨 귀한 줄 안다면 거기에 가선 안 돼. 지금 농담할 기분 아니다."

프루는 손을 무른 다음 뾰로통한 표정으로 팔짱을 꼈다.

"내 말 들어라." 리처드가 침착하게 타일렀다. "여긴 여자애 혼자 올 데가 못 돼. 게다가 *바깥세상* 아이라며. 그 짐승들은 1마일 떨어진 곳에서도 너의 냄새를 맡을 거야. 네가 어쩌다 여기까지 오게 됐는지 모르지만 이 말을 들려주고 싶구나. 너의 행운은 그리 오래가지 못할 게다. 설령 코요테한테 잡히지 않아도 이곳의 산적들한테 당할 수 있어. 지금 당장은 이 트럭 의자가 가장 안전한 곳이다. 내가 널 곧장 섭정지사에게 데려다주마. 그게 우리의 규약이야."

"섭정지사가 누구예요?" 프루가 물었다. "왜 모두 이곳을 와일드우드라고 부르죠? 코요테들도 그렇게 말하는 걸 들었어요."

리처드는 재떨이에서 반쯤 피우다 만 담배를 집어들어 이 사이에 물더니 담뱃재를 길에 버리기 위해 비스듬히 창문에 기댔다. "주지사는," 싸구려 여송연을 입에 문 채 그가 말했다. "사우스우드의 지도자야. 이름은 라르스 스빅이지." 그가 갑자기 목소리를 낮췄다. "우리끼리 얘기지만 술탄의 응접실에 가면 달콤한 말을 들려주는 뱀들이 득시글거린단다." 그가 프루를 흘끗 보았다. "물론 뱀은 빗대서 하는 말이야. 이를테면 관료라든지."

리처드가 이야기를 계속했다. "와일드우드는 미개한 땅이야." 그는 계기판을 지도삼아서 손가락으로 플라스틱 부분을 따라 갔다. "아비앙 공국 북쪽 국경선부터 죽 올라가서 노스우드 국경선까지를 말한다. 나는 너를 여기 와일드우드 한가운데에서 발견한 거지. 이곳은 늑대라든지 코요테, 그리고 땅에서 뭔가를 캐거나 지나가는 트럭을 강탈해서 연명하는 산적 말고는 살지 않아. 아니면 우편 트럭을 강탈하거나. 내가 이 쇠붙이를 갖고다니는 것도 실은 그 때문이란다." 그가 총을 가리켰다. "우체국장으로서 내 역할은 편지나 소포 따위를 사우스우드에서 노스우드까지 배달하는 거란다. 나는 매주 이런 어이없는 일도 겪고 목숨도 내놓으면서 이 빌어먹을 길, 롱로드라고 부르는데, 대단한 의미는 없고… 아무튼 이곳을 트럭을 타고 왕복한단다. 그런데 말이다, 포틀랜드 프루. 너에게 한 가지 일러두자면, 주 공무원이 된다고 해서 부와 풍요로움을 얻는 건 절대 아니다."

"그냥 프루라고 부르셔도 돼요." 프루가 할 수 있는 말은 이게 전부였다. 프루는 리처드의 설명을 듣고 어안이 벙벙했다. 머릿속은 물어보고 싶은 것들로 가득했지만 무엇부터 질문해야 할지 정리되지 않았다. "그러니까 여기에는 다른 종류의 사람들이 사는군요, 이 숲에는. 제가 사는 곳에서는 이곳을 '지날 수 없는 숲'이라고 불러요."

그 말을 들은 리처드는 껄껄 웃었고 그 바람에 입에 물고 있던 담배가 떨어졌다. 그는 발밑을 더듬어 떨어진 담배를 찾았다. "지날 수 없는 숲이라고? 허참, 그러면 오죽 좋겠니. 그럼 나도 집에서 더 많은 시간을 보낼 텐데. 도대체 누가 그런 얘기를 지어냈는지 모르지만 그건 바깥사람들이 잘못 알고 있는 거란다. 물론 너는 최초로 이곳에 온 사람이지만, 그렇다고 해서 여기 와일드우드와 노스우드, 사우스우드를 알려고 애쓰지 말아야 할 이유는 없단다." 그가 프루를 보며 미소지었다. "네가 이곳의 첫 번째 개척자인 것처럼 말이다, 포틀랜드 프루."

CHAPTER 6

미망인 여왕의 특별 사육지;
새들의 왕국

커티스의 손목은 밧줄에 쓸려서 따끔거렸고, 가슴은 코요테의 들썩이는 등뼈에 부딪혀서 찌릿찌릿 아팠다. 코요테 병사들은 칼날처럼 날카로운 양치식물 잎사귀가 찔러도 의연하고, 낮게 드리워진 나뭇가지가 커티스의 얼굴을 때려도 아랑곳하지 않은 채 재빨리 숲을 빠져나갔다. 코요테 병사들의 발에 가려 숲 바닥이 잘 보이지 않았지만 커티스는 나중에 이 길로 되돌아오기 위해 주변 풍경의 변화 따위를 낱낱이 기억해두려고 줄곧 눈을 부릅뜨고 있었다. 정말 돌아올 수 있을까, 가끔 절망스러운 생각도 들었지만 빽빽한 덤불을 지나자 흙길처럼 보이는 넓은 공터가 나왔다. 코요테들은 평평한 땅이 나오자 더욱 속력을 내기 시작했다. 커티스는 앞에 펼쳐진 지형을 곁눈질로 살폈다.

코요테 무리가 커다란 나무다리처럼 보이는 곳으로 가고 있었다. 코요테들은 다리가 나올 때까지 아찔할 정도로 빠르게 달렸는데, 아무리 철제 난간이 있다 해도 커티스는 다리 아래를 보자마자 숨죽여 비명을 질렀다. 그 아래에는 컴컴할 정도로 깊은 협곡이 입을 쩍 벌리고 있었다. 하지만 코요테들은 다리에 이르자마자 금방 반대편으로 건너갔고 다시 경쟁이라도 하듯 허겁지겁 길을 벗어나 숲으로 들어갔다. 커티스는 자신이 지나온 무시무시한 협곡을 다시 보려고 고개를 한껏 뒤로 젖혔지만 우뚝 솟은 전나무에 가려 보이지 않았다. 그래서 다시 숲 바닥만 내려다보았다.

얼마나 왔는지 알 수는 없지만 코요테 무리가 넓은 숲속 빈터에 이르렀을 때 오후 햇살이 사위고 있었다. 빈터 한가운데 담쟁이와 쓰러진 나무들로 뒤덮인 작은 언덕이 보이고, 그곳에는 사람이 들어갈 만한 크기의 땅굴이 나있었다. 병사들은 아무 말 없이 구멍으로 들어갔다. 컴컴한 터널이 땅 속으로 이어졌다. 담쟁이 넝쿨과 나무뿌리가 터널 지붕을 떠받치고, 흙벽 여기저기에 매달아둔 횃불에서 흐릿한 빛이 나왔다. 게다가 음식 냄새와 화약 냄새가 뒤섞인 듯한 젖은 개 냄새가 사방에서 진동했다. 터널 끝에 이르자 드디어 활기가 도는 커다란 방이 나왔다. 그곳은 코요테의 사육지였다.

방 한가운데 밀집한 한 무리의 병사들은 위협적으로 보이는 교관에게 훈련을 받고 있었다. 또 앞치마를 두른 코요테들은 활활 타오르는 화로 위에 걸린 검은 무쇠솥으로 저녁식사를 준비하고, 그 옆에는 양철그릇을 들고 한 줄로 서서 배식을 기다리는 병사들이 보였다. 얼기설기 돌을 쌓아 만든 굴뚝은 화로에서 나는 연기를 빨아들여 거대한 나무줄기 속으로 올려보냈다. 그 나무의 원뿌리는 이 방의 골조 역할도 했다. 또한 구불구불한 곁뿌리는 가장 큰 이 방

과 잇대어진 무수한 곁방 또는 굴로 들어가는 입구가 되었다. 벽에 걸린 나무 선반에는 소총, 미늘창, 검 따위의 많은 무기들이 놓여있었다. 방 한쪽 구석에는 거꾸로 뒤집힌 상자에서 쏟아져나온 건초가 어질러져 있고, 병사들이 분주하게 그 안의 내용물을 검사하고 있었다. 구식 머스킷 총도 점검 중인 듯했다. 화약 자루가 부려져 있고 움푹한 곳에는 화약이 안전하게 쌓여있었다.

낡아빠진 깃발이 꽂힌 창들이 죽 늘어선 방 저편으로 가자 거대한 삼나무를 가로로 잘라 만든 커다랗고 둥근 문이 나왔다. 문 앞에는 총을 든 코요테 병사 둘이 보초를 서고 있었다. 커티스가 마침내 끌려간 곳은 바로 이 문이었다. 사령관이 검으로 손목을 묶은 밧줄을 단번에 잘랐다.

"단단히 붙들어라." 사령관은 이렇게 명령하고 앞으로 걸어가 문 앞에 서있는 보초병들에게 말을 걸었다. 코요테 병사 둘이 축축한 앞발로 커티스의 팔을 잡고 뒷발로 그의 발을 잡으려고 안간힘을 썼다. 한편 보초병은 사령관을 향해 고개를 끄덕인 뒤 문을 열고 안으로 사라졌다. 잠시 후 돌아온 보초병이 사령관에게 포로를 안으로 들여보내라는 손짓을 했다. 이윽고 커티스는 앞으로 떠밀려 문지방을 넘었다.

방안은 몹시 어두워서 빛이라고는 몇 개의 가물거리는 화로 불빛과 천장에 난 여러 군데의 조잡한 채광창에서 들어오는 빛이 고작이었다. 천장과 벽에는 시커먼 나무뿌리가 뱀처럼 어지럽게 얽혀있었다. 머리 위에는 넝쿨처럼 뒤엉킨 식물의 허연 뿌리가 달랑거리고 방에서는 진한 양파 냄새가 풍겼다. 방 한쪽에는 길게 뻗은 담쟁이 넝쿨과 포근한 이끼 쿠션으로 장식한 멋진 단상이 있었다. 그리고 단상 중앙에 커티스가 한 번도 본 적이 없는 특이한 의자가 놓여있었다. 거대한 통나무를 손으로 깎아서 만든 듯한 이 의자는 그 자체가 땅에서 자라난 것처럼 보였다. 푹신한 좌석 둘레의 팔걸이는 뱀처럼 구불구불하고 그 위쪽에는 맹금류의 발톱이 새겨져 있었다. 의자 다리 맨 아래는 코요테의 발모양이었다. 또 의자 등받이는 방 위로 높이 솟아있고, 등받이 양쪽의 기둥은 위로 올라가다 어느 지점에서 만나는데, 바로 그 지점에 왠지 불길한 느낌을 주는 왕관 문양이 뾰족뾰족 조각되어 있었다. 커티스가 신기해하며 이런 모습을 구경하고 있을 때 뒤편에서 어떤 목소리가 그에게 말했다.

"무슨 생각을 하고 있지?" 여자의 목소리였다. 낭랑한 음악의 선율 같은 부드러운 목소리에 커티스는 자신도 모르게 긴장이 풀어졌다. "손재주가 놀랍지 않니? 이 방을 위해 특별히 신경 쓴 거란다. *오랜 세월이 걸렸지.*"

커티스는 돌아보자마자 난생 처음 보는 아름다운 여인에게 시선이 꽂혔다. 신선한 늦여름 사과처럼 붉게 빛나는 입술에 창백하기 그지없는 달걀형 얼굴. 길게 땋아 옆으로 내려뜨린 구릿빛 전기선 색깔의 머리카락은 얼룩덜룩한 독수리 깃털로 장식을 했다. 그리고 바닥까지 내려오는 황갈색 가죽으로 된 단순한 긴 옷을 입고 어깨에는 두툼한 숄을 두르고 있었다. 틀림없는 사람이었지만 커티스에게는 희미하게 빛바랜 성당의 옛 벽화에서 튀어나온 듯, 딴 세상 사람처럼 여겨졌다. 코요테 신하들보다 훌쩍 큰 그녀가 커티스에게 걸어오자 신하들도 종종걸음으로 따라왔다.

"정말 멋져요." 커티스가 말했다.

"우린 여기에 우리의 모든 것을 쏟아부었지." 그녀가 손으로 방안을 휘휘 가리키며 말했다. "처음에는 사람들이 흔히 쓰는 물건 따위의 기본적인 편의시설을 갖추는 게 어려웠단다. 아무것도 없이 시작했을 때와 비교하면 지금은 그야말로 기적이지." 그녀는 감개무량한 듯 웃으며 가느다란 손가락으로 커티스의 뺨을 어루만졌다. "바깥세상에서 왔다고?" 그녀가 의미심장하게 물었다. "바깥세상에서 온 아이! 정말 아름답구나. 네 이름은 뭐지?"

"커… 커티스예요, 부인." 커티스가 말을 더듬거렸다. 지금까지 한 번도 누구를 부인이라고 부른 적은 없었다.

"우리 사육지에 온 것을 환영한다. 내 이름은 알렉산드라다. 사람들은 흔히 미망인 여왕이라고 부르지." 그녀가 단상으로 올라가 옥좌에 몸을 기댔다. "배고프지 않니? 목은 마르지 않아? 오늘 오랫동안 여행을 했을 텐데. 우리 창고에 물건은 많지 않지만 네게 필요한 것은 얼마든지 줄 수 있단다."

"목이 좀 말라요." 커티스가 말했다.

"보르야! 카르푸스!" 그녀가 어정거리는 두 코요테를 향해 손가락을 딱, 하고 부딪쳤다. "검은딸기 와인 한 병을 손님에게 대령해라. 녹색채소도! 민들레와 고사리도. 그리고 바깥세상에서 온 커티스를 위해 사슴고기 스튜 한 접시도! 어서!" 그녀는 커티스를 향해 환한 웃음을 지어보이며 옥좌 둘레에 쌓아놓은 신선한 이끼 더미를 손으로 가리켰다. "자, 좀 앉아라." 그녀가 말했다.

커티스는 극진한 환대에 내심 놀라며 푹신한 이끼 쿠션 위에 앉았다.

"우리는 소박한 종족이지." 여왕이 말했다. "우리가 가진 것에 만족할 뿐 숲에서는 많이 얻으려고 하지 않는단다. 이를테면 와일드우드 관리인이라고나 할까. 우리는 이 야생의 땅을 우리 것으로 만들어 아무것도 없는 이곳에 질서를 부여했단다. 말하자면 황량하고 척박한 땅에 아름다운 꽃을 가꾸는 것이 우리의 목표지. 내가 처음 와일드우드에 왔을 때 네가 보는 이 코요테들은 궁핍하고 절망에 빠져있었다. 조직도 어찌나 무질서한지 만날 다른 종들과 싸움을 하는 통에 숲에 서식하는 동물 중 가장 하등한 존재로 몰락했었단다. 쓰레기더미나 주워먹고. 하지만 난 그들에게 질서를 부여했지."

그때 문가에 나타난 시종 코요테가 신선한 채소가 가득 담긴 넓은 양철접시와 스튜 그릇, 진자줏빛 액체가 담긴 목각 머그잔을 가지고 커티스에게로 다가왔다. 이윽고 시종은 겨드랑이에서 코르크 병을 꺼내 접시 옆에 놓았다. 여왕이 고개를 까딱하자 코요테는 정중히 절을 한 뒤 방에서 물러났다.

"먹어라." 미망인 여왕이 말했다.

커티스는 단번에 음식에 달려들어 사슴고기 스튜를 후루룩 먹어치우고 목각 머그잔에 든 건강에 좋은 술도 벌컥벌컥 들이켰다. 뜨뜻한 음료가 목구멍을 타고 내려가자 얼굴이 화끈거렸다.

여왕은 커티스를 빤히 바라보았다. "너를 보니 내가 아는 남자아이가 생각나는구나." 그녀가 감회에 젖은 표정으로 말했다. "너보다 나이가 많지는 않을 텐데. 커티스, 지금 몇 살이지?"

"11월이면 열두 살이에요." 커티스가 음식을 씹다 말고 대답했다.

"열두 살이라고?" 그녀가 되풀이해서 물었다. "그애가 너보다 몇 살 더 많구나. 생일이 7월이었을 거야. 한창 더울 때 태어났으니." 그녀의 눈이 커티스의 어깨 너머 어딘가를 응시하며 차츰 가늘어졌다. 커티스는 씹기를 멈추고 등 뒤를 돌아다보았다. 아무것도 보이지 않았다.

여왕이 웃으면서 정신을 가다듬고 다시 커티스를 바라보며 물었다. "그나저나 음식은 어떠니?"

커티스는 대답을 하려고 입안 가득 넣고 있는 채소를 빨리 씹어삼켰다. 이 사이에 낀 청나래 고사리는 잡아빼 접시에 내려놓았다. "아주 맛있어요." 그가 대답했다. "이 고사리는 좀 이상하지만요. 이걸 어떻게 먹죠?" 그는 숟가락으로 맛 좋은 스튜를 한가득 떠서 입안에 넣었다.

여왕이 빙그레 웃다가 이내 진지한 표정으로 물었다. "그건 그렇고 커티스, 어쩌다 이 숲에 들어왔는지 궁금하구나. 너희 바깥세상 종족은 오랫동안 이곳에 발을 들인 적이 없거든."

커티스는 스튜를 뜨다 말고 숟가락을 내려놓은 뒤 입에 머금은 스튜를 마저 삼켰다. 포로가 된 몸으로 이 숲에 들어오게 된 이유를 어떻게 설명해야 할지 떠오르지 않았다. 그래서 여왕의 의도를 읽을 수 있을 때까지 프루와 관련된 일은 말하지 않는 편이 낫겠다고 판단했다. "그냥 돌아다니다 우연히 이 숲으로 들어오게 되었어요. 길을 잃었죠. 그러다 부인의… 부인의 코요테에게 발견되었어요." 그는 병사들이 프루는 발견하지 못했기를 바랐다.

"그냥 돌아다녔다고?" 알렉산드라가 눈썹을 치켜뜨며 물었다.

"네." 커티스가 대답했다. "거짓말이 아니에요. 저는 학교도 빼먹었어요. 학교를 빼먹고 모험을 해야겠다고 생각했죠. 우리 학교 교장선생님에게 이르지 않으실 거죠, 네?"

알렉산드라는 고개를 뒤로 젖히며 깔깔 웃었다. "이런, 이런!" 그녀가 웃음을 참으며 말했다. "절대 이르지 않으마. 그러면 너와 함께 머무는 기쁨을 누리지 못할 테니까!" 그녀는 손을 뻗어 와인 병을 집어들었다. 그러고는 코르크 마개를 뽑고 탁한 위스키를 커티스의 컵에 따랐다. "좀더 마시렴. 목이 탈 텐데."

"고맙습니다. 미망인 여왕…," 그가 호칭을 부르려다 말고 머뭇거리더니 고쳐 말했다. "알렉산드라 부인. 조금만 더 마실게요. 술맛이 아주 좋아요." 술은 달콤하면서도 독했다. 뱃속에 들어가자 얼굴이 화끈거렸고 이내 온몸으로 열기가 퍼졌다. 커티스는 길게 한 모금 더 마셨다. "이런 건 마셔본 적이 없어요. 유월절에 마니슈비츠(달달한 스위트 와인의 일종. —옮긴이)는 조금 마셔봤지만 그건 이것과 달라요." 커티스는 술을 한 모금 더 마셨다.

"그러니까 그냥 걷다가 이 숲으로 들어온 거로구나." 여왕이 되물었다.

커티스는 술을 삼킨 다음 민들레를 한 줌 집어 입안에 넣었다. 그러면서 고개를 끄덕거렸다.

"하지만 커티스," 알렉산드라가 말했다. "그런 일은 일어날 수 없단다."

커티스가 채소를 우적우적 씹으며 여왕을 바라보았다.

"다시 말해 불가능한 일이지." 그녀가 진지한 표정으로 말했다. "커티스. 이 숲을 바깥세상의 호기심으로부터 보호하는, 숲의 마법이 있단다. 우리를 너희 같은 바깥세상 인간으로부터 격리시켜주는 장치라고나 할까. 이 숲에 사는 생명체의 핏줄에는 저마다 숲의 마법이 흐르고 있지. 너 같은 바깥세상 사람이 이 숲으로 들어오는 길을 알게 되면 즉시 '변방의 곤경'이라고 하는 미로에 빠지게 된단다. 한번 빠지면 밖으로 나갈 수 없는 미로지. 어느 모퉁이를 돌아도 막다른 골목이 나오거든. 게다가 숲은 점점 더 거울의 방처럼 되어가고 있단다. 거울에 비친 영상이 끝없이 착시현상을 일으켜 모퉁이를 돌아가면 처음 출발한 곳에 서있게 되는 방 말이다. 운이 좋으면 숲이 토해내어 다시 바깥세상으로 돌아갈 수 있지만, 대부분은 끝없이 달라지는 숲속에서 길을 잃고 헤매다 머리가 돌아버리거나 죽게 된단다."

커티스는 천천히 민들레를 씹고 나서 꼴깍 소리나게 삼켰다.

"그러니까, 커티스." 알렉산드라는 독수리 날개 하나를 장난스럽게 머리에 꽂았다 뺐다 하며 의미심장하게 말했다. "네가 마법으로 태어나지 않은 이상 경계선을 넘어서 이 숲으로 들어오는 건 불가능하단다."

커티스는 여왕을 응시하며 등골이 오싹해졌다.

"아니면," 그녀가 잠시 뜸을 들이다가 말을 이었다. "숲의 마법으로 태어난 누군가와 *함께 왔거나.*"

미망인 여왕은 커티스의 눈을 응시하며 웃었다. 가물거리는 불빛이 반사되어 그녀의 홍채가 회청색으로 빛났다.

❦

해가 지고 있었다. 프루는 슬슬 잠이 왔다. 덜컹거리며 롱로드를 달려가던 트럭은 이따금 바닥에 떨어진 나뭇가지나 드문드문 패인 진흙구덩이를 피하기 위해 방향을 틀었다. 어느새 대화도 잠잠해지고, 리처드는 재떨이에 담배를 비벼 끈 뒤 휘파람을 흥얼거렸다. 프루는 창문에 얼굴을 기댄 채 밖을 내다보았다. 빽빽한 관목과 수척한 나무가 있던 풍경이 여윈 팔을 도로로 쭉 뻗은 거대한 삼나무, 전나무 고목이 띄엄띄엄 서있는 풍경으로 바뀌었다.

"올드우드란다." 거대한 나뭇가지들이 천장처럼 뒤덮은 나무 밑을 지나고 있을 때 리처드가 말했다. "다 와간다."

프루는 웃으며 리처드를 향해 고개를 끄덕였다. 피곤함이 큰 파도처럼 밀려와 프루는 점점 잠에 빠져들었다. 덜컹거리는 트럭 소리마저 자장가가 되어 깊은 잠속으로 이끌었다. 그러다 트럭이 갑자기 몸서리를 치며 멈춰섰고, 프루는 잠에서 깨어났다. 어느새 차창 밖은 어두웠다. 프루는 자신이 얼마나 잤는지 기억나지 않았다. 그때 트럭 전조등 빛 속에 새들이 보였다. 방금 잠에서 깨어난 터라 시야가 흐렸지만 프루는 새가 틀림없다고 생각했다. 리처드가 두 손으로 핸드 브레이크를 힘껏 당겨 트럭을 세워둔 뒤 프루를 돌아다보며 말했다. "검문소다. 트럭에서 내려야 해." 그는 차문을 열고 밖으로 나갔다.

프루는 눈을 비빈 다음 가늘게 뜬 눈으로 더러운 창문 밖을 내다보았다. 전조등 불빛 너머에 이상한 빛이 깜빡거렸다. 프루는 신경을 곤두세우고 그게 무엇인지 알아내려 했다. 그때 자동차 앞 덮개에 비늘이 붙은 발톱 두 개가 내려앉았다. 프루는 소스라치게 놀라며 비명과 함께 도로 의자에 주저앉았다. 거대한 검독수리(《시블리 조류 백과사전》에서 본 그 이름이 금방 생각났다)가 고개를 숙이고 호기심 어린 눈으로 트럭 안을 들여다보았다. 그뿐만 아니라 독수리 뒤로 전조등 불빛이 비치면서 개똥지빠귀, 왜가리, 독수리, 올빼미 같은 새들이 우글우글 모여있는 모습이 보였다. 어떤 새는 전조등 불빛 안으로 날아들었다 나가고, 어떤 새는 길바닥에 서있고, 어떤 새들은 날카로운 발톱으로 서로 트럭 덮개를 움켜쥐려 몸싸움을 벌였다. 프루는 의자 뒤로 더욱 몸을 젖혔다. 트럭 덮개 위의 독수리는 아직도 트럭 안을 관찰하고 있었다. 그때 우글거리는 새 떼 사이로 리처드의 모습이 보였다. 리처드는 팔을 쭉 뻗어 들고있던 작은 수첩을 휘둘렀다. 트럭 덮개에 앉아있던 독수리가 몸을 돌려 빠르고 힘찬 날갯짓을 하며 날아오르더니 리처드 앞에 있는 나뭇가지에 내려앉았다.

"모든 것을 규정대로 처리했소, 장군." 리처드가 독수리에게 말했다. 독수리는 리처드가 손에 들고있던 수첩을 읽었다. 이윽고 독수리는 흡족한 듯 조금 전에 앉았던 트럭 덮개로 다시 날아왔다. 그러고는 부산스러운 동고비 떼를 쫓아낸 다음 강철 빛깔 눈으로 다시 프루를 살펴보았다.

"같이 온 사람은 누구요?" 독수리가 물었다.

리처드는 빙그레 웃음짓다 껄껄 웃었다. "실은, 이 일 때문에 가는 겁니다." 그가 운전석 창문으로 걸어오며 말했다. 그는 유리창을 톡톡 치며 프루에게 트럭에서 내리라고 손짓했다. "바깥세상에서 온 아이예요. 여자아이죠. 길에서 발견했습니다."

프루가 차문을 열고 자갈길로 내려왔다. 프루는 이내 몸집이 작은 되새라든지 어치 같은 새들에게 둘러싸였다. 어떤 녀석들은 프루의 머리와 어깨로 날아와 정신없이 빙빙 돌다 머리카락을 헝클어뜨리고 옷을 쪼아댔다.

"바깥세상이라고요?" 독수리가 못 믿겠다는 듯 되물었다. 그는 트럭 반대편으로 날아가 큰 소리로 *깍깍* 울었다. 작은 새들이 푸드덕거리며 나무로 날아갔다. 독수리는 다시 프루를 빤히 쳐다봤다. "믿을 수가 없군. 애야, 어떻게 길을 알아냈느냐?"

"그냥… 걸어왔어요." 프루가 겁에 질려 대답했다. 이렇게 가까이에서 독수리를 보는 것은 처음이었다. 숨이 턱 막혔다.

"걸어왔다고?" 독수리가 물었다. "말도 안 되는 소리. 와일드우드에는 무슨 일로 왔지?"

프루는 할 말이 생각나지 않았다. 독수리는 프루의 얼굴에 부리가 닿을락말락 하게 고개를 쑥 들이밀었다.

"남동생을 찾고 있대요." 리처드가 얼른 끼어들어 대답했다. "참, 그리고 보니 친구도."

"바깥세상에서 온 아이는 스스로 대답할 줄 모릅니까!" 독수리가 프루를 응시한 채 큰 소리로 말했다.

"사실이에요." 프루가 더듬거리며 입을 열었다. "남동생 맥이에요. 까마귀한테 납치됐어요. 제가 알기로는 이 숲 어딘가로 끌려왔어요. 그래서 동생을 찾으러 여기까지 왔어요. 제 친구 커티스가 절 따라왔는데, 그애는 저쪽 숲속에서 코요테한테 잡혔어요."

독수리는 말 없이 잠깐 프루를 응시했다. "까마귀라고?" 그가 물었다. "게다가 코요테 무리?" 그는 동료 새들을 의미심장한 눈으로 바라본 뒤 트럭 덮개 위에서 왔다갔다 걷기 시작했다.

"정말이에요." 프루가 용기를 내어 말했다. "부디 맥과 커티스를 찾게 도와주세요, 장군님."

그 말에 으쓱해진 독수리는 날개를 퍼덕거린 뒤 리처드를 돌아보았다. "이 소녀를 어디로 데려갈 작정이오, 우체국장?"

"섭정지사님께요." 리처드가 대답했다. "생각해봤는데 거기가 가장 적당할 것 같아서요."

독수리가 코웃음을 치더니 다시 프루를 쳐다봤다. "섭정지사라." 이렇게 말하는 독수리의 어조가 신랄했다. "아마도 큰 도움이 될 테지. 얘야, 너무 조급하게 동생과 친구를 찾으려고 애쓰지 않기를 바란다. 내 기억이 맞다면 〈까마귀에 의해 납치된 인간 수색 요청서〉를 제출하려면 H1조 6-45E항의 일반서류를 꾸미며 전 시청 위원들의 서명을 3중으로 받아야 할 게다."

주변의 새들이 킥킥대며 웃기 시작했다. 프루는 그 농담을 이해하지 못했다. 리처드가 초조하게 웃으며 말했다. "그분이라면 충분히 동정을 베풀지 않을까요? 혹시 장군에게 다른 좋은 방법이 있는지."

"아니, 없소." 독수리가 딱 잘라 말했다. "그게 최선의 방법일 거요. 게다가 소녀의 이야기가 사실이라면 공작님이 사우스우드를 방문할 때 우리의 간청을 들어줄지도 모르오."

"공작님이요?" 리처드가 놀라서 물었다. "사우스우드에 오십니까?"

"그렇소, 직접." 독수리가 대답했다. "공국의 안전이 위기에 처해있는데 당신네 위원들이 조치를 취해주지 않아 목 빠지게 기다리고 있소. 전적으로 회피하지는 않았더라도 우리 사절들은 지금까지 무시를 당했소. 원조와 동맹을 바라는 우리의 간청은 묵살당하고. 만약 공작님이 이번 일로 성과를 얻지 못하면 와일드우드의 규약 따위는 헌신짝처럼 버릴 거라는 것이 미천한 이 독수리의 의견이오. 지금 와일드우드는 폭풍전야요. 나는 진작 예견했지. 우린 더 이상 야만인들이 들끓을 때까지 손 놓고 기다릴 순 없소."

"이해합니다, 장군." 리처드가 말했다. "자, 이제 좀 보내주시죠." 그가 트럭을 가리켰다. "배달해야 할 우편물이 많아서요."

트럭 덮개에 앉아있던 독수리가 날개를 한껏 펼치고 하늘 높이 날아올랐다. 겨우 몇 번의 날갯짓으로 높은 나뭇가지 위로 날아가 앉았다. "알겠소, 우체국장," 독수리가 대답했다. "그만 가보시오. 그리고 다른 롱로드 우체국장들에게도 귀띔해주시오. 우리 공국의 안전이 보장되지 않으면 여행자들이 억류되는 일이 계속 생길 거라고." 다른 새들도 트럭 위를 빙빙 돌다 컴컴한 숲속으로 날아갔다. "그리고 바깥세상에서 온 꼬마 아가씨," 독수리가 계속해서 말했다. "행운을 빈다. 잃어버린 친구와 동생을 꼭 찾기 바란다." 그 말을 남기고 독수리는 날갯짓으로 작은 돌풍을 일으키며 나무 위로 사라졌다. 나뭇가지가 흔들리고 나뭇잎이 찰랑거렸다.

새들이 떠난 후 리처드는 트럭의 저편에서 프루를 향해 웃어보인 뒤 안도하듯 이마를 쓸어내렸다. "음!" 그가 운전석에 올라탔다. "검문이 날로 심해지는

구나. 타거라. 저들이 마음을 바꾸기 전에 어서 떠나자."

프루는 아직 어리둥절한 채 조수석으로 돌아왔다. 리처드가 시동을 걸고 힘 겹게 기어를 바꿨다.

"아까 그게 다 무슨 말이에요?" 프루가 물었다.

"음, 말하자면 좀 복잡하단다." 리처드가 설명했다. "우린 지금 새들의 왕국 인 아비앙 공국을 통과하고 있단다. 사우스우드와 와일드우드 사이에 있는 군 주국가지. 이들은 국경지역의 적들로부터 자신들을 지키기 위해 와일드우드로 쳐들어가게 해달라고 섭정지사에게 압력을 넣고 있단다."

"그런데 왜 들어가지 못하죠? 왜 섭정지사의 허락을 받아야 해요?" 프루가 물었다.

"아까 독수리도 말했듯이, 와일드우드 규약이라는 것 때문이란다. 그 규약 에 따르면 기본적으로 조약 가맹국은 어떤 일이 있어도 와일드우드에 들어가 는 것을 금지한다고 명시되어 있단다. 군사적 행동은 말할 것도 없고. 모르겠 구나. 아무튼 난 와일드우드로 들어가고 싶어하는 사람들이 이해가 되지 않 아. 그곳은 미개척지야. 풀이 무성하고 겉보기와 달리 어떤 위험이 도사리고 있는지 알 수도 없지. 무질서하고. 바깥세상 사람들은 정착은커녕 시도조차 해볼 수 없는 곳이지."

"그런데 누가 새들을 공격하는 거예요? 틀림없이 와일드우드에 사는 그 누 굴 테죠?"

"너도 낮에 보았다는 그 코요테 병사들이 속한 코요테 군대란다. 새들은 코 요테 병사들이 국경을 지키는 자기네 보초병들을 공격한다고 주장하지. 게다 가 태생이 난잡한 코요테 군인들이 예전 사우스우드의 통치자이자 현재는 폐위당한 미망인 여왕의 명령에 따라 움직인다고 믿고 있어." 그는 그 말이 재미있는지 숨을 죽이고 킬킬 웃었다. "멍청한 새들."

프루가 리처드를 돌아보며 물었다. "왜요?"

"미망인 여왕 말이다. 그녀는 세상을 떠난 섭정지사 그리고르 스빅의 아내였단다. 남편이 죽은 후 권좌를 물려받았는데, 형편없는 통치자였어. 15년 전에 권좌에서 쫓겨나 여느 죄수들처럼 와일드우드로 추방되었지. 틀림없이 죽었을 거야, 지금까지 안 보이는 걸 보면."

"아저씨!" 프루의 얼굴이 환해지면서 소리쳤다. "코요테 말이에요! 그 코요테들도 그렇게 불렀어요!"

"누구, 미망인 여왕?" 리처드가 물었다. 그는 프루를 똑바로 바라봤다.

"네." 프루가 설명을 했다. "커티스와 제가 그 코요테들을 처음 봤을 때 자기들끼리 말씨름을 하고 있었어요. 그 중에 하나가 다른 녀석한테 미망인 여왕에게 보내겠다고 협박했어요. 틀림없어요."

"그럴 리가." 리처드가 미심쩍어 했다. "그 여자가 살아있는 건 불가능해. 와일드우드 한가운데 떨어뜨렸거든. 입은 옷 그대로 아무것도 없이."

프루는 리처드가 믿으려고 하지 않자 애가 탔다. "정말이에요, 아저씨. 어떤 코요테가 미망인 여왕에게 보고하겠다고 말하는 것을 들었어요. 똑똑히요. 그때는 그 호칭이 무슨 뜻인지 몰랐지만요."

리처드가 힘겹게 침을 삼켰다. "음, 여왕이란 말 그대로 왕좌를 물려받은 여자를 뜻하고 미망인은 남편이 죽은 과부라는 뜻이란다. 보자. 그녀의 남편이 죽었을 때," 그는 입술 사이로 낮게 휘파람을 불었다. "휴, 사내아이가… 만약 그 여자가 살아있고 군대까지 거느리고 있다면 섭정지사 스빅과 사우스우드 주민들에게는 불길한 징조인데. 섭정지사가 분명 네 이야기를 듣고 싶어할 게다. 지금까지는 새들이 아무리 호소했어도 목격자가 없었거든. 새들의 주장만 가지고는 믿지 않았지." 리처드는 주머니에서 담배를 꺼내 입에 물고 잘근잘근 씹었다.

"어쩌면 섭정지사가 저를 도와줄지도 몰라요." 프루가 들뜬 목소리로 말했다. "제 말은, 이 여왕이 정말로 자기 나라에 위협이 된다면 제가 커티스를 구하는데 그가 도움을 줄지 모른다는 거예요! 누가 알아요. 그녀 덕분에 맥을 만나게 될지." 프루는 손으로 이마를 짚었다. "전 모든 게 실감 나지 않아요. 제가 여기 이 이상한 세상에 와있다는 것도, 이 우편 트럭을 타고 있다는 것도, 말하는 새와 미앙인 여왕에 관한 것도요."

"미망인." 리처드가 고쳐주었다.

"알아요. 그리고 그녀의 코요테 병사들도요." 프루는 애원하듯 리처드를 바라보았다. 이 이상한 세상에 온 후 만난, 유일하게 다정한 얼굴이었다. 프루는 문득 감정이 북받쳤다. "전 여기에서 어떻게 해야 하죠?" 프루가 조그맣게 물었다.

"내가 보기에," 리처드가 대답했다. "어떤 일이 일어나는 데는 다 이유가 있단다. 네가 여기에 온 것도 결코 우연은 아니라는 생각이 드는구나. 네가 여기에 온 이유가 있다는 뜻이지." 그가 담배 뭉치를 창밖으로 뱉었다. "그게 무엇인지 아직은 잘 모르지만 말이다."

CHAPTER 7

저녁 만찬;
오랜 여행 끝에 군인이 되다

벌써 밤이 되었다. 부모님과 멀리 떨어져 말하는 동물과 그들의 이상하고 수수께끼 같은 지도자의 포로가 되어 깊은 땅 속 코요테 사육지에 있는데도 커티스는 별로 불안하지 않았다. 믿기 어려울 정도로 맛있는 사슴고기 스튜를 두 그릇이나 먹었고, 맛 좋은 검은딸기 와인을 지금 몇 잔째 마시고 있는지 꼽는 것도 잊어버렸다. 만약 햇볕이 서늘한 낮에 이런 광경을 보았으면 이상하고 놀라웠을 테지만 불 피운 화로가 있는 따뜻한 굴 속 아늑한 이끼에 앉아있노라니 모든 게 장밋빛으로 보였다. 커티스는 자신이 본 사람 중에 가장 아름다운 이 굴의 여주인에게 매료되어 머그잔을 다시 채울 때마다 자신이 점점 더 매력적이고 카리스마 넘치는 남자인 듯 느껴졌다. 커티스는 친구들과

91

대장간 모루에다 동전을 올려놓고 납작하게 두드리다 형광등 한 줄을 몽당 깨뜨린 이야기를 신나게 들려주었다.

"동전을 내려치는 각도가 어긋났는데 동전이 총알처럼 튀어 전등이 완전히 깨져버린 거예요. 파바박! 그러자 모두가 '뭐야, 뭐야?' 하고 물었지요." 알렉산드라가 정신없이 웃을 때는 이야기를 멈추고 잠깐 기다리기도 했다. 그녀가 시종에게 커티스의 머그잔에 와인을 다시 채우라고 손짓했다. "그래서 그리로 가보았죠…. 이런, 정말 조금만 주세요…. 형광등이 산산조각 났더라구요. 바닥에 떨어진 동전을 주웠더니 바로 그 동전이었어요. 그래서 '내가 가질게, 정말 고마워.' 했죠." 그는 웃으면서 동전을 바지주머니에 넣는 시늉을 했다.

"오, 커티스, 옷에 얼룩지겠다!" 술잔을 제대로 내려놓기 어려울 정도로 웃던 커티스는 여왕의 말에 겨우 정신을 차렸다. 말을 할 때면 웃음소리가 잦아들었지만 여왕도 매번 커티스와 보조를 맞춰 웃어주었다. "오, 커티스, 정말 *대단하구나*. 정말 훌륭해. 네가 정말 그렇단 말이니? 네가 용감하게 혼자 이 숲에 들어온 게 놀랄 일이 아니구나. 넌 정말 독립심이 강한 사나이야. 그렇지 않니?"

"아! 네, 그래요." 커티스는 취하지 않은 척 애쓰면서 말했다. "전… 혼자 있는 걸 좋아하는 편이에요. 남과 어울리기보다. 뭐랄까, 그게 제 방식이에요. 전 최고가 되려고 해요. *기타 등등*." 그가 술을 한 모금 마셨다. "하지만 팀을 짜서 하는 것도 잘해요. 정말이에요. 혹시 파트너를 찾으신다면, 바로 저 같은 사람을 찾으시면 돼요. 프루도 처음에는 저를 믿지 않았지만, 우린 잠깐이나마 정말 좋은 팀이었죠. 진정한 파트너였어요."

"누구?"

"누구요? 제가 누구 이름을 말했나요? 프루? 전 그냥 누구라고만 말한 것 같은데. 제가 '누구나 저를 믿지 않았다'고 하지 않았나요?" 커티스의 얼굴이 창백해졌다. "휴, 이 술 정말 독해요." 그가 손으로 부채질을 하며 술잔을 내려 놓았다.

"프루. 넌 프루라고 했어." 여왕이 지적했다. 그녀의 표정이 점점 진지해졌 다. "어쨌든 네가 이 숲에 들어왔을 때 혼자가 아니었나보구나."

커티스는 두 손을 깍지 껴 무릎을 감싼 채 소리가 나도록 한숨을 쉬었다. 술 이 엉뚱한 효과를 내고 있었다. 커티스는 뭐라고 말해야 할지 갈피를 잡을 수 가 없었다. 그는 정신을 차리려고 안간힘을 썼다. "좋아요." 그가 마침내 털어 놓았다. "그 점에 있어서는 제가 정직하지 않았어요."

여왕이 말 없이 눈썹을 찌푸렸다.

"숲에 오게 된 것은 프루의 생각이었어요. 프루는 제 친구예요. 저는 그렇게 믿어요. 정확히 말하면 학급 친구예요. 교실에서 제 자리로부터 두 줄 건너에 앉아요. 우린 둘 다 영어랑 사회 우등생이죠. 학교 밖에서는 절대 함께 놀지 않지만요."

알렉산드라는 조바심을 내며 어서 계속 말하라고 손짓을 했다. "숲에는 왜 들어오게 되었지?"

"음, 오늘 아침 그애를 따라서 오게 됐어요. 그애가 누굴 찾으러 숲에 가는 길이라고 했어요. …어린 동생이요." 이쯤에서 커티스는 방안을 둘러보며 말 꼬리를 흐렸다. "말도 안 되는 소리 같았지만 오늘 목격한 바에 의하면 실제로 그런 일이 일어날 수 있을 것 같아요. 그애의 동생은 까마귀한테 납치를 당했 거든요. 까마귀 떼요. 까마귀 떼가 아기를 낚아채어 이 숲으로 데려갔고, 그래서 프루가 새들을 따라온 거예요."

여왕은 커티스를 빤히 바라보았다.

"저는 프루를 따라왔어요. 제 도움이 필요할 것 같아서. 그러다 여기까지 오
게 됐어요." 커티스가 자초지종을 설명했다. 그는 애원하는 눈으로 알렉산드
라를 바라보았다. "제발 화내지 마세요. 처음에 제가 혼자 왔다고 말씀드린 거
알아요. 하지만 그때는 어떻게 될지, 여왕님의 부하들이 믿을 만한지 어떤지
알지 못했어요." 커티스는 배를 쓰다듬으며 뺨을 불룩하게 했다 오므린 입술
사이로 숨을 내뱉었다. "휴, 속이 별로 좋지 않네요."

긴 침묵이 흘렀다. 차고 습한 바람이 방안을 휘감아돌며 화로의 불빛을 흔
들었다. 구석에 있던 코요테 부하가 몇 번 재채기를 하더니 서둘러 자리에서
물러났다.

"우린 믿어도 된다, 커티스." 생각에 잠겼던 여왕이 정신을 차리며 말했다.
"우리를 두려워해서 말하지 못했던 점 이해한다. 재미없는 바깥세상에서 자란
너 같은 아이에게는 틀림없이 이곳이 충격이었을 거야. 그저 일상적인 경험만
하고, 게다가 너희 세상의 길들여진 동물들은 말을 하기에는 지능이 떨어지니
까. 내 사령관과 거친 병사들이 너를 함부로 다룬 후라 나를 믿지 못한 것도
이해해. 그 녀석들이 무례하게 행동했을 수도 있고. 내가 사과하마. 우린 방문
객을 맞는 일에 익숙하지 않단다." 알렉산드라가 손가락으로 나무 팔걸이의
소용돌이 결을 따라 그리며 말했다. "그리고 우리도 그 말썽쟁이 까마귀에 대
한 항의를 들은 게 이번이 처음은 아니란다. 까마귀란 녀석들은 원래 해악을
끼치는 경향이 있지. 하지만 그 녀석들이 네 친구 동생에게 엉뚱한 행동을 할
거라고 보지는 않는다. 아마 잠깐 데리고 있으면서 싸구려 보석처럼 갖고 놀

거야. 그러다 싫증이 나면 훔쳤던 곳에 다시 갖다놓을 게다."

"가지고 논다고요? 정말요?" 커티스가 물었다.

"그래." 여왕이 대답했다. "나는 그 새들이 실제로 해를 입힐 거리고 생각하지 않는단다." 그녀는 잠시 생각한 뒤 말을 이었다. "혹시 아이가 까마귀 둥지에서 떨어지지만 않는다면."

"떨어져요? 까마귀 둥지에서요?"

"까마귀 녀석들이 아이를 잘 데리고 있기를 바라지만, 그 새들이 워낙 나무 높은 곳에 둥지를 틀어서 말이야. 하지만 안전할 거야. 까마귀는 자기 소유물을 끔찍하게 보호하는 습성이 있거든. 아마 독수리 같은 맹금한테 잡혀가지만 않으면 무사할 게다."

"독수리가 잡아가요?"

그녀가 고개를 끄덕였다. "그렇단다, 커티스. 그래서 내가 아무 일도 일어나지 않을 거라고 장담하지 못하는 거란다. 독수리는 사람 고기를 아주 좋아하거든."

커티스는 몸이 움츠러들면서 자기도 모르게 손을 입에 가져갔다. 지난 몇 분 사이에 커티스의 얼굴은 더욱 창백해졌다.

"하지만 걱정하지 마라, 커티스!" 여왕이 몸을 앞으로 기울이며 말했다. "내 병사들에게 네 친구의 동생을 수색하고 구출해내라고 지시를 내릴 참이니. 전에도 그런 까마귀들을 다뤄본 적이 있거든. 몇 시간 내에 그 아기를 찾아낼 수 있을 거야. 나만 믿으렴."

동굴의 침침한 불빛이 흔들려 보이고 흙벽이 빙빙 돌기 시작하면서 커티스는 속이 메슥거렸다. 눈을 감으면 좀 괜찮아지기에 커티스는 쉰 목소리로 "괜찮다면 저 눈감고 있겠어요."라고 말했다. 그러고는 눈꺼풀을 파르르 떨며 이끼 깔린 바닥에 비스듬히 누웠다.

"피곤하구나." 눈을 감자 여왕의 목소리가 더욱 가깝게 들렸다. "쉬는 게 좋겠다. 내일 아침에 다시 얘기하자꾸나. 그때까지 누워서 좀 자거라. 좋은 꿈도 꾸고."

커티스는 그 말대로 따랐다.

곯아떨어진 커티스는 여왕이 다정하게 내려다보는 모습을 보지 못했다. 털 담요를 덮어준 뒤 턱까지 반듯하게 끌어올려주는 것도 느끼지 못했다. 또한 그의 잠든 모습을 보며 깊게 내쉬는 한숨소리도 듣지 못했다.

🌿

나무 사이로 새벽 햇살이 비칠 때 우편 트럭은 웅장한 석조 담장 앞에 멈춰 섰다. 담 사이 우뚝 솟은 관문에는 커다란 목조 미닫이문이 달려있고, 아치 모양의 쐐기돌에는 '북문'이라고 새긴 목판이 붙어있었다. 밤새 달려오느라 피곤했던 프루는 졸음이 가시지 않는 눈을 비비며 차창 밖으로 웅장한 담장을 바라보았다. 도로 양쪽으로 난 담장은 나무들이 삼켜버릴 때까지 멀리 쭉 뻗어 있었다. 부드러운 안개가 숲속의 식물을 뒤덮고, 숲의 초록색은 이른 아침 이슬에 영롱한 빛을 띠며 아른거렸다. 새 몇 마리가 노래를 불렀다. 리처드는 세 번째 담배를 수북이 쌓인 재떨이에 비벼 끄고 출입문 양쪽에 서있는 무장경비 두 명에게 손을 흔들었다. 그들은 프루를 발견하고 눈이 휘둥그레졌다. 리처드가 창문을 내렸다.

"이런 게 여기에 있다니, 정말이지 믿을 수가 없어요.
이런 풍경은 처음 봤어요."

"바깥세상에서 온 아이예요." 그가 지친 목소리로 설명했다. "섭정지사님께 데려가려는 길이오."

"전갈을 받았소." 둘 중에 나이 많은 경비병이 말했다. 그의 희끗희끗한 구레나룻 수염은 접시를 뒤집어놓은 것처럼 생긴 주석 헬멧의 턱 끈 사이로 비죽이 나와 있었다. "아비앙 공국에서 전갈을 받았소. 통과하시오."

다른 젊은 경비병은 트럭에 타고 있는 프루를 보고는 매우 놀란 표정을 지었다. 참나무 출입문이 천천히 열리자 리처드는 넓은 홍예문으로 트럭을 몰았다. 길 한가운데 서서 돌처럼 굳어진 채 이쪽을 바라보고 있는 젊은 경비병이 사이드미러에 비쳤다. 프루는 그 표정이 왠지 꺼림칙했다. 마치 현미경으로 이상한 벌레를 관찰할 때처럼 자신을 지나치게 쳐다보는 기분이 들었다. 관문을 통과하자 갑자기 공간이 넓어졌다. 프루는 다시 트럭 앞을 바라보았다.

"사우스우드다." 리처드가 말했다. "드디어 집에 돌아왔구만."

이 숲은, 야생 잡목과 구불텅하고 무시무시하게 툭 튀어나온 나무들이 많은 와일드우드와 사뭇 달랐다. 길 옆 숲 사이로 소박하나마 집 모양을 갖춘 특이한 건물들이 보이기 시작했다. 어떤 집은 나무와 멀리 떨어져 거친 돌과 벽돌로 지어졌고, 어떤 집은 나뭇가지로 이은 지붕에다 온통 이끼로 뒤덮인 벽면 때문에 마치 집 자체가 땅에서 자라난 나무처럼 보였다. 땅에서 불룩하게 솟은 굴처럼 보이는 집은 갖은 색깔의 목조문에 뱃전의 창문처럼 동그란 유리창이 나있고, 휘어진 양철 굴뚝에서 나온 가느다란 연기가 나무 차양으로 올라가고 있었다. 그런 집들은 격자무늬의 통로와 다리를 통해 높은 나뭇가지와 연결되고, 더 많은 집들과 판잣집, 나무 위로 튀어나온 높은 건물들과도 연결되어 있어서 그 모습을 보려면 목을 길게 빼야 했다. 사람들은 그 통로와 다리를 이용해 건물을 드나들고, 더러 그곳에 서있기도 했는데 사람만 보이는 게 아니었다. 동물도 있었다. 사슴, 오소리, 토끼, 두더지들이 이 놀라운 세상에서 사람들과 뒤섞여 걸어다니고 있었다. 한편 롱로드와 연결된 듯한 다른 길도 보였다. 간선도로, 샛길, 골목길…. 어떤 길에는 판돌과 벽돌이 깔려있고, 자갈과 흙이 깔린 어떤 길에는 전날 밤 내린 비로 군데군데 물웅덩이가 보였다.

얼마쯤 더 가자 롱로드 자체가 나무 사이로 난 웅장한 통로가 되었고, 매끄럽고 오래된 바퀴 자국 아래 돌들이 드러나 보였다. 롱로드가에는 호화로운 주택단지가 늘어서 있었다. 우아한 현관 지붕에다 커다란 창문에 중간 문설주까지 있는, 흰색 화강암과 자줏빛 벽돌로 지어진 복층 저택들이었다. 어떤 집은 신기하게도 나무를 에워싸고 지어져서 삼나무 줄기가 지붕이나 벽면으로 툭 튀어나와 있었다. 그런데 와일드우드에서의 맑고 상쾌했던 공기는 어느새 석탄 타는 매캐한 냄새와 목재 썩는 것을 방지하는 크레오소토 방부제 냄새가 스며든 공기로 바뀌어 있었다. 게다가 도로는 차들로 꽉 막혔다. 털털거리는 자동차와 덜덜거리는 낡은 스쿠터가 자전거와 행인, (말 그대로) 투덜대는 황소나 말, 노새가 끄는 마차 사이를 앞다투어 요리조리 빠져나갔다.

"믿을 수가 없어요." 갑자기 활력 넘치는 풍경을 보고 충격을 받은 프루가 중얼거렸다. "이런 게 여기에 있다니, 정말이지 믿을 수가 없어요. 이런 풍경은 처음 봤어요."

유리창에 팔을 괴고 있던 리처드는 방금 트럭 앞을 가로지르던 불안한 자전거 운전자에게 한바탕 욕설을 퍼부은 터였다. 그가 프루를 돌아다보며 웃었다. "그래, 그렇단다. 사우스우드는 지금 잘 나가고 있지. 하지만 나에게는 복잡하고 정신없이 느껴질 뿐이야. 나에게는 노스우드의 한적함이 더 맞아. 순박한 사람들. 단순한 물건들."

그들이 달리는 도로는 언덕을 질러 물살 빠른 계곡 위에 놓인 울퉁불퉁한 석조다리를 통과한 뒤 또 다른 언덕을 지그재그로 올라가게 되어있었다. 이 도롯가에는 돌과 나무로 지은 건물과 축제 분위기가 나는 알록달록한 간판을 내건 카페와 술집, 신발 가게와 음료수 판매점 따위가 늘어서 있었다. 이곳에도 차들은 많았다. 트럭은 가파르고 번잡한 거리를 힘겹게 올라갔다. 리처드는 급정거하는 차나 행인 때문에 브레이크를 밟아야 할 때면 숨죽여 욕설을 내뱉었다. 마침내 그들은 언덕 꼭대기에 이르렀다. 차들도 없고, 건물들도 드문드문 서있어서 그 사이로 기막히게 멋진 풍경을 감상할 수 있었다. 원시림 사이의 우아한 화강암 저택과 아침 햇살에 빛나는 창문. 프루는 한껏 숨을 들이마셨다. 정말로 아름다웠다.

"윌리엄 J. 피트콕이 수세기 전에 사우스우드 지사 집무실로 쓰기 위해 지은 피트콕 저택이다. 세월이 흐르는 동안 이따금 강제로, 대부분은 평화적으로 주인이 바뀌었단다." 리처드가 여행 안내원처럼 설명했다. "잘 보면 알겠지만 화강암 벽에 대포나 총탄 흔적이 남아있단다. 이 나라는 분열과 충돌을 통해 강하게 단련되었지만, 슬프게도 그 불화의 기억은 쉽게 잊혀지지 않는 법이란다."

아니나 다를까, 위풍당당한 석조 벽면에 군데군데 구멍이 패였지만 그렇다고 건물의 웅장함까지 훼손하지는 않아 보였다. 북쪽을 향한 귀퉁이에는 멋진 2층 발코니와 잇닿은 붉은 지붕의 모서리 탑이 있었다.

저택의 뜰은 잘 가꾼 영국식 정원을 연상시켰다. 생나무 울타리와 꽃핀 나무들(계절이 계절이니만큼 잎은 무성하지 않았다)이 저택 중심부로부터 대칭으로 심겨있었다. 숲 아래 번잡한 도로의 복잡하게 뒤엉킨 모습과는 놀랄 만큼 대조적이었다. 몇몇 커플은 자갈 깔린 길을 한가롭게 산책하고, 비버 가족은 아름답게 조각한 분수 안에서 헤엄치는 거위들에게 빵조각을 던져주고 있었다. 트럭은 이 지점에서 롱로드를 벗어나 자갈 깔린 로터리를 돈 뒤 저택 안뜰로 들어갔다.

진입로 끝에 이르면 연철 대문이 열리게 되어있었다. 리처드는 진입로를 막고 있는 마차와 즐비한 관용 자동차 사이로 트럭을 몰아 마침내 격자유리창이 난 프랑스식 현관 앞에 차를 세웠다.

"다 왔다." 리처드가 저택 앞에서 요란스럽게 트럭을 세우며 말했다.

"이제 시작이군요." 프루가 차문을 열고 자갈이 깔린 진입로로 발을 내려놓으며 중얼거렸다.

※

한편 커티스는 그다지 상쾌하게 아침을 맞지 못했다.

잠에서 깨어나기 직전에는 틀림없이 자신의 집 침대에 스파이더맨 그림이 그려진 이불을 덮고 누워있다고 생각했다. 그리고 잠에서 깬 채 눈을 감고 있을 때는 어쩌다 프루 매킬과 얽혀 '지날 수 없는 숲'에 들어오는 기괴하고도 생생한 꿈을 꾸었다며 놀라워했다. 그 꿈은 오싹하면서도 어쩐지 일상으로 돌아오기 싫을 만큼 달콤했다. 그러다 마침내 눈을 뜨게 되었을 때, 커티스는 비명을 지르고 말았다.

얼굴도 없는 팔 다리에 나뭇잎이 달린 어떤 형상이 군복 차림으로 자신의 머리 위에 서있었던 것이다. 정체 모를 그 괴물은 달려들 기세로 커티스를 내려다보고 있었다. 커티스는 겁에 질려 이불을 찾았지만 보이지 않았다. 대신 그의 손은 이끼로 만든 단상 바닥 아래 들어가 있었다. 그러는 동안 서서히 주변 모습이 눈에 들어왔다. 화려하게 꾸민 옥좌, 뿌리가 뒤엉킨 천장, 쩍쩍 금이 갈라진 흙벽. 커티스는 그 순간 자신이 어디에 있는지 깨달았다. 미망인 여왕의 알현실이었다. 커티스는 주춤주춤 엉덩이를 빼 거친 벽에 몸을 바짝 기댄 뒤 공격자에 대항할 태세를 갖췄다. 하지만 상대는 꼼짝도 하지 않았다.

그때 방 가운데에서 목소리가 들렸다. "안녕히 주무셨습니까, 주인님." 귀에 거슬리게 걸걸한 목소리가 쩌렁쩌렁 울렸다. 꿈에서 완전히 깨어난 커티스는 코요테 병사의 표정을 재빨리 살핀 뒤 화롯불 쪽으로 걸어갔다.

갑자기 속이 메슥거리고 힘이 빠졌다. 입안도 뻑뻑할 정도로 말랐다. 커티스는 얼른 이끼 침대 옆에 서있는 군복 차림의 형상을 돌아보았다. 그리고 그것이 마네킹이라는 사실을 깨닫고는 안도의 한숨을 쉬었다.

"여왕님께서 이 제복을 입으시랍니다. 옷을 입힌 다음 잘 맞는지 확인해보라는 분부를 내리셨죠." 코요테가 마네킹을 가리키며 말했다. 그의 목소리에는 약간 불만스러운 기색이 묻어있었다.

어깨를 반듯하게 펴 걸어놓은 군복은 전날 본 코요테 병사들의 누더기 군복보다 새 것으로 보였다. 군청색에 연한 금빛 단추로 단단히 여며져있고 어깨에는 견장이 달려있었다. 게다가 소맷단은 금실로 섬세하게 수를 놓았고 연붉은색 커프스 단추가 달려있었다. 가슴판에는 대단한 의미가 담긴 듯한 훈장과 배지가 꽂혀있었다. 마네킹의 뻣뻣한 팔에는 넓은 검정색 가죽 벨트가 걸려있고, 벨트 위에는 작은 조약돌로 장식한 칼집이 꽂혀있었다. 칼자루는 번쩍거리는 금색이고, 한쪽 끝이 툭 튀어나온 칼자루 끝에는 자갈이 박혀있었다. 마네킹의 다리에는 은색 옆줄을 넣은 통 좁은 검은색 바지가 입혀져있었다.

커티스는 이 모습을 멍하니 바라보았다. "내 거예요?" 그가 물었다. 놀라서 벌떡 일어났지만 뱃속이 뒤틀리는 듯했다. 코요테가 고개를 끄덕이며 마네킹에게서 군복을 벗기기 시작했다. 군복을 벗긴 뒤에는 어깨를 잡고 털었다. 훈장이 짤랑거렸다. 커티스는 참을성 있게 서서 기다렸다.

다만 방이 흔들리는 것처럼 느껴져 의자 팔걸이를 잡아야 했다. 지끈지끈 가벼운 두통으로 머리가 깨질 것만 같았다. 지난 밤 여왕이 준 술 때문인 것 같았다. 혀는 줄로 깎아낸 것처럼 꺼칠꺼칠했다. 하지만 앞으로 펼쳐질 일들을 생각하면 이까짓 고통은 아무것도 아니었다.

"왜 나에게 이 옷을 입으라는 거죠?" 그가 제복을 쳐다보며 물었다.

자신의 집 침대 머리맡에 크리미아전쟁 당시 영국 기병대의 군복을 자세히 설명해놓은 포스터가 붙어있었다. 커티스는 군복 입은 자신의 모습을 상상만 해도 짜릿했다.

"그건 직접 물어보세요." 코요테가 툭 내뱉었다. "난 시키는 대로만 할 뿐이니까."

커티스는 의구심이 생겼다. "내가 누구와 싸워야 하는 건 아니죠, 그렇죠?" 그는 동굴에서 나온 맹수와 썬더돔 스타일('썬더돔Thunderdome'이라고 부르는 어마어마하게 큰 공 모양의 우리에서 꼭대기에서 내려온 고무줄로 몸을 묶고, 고무줄의 반동으로 튀어오르며 우리에 걸린 무시무시한 무기들로 결투하는 시합. 아무런 규칙이 없으면 상대가 죽을 때까지 싸운다. ―옮긴이)로 난투를 벌이는 광경을 상상하며 물었다. "난 못해요. 난 평화주의자예요." 그가 말했다. 친구들 중 나이도 어리고 몸도 약한 티모시 에머슨은 쉬는 시간 상급반 학생들에게 구름사다리에서 밀려났을 때 반격하지 않은 이유를 이렇게 설명했다. 커티스에게는 그 말이 참으로 인상적이었다.

코요테는 아무 대꾸도 하지 않았다. 그가 다시 군복을 털며 헛기침을 했다.

"검이 아주 멋져요." 커티스가 벨트에 찬 칼집을 내려다보며 말했다. "좀 봐도 돼요?"

코요테는 단상에 군복을 내려놓고 칼집에서 칼을 꺼내 전문가처럼 침착하게 상대방에게 칼자루를 내밀었다. 커티스는 칼을 받아들어 허공에서 휘둘러보았다. 생각보다 무거웠다. 은빛 강철 칼날은 대략 그의 팔뚝만했다. 칼을 쥐고 허공에서 8자를 그릴 때 꺼져가는 햇불의 불빛이 금속에 반사되었다. 묘하게도 손에 쥔 칼의 묵직함이 커티스의 상상력을 마구 솟구치게 했다. 그 순간 커티스는 만화책을 좋아하고 따돌림을 당하는 외톨이, 오리건 주 포틀랜드에 사는 리디아와 데이비드의 아들이 아니었다. 그는 방랑자 타란(로이드 알렉산더의 판타지소설 주인공. —옮긴이)이었다. 또 해리 플래쉬맨(토머스 휴즈의 자전적인 소설 《톰 브라운의 학교생활*Tom Brown's Schooldays*》(1857)의 등장인물, 소설 속에서 친구를 괴롭히는 악명 높은 학생으로 묘사됨. —옮긴이)이었다.

커티스는 칼자루를 힘껏 쥔 채 가늘게 뜬 눈으로 코요테를 바라보았다. "좋아요." 그가 말했다. "군복 좀 입게 도와줘요."

CHAPTER 8

지사의 수행원을 만나라

제 복 차림의 안내원 두 명이 프루와 리처드를 저택의 로비로 안내하기 위
해 프랑스풍 현관문을 열자마자 비교적 조용했던 진입로가 한순간에
시끌벅적해졌다. 안을 들여다본 리처드와 프루는 온몸이 굳어졌다. 현관 로비
는 온갖 광란의 행위가 들끓는 가마솥이었다. 건물의 가장 커다란 방인 이곳
에는 사람, 짐승 할 것 없이 갖가지 동물이 모여있었는데 돌아다니며 대화를
나누는 이들, 사방으로 줄을 지어 화강암 바닥을 재빨리 지나다니는 이들로
정신이 없었다. 수백만 가지처럼 들리는 소리들이 와글거려서 프루는 그것들
을 낱낱이 떼어 이해하느라 머릿속이 빙빙 돌 지경이었다. 검은 양복에 넥타이
차림으로 겨드랑이에 서류뭉치를 끼고 있는 사람들 주위에는 대개 비슷하게

차려입고 열심히 술잔을 나르는 사람들이 있었다. 이렇듯 눈에 띄지 않더라도 끝없이 되풀이되는 동작을 할 때 유일한 장애물은 광택 나는 체크무늬 바닥에서 휘감듯 올라가는, 눈부시게 하얀 중앙 계단뿐이었다. 계단 중간 층계참에는 초록색 쓰리피스 코듀로이 정장을 입은 흑멧돼지가 발굽이 갈라진 앞발을 조끼 차림의 상의 겨드랑이에 끼운 채 일행 몇 명에게 둘러싸여 이야기를 하고 있었다. 또 꼬리 색깔과 맞춘 옥스퍼드 셔츠에 타이를 맨 한 쌍의 검은꼬리 사슴은 어떤 주요 인물의 대리석 흉상 옆에서 열띤 논쟁을 벌이고 있었다. 흉상을 올려놓은 대좌의 가장자리에는 다람쥐가 서서 연신 고개를 끄덕였다.

방안의 시선들은 이따금 한 사람, 다초점 안경을 끼고 머리가 희끗희끗한 남자에게 일제히 쏠렸다. 그는 벅찰 정도로 많아 보이는 서류뭉치와 종이 파일을 위태롭게 가슴에 안고 방안을 빠르게 왔다갔다 했다. 이 남자가 두 쪽짜리 문을 열고 들어와 반대편 끝에 있는 다른 문으로 나갈 때 로비 안에 있던 많은 사람들은 하던 일을 중단하고 애타게 그의 주의를 끌려고 했다. 하지만 남자는 한결같이, 자기 먼저 봐달라는 요구를 철저히 무시했고, 그가 다른 문으로 사라지면 방은 다시 혼란스럽고 시끄러운 상태로 돌아갔다.

리처드가 마침내 입을 열었다. "프루, 네가 만나야 할 사람이 바로 저 남자란다. 지사의 수행원이지."

프루는 고개를 들어 리처드를 바라보며 그도 자신만큼 초조해한다는 것을 알아차렸다. 프루는 심호흡을 한 다음 그에게 손을 내밀었다. "전 잘 해낼 수 있어요. 우체국장님은 아직 배달해야 할 편지가 있으시죠?"

리처드가 안도하는 표정을 지었다. 그는 프루의 손을 잡고 악수를 했다. "만나서 반가웠다, 포틀랜드 프루. 오다가다 다시 만나기를 바란다. 그럼, 행운이 있기를." 그는 돌아서서 가려다 말고 문 앞에서 멈칫하더니 다시 돌아다보 았다. "혹시 도움이 필요하면, 우체국으로 찾아오거라. 이 저택의 남서쪽에 있 다. 배달 중이 아니면 거기에 있을 거야." 그가 따뜻하게 웃어보였다.

"고마워요, 우체국장님." 프루가 말했다. "전부 다 고마워요."

리처드가 떠난 후 프루는 한동안 썰물과 밀물처럼 방안을 바쁘게 돌아다니 는 사람들을 구경했다. 다리를 절며 현관문으로 걸어가는 나이든 흑곰을 향해 가볍게 목례도 했다. 손에 든 서류뭉치에 신경을 곤두세우고 종종걸음치는, 고양이 눈처럼 생긴 안경을 쓴 여인에게는 상냥한 미소를 보냈다. 마침내 프 루가 리처드와 들어왔던 그 이중문이 다시 열리자 사람들의 주의를 집중시키 는 수런거리는 소리가 들렸다. 이윽고 안경 쓴 수행원이 다시 나타나 어수선 한 곁방 대기실로 가려고 했다.

프루는 얼른 앞으로 달려나가 손을 번쩍 들고 말을 하려다 말았다. 방안이 동물의 왕국에서나 들릴 법한 온갖 소리로 터져나갈 듯했다. 고함지르듯 간청 하는 사람 목소리, 귀가 먹먹해지는 곰들의 포효, 미친 듯이 날개를 치며 방안 을 날아다니는 어치 제비 동고비의 날카로운 노랫소리. 수행원은 의연하게 군 중 속으로 뛰어들어 맞은편을 향해 꿋꿋이 걷기 시작했다. 그런 그의 눈에 띄 려고 밀물처럼 밀려들어 에워싸는 사람들을 보자 프루는 낙담했다. 프루는 몇 미터 떨어지지 않은 곳에서 군중이 지나가자 손을 들고 말했다. "저, 여기요!" 하지만 그 소리는 와자지껄한 소리에 묻혀 들리지도 않았다.

"직접 가서 말하는 게 좋을 것 같다." 근처에서 어떤 목소리가 끼어들었다. 프루가 주위를 둘러보았지만 아무도 없었다. "여기 아래쪽." 그 목소리가 다시 들렸다.

프루는 아래를 살펴보다 쪼개진 개암 열매를 조용히 씹고 있는 들쥐 한 마리를 발견했다. 점심시간인 모양이었다. 들쥐는 기둥 아래쪽에 기대어 앉아있고, 앞에 펼쳐놓은 손수건에는 당근토막, 치즈조각, 골무에 담긴 맥주 등 갖가지 음식이 조금씩 놓여있었다. 개암을 다 먹은 들쥐는 맥주로 입안을 헹군 뒤 흠흠 헛기침을 하고 나서 물었다. "너도 명단에 있니?"

"명단?" 프루는 당혹스러워하며 되물었다. "무슨 명단?"

들쥐가 구슬처럼 검은 눈동자를 굴렸다. "섭정지사님을 뵈러온 거 아니야? 스빅 지사님을 만나려면 여기 사무처에 등록을 해야 해. 등록을 하면 네 이름이 대기자 명단에 오르지. 네 이름이 명단 꼭대기에 오르면 수행원으로부터 연락을 받게 되고 지사님을 접견할 일정이 정해지는 거야." 들쥐는 말하는 내내 호리호리한 손가락으로 치즈조각을 살폈다.

"그럼…," 프루가 낙담해서 물었다. "시간이 얼마나 걸리는데?"

"글쎄." 들쥐가 입에 커다란 치즈덩어리를 머금은 채 대답했다. "길 바로 아래 남쪽 건물에 예약실이 있어. 거기에서 접견 예약을 하면 돼. 화요일부터 금요일까지, 시간은 정오부터 3시까지 문을 여는 걸로 알고 있어."

"화, 화요일부터 금요일까지?" 프루가 더듬거리며 다시 물었다. 날짜를 헤아려보니 오늘은 일요일이었다.

"응, 그래." 쥐가 무심하게 대답했다. "일찌감치 가. 언제나 줄을 서있으니까. 그리고 일단 네 이름이 명단에 오르면 약속을 잡는 연락이 올 때까지 휴일 빼고 5일에서 10일쯤 걸릴 거야. 계절에 따라 다르지만 접견까지는 보통 빨라야 3~4주쯤 걸려."

프루는 좌절했다. 금방이라도 눈물이 나올 것만 같았다. "그럼 내 동생은 어떡하라고! 내 동생은 납치당했어. 난 동생을 찾아야 해! 숲 어딘가로 끌려왔어. 그런 곳에서는 오래 버티기 힘들어!"

들쥐는 그런 이야기에 아랑곳하지 않고 어깨를 으쓱했다. "누구에게나 사정은 있지." 그러더니 당근조각을 마저 입에 넣고 남은 맥주를 탈탈 털어 마신 다음 작은 도시락 통을 챙기기 시작했다.

프루는 숨 쉬는 것조차 힘들었다. 사람과 짐승들이 무리지어 어정거리고 있었다. 어느새 수행원은 방을 나가고, 사람들은 그가 돌아오기만을 기다리며 하던 일을 계속했다.

"저 사람들은 뭐야?" 프루가 주변을 둘러보며 물었다. 들쥐는 손수건으로 입가를 닦고 있었다.

"저 사람들?" 그가 되물었다.

"응. 대기자 명단에 올라있고 접견 약속이 되어있는데 왜 모두 저 신사의 관심을 끌려고 애쓰는 거지?"

들쥐는 손수건을 조끼 주머니에 쑤셔넣고 양 손을 비벼댔다. "음, 그건 시스템에 허점이 있기 때문이야. 수행원 눈에 띄게 큰 소리로 고함을 지르면 접견 약속이 없어도 일이 해결될 수 있거든. 누가 알겠어? 밑져야 본전이지." 그는 어깨를 으쓱한 다음 가볍게 인사를 하고 현관을 향해 걸어갔다.

프루는 잠깐 기다리며 방안의 사람들을 찬찬히 살폈다. 어디가 가장 좋은 위치일지 헤아려보았다. 매달리는 사람들 때문에 어찌할 바 모르는 수행원의 주의를 가장 쉽게 끌 만한 곳 말이다. 프루는 많은 사람들이 신경쓰이지는 않았지만(죄다 모르는 사람들이라는 사실이 묘한 용기를 주었다) 수행원은 왠지 겁이 났다. 마침내 프루는 용기를 내어 계단 맨 아래로 걸어간 뒤 상아색 난간에 손을 얹고 서있었다. 속닥속닥 이야기를 하던 중년 남자와 오소리가 프루를 흘 끗 쳐다보더니 고개를 끄덕인 뒤 다시 한 번 쳐다봤다. 프루는 미소를 지으며 희미하게 손을 흔들었다.

오소리와 이야기를 나누던 신사가 프루를 돌아보며 말했다. "얘야, 잠깐 실 례해도 되겠니? 내가 친구와 대화를 하고 있었는데, 너 혹시 바깥세상에서 오지 않았니?" 희끗희끗한 수염을 길게 기른 그는 해군장교 같은 옷차림이었다.

"네." 프루가 대답했다. "맞아요."

"이런, 믿을 수가 없군." 장교가 놀라 물었다. "섭정지사님을 뵈러 왔니?"

"음, 꼭 그런 건 아니고요." 프루가 머뭇거렸다. "사전 약속이 된 건 아니에 요. 하지만 꼭 만나야 해요. 그래서 사람들이 절 여기로 들여보내 주었어요."

장교는 얼굴을 찡그리며 고개를 절레절레 저었다. "행운을 빈다. 나는 몇 주 전에 약속이 되었는데도 아직 못 뵙고 있거든. 나 참, 함정을 정박해놓고 성 질 급한 선원에게 맡기고 왔는데. 빌어먹을 서류에 직인만 받아가면 되는데 말 이다." 그는 화가 난 듯 손에 든 서류를 흔들었다. "그건 그렇고," 장교는 뭔가 은밀한 이야기를 하려는 듯한 눈으로 방안을 둘러보았다. "이놈의 나라는 아 직도 오래 전에 일어난 쿠데타의 후유증을 회복하지 못하고 있단다. 이 멍청이 들은 길게 보는 안목이 없어서 국가를 어떻게 운영해야 하는지 모르거든." 그 는 허리를 쭉 펴고 손바닥으로 제복을 반듯하게 편 다음 프루를 바라보았다. "설마 바깥세상도 이런 식으로 일을 처리하지는 않겠지? 그래도 이 멍청이들 을 상대로 일을 볼 셈이냐?"

프루는 잠시 생각에 잠겼다. 정부기관에 항의한 적이라고는 도서관에서 인 기 있는 책을 대출하느라 한없이 기다려야 했을 때뿐이었다. "그럴 거예요."

프루가 대답했다. "하지만 사실 잘 몰라요. 저는 겨우 열두 살인 걸요."

장교가 못마땅한 듯 헛기침을 하며 뭔가 대꾸를 하려는데 로비 반대편 이중 문이 활짝 열리며 수행원이 모습을 나타냈다. 그의 꽁무니에는 여지없이 하인 과 그와의 면담을 원하는 사람들이 줄을 지어 따르고 있었다. 방은 다시 불협 화음 속에 파묻혔다. 지금까지 기다리던 다양한 무리가 행동을 개시하며 그가 다시 사라지기 전에 주목을 받기 위해 악다구니를 쓰기 시작했다. 프루 옆에 있던 장교와 오소리도 계단에서 튀어나가 기진맥진한 수행원에게 큰 소리로 애원하기 시작했다.

미처 준비가 안 된 프루는 정신을 바짝 차린 다음 경쟁에 뛰어들었다. 그러 다 밀치락달치락 하는 사람들 위로 폴짝폴짝 뛰고 있는 붉은꼬리 여우를 밀쳤 다. "미안해요!" 프루는 이렇게 말하고 가방을 휘두르며 대리석 바닥을 재빨 리 달렸다. "비서 아저씨!" 프루는 머리 위로 팔을 흔들며 소리쳤다. 방에 있는 사람들은 대부분 프루보다 키가 훨씬 컸고, 이 폭풍우의 한가운데에서 프루가 할 수 있는 일은 눈을 똑바로 뜨고 상대를 절대 놓치지 않는 것뿐이었다. 인 파에 둘러싸인 수행원은 그가 들고 있는 서류뭉치로나 식별이 가능했다. 그를 괴롭히는 폭도들의 애원 소리는 무시하는 게 상책이었다. 눈부신 색깔의 새들 이 후광처럼 프루의 머리 위를 빙빙 돌며 사람들의 주의를 끌기 위해 짹짹거렸 다. "비서 아저씨!" 프루가 좀더 큰 소리로 외쳤다. 서로 앞서려고 하는 바람에 누군가의 팔꿈치가 프루의 갈비뼈를 날카롭게 찔렀다.

"비서 아저씨!" 프루는 낼 수 있는 가장 큰 목소리를 내어 소리를 질렀다. "지사님을 만나야 해요! 제 동생이 납치를 당했단 말이에요! 비서 아저… 으 윽!" 웅크린 채 팔다리를 마구 흔들던 비버가 프루의 배를 정통으로 들이받는 바람에 프루는 폐에서 공기가 모두 빠져나가는 것만 같았다. 프루와 비버는 한 덩어리가 되어 군중 밖으로 날아간 뒤 바닥에 곤두박질치듯 떨어져 굴렀다. 프루는 겨우 몸을 일으키며 욕설을 내뱉었다. 그러고는 수행원과 주변에 바글거리는 무리를 노려보았다. 그들은 지금 이중문 근처에 있었다. 프루는 가방에 있는 곰 퇴치용 에어혼이 생각났다. 얼른 어깨에서 가방을 내려 에어혼을 끄집어냈다.

"비서 아저씨!" 프루는 마지막으로 꽥 소리친 뒤 에어혼의 손잡이를 힘껏 눌렀다.

방안이 에어혼 경보음으로 가득 찼다. 귀가 먹먹하고 머리카락이 곤두서는 것 같았다. 한번 터져나온 소리는 몇 초쯤 지속되었다.

모두 그 자리에 얼어붙었다.

누군가의 펜이 바닥에 떨어졌다.

개버딘 조끼 차림의 흑곰은 놀라서 현관 밖으로 뛰쳐나갔다.

112

모두가 시끄러운 경보음에 숨을 죽인 후 천천히 소리나는 곳을 돌아봤다. 로비 한가운데 혼자 서있는 프루 역시 에어혼의 위력에 멍해졌다. 프루가 헛기침을 했다. "음, 음." 그리고 나지막이 말하기 시작했다. "비서 아저씨. 저는… 음… 지사님께 드릴 말씀이 있어요."

수행원을 에워싼 사람들은 꼼짝 않고 서있었다. 모든 사람들의 주목을 받으니 괜히 두렵고 불안했다. 그때 누군가 군중을 헤치며 걷기 시작했고 군중도 다시 움직이기 시작했다. 수행원이었다. 그는 군중을 빠져나와 이마에 잔뜩 주름을 잡은 채 다초점 안경 밑으로 프루를 관찰했다. 동작을 멈추고 안경 너머로, 그 다음에는 안경 렌즈를 통해 프루를 찬찬히 뜯어보았다.

"너…," 그가 입을 열었다. "너… *바깥세상*에서 왔니?"

"네." 프루가 대답했다. 프루는 에어혼을 도로 가방에 넣었다.

"내 말은, 그러니까." 수행원이 말을 더듬었다. "*바깥세상*에서 왔느냐고?"

"네." 프루가 다시 한 번 대답했다. "제가 여기에 왜 왔냐면……."

수행원이 말을 가로막았다. "여긴 *어떻게* 들어왔지?"

프루는 완전히 얼이 빠진 상대 때문에 당혹해하며 어색한 미소를 지었다. "걸어왔어요." 프루가 나지막이 대답했다.

"*그냥 걸어왔다고?*" 수행원이 못 믿겠다는 듯 되물었다. "아니, 아니, *그럴 리가 없어!*"

프루는 뭐라고 말해야 할지 몰라 잠자코 서있었다.

당황한 수행원은 고개를 절레절레 흔들며 손으로 이마를 비볐다. "그러니까 내 말은, 내 말은, 그런 일은 절대 일어날 수 없다는 거다! 아니 *절대로 일어나서는 안 돼,* 절대로." 그는 동작을 멈추고 프루를 노려보다 이내 마음이 바뀌었는지 고개를 저으며 다시 말했다. "'변방의 곤경' 어딘가에 균열이 가거나 틈이 생긴 게 분명해. 마법이 훼손되었거나. 그 망할 북쪽 사람들 때문이야. 산골에 사는 멍청이들!" 그가 부러질 듯 가느다란 손가락을 딱하고 부딪치자 하인 한 명이 종종걸음으로 달려왔다. 수행원은 그저 하는 말로 지시사항을 불러주고 받아쓰게 했다. "나에게 45/C 서식 갖다주고, 분명 회계부에 있을 거야. 외교장관에게 내가 당장 서명을 해야 한다고 전하게. 아니 그보다 노스우드의 외교부에 연락해서 알리는 게……."

프루가 자세를 바로잡고 말을 가로막았다. "저, 저에게 중대한 문제가 생겼어요."

수행원은 고개를 돌려 프루를 보며 신경질적으로 웃었다. "이봐, 꼬마 아가씨. *너 자체가 중대한 문제야.*"

프루는 의연하게 말을 이었다. "제 동생 맥이 어제 까마귀들한테 잡혀갔어요. 이 숲으로 데려오는 것을 제 두 눈으로 똑똑히 봤어요. 와일드우드로요."

로비에 있던 사람들은 넋이 나가 프루의 이야기를 듣고 있었다. "전 제 동생을 꼭 찾아야 해요." 프루는 너무나 간절해서 눈물이 날 것만 같았다. "약속할게요. 하늘에 맹세할게요. 제 동생을 집으로 데려갈 수만 있다면 다시는 여기 오지 않을게요." 프루는 손가락으로 가슴에 십자가를 그었다.

주변 사람들은 어쩌지도 못한 채 침묵을 지켰고, 수행원은 못 믿겠다는 듯 쳐다보기만 했다. 마침내 옆에 있던 하인이 허리를 굽혀 수행원의 귀에 대고 뭐라고 속삭였다. 수행원은 프루에게서 시선을 떼지 않으면서 조용히 고개를 끄덕였다. "음," 프루에게는 영원처럼 느껴지는 시간이 흐른 후 그가 말했다. "네가 특별한 상황에 처한 듯하니 우리에게 방법이 있는지 알아보겠다. 따라와라."

수행원 주위에 있던 사람들이 흩어졌다. 그는 프루를 데리고 석고로 된 계단을 올라갔다.

여왕의 동굴 같은 방에는 시계가 없었지만 커티스는 아침이 거의 지났음을 알 수 있었다. 새 군복으로 갈아입은 커티스는 방안을 걸어다니며 영화나 책에서 본 허세부리는 기마병처럼 우아하고도 고전적으로 검을 가지고 찌르고 막는 동작을 했다. 그가 움직일 때마다 가슴의 훈장들이 짤랑거렸고,

허공에 대고 검을 휘두를 때는 쉭쉭 무시무시한 소리가 났다. 특이한 손님 시중드는 데 이골이 난 듯한 코요테 시종은 묵묵히 옆에서 기다리며, 커티스의 격렬한 반격에 움찔움찔 놀라기만 했다.

"훌륭하십니다." 커티스가 힘이 빠져 헉헉대자 시종이 말했다. "탁월한 검술 솜씨군요. *평화주의자치고는.*"

커티스는 방 한가운데 서서 발로 바닥을 찼다. "난 절대 누구와도 싸우지 않을 거예요." 지나치게 힘을 뺄 터라 커티스는 숨이 찼다. "그런데…." 커티스가 물었다. "정말 그렇게 생각해요?"

"물론입니다." 코요테가 대답했다.

"좀 지루하죠, 그렇죠?" 커티스가 물었다. 그는 마지막으로 한 번 더 찌르기를 한 다음 검을 칼집에 집어넣었다. 그는 칼을 쥐지 않았던 손으로 팔을 주물렀다.

"이제 곧 익숙해질 겁니다." 코요테가 말했다.

커티스는 의아한 눈으로 코요테를 보았다. "이름이 뭐예요?" 그가 물었다.

"막심이라고 합니다." 코요테가 대답했다.

"막심?" 커티스가 손에 쥔 검을 돌리며 중얼거렸다. "당신네 이름은 정말 이상해요."

막심은 그냥 눈썹을 치켜세웠다.

"막심, 당신은 여기에서 뭘 하죠?" 커티스가 물었다.

"저는 여왕님의 군대 부관입니다. 지금은 당신에게 예비교육을 하라는 지시를 받았고요."

"내 교육을요?"

"그렇습니다." 코요테가 대답했다. "여왕님은 당신에 대해 상서로운 계획을 갖고 계시죠."

커티스는 '상서롭다'는 말의 의미를 헤아리느라(상스럽다는 뜻인가?) 이런저런 추측을 하다 다시 물었다. "그런데 여왕님은 어디 계시죠?"

"전쟁터예요. 당신의 중대를 기다리고 있습니다."

"전쟁터요? 무슨 전쟁터요?"

막심은 질문을 못 들은 척했다. "당신을 깨워서 무장시킨 뒤 준비되는 대로 보내라고 지시를 받았습니다." 그가 말을 멈췄다. "준비됐습니까?"

커티스는 헛기침을 하고 고개를 끄덕였다. "그런 것 같아요." 이렇게 대답하고 나서 커티스는 마법이라도 부린 듯 갑자기 어른스러운 목소리로 말했다. "안내해주세요, 막심."

커티스는 방을 나가며 동굴을 둘러보았다. 이상하게도 전날의 왁자함은 찾아볼 수 없었다. 가마솥 주위에 옹송그리고 모여있던 코요테들도 보이지 않고, 군사훈련을 받느라 흙바닥에서 쿵쿵대는 소리도 들리지 않았다. 병사 몇 명이 허물어진 벽을 덧대고 장작을 끄느라 서성대고 있었지만 어제에 비하면 확실히 한적했다. 커티스는 한쪽으로 찌그러진 군복 어깨를 바로잡아주는 막심의 갈고리 같은 손길을 느꼈다.

"점점 편안해질 겁니다." 막심은 군복이 잘 맞지 않아 마음에 걸렸지만 이렇게 말했다. 마침내 그는 커티스를 중앙 홀과 연결된 많은 터널 중 한 곳으로 이끌었다. "이쪽으로 오시죠."

땅 위로 올라간 커티스는 환한 햇빛에 자기도 모르게 움찔했다. 이른 아침의 꾸물꾸물한 구름은 사라지고 햇볕을 쬔 풀잎은 하늘하늘거렸다. 그 환한 빛 덕택에 또다시 머리에서 등뼈를 타고 뱃속으로 내려오려던 구토증이 가시는 것 같았다. 막심은 그곳을 떠나 빽빽한 나무 숲으로 둘러싸인 공터로 커티스를 데려갔다. 몇몇 병사들이 단단한 땅에 말뚝을 박느라 낑낑대다 막심과 커티스를 발견하고 동작을 멈췄다. 그리고 딸깍, 하고 신호가 울리자 모두가 차렷 자세로 거수경례를 했다. 가까이 다가간 커티스는 그제야 병사들이 막심이 아닌 자신에게 경례를 하고 있음을 깨달았다. 커티스가 어색하게 경례를 하자 코요테들은 작업을 재개했다.

"뭐하는 거예요?" 병사들에게 들리지 않을 만큼 멀어졌을 때 커티스가 속삭이듯 물었다.

"상관에 대한 예를 표하는 거죠. 당신은 어쨌거나 장교니까." 막심은 걸음을 멈추고 커티스의 가슴에 붙은 계급장을 가리켰다. 넓은 연령초 꽃받침 위에 검은딸기 나뭇가지가 묶인 모양을 청동으로 주조한 것으로 단순했다. 커티스는 신기한 듯 만져보았다. "상관이라고?" 그가 나지막이 중얼거렸다. 막심은 계속해서 숲속으로 들어갔다.

"와, 잠깐만요." 커티스가 말했다. "비공식 장교인가요? 제가 그런 자격이 되나요?"

"그건 여왕님께 물어보십쇼."

"당신이 *인간이라*는 종에 대해 아는지 모르지만," 커티스가 설명했다. "난 엄밀히 말해 어른이 아니에요. 오는 11월이 되면 열두 살이 되죠. 코요테 나이로는 몇 살인지 모르지만 사람 나이로는 아이예요. 남자아이. 아직 어린애라고요!" 그는 막심과 보조를 맞추려고 뛰다시피 걸었다. 커티스는 대답을 기다렸고, 주위에 아무도 없게 되었을 때 다시 물었다. "그럼 이게 무슨 의미예요?

난 어떻게 해야 하죠? 난 평화주의자라고 말했잖아요. 난 검 쓸 줄도 몰라요. 아까 보여준 게 검술인지 아닌지 모르지만 그냥 해본 거예요. 구로사와의 영화 같은 데서 본 걸 흉내냈을 뿐이라고요."

"여왕님을 만나면 그 문제는 정리될 겁니다." 막심은 길에서 주운 나뭇가지를 휘두르며 목소리에 드러나는 짜증을 굳이 감추려 하지 않았다.

커티스는 뒤를 돌아다보며 빽빽한 고사리숲 사이로 동굴 입구를 찾아보았다. 하지만 놀랍게도 코요테 사육지의 표지판이 모두 숲에 가려 보이지 않았다.

"그럼 나도 뭔가… 명령을 내려야 하나요?" 커티스가 물었다.

"나도 몰라요." 막심이 대꾸했다. "나 역시 놀라고 있으니까."

둘은 잠시 말없이 걸었다. 숲은 점점 어두워지고 터널처럼 드리워진 나뭇가지는 무겁게 내려앉았다.

"당신은 어떻게 여왕 전속 부관이 되었죠?" 커티스가 물었다.

"전속 부관? 임명받았죠."

"어떤 계기로요?"

"전투에서 두각을 나타냈기 때문에 그런 것 같아요." 막심이 말했다.

"이런!" 커티스는 점점 더 걱정스러워졌다.

"저도 태어날 때부터 싸움을 잘했던 것은 아니에요. 사실 저는 제 목숨과 운명을 여왕님께 맡겼죠. 전 덤불 속 가난한 집안에서 태어났거든요. 아버지는 산사태로 돌아가시고 어머니는 다섯 명의 가족과 저를 먹여살리려 노예로 팔려가셨죠. 우리는 여왕님에게 발견되었을 때 굶어죽기 직전이었어요. 그분이 우리를 캠프로 데려와 먹여주고 싸움 기술을 가르쳐주었지요." 막심은 감정이라고는 전혀 없이 담담하게 자신의 이야기를 들려주었다. "그래서 지금에 이른 거예요. 전 여왕님을 위해 내 목숨을 바치기로 맹세했어요. 그분은 거지나 도둑이 될 뻔한 우리를 구원해주셨으니까. 우리 코요테를 숲속의 동물 중에서도 존경받는 위치에 오르게 해주셨으니까. 와일드우드가 우리 차지가 되면 우리의 위치를 즐길 거예요."

"그렇군요." 커티스가 말했다. "막심, 당신이 어떻게 여기까지 왔는지 이제야 잘 알겠어요. 여왕님을 향한 당신의 헌신을 높이 평가하고요. 하지만 내가 이 자리에 맞는지, 그러니까 누군가의 상관 노릇을 잘할 수 있을지 확신이 안 서요. 여기 온 지 하루밖에 안 된데다 아직 상황을 파악해가는 중이에요."

그때 위쪽에서 여인의 목소리가 들려왔다. "그래서 우리가 여기에 있는 거란다, 커티스."

고개를 들어보니 알렉산드라였다. 여왕은 새까만 말을 타고 거대한 삼나무들 사이 작은 언덕 너머에서 나타났다. 그녀가 말랑말랑한 손을 내밀었다. "자, 커티스." 그녀가 속삭였다. "너에게 세상을 보여주마."

120

CHAPTER 9

별로 위대하지 않은 스빅;
전선으로!

"**이** 쪽으로 와라…, 네 성이?" 층계참 끝에 이르렀을 때 수행원이 물었다. 그들은 커다란 참나무문 앞에 섰다. 그는 얼룩진 다초점 렌즈로 클립보드를 들여다보았다. 프루에 관해 모든 것을 기록한 한 장짜리 서류였다.

"매킬이요." 프루가 건성으로 대답했다. 프루는 문 가장자리를 두리번거리며 바라보았고, 수행원의 부하는 정중하게 문을 열어주었다. 어두운 목조 징두리 널판 위에 초록색 천을 씌운 널따란 복도가 보였다. 활짝 열린 문의 저편 복도 끝에 거대한 조개 모양 경첩이 달린 커다란 문이 하나 더 있었다. 그 조개 경첩이 벌어질 때 서류뭉치와 서류철을 든 검은 옷차림의 남자들이 나왔고, 다물어질 때면 똑같은 사람들이 더 많이 들어갔다.

"저런 행동은 신경쓰지 마라." 수행원이 말했다. "어수선해 보이지만, 정부는 평소와 다름없이 원활하고 효율적으로 돌아가고 있단다." 그가 길고 누런데다 부러진 이 두 개가 훤히 드러나게 활짝 웃었다. 그런 다음 심호흡을 하고 얼굴을 찡그린 뒤 프루를 복도로 안내했다.

"실례합니다. 죄송합니다. 저, 괜찮으시면…." 수행원은 정부 관리들이 지나갈 때마다 몸을 피하면서 이렇게 말했다. 멀리 문까지 가는 동안 사람들의 몸뚱이가 벌레 떼처럼 프루의 시야에 끝없이 들락날락 하는 바람에 복도가 구부러진 것처럼 느껴졌다. "조금만 더 가면 된다. …아, 실례합니다!… 자, 다 왔다." 드디어 문가에 도착했을 때 수행원이 말했다. "얼마 안 걸릴 게다." 문이 열리자 수행원은 안으로 들어가서 보이지 않았다. 잠깐 닫혔던 문이 다시 열리더니 수행원이 프루를 부르며 들어오라고 했다.

위엄이 넘치는 방이었다. 벽 꼭대기로는 사냥꾼들이 수사슴을 쫓는 전원풍경을 묘사한 조각이 띠처럼 두르고 있고, 천장에서는 거대한 크리스털 샹들리에가 빛을 내뿜었다. 하지만 오랫동안 사용하지 않은 방처럼 보였다. 벽에 걸려있어야 할 커다란 액자 그림은 위태롭게 벽에 기대선 채였고, 나무 바닥에 깐 장식 깔개는 손질도 안 해서 낡아보였다. 깔개 한가운데에 묵직한 목조 책상이 놓여있는데, 여러 무더기의 서류를 얼마나 높고 어지럽게 쌓아놓았는지 책상에 앉아있는 사람이 제대로 보이지도 않았다. 사실 검은 옷차림을 한 남자들이 에워싼 채 서류더미 너머의 사람에게 관심을 끌려고 경쟁하지 않는다면 그곳에 누가 앉아있다는 사실조차 모를 것 같았다. 수행원이 책상 앞으로 다가가자 검은 옷의 남자들이 일제히 고개를 돌렸다.

"지사님." 수행원이 말했다. "프루 매킬 양을 만나보시죠. 바깥세상 세인트 존스에서 왔답니다."

산처럼 솟은 서류더미 위로 피부가 하얀 대머리가 나타났다. 이어서 늘어진 목살에 커다란 뿔테안경을 쓰고 넓게 수염을 기른 얼굴도 보였다. 피부는 땀으로 번들거렸고 입술은 말할 때마다 파르르 떨렸다.

"안녕하세요?"

프루는 남자의 단정하지 않은 외모에 당황했다. 이 사람이 섭정지사란 말이야? 옷은 잔뜩 주름이 지고 윗옷 겨드랑이에는 땀자국이 나있었다. 단순한 무늬의 빨간색 넥타이는 매듭이 느슨한데다 목뼈 아래까지 단추를 풀어헤친 셔츠 위에 삐뚜름하게 매달려 있었다. 그가 넥타이 매듭을 조이고 몇 가닥 안 되는 기름진 머리카락으로 대머리를 얼른 가리는 모습을 보았어도 프루는 하나도 놀랍지 않았다.

"내 이름은 라르스다. 라르스 스빅. 사우스우드의 섭정지사다." 라르스는 높이 쌓여있는 서류뭉치 틈으로 한 손을 내밀었고, 프루는 악수를 하기 위해 앞으로 나아갔다.

"처음 뵙겠어요, 지사님." 그녀가 대답했다. "제 이름은 프루예요."

"그래, 그래." 섭정지사는 수행원이 가져온 서류를 들여다보느라 책상에서 눈을 떼지 않았다. 코끝에 내려온 안경을 끌어올리며 그가 서류를 훑어보기 시작했다. "프루 매킬, 바깥세상에서 온 소녀라." 그는 콧노래를 부르는 투로 서류를 읽었다. "바깥세상, 포틀랜드. 부모는 모름. 롱로드 12A 구역, 와일드우드에서 우체국장이 발견. 정서적으로 불안한 상태. 남동생 맥이 납치되고, 친구 커티스 멜버그가 유괴당했다고 하소연함. 용의자: 각박 까마귀와 코요테의 짓으로 추정. 각박?" 그가 어리둥절한 표정으로 프루를 올려다보았다.

"각각입니다, 지사님." 수염을 짧게 깎고 코안경을 단정하게 걸친 호리호리한 몸매의 남자가 옆에 서있다가 이렇게 고쳐주었다. "남동생은 까마귀, 친구는 코요테가 잡아갔다는 뜻입니다."

"아, 그렇군." 라르스가 다시 서류를 읽으면서 말했다. "그렇군. 정확히 말해줘서 고맙네, 로저."

"별말씀을요, 지사님." 로저가 미소를 지었다.

라르스는 계속 서류를 읽어내려갔다. "용의자는 각각 까마귀와 코요테. 상기한 자들을 찾기 위해 사우스우드 정부에 도움 요청. 미망인 여왕의 소행이라고 덧붙임……." 라르스가 말을 멈추고 돌연 서류를 뚫어지게 보았다. 그는 안경을 올려쓰고 그 문장을 다시 읽었지만 이번에는 소리내지 않았다. 그는 다 읽은 후 프루를 멍하니 올려다보았다.

"미망인 여왕?" 그가 물었다. "틀림없이 그렇게 들었느냐?"

프루가 대답할 기회를 얻기도 전에 호리호리한 로저가 냉큼 낚아챘다. "그냥 어디에서 주워들었을 겁니다. 바깥에서 온 소녀의 말을 귀담아듣기 전에 그 여자가 살아있다고 믿을 만한 확실한 증거가 없다는 점을 잊지 마십시오."

프루가 로저를 노려보았다. "전 들은 대로 말씀드렸을 뿐이에요." 프루가 말했다. "코요테들이 그렇게 말하는 걸 분명히 들었단 말이에요."

로저는 완강했다. "어떻게 그들이 코요테라고 확신하지? 개라든지, 아니면 다른 동물일 수도 있잖니! 숲이 어두컴컴해서 온순한 두더지를 잘못……."

"틀림없이 코요테였어요. 틀림없어요. 그들은 군복 차림에 총이나 검 같은 것들을 갖고 있었어요." 프루가 자신있게 설명했다.

로저는 말없이 프루를 살폈다. "그나저나 국경을 넘기가 쉽지 않았을 텐데.

뭐라고 말해야 하나, 네가 보초병 새들과 담소를 좀 나눈 것 같구나."

프루는 그 말의 의미를 파악하려고 말을 멈췄다. 그리고 마침내 이렇게 대답했다. "네, 맞아요."

"그래, 거래조건은 뭐였지?"

"음, 그 새들은 제가 뭐하러 여기에 오는지 알고 싶어했어요. 자기들은 코요테를 찾고 있다고 하던데요."

로저는 라르스를 돌아다보았다. "들으셨죠, 지사님? 새들이 이 아이를 보낸 겁니다. 이 아이는 새들의 의도대로 움직이는 앞잡이죠." 보좌관이 다시 프루를 쳐다봤다. "정말이지 영리하다고밖에 말씀드릴 수가 없군요. 마침 아비앙 공국의 공작이 방문하는 것과 때를 같이 해서."

프루는 할 말을 잃었다. 보좌관은 상황을 멋대로 조작하는 대단한 능력을 갖고 있었다. "그건 사실과 달라요." 프루가 머뭇거리며 따졌다.

"오, 얘야." 로저가 낮게 가라앉은 목소리로 달래듯이 말했다. "너 흥분했구나. 숲에 들어와서 일종의 문화적 충격을 받았으니 그럴 수밖에. 뜨거운 물에 목욕하고 이마에 따뜻한 수건을 올려놓는 게 좋겠다. 이곳은 네가 속한 세상과 아주 다르단다. 그러고 보니…," 그는 이쯤에서 섭정지사를 돌아다보았다. "바깥세상 소녀가 이곳에 머무른 전례가 없구나. 국경에 관한 법 132C 조항에 의하면 '변방의 곤경' 즉, 국경에 관한 마법이 바뀌지 않는 한 바깥세상 사람이 허가 없이 국경을 넘는 행위는 법적으로 허용되지 않는단다. 다만 한 가지 추측을 한다면……."

프루는 화를 내며 말을 가로막았다. "여기에 오면 안 된다는 거 알아요. 저도 빨리 여기를 떠나서 여러분을 귀찮게 만들고 싶지 않아요. 하지만 제 동생과 친구 커티스를 데려가지 못하면 떠날 수 없어요."

섭정지사는 여전히 당혹스러운 표정이었다. 그의 넓은 이마에서 솟아난 땀방울들이 미끄러져 내려오다 서로 합쳐져서 금방이라도 떨어질 것 같았다. 그가 당근처럼 생긴 손가락을 초조하게 주무르며 물었다. "미망인 여왕이라고 하는 말을 들은 게 분명하냐? 정말 그렇게 말하더냐?"

프루가 대답했다. "틀림없어요, 지사님."

라르스는 이를 부드득 갈며 주먹으로 책상을 내리쳤다. "내 그럴 줄 알았다!" 그가 흥분한 목소리로 중얼거렸다. "인정을 베푼답시고 추방하는 게 아니었어. 이렇게 될 줄 알았어야 했어!"

로저가 낮고 단호하게 말했다. "지사님, 망상에 사로잡힌 여자아이가 하는 근거 없는 말일 뿐입니다."

라르스는 보좌관의 말을 무시했다. "게다가 그 여자가 코요테를 자기 편으로 만들었다니. 상상도 할 수 없군!" 그의 눈이 갑자기 휘둥그레졌다. "그렇다면 새들의 주장이 사실이라는 게 아닌가? 어떻게 그럴 수가 있지?" 그의 목소리는 점차 작아졌고 눈은 먼 곳을 응시하며 생각에 잠겼다.

로저의 얼굴이 점점 비트처럼 빨개졌다. "말도 안 되는 소리!" 그는 이렇게 소리치고 나서 이내 정신을 가다듬었다. "제 표현을 용서해주십시오." 그는 가느다란 손가락으로 턱수염을 문지른 다음 위로하듯 지사의 어깨에 손을 얹었다. "지사님, 마음을 가라앉히십시오. 절대 걱정하실 필요 없습니다. 만약 그 여자가 살아있다면 우리는 진작 소식을 들었을 겁니다. 그런 여자가 그렇게 오랫동안 야생에서 살아남을 가능성은 거의 없습니다. 이 아이가 보았다는 코요테 병사들은 유령일 겁니다, 망상이죠. 충격에 의해 헛것을 봤을 겁니다."

프루가 항변하려는데 그가 손을 쳐들었다. "다만," 그가 계속했다. "그렇게 걱정되신다면 열 명 정도의 소대를 와일드우드로 파견하여 그곳 원주민으로부터 정보를 수집해오는 것은 어떨까요? 정공법이 아니라 망설여지지만 이 아이의 소원도 들어주고 지사님의 두려움도 날려버릴 수 있다면, 지사님, 저는 그것이 최선의 방책이라고 생각합니다. 부디 지사님의 건강을 생각하십시오."

라르스는 동의한다는 듯 낮은 신음소리를 내며 명상이라도 하는지 눈을 감고 들숨 날숨을 조절했다.

"그럼 제 친구 커티스는요?" 프루가 물었다. "커티스도 찾아주실 거죠?"

"물론이지." 로저가 웃었다.

"제 동생은 어떻게 되는 거죠? 제 동생 맥이요?"

"옳거니, 네가 잃어버린 또 한 명의 바깥세상 사람 말이구나." 로저가 대꾸했다. "까마귀한테 납치당했다고 그랬던가?"

"네, 세인트 존스의 공원에서요. 포틀랜드에 있어요. 바깥세상." 프루는 섭정지사의 요란한 숨소리에 머리가 혼란스러웠다. 지사는 이제 손목 위에 손가락 하나를 댄 채 맥박을 재고 있었다.

"음, 그곳은 우리 관할지역이 아닐 게다. 네 친구들 사건은 아비앙 공국과 관련된 것으로 보인다. 바깥세상의 사람 납치사건이라면 아비앙 주민이 관여했을 거라고 강력히 의심되니까 말이다. 아주 의심스러워." 로저는 말을 멈추고 손가락으로 턱을 톡톡 치며 생각에 잠겼다. "이것은 아주 귀한 정보가 될 것 같구나, 프루." 그는 허리를 굽히고 지사에게 귓속말을 했다. 그 사이 라르스는 호흡 연습을 잠깐 멈췄다. 로저가 귀엣말을 끝내자 지사는 근엄한 표정으로 고개를 끄덕이며 프루를 응시했다.

"만약 네 말이 사실이라면." 지사가 말했다. 그 동안 로저의 손은 여전히 지사의 어깨에 놓여있었다. "사우스우드와 아비앙 공국의 관계에 아주 심각한 문제가 될 수 있다는 의미다."

로저가 얼른 말을 받았다. "지사님의 말씀은 체류하고 있는 새 혹은 새들이 설령 누군가를 납치해오지 않더라도 바깥세상으로 나가는 것 자체가 변방에 관한 법률에 명시된 많은 조항을 위반했다는 뜻이란다. 그래서 이런 정보를 알려준 너에게 매우 감사하게 생각하고 있다."

"그럼 제 동생은요?" 프루는 머릿속으로 정치 이야기를 이해하려고 애쓰면서 조급하게 물었다.

"네 동생을 찾도록 도와주는 것이 사우스우드에도 최선의 이익이 되기 때문에 하루빨리 가해자가 법의 심판을 받도록 하겠다." 로저가 대답했다.

프루는 안도의 한숨을 내쉬었다. "고맙습니다. 정말로!" 프루가 큰 소리로 외쳤다. "정말 고맙습니다. 동생은 이곳 어딘가에 있을 거예요. 전 동생이 살아있을 거라고 믿어요."

로저는 책상 옆으로 돌아가 프루의 어깨를 감쌌다. 그러고는 다정하게 문가로 이끌었다. "그야 당연하지!" 그가 위로했다. "우린 네 동생을 찾기 위해 모든 수단을 동원할 거야. 약속한다."

"언제쯤 찾으실지 저에게도 알려주실 거죠?" 프루가 물었다.

"물론이다." 문으로 가며 로저가 말했다. "너에게 가장 먼저 알려주마."

"동생은 갈색 코듀로이 점퍼를 입고 있어요." 프루가 더듬거리며 말했다. "그리고 저기, 제 동생은 머리카락이 없어요."

"갈색 점퍼라." 로저가 안심시키려는 듯 프루의 말을 되풀이했다. "머리카락이 없고, 알겠다." 그들이 문 앞에 이르자 로저는 문가에서 대기하고 있던 수행원을 보며 고개를 까닥했다. 문이 열렸다.

"우리 저택의 손님으로 맞게 되어 영광으로 생각한다." 열린 문가에서 로저가 말했다. "북쪽 탑에 편안한 숙소를 준비해두었단다. 방에서 기다리고 있으면 동생뿐만 아니라 친구인 콘스탄스에 관한 소식을 듣자마자 연락해주마."

"커티스예요." 프루가 고쳐서 말했다.

"아, 커티스. 사우스우드에서 지내는 동안 불편한 점이 있으면 망설이지 말고 수행원에게 얘기하렴. 즐거운 시간 보내고." 그의 손이 프루의 등을 가볍게 복도로 밀었다. "잘 가렴. 만나서 반가웠다."

프루의 등 뒤에서 문이 닫혔다.

수행원이 수염 난 입가에 미소를 지으며 복도로 가는 길을 가리켰다.

말발굽이 부드러운 땅을 다그닥다그닥 달렸다. 말이 둔덕과 나무 사이를 달릴 때 커티스는 여왕의 가느다란 허리를 꼭 붙잡았다. 알렉산드라는 두툼한 말 목을 가로질러 가죽 고삐를 당겼다놨다 하며 야생화가 가득한 숲으로 민첩하게 말을 몰았다.

"단단히 잡아라!" 알렉산드라는 특히 바닥에 쓰러진 통나무를 건너뛰거나 깊은 웅덩이를 뛰어넘을 때 커티스에게 주의를 주었다.

"지금 어디로 가는 거예요?" 얼굴과 어깨를 후려치는 나뭇가지를 피해 몸을 숙이며 커티스가 소리쳐 물었다.

"전선으로!" 여왕은 말을 재촉하며 소리쳐 대답했다. "너에게 정의를 위해 싸우는 우리 병사들을 보여주고 싶구나!" 어찌나 격렬하게 달리는지 숲에 바람이 일고, 바닥에 닿는 말발굽 소리가 부드러운 메아리가 되어 숲을 뒤흔들었다. 커티스는 키 큰 나무들이 희미한 안개에 싸인 채 사라지는 모습을 보며 입이 떡 벌어졌다.

"좋아요!" 커티스가 대답했다. "제가 싸울 일만 없다면."

"무슨 말이니?" 알렉산드라가 물었다.

차가운 공기에 부딪혀 커티스의 눈에 눈물이 어렸다. "제가 싸울 일만 없다면이라고 말했어요."

고사리가 가득 펼쳐진 정상에 이르자 알렉산드라는 고삐를 느슨하게 풀었고, 말은 뒷다리로 멈춰섰다. 말의 콧구멍에서 김이 나왔다. 여왕이 목덜미를 쓰다듬어주자 말은 히힝거렸고, 그녀는 "잘했다"고 호응해주었다. 커티스는 물살이 거센 계곡 양옆으로 초록색 담요가 깔린 듯 이끼가 가득 자란 협곡을 내려다보았다. 협곡의 틈을 가로질러 고목이 쓰러져있고 맞은편 언덕에는 하늘로 죽죽 뻗은 전나무와 삼나무가 주랑처럼 웅장하게 솟아있었다.

"정말 아름다워요." 커티스가 감탄했다.

알렉산드라가 웃으며 커티스를 돌아보았다. "여기 와일드우드에 처음 왔을 때 나도 그렇게 느꼈단다. 난 즉시 이곳이 내 집이라고 직감했지. 이 야생의 숲이 내가 살 곳이라고."

"여기에 사신 지 얼마나 되셨어요?" 커티스가 불편한 듯 말 등에서 몸을 뒤척이며 물었다. 말은 발디딤을 바꿔가며 일종의 박스스텝(사각형 패턴의 발 움직임. —옮긴이)으로 숲을 걸었다. "어디에서 여기로 오신 건가요?"

"내 자유의지로 온 건 아니라고만 말해두겠다." 여왕이 말했다. "처음에는 아주 불행하다고 생각했지. 하지만 이내 내가 이곳 와일드우드로 추방된 게 예정된 운명이며 하늘의 뜻임을 깨달았단다. 난 나를 박해한 사람이 곧 나를 해방시켜준 사람이라고 생각하기 시작했어." 멀리서 우지끈 나뭇가지가 부러 져 바닥에 떨어지는 소리가 들려왔다. 근처 덤불 속에서 새 한 마리가 목청껏 노래를 불렀다. "나는 버려진 땅 와일드우드에서 새 세상을 위한 모델을 발견 했단다. 우리의 본능 속에 있지만 오랫동안 잊어버렸던 가치로 돌아갈, 다시 말해 본능이 이끄는 대로 따를 기회를 말이다. 난 자연의 이런 막강한 법칙을 모으고 거기에 집중한다면 무질서에서 끌어낸 질서를 이 숲에 부여하고 다스 릴 수 있을 거라고 생각했지. 통치를 하는 의도가 언제나 그렇듯이."

"제가 여왕님을 따라야 할지 말지 아직 모르겠어요." 커티스가 말했다.

여왕이 빙긋 웃으며 말했다. "머지않아, 머지않아 명확해질 거다." 그녀가 다시 커티스를 돌아다보았다. 강철빛 눈동자가 빛을 뿜으며 커티스를 뚫어져 라 보았다. "나에겐 너 같은 인물이 필요하단다, 커티스. 의지해도 되겠니?"

커티스가 숨을 꼴깍 삼켰다. "그래도 될 거예요."

알렉산드라의 미소가 간절하게 바뀌었다. 그녀의 시선이 커티스의 얼굴에서 떠나지 않았다. "넌 대단한 아이야." 그녀가 혼잣말하듯 조용히 읊조렸다. "이 렇게 닮다니, 우연의 일치겠지?"

"네, 뭐라고 하셨어요?" 커티스는 더욱 어리둥절해서 물었다.

여왕은 눈을 깜빡이며 눈썹을 치켜세웠다. "이런, 시간을 너무 낭비했구나! 어서 전선으로 가자!" 그녀가 발꿈치로 옆구리를 치자 말이 달리기 시작했다. 말은 협곡 아래로 내려갔다가 다시 비탈을 올라갔다. 커티스는 알렉산드라의 허리를 단단히 잡고 이를 악물었다. 말이 쏜살같이 나무 사이를 달렸다.

그들은 족히 한 시간을 달려 언덕 위 작은 공터에 도착했다. 그곳에 코요테 병사들이 무리지어 대기하고, 작은 천막들이 둥그렇게 모여 천막촌을 이루고 있었다. 알렉산드라와 커티스를 발견한 병사 한 명이 뛰어와 말고삐를 잡고 여왕이 말에서 내리게 도와주었다. 커티스는 도움 없이 한쪽 다리를 말의 엉덩이 너머로 넘겨 미끄러지듯 내려오다 떨어질 뻔했다.

"대대는 언제라도 출동할 준비가 되어있습니다." 병사가 두 사람 모두에게 경례한 뒤 보고했다. "명령만 기다리고 있습니다."

"산적들 징후는 있느냐?" 여왕이 다른 병사에게서 건네받은 벨트를 허리에 두르며 물었다. 길고 가느다란 검이 칼집에 든 채로 허리춤에 매달렸다. 여왕은 병사에게서 낡은 소총도 한 자루 받았다. 그러고는 소총을 어깨에 메고 무게를 가늠해본 뒤 총열을 내려다보며 시야를 확인했다.

"네." 병사가 대답했다. "멀리 산등성이에 모여있습니다."

여왕은 소총을 내리며 웃었다. "이 악당들에게 와일드우드의 진정한 법이 어떤 것인지 보여주어야겠다."

그러는 사이 커티스는 말등의 진동을 아직도 몸으로 느끼며 말 옆에 서있었다. 그러다 앞에서 차렷 자세로 서서 경례를 하는 코요테 병사를 발견하고 정신이 번쩍 들었다. "바로!" 커티스는 전쟁 영화에서 수없이 보았던 그 대사를 말했다. 병사는 만족해서 커티스를 남겨두고 물러갔다. 기분이 좋아진 커티스의 얼굴 가득 웃음이 번졌다. "바로!" 그는 허공에 대고 다시 그 말을 해봤다.

"커티스!" 병사들에게 둘러싸인 채 여왕이 소리쳤다. "이리로 와라!"

커티스는 검 자루를 쥐고 알렉산드라가 서있는 곳으로 달려갔다.

저택 북쪽 탑 꼭대기 하나뿐인 반원 모양의 방은 단순하고 소박했다. 칙칙한 벽지를 바른 벽에는 판화 액자가 몇 개 걸려있었다. 그 중 하나에는 용골이 드러나 보이는 가로 돛대를 단 배가 거센 돌풍에 맞서 거대한 바위 주위를 항해하는 모습이 묘사되어 있었다. 또 다른 판화에는 숲속 공터에 옹이가 커다란 나무 한 그루가 솟아있었다. 주변 나무들이 난쟁이로 보일 만큼 거대한 나무였다. 나무 아래쪽에는 사람들이 줄을 서서 빙빙 도는데, 그들의 머리는 겨우 드러난 나무뿌리보다 높지 않았다. 판화를 감상하며 선만으로 이루어진 묘사에 감탄하던 프

루는 문득 피곤함을 느껴 침대에 몸을 던졌다. 침대의 스프링이 불평하듯 삐삑 소리를 냈다. 프루는 베개를 움켜쥐고 얼굴에 댄 뒤 그 퀴퀴한 냄새를 흠뻑 마셨다. 그 때까지만 해도 자신이 얼마나 지쳤는지 깨닫지 못했다. 프루는 더 생각할 여

134

유도 없이 그대로 곯아떨어졌다.

처음에는 마치 요란하게 몰아치는 여름 태풍처럼 쉽사리 잦아들지 않을 듯
한 소리에 잠을 깼다. 하지만 이내 그 소리가 수많
은 새들이 한번에 날
갯짓하는 소

리라는 것을 깨달았다.

"까마귀다!" 프루는 잠이 덜 깬 상태에서 소
리쳤다. 그러고 나서 침대에서 뛰쳐나와 창가로 달려갔다.

마침 지금까지 본 것 중 가장 크고 종류도 다양한 새 떼가 물 흐르듯 유연
하게 빙글빙글 도는 모습을 볼 수 있었다. 동고비와 어치, 칼새와 독수리 같은
새들이 아찔할 정도로 많았는데, 모두 허공을 향해 받아치듯 발작적으로 움직
였다. 깍깍, 짹짹거리는 새 소리 사이로 "비켜! 길을 내라!" "그가 오고 있다!"
라는 소리가 들렸다. 프루는 무슨 일인지 궁금해서 목을 길게 빼고 내다보았
다. 탑 아래 저택으로 들어가는 진입로가, 허둥지둥 우왕좌왕 현관문을 들락
날락하는 하인들로 분주하고 활기에 넘쳤다. 고개를 들자 저택의 호화스러운

135

잔디밭 사이로 구부러지듯 난 진입로를 따라 어떤 행렬이 들어오는 광경이 펼쳐졌다. 하지만 이 행렬은 실은 날아오는 것이었고, 수많은 작은 되새가 가운데의 누군가를 에워싸고 이동하는 형상이었다. 그것은 프루가 지금까지 본 것 중 가장 크고 위엄이 넘치는 올빼미였다.

행렬이 저택 현관 앞에 당도하자 이중문이 활짝 열렸다. 프루는 그들을 맞으러 나온 이들이 섭정지사와 그의 부하 로저라는 사실을 알 수 있었다. 뚱뚱한 섭정지사 못지않게 몸집이 건장한 올빼미가 현관 앞에 도착하자 그를 호위했던 되새들은 나무나 저택의 주랑 또는 처마 밑으로 흩어졌다. 섭정지사가 정중하게 인사를 했다. 갈색, 흰색, 회색이 뒤섞인 날개를 가진 올빼미는 보도에 꼿꼿하게 선 채 깃털 사이로 왕방울만한 노란 눈을 빛내며 고개를 끄덕였다. 로저는 가볍게 고개 숙여 인사하고 환영하는 몸짓을 한 다음 올빼미에게 안으로 들어가라는 동작을 했다. 일행은 함께 앞으로 걸어가 저택 안으로 사라졌다.

"와." 프루가 숨을 내쉬며 중얼거렸다. "진짜 멋지다."

"올빼미 렉스라고 하죠." 뒤에서 소녀의 목소리가 들렸다. "정말 멋지지 않나요?"

프루는 벌떡 몸을 일으켰다. 돌아다보니 프루가 창밖을 내다보는 동안 하녀가 들어와 있었다. 하녀는 침대 발치에 수건과 목욕가운을 내려놓았다. 열아홉 살쯤 되어 보였고 옛날이야기에나 나올 법한 앞치마와 원피스를 입고 있었다.

"어머!" 프루가 말했다. "들어오는 소리를 못 들었는데요."

"걱정하지 말아요." 하녀가 말했다. "전 금방 나갈 거예요."

프루는 창밖 너머 진입로를 왔다갔다 하는 사람들을 구경했다. "저기가 출

136

입문인가봐요." 프루가 마침내 입을 열었다. "새들한테 말이에요."

"그래요." 하녀가 대답했다. "저도 올빼미가 방문하는 모습은 처음 봐요. 보통은 공국의 업무를 처리할 때 더 낮은 계급의 새나 다른 누군가가 오거든요. 올빼미 렉스가 사우스우드에 발톱을 들여놓았다는 이야기는 들은 적이 없어요. 참, 인간들은 발이라고 하죠?" 그녀가 웃으며 어깨를 으쓱했다. "엿들을 마음은 없었는데…, 바깥세상에서 오셨다고요? 모두가 수군거리는 그분 맞죠?"

"그래요. 내가 맞을 거예요."

"전 페니라고 해요." 소녀가 자신을 소개했다. "노동자 지역에 살고 있죠. 집에 가면 제 침대에서 아가씨가 사는 세상 높은 건물 꼭대기가 보여요. 전 언제나 바깥세상은 어떻게 생겼을까 궁금해했어요."

"여기와 아주 달라요. 그런데 바깥세상에 가본 사람이 하나도 없어요? 여기에는?"

"제가 알기로는 없어요. 사실 거기까지 가는 건 너무 위험해서요." 하녀는 침대틀로 걸어가 조각이불의 단을 접으며 물었다. "아가씨는 어떻게 이곳에 들어왔죠?"

"그냥 걸어서요. 하지만 여기에 들어오면 안 된다는 거 알아요. 국경에 관한 법인가 뭔가 때문이라면서요?"

"그래요." 페니가 상냥하게 알려주었다. "변방이라고, 바깥세상으로부터 우리를 보호해주는 지역이 있어요. 아가씨가 여기에서 태어난 경우에만 그곳을 통과할 수 있죠." 그녀는 말을 멈추고 잠시 생각에 잠겼다. "그런데 여기에서 태어나지 않았죠."

"맞아요." 프루가 끄덕이며 대답했다.

두 소녀는 각자 속으로 어떻게 이런 일이 발생할 수 있는지에 대해 생각하며 말없이 서있었다.

"동생을 잃어버렸다는 말을 들었어요." 마침내 페니가 입을 열었다.

프루가 고개를 끄덕였다.

"정말 안됐어요. 저도 동생이 둘 있는데, 가끔 죽도록 싸우기도 하지만 그애들이 없어진다고 상상하면 견딜 수가 없어요." 페니는 문득 자신이 주제 넘게 참견한 건 아닌가 하는 두려움에 청소용품이 담긴 바구니를 들고 문가로 물러났다. "더 필요한 것 있으세요, 아가씨?"

"없어요. 이 정도면 충분해요." 프루는 웃으면서 고개를 가로저었다. "그들이 얼마나 빨리 소식을 전해줄지, 혹시 짐작 가는 거 있어요? 나를 위해 알아내주겠다고 한 소식 말이에요."

페니는 동정의 미소를 지었다. "미안해요, 아가씨. 난 저 아래에서 뭐가 어떻게 돌아가는지 아무것도 몰라요. 그저 청소만 할뿐이지요."

프루는 고개를 끄덕이며 소녀가 복도로 나가 문을 닫는 모습을 바라보았다. 프루는 고풍스러운 세면대 위의 거울로 다가가 머리카락을 헝클어뜨린 뒤 거울에 비친 자신의 모습을 바라보았다. 피곤해 보였다. 눈 아래가 축 처지고 머리카락은 헝클어졌다.

문득 이틀 사이에 자신과 맥이 사라졌으니 부모님이 얼마나 걱정하실까 마음이 쓰였다. 부모님은 틀림없이 경찰에 실종신고를 냈을 것이다. 수색 팀이 소집되어 세인트 존스와 포틀랜드 시내의 공원이란 공원, 골목이란 골목은 죄다 이 잡듯이 뒤지고 있으리라. 부모님이 얼마쯤 지나면 포기할까 궁금했다.

아이들이 실종되었다고 단정하시겠지. 그리고 우웃곽과 경찰서 현관에는 자신들의 사진이 나붙으리라. 언젠가 TV에서 본 것처럼 그때쯤이면 예전에 찍은 자신들의 사진을 디지털로 합성하여 나이 먹은 모습을 짐작할지도 모른다. 어린 소녀의 얼굴과 이도 없는 남자아이의 웃는 얼굴에 나이와 세월을 입혀서 기괴한 모습으로 만들겠지.

프루는 한숨을 내쉬며 거울에서 물러나 침대로 가서 수건과 목욕가운을 집어들었다. 혹시 뜨거운 물에 몸을 담그면 기분이 나아질지도 모른다는 생각이 들었다.

CHAPTER 10

산적을 만나다;
불길한 쪽지

"**줄**을 맞춰라! 대형을 흐트러뜨리지 마라!" 미망인 여왕이 길게 줄지어 선 코요테 병사들 뒤에서 왔다갔다 하며 큰 소리로 명령했다. 병사들은 깊고 넓은 계곡 가장자리에 진을 치고 있었다. 커티스는 그들과 보조를 맞추려고 애썼다. 능선에서 완만하게 흘러내리는 양 옆으로 병사들이 여러 줄로 자리를 잡기에 넉넉했다. 첫 번째 줄은 소총으로 무장한 소총수 줄로 경사면을 뒤덮은 공작고사리숲에 웅크리고 앉아있었다. 그들 바로 뒤에는 발밑에 화살에 붙이는 깃들을 잔뜩 쌓아놓은 채 활을 시위에 건 궁수들이 길게 줄지어 서 있었다. 이들 두 줄 뒤에는 좀더 긴 세 번째 줄이 있었다. 코요테로 구성된 보병으로 서로 경쟁하듯 컹컹 짖고 뒷발로 초조하게 땅바닥을 구르면서 전투에 대한 의지를 불태우고 있었다.

"대포가 온다!" 한 병사가 외쳤다. 커티스는 대포 군단을 보려고 고개를 돌렸다. 적어도 10문은 되어 보이는 대포 군단이 병사의 진지가 있는 공터 너머 뒤 구릉을 올라오고 있었다. 대포마다 병사 네 명이 배치되어 있는데 울퉁불퉁한 숲 표면은 나무로 된 육중한 대포 바퀴가 구르기에 적당하지 않았다. 마침내 대포 군단이 보병 대열 뒤에 도착하자 코요테들은 대포에게 자리를 내어주기 위해 조금씩 옆으로 피했고, 마침내 4미터 정도 자리를 차지하는 대포가 언덕 꼭대기까지 이르렀다. 대포를 밀고온 병사들은 목적지에 도착하자마자 주저앉았다가 사령관이 큰 소리로 짖어대자 그제야 대열을 갖추었다.

알렉산드라가 멀찌감치 서서 그가 속한 줄이 무질서하다는 이유로 병장을 질책하는 동안 커티스는 맨 앞줄로 가기 위해 병사들의 대열을 뚫고 갔다(돌아서서 경례를 하는 병사들에게 일일이 '바로!'라고 낮게 중얼거렸다). 궁수 부대 줄에 이르렀을 때 커티스는 이런 정도의 막강한 병력으로 대응하게 될 적이 궁금해서 병사들의 어깨 너머를 흘끔거렸다.

계곡 저편은 텅 비어있었다.

커티스는 양 옆으로 언덕 기슭을 가득 채우고 있는, 언뜻 끝이 없어 보이는 코요테 병사들의 대열을 바라보았다. 병사들은 강철 색깔의 눈으로 계곡 맞은 편 능선을 주시하며 어떻게 하면 상대의 눈에 띄지 않을까 궁리하고 있었다. 커티스 역시 눈을 가늘게 뜨고 계곡 저편을 돌아다보았다. 그곳 역시 양치류와 살랄, 이끼로 빽빽한 바닥에서 자라난 솔송나무와 참나무 줄기 외에 아무것도 보이지 않았다. 그는 가까이 있는 궁수에게 속삭였다. "우리가 누구와 싸우는 건가?"

"산적…," 병사가 대답했다. "입니다."

커티스는 알겠다는 듯 고개를 끄덕였다. "그렇군." 하지만 여전히 아무것도 보이지 않았다.

잠깐 시간이 흘렀다.

"그들은 어디 있나?" 커티스가 다시 물었다.

"뭐요, 산적 말인가요?" 다른 병사가 대답했다. 그는 상관의 말투가 불만스러운 게 틀림없었다.

"그렇네." 커티스가 말했다.

"산적들은 저기, 숲속에 있습니다." 궁수가 멀리 떨어진 산기슭을 가리키며 대꾸했다.

"아, 그렇군." 커티스는 이렇게 아는 체를 했지만 아직도 아리송했다. "알겠네. 고마워. 그만 쉬게." 커티스는 중얼거리듯 양해를 구하면서 대열 뒤로 돌아왔다. 여왕은 장교 몇 명과 대화를 나누고 있었다. 그녀가 커티스를 보며 미소를 보냈다.

"커티스. 조금 있다가," 그녀가 말했다. "진군하려고 한다. 난 줄곧, 전투를 더 잘 조망할 수 있도록 너를 높은 나뭇가지에 앉히면 어떨까 생각했는데, 네 생각은 어떠하냐?"

커티스는 위로 쭉 뻗은 나뭇가지를 흘끗 올려다보며 고개를 끄덕였다. "네. 그게 좋을 것 같네요."

커티스는 병사 몇 명의 도움을 받아 삼나무의 아래쪽 나뭇가지로 올라갔다. 그리고 거기에서 옹이가 울퉁불퉁한 고목의 중간에서 뻗어나간 좀더 굵은 나뭇가지로 기어올라갔다. 그런 다음 특별히 마음에 드는 나뭇가지를 골라 그

142

가지를 타고 올라가다 가지가 갈라지는 곳을 발견했다. 바로 그곳에 걸터앉아 몸을 숙이니 협곡이 훤히 내려다보였다. 이 각도에서는 협곡 아래까지 뻗어있는 코요테 군단 전원이 한눈에 들어왔다. 하지만 아직 협곡 반대편에는 아무것도 보이지 않았다. 그때 아래쪽에서 명령 소리가 들렸고, 이어서 소총수들이 긴장하면서 일제히 소총을 들어 어깨에 메는 모습이 보였다. 소총수 부대 뒤편의 다른 병사 대열은 움직임을 멈추고 바짝 경계 태세를 취했다. 컹컹 짖는 명령 소리도 멎고 협곡에는 긴장이 흘렀다. 바람의 속삭임과 바스락거리는 나뭇잎 소리밖에 들리지 않았다. 커티스는 자신도 모르게 숨을 죽이고 맞은편 언덕 기슭에 움직이는 기색이 없는지 살폈다.

그때였다. 갑자기 나무들이 흔들렸다.

프루는 욕조에서 나오다 환청처럼 문 두드리는 소리를 들었다. 지사의 부하가 반가운 소식을 가져왔기를 바라며 프루는 목욕가운을 걸치고 문으로 달려갔다. 문을 열고 복도를 빠끔히 내다보았지만 아무도 보이지 않아서 낙담했다.

"누구세요?" 프루가 소리쳐 물었다.

그때 푸른 옷을 입고 복도 끄트머리 벽에 기대선, 커다란 매스티프(털이 짧고 덩치가 큰 개. 흔히 건물 경비견으로 쓰임. —옮긴이)처럼 생긴 누군가가 보였다. 그는 프루를 흘끗 보더니 자신의 발을 내려다보았다. 그리고 담배를 입에 물었다. 갑작스러운 성냥 불빛에 그의 얼굴에 난 부드러운 털이 비쳤다. 그는 성냥

불을 담배 끝에 갖다댔다. 그는 깊숙이 담배를 한 모금 빨아들인 뒤 다시 프루를 쳐다보았다. 그가 고개를 까닥하며 알은 체를 했다.

"안녕하세요?" 프루가 인사했다.

매스티프는 아무 대꾸도 없었다. 프루는 그의 재킷 견장을 보고 순간 움찔했다. 거기에는 대문자로 SWORD라는 글자가 수놓아져 있었다.

"실례해요." 프루가 물었다. "여기에서 일하세요?"

개는 아무 대답도 하지 않았다.

"제 동생에 대해 아무것도 모르는 것 같은데, 맞죠? 지사님이 보내서 온 거 아니죠?"

여전히 말이 없었다. 개는 어깨를 으쓱하고 나서 다시 복도를 보았다.

흥! 대단히 무례하네, 프루는 생각했다. 프루가 다시 한 번 여기에서 무엇을 하느냐고 물으려 할 때였다. 모퉁이에서 웬 정장 차림의 남자가 걸어오더니 개에게 다가갔다. 둘은 악수를 하고 나지막이 속삭였다.

그냥 사람을 기다렸나보네, 프루는 실망했다. *그게 다군.*

프루는 문을 닫고 욕실로 돌아가 수건으로 머리를 말렸다. 라디오에서 흘러나오는 노래에 기분이 나아져서 코러스 부분이 나오면 정확하지는 않아도 콧노래로 따라서 흥얼거렸다. 목과 목덜미에 수건을 두르고 이른 아침의 옅은 햇살을 받으며 방안을 돌아다녔다.

한 시간쯤 흘렀을 때 갑자기 아래쪽에서 어떤 소리가 나서 창가로 가보았다. 지난번에 본 수많은 되새들이 건물 구석진 곳에서 나와 저택 현관 주위를 맴돌고 있었다. 잠시 후 문이 열리고 눈부시게 빛나는 올빼미 렉스가 지사의 부하인 로저의 시중을 받으며 걸어나왔다. 그 거대한 올빼미는 고개를 돌려

배웅해준 사람에게 고개를 끄덕였다. 로저는 가볍게 목례를 하고 저택으로 들어갔다. 이윽고 문이 닫혔다. 마당에 혼자 남은 올빼미는 하늘로 날기 전에 잠깐 머뭇거렸다. 올빼미는 지평선을 바라보며 잠깐 공기의 맛을 음미하는 듯했다. 그리고 나서 놀랍게도 우아하게 목을 빼고 곧장 고개를 돌려 프루의 방 창문을 바라보았다.

프루는 놀라서 얼른 뒤로 물러났다. 올빼미의 연노란색 눈이 계속해서 프루의 방 창문을 주시했다. 프루는 다시 창가로 돌아갔다. 영원처럼 느껴진 순간이 지난 후 올빼미는 고개를 돌리고 낮게 움츠렸다가 얼룩덜룩한 거대한 날개를 활짝 펼친 다음 엄청난 추진력으로 하늘을 향해 날아올랐다. 원시시대의 도도함이 풍기는 날갯짓으로 진입로 위를 두 번쯤 선회한 다음 올빼미는 숲으로 날아갔다. 되새 떼는 잿빛 하늘을 배경 삼아 마치 고정된 듯한 모양으로 유유히 올빼미의 뒤를 따랐다.

이 광경에 불안해진 프루는 고개를 절레절레 저었다. 올빼미가 나를 알아봤을까? 프루는 그럴 리 없다고 생각했다. 올빼미 공작이 무슨 이유로 여자아이한테 흥미를 느끼겠는가? 올빼미가 프루의 방 창문을 바라본 것은 우연의 일치이고, 어쩌면 자신의 망상이었다. 그 외에 아무것도 아니었다.

그때 창문 밖 창턱에 있는 무언가가 프루의 시선을 끌었다. 작은 흰색 봉투였다. 봉투 앞면에는 섬세하고 아름다운 필체로 '프루 *매킬 양*'이라고 적혀있었다. 프루는 얼른 창문을 열어 편지봉투를 집어들었다. 창문 너머 풍경을 바라보니 새들은 어디론가 날아가고 보이지 않았다. 프루는 봉투를 뜯어 아이보리색 편지지를 꺼내 펼쳤다. 저택의 이름이 인쇄된 편지지에는 다음과 같이 짧게 씌어있었다.

친애하는 매킬 양

오늘 밤 꼭 만나고 싶군요. 서몬드 86번가 화이트스톤 하우스의 내 방으로 와주십시오. 반드시 혼자 와야 합니다.

그렇지 않으면 큰 위험에 처할 수 있어요.

옥빼미 겍스

프루는 아무 말 못하고 멍하니 쪽지를 읽고 또 읽었다. 편지지를 뒤집었다 바로 했다 하면서 방안을 서성거렸다. 두려움으로 가슴이 뻐근해졌다. 프루는 편지를 다시 한 번 읽었다. 이번에는 마지막 문장을 나지막이 소리내어 읽고 나서 비로소 편지를 반으로 접고 또 접어 조그만 네모가 되도록 했다.

프루는 문으로 걸어가 천천히 문을 열고 복도를 내다보았다. 푸른색 제복 차림의 매스티프는 아직 복도 끝에 서있었다. 그의 신경은 온통 앞발에만 집중되었다. 작은 줄로 발톱을 다듬고 있었던 것이다. 그가 돌연 아래턱이 발달한 얼굴을 프루 쪽으로 돌렸다. 프루는 조용히 문을 닫고 방으로 돌아왔다.

프루는 머리가 멍한 상태로 바지를 놓아둔 침대로 왔다. 바지 앞주머니에 편지를 쑤셔넣었다. 방안의 빛이 서서히 희미해지고 있었다. 침대 옆의 작은 램프를 켰다. 침대에 앉아있으려니 갈비뼈 아래 심장이 마치 터질 것처럼 쿵쿵 뛰었다.

⚘

커티스는 한때 〈동물의 세계〉라는 TV 프로그램의 공인된 애청자였다. 그게 전부가 아니었다. 주위 사람들 이야기에 의하면 두 살 때 부모님이 저녁식사 후 텔레비전 앞에 그를 앉혀놓으면 꼼짝도 하지 않고 종류와 서식지, 기후에 상관없이 동물에 관한 프로그램이라면 케이블 방송에서 방영해주는 것까지 쏙쏙 받아들였다. 결국은 시들해졌지만(대신 로빈 후드라든지 고대 이집트, 플래시 고든 같은 것들로 계속 바뀌었다) 처음 매료되었던 이미지는 두고두고 잊히지 않았다. 그 중 하나는 진화상의 이익을 위해 위장술을 쓰는 생명체에 관한 프로그램에서 흔히 보는 장면이었다. 그런 프로그램에서 카메라는 으레 고요하고 텅 빈 습지나 대초원에 설치되어 있고, 시청자는 전문적인 야생동물 다큐멘터리 제작자들이 왜 동물도 안 보이는 초원에서 귀중한 필름을 낭비할까 의아해한다. 그러다 갑자기 사자나 뱀 또는 검은 표범이 풀밭이나 덤불에서 툭 튀어나오면 시청자들은 그것을 예측하지 못했기 때문에 화들짝 놀란다.

협곡 맞은편 숲이 살아 움직이는 것을 보았을 때 커티스의 머릿속에 퍼뜩 떠올랐던 생각도 바로 그것이었다.

처음에는 전혀 눈치채지 못했다. 양치식물 이파리와 낮게 드리워진 나뭇가지가 천천히 살짝 움직이는가 싶더니 점점 더 위협적이고 의도적으로 보였다. 커티스는 그저 쓰러진 통나무 더미 뒤에서 강철의 번쩍이는 빛을 보았다고만 생각했다. 그 직후 마치 덤불에 팔다리가 자라나기 시작하는 것처럼 평평하던 숲 바닥이 움직였다. 이윽고 인간의 몸뚱이가 배경과 구분되기 시작하는 걸 커티스는 초록색 속에서 몇 개나 포착했다. 그들의 얼굴은 야만스럽게도 갈색과 초록색 페인트로 줄이 그어져 있었다. 계속해서 지켜보는 동안 더 많은 몸뚱이들이 나타났고 나중에는 멀리 비탈 전체가 너덜너덜한 옷차림에 소총과 칼, 몽둥이, 활 따위의 이상하고 조잡한 각종 무기를 든 사람들로 뒤덮였다.

그 후에도 사람 수는 계속해서 불어났다. 어림잡아 200명은 넘어보였다. 적어도 조회시간 학교 체육관에서 보는 학생 수만큼은 됐다. 하지만 움직이기는 하는데 딸깍, 하고 방아쇠 당기는 소리와 화살이 당겨질 때 나는 하품하는 듯한 삐걱 소리 외에는 아무 소리도 나지 않았다.

아래쪽에 말을 탄 여왕의 모습이 나타났다. 그녀는 주저하지 않고 말을 몰아 대형 앞으로 나가더니 협곡 건너편에 모습을 드러낸 적을 검으로 가리켰다.

"산적들은 들어라!" 그녀가 외쳤다. "무기를 내려놓고 패배를 인정할 마지막 기회를 주겠다. 항복하면 공정하고 관대한 대접을 받게 될 것이나 그렇지 않으면 죽음을 면치 못할 것이다!"

말이 옆으로 비껴나 풀이 무성한 산등성이를 향해 히힝! 하고 울었다. 상대편에서는 아무 반응이 없었다. 산들바람이 잠잠한 나뭇가지를 흔들어놓았다. 오후의 햇살은 숲을 뚫고 어른어른한 긴 그림자를 비스듬하게 던졌다.

"좋다!" 알렉산드라가 계속해서 말했다. "너희들의 운명은 스스로 선택했다. 사령관, 준비하⋯⋯."

그 순간, 쉭 하고 날아온 화살에 그녀가 말을 멈췄다. 화살은 순식간에 그녀의 뺨을 지나 나무 근처에 퍽 소리를 내며 떨어졌다. 말이 놀라서 앞다리를 들자 여왕은 말을 진정시키려 안간힘을 쓰며 분노에 찬 눈으로 협곡 맞은편을 노려보았다.

그때 맞은편 언덕에 진을 치고 있는 무리에서 한 남자가 앞으로 걸어나왔다. 붉은색 수염을 무성하게 기른데다 낡아빠진 장교 군복을 주워입은 듯한 모습이었다. 군복의 붉은 천과 장식용 줄은 먼지와 재가 묻어 구분이 되지도 않았다. 초췌한 얼굴에는 손가락 넓이의 줄무늬가 그려져 있었다. 장갑 낀 손에는 옹이가 울퉁불퉁한 주목나무 활이 들려있는데, 화살을 쏘느라 당겨졌던 줄이 아직도 떨고 있었다. 머리에 쓴 담쟁이와 살랄로 엮은 관은 덥수룩하고 구불거리는 붉은 머리카락과 마구 뒤엉킨 모습이었다. 그리고 이마에는 뭐랄까, 원주민들이 신성시하는 문양처럼 생긴 문신이 낙인처럼 찍혀있었다.

"이 숲을 당신 마음대로 할 수 없어." 남자가 소리쳤다. "당신은 죽어서 땅속에 묻힌 뒤에야 와일드우드의 여왕이 될 것이다." 그를 에워싼 산적들이 남자의 항변을 거들 듯 요란하게 환호를 보냈다.

여왕이 웃었다. "더는 못 들어주겠군." 그녀는 이렇게 말하며 허리를 꼿꼿이 폈다. "브렌든, 나는 네가 무슨 권한으로 왕이 됐는지 몰라!"

브렌든이라는 남자가 숨죽인 채 뭐라고 투덜거리더니 이렇게 소리쳤다. "우

리는 법도 따르지 않고 정부도 인정하지 않는다. 사람들은 나를 산적왕이라고 부르지만 나는 여기 짐승이든 새든, 산적단의 강령과 규칙을 따르는 인간이든, 누구라도 그런 칭호를 받을 권리가 있다고 생각하지."

"도둑 주제에!" 알렉산드라가 분개해서 소리쳤다. "천박한 도둑에 산적 같으니! 너에게는 거지왕이 어울린다!"

"입 다물지 못할까." 브렌든이 꼬박꼬박 대꾸했다.

여왕은 깔깔 웃다가 혀를 끌끌 차더니 협곡으로부터 말머리를 돌렸다. 사령관 옆을 지나면서 그녀는 사령관에게 단호하게 지시했다. "없애버려."

"네, 여왕님." 사령관이 씩 웃으면서 대답했다. 그가 대열의 앞에 서서 검을 높이 쳐들고 외쳤다. "소총수들! 조준하라!"

소총수들이 명령에 따랐다. 그들은 일제히 어깨 위로 소총을 들어올렸다.

"발사!"

소총수들이 맞은편 산적들에게 총을 발사했다. 짧고 날카로운 총소리가 불규칙하게 이어지고 협곡의 공기가 매캐한 연기로 자욱해졌다.

희부연 화염 때문에 잘 보이지는 않았지만 커티스는 여러 명의 산적이 골짜기로 굴러떨어지는 모습을 보았다. 목숨이 끊어진 몸뚱이들은 양치식물 밭으로 굴러떨어지고 그렇지 않은 산적들은 혼비백산하여 자신들의 진지로 도망쳤다. 1초도 안 되는 충격과 침묵의 순간이 영원처럼 느껴지는가 싶더니 이번에는 골짜기 기슭에서 열렬한 함성과 함께 산적들이 행동 개시를 하면서 고요가 깨졌다. 산적들은 대형을 깨뜨리고 검과 막대, 칼 따위를 머리 위로 무자비하게 휘둘렀다. 그들 뒤로 느슨하게 집합해있던 궁수들은 코요테 군인들에게 집중적으로 화살을 쏘았다. 커티스는 소총수의 대형이 심하게 망가지고, 수십 명의 코요테 소총수들이 가슴에 화살을 맞은 채 골짜기로 굴러떨어지는 모습을 보고 입을 떡 벌렸다.

산적의 지상부대가 협곡의 다른 쪽으로 이르기 전에 코요테 궁수부대는 명령에 따라 소총수의 자리로 이동했다. 그리고 나서 활시위에 화살을 메겼다. "궁수부대!" 사령관이 중앙에 서서 외쳤다. "발사!"

이번에는 반대편으로 날아가는 빽빽한 화살의 물결이 간헐천에 다리를 이루었다. 협곡은 다시 화살 틈새로 피할 곳을 찾아야만 하는 산적들의 운 없는 몸뚱이들로 어지러워졌다. 산적 궁수들이 탄약을 더 가지러 가는 바람에 앞으로 나온 낙오된 소총수 몇 명은 코요테 대형을 향해 총을 발사했다. 코요테 병사들은 여러 발의 총알을 맞았고, 산적들의 시체가 나뒹구는 포염 가득한 협곡에 코요테들의 몸뚱이가 더해졌다. 커티스는 점점 늘어나는 사상자 숫자를 멍하니 바라보았다. 전쟁은 이제 막 시작된 터였다.

"보병!" 사령관이 명령했다. "진격하라!"

대형의 뒤쪽에 있던 보병대원들은, 협곡의 완만한 경사면을 올라오던 산적들에 대항하기 위하여 궁수부대와 소총수 대원들을 지나 진격했다. 두 군대는 검이 부딪치는 소리, 거친 함성, 격렬한 고함, 뼈 부러지는 소리 등 온갖 소음을 내며 충돌했다. 커티스는 얼굴을 찌푸렸다. 뱃속이 뒤틀렸다. 최근에 좋아하게 된 역사소설에서 주로 나오는 이런 전투 장면에 대한 동경이 서서히 흐려지기 시작했다. 현실은 훨씬 추악한 것으로 증명되었다.

화살과 총탄을 서로 상대편 언덕에 발사하며 일대 결전을 벌이고 나자, 이제 두 전투 세력은 그저 몸뚱이, 털과 살, 칼과 나무가 서로 엉겨붙은 꼴이었다. 아무리 많은 산적이 난간을 넘어 협곡으로 쏟아져 내려오고 숲에서 계속

보충되는 듯해도 언제나 코요테 수가 오싹할 정도로 훨씬 많아 보였다.

그때 포병대에게 공격명령이 떨어졌다. 각각 총을 든 코요테 네 마리와 함께 대포는 남은 궁수와 소총수 대열을 뚫고 능선 위로 올라가 있었다. 코요테 한 마리가 대포 옆에 서서 다른 병사에게 큰 소리로 지시사항을 전달하면 그들은 효율적으로 훈련받은 규범에 따라 대포에 화약과 탄환을 넣었다. 포가 장전되면 사령관이 검을 쳐들었고, 그의 신호와 "발사!"라는 외침에 따라 숲에 천둥 같은 굉음이 울려퍼졌다.

산적들의 대형으로 곧장 날아간 대포알은 몸뚱이들을 사방으로 날려버렸다. 목표물에 명중한 포탄은 위로 치솟는 거대한 흙기둥을 만들었고, 심지어 커다란 나무 기둥조차 이쑤시개처럼 쪼개뜨렸다. 처음부터 그런 모습인 것처럼 보이는 하늘로 치솟은 큰 고목은 땅이 파헤쳐지면서 느릿느릿 움직여 이웃한 나무들과 부딪혔고, 이내 잘리고 쪼개진 나뭇가지와 팔다리들을 사방으로 날려보냈다. 이때 쓰러진 거목들에 깔려죽는 병사들은 협곡의 치열한 전쟁터에서 전사하는 병사들보다 더 운이 나빴다.

산적들이 언덕 기슭에서 다시 대형을 짜는 모습을 볼 때, 커티스의 귓전에는 여전히 대포 소리가 윙윙거렸다. 일제사격으로 일시적이나마 산적들을 무장해제시켰지만 그들은 또다시 협곡 뒤 숲에서 전열을 보강해 병력의 수를 불려나가고 있었다. 산적들의 궁수부대는 전략상 또 한 번 죽음의 공세를 퍼붓기 위해 후퇴한 것이다. 한편 사령관은 포병대의 초반 성공 기세를 몰아 신속하게 또 한 판의 전투 개시를 명령했다. 커티스는 포병대의 신속함에 매료되어 코요테 병사들의 움직임을 예의주시했다.

사령관이 발포 명령을 내렸을 때 화살 하나가 협곡을 날아와 심지에 불을 피우던 코요테 병사의 목덜미를 맞혔다. 그 코요테는 쓰러져 죽었고 그가 쥐고 있던 연기나는 화약 심지가 커티스가 앉아있는 나무 밑동 메마른 덤불로 떨어졌다. 나머지 포병대원은 순식간에 언덕을 물결처럼 타고 올라온 산적들에게 포위되었다. 코요테들은 자연히 전투에 휘말리면서 자신들의 위치를 떠날 수밖에 없었다.

심지에 남은 잉걸불이 빠르게 마른풀에 옮겨붙어 커티스의 나무 밑동을 작은 불꽃이 핥기 시작했다. 커티스는 흠칫 놀라 타오르는 불길을 내려다보았다.

"이런," 그가 욕설을 내뱉기 시작했다. "빌어먹을, 이런."

그는 얼른 앉아있던 나뭇가지에서 물러나 나무를 타고 미끄러져 내려왔다. 나무껍질의 거친 느낌이 군복 속 무릎과 팔꿈치까지 전달되었다. 땅으로 내려온 커티스는 화승심지를 집어들고 나무뿌리 쪽 불길을 발로 밟아 끄기 시작했다.

"이런, 젠장할!" 그가 끝없이 뇌까렸다.

발아래 마른 잎은 쉽게 부서졌고 불은 꺼졌다. 손에 쥐고 있는 화승심지의 끄트머리 불꽃이 밝게 빛났다. 그는 주변에서 벌어지는 작전에 잠깐 멍해져서 서있다가 이내 버려진 대포를 발견했다. 포병대원들은 적군인 산적들과 검으로 교전을 벌이고 있었다.

"차라리 이렇게 해볼까." 그의 내면에서 어떤 목소리가 들렸다.

그는 대포로 달려가 심지에 불을 붙였다. 잠시 후 도화선에 불이 붙었고, 포탄이 발사되었다. 총이 뒤로 당겨질 때처럼 커티스는 뒤로 나가떨어졌다. 이윽고 포염과 불꽃이 소나기처럼 대기 가득 떨어졌고, 멀리 저편에서 높은 음조의 소리가 조그맣게 들린 것 외에 주위는 잠잠했다.

"와." 커티스는 자신이 무언가 중얼거린다고 느꼈지만 그게 정확히 무슨 소리인지 알 수 없었다.

🌿

프루가 지금처럼 해가 지기를 학수고대했던 적은 아마 없었을 것이다. 프루는 대저택 자신의 숙소 창가에 앉아 멀리 케스케이드 산봉우리 뒤로 떨어지는 커다란 해를 바라보고 있었다. 이윽고 숲이 어두컴컴해졌다. 하늘이 어두워지면서 대저택의 활기도 사라져 한적했으며, 오후 내내 현관을 오가던 움직임도 잠잠해졌다. 프루의 방 밖 복도를 울리던 시끄러운 발소리도 멎었다. 저택 자체가 고요한 밤잠 속으로 빠져든 것처럼 보였다. 프루는 이제 기회가 왔다고 생각했다.

그녀는 조용히 욕실로 가서 수도꼭지를 세게 틀었다. 물이 콸콸 쏟아지며 바닥의 흰색 타일로 튀었다. 이윽고 프루는 방으로 돌아와 문손잡이를 잡았다. 심호흡을 한 다음 손잡이를 돌렸다. *할 수 있는 데까지 해보는 거야*, 프루는 생각했다.

삐거덕 문이 열리고 긴 복도가 드러났다. 몇 개 안 달린 전등 불빛이 바닥에 깔려있는 페르시아풍 장식 깔개를 비췄다. 예상대로 개는 아직 복도 끝에 보초병처럼 서있었다. 문 여는 소리를 들은 그가 고개를 쳐들었다. 그의 손에 들려있는 담배에서 연기가 피어올랐다.

"저기요!" 프루가 말했다. "잠깐만 실례해도 돼요?"

말소리에 놀란 개가 사방을 두리번거렸다. 자신에게 말을 거는 상대가 누구인지 알아차린 개는 불편한 듯 으르렁거리더니 벽에 기대어선 몸을 똑바로 일으켰다. "뭐죠, 아가씨?"

"아까부터 생각은 했는데… 아니, 도움이 필요해요." 프루는 최대한 불쌍한 척 보이려고 애쓰면서 말했다. "욕실 세면대 수도꼭지가 잠기지 않아요. 고장난 것 같아요. 물이 방으로 흘러넘칠까봐 걱정돼요."

개는 자신이 도와줘야 할 일인지 아닌지 고민하는 것 같았다. 이윽고 건장한 털투성이 몸에 착 달라붙은 정장을 입은 그가 움직이기 시작했다.

"부탁드려요." 프루가 말했다.

개는 약간 씩씩거리며 앞으로 걸어나왔다. 걸어오다 바닥에 담배를 내던진 그가 프루에게 다가오더니 이렇게 말했다. "난 배관공이 아닙니다." 그가 낮은 목소리로 툴툴거렸다. "하지만 내가 할 수 있는 일인지 살펴보죠." 프루는 그의 어깨 견장을 자세히 볼 수 있었다. SWORD라는 글자 밑에 가시철사처럼 보이는 무시무시한 칼날의 형상이 그려져 있었다.

프루는 개를 방안으로 안내한 뒤 뒤를 따랐다. 그가 욕실로 걸어갔다. 그는 문을 열고 곧장 세면대로 갔다. 프루는 그냥 방안에 있었다. 세면대로 간 그는 재빨리 수도꼭지를 잠가 물을 멈추게 했다. 그리고 의아해서 뭔가 항변을 하려고 할 때 프루는 욕실 문을 쾅하고 닫았다.

"이봐요!" 개가 소리쳤다. 하지만 문이 닫힌 터라 잘 들리지 않았다.

그때 문의 열쇠구멍에서 툭 튀어나와 있는 만능키의 화려한 앞부분이 눈에 들어왔다. 프루는 걸쇠가 털커덕 걸리는 소리를 들으며 재빨리 손목을 돌려 열쇠를 뺐다.

"이봐!" 개가 이번에는 더 화난 목소리로 외쳤다. 그가 미친 듯이 손잡이를 돌리기 시작했다. "날 내보내줘!"

"미안해요." 프루는 개를 속인 걸 진심으로 미안해하며 말했다. "정말 미안해요. 누군가 도와주러 올 거예요. 틀림없이. 배고프면 드시라고 욕조 옆에 과자봉지를 두었어요. 전 이만 가봐야 해요. 미안해요!"

프루는 분노에 찬 개 울음을 뒤로 하고 방과 복도를 재빨리 빠져나왔다. 걸어가는 동안 탐정의 수호성인에게 지켜달라고 기도했다.

"낸시 드류(캐롤린 킨의 소녀 탐정물 '낸시드류 시리즈'에 나오는 유명한 소녀 탐정. ―옮긴이), 나를 지켜줘요." 프루가 조그맣게 중얼거렸다.

복도 끝에 문이 나있었다. 문을 열자 긴 복도가 하나 더 나왔다. 그 복도에는 아무도 없었다. 프루는 조심스럽게 깔개 위로 한 발을 내디디려다 마룻장이 삐걱거리는 바람에 동작을 멈췄지만 이내 살금살금 복도를 걸어갔다.

텅 빈 그 쪽 복도는 유난히 한산했고, 프루는 들키지 않을 거라는 확신으로 한 걸음 한 걸음 발을 뗄 때마다 자신감을 얻었다. 그때 갑자기 문이 열리며 안경 쓴 젊은 남자가 외투를 걸친 가방을 끌고 밖으로 걸어나왔다.

"잘 자요, 필." 그는 방금 나온 방안의 누군가에게 이렇게 말했다.

"잘 가게." 방안에서도 이렇게 대답했다.

프루는 그 자리에 얼어붙었다. 숨을 데가 없기 때문에 복도 한가운데 돌처럼 서서 부디 젊은 남자가 자신을 돌아다보지 않기만 빌었다. 다행스럽게도 그는 돌아보지 않았다. 이곳을 떠날 생각만 하는 듯한 남자는 곧장 복도를 걸어 모퉁이로 사라졌다. 프루는 꼼짝 않고 서서 방안을 곁눈질했다. 방문이 복도 쪽으로 열려있었던 것이다. 방안에서는 한 남자가 책상에 앉아 부지런히 일을 하고 있었다. 초록색 램프의 비스듬한 빛이 그의 앞에 놓인 서류를 비추었다. 그는 가끔씩 펜촉을 잉크에 담갔다.

프루는 숨을 죽인 채 열린 문틈으로 스며나오는 빛을 뚫고 서둘러 출입문으로 걸어갔다. 누가 멈추라고 소리를 질러도 들리지 않을 만큼 벗어났을 때 프루는 더 빨리 걷기 시작했다.

깔개는 나무로 된 커다란 출입문 앞에서 끝났다. 프루는 문을 열고 밖을 내다보았다. 문 밖에 층계참이 있고 그 아래쪽이 로비인데, 그날 오후에 본 혼란스럽고 분주했던 광경이 이상할 정도로 사라지고 없었다. 동쪽 건물로 들어가는 두 쪽 문은 닫혀있고, 카키색 제복 차림의 래브라도 리트리버처럼 보이는 개가 의자에 앉은 채 곯아떨어져 있었다. 프루는 층계참으로 갔다. 계단 수를 세며 살금살금 내려가 아래층으로 갔다.

거기에서부터 체크무늬 대리석 바닥을 걸어 거의 현관에 이르렀을 때였다. 갑자기 우렁차게 질책하는 남자의 목소리가 들렸다. "거기에서 뭐하는 거냐!" 현관을 몇 발짝 남겨놓지 않은 프루의 몸이 그대로 얼어붙었다. "내가 몇 번을 말했느냐, 지사님은 캐모마일차에 크림을 넣어 드신다고." 그 목소리가 계속해서 말했다.

프루는 야단치는 목소리의 주인을 찾다 문 너머 작은 방에서 젊은 처녀를 호되게 가르치는 남자(일종의 집사)를 발견했다. 작은 방의 가물거리는 전등 불빛에 비친 젊은 여자는 다름 아닌 하녀 페니였다. 그 남자는 찻잔과 찻주전자가 놓인 쟁반을 들고 있었다.

"죄송해요." 페니가 당황한 목소리로 대답했다. "다시는 그런 실수를 하지 않을게요."

페니는 고개를 들었다가 현관에 꼼짝 않고 서있는 프루와 시선이 마주쳤다. 그녀의 눈이 휘둥그레졌다. 프루의 눈도 그랬다. 둘이 잠깐 바라보고 있는데 집사가 다그쳤다.

"좋아. 나도 네가 다시는 이런 짓을 하지 않기 바란다. 그렇지 않으면 다시 부엌데기로 돌아갈 줄 알아. 거긴 설렁설렁 해도 되니까!"

페니는 집사를 바라보았다. "네, 알아요." 그녀가 말했다. "무슨 말씀인지 알아요. 저에게 쟁반을 주세요. 제가 지사님께 갖다드릴 테니."

집사가 알겠다는 듯 씩씩거리며 쟁반을 페니에게 건넨 다음 뒷문을 통해 작은 방을 나갔다. 그러는 동안 그는 프루에게 등을 돌리고 서있었다. 그가 나가자 페니가 놀란 눈으로 프루를 바라보았다.

"여기에서 뭐하는 거예요?" 밖으로 나온 페니가 속삭이듯 물었다. 프루는 솔직하게 털어놓는 수밖에 없다고 생각했다.

"올빼미 렉스를 만나러 가려고요." 프루도 작게 대답했다. "그분이 편지를 보냈어요. 나보고 자기를 만나러 오래요. 오늘 밤에!" 프루는 수줍은 듯 발끝을 세워 바닥을 긁었다. "참, 내 방 욕실에 누구를 가둬두었어요. 나를 감시하는 것처럼 보이는 개예요."

"어떻게 했는데요?" 페니가 기겁하며 물었다.

"내 방 욕실에다… 가뒀어요. 괜찮아요. 배가 고플까봐 과자봉지도 두었으니까."

페니는 잠시 침묵했다. 그리고 마침내 쉿! 하면서 이렇게 덧붙였다. "그런데, 그리로 가면 안 돼요! 현관부터 5~6미터마다 보초병이 있어요!"

프루는 앞에 있는 문을 보며 자신에게 일어날지도 모를 일이 떠올라 몸서리를 쳤다. "맙소사!"

페니가 눈을 희번덕거렸다. "어쩌려고요, 그 사람들도 욕실에 가두려고요? 이리 와보세요."

프루는 페니를 따라 하인들의 휴게실처럼 보이는 작은 방으로 들어갔다. 페니는 쟁반을 내려놓고 집사가 방을 나갈 때 이용했던 작은 문을 열었다. 그리고 문 밖에 누가 있는지 확인한 후 프루한테 따라오라고 손짓했다.

페니는 이따금 가물거리는 가스등 불빛이 비치는, 미로처럼 좁은 복도로 프루를 데리고갔다. 가다보니 어떤 곳은 그저 다른 복도와 연결시켜주는 간선도로 역할을 하고, 또 어떤 곳은 그릇장이나 식품저장고로 사용되는지 벽 선반에 밀가루 포대와 낯선 채소를 담아놓은 병들이 가지런히 놓여있었다. 프루는 다섯 번째 교차점을 지난 후에야 지금까지 지나온 길을 기억하지 못한다는 사

실을 깨달았다. 무턱대고 페니를 따라오면서 "이리로,"라든지 "나를 따라 오세요."라고 속삭이는 말에 묵묵히 응했던 것이다. 두 사람은 마침내 유난히 고풍스러워 보이는 문 앞에 도착했다. 페니가 문을 열자 어둠 속에서 아래로 내려가는 낡고 오래된 돌계단이 보였다. 페니는 바닥에 있는 상자에서 초 두 자루를 꺼내 가스램프로 불을 붙인 뒤 프루에게 한 자루 주었다.

"이게 뭐예요?" 프루가 물었다.

"여긴 터널이에요." 페니가 말했다. "사방으로 뚫려있지요. 이리로 가면 시내에 닿을 수 있어요."

"차는 어떻게 해요? 지사님을 기다리게 해도 돼요?"

페니가 히죽 웃었다. "그 늙은 불면증 환자요? 흥, 필요하면 집사가 직접 갖다드리겠죠, 뭐."

프루는 문가에서 걸음을 멈췄다. "고마워요." 그녀가 속삭였다. "도와줘서. 뭐라고 감사의 인사를 해야 할지 모르겠어요."

"음," 페니가 말했다. "저도 이 일로 곤란을 겪게 될지 몰라요. 하지만 아가씨가 바라는 일을 꼭 이뤄야 한다고 생각해요. 그리고 공작님이 보고 싶어하신다면, 가야죠. 어떻게 될지 누가 알아요? 객실에서 시간만 보내느니 가는 게 훨씬 나을 거예요." 그녀가 프루를 빤히 쳐다봤다. "아가씨를 처음 봤을 때부터 마음이 아팠어요. 동생을 잃어버렸다고 상상하니." 그녀는 한숨을 내쉰 뒤 촛불을 문가로 들이밀어 계단을 비췄다. 어딘가 열린 틈으로 찬바람이 불어오고 퀴퀴하고 습한 돌 냄새도 났다. "죽 가세요."

프루는 오랫동안 사용하지 않은 것처럼 보이는 낡고 반질반질한 돌계단을 내려갔다. 어두운 층계참은 오싹할 정도로 추웠다. 계단을 내려갈수록 추워서 몸이 떨릴 지경이었다. 페니는 뒤따라오며 지나온 문을 닫았다. 손에 든 촛불은 벽돌 벽에 아른아른한 그림자를 드리웠고, 불꽃은 잠잠한 대기 속에서 파르르 떨렸다.

계단 아래 복도는 하나의 통로와 연결되고, 그 통로는 좌우 모두 칠흑같이 어두웠다. 터널의 벽은 축축한 냉기를 뿜었고 둥근 천장 누수로 벽 여기저기가 얼룩져 있었다. 바닥은 재가 쌓여서 지저분했고, 신발 바닥에 닿는 물기가 차갑게 느껴졌다.

터널을 따라 조금 더 가니 구조가 달라졌다. 붉은 벽돌과 모르타르를 바른 벽이 끝나고 거칠거칠한 돌을 잘라 대충 모양을 내거나 화강암을 이용한 벽으로 바뀌었다. 어떤 곳은 바위를 그대로 이용해 통로를 만든 것처럼 보였다. 천장이 높고 동굴 같은 느낌을 주는 곳이 있는가 하면 어떤 곳은 잔뜩 움츠린 채 힘들게 지나가야 했다. 끝없이 이어질 듯 길게 느껴졌지만 어느 순간 그들은 갈래길에 도착했다. 페니가 촛불을 비춰 새로운 통로를 알려주었다.

"전 여기까지만 갈 수 있어요." 그녀가 말했다. "차를 갖다드려야 해서요. 이 통로를 따라 조금만 가면 사다리가 나올 거예요. 사다리를 타고 올라가면 땅이 나오고요. 거기부터는 알아서 찾아가야 해요."

"고마워요." 프루가 입을 열었다. "당신 없었으면 어떻게 되었을지 생각만 해도 끔찍해요."

"천만에요." 페니가 말했다. "아가씨가 동생을 찾을 거라고 믿어요." 그녀는 웃으면서 돌아갔다. 페니가 든 촛불의 작은 불빛이 어두운 터널에서 점점 멀어져갔다.

프루는 새로운 통로로 다시 걷기 시작했다. 오래 가지 않아 페니가 설명해준 사다리가 나왔다. 사다리의 가로대는 낡아서 더러 쪼개지고 프루의 발 무게를 견디지 못해 휘어지기 일쑤였다. 사다리를 올라가자 천장에 긴 원통 모양의 관이 즐비한 터널이 나왔고, 관의 맨 끝에 맨홀 뚜껑처럼 생긴 게 있었다. 프루는 사다리 가로대에 몸을 지탱한 채 뚜껑을 밀어 한쪽 옆으로 밀쳐놓았다. 신선한 공기가 확 밀려들며 프루를 놀라게 했다. 프루는 공기를 깊이 들이마셨다. 그런 다음 구멍 밖으로 고개를 내밀고 사방을 두리번거렸다.

다시 숲속으로 돌아와 있었다.

CHAPTER 11

탁월한 군인;
올빼미 공작과의 면담

커티스는 팔꿈치로 바닥을 짚고 겨우 몸을 일으킨 뒤 주변을 살펴보았다. 조금 전 포격의 고통을 겪은 코요테 병사들은 충격에서 헤어나지 못한 채 멍하니 서있고 적들은 기적적으로 사라진 후였다. 덤불에 말끔히 길을 내며 날아간 포탄은 협곡을 지나 맞은편에도 똑같은 길을 냈다. 그리고 포탄이 날아간 길 뒤로 여러 명의 산적들이 쓰러져서 미동도 하지 않았다. 커티스는 빠르게 눈을 깜빡거렸다.

병사들은 새로운 산적들이 협곡 가장자리에 나타나기 전에 짧은 구령을 붙이며 검을 쳐들고 다시 전투에 돌입했다. 그때 뒤에서 말발굽 소리가 들렸다.

"커티스! 나와 함께 가자!"

고개를 돌려보니 알렉산드라가 손을 뻗은 채 내려다보고 있었다. 그녀는 커티스의 팔을 잡아 말등으로 끌어올려 주었다. 커티스는 이제야 청력이 정상으로 돌아왔다.

"보셨어요?" 커티스는 교전중인 병사들을 가리키며 말했다. 자부심만큼이나 놀라움으로 자신의 얼굴이 환해지는 것을 느꼈다.

"봤지." 알렉산드라가 대답했다. "아주 잘했다, 커티스! 우린 너를 전사로 만들어주겠다."

알렉산드라는 한 손에 검, 다른 한 손으로는 고삐를 잡고 나무 사이를 요리조리 빠져나가며 말을 몰았다. 그녀의 승마술은 둘째 가라면 서러울 정도여서, 그녀가 말을 달리고 있을 때 검이나 총으로 공격하려 했다가는 누구라도 화를 면하지 못했다. 그들은 틀림없이 목이 달아났다.

"지금 어디로 가는 거죠?" 커티스가 여왕의 긴 숄에 달린 털에 얼굴을 비비며 물었다.

"보면 알게 될 거야!" 알렉산드라가 말했다.

그들은 능선 맨 끄트머리에 도착했다. 그곳은 간헐천의 수심이 가장 깊었고 골짜기의 벽은 협곡의 가파른 절벽처럼 바닥에서부터 곧장 치솟아 있었다. 산등성이에서는 산적과 코요테들이 발과 발, 칼과 총검을 서로 부딪치며 정면으로 뒤엉켜 있었다. 알렉산드라는 말에서 펄쩍 뛰어내려 대항하는 산적을 검으로 해치운 다음 산등성이 가장자리로 달아났다. 커티스는 놀라서 요란스레 침을 꿀꺽 삼킨 뒤 뒤따라갔다. 곁으로 다가가자 여왕이 좁은 도랑처럼 생긴 곳을 가리켰다. 그곳에서는 산적들이 낑낑대며 골짜기로 커다란 곡사포를 끌어올리고 있었다.

"저기 봐라." 그녀가 나지막이 말했다. "만약 저 포가 멀리 발사되면 우리 연대는 이 야만인들의 손아귀에 들어가는 거나 마찬가지다."

거대한 곡사포에 비하면 코요테 군대의 대포는 폭죽놀이 놀잇감밖에 되지 않았다. 곡사포는 포구의 구경이 적어도 1미터에다 길이는 남자 둘이 끝에서 끝까지 누워도 될 정도였다. 강철로 만들어진 이 포에는 사악한 용의 형상이 새겨있고, 포구는 용의 이빨처럼 깔쭉깔쭉했다. 이 대포에 한 방 맞으면 산등성이 전체가 날아가겠다고 커티스는 추측했다.

"우린 어떻게 할 거죠?" 커티스가 물었다.

"총격을 해야지." 알렉산드라가 대답했다. 그녀는 소총을 잡아 어깨 위에 올린 다음 조준기를 골짜기 아래 곡사포 포병에게 맞췄다.

커티스는 얼굴이 핼쑥하고 가슴이 조마조마해졌다. 자신도 틀림없이 대포를 쏘았지만 그건 마구잡이로 아무에게나 쏜 것이었다. 의도적으로 누군가를 겨눈 뒤 총을 쏠 수 있을지 확신이 없었다. 그래서 커티스는 몸이 뻣뻣하게 굳어져서 그저 총을 잡고 서 있기만 했다.

그러는 사이 여왕은 거대한 곡사포를 에워싸고 있는 포병들을 향해 여러 차례 총을 쏘았다. 산적 두 명이 쓰러지자 재빨리 두 명이 골짜기로 달려와 그 자리를 채웠다. 여왕은 소총 개머리판으로 땅을 치며 욕설을 내뱉었다. 그녀는 소총에서 꽂을대를 풀어 화약을 다시 채워넣었다.

커티스는 산등성이를 둘러보며 총격을 대신할 만한 전술을 생각해내려고 애썼다. 그때 무언가가 눈에 띄었고, 커티스는 심장이 멎을 것만 같았다. "잠깐만요!" 그는 알렉산드라에게 이렇게 소리친 뒤 소총을 땅에 내려놓았다. 그리고 협곡이 내려다보이는 이끼 낀 너럭바위로 달려갔다. 그곳에 거칠거칠한 나무껍질이 담쟁이와 양치류로 뒤덮인 커다란 삼나무가 쓰러져 있었다. 골짜기 가장자리에 아슬아슬하게 걸쳐진 채 덤불 아래 있는데 다른 통나무가 그 나무를 떠받치고 있었다. 커티스는 위에 얹힌 나무의 길이와 높이를 가늠하는 한편으로 그 나무와 산적 군단 간의 거리를 살펴보았다. 마침내 커티스는 흡족한 기분으로 나무를 뛰어넘어 바닥에 철퍼덕 주저앉더니 거친 나무껍질에 발을 대고 나무를 힘껏 밀었다. 고통스럽게 신음하며 죽을 힘을 다해 나무를 밀었지만 나무는 제자리만 맴돌았고 커티스는 점점 힘이 빠졌다. 그러기를 여러 차례, 마침내 나무 끝이 축 위에 걸쳐지고 그 아래 땅에는 고랑이 파였다. 커티스는 숨을 깊이 들이마시고는 더 크게 기합을 넣으며 다시 한 번 밀었다. 이번에는 통나무가 조금 들렸지만 여전히 아래에 깔려있는 나무로부터 완전히 분리되지 않았다.

"알렉산드라!" 그가 소리쳤다. "와서 좀 도와주세요!"

뚜렷한 효과도 없이 아래 있는 산적들에게 소총을 쏘던 여왕이 커티스를 보더니 이내 그의 계획을 눈치챈 듯 그가 있는 곳으로 달려왔다. 그녀 역시 땅바닥에 앉아 모카신을 신은 발로 나무를 밀기 시작했다.

"하나, 둘, 셋!" 커티스가 수를 셌다. 두 사람은 함께 나무를 밀었다. 이윽고 아래 나무와 분리되는 순간 무시무시한 소리를 내며 구르기 시작한 통나무는 귀를 멍하게 하는 굉음을 일으키며 협곡 아래로 내던져졌다. 알렉산드라와 커티스는 협곡의 가파른 경사면으로 굴러떨어지는 거대한 나무를 보려고 바닥에서 벌떡 일어났다. 나무는 굴러갈수록 가속도가 붙었다. 위급함을 알아차리고 몸을 피한 산적들은 거의 없었다. 이윽고 나무는 곡사포에 부딪쳐 산산조각을 냈고 그 굉음에 대기가 진동했다. 박살이 난 곡사포는 바닥으로 나뒹굴었고,

임무를 마친 거대한 삼나무는 포구에 처박혔다. 그와 더불어 몇 명 안 남은 곡사포 포병은 협곡으로, 덤불 속으로 굴러떨어졌다.

커티스가 펄쩍 펄쩍 뛰었다. "와… 와… 저기," 그가 다급하게 말했다. "저, 연기 좀 봐요! 정말 일어난 일이에요?"

알렉산드라가 그를 보며 웃었다.

그때 그들의 축하를 방해하기라도 하듯 무엇으로도 흉내낼 수 없는 소라고둥 소리가 났고, 혼비백산한 산적 부대는 협곡의 다른 쪽으로 필사적으로 기어올라가 숲속으로 숨어들었다. 살아남은 코요테 병사들은 낙오된 산적 몇 명을 총살한 후 승리의 기쁨에 취해 두 팔을 들고 환호했다.

맨홀에서 빠져나온 프루는 맨홀뚜껑 가장자리에 걸터앉아 주위를 살폈다. 머리 위로 지붕처럼 뒤덮은 나뭇가지들이 보였고, 초저녁 하늘의 몇 개 안 되는 별들이 그 사이로 반짝거렸다. 프루는 자신이 나무들로 빽빽하게 둘러싸인 작은 공터에 있음을 깨달았다.

이렇게 멀리 떨어진 공터에 왜 맨홀(뚜껑에 '사우스우드, 하수자원국' 소유라는 글자가 찍혀있었다)이 있을까 궁금할 겨를도 없이, 뒤편에서 나무로 된 물체가 덜컹거리는 소리가 들렸다. 고개를 돌려보니 연노란색 인력거가 이쪽으로 다가오고 있었다. 인력거를 끄는 이는 오소리였다.

"안녕?" 오소리가 프루에게 다가와 이렇게 말했다. 그는 서서히 인력거를 멈췄다.

"안녕하세요?"

오소리는 눈을 깜빡이며 맨홀을 내려다보았다. "거기에서 방금 기어올라온 거니?" 그가 어리둥절해서 물었다.

프루는 맨홀을 돌아다보았다. "네."

"아하," 오소리는 이렇게 말하고 나서 문득 자신의 직업이 생각난 듯 덧붙였다. "타려고?"

"네," 프루는 올빼미의 편지를 주머니에서 꺼내며 덧붙였다. "서몬드 거리까지 가야 해요. 86번가. 여기에서 멀어요?"

"아니, 그렇게 멀지 않단다." 그가 대답했다. "길을 따라 죽 올라가면 되지." 그는 고갯짓으로 인력거를 가리켰다. "올라타라. 태워줄 테니."

"전 돈이 없어요." 프루가 말했다.

인력거 운전수는 잠시 머뭇거리다 말했다. "걱정 마라. 넌 오늘 밤 마지막 손님이다. 집에 가는 길이니 태워주지."

프루는 정중하게 감사인사를 한 뒤 인력거의 푹신한 의자에 올랐다. 화사한 노란색 페인트를 칠한 마차 겉면에 연한 빨간색으로 무늬를 그려넣고, 지붕에는 조그만 장식용 방울이 달랑거리는 인력거였다. 덜컹거릴 수 있다는 간단한 경고를 한 다음 인력거가 움직이기 시작하더니 이내 숲길을 단숨에 털털거리며 갔다. 몇 번 재빨리 모퉁이를 돌아 사람들의 발길이 잦은 길을 달리자 숲 사이로 금방이라도 무너질 듯한 가축우리 같은 것이 보였다. 그리고 얼마 후 흙길이 끝나고 자갈 깔린 길이 나오더니 즐비하게 늘어선 세련된 주택들이 나타났고 격자무늬의 돌출된 창을 통해 굴절된 샹들리에 불빛이 자갈길로 쏟아졌다.

"멋진 동네지, 여기는." 운전수가 얼굴을 찌푸리며 말했다. "네가 찾아가는 그분이 아주 잘해내고 있지."

도로가 완만한 오르막길로 변하자 오소리는 언덕을 올라가는 데 집중하기 위해 고개를 숙였다. 어느덧 꼭대기에 이르른 인력거는 그 동네에서 가장 큰 저택 앞에 멈춰섰다. 설화석고 색상의 3층짜리 석조 대저택으로, 1층 창문의 장식 몰딩에 트럼펫을 부는 쌍둥이 천사상이 부조되어 있었다. 창문 앞에 드리워진 커튼 사이로는 따스한 빛이 새어나오고, 현관 앞 펼침막에는 86이라는 숫자가 씌어있었다.

"다 왔다." 오소리가 숨을 몰아쉬며 말했다. "서몬드 86번가야."

프루는 인력거에서 내렸다. "정말 고맙습니다." 그녀가 인사하자 오소리는 가볍게 목례를 하고 떠났다.

대리석 계단을 통해 현관으로 올라간 프루는 현관문에 달린 고리쇠를 보며 감탄하느라 잠시 지체했다. 동으로 만든 독수리 머리에 두툼한 금고리가 달린 고리쇠였다. 프루는 떨리는 마음을 다독이며 문고리를 들어올렸다 그대로 참나무 문에 떨어뜨렸다. 딱 소리가 울렸고, 프루는 뒤로 물러서서 기다렸다. 응답이 없었다. 프루는 다시 고리쇠를 한껏 올렸다가 그대로 내려놓았다. 여전히 문으로 걸어오는 기척이 나지 않았다. 프루는 몇 걸음 뒤로 가서 이 집이 86번가가 맞는지 확인하

기 위해 다시 펼침막을 올려다봤다. 다시 몇 번 더 금고리를 문에 부딪히고 나자 슬슬 걱정이 밀려왔다.

그때 갑자기 문이 삐거덕 조금 열리더니 그대로 멈췄다. 프루가 앞으로 다가가자 아까보다 조금 더 열리는가 싶더니 문은 도로 닫혔다. 프루는 이상해서 문 틈 사이로 안을 들여다보며 소리쳤다. "계세요?"

대답 대신 필사적으로 날갯짓하는 소리만 들렸다. 이윽고 끼끼거리며 손잡이를 돌리려고 애쓰는 두 마리 참새가 보였다. "미안! 미안!" 그 중 한 마리가 광택 나는 손잡이를 발톱으로 치고 있었다.

"이런!" 프루가 나섰다. "내가 도와줄까?" 프루는 조심스럽게 문을 더 열고 안으로 발을 들이밀었다.

"고마워!" 참새 한 마리가 프루 앞에서 머뭇대며 말했다. "우린 이렇게 두 발로 조종해야 하는 장치에 익숙하지 않아."

"바깥세상에서 온 매킬이라는 소녀 같은데?" 다른 참새가 끼어들었다. "그렇지 않아도 공작님이 기다리고 계셔."

참새들은 프루의 겉옷을 가뿐하게 받아 문 옆 옷걸이에 건 다음 짧은 복도를 지나 거대한 대기실로 프루를 안내했다.

방 저편 끝에 조각을 한 벽난로와 나무선반이 보였다. 벽난로 안 불길은 높은 천장에 소용돌이치는 그림자를 드리웠다. 벽난로와 직각으로 놓여있는 등받이 높은 팔걸이의자 두 개만 빼고 가구들은 대부분 흰 천에 덮여있었다. 사방 벽을 높다란 책장이 두르고, 책장에 꽂힌 수천 권의 책등은 다채로운 벽걸이 융단처럼 빛났다. 벽난로 선반 위에 걸린 초상화는 뒤덮은 천이 한쪽으로 약간 흘러내려 그 틈으로 수수한 로브를 입은 어치의 모습이 드러나 보였다.

프루는 방에서 왠지 모를 아련한 향수를 느꼈다.

"어서 와라." 한쪽 의자 뒤에서 힘 없는 목소리가 들려왔다. "부디 이곳에 오는 동안 무사했기를 빈다. 여기 앉아라."

의자 뒤로 거대한 날개가 보였는데, 무수한 갈색과 흰색의 깃털을 교묘하게 움직여 맞은편 의자에 앉으라는 몸짓을 했다.

프루는 기어들어가는 목소리로 감사인사를 전하며 의자로 걸어갔다. 난로 가까이 가자 그 따뜻한 온기가 반가웠다. 프루는 의자에 앉아 난로의 온기를 쬐며 올빼미 렉스의 눈을 바라보았다.

그를 직접 대면하니 머리 쪽의 얇고 가벼운 털부터 쭉 뻗은 뿔 모양의 날개, 의자를 꽉 채우고도 남는 갈색 반점투성이 몸뚱이까지 더욱 인상적으로 보였다. 그는 벨벳 조끼에다 두 개의 날개 사이 정수리에 술 달린 모자를 쓰고 있었다. 게다가 구부러진 발톱을 천의자 위에 올려놓고 꿰뚫어보는 듯한 눈동자로 빤히 프루를 쳐다보았다.

"방 상태가 이래서 미안하구나." 그가 말했다. "두 사람만 대화를 나눌 수 있는 공간을 미처 마련하지 못했단다. 신경을 써야 할, 더 시급한 일이 많아서. 그래도 목은 축여야겠지? 여기까지 오느라 힘들었을 텐데. 자! 차를 마시겠니, 아니면 커피?"

"차 주세요." 프루는 여전히 콩닥거리는 가슴을 진정시키며 말했다. "허브차요. 혹시 있다면요. 페퍼민트나 뭐 그런 거."

"민트 차!" 올빼미가 고개를 돌리고 소리쳤다. 뒤쪽에서 갑자기 날개 퍼덕이는 소리가 들렸는데, 주문을 알아들었다는 의미인 듯했다. 그는 다시 손님을 바라보며 구슬 같은 눈으로 프루를 응시했다. "바깥세상에서 온 소녀라. 아주 흥미롭군. 얘기를 듣기는 했는데… 그냥 걸어서 왔다고 했던가?"

"네." 프루가 대답했다.

"나도 여러 번 바깥세상 도시를 가본 적이 있지. 하지만 지상으로 내려가고 싶을 만큼 흥미는 생기지 않더군. 거기에서 지내는 거 어떤가? 편안한가?" 올빼미 렉스가 물었다.

"그랬던 것 같아요." 프루가 대답했다. "전 그곳에서 태어났고 부모님도 그곳에 계시니까요. 그러니까 선택하고 말 것도 없죠. 저에게는 아주 좋은 곳이에요." 프루가 잠시 생각에 잠겼다가 다시 말을 이었다. "제가 만나본 사람들, 그리고 동물들도 제가 여기에 온 걸 알고 무척이나 놀라던데. 공작님은 별로 놀라지 않으시네요."

"프루, 너도 나만큼 나이를 먹으면 아주 이상하고 신기한 일을 많이 겪게 된단다. 이상하고 신기한 일을 많이 겪게 될수록 덜 놀라는 법이지." 올빼미가 얼룩덜룩한 날개 한 쪽을 들고는 부리로 아래쪽을 톡톡 쫀 뒤 날개를 접었다.

대화가 끊긴 틈을 타서 프루는 용기를 내어 저택에 도착한 후 줄곧 물어보고 싶었던 질문을 했다. "렉스 공작님, 까마귀 떼가 제 동생을 어떻게 했는지 알고 계시나요?"

올빼미가 한숨을 내쉬었다. "매우 애석하지만 모른단다. 네 말대로 까마귀들이 정말 네 동생을 유괴했다면 그 녀석들을 찾아내 벌 줄 권한이 나에게 당연히 있단다. 도롱뇽이 그럴 경우에도 마찬가지듯이."

프루는 무슨 말인지 이해할 수가 없었다.

"실은," 공작이 말했다. "까마귀들… 그러니까, 특정한 종류의 까마귀들은 몇 달 전 공국에서 추방을 당했단다. 사고를 저지르거나 도둑질을 하는 등 말

썽을 자주 일으켰거든. 게다가 녀석들은 다른 동포들보다 자기들이 훨씬 더
우월하다는 망상에 사로잡혀 있었지. 점점 분리주의자 같은 짓을 많이 했어.
당연히 오랜 세월 그런 문제로 마찰을 빚었지만, 7월 어느 날 오후에 그들이
떼로 우리 공국을 떠나는 것은 막지 못했단다. 유감스럽게도 그날 이후 녀석
들에 대한 소식은 거의 듣지 못했지."

　그때 의자 뒤에서 리드미컬한 날갯짓 소리가 들렸고, 프루는 차를 가져왔음
을 눈치챘다. 프루는 시중드는 두 마리 참새로부터 정중하게 찻잔을 받아들었

다. 차 쟁반은 의자 옆 작은 탁자에 조심스레 놓았다. 참새 한 마리가 찻주전자를 들어 프루의 잔에 차를 따랐다. 또 하나의 가능성이 사라진 데 실망한 프루는 참새에게 고마움을 표한 뒤 반투명의 갈색 액체에 각설탕을 넣고 저었다.

프루의 실망감을 눈치챈 올빼미 렉스가 말했다. "그렇다고 해서 우리가 까마귀들을 우려하지 않는다는 말은 아니란다. 아니 녀석들의 어리석은 짓은 우리에게도 여간 골칫거리가 아니야. 알다시피 지난 몇 달 동안 와일드우드 북쪽 국경에 자기들끼리 정착하고는 우리 조류 시민들이 '코요테 병사'라고 부르는 자들과 어울리면서 여러 번 위협을 가했단다. 숲에서 가장 무질서하고 오합지졸이었던 코요테들은 어찌된 영문인지 모르지만 결집력 높은 군대를 형성할 수 있을 정도로 힘과 마음을 모았단다. 만약 내가 부하들의 안전을 최우선으로 생각하지 않았더라면 그런 믿기 어려운 보고를 받았을 때 애초에 묵살했을 거야. 하지만 보금자리를 파괴당하고 집에 있는 나무가 잘려지고 채소밭이 엉망이 되어서 상심한 집안들에 관한 이야기를 들었고, 내 눈으로 직접 보기도 했지. 도저히 무시할 수 없을 상황이었단다. 우리 사절들이 우리 국민과 국경의 군사들을 보호하기 위해 이 코요테 병사들에게 복수할 수 있도록 해달라고 얼마나 자주 대저택에 찾아갔는지 모른단다. 하지만 그들은 번번이 묵살했지. 그래서 결국 내가 이렇게 직접 찾아와 우리 국경 주민들이 다시 안전하게 살 수 있도록 와일드우드 내에서 군사행동을 금지하는 와일드우드 규약을 개정해달라고 요청하기에 이르렀지. 게다가 은혜도 저버린 채 온갖 분란을 일으키고 바깥세상 아이까지 납치해서 와일드우드 국경 안으로 데려갔다는 까마귀들에 대한 보고까지 있었고 말이다. 그것은 자칫하면 우리 조류에 대해 아

174

주 나쁜 인상을 줄 수 있는 명백한 불법행위지. 나도 이 상황에 대해 너만큼이나 화나고 실망스럽단다. 하지만 대저택 측은 까마귀들의 불법행위를 인식하지 못하고 있기 때문에, 우리의 호소를 엉뚱한 방향으로 몰아가는 조치를 취할 수도 있단다." 그는 잠시 말을 멈추고 적당한 표현을 찾는 듯했다. "실은 대저택 측이 벌써 몇 년째 새들의 자유를 제한할 근거를 찾고 있단다. 그래서 나는 이번 일이 자칫 그들에게 명분을 주지 않을까 우려하고 있지."

"왜요?" 프루가 물었다.

올빼미가 어깨를 으쓱했다. "우리를 불신하고 오해하며 두려워하기 때문이지. 그들은 우리 방식을 좋아하지 않거든."

이 말에 프루는 당황했다. 지금까지 이 이상한 땅에서 만난 새들은 아주 친절하고 상냥했다.

올빼미 렉스가 갑자기 날개를 펼치고 몇 번 힘차게 퍼덕거리다 난로 옆 장작더미로 날아갔다. 난롯불이 꺼져서 연기만 피어오르고 있었다. 그는 발톱으로 장작을 움켜쥔 다음 그것을 난로 안에 떨어뜨렸다. 그러자 다시 불길이 치솟기 시작했다. 그는 자기 자리로 돌아와 모자를 고쳐 쓴 다음 말을 이어나갔다. "대저택 측이 현명한 상담가이자 정부의 역할을 하던 시절은 지나갔어. 이제는 온갖 권력의 부스러기까지 어떻게 해서든 손에 넣으려는 정치적 기회주의자이거나 미래의 폭군이 우글거리는 소굴일 뿐이지. 쿠데타 이후 아무것도 남지 않게 되었단다."

"쿠데타요?" 프루가 물었다. 올빼미의 이야기를 듣는 동안 프루는 조용히 찻잔만 저었다. 그러다 문득 정신을 차리고 찻숟가락을 받침에 내려놓았다. 조그맣게 쨍그랑 소리가 났다.

공작은 진지하게 고개를 끄덕였다. "설명하려면 길단다. 그러니까 지금은 고인이 된 그리고르 스빅에게 지사직을 양도받았던 미망인 알렉산드라가 그 쿠데타로 폐위당한 뒤 와일드우드로 추방되었지."

"그리고르 스빅이라면 라르스 스빅의 아버지 아닌가요?" 프루가 물었다.

"삼촌이지." 올빼미 렉스가 대답했다. "그리고르는 진정한 통치자였단다. 자비롭고 현명한 분이었지. 다른 종족에 대한 이해도 깊었단다. 나는 그와 절친한 친구 사이였어. 우리가 각자 권좌에 있을 때, 아비앙 공국과 노스우드에 대한 통치권에 합의를 했단다. 수세기 동안 존재는 했지만 이웃 나라들에게 인정을 받지 못한 나라들이지. 우리는 그 나라의 국민들이 서로 자유롭고 안전하게 통행하도록 허락했지. 그리고 무엇보다 중요한 점은 와일드우드 규약을 제정했다는 사실이란다. 내가 지금 무효화하려는 바로 그 조약인데, 와일드우드의 광대하고 미개한 땅을 자신들의 목적을 위해 망치려는 산업화된 귀족들의 손아귀로부터 보호해 야생 그대로의 땅으로 두자는 게 그 골자란다. 그런 그리고르가 죽었을 때 난… 내 전부를 잃은 듯한 상실감에 빠졌지." 공작이 고개를 푹 숙였다.

프루는 불편한 듯 몸을 뒤척였다. "그는 어떻게 죽었나요?" 프루가 조심스럽게 물었다.

"내가 알기로는 심장마비였어. 그와 그의 아내 알렉산드라에게는 아들이 하나 있었단다. 유일한 자식이었지. 이름은 알렉세이였다. 부부는 아들을 끔찍이 사랑했어. 태어날 때부터 아이는 당연히 아버지의 후계자로 여겨졌기에, 그 아이가 열다섯 번째 생일 직후 말에서 떨어졌을 때 가족은 물론 온 나라가 대단한 충격에 휩싸였지. 아이는 그해 가을을 넘기지 못하고 죽었단다. 그리고

176

르와 알렉산드라의 상심은 이루 말할 수가 없었어. 가족끼리 장례식을 마친 날, 그리고르는 침실로 들어간 뒤 영원히 그 방을 걸어서 나오지 못했단다." 올빼미 렉스는 마음을 진정시키려는 듯 잠시 침묵하며 난로의 불빛을 가만히 응시했다. "알렉산드라는 이 가공할 만한 두 가지의 비극을 홀로 처리해야 했단다. 그리고 미망인 여왕이라는 칭호와 통치권을 얻게 되었지. 하지만 슬픔은 그녀의 정신을 황폐하게 만들어서, 점점 측근들을 멀리하고 홀로 시간을 보내는 일이 많아졌단다. 대저택에 틀어박혀 이상한 사람들, 점쟁이라든지 집시, 마법사들과 어울렸지. 보좌관들도 그녀를 말릴 수 없었어. 나중에는 사우스우드의 유명한 장난감 제작자를 불러들여 죽은 아들 알렉세이와 똑같이 생긴 복제품을 만들라고 명령했지. 두 명의 장난감 장인들은 왕궁의 다락에 두 달 동안 갇힌 채 복제품 제작에 매달렸고 마침내 최종 결과물을 내놓았단다. 세상을 떠난 젊은 왕자와 꼭 닮은 복제품이었지. 그렇더라도 그건 인형일 뿐이었어. 정기적으로 태엽을 감아주어야 하고 툭툭, 윙윙 같은 금속성 소리를 내며 뻣뻣하게 움직이는 인형 말이다."

"으스스해요!" 프루가 툭 내뱉었다. "제 말은, 어떻게 인형이 자신의 아들을 대신할 수 있다고 생각하느냐 말이에요."

올빼미 렉스는 진지한 표정으로 고개를 끄덕였다. "그녀에겐 또 다른 계획이 있었단다. 잘 아는 마법사한테서 배운 마법을 이용해 알렉세이의 치아… 그것도 시신에서 빼둔 것을 자동인형의 잇몸에 몽땅 심었던 거야. 게다가 강력한 주문을 걸어 죽은 알렉세이의 영혼을 기계에게 불어넣었지."

프루는 머리가 멍했다. 불길이 타오르는 난로에서 타닥, 소리가 났다. 벽난로 선반 위 시계는 부드러운 종소리로 정각을 알렸다.

177

커티스는 살아오면서 지금처럼 으쓱한 기분을 느낀 적이 없었다. 주변의 숲은 이 세상이 아닌 듯 신비한 빛을 띠었고 공기는 신들의 산해진미처럼 지극히 달콤했다. 수많은 코요테 병사들이 자신을 어깨에 태워 환호했을 때는 하늘을 날아오르는 느낌이었다. 게다가 병사들은 기쁨에 겨워 가끔 "커티스! 커티스! 커티스!" 하고 합창하듯 환성을 질렀다. 병사들은 횃불을 밝히고 숲을 가로질러 이렇게 소란한 퍼레이드를 펼쳤다.

그들의 승리는 확정되었고, 군사적인 피해는 적었다. 그날 오후의 전투는 한마디로 대단한 성공이었고, 커티스는 영웅으로 떠올랐다. 알렉산드라는 얼굴 가득 자랑스러운 웃음을 지으며 말을 타고 행렬을 따라왔다.

그들이 사육지에 도착하자 불길이 활활 타오르는 화로로 동굴 안이 환하게 빛나고 입구부터 맛 좋은 스튜 냄새가 풍겼다. 잡다하게 뒤섞인 브라스밴드는 삑삑거리며 귀에 거슬리는 멜로디를 연주하기 시작했고, 커티스를 들어올리고 다섯 겹으로 에워싼 병사들은 웅장한 팡파르에 맞춰 이끼가 깔린 단상에 내려 놓기 전에 먼저 여왕의 옥좌로 데려갔다. 그러고는 커티스가 사양하기도 전에 술잔을 쥐어주고 검은딸기 와인을 가득 따랐다. 그때 사령관이 고함을 질러 소란한 분위기를 진정시켰다.

"자, 조용, 조용히!" 그의 호통에 와자지껄했던 방안이 조용해졌다. "이 냄새나는 똥개들같으니!" 그는 가까이에 있는 병사를 움켜쥔 상태에서 와인이 찰랑찰랑 담긴 술잔을 들지 않은 손으로 그에게 무자비한 헤드록을 걸었다. "내 평생 이렇게 무질서하고 구역질나는 더러운 놈들은 처음이야." 그 순간 정말로 사령관이 한 말인지 의심스러운 듯 방안이 조용해졌다. 그때 사령관이 이빨을 드러내고 웃으면서 큰 소리로 말했다. "오늘 우리는 그놈들을 혼쭐내 줬다!"

방안에 환호성이 터졌다. 사령관은 목을 감고 있던 병사의 이마에 끈적한 키스를 퍼부은 뒤 풀어주었다. 그러고 나서 다른 코요테의 어깨를 감싸려다 비틀거리더니 갑자기 동작을 멈추고 진지한 표정을 지었다.

"우리의 승리로 숲이 들썩일 것이다. 이제 모든 동물이 우리의 작전에 대해 한 마디씩 할 것이다. 우리는 더 이상 무시당하지 않는 존재가 되었다. 우리가 사우스우드로 진격할 때 밀가루 반죽처럼 허연, 계집애 같은 녀석들은 무기를 내려놓을 수밖에 없을 것이다. 나아가 금칠을 한 피트콕의 대저택에는 우리의 축하 함성이 울려퍼질 것이다."

그때 알렉산드라가 사령관의 말허리를 잘랐다. 그녀는 환호하는 병사들을 뚫고 걸어와 화려하게 장식한 옥좌에 앉았다. "그럼 그 저택에 뭐가 남게 될까?" 그녀가 냉담하게 입을 떼자 사령관은 자신이 주제넘게 굴었음을 깨닫고 술잔을 높이 들어 정중하게 고개를 숙였다. "우리가 사우스우드를 끝장내면 영향력을 주고받는 양쪽의 경계가 없어지게 될 것이다." 알렉산드라가 목소리를 낮춰 속삭였다.

"그렇습니다, 여왕님." 사령관이 맞장구를 쳤다. 방안이 한층 조용해졌다.

"하지만 오늘 밤, 우리는 승리를 자축할 자격이 있다!" 여왕이 옥좌에서 벌떡 일어나 외쳤다. "그리고 대포 킬러이자 산적 소탕자, 통나무 굴러 떨어뜨리기의 고수인 커티스를 위해 축배를 들자." 그녀는 커티스를 돌아보며 웃음을 지었다. 그녀가 나무로 된 술잔을 앞으로 쭉 내밀자 커티스는 얼굴이 붉어지며 화답하듯 술잔을 높이 들었다. 이윽고 경의를 표시하는 투박한 술잔들이 엄숙하게 일제히 동참했다. "연주를 하라!" 그녀가 홀 뒤편을 돌아다보며 큰 소리로 외쳤다. 트럼펫의 느릿느릿한 선율을 시작으로 브라스밴드가 또 다른 흐느적거리는 선율을 연주하기 시작했다. 병사들은 와자지껄 환호를 보내며 다시 축하의 시간으로 돌아갔다. 입이 귀에 걸린 커티스는 박자에 맞춰 군청색 반바지를 입은 무릎을 손으로 톡톡 두드렸다.

"학교 친구들은 내가 이런 이야기를 해주면 절대 믿지 않을 거예요." 커티스는 밴드의 열광적인 연주 때문에 큰 소리로 말했다. "걔들은 절대로 믿지 않을 거예요!"

"아마 너는 학교로 돌아갈 수 없을 거야." 알렉산드라가 환호하는 코요테들을 바라보며 대답했다.

"학교를 그만두라고요? 그럼 부모님이…," 커티스가 놀라며 물었다. 그의 얼굴이 백짓장처럼 하얘졌다. "혹시……." 커티스가 생각에 잠긴 표정으로 우물거렸다.

"그래, 커티스." 알렉산드라가 말을 받았다. "우리와 함께 지내자. 우리 전투에도 참여하고. 단조롭고 재미없는 인간으로서의 삶은 버리거라. 와일드우드 연대에 들어가서 짜릿한 승리감을 맛보는 거야."

"음," 커티스가 여전히 우물거렸다. "잘 모르겠어요. 그럼 누구보다 부모님이 슬퍼하실 거예요. 내년 여름 야영캠프도 벌써 예약을 해놓으셨을 텐데. 아마 계약금도 지불하셨을 거예요."

알렉산드라가 눈을 홉뜨며 큰 소리로 웃었다. "이런! 귀염둥이, 커티스. 하지만 여기에 더 중요한 일이 있단다. 와일드우드를 구하는 일이 지금 위기에 처했단다. 오늘 너는 스스로 증명해보였어. 너의 작은 체구에 진정한 전사의 기질이 숨어있다는 것을 보여주었단다." 그녀는 방안 가득한 병사들을 가리켰다. "나는 코요테 병사들을 대단히 존중한단다. 저들도 내 편이 되었을 때 엄청난 위험부담을 졌지. 하지만 지금 내게는 인간 동지들의 협조가 절실하단다. 이런 오합지졸 개들을 데리고 국정 의견을 나눌 수 있는 내각을 만들 수 있으리라고 기대하지 않아. 이 녀석들은 너무 성급해." 그녀는 와인을 한 모금 마시고 커티스를 빤히 바라보았다. 그녀의 목소리는 점점 진지해졌다. "커티스, 네가 나의 2인자가 되어주기를 바란다. 우리 군이 사우스우드로 진격할 때 내 곁에 있어주었으면 해. 내 옥좌가 대저택의 검게 그을린 돌무더기 위에 놓였을 때 네가 내 옆에 앉아주기를 기대한다. 우리가 함께하면 이 나라, 이 아름다운 야생의 나라를 재건할 수 있어." 알렉산드라는 말을 멈추고 천천히 시선을 돌려 멀리, 알 수 없는 어딘가를 응시했다.

커티스는 할 말을 잃었다. 마침내 그는 술잔을 내려놓고 이야기를 시작했다. "여왕님, 뭐라고 말씀드려야 할지 모르겠어요. 생각 좀 해봐야겠어요. 부모님과 여동생들 그리고 학교 따위를 포기해야 하는 중대한 일이라서요. 그러니까 제 말은, 아, 제 말을 오해하지 마세요. 이곳은 멋져요. 모두 저한테 잘해주고. 게다가 오늘 전투는 한 편의 서사시였어요. 저에게 그런 일이 일어날 줄 몰랐어요." 커티스는 좀이 쑤시는 듯 몸을 뒤척였다. "저한테 잠깐 시간을 주세요, 그뿐이에요."

"그래. 얼마든지 기다려주마, 커티스." 알렉산드라가 한층 부드러워진 목소리로 말했다. "우리는 이 세상 시간을 모두 갖고 있지."

커티스의 즉석대포 발사 장면을 목격했던 코요테 한 마리가 비틀거리며 커티스가 있는 단상으로 왔다. 그는 커티스와 알렉산드라 모두에게 흐느적거리는 동작으로 경례를 한 다음 혀꼬부라지는 말투로 "커티스 대장님!"이라고 소리쳤다. "대장님이 대포 발사한 이야기를 들려주고 있는데, 저 똥개들이 제 말을 안 믿지 뭡니까! 제 말을 증명해주십시오!"

알렉산드라는 웃으면서 커티스를 향해 고개를 끄덕이더니 입술로 가보라고 말했다. 커티스는 웃으면서 병사의 앞발을 잡고 이끼 낀 단상으로 올라오게 도와주었다. 코요테 병사가 커티스와 어깨동무를 했다. 그리고 그들은 와인통 옆에 모여있는 한 무리의 병사들에게 걸어갔다. 알렉산드라는 손가락으로 나무 옥좌를 긁으며 조용히 그 모습을 바라보았다.

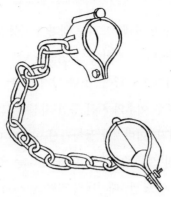

CHAPTER 12

족쇄 찬 올빼미;
커티스의 수수께끼

"**정** 말이에요?" 프루가 못 믿겠다는 듯 물었다. "아들의 치아를요?" 프루의 의자 등받이로 날아온 참새가 발톱을 부지깽이처럼 세워 난로 속 잉걸불을 휘젓기 시작했다. 올빼미 렉스가 고개를 끄덕이자 프루가 다시 입을 열었다. "역겨워요."

"프루, 슬픔의 힘을 과소평가하면 안 된단다." 올빼미가 타이르듯 말했다.

"그래서 알렉세이가 다시 살아났나요? 똑같이?"

"그렇단다." 올빼미가 대답했다. "사실 그의 죽음은 사우스우드 국민들에게 철저히 비밀에 부쳐졌단다. 그 동안은 젊은 왕자가 사고로 부상을 입어서 회복 중이라는 식으로 둘러댔지. 그러다 왕자가 다시 공인으로 모습을 드러냈을 때 온 국민이 기뻐했어. 알렉산드라는 왕자가 자동인형이라는 사실을 숨기려고 갖은 방법을 동원했단다. 심지어 그 인형을 만든 두 명의 인형 제작자를 바깥세상으로 추방시키기까지 했어. 소년 알렉세이는 자신이 기계라는 사실도 몰랐단다. 왕자가 죽은 이후의 시간 동안 자신이 그저 말에서 떨어져서 의식을 잃은 줄로만 알았지. 아버지가 돌아가신 이유에 대한 설명을 아무도 해주지 않아서 실망했지만 결국 슬픔은 지나가고, 그는 열성적이고 침착한 통치자가 되었단다. 그러던 어느 날, 대저택의 정원(그가 가장 좋아하는 곳이었단다)에서 직무를 보다 그는 우연히 자기 가슴에 있는 뚜껑을 열게 되었어. 그 바람에 자신의 몸 안에 든 장치가 드러났지. 이 모습에 충격을 받은 그는 어머니에게 따졌고, 자신의 죽음 뒤에 숨겨진 진실을 알게 되었단다. 그는 경악했지. 그는 그 길로 대저택의 자기 방으로 돌아가서 가슴의 뚜껑을 열고 몸 속 기계장치에서 없어서는 안 되는 부품, 즉 구리로 만든 작은 태엽을 떼어 부숴버렸단다. 기계는 작동을 멈췄고, 왕자는 다시 생명 없는 존재가 되어버렸어. 그녀의 계획은 그렇게 만천하에 드러났다. 결국 그녀는 고등법원에 출두하게 되었고 지루한 재판 끝에 그간의 모든 과정들이 낱낱이 밝혀졌어. 그녀는 마법을 쓴 죄로 와일드우드로 추방 명령을 받았단다. 그런데 기소 내용을 보면 그녀가 자기 남편 그리고르의 죽음에 책임이 있음을 암시하는 구절도 있단다. 아무튼 모두들 그녀가 추방을 당하면 오래 살지 못할 거라고 생각했어. 코요테한테 갈기갈기 찢기거나 산적에게 죽임을 당할 거라고 생각했지." 올빼미의 커다란 눈동자가 프루를 응시하며 털로 된 눈썹을 치켜세웠다. "하지만 어느 쪽도 아닌 것처럼 보이는구나."

프루는 동의한다는 듯 고개를 끄덕였다.

올빼미가 다시 난로를 보며 말을 이었다. "알렉산드라가 권좌에서 물러난 공백기에 당시 행정청에서 일하던 젊은 일꾼 라르스 스빅이 군대의 지지를 받아 후계자가 되었단다. 많은 사람들이 그를 반대했지. 하지만 스빅과 그 일당은 점진적으로 국정에서 손을 떼겠다고 약속을 했고, 사람들은 내전을 치르느니 그의 섭정을 인정하기로 했지."

밖에서는 바람이 계속 불고, 나뭇가지 하나가 유리창을 때렸다. 올빼미 렉스는 소리나는 곳을 돌아다본 뒤 프루에게 말했다. "그로부터 15년이라는 시간이 흐르는 동안 사우스우드의 정치적 환경은 계속해서 바뀌었단다. 반대자들의 목소리는 더 이상 들리지 않지. 그 동안 라르스의 서투른 통치를 비판하거나 반대하면 쫓겨나거나 감옥에 갇히거나 심할 경우 그냥 쥐도 새도 모르게 사라졌거든. 그들은 우드 전체에 속한 몇몇 독립국가의 통치권을 노골적으로 무시한단다. 타인에게 무자비한 면도 틀림없이 있고. 내가 너를 여기로 부른 것도 그 때문이란다. 이런, 나이 드니 나도 모르게 수다쟁이가 되는구나. 하지만 지금부터 내가 하는 말에 귀를 기울여주기 바란다."

프루는 주의 깊게 들으려고 몸을 앞으로 기울였다. 올빼미는 마치 음모를 꾸미는 듯한 어조로 나지막이 얘기하기 시작했다.

"사우스우드에도 널 도와줄 만한 사람들이 있단다. 안팎을 뒤집는 것부터 법칙을 바꾸는 일까지 시도하는 믿을 만한 사람들이지. 하지만 그들은 소수란다. 무엇보다 지사와 그 부하들은 믿을 수 없는 사람들이야. 그들은 네가 자신의 이익에 걸림돌이 된다고 생각되면 그 걸림돌을 치워버릴 거야. 무슨 말인지 알겠니?" 올빼미의 집요한 질문에 멍하니 그저 바라보고 있는 프루에게 그가 다그쳤다. "알아들었느냐고 물었잖니?"

"네." 프루가 재빨리 대답했다. "잘 알겠어요."

"오늘 그들과 이야기를 나눈 후…," 올빼미가 말했다. "난 너의 존재가 *문제를 일으킬까봐* 두려웠단다."

프루는 문득 욕실에 가둬둔 매스티프 보초병 생각이 났다.

올빼미 렉스는 의자에 등을 기대고 난로의 흔들리는 불길을 가만히 응시했다. 올빼미의 눈동자에 반사된 불빛이 어른거렸다. "내가 이 모든 것을 목격하는 동안 얼마나 힘이 들었는지 말로 다할 수가 없구나. 그리고르가 세운 것들은 서서히, 확실하게 무너지고 있단다. 내 심장이 터질까봐 두려울 정도란다." 그가 날개 끝을 가슴에 대고 크게 한숨을 내쉬었다. 그리고 곁눈질로 프루를 바라보았다. "내가 너무 놀라게 한 건 아닌지 모르겠구나. 너도 그 총명함으로 나를 놀라게 했지만 말이다. 난 네가 용기와 지혜를 가지고 이 문제들을 잘 헤쳐나갈 거라고 믿는다. 다만 네가 상대할 대상이 어떤 사람들인지 아는 게 급하다고 여겼지."

"전 어떻게 해야 하죠?" 프루가 낙담해서 물었다. "전 누구한테 부탁해야 할지 모르겠어요."

올빼미는 잠시 말이 없었다. 선반 위 시계 초침 소리가 방안을 가득 채웠다. "다른 사람은 모르겠고, 신비주의자들을 찾아가면 좋을 것 같구나."

"신비주의자요?"

"노스우드에 살고 있지." 올빼미가 설명했다. "사우스우드와는 별로 왕래를 하지 않는 은둔자들이란다. 하지만 네 문제에 관심이 많을 거야. '변방의 곤경'이라고, 바깥세상과 우리를 격리하고 보호하기 위해 와일드우드 국경선의 나무들에게 걸어놓은 마법을 관장하고 있지. 네가 여기로 걸어 들어올 때는 어찌된 영문인지 그걸 무시한 것 같은데." 올빼미는 잠시 프루를 보며 히죽 웃었다.

"죄송해요." 프루가 소심하게 웃었다.

그는 계속해서 말했다. "노스우드의 신비주의자들은 다른 사람에게는 없는 숲과의 접속 능력을 갖고 있단다. 위대한 회합 나무council tree의 뿌리는 여기 우리에게까지 뻗어있어서 와일드우드를 돌아다니는 모든 발자국을 기록하지. 신비주의자들은 바로 이 나무 둘레에서 만난다. 그게 그들이 능력을 얻는 방법이란다. 별로 승산이 없는 일이지만 혹시 네게 다른 방법이 없다면, 그들에게서라도 네 동생의 행방에 대한 단서를 얻을지 모르겠구나. 어쩌면 네 친구에 대해서도." 그가 천천히 고개를 저었다. "하지만 거기까지는 아주 먼 길이란다. 위험투성이고. 게다가 네가 환영받을 거라고 장담할 수조차 없다. 신비주의자들은 외부 사람들과 접촉하는 것을 싫어하거든. 게다가 설령 그들이 널 도와주려 하더라도 그들에게는 군대라고 부를 만한 것이 없지. 그들이 네 동생이나 친구를 무력으로 되찾아줄 힘이라든가 인력이 없을 거라는 의미다." 올빼미의 가슴이 깊은 한숨으로 들썩거렸다. "넌 사실 이러지도 저러지도 못하는 처지란다, 내가 더 도와줄 수 있으면 좋겠는데……."

그 순간, 마치 폭발음처럼 미친 듯이 짹짹거리는 날카로운 소리가 방안의 고요함을 깨뜨렸다. 대기가 온통 퍼덕거리는 날갯짓 소리로 넘쳤다. 두 마리의 시종 참새가 그들의 의자 주위로 곧장 날아들더니 프루와 올빼미 렉스 앞에 있는 벽난로 선반 위에 단숨에 내려앉았다. 참새들 뒤로 빠진 새털이 나풀거리며 떨어졌다.

"공작 폐하!" 한 마리가 외쳤다. "폐하! 어서 피신하세요! 빨리요!"

"이 친구 말은, 폐하!" 다른 참새가 씩씩거리며 말했다. "그놈들이… 거리가… 우리는 어떻게 해야 할지…….."

다른 참새가 말을 가로막았다. "어서 피신하……."

마지막 말을 가로막은 것은 누군가 문을 발로 차는 소리였다.

"스워드SWORD예요!" 참새 한 마리가 소리쳤다. "그들이 왔어요!"

프루가 겁에 질린 눈으로 올빼미 렉스를 쳐다보았다. "뭐예요?" 그녀가 물었다.

"대저택 소속 비밀경찰이란다." 올빼미가 다급하게 방안을 둘러보며 말했다. "사우스우드 갱생과 구금위원회 소속의 약자지. 예상했던 것보다 훨씬 빨리 움직였군! 프루, 우선 너부터 숨거라."

올빼미 렉스는 날개를 위로 올려 의자에서 날아올랐다. 프루는 벌떡 일어나 그를 따랐다. 올빼미는 빠르고 정신없이 방안을 빙빙 날았다. 그러다 책장 옆 커다란 버들고리 바구니 근처에서 멈추더니 발톱으로 뚜껑을 열고 프루에게 안으로 들어가라고 했다.

현관 복도에서 들리던 시끌벅적한 소리가 이제 식당까지 왔다. 마룻바닥에 부딪히는 빠르고 경쾌한 부츠 소리와 의자 쓰러지는 소리가 대기를 오염시켰다. 참새들은 짹짹거리며 침입자들을 막으려고 애썼다. 얼른 바구니 속에 들어가 뚜껑을 닫은 프루는 떨리는 가슴을 진정시키려고 손을 얹은 채 어둠 속에 앉아있었다.

올빼미 렉스는 뚜껑을 딸깍 닫자마자 바구니에서 안전한 거리만큼 날아갔다. 드디어 방 저편 끝에 있는 문을 무자비하게 때리는 발길질 소리가 나고 방안은 쾅쾅거리는 군화소리로 가득했다.

"그 여자아이는 어디 있소?" 여러 목소리 중 한 남자가 말했다. 프루는 숨을 죽였다. 심장이 갈비뼈 아래 새장에 갇힌 벌새 같았다.

"무슨 말을 하는지 모르겠군." 올빼미 렉스가 정중하게 대답했다.

그 남자가 웃었다. "역시 조류라 멍청하군."

그때 참새가 끼어들었다. "이렇게 무례할 수가! 누구도 공작 폐하께 그 따위로 말하지 않아!"

올빼미 렉스는 반발하는 참새를 손으로 제지했  다. "바깥세상에서 온 소녀를 말하는 거라면, 얼마 전까지만 해도 여기에 있었소. 하지만 방금 떠났지. 어디로 갔는지 나는 전혀 모르오."

짧은 침묵 후 그 남자가 다시 입을 열었다. "그렇소?" 프루는 방안에서 왔다갔다 하는 스워드 요원의 소리를 식별할 수 있었다. 몇 번인가 바구니 쪽으로 걸어오는 소리가 들리는가 싶더니 멈췄다. 책이 펼쳐지고 책장을 넘기는 소리도 들렸다.

올빼미가 아무 대답이 없자 책장 앞의 남자는 헛기침을 하고 나서 권위적인 투로 크게 말했다. "올빼미 렉스, 아비앙 공국의 공작. 당신을 와일드우드 규약 3조, 범법자 은닉과 사우스우드 정부 전복 모의에 관한 법 위반으로 체포한다. 고발에 대해

이의 없나?"

프루는 숨을 참고 눈을 동그랗게 떴다. 정적이 흘렀다. 프루는 바구니 뚜껑을 살짝 들어올리고 그 틈으로 방안을 살폈다. 올빼미 렉스가 검은 레인코트 차림에 경찰 모자를 쓴 몇몇 남자들 앞에 서있었다. 그 중 두 명은 프루가 보고 있는 사이에 레인코트에서 권총을 꺼내 올빼미를 겨누었다.

"너희들의 법은 엉터리다." 올빼미가 도전적으로 말했다. "사우스우드의 건국이념을 완전히 왜곡했어."

"그렇게 생각한다니 유감이군, 올빼미." 바구니 옆 책장 앞에 서있던 남자가 말했다. 그는 뭔가 묵직한 것을(프루의 눈에 책처럼 보였다) 바구니 위로 던졌다. 그 바람에 뚜껑이 닫혔다. 프루는 놀라서 비명이 나오려는 것을 꾹 참았다. 실은 '꺅' 하고 조용하게 신음했지만 고맙게도 뚜껑이 닫히는 '툭' 소리에 가려져 들리지 않았다.

남자가 신경질적인 목소리로 협박했다. "계속해보시지. 욕설이라도 해보라고. 부당함을 주장해보라니까! 옥상에 올라가서 큰 소리로 외쳐보라고! 그럴수록 스스로 상황을 악화시킬 뿐이라는 거 알고 있지? 자, 쉽게쉽게 하자고. 아니면 한바탕 붙든지."

방안에 침묵이 흘렀다. "좋아. 내가 승복하지. 어쩔 수 없군." 올빼미의 목소리가 들렸다. 프루는 다시 바구니 뚜껑을 살짝 열고 내다보았다. 올빼미 렉스가 순순히 자신을 억류할 상대에게 날개를 죽 뻗어 내밀었다.

"이봐, 체포해." 남자가 말했다. 그러자 다른 경찰관이 다가와 커다란 강철 수갑을 올빼미의 날개 끝에 채웠다. 이어서 사슬이 더 짧은 족쇄를 두 발목에 채웠다.

"그 여자애는 어떻게 하지?" 경찰관이 물었다.

"집안을 수색해봐." 남자가 말했다. "멀리 못 갔을 거야."

프루는 숨을 죽이고 바구니 바닥에 몸을 밀착시킨 상태에서 끌려나가는 올빼미 렉스의 족쇄 사슬이 바닥을 긁는 소리에 귀를 기울였다.

🌿

커티스는 동료 병사들이 곧장 축하행사로 돌입하는 모습을 지켜보았다. 여왕이 주는 검은딸기 와인을 덥석덥석 받아 마셨다가 호되게 당한 기억이 아직 남아있어서 커티스는 그저 술을 마시는 척하려고 애썼다. 다른 병사들이야 그렇지 않았다.

누군가 굴려서 가지고온 와인통은 뚜껑이 열리기 무섭게 방과 연결된 터널로 나가고 새 와인통이 들어왔다. 군복 단추를 허리까지 풀어헤친 병사들은 앙상한 갈비뼈에 엉겨붙은 회색 털을 드러내며 술통 꼭지 아래 나른하게 뒤엉켜 누워 마지막 한 방울의 술까지 받아먹었다.

커티스는 축하행사에 적극적으로 참여하려고 최선을 다했다. 대포를 발사한 이야기라든지 통나무를 굴려 산적들의 곡사포를 박살낸 이야기 따위의 무용담을 들려달라며 자신을 부르는 사람들을 만나러 방 이곳저곳을 돌아다니느라 다리가 아플 지경이었다. 일고여덟 번쯤 들려준 후에는 다른 코요테가 대신 마무리를 지어주거나 절정 부분을 실감나게 묘사해주었다. 결국 목이 쉬어버린 커티스는 방 한쪽 구석에 거꾸로 뒤집어놓은 맥주통을 발견하고는 거기에 걸터앉은 채 새로 채운 술잔을 들고 비틀비틀 다가오는 병사들에

게 다정한 미소를 보냈다. 나중에 그의 주변에는 술을 마시지 않는 소수의 병사들만 남았다.

점잖지 못하게 이마에 군복 띠를 두르고 텅 빈 와인통 꼭대기에 올라간 사령관은 지휘자라도 된 듯 검을 휘두르고 있었다. 그는 헛기침을 한 뒤 노래를 부르기 시작했다. 다른 병사들도 쉰 목소리로 우렁차게 따라 불렀다.

나는 사형집행인의 자식으로 태어났지.
구더기 유충에 새끼를 낳고 젖을 떼고
우리 아빠의 수염 속에서 뛰쳐나와
잘 들어봐, 남동생, 여동생들아.

이봐, 이봐! 저 쥐를 잡아!
쥐를 묶어 제 기름으로 튀겨.
힘이 빠지면 손가락 하나를 풀어줘.
올가미를 씌우든가 아니면 목걸이를 채워.

저기 저 아래 가시덤불 습지에서
다른 개와 함께 있는 그녀를 보았지.

그녀의 귀를 붙들고 올드타운의 우물로 가네.
그곳이 그녀가 지낼 곳이라네.

이봐! 이봐! 저 쥐를 잡아!
쥐를 묶어서 제 기름에 튀겨!

커티스는 손가락으로 바짓가랑이를 툭툭 치며 장단을 맞추고 자신도 모르게 노래도 따라 불렀다. 주변사람들이 낄낄거리며 그를 위해 술잔을 높이 들었다.

"이 아이 덕분에 개가 뱃노래를 다 부르는구나!" 누군가 큰 소리로 말했다.

"훌륭한 자칼이야!" 다른 누군가가 소리쳤다.

커티스와 입도 대지 않은 그의 술잔 옆에 털썩 주저앉은 코요테 한 마리는 눈치 없이 그를 놀리다 하마터면 둘이 뒤로 나가떨어질 뻔했다.

커티스는 수줍게 웃으면서 몸을 일으켰다. "실례 좀 할게요." 그가 말했다. "나가서 바람 좀 쐬어야겠어요." 방안에서 일어나는 일들이 그의 취향에는 너무 정신없게 느껴지기 시작했다.

그는 죽 늘어선 술잔과 서로 어깨동무를 하고 목청껏 노래부르는 코요테 병사들 사이를 발끝으로 살금살금 빠져나와 방과 연결된 많은 터널 중 한 곳으로 갔다. 벽에 걸린 횃불이 터널을 비췄고, 발아래 울퉁불퉁한 바닥에는 연회에 참석한 코요테들의 그림자로 어른어른 생기가 넘쳤다. 구부러진 터널을 돌아나가자 계속되는 노래가 조금씩 작아졌다.

거짓말쟁이! 거짓말쟁이!
가시금작화와 들장미다!
그의 발을 묶어 철사로 매달아라!

터널 깊이 들어가자 광적인 군중의 와자지껄한 소리가 희미해지는 것이 기분 좋았고, 등줄기에 묘한 전율이 흘렀다. 커티스는 어디로 가야 할지 몰랐다. 다만 혼자 앉아 지난 이틀 동안 일어난 일들을 되짚어볼 곳을 찾고 싶다는 본능을 따라갈 뿐이었다.

여러 개의 샛길이 나있고, 그곳 벽에 달린 횃불 덕에 가장 큰 방에서 갈라지는 곁방과 창고의 벽을 볼 수 있었다. 커티스는 나중에 여왕의 알현실로 되돌아갈 수 있도록 모든 모퉁이를 머릿속에 입력시키려고 특히 노력했다. 병사들의 와자한 소리는 이제 먼 곳에서 들려오는 메아리 같았다. 다만 그 방 난로에서 나오는 매캐한 연기 냄새가 퀴퀴한 공기 중에서 그나마 단서가 되어주었다. 걸어가는 동안 땅 그대로의 모습이 드러난 터널 지붕의 식물 뿌리가 길고 털이 숭숭한 손가락처럼 머리를 어루만졌다.

커티스는 문득 미로 같은 사육지에서 난생 처음으로 보호받는다는 느낌에 젖어들며, 따뜻하고 친밀한 이곳에서 살면 어떨까 하는 생각이 들었다. 매일 학교에서 받았던 상처와 불안감, 학교 운동장에서 느끼던 소외감, 저항하기 힘든 권위적인 선생님 따위의 기억들이 지금은 터널 저편에 있는 코요테 병사들의 노랫소리처럼 희미해졌다. 커티스는 평생 이렇게 많은 사람들에게 포용을 받아본 적이 없었다. 그는 언제나 바깥쪽에 서성거렸고, 친구들의 인정을 받기 위해 필사적으로 노력해야 했다. 커티스는 알렉산드라가 넌지시 암시한 두 사람의 관계(그녀는 새 엄마가 될 것이다! 이런 기회를 얻는 아이들이 세상에 얼마나 되겠는가?)를 떠올리며 짜릿한 전율을 느꼈다. 문득 이 이상한 세상을 지배하고 싶다는 생각이 들었다.

푸드덕.

터널 저편 어두침침한 곳에서 들려오는 소리는 틀림없이 새의 날갯짓 소리였다.

푸드덕.

얼굴에서 웃음기가 사라진 커티스는 찡그리며 어리둥절한 표정을 지었다. 다시 그 소리가 들렸다. 새들이 땅에 내려앉기 전에 공중에서 선회하는 소리, 분명 격렬한 날갯짓 소리였다.

그는 계속해서 소리나는 쪽으로 가보았다. 박쥐인가? 아니었다. 땅거미가 질 무렵 자신의 집 안뜰 위를 날아다니는 박쥐 소리를 들은 적이 있었다. 박쥐는 거의 날갯짓을 하지 않았다. 그런데 이런 땅굴에서 새들이 무엇을 할까? 커티스는 지금까지 여왕의 군대 중에 다른 동물이 섞여있는 것을 본 적이 없었다. 그는 소리를 따라 터널 끝으로 걸어갔다. 저만치 작은 빛이 보였다. 터널의 천장은 중앙 홀보다 낮아서 걸어갈 때 고개를 숙여야 했다. 터널 끝에 보이는 작은 점 같은 빛이 영사기처럼 흔들거리고, 이따금 여러 개의 검은 물체가 갑자기 나타났다가 사라지곤 했다. 커티스는 눈을 가늘게 떴다. 날개를 퍼덕이는 소리가 지금은 더욱 크게 들렸다.

"거기 누구예요?" 그가 물었다.

그의 목소리를 들었는지 갑자기 동요하는 불안한 날갯짓이 시작되었다. 커티스는 틀림없이 여러 마리의 새가 한꺼번에 날아오르고 선회하고 내려앉는

소리라고 추측했다.

그때 무언가가 그의 군복 어깨를 스치는 느낌이 들었다. 커티스는 본능적으로 몸을 피하며 터널 벽 흙이 드러난 곳을 향해 어설프게 칼집을 내리쳤다. 까만 날개 하나가 그가 서있는 곳으로 느릿느릿 떨어졌다. 커티스는 정신을 가다듬고 칼집에서 칼을 꺼내들었다.

"엄숙하게 묻는다! 거기 누구냐?" 그가 불안해져서 소리쳤다.

아기 울음소리가 들린 것은 그때였다. 어찌할 바 모르는 날갯짓 소리 사이사이에 날카롭고 짧은 아기 울음소리가 들렸다. 커티스는 심장이 얼어붙는 것 같았다.

"오, 맙소사." 커티스가 통로로 발길을 재촉하며 중얼거렸다.

터널이 끝나는 곳에 천장 높은 방이 나왔는데(달걀 모양이었다) 천장이 까마귀 천지였다. 칠흑같이 새까만 색, 석탄처럼 검은 까마귀 수십 수백 마리가 빙빙 맴을 돌며 서로 치고 덤비고 깍깍거렸다. 벽에 걸린 몇 개 안 되는 횃불에 그들의 미끈미끈한 검은 새털이 드러났다. 그리고 방 꼭대기에 나있는 작은 구멍으로 더 많은 까마귀들이 드나들고 있었다.

방 한가운데 흙바닥에는 너도밤나무 묘목 가지를 꼬아서 만든 소박하고 자그마한 요람이 보였다. 그리고 그 안에 포동포동한 아기가 누워있었다. 아기는 머리 위에 구름처럼 모여 빙빙 도는 까마귀 떼를 두려움 반 놀라움 반으로 불안하게 바라보고 있었다. 아기의 갈색 코듀로이 점퍼는 흙과 새똥처럼 보이는 지저분한 얼룩투성이였다.

커티스가 숨을 삼켰다. "맥?" 그는 겨우 발음을 했다.

아기는 커티스를 보며 '어어' 소리를 냈다. 천장을 선회하던 까마귀 한 마리가 무리에서 빠져나와 꿈틀거리는 기다랗고 통통한 벌레를 부리에 문 채 요람 옆으로 내려왔다. 그러고는 끔찍하게도 그 벌레를 맥의 벌린 입안에 떨어뜨렸다. 맥은 흡족한 듯 오물오물 씹었다.

"으윽, 역겨워." 커티스는 뱃속이 뒤틀리는 것 같았다.

커티스의 두뇌는 빠르게 작동하기 시작했다. 여왕이 이 사실을 알고 있을까? 코요테 병사들은 사육지에 이런 침입자들이 있다는 걸 알까? 알렉산드라가 안다면 틀림없이 이런 무단침입을 그냥 넘기지 않을 것이다.

"맥, 내가 널 여기에서 구해줄게." 커티스가 온갖 생각에서 빠져나오며 중얼거렸다.

그는 머리 위로 검을 쳐든 채 요상한 아기 침대로 걸어갔다. 까마귀들은 이 강탈자에게 위험을 느끼고 까악까악 미친 듯이 소리쳤다. 그가 요람에 다가가자 까마귀 여러 마리가 폭탄 투하하듯 그를 향해 날아들어 발톱으로 군복을 할퀴었다. 커티스는 새들의 공격을 막아내려고 머리 위로 검을 휘두르는 한편 칼을 들지 않은 손을 맥의 팔 아래로 넣었다. 맥이 만족스러운 듯 가르릉거렸다. 반쯤 씹다 만 벌레가 입가에 붙어있었다.

사태를 감지한 까마귀 떼는 재차 공격을 시도했다. 커티스와 맥은 검은 날개와 부리, 발톱에 에워싸였다. 녀석들이 발톱으로 커티스의 얼굴을 할퀴고, 부리로 옷을 찌르고, 드러난 피부를 피가 나도록 쪼아댔다. 커티스는 주춤주춤 뒤로 물러난 다음 허공에 대고 검을 마구 휘둘렀다. 맥이 울음을 터뜨렸다. 커티스는 까마귀 발톱이 계속해서 머리카락을 움켜쥐고 까마귀 날개가 얼굴을 때리는 것을 느꼈다. 이러다 자칫 실명을 할지도 모른다는 생각이 퍼뜩 들었다. 그는 더 이상 견디지 못하고 고통에 찬 비명을 질렀다. 그때 어떤 목소리가 방안의 야단법석을 단번에 잠재웠다.

"그만해!" 목소리의 주인은 알렉산드라였다. "물러가라!"

그녀의 명령에 까마귀 폭풍이 다소 약해졌다. 커티스는 그제야 고개를 들고 눈을 떴다.

"알렉산드라, 맥을 찾았어요! 프루의 동생을 찾았다고요!" 그가 소리쳤다.

그러나 알렉산드라를 본 순간 커티스는 입을 다물었다. 모습을 드러낸 여왕의 어깨에는 까마귀 몇 마리가 앉아있었다. 팔 위에도 한 마리가 앉아있었는데, 알렉산드라가 반지 낀 손가락으로 깃털을 쓰다듬고 있었다.

"맥이… 여기……." 커티스는 말을 잇지 못했다. 불현듯 현재의 상황이 이해되기 시작했다.

커티스와 다소 떨어진 거리에서 보고 있던 알렉산드라는 팔에 앉아있는 까마귀를 자신의 눈높이로 올렸다. 무언가를 부인하는 듯 깍깍거리던 까마귀는 알렉산드라가 침착하게 웃음을 짓자 마음이 놓인 듯 낮게 구구거렸다. 그리고는 강철 빛깔의 눈동자로 커티스를 바라보았다.

"여기에서 뭐하는 거니, 커티스?" 알렉산드라가 물었다.

그가 머뭇머뭇 대답했다. "그냥 돌아다녔어요… 그러다가… 네, 아기 소리가 들려서 무슨 일인가 궁금해서 와봤어요."

맥은 여전히 울고 있었다.

알렉산드라가 당당하면서도 엄숙하게 앞으로 걸어왔다. 그녀의 팔에 앉아있던 까마귀는 날아갔다. 알렉산드라는 커티스의 팔에서 아기를 빼앗아 품에 안은 뒤 조용히 울음을 달래주었다. "자, 착하지. 쉿!" 그녀가 말했다.

"당신은…," 커티스가 물었다. "알고 있었군요." 커티스의 머리에서 흐른 피가 이마로 떨어져 눈썹에 달라붙었다.

알렉산드라는 팔에 안긴 아기를 앞뒤로 얼렀다. 맥이 조용해졌다.

"알고 계셨단 말이에요?" 커티스가 큰 소리로 재차 물었다. 그가 목소리를 높이는 바람에 놀란 맥이 다시 울기 시작했다.

알렉산드라가 화난 눈으로 커티스를 쏘아봤다. "커티스, 목소리 낮춰라." 그녀가 다시 아기를 어르면서 말했다. "너 때문에 아기가 놀랐잖니." 알렉산드라의 어깨에 앉은 까마귀가 커티스를 향해 부리를 딱딱 부딪쳤다.

"하지만." 그가 무기력하게 반발했다. "왜, 아니 어떻게…," 낙담한 커티스는 말을 제대로 잇지 못한 채 "뭐가 뭔지 모르겠어요."라는 말만 되풀이했다.

알렉산드라는 커티스에게 희미한 웃음을 던지며 커티스 옆을 지나 빈 요람으로 걸어갔다. 칭얼대는 아이를 달래 이끼 낀 헤더(낮은 산과 황야지대에 나는 야생화. 보라색 분홍색 흰색 꽃이 핀다. ―옮긴이)를 바닥에 깐 요람에 내려놓았다. 그러고는 손가락으로 맥의 입술을 만지며 마지막으로 한 번 더 '쉿!' 하고 속삭인 뒤 커티스에게 다가와 팔짱을 꼈다.

"너에게 이런 모습을 보여줄 준비가 되어있지 않았단다, 커티스." 그녀가 아기로부터 커티스를 떼어놓으며 말했다. "하지만 네가 이렇게 안 이상 나에게는 선택권이 없어졌구나." 여왕의 등장에 위에서 맴돌던 까마귀 떼는 잠잠해졌고, 대부분은 천장에 난 구멍으로 빠져나갔다.

"지금은 어려운 시대란다." 알렉산드라가 계속해서 말했다. "어렵고 혼란스러운 시대지. 지금은 잘 모르겠지만 너도 나중에는 이해하게 될 거야. 하지만 네가 지금 당황스러워 하는 이유도 충분히 이해한다."

"왜 저에게 말씀해주지 않으셨죠?" 커티스가 물었다. "제가 여기에 왜 왔는지 처음부터 잘 아셨잖아요. 왜 비밀로 하셨죠?"

"너에게 말할 수 없었어, 커티스." 여왕이 나긋나긋 이야기했다. "그랬더라면 얼마나 충격을 받았을지 생각해보렴. 넌 와일드우드에 적응하기도 전이었어. 아니, 난 이 모든 사실을 너에게 밝히기 전에 시간을 주고 싶었단다. 내 말을 믿어다오. 난 네가 축하의 밤을 조금이라도 더 길게 즐기기를 바랐어. 지금은 최고의 시간이야."

알렉산드라는 방문을 열려다 말고 커티스에게로 향하더니 그의 어깨에 손을 얹고 눈을 정면으로 응시했다. "이따금," 그녀는 감미롭던 어조를 단호하게 바꾸었다. "사람은 자신의 바람과는 다른 상황에 처한단다. 자기에게 주어진 무기를 가지고 보복을 해야만 하는 상황. 비록 그게 누군가를 죽이는 일이라 해도 말이다. 사우스우드의 타락한 놈들은 나를 그런 상황에 몰아넣었단다. 그들은 나에게서 권위와 권력을 앗아갔지. 나는 그것을 되찾는 데서 나아가 나에게서 그걸 빼앗아간 놈들을 없애버리려고 한단다. 비도덕적이고 적대적일 수밖에 없는 이런 목적을 위해 내가 어떤 수단을 동원하든, 그건 그들의 무모한 결정이 낳은 결과란다. 내 말 알아듣겠니?"

커티스가 훌쩍거렸다. "아니요. 잘 모르겠어요."

알렉산드라가 웃었다. "이 아이는 마땅히 내 소유란다. 이 아이는 내 것이야. 난 이 순간을 위해 13년을 기다려왔지. *고통스러운 13년이었어. 커티스…* 이 아이는 나와 우리가 이 군사작전을 성공으로 끝내느냐 마느냐를 결정짓는 열쇠란다. 오늘 저녁 일찌감치 너에게 했던 말 기억하니? 너와 내가 이 숲을 통치하는 문제에 대해 이야기를 나누었지. 사우스우드의 허물어진 돌 위에서.

나는 여왕이고, 네가 나를 보좌하여 이 나라에 자연의 질서와 법칙을 되돌려주는 문제에 대해 의논했잖니. 기억나지?"

커티스는 슬프게 고개를 끄덕였다.

"그래. 그런데 저 아기가 없으면⋯ 아무것도 모르고 재잘거리는 저 아이가 없으면 그것은 불가능하단다." 그녀는 소박한 요람에서 작은 나뭇가지를 가지고 한가롭게 놀고 있는 맥을 가리켰다. 그녀는 다시 커티스를 응시하며 엄지와 검지로 그의 턱을 잡았다. "저 아이는 승리를 얻기 위한 우리의 티켓이야."

커티스가 고개를 끄덕인 뒤 물었다. "어떻게요?"

"담쟁이덩굴, 우리가 담쟁이덩굴을 이용하려면 저 아이가 필요하단다."

"담쟁이덩굴이요? 식물이요?"

알렉산드라는 잠깐 눈을 감으며 깊은 숨을 내뱉었다. "커티스. 듣기 힘들지도 모르지만," 커티스의 턱을 잡았던 그녀의 손가락이 이제 그의 뺨을 어루만졌다. 그녀는 커티스의 피부에 맺힌 핏방울을 닦아주며 말했다. "저 아이는 제물로 바쳐져야 한단다. 담쟁이덩굴에게 제물로."

"그게, 그게 무슨 뜻이에요?" 커티스가 머뭇거리며 물었다.

그녀의 목소리는 오래된 경전을 낭독할 때처럼 깊은 생각에 잠긴 단조로운 음조였다. "지금부터 사흘 후, 추분에 고대 도시의 플린스(기둥 또는 벽체의 초석. —옮긴이)에 아이의 몸이 놓이게 될 거야. 그리고 내가 주문을 외우면 담쟁이덩굴이 앞으로 뻗어나와 그의 살을 먹고 피를 마실 거란다. 그러면 담쟁이덩굴은 상상할 수 없을 만큼 엄청난 힘을 얻게 되고, 인간의 피가 줄기에 흐르면서 내 명령에 순종하게 되지. 그 다음 사우스우드로 진격해갈 때 우리는 담쟁이덩굴이 뻗어나가며 파괴한 길을 따라가기만 하면 되는 거야." 그녀는 커

202

티스의 뺨에서 뗀 손가락을 딱 튕기는 것으로 지금까지의 설명을 깔끔하게 마무리했다.

"간단하지."

딱,

"이보다 더 간단할 수는 없단다."

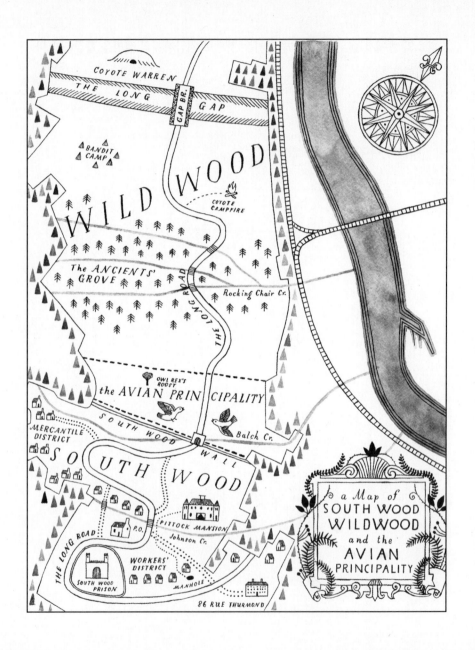

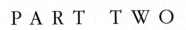

PART TWO

C H A P T E R 13

참새를 잡아라;
새장에 갇힌 새

날개의 거친 퍼덕거림. 귀청을 찢을 듯한 유리 깨지는 소리. 짹짹거리는 참새의 항의를 고함으로 묵살하는 소리. 이런 조각들이 모여 프루의 머릿속에 생생한 모습을 만들었다. 프루는 버들고리 바구니 속에 쥐 죽은 듯 쪼그려앉아 올빼미 렉스의 접견실에서 벌어지는 폭력적인 소리에 귀를 기울였다. 수색자인 스워드 요원들은 체계적인 절차에 따라 집행하는 듯했다. 의자를 뒤집어엎고, 문을 쾅 닫고, 방 한쪽 벽에 있는 책장을 넘어뜨린 다음 프루가 숨어있을 만한 곳을 천천히 뒤졌다. 프루에게는 시간이 많지 않았다.

숨어있는 동안 시끄러운 소리가 날 때마다 프루는 그 틈을 이용해 발아래 신문지더미 위에서 발에 실린 체중을 바꿔가며 조금씩 신문더미 속으로 미끄러져 들어갔다. 요원들이 수색 작업을 하다 잠깐 쉬는 조용한 시간에는 자신도 동작을 멈추고 숨을 죽인 채 다시 소음이 들릴 때까지 바구니 틈새로 스며드는 은은한 빛줄기를 멍하니 바라보았다. 마침내 발소리가 점점 가까이 들렸을 때 프루는 발밑에 깔고 있던 신문지를 몇 겹 끄집어내어 마지막으로 머리 위에 덮었다. 그러자마자 어떤 목소리가 소리쳤다. "저건 뭐야?"

"어디?" 프루가 앉아있는 바구니에서 몇 센티미터밖에 떨어지지 않은 곳에서 또 다른 목소리가 말했다.

"네 발아래 말아야, 멍청하기는! 저 바구니!"

"아하." 그 목소리가 대꾸했다. "거기도 찾아보려던 참이었어."

프루의 머리 위로 빛이 쏟아졌다. 프루는 눈을 질끈 감고 더욱 단단히 몸을 움츠렸다.

"글쎄, 글쎄," 그 목소리가 말했다. "여기에 뭐가 있을까?"

프루는 눈이 번쩍 뜨였다.

손 하나가 바구니로 들어와서 프루의 머리에 덮인 신문더미를 더듬었다. 그때 갑자기 바구니 뚜껑이 '쿵' 하고 다시 닫혔다. 프루는 머리 위를 덮은 신문의 무게가 가벼워졌음을 눈치챘다.

"이게 존시와 그의 양증맞은 *꽃밭이군!*" 한 요원이 빈정거렸다. "그 유명한 〈집과 가정〉 섹션의 1면에 실렸군."

"뭐라고?" 방 저편에서 또 다른 목소리가 물었다.

"이것 좀 봐. 존시가 지난 주 섭정지사한테서 번쩍거리는 멋진 메달을 받았잖아. 이게 *수상작인 모란이군.*"

그렇게 말하는 남자에게로 모여드는 부츠 소리가 울려퍼지면서 이내 방안에 웃음이 터져나왔다. 이어서 호칭 기도(교회 예배에서 사제 등이 먼저 말하면 신도들이 그에 대응하는 형식으로 이어지는 일련의 기도. ―옮긴이)처럼 희희낙락하는 말들이 쏟아졌다.

"멋쟁이, 존시!"

"오! 입고 계신 앞치마가 앙증맞고 귀여운 걸!"

"존시가 어머니의 마음으로 그 모란을 보듬고 있군."

이윽고 이 농담의 주인공인 존시가 바구니 옆으로 걸어왔고, 소리로 판단하건대 농담하는 사람의 손에서 그 빌어먹을 신문을 낚아채는 것 같았다. "마누라가 하도 성화를 해서." 존시가 해명했다.

방안에 더욱 크게 웃음소리가 울려퍼졌다. 프루는 바구니 벽 건너편에 있는 가련한 존시의 뺨이 붉게 물드는 것을 느낄 수 있었다. "난, 난," 그가 더듬거렸다. "모두 알잖아…," 마침내 그가 포기했다. "아, 정말, 그만 닥치지 못해! 모두!" 더 왁자하게 웃음이 터졌다. 잠시 후 바구니 뚜껑이 활짝 열리며 프루의 머리 위 신문더미로 아주 세게 신문지가 떨어졌다. 그러고 나서 뚜껑이 큰 소리를 내며 닫혔다. "다시 일이나 하자고!" 존시가 소리쳤다. "장난은 그만치고."

웃음의 물결이 물방울처럼 잦아들고 발소리와 말소리가 방 반대편으로 옮겨가기 시작했다. 쾅 하고 방문 여닫는 소리가 더 들리고, 더 많은 가구들이 덜컥거리고, 존시에 대해 이러쿵저러쿵 농담하는 소리가 더 들렸다. 하지만 프루에게는 별로 관심을 기울이지 않았다. 프루는 운명의 여신이랄지, 아무튼 자신을 살려준 모든 신에게 마음속으로 수백 수천 번 감사기도를 올렸다.

시간이 몇 분쯤 흘렀다. 프루의 왼발이 서서히 졸음에 굴복하려고 했고, 그녀는 바늘로 찌르는 듯한 발저림을 프라나야마 수행법으로 잊으려고 했다. 일종의 호흡조절법으로, 초보 요가교실에서 배운 것이다. 하지만 아무리 호흡조절을 해도 발이 떨어져나갈 것 같은 통증은 사라지지 않았다. 그때 바구니 밖에서 어떤 목소리가 들려왔다.

"어디에도 없습니다. 건물 전체를 수색했습니다."

프루는 코로 안도의 한숨을 내쉬었다.

"모두 뒤져봤나?"

"네, 그렇습니다."

"도주한 게 분명하군. 누군가 미리 귀띔해준 거야." 사령관이 말했다. "좋아, 그건 중요한 게 아냐. 어차피 훑으면 나오게 돼있으니."

"그렇습니다." 요원이 맞장구쳤다. "그건 그렇고 참새들은요? 참새들은 어떻게 처리할까요?"

"체포해라." 사령관이 명령했다.

방 저편에서 또 다른 목소리가 말했다. "한 마리뿐입니다, 사령관님."

"다른 놈은 어떻게 된 건가?"

"놀라서 도망간 것 같습니다."

방안에 짧은 침묵이 흘렀다. "날아갔다고?… 그냥… 날아갔단 말인가?"

"제 추측입니다." 또 다른 요원이 조용히 대답했다.

"멍청이들! 뇌가 없는 멍청인가!" 사령관이 소리쳤다. "뇌가 있어도 쓸모없는 뇌로군."

"멍청이요, 사령관님?" 요원이 되물었다.

"그래, 멍청이!" 사령관이 흥분을 가라앉히고 침착하게 말했다. "본부에서 이 사실을 묵인하지 않을 것이다. 하나 정도는 잃어버릴 수도 있다. 하지만 우리가 두 놈이나 잃어버린 걸 그 쪽에서 알게 되면 가만 있지 않을 것이다." 그는 잠깐 생각에 잠겼다가 이내 이렇게 지시했다. "보고서 작성할 때 한 마리만 있었다고 적어. 다시 말하는데, 우리가 도착했을 때 올뻬미 렉스를 시중들던 참새는 한 마리뿐이었네."

"그럼 그 여자애는요?" 부하 요원이 떨리는 목소리로 물었다.

또다시 침묵이 흘렀다. "바깥세상에서 온 여자애는 스워드가 들이닥칠 거라는 사실을 미리 귀띔받은 것으로 의심된다. 현장에 도착했을 때 보이지 않았다고 기록하게."

"네, 알겠습니다." 또 다른 요원이 대답했다.

"그리고, 너, 참새." 사령관이 불렀다. "넌 우리와 함께 간다. 감방에서 몇 주 지낸 후에도 하늘을 잘 나는지 보겠다."

방안에 정적이 흘렀다. 한 요원이 끼어들었다. "네, 뭐라고 하셨습니까?"

"감방. 교도소 말이다." 그 요원은 대꾸가 없었다. "감옥 말이다. 멍청하기는! 자, 감방 미어터지기 전에 어서 서두르자. 오늘 밤 간수가 얼마나 바쁠지는 신만이 아시니까."

이 말이 떨어진 후 우레 같은 부츠 소리가 들리더니 방안이 조용해졌다. 멀리 현관문 닫히는 소리에 이어 자동차 엔진의 부릉 소리와 도로로 달려가는 자동차 소리가 들렸다. 프루는 1부터 30까지 센 다음 머리에서 신문더미를 치우고 조심스럽게 바구니 뚜껑을 열었다. 밖을 내다보니 아무도 보이지 않았다. 프루는 온몸에 기운을 불어넣으며 몸을 일으켰다. 목에서부터 발가락까지 찌릿하게 피가 통하는 느낌이 들었다. 프루는 얼얼한 발을 흔들어준 뒤 조심스럽게 바구니 밖으로 나갔다.

방안에는 프루 혼자뿐이었다. 얼마 전까지만 해도 올빼미와 마주보고 앉았던 등받이 높은 의자는 두 개 다 옆으로 넘어져 뒹굴고, 징두리 판벽에 서있던 크고 멋진 책장은 바닥에 누워있고, 그 안의 책들은 책등이 휘고 책장이 펼쳐진 채 흩어져 있었다. 방 중앙에는 얼룩덜룩한 새털이 몇 개 떨어져 있었다. 프루는 그 모습을 보고 마음이 아팠다. 내가 무슨 짓을 한 거지? 모두 자신의 잘못인 것만 같았다. 경찰도 자신을 잡으러 온 것이다. 그런데 올빼미는 끝까지 프루를 보호해주었다. 프루는 죄책감에 어쩔 줄 모르며 무릎을 꿇고 깃털 하나를 집어들었다. "아, 올빼미 공작님," 프루는 감정이 북받쳤다. "죄송해요, 죄송해요."

그때 놀랍게도 난롯가에서 푸드덕 날갯짓 소리가 들렸다. 돌아보니 시종 참새 한 마리였다. 참새의 배 쪽 연한 잿빛 털에는 난로 연통의 숯 검댕이가 묻어있었다.

새는 프루가 서있는 곳으로 서툴게 날아와 쓰러진 책장 모서리에 내려앉았다. 그런 다음 왼쪽 날개를 퍼덕거려 뿌연 먼지를 털어내고 프루를 애처롭게 바라보았다. "그분은 가셨어." 깃털만큼이나 하얗게 질린 목소리로 참새가 말했다. "공작님 말이야, 끌려가셨어."

프루는 알고 있다는 듯 고개를 끄덕였다. 프루는 아직 사건의 충격에서 벗어나지 못했다. "어떻게 도망쳤어?" 프루가 물었다. "난 너희들 모두 잡혀간 줄 알았는데."

"나도 마찬가지야. 너도 잡혀간 줄 알았어. 저 바구니를 열었을 때 말이야." 그는 이렇게 말하고 나서 머리로 난로를 가리켰다. "난 그 난리를 틈 타 굴뚝으로 숨었지." 그는 부리를 떨어뜨리고 바닥을 응시했다. "도대체 무슨 쓸모가 있다고! 우리 공작님을 잡아갔을까?" 참새는 눈물이 그렁그렁한 눈으로 애원하듯 프루를 쳐다보았다. "나 겁쟁이지? 공작님을 위해 목숨을 바치지는 못할망정 도망가면 안 되는데, 그렇지 않아?"

"아니, 아니야." 프루가 위로했다. 프루는 손을 내밀어 참새의 머리에 묻은 숯검정을 털어주었다. "공작님은 그걸 원하지 않으셨을 거야. 넌 최선을 다했어." 프루는 책장 모서리에 걸터앉아 손으로 턱을 괴었다. 멀리 시끄러운 사이렌 소리가 들려왔다.

"이런 날이 올 줄 몰랐어." 참새가 몸서리를 치며 나지막이 말했다. "이렇게 약한 동맹관계를 유지하기 위해 그렇게 신중히 외교를 하고 온갖 노력을 하다니. 빌어먹을!" 다른 사이렌 소리까지 합세하여 사이렌 소리가 점점 더 커졌다. 프루는 붉은 빛이 어른거리는 창문가로 걸어갔다. 무릎을 꿇고 조심스럽게 커튼을 열자 거리로 난 여러 개의 문이 보이고 강압적인 스워드 요원들이 작은 새들을 건물 밖으로 끌어내어 무장한 차에 태우고 있었다. "무슨 일이야?" 프루가 물었다.

참새는 고개를 숙인 채 프루의 겁에 질린 말만 듣고 추측했다. "이 지역을 일제 검문하려는 거야. 온갖 새들, 사우스우드 종족, 공국의 시민 가리지 않고." 그가 진지하게 다시 말했다. "정말이지 이런 날이 올 줄 몰랐어."

더 많은 사이렌이 울렸다. 더 많은 범인 호송차가 서몬드가의 자갈길을 덜컹거리며 지나갔다. 거리 저편 아래쪽에서 사이렌 불빛에 붉게 물든 하얀 왜가리 몇 마리가 대기하고 있던 트럭 쪽으로 내몰리는 모습이 보였다. 하지만 무장한 차에 도착하기 전에 한 마리가 무리에서 이탈해 긴 막대기 같은 다리로 자갈길을 내달리다 멋진 날개를 활짝 펼쳐 하늘로 날아갔다. 하지만 그 왜가리는 얼마 가지 못해 스워드 요원이 쏜 총알에 맞았다. 프루는 비명을 참으려고 손으로 입을 막았다. 왜가리는 하얀 날개를 허우적대며 곧장 자갈길로 추락했다. 요원들 사이에 몇 마디 욕설이 오가고, 경찰차는 덜컹거리며 굴러가기 시작했다. 왜가리의 몸뚱이는 미동도 하지 않고 떨어진 그 자리에 쓰러져 있었다. 이윽고 다른 건물 수색을 마치고 나온 스워드 요원이 도로 한가운데 쓰러진 왜가리를 발로 차서 배수로로 날려버렸다.

프루가 이를 갈며 주먹으로 창턱을 내리쳤다. "살인자들!" 씩씩대던 프루는 총소리를 듣고 참새가 놀랐을까봐 돌아다보았다. 하지만 참새는 지금까지 앉아있던 자리에 그대로 앉아 머리를 더 깊게 숙이고 있었다.

"가만히 보고 있을 수만은 없어!" 프루가 참새에게 걸어오며 소리쳤다. "이건 부당해! 어떻게 이런 걸 참을 수 있지?"

"두려움 때문이야." 참새가 조용히 대답했다. "두려움이 일상을 지배하지. 권력을 잃을까 두려워하는 권력자는 점점 눈이 멀어. 모두가 적처럼 보이지. 누군가 이 상황에 맞서야 하는데."

프루는 분을 참지 못하고 투덜거리며 방안을 왔다갔다 했다. "음… 한 가지 확실한 건, 그들이 뾰족한 수가 생각나지 않아 다시 우리를 잡으러 올 때까지 난 그냥 앉아서 기다리지만은 않겠다는 사실이야. 그건 미친 짓이야."

"난 뭐라고 말해줘야 할지 모르겠다." 참새가 중얼거렸다.

프루는 발걸음을 멈췄다. "북쪽으로 가자. 노스우드로." 그녀는 참새를 흘끗 바라보았다. "올빼미 공작님이 그렇게 말씀하셨어. 경찰이 들이닥치기 직전에. 다른 방법이 없으면 노스우드로 가라고. 그곳에 가서… 마법사를 만나라고."

"신비주의자겠지." 참새가 고개를 들고 말했다.

"그래." 프루는 생각에 잠긴 표정으로 검지를 까딱까딱 움직이며 말했다. "거기는 안전할 거야. 그리고 내 동생이 어디에 있는지도 알 수 있을 거야."

"*어쩌면* 안전하지 않을 수도 있어. 그쪽 사람들은 고립을 좋아하거든."

프루가 어깨를 으쓱했다. "그래도 시도해볼 필요는 있지 않아?"

참새는 이제야 좀 마음이 진정된 것 같았다. "어쩌면. 어쩌면 그럴 수도 있지. 하지만, 어떻게 갈 건데?"

프루는 얼굴을 찌푸린 채 뺨을 긁적거렸다. "바로 그 방법을 모르겠어."

"날아가면 돼." 참새가 말했다.

"물론, 그러면 전혀 어렵지 않겠지." 프루가 빈정거렸다.

"내 말은," 참새가 발톱을 세우고 서서 날개를 퍼덕거렸다. "너도 날 수 있다는 뜻이야."

"날아?" 프루는 그 말이 언뜻 이해되지 않았다.

"무거우면 안 되는데." 참새가 프루의 몸을 살피며 말했다. "어쨌든 검독수리 등에 타면 될 거야. 우리가 널 공국으로 데려갈 수만 있으면, 너를 태워줄 새는 많을 거야."

프루는 이토록 암울하고 끔찍한 상황에서도 참새의 제안에 묘한 전율을 느꼈다. "좋아! 좋은 방법 같다. 그러면 거기까지 어떻게 가지?" 프루가 물었다.

"우리가 어떻게든 너를 국경까지 몰래 데리고 가야 해." 이제 기운을 되찾은 참새가 말했다. "걸어가기에는 너무 먼데다 도로에는 비밀경찰이 쫙 깔렸어. 자동차라든지 몸을 숨길 만한 것이 있어야 해. 방법은 그것뿐이야."

215

참새가 궁리를 하고 있을 때 프루가 손가락을 딱 부딪쳤다. "내게 좋은 방법이 있어!" 프루가 말했다.

⚜

우드의 또 다른 곳에서도 깊은 땅 속 휑뎅그렁한 사육지 벽면을 울리던 누군가의 손가락 부딪치는 소리가 이제 막 멎었다. 커티스는 알렉산드라를 멍하니 쳐다보았다. 맥은 방 한가운데 요람에 누워 조그맣게 옹알거리고 있었다. 멀리에서 들려오는 브라스밴드의 요란한 연주가 이 조용하고 긴장된 순간에 코믹한 배경음을 깔아주었다.

커티스는 요란하게 침을 꼴깍 삼켰다. 알렉산드라가 팔짱을 낀 채 손가락으로 팔뚝에 찬 백랍 팔찌를 톡톡 치기 시작했다. 팔찌의 속이 비었는지 탱탱 소리가 방안에 울렸다.

탱.

"저, 저는…," 커티스가 입을 열었다.

탱.

그는 어색한 듯 자세를 바꿨다. 거친 군복 천이 어깨에 쓸려 갑자기 그 뻣뻣한 촉감에 예민해졌다. 오른쪽 발톱이 부츠의 가죽을 파고들었다. 방안의 열기가 팽창하여 이마와 머리카락이 시작되는 곳에 땀이 송골송골 맺혔다. "제 생각에는…," 커티스가 다시 입을 열었다.

탱.

"우리와 함께 할 테냐?" 알렉산드라가 마침내 물었다. "아니면 우리를 등질 셈이냐? 이거냐, 아니면 저거냐."

커티스가 어색하게 킥킥 웃었다. "알렉산드라, 전 다만…."

여왕이 다시 그의 말을 가로막았다. "결정은 간단하단다, 커티스."

커티스는 또다시 '탱' 소리가 나서 방안의 정적을 깨뜨려주기를 조용히 기다렸다. 하지만 그 소리는 들리지 않았고 (알렉산드라의 손가락은 팔찌 위 허공에서 머물러있었다) 커티스는 어떤 대답이든 해야만 했다.

"아니요."

"그게 무슨 뜻이지?"

커티스는 등을 곧게 펴고 알렉산드라의 눈을 응시하며 강조했다. "아니라고 말했어요."

"아니라니, 뭐가?" 여왕이 눈썹을 불길한 각도로 치켜세우며 물었다. "집에 돌아가지 않겠다고? 나한테 협력하겠다고?"

"아니요, 협력하지 않을 거예요. 그러지 않을 거예요." 처음에는 겁에 질려 입안이 바짝바짝 탔지만 이제는 침이 다시 분비되어 말하기가 점점 수월해졌다. "절대로요." 그가 등 뒤 요람에 있는 아기를 가리켰다. "이건 *잘못된* 일이에요. 당신에게 누가 어떤 짓을 했건 나에게는 중요하지 않아요. 다만 여기 가만히 앉아서 당신이 아기를 데려가는 걸 보고만 있지 않을 거예요. 아기를 *제물*로 바쳐서 비열한 복수를 하도록 내버려두지 않을 거예요. 안 돼요, 그건 말도 안 돼요. 다른 걸 이용할 수도 있잖아요. 다람쥐라든지 돼지 뭐 그런 거. 담쟁이가 그 차이를 모를 수도 있고……. 여기에서 제가 받았던 대접은 정말로 고맙게 생각해요. 그러니 여왕님만 허락하신다면 저는 좋은 기억만 가지고 떠나겠어요."

217

커티스가 이렇게 말하는 동안 여왕은 이상하게 침묵을 지켰다. 커티스는 이 런저런 말을 늘어놓으며 어색한 분위기를 메우려고 애썼다. "군복은 다시 돌려드릴게요. 검도. 군복은, 다른 사람이든 코요테든 맞는 이가 있을 거예요. 무기도 필요하실 거예요. 그러니까 제가 남을 거란 생각은 하지 마세요. 대신 제가 가졌던 모든 것들은 틀림없이 쓸모가 있을 거예요. 물론 저는 여기에서 입었던 군복이 그리울 거예요. 어쩌면 누군가는 그걸 보고 저를 떠올리겠죠."

여왕은 초조하게 군복을 만지작거리는 커티스를 조용히 살폈다.

"또 다른 것도요. 전 다른 옷도 필요 없어요. 다만 한 가지." 커티스가 말했다. "저 아이만은 제가 데려갈 거예요. 맥을 꼭 데려가야 해요. 여기 오게 된 것도 맥 때문이에요."

그때 알렉산드라가 침묵을 깨뜨렸다. "그렇게는 못한다, 커티스."

커티스가 한숨을 쉬었다. "제발, 부탁이에요."

"경비대!" 알렉산드라가 등 뒤 통로를 향해 고개를 살짝 돌린 채 외쳤다. 잠시 후 질질 발 끄는 소리와 함께 제복 차림의 코요테 병사들이 나타났다. 출입구에 나타난 그들은 처음에 커티스를 보고는 놀랐다. "여왕님?" 그 중 한 명이 어리둥절해하며 물었다.

"이 녀석을 체포해라." 알렉산드라가 명령했다. "이 녀석은 변절자다."

커티스는 즉시 코요테들에게 포위당했고, 등 뒤로 꺾인 손목에 수갑이 채워졌다. 커티스는 반항하지 않았다. 코요테 한 마리가 커티스의 칼집에서 위협적으로 검을 잡아 뺀 다음 조롱하듯 그의 얼굴 가까이 칼날을 쳐들었다. 알렉산드라는 침착하게 이 모습을 지켜보았다.

"이러지 마라, 커티스." 알렉산드라의 돌처럼 굳은 표정 아래 슬픔이 엿보였다. "난 너에게 새로운 삶, 새로운 방향을 알려주려는 거야. 풍요로운 세상이 널 기다리고 있어. 그런데도 *이까짓 것* 때문에 그걸 포기할 셈이니? 이까짓 옹알거리는 *녀석* 때문에? 넌 이미 중요한 자리도 차지했잖니, 커티스. 넌 이곳에서 2인자야. 게다가 언젠가는 내 자리를 물려받게 될 거야." 그리고 잠시 후 이렇게 덧붙였다. "내 아들로서."

커티스 옆에 있는 코요테들한테서 젖은 털 냄새와 퀴퀴한 포도주 냄새가 났다. 그들은 위협하듯 커티스의 귀에 주둥이를 들이대고 씩씩거렸다. 수갑이 커티스의 손목을 아프게 짓눌렀다.

커티스의 목소리는 단호했다. "알렉산드라, 이런 짓은 그만두세요. 저와 아기를 풀어달란 말이에요. 이건… 음…, 명령이에요."

알렉산드라는 웃음을 참았다. *"명령이라고?"* 그녀가 차갑게 말했다. "네가 나한테 명령을 한다고? 이런, 커티스. 너무 앞서 가지 말렴. 네가 검은딸기 술 때문에 위아래를 착각했구나. 넌 누구에게 명령할 위치에 있지 않아." 그녀의 얼굴에서 반쯤 미소가 사라졌다. 그녀는 가까이 다가와 커티스의 뺨에 자신의 뺨을 부비고, 입술을 커티스의 귀에 갖다댔다. 그녀의 숨결에서 희귀하면서도 치명적으로 달콤한 독약 같은 향기가 났다. 그녀는 이렇게만 속삭였다. "마지막 기회다."

"아니요." 커티스는 단호하게 되풀이했다.

그의 입에서 이런 대답이 나오자마자 알렉산드라는 뒤로 물러나 손뼉을 쳤다. "끌고가." 그녀는 이제 커티스와 눈도 마주치지 않았다. "새장으로!" 그녀의 손가락이 커티스 군복 칼라의 양단으로 된 줄을 따라 내려오다 가슴에 달린 훈장과 검은딸기와 연령초가 새겨진 계급장 위에서 멈췄다. 그리고 별안간 손목이 젖혀지더니 옷에서 배지를 떼어 바닥에 내던졌다.

"네, 여왕님." 코요테들이 큰 소리로 외쳤다. 커티스는 방에서 거칠게 끌려나갔다. 커티스는 재빨리 뒤를 돌아다보았다. 방 뒤쪽에서 비치는 횃불로 인해 출입문은 어두운 상태였고 여왕의 긴 그림자는 우격다짐으로 끌려가는 커티스를 지켜보고 있었다. 등 뒤에서 비치는 으스스한 불빛이 까마귀 떼의 퍼덕거리는 날갯짓에 가려 가물거렸다. 여왕은 당당하게 돌아서서 요람 속 아기에게 다가갔다. 하지만 간수가 커티스를 굽어진 통로로 끌고가는 바람에 무시무시한 장면은 더 이상 보이지 않았다.

커티스는 코요테와 보조를 맞추려고 애를 썼다. 그들이 지나는 통로는 뱀처럼 구불구불한데다 이따금 뒤틀린 나무뿌리나 바위가 가로막고 있어서 그때그때 돌아가야 했다. 사육지 중앙 여왕의 알현실이 멀어질수록 공기는 더 차고 눅눅해졌다. 이제 터널 바닥은 서서히 내리막길이었다.

"내 말 좀 들어봐요." 얼마 후 커티스가 말했다. "당신들은 알렉산드라의 말을 따를 필요가 없어요. 그녀가 무슨 짓을 하려는지 알아요? 그녀는 아기를 납치했어요, 남자아이를! 여왕은 그 아기를 죽일 거예요. 아무 죄도 없는 아기를! 이런 짓이 정당하다고 생각해요?"

그들은 아무 대꾸도 하지 않았다.

"내 말은, 만약에 당신들, 당신들…," 그는 적당한 표현을 찾으려고 애썼다. "당신들의 새끼가 사람이나 다른 동물 혹은 누구에게라도 납치를 당했다면 어떻겠어요. 납치를 당해서 제물로 바쳐지려고 한다면 말이에요? 당신들이라면 가만히 보고 있겠어요?" 아무 대꾸가 없자 커티스는 스스로 대답을 했다. "안 되죠! 안 돼요. 당신들은 가만히 보고 있지 않을 거예요. 이건 옳은 일이 아니에요!"

터널은 코요테들의 헉헉 대는 숨소리로 가득 찼다. 멀리 희미하게 비치는 빛 속에서 거미 한 마리가 터널 바닥을 바쁘게 가로질러 벽에 난 커다란 구멍 속으로 사라졌다.

"저게 뭐죠?" 커티스가 진저리를 쳤다.

"이 아래 뭐가 사는지 누가 알겠어요." 코요테 한 마리가 말했다. 또 다른 계략이 시작되고 있었다. "이렇게 깊숙한 곳까지 온 적이 없어서요. 들은 이야기로는…, 여기는 하루 종일 햇빛이 들어오지 않는대요. 맛 좋은 고깃덩이를 덥석 물려고 목을 빼고 기다리는 놈들도 있고."

"맛 좋은 사람고기." 다른 코요테가 무심하게 중얼거렸다.

"쥐에게 쥐를 먹이는 셈이지." 어떤 코요테가 말했다. "여기에서 배신자를 처리하는 방법이죠."

"잠깐만, 나 좀 풀어줘요. 모른 척해줘요. 난 나대로 갈 테니까. 그리고…" 하지만 커티스는 더 이상 말을 잇지 못했다. 날카롭게 꺾어지는 모퉁이를 돌자 갑자기 커다란 방이 나왔다. 거기서 새장을 발견했다. "이런, 맙소사." 커티스가 얼이 빠져 중얼거렸다.

그 방은 자연적으로 만들어진 것처럼 보였다. 바닥은 돌무더기와 바위로 울퉁불퉁하고 벽은 천장에서부터 불규칙한 모양으로 비스듬하게 내려왔다. 하지만 이 점은 특별히 눈에 띄는 특징이 아니었다. 그보다도 커티스의 관심을 끈 것은 천장에 매달려있는 거대하게 뒤틀린 나무뿌리였고 (나무는 틀림없이 땅 위로 보이는 게 전부가 아니었다!) 그 두툼한 덩굴 뿌리에는 곧 떨어질 듯 아슬아슬하게 나무로 된 새장들이 매달려 있었다. 단풍나무 넝쿨로 된 각각의 창살은 꼭대기에서 하나로 모였는데, 그 모습이 마치 거인 동물원에 있는 새장처럼 보였다. 두꺼운 삼마 줄로 위쪽 뿌리와 연결된 새장은 흔들릴 때마다 끽끽 소리가 났다. 그 안에 더러 무엇인가 들어있기도 했는데 (불쌍한 영혼을 각각 한 명씩 가둘 수 있을 정도로 컸다) 많은 곳은 비어있었다. 시간이 없어서 세어보지는 못했지만 수십 개쯤 되어 보였다.

"간수!" 커티스를 잡고 있는 코요테 병사가 소리쳤다. 그러자 퉁퉁하고 털이 희끗희끗한 코요테가 새장 아래 깔짝깔짝한 바위 뒤에서 나타났다. 그의 목에는 크기와 모양이 다양한 열쇠꾸러미가 걸려있었다. 발을 질질 끌며 다가온 간수가 싹싹하게 안내사항을 낭독하기 시작했다.

"너, 죄수는 희망을 버려라. 희망을 버려라. 새장 창살을 뚫고 나올 수 없다. 새장의 자물쇠는 무엇으로도 부술 수 없다. 새장에서 바닥까지의 거리는 잴 수도 없다. 희망을 버려라. 희망일랑 품지 마라." 글귀와 글귀 사이에 코를 훌쩍거리는 그는 고개를 들지도 않았다.

겁에 질린 커티스는 떨어져 죽은 죄수들의 하얗고 부러진 뼈들이 바닥에 널려있음을 그제야 깨달았다.

"그만, 다 아는 얘기를." 커티스의 팔을 붙잡고 있던 코요테가 다급하게 말했다. "그런 불길한 연설은 그만해. 반역자를 데리고왔어. 새장 높이 매달아."

간수가 다가왔을 때 위에 있는 새장 한 곳에서 어떤 목소리가 들려왔다. "뭐야? 또 두 발 짐승인가? 난 이곳이 코요테 전용 감옥인 줄만 알았는데."

커티스는 불평을 늘어놓는 주인공을 올려다보았다. 그들과 가까운 새장의 나무 창살 사이로 쑥 튀어나온 코요테의 주둥이가 보였다.

"조용히!" 간수가 단조로운 말투를 버리고 돌연 고함을 질렀다.

더 위쪽의 새장에서 틀림없는 사람 목소리가 들려왔다. "이봐, 자칼이 복수를 해줄 거야! 틀림없어!" 커티스는 뒤엉켜 사방으로 뻗은 뿌리 속에서 말하는 사람을 찾아낼 수가 없었다.

"보여?" 코요테 죄수가 소리쳤다. "들었어? 난 군인인데 산적 놈들과 함께 여기로 끌려왔지! 난 이곳이 포로들만 오는 감옥인 줄 알았어!"

"조용히 해!" 간수가 이번에는 더 큰 소리로 외쳤다. "안 그러면 너희들 모두 목을 따줄 테다."

이제 기운을 차린 산적들이 합창을 시작했다. "와일드우드에 자유를 달라! 와일드우드에 자유를 달라!" 역시 산적임이 분명한 다른 죄수들도 새장에서 일어나서 창살을 흔들고 함성을 지르기 시작했다.

간수가 한숨을 내쉬더니 커티스에게 다가갔다. "워낙 팔팔한 놈들이라," 그가 쓰레기통 아래에서 말했다. "심심하지는 않을 게다."

커티스가 아직 붙들려있는 동안 간수는 벽으로 가서 커티스가 지금까지 본 것 중에 가장 길고 약해 보이는 사다리를 가지고 왔다. 간수는 사다리를 조심스럽게 위로 세워 꼭대기가 나무뿌리 사이에 놓이도록 한 상태에서 사다리를 방 한가운데로 옮겼다. 그런 다음 비어있는 새장에 사다리 가로대를 걸쳐놓고 바닥의 커다란 바위 사이에 사다리가 흔들리지 않도록 고정시켰다.

"자, 올라가자." 간수가 말하며 먼저 올라갔다. 그는 새장에 도착해 자물쇠를 열고 다시 내려왔다. 이어서 간수가 고개를 끄덕이자 커티스의 손목에서 수갑이 제거되었고, 커티스는 거칠게 사다리 쪽으로 떠밀렸다. 커티스가 사다리를 오르자 몸무게 때문에 사다리가 좌우로 흔들리고 아래로 출렁였다. 마침내 새장에 도착했을 때 커티스는 그 높이에 머리가 아찔했다. 아래에서 족히 18미

터쯤 높은 곳에 있었고 바닥에는 돌과 바위, 깔쭉깔쭉한 이빨 같은 석순이 흩어져 있었다. 추락은 상상도 하기 싫었다. 커티스가 새장 안으로 들어가자 간수는 사다리를 타고 다시 올라와서 문을 닫고는 커다란 강철 자물쇠를 잠갔다. 바닥으로 내려오기 전에 그가 커티스에게 말했다. "탈출은 꿈도 꾸지 마라."

"그럴 *생각도* 없어요." 커티스가 대꾸했다.

간수는 그 대답에 일시적으로 경계심을 푼 것 같았다. "오, 그래. 잘 생각했다." 이렇게 말하고 나서 그는 사다리를 내려갔다. 이윽고 사다리가 나무뿌리에서 제거되자 커티스는 절망적인 한숨을 내뱉었다. 나무로 된 새장은 이제 마구잡이로 흔들렸고 새로운 수감자의 무게 때문에 새장과 나무를 연결하는 줄이 삐거덕 소리를 냈다.

※

모퉁이마다 세워진 가스등은 자갈 깔린 거리 교차로에 원뿔 모양의 흐릿한 빛을 드리웠다. 그리고 가스등과 다음 가스등 사이는 어둠이 지배했다. 프루는 이 어둠을 이용해 은신처를 찾는 식으로 참새와 함께 길을 갔다. 프루가 고마운 빗물받이나 우편함 뒤에 숨어있으면 그 사이에 참새는(프루는 그의 이름이 엔베르라는 것을 알아냈다) 으리으리한 대저택의 처마 밑이라든지 풍향계로 몰래 날아가 그 지역을 정찰했다. 참새가 적의 그림자도 보이지 않는다고 알려주면 그제야 프루는 숨어있던 곳을 나와 다음 행선지로 떠났다. 속도는 느렸지만 꾸준히 나아갈 수 있었다. 어쩌다 스워드의 경찰차가 현란한 빨간색 경광등과 함께 사이렌을 울리며 주택가를 달리는 경우에만 할 수 없이 지체했다. 프루와 엔베르는 자신들의 움직임이 감지되지 않을 거라는 확신이 들 때까지 숨은 곳에서 꼼짝도 하지 않았다.

"여기에서 왼쪽 위로 가야 할 것 같은데." 프루가 쓰레기통 뒤에서 속삭였다. 엔베르는 네거리 교차로를 밝히는 가로등 위에 앉아있었다. 부유한 서몬드 주택가를 지나 숲속의 작은 오두막촌으로 진입하자 벽돌 길도 점차 소나무 잎이 어지러운 흙길로 바뀌고 있었다. 이끼 낀 지붕은 인근 전나무의 축 늘어진 가지가 뒤덮고 있었다.

"정말이야?" 지평선을 불안하게 훑어보며 엔베르가 물었다.

"아니," 프루가 소곤거렸다. "그냥 추측해본 거야."

"우리가 어디로 가야 한다고 말했지?" 참새가 물었다.

"대저택에서 남서쪽." 프루가 대답했다. "그렇게 들었어."

참새가 부리를 딱딱 부딪쳤다. "잠깐만." 네거리 교차로를 흘끗 내려다보고 길에 아무것도 없음을 확인한 참새는 작은 잿빛 날개를 펼치고 날아올라 나뭇가지 사이로 들어가더니 금방 시야에서 멀어졌다.

프루는 차분히 기다렸다. 쓰레기통의 시큼한 냄새가 주변에 진동했다. 멀리 경찰차의 사이렌 소리가 들렸다. 몇 명의 스워드 요원이 길모퉁이를 돌아 서몬드가로 걸어 내려갈 때 프루는 가슴이 덜컹 내려앉았다. 프루는 쓰레기통 뒤에서 몸을 잔뜩 웅크린 채 그들이 새장을 하나씩 들고 지나는 모습을 보았다. 새장의 철창 사이로 보송보송한 잿빛 새털이 보였다.

몇 분쯤 흘렀을까, 마침내 머리 위에서 새의 날갯짓 소리가 들렸다. 프루는 숨을 죽이고 대형 쓰레기통 위에 내려앉는 엔베르를 발견했다.

"미안해." 엔베르가 말했다. "사람들이 지나갈 때까지 기다리느라 늦었어."

226

그는 한쪽 날개를 흔든 다음 프루에게 몸을 기댔다. "대저택 꼭대기를 봤어. 아직 멀었지만 우린 제대로 가고 있어. 별자리로 판단해보면." 엔베르가 부리로 하늘을 가리켰다. 드물게 맑은 밤하늘이었고, 까만 하늘에 별들이 반짝거렸다. "우리는 지금 계속해서 남서쪽으로 가고 있어."

"다행이야." 프루가 속삭였다. "이제 그만 가자."

"그곳에 가본 적 있어?" 참새가 물었다. "어떻게 생겼는지 알아?"

"아니. 하지만 근처에 가면 알 수 있을 거야." 프루가 이렇게 말한 다음 덧붙였다. "네가 우체국을 가본 적이 있다면 쉽게 알 텐데." 그 말에 엔베르는 고개를 끄덕였다. 그러고는 프루에게 다음 숨을 곳을 안내하기 위해 먼저 날아갔다.

CHAPTER 14

산적들과 함께

"**내** 변호사를 불러줘!" 코요테가 소리쳤다. 그의 목소리는 말 중간중간에 갈라졌다. "이건 가혹행위라고!" 그가 발톱으로 창살을 쥐고 흔들었다. 커티스는 위에서 호기심 어린 눈으로 그를 보았다. 그 코요테의 새장은 커티스의 새장보다 훨씬 아래 둥글게 엉킨 뿌리에 매달려 있었다.

"이봐, 조용히 좀 하라고!" 산적 한 명이 소리쳤다. 그의 새장은 커티스의 왼쪽, 더 높은 곳에 있었다. 그는 창살에 기대어 손톱을 물어뜯고 있었다. "저놈들이 네 얘기를 들을 것 같아? 이곳은 인신보호법(국가기관의 불법에 대해서 피구금자가 심리를 신청하도록 허용하는 법. —옮긴이)이 적용되지 않는다고."

"인신보호법?" 코요테가 빈정거렸다. "그런 멋진 말을 어디에서 주워들었

228

지, 너 같은 멍청이가?" 그가 산적의 얼굴을 돌아다보았다. 그 틈을 타 커티스
는 그의 얼굴을 살폈다. 프루와 함께 본 적이 있는 코요테 병사 중 하나로, 그
들이 숨어있던 비탈 아래에서 싸움을 하던 그 이등병이었다. 커티스는 그의 이
름을 드미트리로 기억했다.

"우린 너희 자칼들이 생각하는 것보다 훨씬 똑똑하지." 산적이 손가락으로
관자놀이를 톡톡 치며 대답했다. "우리 중에 미련해 보이는 사람도 있지만 우
습게 보지 말라고. 우리는 아주 영리해. 너희는 우리를 절대 속일 수 없어. 너
희들이 아무리 전투에서 많이 이겼어도, 우리 편이 아무리 많이 패배했어도 산
적들은 끝까지 저항할 거야."

"부탁인데, 제발 너희들의 그 시시한 단합 구호 좀 듣지 않게 해줘." 드미트
리가 말했다. "나한테 해봤자 헛수고야. 난 그저 징집되었을 뿐, 너희 산적들
이 그 땅에서 들끓든 급속히 퍼지든 아무 상관없어. 그럴 시간이 있으면 내 고
향으로 돌아가 사업에나 신경쓰겠어. 내 불만은 왜 나를 상습범처럼 여기 가
두느냐 이거야. 난 벌점을 받고 고향으로 쫓겨가는 줄 알았다고. 그런데 산적
수용소에 갇혀 네놈들이 떠드는 헛소리나 들어야 하는 신세라니."

"난 산적이 아닌데요." 커티스가 끼어들었다. "난 군인이에요." 그는 말을
멈추고 자신의 군복을 내려다보았다. 계급장이 붙어있던 자리의 천은 뜯겨져
나가고 없었다. *"아니, 군인이었죠."*

코요테가 씩씩거리며 고개를 돌렸다.

"너!" 이번에는 멀리 떨어진 새장의 다른 산적이 말했다. 그의 새장은 커티
스의 새장과 높이는 비슷하지만 훨씬 큰 뿌리에 매달려 있었다. "너 바깥세상
에서 온 아이 아니냐, 맞지? 그 미망인 옆에서 함께 싸우지 않았냐, 그렇지?"

커티스는 얼굴을 찌푸리며 고개를 끄덕였다. "맞아요, 그랬죠." 그는 겸연쩍
어하며 대답했다. "하지만 지금은 아니에요. 그때는 그녀가 무슨 짓을 하는지
몰랐어요."

"그래, 그땐 어떤 줄 알았는데?" 위쪽에 있는 산적이 물었다. 그는 곧장 아
래에 있는 커티스를 향해 분노를 내뱉었다. "그 여자가 합법적으로 와일드우
드의 여왕이 된 줄 알아? 범죄를 좀 소탕했다고? 사람들한테 누가 대장인지
각인시켜서? 그래서 너는 바깥세상에서 유유히 걸어 들어와서 도와주기로 마
음먹은 거냐?"

"그게 아니고, 저에게는 선택권이 없었어요." 커티스가 흥분하며 말했다.
"제 말은, 그녀가 나를 잡아가서 음식을 먹이고 옷을 입힌 뒤 나보고 2인자라
고 불렀단 말이에요!"

"멍청하기는." 어떤 목소리가 말했다. 커티스의 새장 바로 위에 있는 새장에
서 그 목소리가 들려왔다. 그곳에는 두 손으로 뺨을 감싼 채 가부좌를 틀고 커
티스를 내려다보는 산적이 있었다.

"솔직히 말하면," 커티스가 말을 계속했다. "난 그녀가 무슨 짓을 하려는지
몰랐어요. 만약 알았다면 결코 그녀 편을 들지 않았을 거예요."

"그래?" 나무뿌리에 매달린 산적이 빈정거렸다. "그래, 한데 어떻게 눈치채
게 됐지? 그녀가 온갖 종족의 짐승들을 징집해서? 아니면 와일드우드에서 나
고 자란 모든 생명체를 하나하나 없앤다는 사실을 알고? 이유가 뭐지, 꼬마
천재?"

커티스의 이마로 뭔가 액체 같은 게 똑 떨어졌다. 움찔해서 올려다니 바로
위쪽 새장의 산적이 그를 향해 침을 떨어뜨리고 있었다. 구부린 다리 사이로

산적의 얼굴이 보였다. 커티스는 그가 또다시 침을 떨어뜨리려 하고 있음을 알아차렸다. 커티스는 낮게 신음하며 몸을 숙인 채 새장의 다른 쪽으로 몸을 피했다.

"너희 바깥세상 사람들은," 욕설이 오가는 내내 침묵을 지키던 다른 산적이 말했다. "너희들은 언제나 가질 권리도 없는 것을 손에 넣고 망치는 방법을 찾지. 그렇지 않아? 난 너희들이 한 짓을 들어서 잘 알고 있어. 너희들이 이 숲에 어떤 짓을 저질렀는지 우리가 모를 거라고 생각하면 착각이야. 그 여자가 먼저 나서지 않았더라도 결국은 너희들이 그녀를 부추겼을 걸. 난 너희들이 자기 나라를 어떻게 파괴했는지 들었어. 강을 오염시키고 땅에 포장도로를 내는 등 엉망진창으로 만들었지." 그의 새장은 오른쪽 약간 아래에 매달려 있었다. 커티스는 그 산적이 창살에 붙어 자신을 노려보는 모습을 보았다. 그는 더러운 체크무늬 스카프를 두르고 헐렁한 면 튜닉 차림에, 머리에는 추레한 중산모를 쓰고 있었다. "넌 분명 이 땅이 네 것이 될 거라고 생각했을 거야, 그렇지? 내가 예상하건대 넌 이곳에서 잘근잘근 씹혀 내뱉어질 거야. 설령 네가 여기에서 썩어가지 않는다 해도."

커티스는 몸서리를 치며 무릎을 꿇고 앉아 그 무릎에 가슴을 기댔다. 다른 모든 죄수들이 자신을 노려보고 있는 게 느껴졌다. 그 어느 때보다 엄마 아빠, 귀찮게 하는 두 여동생이 있는 집으로 돌아가고 싶었다. 줄이 찌그덩 소리를 내며 마구 흔들리자 새장은 커다란 동굴 속에서 앞뒤로 흔들렸다.

코요테 드미트리가 위로해주었다. "익숙해져. 저 자들은 사실 널 어떻게 할 수도 없어."

231

얼마 가지 않아 프루와 엔베르는 **빽빽**한 솔송나무 덤불 사이에 아늑하게 자리잡은 붉은벽돌 우체국에 도착했다. 건물 뒤에는 이끼가 잔뜩 낀, 금방이라도 허물어질 듯한 잿빛 나무 울타리를 쳐놓았고, 계단을 올라 현관문으로 가다보니 마당 한쪽에 한가로이 서있는 낡은 붉은색 트럭이 보였다. 현관문 위 벽돌에는 '사우스우드 우체국'이라고 새겨진 얇은 동판이 붙어있었다.

유리창에서 흘러나오는 빛 사이로 바닥에서부터 천장까지 갈색 소포와 봉투가 쌓여있는 어수선한 방이 보였다. 프루는 소포 꾸러미와 종이 더미 사이로 반쯤 가려진 리처드의 모습을 알아보았다.

"하는 데까지 해보는 거야." 프루는 근처 나뭇가지에 앉아 황폐하고 어두컴컴한 길을 불침번 서듯 초조하게 지키고 있는 엔베르에게 속삭였다. 프루는 나무로 된 문을 조용히 두드렸다. 아무 대답이 없었다. 프루는 다시 한 번 두드렸다.

"문 닫았어요!" 안에서 리처드의 목소리가 들렸다. "업무 시간에 다시 와주세요!"

프루는 두 손바닥을 오목하게 만들어 문에 붙인 뒤 손가락에 입술을 대고 속삭이듯 말했다. "리처드 아저씨! 저예요, 프루예요!"

"뭐?" 리처드의 목소리가 들렸다. 우렁차고도 다급한 리처드의 목소리가 문 경첩을 흔드는 것 같았다.

엔베르가 위에서 초조하게 거들었다.

"프루예요. 포틀랜드 프루요!"

잠시 후 천천히 걸어오는 발소리에 이어 잠기지 않은 상태의 자물쇠가 딸가 닥 열리는 소리가 들렸다. 삐거덕 소리를 내며 문이 조금 열렸을 때 게슴츠레 한 눈과 헝클어진 잿빛 머리카락을 한 리처드의 모습이 살짝 나타났다.

"아니, 프루!" 그는 프루가 조심스럽게 행동하는 사실을 의식하지 못하고 큰 소리로 반가워했다. "도대체 여기에서 뭘 하는 거니?"

엔베르가 경고하듯 더 크게 짹짹거리자 프루는 자신의 입술에 검지를 갖다 댔다. "쉿!" 그녀가 말했다. "목소리 좀 낮추세요!"

리처드는 휘둥그레진 눈으로 나무 위의 참새와 프루를 번갈아 쳐다보았다. 그리고 목소리의 크기를 프루에게 맞춰서 말했다. "새와 함께 왔구나. 짐작할 지 모르지만 경찰관이 너를 찾으러 여기 왔었단다. 두 시간도 안 되었을 거야. 도대체 어떻게 돌아가는 건지 알아야지, 원!"

"아저씨, 도움이 필요해요." 프루가 머뭇거리다 말을 꺼냈다. "너무 오랫동 안 걸어왔어요. 또 여기 현관에 선 채 설명하기에는 너무 복잡해요. 저 좀 들 어가도 되죠?"

리처드는 잠깐 생각에 잠겼다. "음, 그러자꾸나." 그가 말했다. "하지만 아 무한테도 들키지 않게 조심해야 한다. 이런 일은 좀처럼 없어서 말이다."

"그럼요!" 프루가 동의했다. 그녀는 돌아서서 엔베르를 향해 휘파람을 불었 다. 엔베르가 나뭇가지에서 내려왔다. 리처드는 둘을 재빨리 안으로 들여보낸 뒤 거리 양쪽 끝까지 살피면서 조심스럽게 문을 닫고 자물쇠를 걸었다.

우체국 실내는 유리창이 있는 파티션을 이용해 공적인 영역과 사적인 영역 을 구분해놓고 있었다. 리처드는 프루와 엔베르를 뒷방으로 데려갔다. 탑처럼 쌓아올린 소포 꾸러미는 소인국의 시내 도로처럼 미로를 만들었고, 걸을 때마다 높게 쌓인 판지와 갈색 종이 더미가 흔들려서 프루는 조심조심 걸어야 했다. 한쪽 구석에는 석탄이 타는 작은 난로가 놓여있었다.

리처드는 허둥지둥 여기저기 흩어져있는 잡동사니를 치워 길을 내면서 연신 헛기침을 했다. "여기 어디 의자가 하나 더 있었는데." 그가 중얼거리며 소포 꾸러미 사이를 살폈다. 의자가 없음을 깨달은 그는 책상 밑에서 빈 상자를 몇 개 꺼내 난로 앞에 내려놓았다. "앉아라." 그가 말했다.

프루는 고맙다고 말한 다음 의자에 앉아 비로소 느긋하게 발을 풀었다. 책상 옆 상자 더미 위에 앉은 엔베르는 자신의 무게 때문에 상자가 흔들릴 때마다 초조하게 날개를 퍼덕거렸다.

"그래, 어떻게 된 거냐? 왜 이렇게 시끌벅적한 거야?" 난로 앞 엎어놓은 바구니에 앉으며 리처드가 물었다.

프루는 심호흡을 한 뒤 리처드와 헤어진 후 일어난 일을 낱낱이 털어놓았다. "그 자들이 사우스우드의 새란 새는 죄다 잡아들이고 있어요." 프루는 이렇게 설명한 다음 마지막으로 자신이 여기까지 힘들게 오게 된 목적을 털어놓았다. "그 자들이 새들을 어디로 데려갈지 누가 알겠어요? 그래서 저는 어떻게 해야 하나 궁리를 하다 엔베르와 함께 아저씨를 찾아와 도움을 청하기로 마음먹었죠."

리처드는 놀란 표정에 휘둥그레진 눈으로 자초지종을 들었다. 그리고 이내 자신에게 부탁하러 왔다는 말에 손마디가 굵어진 손가락으로 관자놀이를 문지르며 되물었다. "도와달라고? 어떻게 도와줘야 하는데?"

"경찰이 들이닥치기 직전에 올빼미 공작이 일러줬어요. 다른 모든 방법이 실패로 돌아가면 노스우드로 가라고요. 가서 신비주의자를 만나라고요. 여기에 있는 엔베르는 제가 국경선을 가로질러 아비앙 공국까지만 간다면 거기에 서부터 검독수리를 타고 노스우드까지 갈 수 있다고 생각해요. 그런데 사우스우드 전역을 닥치는 대로 수색하고 있기 때문에 절대 의심받는 행동을 하면 안 돼요." 프루가 입술을 깨물었다. "그러니 저를 숨겨서 밖으로 내보내줄 사람이 필요해요."

리처드는 말뜻을 알아차렸다. "그러니까 나보고 몰래 데려다 달라는 거로구나. 국경을 넘을 수 있게?"

"네." 프루가 대답했다.

"상상이라면 모를까. 트럭에 태워달라, 그것도 정부 소유의 우편 트럭에 태워달라……?"

"네, 그래요."

리처드는 수염이 까칠한 턱을 손으로 문지르며 일어나 난롯가로 걸어갔다. 그는 잠자코 부지깽이로 석탄을 뒤적였다.

"음," 리처드가 신중하게 입을 열었다. "섭정지사와 그 패거리를 좋아하지는 않지만, 워낙 오랫동안 보아온 광경이라…. 하지만 방금 우리 동네를 당당하게 뒤지고 다닌 스우드 일당이 아무 이유 없이 사람들을 잡아들이는 일은 옳지 않지. 이 나라도 예전 같지 않구나. 그리고르가 죽고 난 후에는 더욱. 나는 이곳에서 섭정지사보다 더 오랜 세월을 살았는데 라르스는 우리가 겪은 지도자 중 최악으로 남을 게다. 하지만 너를 이 우편 트럭에 태워 국경을 넘는다는 것은…, 음, 그러다 만약 발각이라도 되는 날엔 이 일자리마저 잃는 건데. 사실 이 일은 지금 나에게 전부라고 해도 과언이 아니란다. 아내 베티가 병에 걸린 후에는 말이다. 아내는 오로지 내 월급에만 의지하고 있거든. 하지만 그보다 더 나쁜 상황은 자칫하면 한동안 감옥에 가야 할지도 모른다는 것이란다. 그러니 그런 일이 일어나서는 안 되겠지."

프루는 풀이 죽었고 엔베르는 한숨을 내쉬며 창밖을 내다보았다.

"그러니까 절대 들키지 말아야 한다는 뜻이다." 리처드가 말했다.

"그럼 데려다 주신다는 거예요?" 프루가 상자에서 벌떡 일어나 똘망똘망한 눈빛으로 물었다.

"그래. 그럴까 한다." 그가 한숨을 내쉬며 말했다.

프루는 리처드의 손을 낚아채듯 꼭 쥔 다음 난로 앞 작은 공간에서 방방 뛰며 알 수 없는 즉석 댄스를 신나게 추었다. "도와주실 줄 알았어요! 아저씨가 허락해주실 거라고 믿었어요!" 엔베르는 앉아있던 곳에서 날아올라 방안을 빠르게 8자로 돌며 즐겁게 짹짹거렸다.

"자자, 천천히." 리처드는 프루를 잡아당겨 춤을 멈추게 했다. "김칫국부터 마시면 안 되지. 그리고 목소리 좀 낮추자. 그놈의 스워드 경찰들은 흰개미와 비슷해. 나무로 된 곳이라면 어디에나 출몰하는 흰개미 말이다." 그는 프루의 손을 놓고 유일하게 방안을 비추는 난로 위 선반의 양초 램프 쪽으로 걸어가 심지를 낮췄다. 그림자가 방안으로 퍼졌다. 그는 얼른 창밖을 흘끔거린 뒤 프루를 보며 말했다. "내가 지난번에 말했을 게다. 네가 여기에 온 것은 어떤 이유가 있을 거라고. 어쩌면 너는 이곳에 제대로 된 변화를 이뤄내게 하려고, 이를테면 국민들이 제 발로 일어서게 하려고 보내졌는지도 모른단. 내가 너를 도와주려는 것도 일종의 그러한 사명감 때문이야."

프루는 눈물이 그렁그렁한 눈으로 웃었다. "정말 고마워요, 리처드 아저씨. 말로 표현할 수 없을 정도로 고마워요."

리처드는 고개를 끄덕이고 나서 방안을 둘러보았다. "자, 짐을 넣기에 알맞은 상자를 찾아봐야겠다."

🌿

새장에서 편안한 위치를 찾기란 여간 어렵지 않았다. 단풍나무 가지를 촘촘히 엮어만든 바닥은 울퉁불퉁해서 앉아있기가 불편했다. 커티스는 새장 문 맞은편, 나뭇가지 하나가 움푹하게 구부려져 일종의 의자 구실을 해주는 곳에 앉았다. 그는 여기에 앉아 산적들의 조롱이 끝나기를 기다렸다. 그들은 대부분의 시간을 커티스를 조롱하는 일로 보냈고, 조롱당하는 쪽에서 아무 반응을 보이지 않으면 그제야 다른 곳으로 주의를 돌렸다. 그 다음 상대는 코요테 드미트리인데, 드미트리 쪽에서 그들에게 더 많은 욕설을 퍼부었다. 그 다음에는 서로서로 옆 새장의 산적들에게 힘 자랑을 한다거나 잘난 체한다며 화살을 돌렸다.

"3미터라고!" 누군가가 시비를 걸었다. "난 자면서도 그보다 더 높이 뛰겠다! 겨우 3미터가지고."

"오, 그러셔?" 다른 사람이 맞받아쳤다. "네가 최고로 점프 잘하는 사람이라는 말을 듣고 싶은 거지, 코맥?"

커티스와 같은 나무뿌리지만 멀리 떨어져있는 코맥이 무심하게 대답했다. "10미터도 우습지. 기껏해야 나무 다섯 그루 정도의 거리밖에 안 될 걸. 어린 묘목 말고, 다 자란 전나무를 말하는 거야. 지난 8월 대급습 때 말이야. 코너가 나를 봤을 거야. 거대한 삼나무 꼭대기에 앉아있는데 갑자기 돌풍이 불어오는 거야. 그러고 나서 우지끈 금 가는 소리가 들려 내려다보니 나무 윗부분이 정확히 두 쪽으로 쪼개졌더군. 그때 내 주위에는 옮겨갈 나무도 없고, 있더라도 엄청 높은 곳에 있거나 한참 아래쪽에 전나무들이 보이는 거야. 그래서 잠깐 주위를 둘러보는데 똑같은 크기의 다른 삼나무가 있더군. 그런데 그 삼나무가, 맹세하는데, 전나무 다섯 그루가 늘어선 거리만큼 떨어져있었어. 족히 10미터는 돼보였지. 그래도 어쩌겠어. 난 나무 꼭대기를 손으로 잡고 맨 위에 있는 나뭇가지가 갈라지는 부분에 발을 디딘 채 오래된 삼나무가 꺾이지 않게 조심하면서 최대한 힘을 내어 점프를 했지. 그러고 나서 정신을 차려보니 그 멀리 떨어진 삼나무를 붙잡고 있더군. 여기 이렇게 서있는 것처럼 확실하게 말이야. 그 높이가 10미터였지."

커티스의 새장 아래에 있는 산적이 코웃음을 쳤다. "그래?" 그가 조롱조로 말했다. "코너한테서 듣기로는 삼나무 꼭대기가 부러지면서 다른 나무로 곧장 떨어졌다던데. 그럼 무서워서 눈을 꼭 감지만 않으면 이 나뭇가지에서 저 나뭇가지로 걸어다니는 것도 쉽겠군!"

코맥이 큰 소리로 비난했다. "이몬 도넬! 맹세하는데, 우리가 여기에서 나가자마자 난 자네 발가락에 줄을 매달아주겠어. 그 다음엔 자네와 내가 주먹 대 주먹으로 한판 뜨는 거야."

"이봐, 다 소용없어." 커티스의 새장 왼편 위에 있는 산적이 말했다. "조금만 있으면 아예 햇빛도 못 보게 될 텐데, 뭘."

"자네 말이 옳아." 다른 산적이 거들었다. "이봐, 앵거스. 설마 자네 마누라가 언제까지나 한가롭게 기다려줄 거라고 생각하는 건 아니겠지?"

커티스와 가장 멀리 떨어진, 체중 때문에 뿌리가 늘 팽팽하게 늘어진 새장

안의 산적 앵거스가 쉰 목소리로 대꾸했다. "그러기를 바랄 뿐이지. 언제 아기가 태어날지 모르는데. 아기가 태어날 때 내가 그 자리를 지킬 거라는 희망은 절반뿐이야." 그가 나무로 된 창살에 발길질을 하는 바람에 새장이 천천히 흔들렸다. "빌어먹을 새장, 빌어먹을 코요테, 빌어먹을 전쟁 같으니……."

이런 말이 오가는 동안 거의 침묵하던 드미트리가 갑자기 끼어들었다. "잠깐만, 우리 코요테들 중에도 당신들 이상으로 이곳의 부품이 되기 싫어하는 무리가 있어. 나에게도 고향에서 나를 기다리는 귀여운 새끼들이 있다는 사실을 알아줬으면 좋겠어. 나도 오랫동안 그애들을 못 봤다고. 내가 돌아갈 때쯤이면 아이들도 다 컸을 거라는 상상을 하지. 돌아갈 수만 있다면 말이야."

산적들은 이런 솔직한 시인에 대해 어떤 반박도 하지 않았다. 순간 모든 새장이 조용해졌다. 죄수들은 각자 몽상에 빠져있었다. 마침내 앵거스가 입을 열었다. "이봐, 시무스."

"왜?" 누군가 대답했다.

"우리에게 산소를 공급해줘." 앵거스가 말했다. "너무 슬픈 것 말고…, 이런 기분을 조금이라도 날려버릴 걸로."

주변의 산적들이 '와, 와' 입을 모아 찬성했다.

커티스 바로 위에 있는 산적 시무스(침을 떨어뜨린 바로 그 자였다)가 돌아다보며 다른 죄수들에게 물었다. "와일드우드의 처녀, 그런 것 말인가?"

코맥이 투덜거렸다. "맙소사! 아니, 달콤하고 감상적인 것 말고. 그런 감정들을 날려버릴 수 있게 하는 것."

이몬이 그의 제안에 소리쳤다. "변호사에 관한 노래 어때? 변호사와 조크 로데릭?"

인기 있는 신청곡이었다. 다른 산적들도 동의한다는 듯 맞장구를 쳤다. 시무스는 고개를 끄덕인 뒤 새장에서 가슴을 쭉 펴는 등 자세를 가다듬더니 달콤하고 듣기 좋은 목소리로 노래를 부르기 시작했다.

변호사 소여는 부지런히 자기 일을 해서
쨍그랑, 쨍그랑 차곡차곡 돈이 쌓였네.
가난뱅이를 등치고, 약한 자에게 사기를 쳐서
그들 눈에 눈물밖에 남지 않게 했다네.
조크 로데릭, 핸래티 십자훈장을 탄 용감한 산적.

어느 5월 소여는 롱로드를 걷고 있었네.
수임료를 주지 않은 고객을 만나러
황야의 꼭대기에는 누가 도착할까?
권총과 칼을 입에 물고 태어난 어린 조크.
조크 로데릭, 그는 핸래티 십자훈장을 탄 용감한 산적.

소여는 말하네. "내가 한 가지 제안을 하지.
나는 매력을 잃어버린 사우스우드의 과부를 알고 있지.
분명, 돈이 많아서 우리 둘 다 백만장자로 만들어줄 거야!"
하지만 조크는 권총을 쥐고 빤히 쳐다보기만 하네.
조크 로데릭, 그는 핸래티 십자훈장을 탄 용감한 산적.

"너는 수완이 좋은 젊은이야." 소여가 말하네. "정말이야.
난 지금부터 맹인에게 앞을 못 본다고 고소를 할 거라네.
그럼 우리 이렇게 딱 절반으로 합의금을 나누는 거야!"
하지만 조크, 그는 꿈쩍도 하지 않고, 말 안장 위에서 움찔하지도 않네.
조크 로데릭, 그는 핸래티 십자훈장을 탄 용감한 산적.

"좋아, 자네가 어떻게 하고 싶건 깔끔하게 하지는 말자고.
나는 지금부터 고아에게 부모가 없다고 고소를 할 거라네.
우리는 모든 수입을 공유하는 거야! 액수가 얼마가 되든!"
하지만 조크, 그는 그냥 그 자리에서 방아쇠를 당기네.
조크 로데릭, 그는 핸래티 십자훈장을 탄 용감한 산적.

소여가 말하네. "도대체 자네를 어떻게 해야 꾈 수 있는지 말해보게.

사람은 누구나 약점이 있고, 우리는 각자 대가를 받는 거야.

그게 무엇인지 말해봐, 내가 틀림없이 성공하게 해줄 테니."

조크가 말하네. "사우스우드를 벌거벗고 행진해봐."

조크 로데릭, 그는 핸래티 십자훈장을 탄 용감한 산적.

그래서 조크는 변호사의 금화와 사무실을 빼앗았네.

조크는 말과 증서도 손에 넣었다네. 그것뿐만 아니라

조크는 변호사가 벌거벗은 채 사우스우드를 행진하게 했다네.

그가 무엇을 입었든 변호사는 변호사인데, 이걸 어째.

조크 로데릭, 그는 핸래티 십자훈장을 탄 용감한 산적.

동굴 속에서 웃음이 터져나왔고 마지막 구절에 이르러서는 박수가 쏟아졌다. 새장은 시끄럽게 웃는 산적들의 무게를 이기지 못하고 신나게 흔들렸다. 커티스도 참으려고 했지만 웃음이 나오는 걸 어쩔 수 없었다. 드미트리 코요테가 신랄하게 외쳤다. "진짜 멋진 노래야, 진짜 멋져."

CHAPTER 15

우편배달 트럭

마지막 못이 나무상자에 박히자 망치 소리도 멎었다. 프루는 홀로 어둠 속에서 바깥 소리에 귀를 기울였다. 엔베르와는 국경 건너편에서 다시 만나기로 약속하고 작별인사를 나누었다. 리처드에게는 다시 한 번 감사인사를 전한 뒤 그가 화물 궤짝에 자신을 넣고 포장하는 동안 잠자코 앉아서 기다렸다. 어느 순간 딱, 하고 나무상자가 금속에 부딪히는 소리가 크게 들렸다. 그리고 발아래 땅이 옆으로 기울어지는 느낌을 받았다. 상자가 수레로 옮겨지는 것 같았다. 이윽고 상자를 실은 수레가 앞으로 움직이고 어느 순간 쿵! 소리가 났다. 트럭 화물칸이었다. 정수리가 상자 윗면에 부딪쳤다. 프루는 비명을 참았다. 그때 리처드가 "미안!"이라며 "건너가면 만나자!" 하고 속삭이는 게 들렸다. 금속성의 쿵 소리, 발소리, 그리고 부릉부릉 트럭 엔진이 점화되는 소리에 이어 기어를 넣은 트럭이 움직이기 시작하더니 덜컹거리는 소리가 들렸다.

프루는 상자 속에서 체중을 받는 다리 위치를 바꿔가며, 벌써부터 느껴지는 무릎 관절의 통증을 잊으려고 애썼다. 궤짝 안에는 물건을 실을 때 빈틈을 메우느라 쓰는 종이 쪼가리라든지 톱밥 몇 줌도 함께 채워져 있었다.

트럭이 구덩이에 빠지면서 상자가 심하게 흔들렸고, 그 바람에 프루는 옆으로 기울어져 상자 벽에 부딪혔다. 그런데 이번에는 무릎이 바닥에 부딪치는 바람에 "아야!" 하고 크게 비명을 지를 수밖에 없었다. 프루는 상자 벽에 지탱해서 겨우 몸을 일으킨 다음 등을 기대고 똑바로 앉아 다음 시련에 대한 각오를 다졌다.

바닥이 울퉁불퉁한 자갈길에서 매끄러운 판석 포장도로로 바뀌자 트럭에 가해지는 충격도 가벼워졌다. 우편 트럭은 덜덜거리며 고속기어로 바뀌었고 한층 속력을 높였다. 트럭 옆으로 바람 소리도 났다. 이렇게 25분쯤 지났을까. 프루는 서서히 운행에 적응이 되었고 호흡도 차분해졌다. 이제는 귀에 익어 편안한 트럭 엔진 소리 사이로 이따금 멀리에서 사이렌 소리가 들렸다. 스워드 일당이 집집마다 방문해서 재빨리 조류를 잡아들이는 게 분명했다.

시간이 흘렀다. 프루는 문득 자신이 이틀 동안 몇 시간밖에 자지 않았다는 사실을 깨달았다. 눈을 감지 않으려고 지금까지 안간힘을 쓰고 있었던 것이다. 하지만 더 이상 충동을 누르지 못하고 곯아떨어졌다. 지금 겪고 있는 시련에 대한 걱정이 양초의 촛농처럼 녹아버리는 것 같았다.

어느 순간 트럭이 덜컹거리며 멈추기 전까지 그랬다.

그 순간 프루의 눈이 번쩍 떠졌다. 그리고 출발문이 열리자마자 뛰쳐나간 경주마처럼 심장박동이 빨라졌다. 시끄러운 발소리와 웅얼거리는 목소리가 들렸던 것이다. 그 소리는 트럭 뒤로 점점 가까워지더니 갑자기 쿵, 소리와 함께 트럭 문이 열렸다. 그 목소리를 가로막는 것은 이제 프루를 트럭으로부터 격리시킨 얇은 합판뿐이었다.

"…이런 밤 이 시각에는," 누군가가 말했다. "알다시피 규정이오. 오늘 밤 엄중단속하고 경계태세를 취하라는 지시를 받았소. 특히 국경순찰대는."

"물론이겠죠. 경관님." 리처드의 목소리였다. 차분하고도 확신에 찬 말투였다. 프루는 다시금 대담해지는 자신을 느끼며 숨을 죽이고 기다렸다.

"자, 좀 봅시다." 다른 목소리가 말했다. 프루는 국경 수비대원일 거라고 짐작했다. 수비대원의 체중이 화물칸에 실릴 때 프루는 트럭이 움츠리는 것처럼 느껴졌다. "우편봉투와 소포 꾸러미." 수비대원이 발소리가 나게 철제바닥을 걸어다니며 낮게 중얼거렸다. "모두 순서대로 정리돼 있는 것 같군."

그때 상자 옆면에서 크게 울리는 툭 소리가 났다. 경관이 화물상자를 발로 찬 것이다! 프루는 손바닥으로 입을 틀어막았다.

"여기 뭐가 들었소, 우체국장?" 경관이 물었다.

리처드의 목소리가 자신감이 많이 떨어진 것처럼 들렸다. "화, 화장지요." 그가 첫 발음에서 더듬거리며 대답했다. "수건과 음, 숙녀용 속옷도요."

뭐라고요? 프루가 마음속으로 소리쳤다.

"뭐라고 했소?" 경관이 물었다.

"속옷이오, 그… 그렇소." 리처드가 말을 더듬었다. "화장지, 양말도 있고, 그렇소, 양말도 들어있어요. 그리고 믿지 못하겠지만, 나… 낡은 건조기용 천도 들었고."

프루는 두 손에 얼굴을 파묻었다.

"*낡은 건조기용 천?*" 경관이 수상하다는 듯 되물었다. "그게 뭐요?"

"음. 아주, 요상한 물건이더군요." 리처드가 둘러댔다. "내가 보기에는."

게임은 끝난 것이나 다름없었다. 프루는 알고 있었다. 실은 벌써부터 감옥에서 어떻게 하면 잘 지낼지 생각하고 있었다. TV는 볼 수 있을까? 먹을 만한 음식은 있을까?

"열어보시오." 경관이 명령했다.

"뭐라고요?" 리처드가 물었다.

"귀가 먹었소, 우체국장. 열라고 했소. 상자를 열어요. 그걸 보고 싶으니…, 건조기용 천인가 뭔가 하는 거."

리처드는 숨죽여 뭐라고 구시렁거리며 트럭 옆을 지나갔다. 아마도 쇠지렛대를 가지러가는 것 같았다. 그러는 동안 경관은 초조하게 손가락으로 상자를 톡톡 쳤다. 나무궤짝 안에서 듣는 그 소리는 마치 천둥소리 같았다. 마침내 리처드가 쇠지렛대를 찾아 돌아오는 소리가 들렸다. 프루는 리처드가 화물칸으로 올라오는 것을 느꼈다.

"어느 것이더라…." 리처드가 중얼거렸다. 뭔가가 나무상자를 툭툭 치는 소리가 들렸다. 하지만 화물칸 끝에서 들려오는 소리였다. "이거였죠?"

"아니오." 경관이 조바심내며 말했다. "내 옆에 있는 바로 이거요."

"아, 그렇군요." 리처드가 약간 떨리는 목소리로 말했다. "실은 그 물건을 애타게 기다리는 손님이 있습니다. 상상하기도 싫지만, 만약 내가 상자를 열면 그분들이 어떻게 생각하실지……."

국경수비대가 말을 가로막았다. "어서 여시오, 우체국장. 그 건조기용 천인지 뭔지 많이 훼손하지 않겠다고 약속하겠소." 그는 먹잇감을 가지고 장난치는 고양이의 말투를 쓰기 시작했다. "저 상자에 부디 불법적인 물품이 없어야 할 텐데. 그렇지 않으면 정말로 수건과 화장지, 숙녀용 속옷 따위가 들어있기를 비는 게 좋을 거요. 내가 들은 바로는 감옥에서 쏠쏠하게 쓰임새가 있다고 합디다."

리처드가 거북하게 웃었다. 프루는 마음의 준비를 했다.

"그 옆의 것은 어떻습니까?" 리처드가 불쑥 물었다. "그 안에 든 물건도 상당히 좋아하실 것 같은데." 그가 도발적인 어조로 말했다.

"여보쇼, 영감님! 정말이지 슬슬 짜증을 돋우는…," 경관이 말하다 말고 멈칫했다. "잠깐, 그게 무슨 말이오?"

"이미 짐작하신 줄 알았는데." 리처드가 느물거렸다.

"천만에…, 어떻게 그럴 수가 있겠소?" 경관이 물었다. 그의 엄격한 목소리에 흥분의 떨림이 배어있었다.

"허락해주신다면," 리처드가 자신감을 되찾은 목소리로 말했다. 프루의 옆 상자가 이미 열려있는 듯 덜컥, 소리에 이어 찌그덩, 소리가 났다. 프루는 경관이 침을 꼴깍 삼키는 소리를 들었다.

"모두 가져가시죠." 리처드가 재촉했다. "난 어서 가던 길을 가야겠습니다. 배달해야 할 우편물이 상당히 많아서."

"좋소." 경관이 직업에 걸맞게 간단히 대답했다. "좋습니다. 번거롭게 해드려서 죄송하군요." 프루는 짧게 손뼉치는 소리를 들었고, 이어서 트럭으로 다가오는 한 무리의 발소리도 들었다. "젠킨스! 소검! 이리 와서 이 상자 좀 안전

247

하게 내 숙소로 옮겨놓게." 이런 지시에 이어 상자가 트럭 바닥에서 질질 끌려
가는 소리가 들렸다.

"시간 내주어 고맙소. 번거롭게 해드려서 죄송하고." 경관이 흡족한 표정으
로 말했다.

"별말씀을." 리처드가 대답했다. 두 남자가 화물칸에서 내려갈 때 트럭이 약
간 덜컹거리더니, 쿵! 문 닫는 소리가 들렸다. 누군가(프루의 생각에는 리처드 같
았다) 재빨리 손등으로 차 문을 두드렸고, 프루는 활짝 웃었다.

덜커덕, 기어 넣은 소리가 나고 다시 트럭이 덜덜거리며 되살아났다. 그리
고 들썩거리며 길을 달려 아비앙 공국으로 가는 국경을 넘었다.

얼마 후 트럭은 날카롭게 꺾여서 곧장 울퉁불퉁한 길을 내달리다 천천히 속
도를 줄여가며 멈춰섰다. 요란하게 화물칸 문이 열리고 쇠지렛대로 상자 윗면
을 툭툭 치는 소리가 들렸다. 잠시 후 궤짝 뚜껑이 열어젖혀졌다. 프루는 조심
스럽게 고개를 들다 활짝 웃고 있는 리처드와 눈이 마주쳤다. 골짜기처럼 주
름이 파인 그의 얼굴에 트럭의 희미한 불빛이 드리웠다.

"건조기용 천이요? 속옷이라고 하셨어요?" 프루의 입에서 이런 단어들이 웃
음과 함께 봇물 터지듯 흘러나왔다.

"오, 이런!" 그는 웃음을 거두고 이내 쑥스러운 듯 얼굴을 찡그렸다. "나도
그때는 무슨 생각으로 그렇게 말했는지 모른단다! 다른 건 만반의 준비를 했
는데, 상자에 뭐가 들었는지 말하라니 생각이 나야지 말이야. 속옷, 그래 그거
야! 천만다행으로 북쪽에서 가져온 맥주 상자가 남아있었단다. 비싼 것도 아
니지만, 사우스우드에서는 금지품목이거든. 병사들 중에 저런 보물을 마다할
무능한 병사는 없을 게다."

프루는 상자에서 벌떡 일어나 리처드의 목에 매달리며 소리쳤다. "고마워요, 아저씨. 정말 고마워요!"

리처드는 프루를 가볍게 포옹한 뒤 말했다. "자, 아직 갈 길이 멀다."

그는 프루를 궤짝에서 꺼내준 다음 그녀가 트럭에서 내리기 위해 걸어가는 동안 옷에 묻은 잡다한 종이 쪼가리들을 털어주었다. 트럭은 검은딸기와 서양 개암나무 덤불이 빽빽하게 둘러싼, 자연적인 막다른 골목에 멈춰서 있었다. 나무 사이로 새벽의 어스름한 푸른빛이 스며들었다. 여기저기 새들의 노랫소리가 들렸다. 나무 꼭대기에서 쏟아져내리는 소리였다. 그때 엔베르의 도착을 알리는 날갯짓 소리가 들렸다. 엔베르가 근처 나뭇가지에 내려앉았다.

"엔베르!" 프루가 소리쳤다. "우리가 해냈어!"

참새가 고개를 끄덕였다. "하마터면 늦을 뻔했어. 모든 여행객을 상대로 국

경 관문을 폐쇄했어." 엔베르가 하늘을 올려다보았다. 촉촉한 아침 공기 때문에 그의 깃털이 헝클어져 있었다. "지금 와야 하는데."

"누가 오기로 되어있니?" 리처드가 물었다.

"응, 장군님." 엔베르가 대답했다. 그리고 그 말이 주문이기라도 하듯 거대한 새 한 마리가 나뭇잎에 회오리를 일으키며 공터로 내려왔다. 검독수리였다. 프루는 리처드의 트럭을 타고 사우스우드로 들어갈 때 처음 만난 그 새라는 사실을 알아차렸다. 검독수리는 과장되게 나무 전체를 뒤흔든 뒤 밑으로 축 늘어진 솔송나무 가지에 앉았다.

"장군님." 엔베르가 고개를 약간 조아리며 불렀다.

장군은 꼿꼿이 등을 펴고 앉아 프루를 내려다보았다. "저 아이는 인간이 아니냐? 바깥세상에서 온?"

"그렇습니다." 엔베르가 대답하며 프루를 향해 고개를 까닥했다.

"안녕하세요, 장군님." 프루가 인사했다. "전에도 만난 적이 있죠. 그때 장군님을 봤을 때……."

장군은 프루의 말을 가로막았다. "아, 기억나는군." 그는 거대한 발톱을 움직여 자리를 옮겼다. 나뭇잎이 격렬하게 흔들렸다. "공작님이 체포될 때 함께 있지 않았니?"

프루가 슬프게 고개를 끄덕였다. "네, 그래요."

장군은 말없이 그녀를 바라보았다. 햇빛은 아직 엷고 대기는 흐릿했다. 검독수리의 황갈색 깃털이 주변의 초록색 배경과 극단적으로 대비되었다. 그는 부리로 깃털 아래쪽을 잠깐 긁적이고 나서 고개를 들었다. 그의 노란색 눈동자가 프루를 응시했다.

"그분은 정말로 용감했어요." 프루가 조용히 말했다. "달리 어떻게 말씀드려야 할지 모르겠어요. 그분은 제 생명의 은인이에요. 그 자들은 공작님이 아니라 저를 잡으러 왔던 거예요. 그런데 그분은 저를 보호해주셨어요. 왜 그랬는지는 모르지만 아무튼 그러셨어요."

검독수리는 감정이 절제된 듯한 표정으로 먼 곳을 응시하고는 마침내 입을 열었다. "나는 아비앙 공국의 장군으로서 공작님께 충성을 맹세했단다. 나는 우리의 군주로부터 명령을 받지. 그런데 그분은 이제 안 계신단다. 감옥에 갇히셨지. 군주가 안 계시는 동안 나는 그저 그분의 명령을 추측할 수 있을 뿐이다." 독수리는 이렇게 말하고 나서 다시 프루를 쳐다봤다. 그의 눈썹 위로 냉철한 신중함이 엿보였다. "만약 나의 군주가 너를 보호했다면 나 역시 너를 보호해야 한다. 또 나의 군주가 너를 위해 위험을 무릅쓴다면 나 역시 그럴 수밖에 없다."

엔베르는 동의한다는 듯 재잘거렸다. 장군이 프루의 키만큼 큰 날개를 활짝 펼치며 자리에서 풀쩍 날아올라 프루의 발아래에 우아하게 내려앉았다.

"만약 노스우드로 날아가고 싶다면, 영광스럽게도 내가 그 역할을 맡으마." 장군이 이렇게 말하고 고개를 까닥했다.

프루는 뭐라고 말해야 할지 몰라 어색하게 인사를 했다. 그리고 나서 리처드를 돌아다보며 감사의 표시로 손을 내밀었다. 리처드가 그 손을 잡고 진지한 표정을 지으며 다시 한 번 꼭 그러쥐었다. "또 작별이구나, 포틀랜드 프루." 그가 말했다. "이게 마지막이길 빌자꾸나."

그녀가 웃었다. "이번에도 고마웠어요, 리처드 아저씨. 은혜는 잊지 않을게요." 그리고 엔베르를 보았다. "그리고 너도." 프루는 한 손을 뻗어 참새의 매끄러운 검은 머리를 쓰다듬었다. "공작님의 가장 훌륭한 시종이 되길 빌어. 그분은 틀림없이 너를 자랑스러워하실 거야. 여기 계셨다면."

엔베르가 쩍쩍거리며 홰 위에서 수줍게 옆으로 몇 걸음을 옮겼다.

프루는 크게 심호흡을 하고 나서 장군을 돌아다보았다. 그는 여전히 고개를 숙이고 있었다. "됐어요. 이제 데려가주세요." 그녀가 말했다. 독수리가 발톱을 옮겨 자세를 바꿨다. 이윽고 그의 등에 올라탄 프루는 손가락을 깃털 아래로 넣어 어깨의 갈고리처럼 구부러진 부분을 손으로 더듬어서 찾았다. 독수리가 비행 준비를 하려고 날개를 풀 때 팽팽한 근육 힘줄이 움직이며 흔들리는 것을 느낄 수 있었다.

"잘 잡아라." 독수리가 말했다.

프루는 장군의 등에 착 달라붙어 부드러운 깃털 아래 뺨을 편안히 댔다. 독수리는 잰 걸음으로 몇 걸음 걷다 하늘로 날아올랐다.

❧

프루를 따라 '지날 수 없는 숲'에 들어오는 운명을 선택한 후 묘한 상황에 휘말리게 되었지만, 사실 커티스는 지하동굴의 공처럼 둥글게 얽힌 뿌리에 매달린 거대한 새장 속에 앉아 〈머스탱 샐리〉의 노랫말을 외우려고 애쓰는 지금처럼 기분이 묘한 적도 없었다.

머스탱 샐리
머스탱 속도 좀 늦춰.

252

머스탱 샐리

머스탱 속도 좀 늦춰.

이것들은… 무슨무슨… 아침에.

음음음, 맞춰봐, 무슨무슨 눈에.

"무슨무슨 눈이라니?" 시무스가 의아해서 물었다. "아무 말이나 갖다붙여도 된다는 뜻이야?"

"아니요, 그게 아니고요." 커티스가 머리를 긁적이며 말했다. "가사를 잊어버렸어요. 무슨무슨 눈인데, 졸린 눈이던가? 이런, 죄송해요. 다 외우는 줄 알았는데." 그 노래는 부모님의 애창곡이었고, 장거리 가족여행 때마다 차 안에서 함께 부르던 노래였다. 커티스는 지금 왕의 딸을 납치한 집시에 대한 아름다운 노래를 불러준 산적에게 보답하는 의미로 팝송 레퍼토리 중 한 곡을 부르는 중이었다. 그들은 지금 몇 시간째 돌아가면서 노래를 불렀고, 시간은 빠르게 지나갔다. 동굴은 죄수들의 목소리로 쩌렁쩌렁 울렸다.

"그런데 좀 헷갈리는구나." 앵거스가 물었다. "샐리가 여자 이름이냐, 아니면 말 이름이냐(아메리카산 작은 야생마이면서 포드사에서 나온 차종. 이 노래에서는 '머스탱을 탄 샐리'라는 의미. —옮긴이)? 머스탱이 사람도 아니고 말도 아니라면 속도를 늦춰야 하는 머스탱이 또 있냐?"

커티스가 이런 오해를 해명해주기도 전에 다른 산적이 끼어들었다. "앵거스, 이런 멍청하기는! 이건 틀림없이 인간이 말에게 바치는 사랑 노래야. 어떤 남자가 말을 사랑하는 거야, 머스탱 샐리라는 말을." 이 말에 감옥이 떠나갈듯 웃음이 터져나왔다.

"이봐, 커티스." 왁자지껄한 웃음 속에서 누군가가 소리쳤다. "너희 바깥세상 사람들은 아주 요상한 노래를 다 부르는구나!"

커티스는 웃음을 참으려고 애쓰며 크게 외쳤다. "아저씨들, 이건 차예요! 자동차의 일종이라구요!" 하지만 산적들은 받아들이려고 하지 않았다. 커티스는 말씨름을 하느니 그들과 함께 웃기로 했다. 시끌벅적한 가운데 산적 코맥이 입을 열었다. "커티스, 하나만 더! 바깥세상 노래 하나만 더 불러줄래?" 커티스가 이번에는 산적의 차례라고 말하려는데 아래쪽에서 뭔가 부딪히는 소리가 크게 쾅 하고 들렸다.

"입 다물지 못해, 이놈들!" 어떤 목소리가 외쳤다. 간수였다. 그는 동굴 바닥에 서서 큼지막한 열쇠 꾸러미로 새까만 가마솥를 두드리고 있었다. "귀리죽 먹을 시간이다!" 네명의 병사가 동굴 안으로 들어왔다. 두 명은 걸어둔 가마솥에서 나무국자를 꺼내고, 나머지 두 명은 문 옆에서 보초를 섰다. 간수가 동굴 벽에 세워둔 거대한 사다리 쪽으로 걸어가더니 비슷한 높이의 막대기를 끌어내려 그 끝에다 옴폭한 나무국자를 매달았다.

"그릇 준비해라!" 다음 지시사항이 전달되었다.

죄수들은 투덜거리며 빗장을 지른 울타리 속에서 자세를 잡았다. 그 바람에 매달려 있는 새장들이 크리스마스트리 장식물처럼 좌우로 흔들리고 뱅뱅 돌기도 했다. 새장 창살 사이로 그릇을 손에 쥔, 때가 타 시커먼 팔이 쑥 나왔다. 커티스는 주위를 두리번거리다 자신의 새장에도 양철그릇이 있는 걸 발견했다. 그래서 그 그릇을 집어들고 동료 죄수들처럼 창살 사이로 내밀었다. 간수가 막대기 끝에 달린 국자를 가마솥에 푹 담갔다 꺼내 허공 위 죄수가 내민 그릇에 차례차례 담아주었다. 죽이 그릇에 쏟아질 때 커티스의 손에 죽이 약간

254

튀었다. 뜨거울까봐 몸이 움찔했지만 죽이 너무 미지근하다는 사실을 알고 난 커티스는 슬펐다.

죽 배분이 끝나자 간수는 국자를 매달았던 막대기를 제자리에 갖다두고 (애석하게도 커티스는 그 막대기 끝이 흙바닥에 놓이는 것을 보고 말았다) 병사들을 감방 밖으로 내보냈다. 잠시 후 간수도 동굴을 나서며 죄수들을 향해 비웃듯이 *"맛있게들 먹게!"*라고 외쳤다.

커티스는 그릇 안을 열심히 들여다보았다. '귀리죽'은, 먹을 것처럼 생긴 건더기가 몇 개 수면으로 떠올랐다 가라앉았다 하는 것이 멀건 우유 수프처럼 보였다. 커티스는 손가락으로 건더기를 하나 건져보았다. 뭔지 판단할 수 없는 동물의 물렁뼈처럼 보였다.

위의 새장에 있던 시무스가 커티스를 내려다보며 고함을 질렀다. "이봐, 너무 자세히 들여다보지 마! 그냥 먹어!"

커티스는 위를 올려다보며 당혹스러워하다가 그릇을 입으로 가져가 큰 덩어리를 꿀꺽 삼켰다. 평생 먹어본 어떤 것보다(엄마가 만든 콜라드 그린을 맛보았을 때보다도) 훨씬 역겨웠다. 아니 역겨운 맛이라기보다 특별한 맛이 나지 않았다. 다만 둥둥 떠있는 물렁뼈의 촉감과 '뭔지 모르는 것'을 미각에 제공했을 뿐이다. 커티스는 요란하게 구역질을 했다. 그런 반응을 예상한 듯 산적들이 일제히 웃음을 터뜨렸다.

"익숙해져야 한다, 꼬마야!" 누군가 큰 소리로 말했다.

"집에서 먹는 음식 따위는 없어, 알겠냐?" 다른 누군가가 소리쳤다.

커티스가 새장 바닥에 그릇을 내려놓으며 투덜거렸다. "우웩! 도대체 이게 뭐죠?"

"다람쥐 뇌와 비둘기 발, 스컹크 허벅지를 상한 우유에 넣어 끓인 건강죽이지." 앵거스가 소리쳤다.

코요테 드미트리가 중재에 나섰다. "그렇게 못 먹을 것도 아니야. 난 이보다 못한 것도 먹어봤어. 정말이야!"

커티스는 남은 죽을 보며 얼굴을 찌푸렸다. "차라리 안 먹을래요." 딱히 누구에게 한 말은 아니었다. "별로 배도 고프지 않아." 그는 창살에 기대어앉아 동굴 바닥을 내려다보며 이웃 새장에서 후루룩 쩝쩝 게걸스럽게 먹는 소리를 들었다. *오, 맙소사! 이런 음식에 익숙해질 정도로 여기에 오래 있게 되면 어쩌지……*

그때 놀랍게도 새장 안 어디에선가 작은 목소리가 들렸다. "너, 그거 다 먹은 거야?"

커티스는 놀라서 새장 안을 두리번거리다 목소리의 주인공을 발견했다. 강단 있어 보이는 회색 쥐 한 마리가 새장 저쪽 구석에 뒷다리로 서있었다. 그는 기대에 찬 표정에 입가를 혀로 빨며 가느다란 손가락을 비벼

댔다. "다 먹은 거냐고?"

"넌 누구야? 내 새장에서 뭐 하는 거야?" 커티스가 물었다.

위에서 시무스가 음식을 입에 넣은 채 큰 소리로 말했다. "셉티무스야. 보시다시피 쥐지. 셉티무스, 새로 온 친구 커티스다."

코맥이 몇 마디 덧붙였다. "포로도 아

256

프루는 날고 있었다. 그 느낌은 엄청났다.

니면서 *사서 고생하는 녀석*이지. 자기가 원해서 여기에서 지내고 있다."

셉티무스가 정중하게 인사했다. "안녕, 만나서 반가워."

"그, 그래, 안녕. 그리고, 난 이 음식 더 먹을 생각 없어." 커티스가 말했다.

그러자 셉티무스가 앞으로 한 발짝 다가와 손을 내밀었다. "그렇다면 내가 먹어도 되겠니?"

커티스는 잠깐 생각에 잠겼다. 하고 많은 동물 중에서 하필 쥐와 음식을 나눠먹는 점이 신경 쓰였지만 자신이 있는 곳을 떠올리고는 단념했다. "좋아."

셉티무스는 씩 웃으면서 머리에 엉겨붙은 털을 뒤로 쓸어넘겼다. 그러고는 "내가 먹어도 뭐라고 하지 않기다."라고 말한 뒤 죽그릇에 머리를 처박고 맹렬하게 핥아대기 시작했다. 다 먹고 나선 조그맣게 트림을 하더니 커티스의 새장 창살에 느긋하게 기대어앉았다. 그는 머리 뒤로 앞발을 괴고 눈을 감았다. "아하함." 그가 하품을 했다. "배불리 먹고 난 후의 휴식만큼 달콤한 게 또 있을까!" 잠시 후 쥐는 눈을 번쩍 뜨고 커티스를 쳐다보았다. "그런데 넌 여기 왜 왔니?"

커티스는 뒤로 물러나 앉았다. 그는 새장에서 함께 지낼 친구가 생겨서 좋다는 점을 인정하지 않을 수 없었다. "나는 배신자야, 아마 그럴 거야." 그가 설명했다. "일종의 탈영병이지. 알렉산드라가 무슨 짓을 하려는지 알고 나니 그냥 내버려둘 수 없었어. 그랬더니 그녀가 나를 여기에 가뒀어."

"오호라," 셉티무스가 말했다. "그것 참 안됐구나." 잠깐 말을 멈추었던 그가 다시 물었다. "여왕이 무슨 짓을 하려고 했는데?"

"내 친구의 남동생을 담쟁이에게 제물로 바쳐 담쟁이를 지배하고 이 나라 전체를 손에 넣으려고 해."

주위 새장에서 일제히 중얼거리는 소리가 터져나왔다. "뭐라고?" 그 중에 어떤 산적이 속삭이듯 물었다.

"와," 셉티무스가 말했다. "정말 나쁘다. 악독하다 악독해. 그런데 담쟁이 라니?" 잠시 침묵이 흘렀다. "잠깐 그거 잉글리시 담쟁이덩굴 아냐? 아니면 다른 종? 기억은 잘 안 나지만 그 식물들의 침투력이 엄청 강하다고 알고 있어……."

이야기를 듣고만 있던 코맥이 끼어들었다. "셉티무스, 만약 담쟁이덩굴이 엄청난 힘을 갖기 위해 *인간 아이를 먹어야 한다면* 보나마나 침투력이 대단할 게다."

셉티무스가 진지하게 고개를 끄덕였다. "아주 끈질긴 식물이에요, 그 담쟁이덩굴은."

"그 집요한 마녀의 계획은 담쟁이덩굴에게 사람 피를 먹여 자기 명령을 따르게 만들려는 거야. 그 점을 잊어선 안 돼!" 시무스가 음식 그릇을 쇳소리 나게 쿵, 내려놓으며 소리쳤다. "그 악랄한 여자는 응당 벌을 받게 될 거야, 내 말 믿어!"

코요테 드미트리가 아래쪽에서 말했다. "그래서? 이런 새장에 갇혀서 지금 뭘 할 수 있는데?"

시무스가 벌떡 일어나 새장 창살을 흔들며 외쳤다. "이봐, 코요테. 넌 무사할 줄 알아? 설마 담쟁이덩굴이 숲을 뒤덮는데도 집에 있는 네 자식이 안전할 거라고 생각하지는 않겠지? 그 여자는 너희들을 이용하고 있어. 그 과부 말이야! 그 여자는 자기가 원하는 것을 손에 넣는 순간 너희들을 버릴 거야!"

드미트리는 뭐라고 대꾸하고 나서 시무스를 등지고 앉더니 발로 그릇에 붙은 음식 찌꺼기를 한가롭게 긁었다.

하지만 시무스는 성질이 오를 대로 오른 터였다. 그가 창살을 쥐고 흔들기 시작했다. "와일드우드에 자유를 달라!" 그러고는 더 크게 외쳤다. "와일드우드에 자유를 달라!"

다른 산적들도 동참해서 양철 밥그릇으로 새장 창살을 두드리기 시작했다. 동굴 감방이 혼란스러운 소리로 활기를 띠고 금속성의 날카로운 소리가 메아리쳤다. 그때 간수가 무장 경비 둘을 데리고 문가에 나타났다.

"조용히 못하겠나, 이 벌레만도 못한 놈들!" 그가 소리쳤다. "계속 떠들면 네놈들을 사격훈련용 과녁으로 쓰겠다." 동행한 경비 한 명이 간수의 협박을 믿게 하려는 듯 소총을 눈 높이로 올려 달랑거리는 새장들을 향해 무차별적으로 겨누기 시작했다.

누워있던 쥐 셉티무스가 벌떡 일어나 커티스의 새장 창살을 따라 기어오르기 시작했다. 그가 밧줄을 잡은 채 커티스를 내려다보며 속삭였다. "이쯤에서 그만 작별인사를 해야겠어! 나중에 또 만나!" 쥐는 밧줄을 타고 올라가버렸다.

새장에 몸을 낮추고 있던 산적 한 명이 간수를 향해 나지막이 욕설을 퍼부었다.

"그래, 좋다!" 뚱뚱한 간수가 말했다. "내일 아침밥은 없는 줄 알아!"

산적들이 크게 야유를 보내며 조롱했다.

"점심도 없어!"

마침내 죄수들은 조용해지고, 새장을 매단 밧줄이 삐걱거리는 소리만 들렸다. "좋아. 그럼, 소등!" 두 명의 경비가 흩어지더니 동굴 벽에 나란히 달린 횃불을 끄기 시작했다. 마침내 동굴은 어둠에 잠겼다. "잘 자라, 벌레만도 못한 놈들!" 간수는 이렇게 내뱉은 뒤 감방을 나갔다.

그가 떠나자 코맥은 다시 창살에 얼굴을 대고 죄수들에게 외쳤다. "이봐, 내 말 명심해." 그가 숨을 헐떡이며 말했다. "우리의 왕 브렌든과 동지들이 이 땅을 걸어다니는 한 언젠가는 와일드우드에 *자유가 올 거야.* 내가 장담하지."

죄수들이 조용한 응원으로 동조했다.

"그가 우리를 구하러 올 거야." 코맥이 나직하게 말했다. "틀림없이 우리를 구하러 올 거야. 그럼 여기에서 나가는 길을 불태우고 부숴버릴 거야. 내 말 잘 들어. 어떤 코요테 병사나 과부 여왕도 우리의 앞길을 막진 못해."

CHAPTER 16

비행; 다리에서의 만남

프 루는 날고 있었다.

그 느낌은 엄청났다.

비행기를 타본 적은 있지만 중력으로 인한 불편함, 텔레비전 화면만한 창문으로 보이는 복슬복슬한 구름, 미니어처 도시의 풍경 따위로 날고 있다고 착각하게 만드는 빈약한 느낌일 뿐이었다. 아무리 해도 하늘 높이 날아오를 때의 생생한 느낌에 비할 수는 없었다. 머리 위로 펼쳐진 돔처럼 생긴 하늘과 구불구불 기어가는 듯한 푸른 숲! 프루는 팔로 장군의 푹신한 목을 두르고, 부챗살처럼 펼쳐진 독수리의 꽁지 깃털 관절뼈에 발을 편안히 올려놓았다. 프루는 독수리가 크게 날갯짓을 할 때마다 강인한 등 근육이 들썩였다 수축되는 것을 느낄 수 있었다. 서늘하고 축축한 공기가 피부에 스며들고 머리는 곧장 뒤로 젖혀지고 눈가에는 이슬이 맺혔다. 어느 새 새벽빛이 가시고, 전나무의 우듬지가 황금빛으로 빛났다. 지평선은 멀리 구름층에서 나온 빛이 반사되어 장밋빛으로 불탔다. 아무래도 폭풍이 오려는 것만 같았다.

저 아래 나무 우듬지에 점점이 박혀있는 것은 크고작은 수많은 새둥지들이었다. 어떤 것은 나무에서 가장 높은 가지에 보통 새둥지와 맹금류의 둥지, 이착륙장이 나란히 연결되도록 정교하고도 체계적으로 형성돼 있었다. 또 대다수가 평범한 울새 둥지처럼 지푸라기와 잔가지로 만들어진 반면, 어떤 둥지는 나무 자체를 기둥 삼아 꽤 큰 나뭇가지를 엮어 옆으로 벽을 세우고 바닥에 부드러운 회색 진흙까지 발라져 있었다. 이웃한 전나무들보다 훨씬 높은 몇 그루의 삼나무에는 나무껍질에 다닥다닥 제비 둥지들이 작은 도시를 이루고 있었다. 그 작은 흙집들은 아찔할 정도로 긴밀하게 연결되어 있었다. 마침 아침 식사 시간이라 둥지의 구멍과 입구마다 목을 길게 빼고 엄마를 기다리는 아기 새들이 한눈에 보였다. 아침이 밝아왔다. 프루는 이 진정한 대도시의 공중에도 점점 활기가 도는 것을 알 수 있었다. 온갖 크기와 날개와 색깔을 지닌 새들이 거대한 담요가 펼쳐진 듯한 숲속을 들락날락 하며 새끼들을 위해 애벌레와 딱정벌레, 나뭇가지와 풀 따위를 부지런히 날랐다.

"아름다워요!" 프루가 소리쳤다.

"아비앙 공국을 감상하는 가장 좋은 방법이지!" 장군이 프루를 향해 대답했다. 강풍이 요란하게 그들을 후려쳤다. 시끄러워서 말을 하기 어려울 정도였다. "하늘에서 내려다보는 게 최고지!"

그때 장군이 갑자기 왼쪽으로 비스듬히 날다가 직각으로 꺾어내려와 우듬지를 빙빙 돌았다. 프루는 가슴이 덜컥 내려앉는 것 같았다. 거대한 침엽수의 새로 돋은 초록색 잎이 무릎을 스칠 때 프루는 꺅! 하고 비명을 질렀다. 아침 비행을 나온 어린 송골매 떼가 장군의 임무에 끼어들어 장난 삼아 장군을 뒤쫓기 시작했던 것이다. 송골매들은 빙빙 돌며 장군의 항로를 들락날락 하다가 그가 더 빨리 날도록 뒤에서 추격하고 나서 도망갔다.

"중요한 임무를 띠고 있다!" 장군이 소리쳤다. 하지만 그들은 들으려고 하지 않은 채 장군에게 계속 장난을 걸었다. 마침내 장군은 프루에게 "꼭 쥐어!"라고 경고를 한 뒤 심호흡을 하고 회전을 하면서 날아올랐다가 도중에 멈칫하더니 낙엽 떨어지듯 곤두박질쳤다. 프루가 비명을 질렀다. 프루는 장군의 목을 더 단단히 껴안았다. 하지만 장군은 너무 낮게 내려가지 않고 급강하 도중 능숙하게 방향을 틀어 빽빽한 나뭇가지 사이로 날아들더니 앞을 가로막는 가지들을 요리조리 빠져나갔다. 송골매들은 따라하려고 애를 썼지만 겨우 5분도 안 돼 포기했다. 독수리는 자신을 쫓던 조무래기들이 사라지자 꽁지깃을 조종해서 울창한 나무들 사이를 빠져나와 다시 위로 날아올랐다. 그들이 애초에 날았던 고도로 돌아왔을 때 프루의 눈에 특이한 무언가가 보였다. "와아!" 그녀가 환호했다.

"왕실 둥지란다." 장군은 프루가 무엇을 보고 놀라는지 짐작하며 이렇게 설명했다.

그들 앞에 홀로 우뚝 서있는 웅장한 더글러스 전나무는 크기만으로 주변의 나무들을 난쟁이로 만들어버렸다. 장대 같은 키에 거대한 몸통은 작은 집채만 했고 (프루는 땅으로 내려가야만 그 너비를 가늠할 수 있을 것 같았다) 키는 근처 나무들보다 15미터는 더 높았다. 이 나무에서 가장 특이한 점은 우듬지 쪽에 맹금류의 둥지들이 다닥다닥 인상적으로 붙어있는 풍경이었다. 아래 나뭇가지에는 작은 둥지들이 무척 많았고, 거기에는 참새와 되새들이 살고 있었다. 그 위로 수는 더 적지만 큰 둥지에는 매 같은 새들이 살았는데, 모두가 나무에서 가장 높은 나뭇가지에 있는 단 하나의 거대한 홰, 나무의 첨탑과도 같은 그곳에 이르도록 연결되어 있었다. 홰의 직경은 족히 9미터는 되는데, 상상할 수 있는 온갖 식물이 한데 모여있었다. 전나무 가지와 검은딸기나무 열매가 달려있고, 담쟁이덩굴에 머위 줄기, 금련화 꽃, 단풍나무 넝쿨······. 그 홰 가운데 진흙을 매끄럽게 바른 등근 둥지는 그 누구의 눈에도 가장 매력적으로 보일 만했다. 그러나, 안타깝게도 비어있었다.

"공작님의 둥지지." 독수리가 엄숙하게 설명했다.

"올빼미 공작님이 잡혀갔는데, 어떻게 하실 거예요?" 프루가 윙윙 부는 바람소리보다 크게 목청을 높여 물었다. 그들은 왕실 둥지를 몇 차례 선회한 다음 다시 북쪽으로 날아갔다.

"둥지는 그분이 돌아오실 때까지 잘 돌보고 관리될 게다. 만약 사우스우드 측에서 공작님을 석방하지 않으면 전쟁이 일어나겠지." 독수리는 날개를 뒤로 둥글게 말아서 속력을 높였다. 저 아래 둥지들이 나무에 가려 점점 희미해졌다.

프루는 독수리의 대답에 불안해졌다. "어떻게 양쪽과 동시에 전쟁을 하시려고요? 북쪽은 계속해서 코요테들이 공격하고 있잖아요?" 프루가 고함을 치듯 말했다. "그런데 올빼미 공작님은 어떻게 될까요?"

"우리에겐 선택권이 없단다." 독수리가 큰 소리로 대답했다. 장군은 몇 번 날갯짓을 해서 고도를 한층 높였다. 발아래 짙푸른 초록색 담요가 점점 멀어져가고, 프루는 귀가 먹먹해지는 것을 느꼈다.

"위험한 건 없는지 눈 똑똑히 뜨고 봐라." 장군이 지시했다. "우린 지금 와일드우드를 지나고 있단다."

프루는 눈을 가늘게 뜨고 나무 위쪽을 주의 깊게 살폈다. 이쪽 숲은 더 울창해서, 누구의 손길도 닿지 않은 것 같았다. 아래쪽에는 향긋한 단풍나무와 오리나무가 더 큰 침엽수 사촌 격인 솔송나무, 전나무, 삼나무들과 누가 더 가지를 옆으로 많이 뻗나 경쟁을 하고 있었다. 나무들은 서로 가깝게 붙어있었다. 이런 야생의 땅에서는 위로나 옆으로나 쭉쭉 자라는데 별다른 장애물이 없었다. 사실 나무들만 절정기의 햇볕을 집중적으로 받고 싶어하는 게 아니었다. 담쟁이덩굴도 여러 운 없는 단풍나무를 타고 꼭대기까지 올라왔는데, 언뜻 보면 푸르른 하늘까지 닿으려고 주인의 숨통을 죄는 것 같았다.

"또렷이 보여요!" 프루가 소리쳤다.

계속해서 날아가자 점점 더 크고 울창해진 나무들은 주변의 작은 낙엽송에게 그림자를 드리우고 있었다. 이 나무들의 우듬지는 바람에 흔들릴 때면 하늘을 할퀼 것처럼 보였다. 장군이 조금 더 고도를 높이자 프루의 폐는 공기를 빨아들이려고 그만큼 난리를 쳤다. 이 새로운 고도에서는 저 아래 펼쳐진 여러 뭉텅이의 빽빽한 숲이 지평선 끝까지 이어진 듯했다. 와일드우드는 국경선이 없는 것처럼 보일 만큼 광활했다. 프루는 무아지경에서 비행의 전율을 느끼다 문득 절망감에 사로잡혔다. 발아래 펼쳐진 광대한 숲을 내려다보며 처음으로 동생을 찾지 못할 수도 있다는 생각이 든 것이다. 프루는 위로를 받으려는 듯 독수리의 목을 꼭 끌어안고 날개에 얼굴을 묻었다.

그 바람에 코요테 궁사를 발견하지 못했다. 프루는 그 코요테가 거대한 전나무 맨 꼭대기 나뭇가지에 서서 화살을 활시위에 조심스럽게 메기는 모습을 보지 못했다. 그가 활시위를 팽팽히 뒤로 당겼다가 놓는 것도 보지 못했다. 하지만 화살이 쉭 소리를 내며 과녁을 향해 빠르게 날아오는 소리는 들었다. 그리고 과녁을 맞힌 화살이 '툭' 소리를 내며 독수리의 가슴에 박힌 순간 화살대의 무게가 느껴졌다. 프루는 화살 끝이 자신의 뺨에서 몇 센티 떨어지지 않은 장군의 어깨 사이를 관통하고 튀어나온 것을 보았다. 금속 화살촉에 새빨간 피가 묻어있었다.

"안 돼!" 프루가 비명을 질렀다.

장군은 힘없이 외마디 신음을 내뱉은 뒤 이내 잠잠해졌고, 그의 고개가 가슴께로 툭 떨어졌다. 그리고 반사적으로 날개가 몸뚱이에서 뒤틀렸다. 프루와 독수리는 공중에서 낙하하기 시작했다.

프루는 충격에서 벗어나지 못한 채 그의 가슴에서 화살을 잡아 빼내려고 안간힘을 썼지만 너무도 단단히 박혀있었다. "장군님!" 그녀는 간절하게 소리쳤다. "안 돼요! 죽으면 안 돼요!"

독수리의 날개가 갑자기 수축되었고, 그의 입에서 알 수 없는 원망의 말이 터져나왔다. 그는 땅으로 곧장 처박히지 않으려고 죽을 힘을 다해 날갯짓을 했다. 독수리가 우듬지를 스치듯 지나갈 때 프루는 독수리의 목을 단단히 껴안았다. 독수리는 자신이 태우고 있는 아이를 아무 데나 내던질 듯 한쪽 방향으로 비스듬히 날았다. 그렇게 궁사가 있는 곳에서 한참 멀리 떨어진 곳까지 대담하게 날아갔지만 더 이상은 힘을 쓰지 못했다. 마지막 비명과 함께 독수리의 날개가 축 늘어졌다. 그의 몸뚱이가 추락하기 시작했다.

프루는 비명을 지르며 눈을 감았다. 그들은 지붕처럼 뻗어난 나뭇가지를 뚫고 떨어졌다. 전나무의 뾰족뾰족한 나뭇가지가 프루의 옷과 피부를 할퀴었고 엄청난 힘으로 채찍질을 했다. 프루는 후려치는 나뭇가지를 피하려고 피에 젖은 독수리의 깃털에 얼굴을 묻었다. 그때 뺨에 닿는 독수리의 몸이 미동도 하지 않는 것을 느꼈다. 다행히 튼튼한 나뭇가지 하나가 그들이 곧장 떨어지는 것을 가로막아주어 그들은 주춤거렸다. 프루와 독수리는 나뭇잎을 뚫고 한 바퀴 재주넘기를 한 다음 바닥에 나동그라졌다. 그 위로 부러진 나뭇가지들이 비처럼 쏟아졌다.

프루는 독수리로부터 몇 미터 떨어진 곳에 추락했지만 다행히 오래 전에 쓰러져 썩을 대로 썩은 부드러운 나무 위에 떨어졌다. 손가락과 얼굴이 따끔거렸다. 프루는 손을 들어 긁히고 까져서 피가 나는 상처를 들여다보았다. 옷은 너덜너덜 찢어지고 셔츠 앞부분에는 넓고 둥글게 선홍색 피가 배어들었다. *장군의 피*라고, 프루는 생각했다. 그때 나무 사이로 뭔가 움직이는 소리가 들렸다. 프루는 독수리에게 가려고 몸을 일으켰다. 멀리 덤불 속에서 저벅저벅 발소리가 들렸다. 프루는 발걸음을 멈추고 주변에서 말소리가 들리지 않나 경계했다.

눈치챌 수도 없게 느릿느릿 빽빽한 식물이 움직이더니 숲속에서 사람 모양의 형상이 떼지어 나타났다. 프루는 곧 그것들에게 에워싸였다.

"움직이지… 마라…. 절대로." 그 중 한 명이 명령했다.

프루는 그대로 얼어붙었다. 이 남자와 여자들은 다양한 옷을 입고 있었다. 장교복, 카키색 수술복, 고운 비단 조끼, 하지만 하나같이 허름했다. 외투 팔꿈치는 헤지고 속옷은 흙 얼룩이 지고, 모든 게 도무지 어울리지 않아 보였다. 더욱이 그들은 낡은 권총과 소총, 검과 수렵용 칼 따위로 완벽하게 무장을 하고 있었다. 그 차림으로 모두가 프루를 내려다보고 있었다.

"넌 어디에서 왔니?" 남자 한 명이 물었다.

프루는 천천히 팔을 들어 하늘을 가리켰다.

그들은 놀란 표정을 지었다. "뭐라고, 날아왔다고?" 누군가 못 믿겠다는 듯 되물었다.

프루는 고개를 끄덕였다. 머리가 핑핑 돌면서 어지러웠다. 타는 듯한 가슴 통증이 점점 심해졌다.

사람들 뒤편에서 어떤 목소리가 말했다. "여기에서 뭐하나?" 위엄 넘치는 거친 목소리였다. 그 남자는 몇 사람을 밀치고 공터로 들어왔다. 짙은 붉은색 수염을 기른 그는 지저분한 장교복 차림에 어깨에는 장식띠를 두르고 엉덩이 옆에는 커다란 검을 차고, 이마에는 쉽게 해독이 되지 않는 문신이 새겨져 있었다. 장신인데다 붉은 곱슬머리 때문에 프루보다 족히 30센티미터는 더 커 보이는 그가 프루를 내려다보았다. "넌 어디에서 온 누구냐?"

"저는… 저는 프루라고 해요." 프루가 머뭇거렸다. "독수리를 타고 날아왔 어요…. 그런데 우린… 우린 화살을 맞았어요." 이 몇 마디를 간신히 내뱉은 뒤 프루는 나뭇잎 바닥에 쓰러지고 말았다.

🌿

정신이 들었을 때 프루는 어딘가로 옮겨지고 있었다. 만화경 같은 햇빛과 나뭇잎이 눈 위에서 빙빙 돌았다. 누워있었지만 그래도 이상하게 땅 위를 빙빙 맴돌면서 아주 빨리 수평으로 이동하는 것 같았다. 고개를 살짝 들고 보았을 때에야 그 이유를 알았다. 프루는 지금 임시로 만든 들것에 누워 (나뭇가지 두 개를 길게 놓고 그 사이를 밧줄로 이었다) 조금 전에 본 낯선 사람들에 의해 숲속으로 옮겨지고 있었다.

"장군님!" 프루가 팔꿈치를 괴고 몸을 일으키려고 했다. "독수리! 독수리는 어디에 있어요?"

뒤편에서 여자의 목소리가 들렸다. "어쩔 수 없었단다."

프루는 몸을 일으켜 그 말을 한 여자를 찾았다. "그는… 죽었나요?" 프루는 망설이듯 물었다. 여자가 고개를 끄덕이자 프루의 가슴이 덜컥 내려앉았다. 이어서 가슴의 통증이 갑자기 목으로 번졌고, 프루는 노끈을 엮어 만든 들것 위로 다시 쓰러졌다. 프루가 갈비뼈를 움켜쥐며 비명을 내질렀다. "아얏!"

"떨어질 때 그렇게 되었나보구나." 그 여자는 프루만큼 숨을 헐떡이며 말했다. 들것을 운반하는 사람들은 지금 질주하듯 움직이고 있었다.

들것 앞에 있는 남자가 뒤를 돌아다보며 외쳤다. "움직이지 마라. 널 안전하게 데려가야 하니까. 사육지 밖으로 나온 코요테 병사들은 본 적이 없는데. 다른 녀석일 수도 있지."

프루는 고개를 한쪽으로 돌렸다가 들것을 든 사람들이 자신을 발견한 사람들과 함께 뛰는 모습을 보았다. 그들은 나뭇가지라든지 고사리 따위는 개의치 않고 덤불 사이를 재빠르게 빠져나갔다.

"누구세요? 아저씨들은 누구세요?" 프루가 물었다. 입안이 타는 듯해 말하기조차 힘들었다.

"산적이다." 달리는 사람들 중 한 명이 대답했다. "와일드우드의 산적. 우리한테 발견되어 운이 좋은 줄 알아라."

"아, 네." 프루가 대답했다. 세상이 빙빙 도는 듯하더니 갑자기 안개가 시야를 가렸다. 프루는 다시 의식을 잃고 말았다.

🌿

딱.

"얘야!"

딱.

눈을 감고 있던 프루는 누군가의 등짝을 때리는 듯한 소리에 놀랐다.

딱.

또 시작이군! 프루가 생각했다. 그러다 문득 때리는 소리와 함께 그 느낌이 자신에게 전해진다는 사실을 깨달았다. 누군가 손바닥으로 프루의 뺨을 때리고 있었다. 프루는 천천히 눈을 떴다가 화들짝 놀랐다. 공터에서 보았던, 붉은 수염을 기르고 이마에 문신을 한 남자가 서있었다. 그의 숨결에서 몹시도 시큼한 냄새가 났다. 그의 손이 또 한 번 다가오다 멈췄다.

"깨어났구나!" 그가 흡족한 듯 말했다. "죽을지도 모른다고 생각했다."

프루는 충격을 받았다. "아니요. 전 죽지 않아요!" 프루가 반항하듯 말했다. "전 그냥… 잠들었을 뿐이에요."

"그래, 그래." 그 남자가 다독였다. "하긴 갈비뼈 좀 다치고 발목이 삐어서 죽는다면 황당한 일이지. 암, 그렇고 말고."

"갈비뼈를 다쳐요?" 프루가 물었다. "그런데 아저씨는 어떻게……."

"아하, 사우스우드 사람들은 아무리 우리 산적들을 무식하다고 매도해도 타

270

박상이라든지 골절쯤은 잘 안다." 그는 잠깐 뭔가 생각하는 듯 말을 멈췄다. "그런데 넌 사우스우드에서 온 것처럼 보이지 않는구나. 그렇다고 노스우드에서 온 것 같지도 않고. 혹시 바깥세상에서 왔니, 그렇니?"

프루가 고개를 끄덕였다.

산적이 놀라서 뒤로 물러나 앉은 뒤 프루는 비로소 주변을 둘러볼 수 있게 되었다. 프루가 누워있는 곳은 일종의 오두막인 듯했다. 마감 손질을 제대로 하지 않은 거칠거칠한 통나무와 가시덤불로 만든 오두막이었다. 천장은 나뭇잎이 붙은 전나무 가지로 얽혔고, 흙바닥에는 손으로 짠 소박한 깔개가 넓게 깔려있었다. 살짝 몸을 일으키자 자신이 누워있는 오두막 한 구석의 투박한 천 매트리스가 눈에 들어왔다.

"참 이상하구나." 산적이 마른 계피조각을 씹으며 생각에 잠긴 표정으로 말했다. "내 평생 바깥세상 사람을 만난 적이 없는데, 이틀 사이에 두 명이나 만났으니 말이다."

프루의 눈이 번쩍 뜨였다. "두 명이라구요? 저 말고… 다른 사람을 만나셨단 말이에요?"

"그렇단다. 코요테 군대와 국지전을 벌인 전쟁터에서." 산적이 대답했다. "바로 어제 일이지. 네 또래쯤 되어보이는 남자아이였다. 여왕을 위해 싸우더군. 대단한 전사더구나! 영리하고." 산적은 문득 정신이 돌아온 듯 물었다. "넌 아니지? 그 미망인의 부하가 아니지? 그 여자가 바깥세상과 비밀 동맹을 맺었을 리 없는데, 그렇지?" 그의 손이 본능적으로 엉덩이에 찬 검으로 향했다.

"아니에요!" 프루가 가슴에 콕콕 찌르는 통증을 느끼며 소리쳤다. "맹세해요! 전 그 여자를 만난 적도 없어요. 악독하다는 얘기는 들었지만요." 그러다

271

가 퍼뜩 생각이 난 듯 질문을 쏟아냈다. "그 바깥세상에서 온 남자아이를 보셨다고 했죠. 어떻게 생겼어요? 머리가 검은 곱슬머리 아닌가요? …안경을 쓰고?"

산적이 고개를 끄덕였다.

프루는 당황했다. "믿을 수가 없어요!" 프루가 소리쳤다. "그애가 무사하다니! 또 전투까지 하고! 그것도 여왕과 함께! 아니 설마 그랬을라고요."

"사실이다." 산적이 말했다. "게다가 우리의 최신 곡사포를 박살냈다. 혼자서 전세를 바꿔놨단다. 그 녀석 때문에 그날 우리 군사를 많이 잃었지." 산적은 안타까운 표정으로 고개를 절레절레 흔들었다. "이런, 내가 지금 무슨 말을 하는 거야. 내 소개도 하지 않고. 내 이름은 브렌든이다. 보통은 산적왕이라고 불리지."

프루의 뺨이 붉어졌다. "왕이라구요!" 그녀가 안절부절 못했다. 꿈에서도 왕과 대화를 나눈 적은 없었다. "전하, 만나서 영광입니다. 제 이름은 프루예요."

브렌든이 손사래를 쳤다. "이런, 전하라는 호칭은 쓰지 마라. 그건 내가 사람들을 겁주고 싶을 때 쓰는 호칭일 뿐이다. 그러면 일이 신속하게 진행되는 경향이 있거든."

"그런데요," 프루가 물었다. "전하는 산적이면서 왜 저에게서 뭔가 훔쳐가지 않죠? 산적은 다 그런 거 아닌가요?"

브렌든이 고개를 뒤로 젖히고 호탕하게 웃었다. "하하, 그래. 그게 사실이지. 하지만 하늘에서 떨어진 어린 여자애한테까지 훔치지는 않는다. 우리는 부자라든지 우편배달부를 주로 상대하지. 노스우드와 사우스우드 사이의 롱로드를 오가는 사람 말이다. 우리는 스스로 해방자라 자처한단다. 모든 걸 가지는 것을 당연하게 여기는 사람들한테서 돈을 자유롭게 하는 해방자."

프루는 산적이 내세우는 논리가 해괴하게 여겨졌지만 공손하게 미소지었다. 프루가 화제를 바꿨다. "바깥세상에서 왔다는 그애 말이에요. 그애 이름은 커티스예요. 전 꼭 그애를 찾아야 해요! 우린 함께 이 숲에 들어왔는데, 코요테들한테 발각되면서 헤어지게 되었어요. 제가 리처드 아저씨를 우연히 만나 대저택에 가기 전의 일이에요. 거기에서 전⋯⋯."

"이런," 브렌든이 꾸짖었다. "천천히 해라. 그러다가 갈비뼈 부러지겠다. 가장 중요한 일부터 먼저 해야지. 너는 애초에 왜 이곳에 왔지?"

"제 동생 때문에요." 프루가 차분하게 대답했다. "제 동생이 까마귀들한테 납치당했어요. 그리고 이 숲으로 끌려왔어요. 와일드우드 어딘가에 있는 게 분명해요."

"휴!" 브렌든이 휘파람을 불었다. "그러니까 넌 바깥세상에서 온 둘을 잃어버린 거로구나. 운이 없게도."

프루가 슬프게 고개를 끄덕였다. "맞아요." 그녀가 말했다. "앞으로 어떻게 해야 할지 모르겠어요. 아시다시피 노스우드로 가던 중에 화살을 맞았어요. 이젠 거기 못 갈 거예요."

산적왕이 고개를 끄덕였다. "먼 길이지, 노스우드까지는. 게다가 만만치 않은 곳이야. 코요테들이 곳곳에 우글우글하거든."

프루는 간절하게 산적왕을 쳐다보며 말했다. "저 좀 도와주실래요? 부탁이에요. 끔찍한 일을 겪었더니 겁이 나서 죽겠어요. 더구나 커티스가 코요테들과 한 편이라고 하셨죠? 전 혼란스러워요!" 프루는 울지 않으려고 했지만 울음이 터져나왔다.

브렌든이 얼굴을 찌푸렸다. "이거 뭐라고 말해야 할지 모르겠구나, 프루. 우린 지금 전쟁을 치르느라 너무 바빠서 도와줄 여력이 없단다. 하지만 어린 소녀가 동생을 찾겠다니 어쩔 도리가 없구나."

그때 오두막 문을 두드리는 소리가 들렸다.

"대장." 밖에서 산적이 불렀다. "코요테예요! 변경이에요!"

브렌든이 놀라 몸을 벌떡 일으키며 소리쳤다. "뭐라고? 어디까지 왔는데?"

"두 번째 보초선까지요!" 산적이 대답했다.

산적왕은 나지막이 욕설을 내뱉었다. "우리를 찾지 못할 거야. 녀석들은 여기까지 들어와본 적이 없거든……." 그가 말을 멈추더니 프루를 내려다보았다. "나와 함께 가야겠다!" 그는 무릎을 꿇고 빈 운동가방 들쳐메듯 프루를 어깨에 들쳐멨다. 타박상을 입은 가슴이 그의 견갑골에 스치자 프루는 고통스러운 비명을 질렀다. 그는 오두막을 뛰쳐나와 허름한 통나무집과 닭개집으로 둘러싸인 공터로 갔다. 거기에서 깊숙이 들어간 넓은 협곡에는 야트막한 천막촌이 있고 움직이는 사람들로 북적거렸다. 남녀 어른들은 다양한 일꾼들 주변에서 서성이고, 아이들은 한가운데 모닥불가에서 목각 장난감을 가지고 놀고 있었다.

"애슐링!" 브렌든이 소리쳤다. "갈색 말 헨베인에 안장을 얹어 내게 데려오너라!"

"뭐하시게요?" 프루가 물었다.

"널 여기에서 데리고 나가려고." 그가 대답했다. "그놈들이 너의 냄새를 맡은 게 분명해. 너를 쫓고 있어. 너의 냄새를 맡은 코요테들이 우리 마을로 쳐들어올 거야."

브렌든이 올라탄 뒤 프루를 옆구리 쪽에 태우자 나긋나긋한 밤색 말 헨베인이 흥분해서 낑낑거렸다. 프루는 말이 움직이기 시작하자 가뜩이나 아픈 갈비뼈가 흔들려 움찔움찔 놀랐다. 브렌든은 한 손으로 헨베인의 갈기를 움켜쥐고 다른 손으로 캠프를 가리켰다.

"아이들을 안으로 들여보내!" 브렌든이 산적들에게 외쳤다. "그리고 무장을 하라. 아직까지는 코요테들이 변경을 넘지 못했다!" 말이 뒷발로 서자 프루는 필사적으로 브렌든에게 매달리며 떨어지지 않으려고 안간힘을 썼다. 그는 산적들이 명령을 잘 따르는지 잠깐 돌아본 뒤 박차를 가해 질주하기 시작했다. 그들은 막사에서 떨어진 협곡을 향해 내달렸다.

프루는 등 뒤로 사라져가는 막사의 모습을 보았다. 협곡 입구에 다다른 브렌든은 갑자기 오른쪽으로 방향을 바꿔 평평한 땅으로 향했다. 오두막과 통나무집들은 초록색 나뭇잎 사이로 사라져서 보이지 않았다. 브렌든이 암말에게 "이랴!" 하고 큰 소리로 외치자 말은 검은딸기나무를 피하고 쓰러진 통나무를 뛰어넘기도 하며 덤불 사이를 요리조리 빠져나갔다. 잠시 후 산적왕은 헨베인의 갈기를 뒤로 잡아당겼고 말이 어깨와 엉덩이를 흔들며 멈추자 낮게 튀어나온 나뭇가지 사이에 대고 소리쳤다. "놈들은 어디 있느냐?"

그러자 위에서 목소리가 들렸다. 프루는 실눈을 뜨고 나뭇가지에 숨어있는 산적을 보았다. "더 남쪽에 있습니다! 90미터 정도 떨어진 쪼개진 참나무 옆입니다!"

브렌든은 대답하지 않고 즉시 말을 다시 질주시켰다. 그들은 말이 감당할 수 있는 한 최대로 빠르게 숲을 빠져나갔다.

"저를 그들에게 넘겨주시려는 거예요?" 고사리밭을 지날 때 프루는 말발굽 소리보다 더 큰 소리로 물었다. 어째서 지금까지 만난 사람들로도 모자라 이런 위험에까지 처해야 하지? 프루는 세상에서 가장 강력한 불운의 저주에 걸린 기분이었다.

"그건 나한테도 도움이 되지 않는다!" 그가 대답했다. "놈들은 아직까지 변경에서 킁킁대며 냄새를 맡고 있을 거야! 난 놈들보다 빨리 달릴 수 있지만 일부러 나를 따라오게 할 필요가 있다." 그는 휘파람을 불어 말이 이끼 낀 거대한 둔덕을 피하게 했다. "너는 나의 미끼인 셈이지!"

그들은 벽처럼 두른 검은딸기나무 덤불을 뚫고 적어도 쉰 마리쯤 되는 코요테 분대 한가운데 우뚝 멈춰섰다. 그 바람에 거기에 있던 여러 명의 병사들이 부딪쳐서 넘어졌다.

"그 아이다!" 코요테 한 마리가 짖었다.

"산적왕도 함께야!" 다른 코요테가 말했다.

그 순간 브렌든은 손목을 능수능란하게 비틀어 말 머리를 동쪽으로 돌리고

는 말 옆구리를 걷어찼다. 그가 "이럇!" 외치자 말은 갑자기 속도를 내기 시작
했다. 프루는 브렌든의 허리를 꼭 붙잡았지만, 반동 때문에 헨베인의 안장 없
는 등 위에서 마구 튀어올랐다. 덤불을 뚫고 달리자 나뭇가지와 관목이 피부
를 가차없이 때렸다.

코요테들은 거품을 물고 짖어대며 그들을 필사적으로 추격하기 시작했다.
중심 그룹에서 떨어져나온 추격병들은 순전히 달리는 힘에 의해 군복이 찢어
질 정도로거칠게 네 발로 질주했다. 이제 동물적 본능만 남은 코요테들은 미
친 듯이 추격하며 신나게 짖고 으르렁거렸다.

헨베인이 한 발 한 발 내디딜 때마다 프루의 근육이 꿈틀거리고 전신이 들
썩였다. 하지만 말은 그 지형을 훤히 꿰고 있었다. 브렌든이 지시를 하지 않는
데도 교묘하게 숲을 잘 빠져나갔다.

"빨리! 더 빨리! 헨베인! 계속 달려!" 브렌든이 목이 쉬도록 소리쳤다.

코요테들이 점점 가까워졌다. 몇 마리는 그들을 금방이라도 덮칠 듯했고,
나란히 달리면서 헨베인의 발목을 걸려고도 했다. 이 모습을 본 브렌든은 잡
고 있던 말의 갈기를 잡아당겨 방향을 틀더니 새먼베리 줄기가 우거진 숲으로

들어갔다. 바로 그 너머에는 얕은 협곡이 펼쳐져있고, 요란하게 흘러가는 개울이 있었다. 브렌든은 발꿈치로 재빨리 박차를 가해 말이 보폭을 넓히게 했고 그들은 눈 깜짝할 사이에 개울을 건너갔다. 하지만 뒤따라오던 코요테들은 비명을 지르며 물속에 빠지고 말았다.

프루는 조심스럽게 뒤를 바라보았다. 몇 마리는 협곡에 남아있지만 대부분은 물을 건너 계속해서 추격해오고 있었다. "아직도 따라와요!" 프루가 소리쳤다.

브렌든은 말에게 더 빨리 달리도록 박차를 가했다. 그들은 숲속을 지그재그로 빠져나갔고, 말발굽은 부드러운 흙바닥을 힘차게 달렸다.

"거의 다 왔다." 프루는 브렌든의 말소리를 들었다.

갑자기 수풀이 깨끗이 사라진 짧은 급경사면을 내려가자 언덕 기슭에 드넓은 길이 나있었다. 헨베인은 발을 디디다 잠깐 비틀거렸지만 이내 자갈투성이의 지면을 비틀거리며 내려갔다.

"롱로드예요!" 프루가 소리쳤다.

그들을 뒤쫓아오던 코요테는 경사면을 펄쩍 뛰어올라 길 한가운데 정확하게 착지했다. 그들은 목털을 뻣뻣이 세우고 이빨을 무섭게 드러냈다.

브렌든은 그들을 흘끗 쳐다본 뒤 소리쳤다. "자, 어서 따라와봐라. 이놈들아!" 그들은 다시 속력을 높여 길로 내려갔다. 평지에서의 속도는 숲속보다 훨씬 빨랐다. 프루는 실제로 헨베인이 몸을 쭉 뻗고 날다시피 한다고 느꼈다. 한편으로 날카롭던 브렌든의 심사가 진정되었다는 것을 느꼈다. 그는 애초에 비밀 막사로부터 코요테들을 멀리 떼어놓기 위해 일부러 추격을 부추겼던 것이다.

프루는 브렌든의 어깨 너머로 앞을 보다 길 양쪽으로 두 개의 장식기둥과 그 너머에 있는 다리의 낡은 나무 상판을 발견했다. 그리고 다리에 가까워졌을 때 푹 꺼진 다리 아래가 바위투성이의 깊은 협곡이라는 사실을 알았다. 헨베인의 발굽이 다리를 디뎠을 때 프루는 비명을 지르며 협곡을 흘끔거렸다. 끝이 보이지 않을 만큼 깊었다.

다리를 건너던 브렌든이 갑자기 갈기를 잡아당기는 바람에 말이 다리 중간에서 미끄러지듯 멈춰섰다. "이런, 맙소사" 그가 숨을 헐떡였다.

프루는 고개를 들었다가 다리 저쪽 끝에 서있는, 키가 크고 대단히 아름다운 여인을 발견했다. 부드러운 사슴가죽 옷을 걸친 그녀는 새까만 말을 타고 있었다. 칼집에 넣은 길고 가느다란 검을 허리춤에 차고, 연붉은 머리카락을 양 갈래로 땋아 허리까지 늘어뜨린 모습이었다. 그녀가 두 사람을 보며 웃더니 말을 탄 채 다리를 다그닥 다그닥 건너왔다.

"오, 브렌든, 브렌든. 또 만났군." 그녀가 차갑게 내뱉었다. "이틀을 연이어 만나다니!"

브렌든은 아무 대꾸도 하지 않았다.

"저 여자가… 그 여왕이죠?" 프루가 속삭였다.

그는 무거운 표정으로 고개를 끄덕였다. 여왕이 이쪽으로 다가오자 브렌든은 천천히 침착하게 칼집에서 칼을 꺼내 여인을 겨누었다. "지나가게 해줘." 그가 말했다.

추격해오던 코요테들이 다리 입구에서 걸음을 멈추고 흙 위를 서성거리며 입술을 부르르 떨었다.

여왕이 웃으며 대답했다. "짐작하겠지만 난 그렇게 못해, 브렌든." 그녀는 천천히 다가오며 산적 뒤에 누가 탔는지 보려고 목을 길게 뺐다. "너의 파트너는 누구냐, 산적왕?"

프루는 브렌든의 등 밖으로 얼굴을 빼고 여인을 쳐다보았다. 여왕의 눈이 휘둥그레졌다. 그녀의 이마에 얼핏 짐작이 간다는 의미의 표정이 나타났다가 사라졌다. "이런, 바깥세상에서 온 아이로군!" 그녀가 소리쳤다. "너도 바깥세상 아이를 데리고 있느냐?"

"네가 데리고 있는 그 아이는 어디 됐느냐?" 브렌든이 비웃었다. "지난번에는 하인처럼 달고 있더니."

"가버렸다. 아쉽게도." 그녀가 말했다. "집으로 갔다. 바깥세상으로 돌아갔지. 와일드우드에는 맞지 않는 아이야."

안도감이 파도처럼 프루를 덮쳤다. 커티스는 집으로 돌아갔을까? 그럼 한 명만 구출하면 되는 건가? 순간 프루는 커티스가 부러웠다. 집으로 돌아간 커티스를 맞이한 부모님이 사랑스럽게 그의 곱슬머리를 헝클어뜨리는 모습이 떠올랐다.

여왕은 말을 앞으로 몰았다. 그녀는 그들에게 더 가까이 왔다. 브렌든도 마찬가지로 했고, 두 말은 다리 한가운데, 불과 몇 미터밖에 떨어지지 않은 거리에서 마주보고 섰다. 코요테는 뒤에서 으르렁거리며 요란하게 짖어댔다. 여왕은 프루에게서 좀처럼 시선을 떼지 않았다. 프루는 불안했다.

"꼬마 아가씨." 그녀가 불렀다. "귀여운 꼬마 아가씨군. 넌 자신이 어떤 곤경에 빠졌는지 모를 거야. 이건 어린애가 봐선 안 되는 장면인데. 엄마 아빠랑 집에 있었으면 좋았을 걸 그랬구나!"

"입 다물지 못해!" 산적왕이 소리쳤다. "아이를 데리고 수작 부리지 말란 말이다!"

알렉산드라는 그를 노려보며 입가에 쓴웃음을 지었다. "오, 산적왕. 그럼, 넌 어떻게 할 건데?"

브렌든은 으르렁대며 검을 치켜들었다. "나더러 무엇을 하겠느냐고, 너를 단칼에 베어버리겠다. 신이시여, 굽어 살피소서."

"그걸로 뭐가 해결된다는 거지?" 그녀가 조금도 굽히지 않고 물었다. "그 검을 빼기도 전에 나의 병사들이 너를 갈기갈기 찢어놓을 텐데. 그럼 너의 부하들, 너의 지리멸렬한 부하들은 무모한 지도자를 잃게 되겠지. 그 다음엔 누가 그들을 보호할까?"

산적왕은 나무로 된 다리 상판에 침을 뱉고 나서 대꾸했다. "네가 얼마나 많은 사람을 죽이고 감옥에 가뒀든 우리를 찾아내지 못해. 넌 우리만큼 이 숲을 알지 못하거든."

"브렌든! 머잖아," 그녀가 말을 잘랐다. "너의 부하들은 밖으로 나와 내 부하가 되지 않은 것을 후회하게 될 게다. 그날이 가까이 왔거든. 그러니 지금 당장 어느 소굴에 숨어있든 그건 중요하지 않아."

브렌든은 흥분을 가라앉혔다. "검을 치워, 어서." 그가 차분하게 이야기했다. "말로 해결하자고."

"그렇게 간단한 문제가 아니지." 알렉산드라가 냉담하게 대꾸했다. 그녀는 손가락 두 개를 입술에 갖다댄 다음 크고 낭랑하게 휘파람을 불었다. 돌연 그녀의 뒤쪽 다리 끝에서 코요테들이 잔뜩 몰려와 브렌든과 프루에게 소총을 겨눴다.

브렌든은 숨이 턱 막혔다. 프루는 그의 허리를 꽉 잡으며 축축한 그의 셔츠에 얼굴을 묻었다.

알렉산드라는 이 순간을 이용해 칼집에서 칼을 꺼냈다. "네 무기를 내려놓아라." 그녀가 칼끝으로 브렌든의 얼굴을 겨누었다. 브렌든의 검이 손에서 떨어져 나무에 닿는 금속성의 쨍그랑 소리가 났다. 추격하느라 아직 숨을 헐떡이는 코요테들이 말에서 두 사람을 끌어내렸다.

"산적왕을 새장으로 데려가라!" 여왕이 소리쳤다. 코요테는 대답의 의미로 컹컹 짖었다. "이 여자아이는 나에게 데려오고."

알렉산드라는 마지막으로 프루를 흘끗 보았다. 그러고는 칼을 칼집에 넣고 고삐를 당겨 따그닥 따그닥 다리 밖으로 말을 몰아 숲으로 돌아갔다.

CHAPTER 17

미망인 여왕의 손님들

커티스는 무언가를 갉아먹는 소리에 잠에서 깼다. 소리는 머리 위에서 나고 있었다. 커티스는 소리의 정체를 알아내려고 한쪽 눈을 떴다. 동굴에 몇 개의 횃불을 다시 피워놓은 터라 매달려 있는 이웃 새장들이 희미하게나마 보였다.

고개를 드니 쥐 셉티무스가 커티스의 새장을 뿌리에 매달아 놓은 줄을 바쁘게 갉아대고 있었다. 이미 꽤 갉아서 반밖에 남지 않은 상태였다. 커티스는 얼른 새장 아래 바닥을 내려다봤다. 동굴 바닥까지는 대략 20미터쯤 되는 듯했다. 바닥에는 깔쭉깔쭉한 바위가 널려있고 군데군데 부러진 뼈들이 보였다. 커티스는 허둥지둥 몸을 일으켰다.

"셉티무스!" 그가 나지막이 속삭였다. "지금 뭐하는 거야?"

쥐가 놀라서 몸을 벌떡 일으키자 작업이 중단되었다. "아!" 쥐가 인사했다. "안녕, 커티스!"

커티스는 불안한 목소리로 다시 물었다. "셉티무스, 왜 내 밧줄을 갉아대는 거야?"

셉티무스는 자기의 행동을 의식하지 못했던 듯 밧줄을 흘끗 쳐다보았다. "이크, 커티스." 그가 사과했다. "나도 왜 그랬는지 몰라. 그냥 가끔 이러면 이빨이 시원해져서."

커티스는 화가 났다. "셉티무스, 그러면 내가 저기 바닥으로 떨어지잖아. 네가 밧줄을 끊으면 나는 죽게 된다고!" 그는 손가락으로 아래를 찔러 바닥에 흩어져있는 뼈들을 가리켰다. "저 뼈들 좀 봐!"

셉티무스가 내려다보았다. "아, 알아."

"그럼… 그만 꺼져!" 커티스가 호통을 쳤다.

"내 생각엔 여기를 더 으스스하게 보이려고 뼈들을 던져놓은 것 같은데." 쥐가 차분하게 말했다.

"셉티무스!" 커티스가 소리쳤다.

"알았어. 알아들었다니까." 쥐는 밧줄을 타고 올라가 날렵하게 뿌리로 옮긴 다음 다른 새장 꼭대기로 펄쩍 뛰어내렸고, 그 바람에 새장이 흔들렸다.

그가 뛰어들어간 새장의 산적 이몬이 잠에서 깨어나 밧줄에 매달려 있는 쥐를 재빨리 내쫓았다. "꿈도 꾸지 마!" 그가 소리쳤다.

셉티무스는 짜증스럽게 툴툴대다 둥그렇게 얽힌 나무뿌리의 어두운 틈으로 자취를 감췄다.

284

누구인지 모를 산적이 자면서 뭐라고 잠꼬대를 했다. 다른 산적들은 코를 골고 있었다. 커티스는 몸을 일으켜 앉은 자세로 다리를 쭉 뻗었다. 허리가 끊어질듯 아팠다. 얼마나 피곤했으면 허리가 아픈 줄도 모르고 곤히 잤을까, 의아할 정도였다. 팔을 머리 위로 쭉 뻗자 척추가 끊어질 것 같았다.

그때 갑자기 통로 쪽이 소란스러워지며 비교적 평온한 아침을 흔들어 깨웠다. 코요테 병사 하나가 동굴로 뛰어들어와 벽에 기대어 졸고 있는 간수를 발로 차서 깨웠다. 간수는 급하게 몇 마디 나누더니 뒷발로 꼿꼿이 서서 병사를 따라 방을 나갔다. 터널에서 고함이 들리고, 놀랍게도 소규모의 코요테 병사들이 밧줄로 묶은 사내를 끌고 동굴로 들어왔다. 커티스는 보자마자 그가 전날 전투에서 본 남자라는 사실을 알아차렸다.

"브렌든!" 이몬이 분개해서 소리쳤다. "우리 대장이야!"

브렌든은 차갑게 새장을 올려다봤다. 그의 붉은 수염과 걸레자루 같은 붉은 곱슬머리는 땀에 젖어 찰싹 달라붙어 있었다. 마치 여기에 오기 전에 고된 노동이라도 한 듯했다.

다른 산적들도 자리에서 일어나 새장 창살에 얼굴을 대고 못 믿겠다는 듯 아래를 내려다보았다. 간수가 새로 들어온 죄수에게 틀에 박힌 일장 연설을 늘어놓았다.

285

"새장에서 바닥까지는 뛰어내리기 불가능한 거리다. 희망은 버려라. 희망은 버리는 게 좋다." 브렌든은 아무 감정도 드러내지 않고 허공을 응시했다.

"네놈들, 대가를 치를 줄 알아!" 앵거스가 새장을 흔들며 소리쳤다.

이몬과 시무스는 양철 밥그릇을 들고 창살로 가서 불순한 소음을 냈다.

코맥은 그저 새장 바닥에 가부좌를 틀고 앉아 이 과정을 지켜보며 조용히 중얼거렸다. "우리가 패했군." 커티스는 자신이 틀림없이 그렇게 들었다고 생각했다.

간수는 고함을 질러 죄수들을 조용히 시키려고 했지만 소용없었다. 산적들은 자기들 귀가 먹먹해지도록 계속해서 반발했다. 간수는 벽에 기대어놓은 사다리를 끌어와 비어있는 새장 창살에 마구잡이로 걸쳤다. 그러고 나서 산적왕을 묶은 밧줄을 풀고 칼끝으로 위협해 사다리로 가게 한 다음 공중에 매달린 감방으로 들어가라고 했다. 자물쇠에 꽂은 열쇠가 돌아갈 때 동료 산적들은 충격 속에서도 경건하게 말없이 지켜보았고, 이로써 모든 과정이 끝났다. 이윽고 사다리는 제자리로 치워지고, 죄수들이 돌아가며 한 마디씩 욕설을 내뱉은 다음 간수와 병사들은 감방을 나갔다.

한동안 동굴 안은 조용했다. 브렌든의 새장 위 밧줄이 새 주인의 무게를 이기지 못하고 삐거덕 소리를 냈다. 브렌든은 멍하니 앞만 쳐다보며 새장 한 가운데 앉아있었다.

마침내 시무스가 용기를 내었다. "대장!" 그가 부드럽게 말했다. "우리의 대장이 어쩐 일로 여기에……."

브렌든은 시선을 흐트러뜨리지 않은 채 덤덤하게 말했다. "전쟁은 끝나지 않았다."

"그렇다면 왜… 어쩌다……." 앵거스가 말을 더듬었다.

"막사는 아직 안전하다." 브렌든이 대답했다. "놈들은 찾아내지 못할 거야. 모두 안전하다."

코맥은 여전히 충격이 가시지 않은 표정으로 다시 한 번 읊조렸다. "우리가 패한 거로군."

이 간단한 단언에 브렌든이 자리에서 벌떡 일어났다. 그리고 두 손으로 창살을 움켜쥐고 코맥에게 소리쳤다. "그 따위 말은 집어치워. 이 전쟁은 쉽게 끝나지 않는다. 우린 아직 죽지 않았어!"

동굴이 조용해졌다. 아무도 말 한 마디 하지 않았다.

٭

프루는 머리가 핑핑 돌았다. 코요테와 숲을 빠져나가는 동안 프루는 불시착한 후 제대로 서본 적이 없다는 사실을 깨달았다. 가슴뿐만 아니라 발목에도 바늘로 찌르는 듯한 통증이 느껴졌다. 게다가 찰과상을 입은 피부는 염증이 생겨 빨갛게 부풀어올랐다. 이렇게 엉망진창인 기분은 처음이었다. 독수리가 화살에 맞기 직전에 들었던 생각이 끊임없이 머릿속에서 되살아났다. 그 예언이 현실이 된 것 같았다. *내 목표는 희망이 없어. 동생을 찾지 못할 거야.* 프루는 끊임없이 머릿속에 몰려오는 이미지, 난폭한 까마귀 떼에게 잡혀와 먹지도 못하고 숲속에 버려진 동생에게 일어난 섬뜩한 장면과 필사적으로 싸웠다. 어쩌면 최악은 이미 지났는지도 모른다. 동생은 죽었는지도 모른다.

코요테 병사들은 사령관의 지시에 따라 다행히 너그럽게 대해주었다. 아프

287

지 않은 발목으로 절뚝거리며 천천히 걷는 것도 허용해주었다. 한동안 그렇게 걷자 커다란 언덕에 웃자란 고사리로 거의 뒤덮이다시피 한 널찍한 동굴 입구가 나왔다. 그들은 프루를 안으로 안내했다. 터널은 머리 위쪽이 나무뿌리로 어지러운 통로를 따라 땅 속으로 들어가게 되어 있었다. 공기는 서늘하고 축축한데다 개 냄새가 진동했다. 마침내 그들은 코요테 몇 마리가 서성거리는 커다란 동굴 문 앞에 도착했다. 동굴 한가운데에 모닥불이 타고 있었다. 이어서 프루는 벽에 나있는 문을 통해 소박하기 짝이 없는 일종의 알현실처럼 보이는 방으로 들어갔다.

옥좌에 미망인 여왕이 앉아있었다. "어서 오렴." 여왕이 손가락을 움직이며 말했다. "이리 가까이 와."

옆에서 호위하던 코요테들이 물러나 방을 나가자 프루는 다리를 절며 천천히 옥좌로부터 얼마 떨어지지 않은 곳까지 걸어나갔다.

여왕이 다정하게 프루를 바라보았다. 얼굴에는 따뜻한 미소가 가득했다. "이런 내 정신 좀 보게." 그녀가 말했다. "정식으로 자기소개를 하지 않았구나. 내 이름은 알렉산드라다. 아마 들어서 알고 있을 거야."

"미망인 여왕이시죠." 프루가 퉁명스럽게 대답했다. "네, 알고 있어요." 프루는 무슨 말부터 해야 할지 난감했다. 거칠고 기운 없는 자신의 목소리가 낯설기만 했다.

알렉산드라가 웃으면서 고개를 끄덕였다. "자리에 앉겠니?"

코요테 시종이 얼른 나무를 거칠게 깎아 무두질한 사슴 가죽을 씌워 만든 걸상을 가져왔다. 프루는 고마워하며 의자에 앉았다.

"좋은 말이었기를 바란다." 알렉산드라가 말했다.

"뭐가요?"

프루의 질문에 알렉산드라가 구체적으로 말했다. "나에 대해 좋은 말을 들었기 바란다는 뜻이야."

프루가 잠깐 생각에 잠겼다. "잘 모르겠어요. 둘 다 들었던 것 같아요."

알렉산드라가 눈을 흡떴다. "그게 명성의 속성이지."

프루는 어깨를 으쓱했다. 피곤했다. 보통 때 같으면 왕좌에 앉은 아름다운 여인에게 잔뜩 겁을 먹었을 테지만 지금은 너무나 피곤했다.

"네 이름은 뭐지?" 여왕이 재촉하듯 물었다.

"프루예요. 프루 매킬."

"만나게 되어 반갑다. 그나저나 내 병사들이 친절하게 대해주었겠지?"

프루는 이 질문을 못들은 체했다. "브렌든 대장은 어디 계세요?" 프루가 물었다.

알렉산드라는 옥좌의 팔걸이를 따라 손가락을 움직이며 조용히 웃었다. "다시는 사람들을 해칠 수 없는 곳으로 보냈단다. 그 자는 사실 사회에 암적인 존재거든. 그렇지 않니?"

"그가 무슨 짓을 했는데요?" 프루가 미심쩍어하며 대꾸했다.

"형편없는 짓을 했지." 알렉산드라는 계속 말을 하려다 말고 의아하게 프루를 응시했다. "산적왕이라고 하면 매력적인 건달처럼 보이지만 아주 위험한 인물이란다. 너는 운이 좋아서 우리에게 발견된 거야. 만약 네가 아직까지 그 자의 손아귀에 있다면 어떻게 되었을지 아무도 장담할 수 없단다."

"전 좋았는데요."

"그는 살인자란다." 여왕이 갑자기 진지한 얼굴로 말했다. "살인자에 도둑이지. 와일드우드의 종족간 상거래를 엉망으로 만들고 보편적인 선을 오염시킨 자란다. 남녀, 인간과 동물을 불문하고 모두의 적이야. 문명화된 세상의 사람도 동의할 수 없을 정도로 이 나라에 많은 고통과 해악을 끼쳤지. 하지만 그가 감옥에 있는 이상 모두 안심해도 될 거다."

프루는 여왕이 알려준 내용을 곰곰이 되새겨보았다. 여왕의 말이 맞을 수도 있었다. 자신이 그와 함께 보낸 시간은 한 시간밖에 되지 않았다. 이 이상한 땅에서 만난 사람들에 대해 섣불리 결론을 내기에는 사실 그들을 너무 모른다. 섭정지사를 믿었다가 큰 교훈을 얻지 않았던가.

"전 그냥 동생 때문에 여기 왔어요." 프루가 마침내 털어놓았다. "다른 문제에 휘말리기는 싫어요."

알렉산드라가 눈썹을 치켜세웠다. "뭐라고? 네 동생이 여기 와일드우드에 왔단 말이니?"

프루는 침을 꼴깍 삼켰다. 이제는 그 이야기를 하는 것도 기계적으로 느껴지기 시작했다. "동생이 납치를 당했어요. 까마귀 떼한테. 까마귀 떼가 동생을 여기로 데려왔어요. 그래서 전 동생을 찾으러 왔어요."

여왕이 안됐다는 듯 고개를 절레절레 흔들었다. "까마귀라고 했니? 까마귀라면 내가 두 번째로 예의주시하는 종족이란다. 굳이 줄을 세운다면 말이다. 녀석들은 자기네 공국에서 도망쳐나온 후 가끔 못된 짓을 저지르곤 하거든."

프루의 얼굴이 다소 환해졌다. "까마귀를 본 적 있으세요? 그 까마귀들?"

"그럼, 본 적이 있지. 숲 밖에서. 저 파렴치한 산적들과 마찬가지로 까마귀들 역시 우리가… 뭐라고 말할까…, 순화시키려고 하는 와일드우드의 일원이지. 질병이라든가 아주 해로운 벌레처럼 말이다. 무슨 말인지 알겠니?"

"알 것 같아요." 프루가 대답했다. 프루는 사육지까지 억지로 걸어오느라 발목이 시큰거리고 아팠다. 멀리 액체가 뚝뚝 떨어지는 소리가 들렸다. 알고보니 코요테 병사들이 떠드는 소리였다. "그런데 제 동생 말이에요. 혹시 본 적 있으세요?"

알렉산드라는 잠시 생각하는 척하더니 대답했다. "안타깝지만 본 적이 없구나. 바깥세상에서 온 아기라, 아마 와일드우드에서 발견되었으면 금방 소문이 났을 텐데. 우리는 보잘것없는 군사력을 조금씩 확장해왔고, 그 덕분에 이 미개한 땅 군데군데 안 가본 데가 없지. 아직 갈 길이 멀지만. 아마 아비앙 공국 근처로 가면 그 까마귀들도 만나게 될 거다. 그러면……."

프루가 말을 가로막았다. "여왕님네 군인은 이미 공국 근처에 있잖아요. 국경에 여왕님의 병사들이 쫙 깔려있던 걸요. 장군도 그렇게 말했어요. 우린 와일드우드로 들어올 때 여왕님의 코요테 병사가 쏜 화살에 맞았어요. 저와 독수리." 프루는 갑자기 하던 말을 멈췄다. 이끼 낀 나뭇가지로 만든 요람에 조용히 누워있는 창백한 동생의 모습이 자꾸만 떠올랐다. "어쨌든 독수리는 죽었어요. 왜? 왜 독수리를 화살로 쏘았죠?"

"운이 없는 사상자였지. 이를테면 군사행동에 따른 어쩔 수 없는 피해라고 할까."

"저는 무자비하다고 말할래요."

여왕이 헛기침을 했다. "그건 교전수칙이란다. 와일드우드는 군인 새들에게 비행금지 구역이야. 친절한 늙은 독수리가 단순히 공짜로 태워주겠다고 했을 수도 있지만 내가 보기에는 수상한 의도가 더 많아. 공중분열 비행이라든지 야간공습. 독수리나 올빼미가 무방비 상태의 코요테 새끼들을 낚아채어 떨어뜨려 죽이는 것은 아비앙 공국의 수법이란다. 너희 세상에서는 '대청소'라고 부르지."

프루는 여왕을 가만히 쳐다보았다. 그러다 고개를 저으며 자신의 운동화를 내려다보았다. 진흙과 먼지가 묻어 갈색으로 얼룩져 있었다. "믿을 수가 없어요." 프루가 나지막이 중얼거렸다.

여왕은 프루를 빤히 쳐다봤다. "너 몇 살이지?" 그녀가 물었다.

"열두 살이요." 프루가 고개를 들며 대답했다.

"열두 살이라." 알렉산드라는 그 말을 곰곰이 생각하며 되물었다. "너무 어리구나." 그녀는 옥좌에서 몸을 뒤척이며 허리를 곧게 폈다. "솔직히 말하면 이 땅이 너에게는 틀림없이 낯설 텐데 어린 동생을 구하러 오다니, 칭찬하지 않을 수 없구나. 어린 나이에 대단해. 그런 용기는 흔하지 않지. 난 네 동생을 납치한 그 일당이 정말로 증오스럽다! 하지만 넌 그 녀석들이 *포기할 줄 모르는* 끈질긴 적이라는 사실을 확인하게 될 뿐이다." 안주하지 못하고 헤매던 여왕의 손가락이 의자 팔걸이를 단단히 움켜쥐었다. "하지만 너처럼 똑똑한 여자애는 낯선 곳에서 자칫 휘말릴지도 모를 위험을 알고 있어야 한단다. 세상일은 보이는 것처럼 간단하지 않거든. 얼핏 들으면 '부자에게서 빼앗아 가난뱅이에게 나누어준다'는 산적 일당의 진부한 말에 매우 호감이 가지. 조류 군단이 짹짹거리며 자기네 국경을 '수비한다'는 말도 마찬가지다. 하지만 나는 네가 동전의 다른 면을 봤으면 좋겠다. 그들은 피에 굶주린 파렴치한 살인자, 야만적인 탐욕에 사로잡혀 땅을 무단점령하고 국경선을 넓히는 데 혈안이 된 사회일 수도 있어. 그들은 어느 쪽일까?"

프루는 이것이 그냥 지나가는 질문이 아니라는 것을 깨달았다. 여왕은 대답을 기다렸다.

"네, 저는…," 프루가 머뭇거렸다. "잘 모르겠어요." 프루는 지난 며칠 동안 겪은 일에다 수면 부족과 피곤함으로 몽롱하고 어질어질했다. 게다가 두려움 때문에 머릿속이 뒤죽박죽이었다. 그것도 하나가 아니라 둘이나 잃어버려서 슬픔과 걱정이 두 배로 컸다. 갈비뼈에 입은 타박상 때문에 가슴 전체에 둔한 통증이 번졌다. 프루는 자신의 손등을 내려다보았다. 긁힌 상처가 거미줄처럼 어지럽게 나있고, 손가락 관절 쪽에 핏방울이 말라붙어 있었다.

알렉산드라가 덤벼들 기세로 다가왔다. "프루, 집으로 돌아가라." 그녀가 담담하고 낮은 어조로 말했다. 차분하지만 왠지 강요하는 듯한 말투였다. 목소리에 별다른 감정은 드러나지 않았다. "부모님한테 가라고. 너의 친구들에게. 너의 침실로. *집으로 돌아가.*"

프루가 눈물이 그렁그렁한 눈으로 쳐다보았다. "하지만," 프루는 꺾이지 않았다. "제 동생……."

알렉산드라는 부드러워진 표정으로 자신의 가슴에 손을 댔다. "너에게 맹세하마." 그녀가 말했다. "나의 하나뿐인 아들의 무덤을 걸고. 엄마이자 여자로서." 알렉산드라의 눈에도 눈물이 그렁그렁했다. "내가 네 동생을 찾아주마. 찾는 즉시 내 병사들이 너의 집, 너의 부모님에게 데려다주도록 하겠다."

프루는 큰 소리로 훌쩍거렸다. 콧물도 나왔다. "정말이에요?" 프루의 어깨가 들썩였다.

⚘

"이봐! 커티스!" 새장 위에서 어떤 목소리가 말했다. 셉티무스였다.

"내가 말했지. 내 밧줄 갉아대지 말라고! 마지막 경고야!" 오전의 나른함이 새장 전체를 뒤덮었다. 죄수들은 자신들의 절망스러운 처지에 대해 불만이 있었지만 잠잠했다.

"아니, 그게 아니야!" 셉티무스가 음모라도 꾸미는 것처럼 낮게 속삭였다. "네 친구…, 그 여자애가 여기 와있어!"

커티스가 고개를 들었다. "누구?"

셉티무스는 동굴 바닥에서 요란하게 코를 골며 자고 있는 간수를 경계하듯 흘끗 쳐다본 뒤 안절부절 못하며 말했다. "그 아기의 누나 말이야! 그애가 여기 왔다고!"

"프루가!" 커티스가 큰 소리로 묻다가 이내 숨을 죽이고 속삭였다. "프루 말이야?"

커티스가 잠든 사이 간수가 바뀌어 있었다. 그는 낡은 헝겊 더미에 얼굴을 묻고 석순 주위에서 웅크린 채 자고 있었다. "그래!" 셉티무스가 속삭였다. "내가 봤어, 알현실에서!"

"거기에서 뭐하는데? 잡혀온 거야?"

"모르겠어. 어쨌든 심각해보였어. 여왕이 부드럽게 말하고 있지만."

"그 아이는 나와 함께 여기 왔다." 아래쪽에서 누군가 끼어들었다. 브렌든이었다. 그는 간수가 깰까봐 나지막이 말했다. "올드우드 근처에서 그 아이를 발견했지. 그 아이를 태우고 가던 독수리가 화살에 맞았다. 한데 그 아이 때문에 코요테한테 꼬리를 밟혔어. 우리는 막사에 도착할 때까지 몰랐는데, 코요테들이 우리 뒤를 밟았던 거야. 나는 그 아이를 빼돌리려고 했지만, 다리에서 그만 가로막히고 말았지."

셉티무스와 커티스는 말하는 사람을 내려다봤다.

"그러고 보니 네가 커티스구나, 그렇지?" 브렌든이 새장 창살 사이로 올려다보며 물었다. "그 아이가 너를 찾더구나. 너를 몹시 걱정했어. 둘이 어쩌다가 헤어졌다고 하던데."

"지금 붙잡혀있나요?" 커티스가 한숨을 내쉬었다. "맙소사, 우리 둘 다 여기에 갇히다니."

브렌든이 고개를 저으며 말했다. "내 느낌으로는 그 마녀한테 다른 계획이 있는 것 같더구나. 나는 여기로 곧장 보내고 그 아이는 자기 방으로 데려간 걸 보면. 이상하지만 난 막연히 그 여자가 프루를 두려워하고 있다는 인상을 받았단다. 어쨌든 그애가 너를 여기에 내버려두지는 않을 게다."

"물론이죠!" 커티스가 쉰 목소리로 속삭였다. "만약 그 여자가 어떤 짓을 하려는지 프루가 알면…," 그는 말을 멈추고 쥐를 찾았다. "이봐, 셉티무스. 넌 어떻게 내 친구를 봤지?"

셉티무스가 무심하게 발톱을 바라봤다. "웅. 그냥 길을 가다가. 여기에 나만 들락날락할 수 있는 좁은 굴이 있거든."

"그럼 다시 갔다올 수 있어? 그들이 거기에서 뭘 하는지 알아봐줄래?"

셉티무스가 펄쩍 뛰어올랐다가 꾸벅 절을 했다. "정찰을 하라고? 그야 맡겨만 준다면 얼마든지." 그러고는 쏜살같이 밧줄을 타고 올라가 어디론가 사라졌다.

🌿

"그럼 약속하신 거예요." 프루가 말했다. "제 동생을 찾아주겠다고 약속하신 거죠? 하지만 제가 여왕님을 믿어도 되는지 아닌지 어떻게 알겠어요?"

"아이고 이런," 여왕이 웃었다. "내가 널 속인다고 무슨 이득이 있겠니?"

프루는 여왕을 찬찬히 훑어보았다. "동생을 데려다줄 테니 먼저 집에 가라, 그거죠?"

"물론이지." 알렉산드라가 대답했다.

프루는 눈을 가늘게 뜬 채 무슨 말을 해야 할지 계산하기 위해 말을 멈췄다. 뭐라고 말해야 하지? "제 주소 필요하지 않으세요?" 프루가 조그맣게 물었다. 그 순간, 집에 돌아갈 수 있다는 가능성에 더욱 마음이 끌렸다.

"그럼. 떠나기 전에 내 시종에게 주소를 알려주렴."

"당장 저를 풀어주시겠다는 건가요?"

"너의 안전을 위해 나의 병사 몇 명이 숲의 경계선까지 동행할 거야. 별 것

296

은 아니고 그저 네가 집까지 무사하게 가도록 배려하는 것이란다. 너도 알다시피 이곳은 숲에서도 아주 위험한 곳이지." 여왕은 손가락을 빙빙 돌리며 말했다. "우린 네 친구한테도 똑같이 했단다. 아주 고마워하더구나."

"그거 정말이죠?" 프루가 물었다. "여왕님이 아들의 무덤을 걸고 맹세하신 거. 제 동생을 찾아주겠다고 하신 거."

알렉산드라는 경계하듯 프루를 바라봤다. "물론이지." 그녀는 잠깐 뜸을 들인 뒤 이렇게 대답했다.

"여왕님 아드님에 대해 알고 있어요. 어떤 일이 있었는지도."

프루의 말에 여왕은 눈썹을 치켜세웠다. "그럼 내가 어떤 핍박을 받았는지도 알겠구나. 내 고국인 사우스우드의 그 정신 나간 놈들이 어떻게 나를 쫓아내고 꼭두각시 정부를 세웠는지도. 네가 거기에서 날아왔다고? 내 고국이 어떻게 돌아가는지 말해줄 수 있겠니?"

프루가 고개를 절레절레 흔들었다. "끔찍했어요. 새들을 몽땅 잡아들여 감옥에 가두고 있어요. 아무 이유 없이. 그래도…," 프루는 여왕이 조금 전에 했던 말이 생각나 말을 멈췄다. "지금은 잘 몰라요."

"그럴 줄 알았다." 여왕이 앞으로 몸을 숙이며 말했다. "프루, 내 말 잘 들어라. 난 이 땅에서 영원한 영향력을 가진 사람이란다. 그런 것들을 바로잡을 수 있는 유일한 사람이지. 사우스우드 종족과 아비앙 공국이 서로 의심하고 싸우고 감옥에 넣게 내버려두렴. 내가 둘 다 한꺼번에 날려버릴 테니까. 이제는 상황이 곪을 대로 곪아서 한계에 다다랐어. 모든 나라가 적절한 지도자 밑에 재편될 때까지는 아무도 안전하지 않아. 바로 내 리더십 아래서." 그녀가 다시 옥좌로 걸어가서 앉았다. "네가 내 아들 이야기를 알고 있다면 이 세상에 없는 내 남편, 그리고르에 대해서도 들었겠구나. 우리 셋은 조화롭게 나라를 지배했다. 내 남편의 신조는 이 우드에 사는 모든 종족 간에 사유와 신뢰가 존재하게 한다는 거였어. 남편과 아들의 죽음으로 그런 관계가 통제불능이 되기 전까지는 그랬단다. 내 목표는 그런 조화를 되찾는 거야.”

프루는 말없이 고개를 끄덕였다.

“하지만 이런 일로 너처럼 어린 아이를 걱정시켜서는 안 되지. 바깥세상에서 온 사람이니 더더욱.” 여왕이 말했다. “장담하건대 프루! 우리는 이길 수 있어. 우린 승리할 거야. 그리고 네 동생을 너희 가족의 품에 돌려보내마. 온 가족이 다시 만날 테니 마음 놓고 집으로 돌아가렴.”

프루는 다시 고개를 끄덕였다. 지금까지 알았던 세상이 빙글빙글 돌고 확 뒤집혀, 위가 아래가 되고 오른쪽이 왼쪽으로 바뀐 것 같았다. 자신의 세계관이, 모든 것이 갑자기 180도 바뀌었다. “알았어요.” 프루가 대답했다.

🌿

셉티무스가 자신이 듣고 싶어하는 답을 가지고 돌아올 때까지 커티스는 초조하게 새장 안을 왔다갔다 했다. 그 사이 다른 죄수들은 프루의 운명을 추측하며 숙덕거렸다.

“그 아이는 이제 끝장이야. 내가 이 안에 있는 것만큼이나 분명해.” 시무스가 속삭였다.

“당연하지.” 앵거스가 동의했다. “아마 틀림없이 독수리의 밥이 될 걸. 솔송나무 가지에 매달아놓고 새들이 쪼아먹게 할 거야.”

298

"그보다 더 간단한 방법이 있지." 코맥도 한 마디 거들었다. "난 참수형이 떠올랐어. 댕강. 끝."

커티스는 걸음을 멈추고 산적들을 차례차례 노려보았다. "전, 지금 진지하단 말이에요."

브렌든이 짧게 웃었다. 그가 감옥에 온 후로 감정을 드러내는 것은 이번이 처음이었다. "그만들 좀 하게." 그가 말했다. "어린아이를 까무러치게 만들 셈인가."

그때 나무에 발톱 긁히는 소리가 나며 셉티무스의 귀환을 알렸다. 그는 공처럼 둥그렇게 뒤얽힌 뿌리 사이를 날렵하게 빠져나와 커티스의 새장 꼭대기에 당당하게 섰다.

"어떻게 됐어? 봤어?" 커티스가 재촉했다.

쥐는 숨을 헐떡거리느라 금세 대답을 하지 못했다. "거기에 있었어… 알현실에… 내 눈으로 똑똑히 봤어…. 검은 머리의 여자애…, 긁힌 상처가 나있더라."

"긁혔다고?" 커티스가 물었다. "왜? 그 자들이 해쳤나?"

브렌든이 대답했다. "갈비뼈에 타박상을 입고 발목을 삐었을 게다, 내가 알기로는. 내 부하가 막사에서 그 아이를 진찰했지. 독수리를 타고 날다 독수리가 죽는 바람에 하늘에서 떨어졌어. 틀림없이 그때 입은 상처일 거야."

셉티무스는 고개를 끄덕이고 나서 다시 말을 이었다. "그런데 둘이 막 대화를 나누고 있었어. 많이 듣지는 못했는데, 중앙 홀이 너무 시끄러워서 말이야. 여왕이 그 아이를 풀어주려는 것 같았어."

"뭐라고?" 커티스가 놀라서 물었다.

산적 한 명이 중얼거렸다. "예상 밖인 걸."

"그러게." 셉티무스가 말을 이었다. "여왕은 아기가 어디 있는지 모른다며 자기가 찾아보겠다고 했어. 완전히 새빨간 거짓말이지."

커티스가 분개했다. "프루한테 말해줘야 해! 셉티무스! 네가 프루한테 그 말이 거짓말이라고 알려줘!"

셉티무스는 놀랐다. "내가? 여왕이 거짓말쟁이라고 대놓고 말하라고? 설마 농담은 아니지? 그러다간 네가 '설치류 찜'을 달라고 하기도 전에 코요테의 꼬챙이에 꿰어 모닥불 구이가 되고 말 걸. 게다가 네 친구는 여기로 끌려와서 최악의 경우에는……." 셉티무스가 발가락으로 자신의 목을 긋는 시늉을 했다.

"하지만…," 커티스는 반발했다. "하지만…, 이대로 프루를 보낼 순 없어." 그는 목소리를 줄여야 한다는 사실을 깜빡 잊었다.

그때 졸고 있던 간수가 큰 소리로 투덜거렸다. "거기, 조용히 못 해!"

커티스는 화가 나서 간수를 노려보았다. "어쩌려고요, 네?" 커티스가 고함을 질렀다. "저녁 밥 없다고요? 면접교섭권 없다고요? 6주 동안 텔레비전 시청을 금지한다고요? 지금보다 더 나쁠 수가 있어요? 네!"

간수가 벌떡 일어나 양손을 허리에 얹고 커티스를 쏘아보았다. "네 녀석에게 경고……."

"그만! 들을 필요도 없어요." 커티스는 이렇게 소리친 뒤 창살에 얼굴을 대고 동굴에서 나가는 통로 쪽을 향해 고함을 질렀다. "프루! 프루! 그 여자 말 믿지 마! 그 여자는 너한테 거짓말을 하는 거야!!!"

간수의 얼굴이 빨개졌다. 그는 이 버릇없는 죄수의 입을 다물게 할 방법을 찾느라 허둥댔다.

"맥은 여기 있어!" 커티스가 다시 소리쳤다. 그의 목소리가 갈라졌다. "네 동생 여기에 있다고!"

"경비!" 간수가 마침내 고함을 질렀다. 코요테 병사들이 소총을 메고 방안으로 들어왔다.

🌿

"이제 다 된 것 같아요." 프루가 말했다. 프루는 열려있는 방문 너머를 흘끗 보았다. 무슨 일이 있는지 한 무리의 병사들이 시끌벅적한 저편 통로로 걸어가고 있었다. 프루가 그 장면을 호기심 어린 눈으로 바라보자 알렉산드라는 시종에게 문을 닫으라고 손짓했다. 방이 다시 조용해졌다.

"그래, 그런 것 같구나." 알렉산드라가 대답했다. "프루, 만나서 반가웠다. 바깥세상 사람을 자주 만나는 것도 아니고." 그녀는 의자에서 일어나 프루에게 걸어가서는 손을 뻗어 일어나도록 도와주었다. 발목에 체중이 실리자 프루는 움찔했다. 알렉산드라가 걱정스러운 얼굴로 말했다. "이런, 발목이 아프구나. 막심!"

시종 하나가 재빨리 달려왔다. "네, 여왕님!"

"손님이 발목을 삐었나본데 떠나기 전에 찜질 좀 해줘라. 강황과 피마자 잎으로." 그녀가 프루를 돌아다보며 웃었다. "감쪽같이 나을 거야."

"고맙습니다." 막심이 내민 팔짱을 끼며 프루가 인사를 했다.

"철교가 내려다보이는 언덕 기슭에 군대를 포진시켜야겠다. 변방에 일종의 균열이 생겨서 와일드우드로 자유롭게 들어오는 걸 보니 이제 경비대를 세워야 할 때가 된 것 같아." 알렉산드라의 설명이 이어졌다. "더 이상 바깥세상 사람들이 얼결에 들어왔다가 피해를 입는 걸 원치 않으니까. 이런 불쌍한 아이들이 더 이상 생기지 않도록 해야지. 절대로 와일드우드에서 실종되는 일이 없어야 해."

막심은 조용히 고개를 끄덕였다.

여왕이 계속해서 말했다. "그리고 막심. 옆문을 이용해라. 중앙 홀에 무슨 소동이 일어난 것 같구나. 우리 꼬마 아가씨가 더 이상 불안해선 안 되지."

"네, 폐하."

알현실에서 옆문으로 안내를 받는 동안 프루는 알렉산드라가 병사들을 호출하여 속삭이듯 지시를 내린 뒤 그들을 따라 맞은편 문으로 나가는 모습을 보았다.

"무슨 일이죠?" 울퉁불퉁한 바닥에서 절뚝거리며 프루가 물었다.

"별거 아닙니다." 막심이 대답했다. "병사들 간에 말다툼 비슷한 게 있었나 봅니다. 식품저장고로 가시죠. 아픈 발목을 치료해드릴 테니."

"고마워요." 프루가 인사를 했다. 갑자기 굴복한 점은 씁쓸했지만 집으로 돌아간다는 기대에 맑은 봄날의 바람처럼 마음이 설렜다.

🌿

"저 죄수들 입 좀 다물게 하라!" 사령관은 새장을 올려다보며 그 수가 점점 불어나는 병사들을 향해 이렇게 명령했다. 산적들은 커티스를 도와 빈 밥그릇으로 창살을 두드려대며 소녀의 이름을 계속해서 부르고 있었다. 높다란 동굴 벽에 끝없이 메아리치는 그 소리는 귀를 먹먹하게 할 지경이었다.

화가 난 간수가 혼잣말을 중얼거렸다. "도대체 무슨 일인지 모르겠군! 정말 모르겠어!"

사령관이 교도관을 노려보고 나서 병사들을 향해 소총을 들라고 단호하게 명령했다. "마음대로 발사하라."

병사들을 주시하고 있던 커티스는 사령관의 명령을 듣고 다른 죄수들한테 큰 소리로 알렸다. "총을 쏘려고 해요!"

"새장을 흔들어라, 꼬마야!" 브렌든이 소리쳤다. "제대로 맞히지 못하게."

커티스와 산적들은 새장이 마구 흔들리도록 안에서 이쪽저쪽으로 뛰어다녔다. 격렬한 행동에 새장을 뿌리에 매달아놓은 밧줄이 끽끽 신음을 했다. 병사들이 무차별적으로 총을 쏘자 동굴은 발포 소리로 진동했고 매캐한 화약 연기가 동굴 안을 가득 채웠다.

"계속해서 흔들어라!" 브렌든이 소리쳤다. "더 빨리!" 뺨 옆으로 총알 날아가는 소리를 들은 커티스는 더욱 격렬하게 새장을 흔들었다.

그때 병사들의 총구에서 피어오르는 연기구름을 뚫고 여인의 목소리가 들려왔다. "그만!" 그녀가 명령했다. 발사가 뚝 그쳤다. 커티스는 좌우로 달리던 동작을 멈추고는 새장의 흔들림을 멎게 하려고 두 다리를 쫙 벌렸다. 마침내 화염이 가시기 시작하자 새장으로 걸어오는 알렉산드라의 모습이 보였다. 그녀의 얼굴이 붉게 상기되어 있었다.

"무례한 녀석들!" 그녀가 한 손으로 얼굴 앞에서 연기를 부채질하며 말했다. "무례하고 오만한 악당 같으니!"

코요테 드미트리가 해명을 했다. "전 아무 짓도 안 했어요."

"넌 입 다물고 있거라." 여왕이 묵살했다.

"프루는 어디 있죠?" 커티스가 겨우 숨을 고르고 나서 물었다. 방안의 연기 때문에 목이 칼칼하고 눈이 따가웠다. "그애한테 무슨 짓을 했어요?"

"집으로 돌려보냈다." 여왕이 대답했다. "그애는 떠났어. 바깥세상으로 돌아갔어. 그러니까 이 난동을 당장 그만두면 고맙겠구나." 여왕은 커티스를 정면으로 응시하며 말했다. "그 아이는 몸이 좋지 않아. 너무나 많은 일을 겪어서."

"당신은 프루한테 거짓말을 했어요!" 커티스가 소리쳤다. "프루는 당신 계획에 대해 아무것도 모른단 말이에요!"

"프루 매킬, 그 아이는 현명하다." 알렉산드라가 차분하게 대꾸했다. "언제 포기해야 하는지 잘 알지. 내가 알고 있는 여느 바깥 사람들과 달리."

이때 브렌든이 말을 가로챘다. "여기 내 동지들을 풀어주어라, 이 마녀야." 그는 분노를 이기지 못하고 거친 목소리로 호통을 쳤다. "세상에, 어떤 여자가 적에게 아이를 바친단 말이냐?"

알렉산드라가 브렌든을 매섭게 쏘아보았다. "세상에, 어떤 왕이 적이 좀 쳐들어왔다고 자기 백성을 포기한단 말이냐, 응? 너의 충성스런 동지들은 네가 귀중한 은신처를 버려두고 숲으로 퇴각하다 발각되었다는 사실을 알아야 해. 적에게 발각되자마자 자기 혼자 살겠다고 도망쳤지."

브렌든이 웃었다. "너의 종족에게도 네가 어떤 사람인지 말해보시지. 당신의 말은 입에 발린 거짓말처럼 공허할 뿐이야."

절망한 커티스는 새장 바닥으로 쓰러지듯 몸을 던졌다. 그리고 슬프게 바닥을 응시했다. "믿을 수가 없어." 그가 중얼거렸다. 그는 버림받은 기분이었다.

브렌든이 동정하는 눈으로 커티스를 흘깃 본 뒤 알렉산드라에게 소리쳤다. "그 여자아이의 동생에게 무슨 짓을 한 거냐? 그 아기 말이다."

"아기는 안전하다." 여왕이 말했다. "잘 보호받고 있어."

"저 여자가 맥을 담쟁이한테 제물로 바칠 거예요." 커티스가 끼어들었다. "추분에요."

브렌든은 일어서서 창살을 잡은 채 여왕을 내려다보았다. 그의 표정은 넋이 나간 듯했다. "오, 이런." 그가 부드럽게 말했다. "어서 아니라고 말해. 담쟁이 덩굴에게 바치지 않겠다고 말해."

알렉산드라가 브렌든을 보며 의기양양하게 활짝 웃었다. "그렇다, 산적왕. 나와 담쟁이덩굴은 거래를 했다. 그 식물에겐 어린아이의 피가 필요하지. 난 왕국을 되찾을 필요가 있고. 가는 게 있어야 오는 게 있지. 이를테면 상부상조 라고 할까. 썩 괜찮은 동업자가 아닌가, 그렇지?"

"당신은 미쳤어." 브렌든이 소리쳤다. "담쟁이덩굴은 모든 게 파괴될 때까지 계속 번져나갈 거야."

"바로 그거야." 알렉산드라가 대답했다. 그녀는 브렌든의 말을 일축하려는 듯 허공을 가로지르며 손을 흔들었다. "이미 모두 파괴되었어."

"뜻대로 되지 않을 걸. 우리가 막을 테니." 브렌든은 감정이 격해져서 목청 껏 호령했다. "우리에겐 아직 병력이 충분하거든. 적어도 너의 무릎을 꿇릴 정 도는 된다고!"

"그럴 일은 없을 거야." 알렉산드라가 비웃었다. "'우두머리'가 감옥에 있잖 아. 다만 남아있는 네 부하들이 계속해서 내 병사들을 성가시게 하니 내가 어 떻게든 너희의 은신처를 알아내야겠다. 가급적 빠르게."

브렌든이 땅에 침을 뱉었다. 동그란 침 덩어리가 구경하고 있는 코요테 병 사들로부터 얼마 멀지 않은 곳에 떨어졌다. 그들이 얼굴을 찌푸리며 뒤로 물러 났다. "흥, 내 눈에 흙이 들어가기 전에 그런 일은 절대 없을 거다." 산적왕이 말했다.

알렉산드라가 싸늘하게 웃었다. "두고보시지." 그녀는 병사들을 돌아나보며 명령을 했다. "이 자를 '심문실'로 데려가라. 가서 산적들의 정확한 은신처를 알아내! 수단과 방법 가리지 말고." 그녀는 방을 걸어나가다 터널 입구에서 발을 멈췄다. 그러고는 돌아서서 새장을 보며 웃음을 지었다. "잘 있어라, 커티스. 다시는 너를 다시 만날 일이 없을 것 같구나. 슬프게도 넌 여기에서 네 끝을 보게 될 테니. 난 다르게 결론나기를 바랐지만, 아! 이런 게 세상의 이치 아니겠니?"

커티스가 화가 나서 쏘아보았다.

"잘 있어라." 그녀는 다시 이렇게 말하고 감방을 나갔다.

여왕의 지시에 따라 간수는 벽에 기대놓은 사다리를 세운 뒤 코요테 병사들의 도움을 받으며 브렌든을 새장에서 끌어냈다. 당당하고 호기로운 산적왕은 사다리를 타고 바닥으로 조용히 내려가서 코요테가 수갑을 채우도록 손목을 내밀었다. 새장의 산적들은 이 절차를 말없이 지켜보았다. 브렌든은 밖으로 끌려나가기 전 강철 같은 눈빛으로 부하들을 한 차례 올려다봤다.

"힘내게, 동지들." 그는 이 한 마디만 던지고 떠났다.

귀가; 아빠의 허락

말 없는 두 병사의 안내로 동굴을 나간 후 프루는 참나무 잎으로 싼 두툼한 연둣빛 반죽을 발목에 붙였다. 시원한 느낌이 나는 그 치료법은 놀라울 정도로 효과가 좋았다. 약간 절기는 했지만 찜질을 하자마자 이내 걸을 수 있게 되어 다른 사람의 부축조차 필요없었다.

코요테들은 조용히 길을 안내했다. 그들은 한동안 얕은 계곡을 따라 걸어갔다. 주위는 온통 고사리밭인데다 공중에 양치식물이 드리워지고 바닥에 애기괭이밥이 담요처럼 깔린 구불구불한 길을 따라 숲속을 빠져나갔다. 그들이 처음 사육지에 도착한 이후로 하늘빛이 점점 어두워졌다. 남서쪽에서 비구름층이 나타나고 공기는 서늘하고 축축해졌다. 이윽고 후두둑, 빗방울이 나뭇잎과

307

땅바닥의 풀잎을 공격하는 소리가 들렸다. 얼마쯤 지났을까, 길이 끝나고 빗물로 군데군데 물웅덩이가 생겨 진흙탕길로 변해버린 롱로드가 나왔다. 프루는 코요테들을 따라 롱로드를 걸어갔다. 그리고 아래에 시커먼 심연을 가로질러 놓인 갭 브리지를 건넜다. 다리 저편으로 가자 코요테는 길을 벗어나 프루의 눈에는 분간도 안 되는 숨겨진 길을 따라 걸어갔다. 칼날처럼 뾰족한 양치식물이 드넓게 펼쳐진 들판을 요리조리 빠져나가 단풍나무 가지가 거미처럼 뻗어나간 협곡으로 들어섰다. 프루는 그 모습에 취해 넋이 나간 탓에 방향 감각을 완전히 잃어버렸다.

틀림없이 여러 시간이 지났을 때였다. 드디어, 코요테 병사들은 우거진 나무숲 사이로 넓은 잿빛 강을 가로지르는 철교의 시커먼 철탑이 보이는 곳에 이르렀다. 멀리 강둑 너머로 말끔하게 손질한 나무 울타리와 그 안에 아늑하게 자리잡은 세인트 존스의 작은 목조주택들이 보였다. 코요테 병사들은 가로수처럼 늘어선 나무 뒤에서 걸음을 멈추고 프루한테는 계속해서 가라는 손짓을 했다. 프루는 고개를 끄덕인 뒤 배웅해준 병사들과 헤어져 검은딸기나무 넝쿨이 어지러운 비탈을 허둥지둥 내려왔고 이어서 쭉 뻗은 철로와 나란히 놓인 얕은 배수로에 도착했다. 프루는 고개를 돌려 자신을 수행한 병사들이 있는지 살폈지만 (프루는 여기에 얼마나 많은 병사들이 주둔해서 다리를 감시하고 있는지 궁금했다) 보이지 않았다. 설령 있다고 해도 나무에 가려 전혀 보이지 않았을 것이다.

프루는 철교 방향 철로를 따라 걸어갔다. 그리고 얼마 후 배수로의 기다란 수풀 속에 파묻힌 자전거와 부서진 맥의 왜건 잔해를 발견했다. 프루는 갈비뼈가 아파서 신음이 나왔지만 낑낑대며 자전거를 끌어올리고, 왜건과 연결된

꼬인 선을 풀어서 바로 세웠다. 프루가 애초에 내렸던 판단이 맞았다. 앞바퀴는 쓸 수 없게 휘었지만 나머지 바퀴는 그런대로 상태가 괜찮았다. 프루는 왜건을 자전거와 다시 연결한 다음 산업폐기물장의 공장 건물들 사이를 걸어서 다시 철교로 왔다. *쏴아아아,* 등 뒤쪽에서 시끄러운 소리가 났다. 뒤를 돌아다보니 다리 너머 나무 언덕으로 회색 비가 벽처럼 쏟아져 내리고 있었다. 몇 초 후에 프루가 있는 곳에도 비가 쏟아져서 속옷까지 젖어버렸다.

"그럴 줄 알았어." 프루는 혼잣말을 중얼거리며 자전거와 왜건을 끌고 다리를 건넜다. 마침내 철교 반대편에 다다른 뒤 낭떠러지에서 지그재그로 나있는 자갈길을 오르기 시작했다. 그 길을 따라가자 금방 차단선이 있는 미로처럼 복잡한 도로가 나왔고 깎은 지 얼마 안 되는 잔디밭과 끝없이 부릉부릉 달리는 자동차, 조용하고 어둠침침한 이웃 집들이 있는 곳으로 되돌아왔다. 프루는 서글픈 안도의 한숨을 길게 내쉬었다.

세상은 나 한 사람 없어져도 아무렇지 않게 잘 굴러가는 것 같았다. 갑작스럽게 소나기를 만난 사람들은 우산을 쓰고 움츠린 채 바쁘게 목적지로 걸어갔다. 차들은 부지런히 와이퍼로 빗물을 닦아내며 젖은 도로를 달리고 있었다. 찢어진 옷에 헝클어진 머리, 이렇게 초라한 행색인데도 누구 하나 프루에게 눈길을 주지 않았다.

얼마 후 프루는 집 현관 앞에 도착했다. 문득 커티스네 집에 들러 커티스가 어떻게 풀려났는지 알아볼 걸 그랬다는 생각이 들었다. 하지만 부모님을 먼저 만나는 게 최선 같았다. 자신이 나타남으로써 아들의 실종 사실로 인해 겪게 될 마음의 상처를 조금이라도 덜어드리고 싶은 마음뿐이었다. 부모님이 얼마나 놀라든 사실대로 말씀드려야 한다고 생각했다.

거실에서 흘러나오는 한 줄기 빛이 어둑어둑한 저녁 무렵의 햇빛 사이로 길을 내며 현관 계단을 희미하게 비추었다. 유리창으로 부엌이 들여다보였다. 부엌을 뺀 집안의 나머지 부분은 먹구름이 낀 것처럼 컴컴했다. 프루는 거실 의자에 구부정하게 앉아있는 엄마를 발견했다. 엄마의 구불거리는 머리카락이 엄마가 바라보고 있는 헝클어진 실꾸러미처럼 헝클어져 있었다. 아빠는 보이지 않았다. 프루는 자전거를 내려놓고 현관으로 이어지는 계단을 올라갔다. 한 칸 한 칸 오를 때마다 발목이 시큰거렸다.

"저 왔어요." 프루는 어두운 집안을 향해 지친 목소리로 말했다.

놀란 듯한 비명과 함께 엄마가 소파에서 벌떡 일어났다. 무릎에 있던 실꾸러미가 바닥으로 떨어졌다. 엄마는 딸에게 달려와 상실감에 빠진 엄마만이 낼 수 있는 몸짓으로 딸을 부둥켜안았다. 프루는 울음을 터뜨렸다. 엄마의 팔이 다친 갈비뼈를 꽉 껴안았을 때 얼마나 아팠던지 정신이 아뜩해졌다. 울음소리를 들은 엄마는 팔을 풀고 두 손으로 딸의 뺨을 어루만지며 어디 다친 데는 없는지 안색을 살폈다.

"괜찮니?" 엄마가 물었다.

프루는 엄마의 손에서 벗어나려고 꿈틀거렸다. "네, 엄마." 프루가 대답했다. 빨갛게 충혈된 엄마의 눈 속에 깊고 검은 우물이 어른거렸다. 엄마는 프루가 집은 나간 후 거의 잠을 이루지 못한 것 같았다.

"어디… 어디 있어, 맥은?" 엄마가 더듬거리며 물었다.

피곤과 절망의 거대한 파도가 프루를 덮쳤다. 프루는 무릎이 꺾이는 것을 느꼈다. "맥은 없어요." 프루가 말했다. "죄송해요, 엄마."

"그래, 그거야. 그렇지 않아?" 시무스는 새장이 흔들리도록 새장 안을 왔다 갔다 하고 있었다. "바로 그거야. 재판도 없고, 고문도 없고, 처형도 없어. 아무것도 하지 않는다고. 그냥 썩어문드러질 때까지 방치하는 거지." 감옥 안에는 그들밖에 없었다. 간수와 두 명의 경비는 벌써 몇 시간째 모습을 드러내지 않고 있었다.

코맥이 한숨을 쉬며 대답했다. "너무 끔찍하게 들리는군. 물론 대장은 잔인한 고문을 받고 있겠지."

"지긋지긋한 놈들. 그놈들 모두." 시무스가 속삭였다.

앵거스가 떠들기 시작했다. "그 여자가 뭐라고 했다고? 언제 담쟁이한테 아기를 바친다고? 추분?"

커티스는 가슴으로 무릎을 감싸고 대답했다. "네, 추분에요."

앵거스가 이마를 문지르며 생각에 잠겼다. "그래. 그렇다면 오늘부터 이틀 후 아닌가? 이런 맙소사, 시간이 많지 않군."

"우린 이대로 끝장이야. 비록 캠프에 있는 우리 형제들보다 오래 산다고 해도." 코맥이 말했다. "그들은 언제 담쟁이덩굴한테 당할지 몰라. 아니 그런 일이 일어날 거라고 예상도 못할 걸. 아마 순식간에 당하고 말 거야."

"맞아." 앵거스가 끼어들었다. "언젠가 올드우드의 골짜기에서 낮잠을 잤는데 말이야. 하필 담쟁이덩굴 위에서 잤지 뭐야. 그런데 두 시간쯤 자고 깨어보니 그 담쟁이덩굴이 내 엄지발가락을 칭칭 감았더군. 정말이야." 그가 말을 멈추고 침을 탁 뱉었다. "담쟁이가 그 악녀의 손아귀에 들어가면 어떻게 될지 안

봐도 뻔해. 게다가 아기 피까지 마신다면."

커티스는 상상만으로도 얼굴이 찌푸려졌다.

코맥이 말을 받았다. "차라리 여기에서 굶어죽는 편이 나아. 적어도 그 뱀 같은 담쟁이한테 눈알을 파먹히지 않고 멀쩡한 모습으로 죽을 테니까. 내게 소원이 하나 있다면, 우리 동지들에게 너무 늦기 전에 그 사실을 알리고 지하든 어디든 안전한 장소로 피신하게 하는 거야."

시무스가 웃었다. "천만에. 우리가 저 아래로 내려가기도 전에 그들은 이미 끝나있을 걸. 그 미망인 얘기 들었잖아. 대장은 그들을 포기했다고. 코요테 병사들이 캠프로 들이닥치자마자 꽁무니를 뺐다고. 설령 동지들이 지금까지 발각되지 않았더라도 대장이 코요테들에게 발설했을지 몰라. 어쩌면 고문은커녕 그 여자와 한 자리에 앉아서 차가운 노간주나무 술을 마시며 우리가 얼마나 멍청한지 비웃고 있을지도 모른다고."

코맥이 새장에서 벌떡 일어나더니 창살에 붙어 고함을 질렀다. "그 말 취소하지 못해! 이 잡종견, 스컹크 새끼야. 대장은 우릴 배신하지 않아. 적어도 너보다는 새끼손톱만큼이라도 더 용기가 있다고!"

시무스는 큰 소리로 반발했다. "그래, 코맥 그래디. 두고보자고. 두고보면 알게 되겠지. 하지만 자네도 속고 있는지 몰라. 난 언젠가부터 대장이 그 코요테들한테 넘어간 게 아닐까 하는 의심이 들었어. 그도 이제 한물 갔어."

"말 조심해, 이 배신자!" 코맥이 소리쳤다.

"코맥." 앵거스가 나섰다. "괜히 애쓸 것 없어. 어떻게 됐는지 알 게 뭐야. 결국 우린 여기에서 죽어갈 텐데, 그까짓 게 뭐 그리 중요해."

"이봐!" 코맥이 맞받아쳤다. "그런 자네는! 집에서 기다리는 아내에게 무슨 일이 생겨도 그렇게 태연할 텐가? 그녀의 추파에 자네가 넘어간 것처럼 그녀가 지금 다른 산적의 막사를 따뜻하게 덥히고 있는지도 모른다고."

이 말에 앵거스가 화를 벌컥 냈다. "내 여자를 끌어들이지 마." 그가 고함을 질렀다. "천만에, 그녀는 추파 따위를 던지는 여자가 아니야. 정숙한 여자라고……"

"조용!" 커티스가 소리쳤다. "이번 한 번만! 제발, 싸우지 좀 마세요."

"고마워." 드미트리가 맞장구쳤다.

산적들은 입을 다물었다. 동굴의 수감자들에게도 어둠이 덮쳤다. 벽에 있는 몇 개 안 되는 횃불 중 하나가 가물거리더니 꺼져버린 것이다.

그때 땡그랑, 소리가 커티스의 주의를 끌었다. 머리 위쪽의 둥그런 뿌리에서 나는 소리였다. 고개를 들자 뱀처럼 꾸불텅한 뿌리 한 곳에 번쩍거리는 쇠붙이를 물고 있는 셉티무스가 보였다. 난데없이 금속의 빛이 보이자 커티스는 그걸 자세히 확인하려고 자리에서 일어났다. 그것은 단순한 쇠붙이 조각이 아니라 생김새가 뚜렷한 어떤 물건이었다.

"이봐, 셉티무스." 커티스가 불렀다.

쥐는 동작을 멈추고 입에 물고 있던 것을 뱉었다. "왜?"

"뭘 씹는 거야?"

마치 그런 질문은 한 번도 생각해본 적이 없다는 듯 셉티무스는 눈썹을 치켜뜨고는 곁눈질로 커티스를 보았다. "뭘 씹느냐고? 이것 말이야?"

셉티무스는 열쇠 꾸러미를 들고 있었다.

"그거 어디에서 났어?" 커티스가 놀라서 물었다. 믿을 수 없게도 간수가 가지고 다니는 것과 똑같았다.

쥐는 마치 처음 보는 물건인 양 열쇠 꾸러미 쥔 앞발을 쭉 뻗은 다음 찬찬히 살펴보았다. "이런, 맙소사." 그가 말했다. "기억이 잘 안 나." 그는 조그만 검지를 턱에 괴고 생각에 잠겼다. "생각해봤는데, 간수한테서 얻은 것 같아. 오래 전에. 그에게 꾸러미 두 개가 있었거든. 그런데 찾지도 않았어." 그가 고개를 끄덕이며 커티스를 내려다보았다. "이빨로 씹으면 느낌이 정말 좋아."

커티스는 웃음이 터져나오는 것을 참느라 일부러 동굴 안을 휘휘 둘러보았다. "이리 좀 가져와봐, 셉티무스!" 그가 쥐에게 속삭였다. 셉티무스는 고분고분하게 열쇠를 커티스의 새장에 떨어뜨렸다.

"그거 우리한테 꽤 쓸모가 있겠는 걸." 위쪽에서 시무스가 말했다. 그는 지금까지 둘을 주의 깊게 지켜보고 있었다. "물론 발각되면 끝장이지만."

커티스가 얼른 손을 흔들어 그를 제지했다. "잠깐만요." 그가 말했다. "생각 좀 해보고요."

커티스는 새장에서 일어나 동굴 벽에 기대놓은 길고 가느다란 사다리를 내려다보았다. 흔들거리는 새장에서 뛰어내리기에도 너무 멀었다. 커티스는 찬찬히 거리를 계산해보았다. 강심장의 뜀뛰기 선수가 새장이 최대한 흔들리도록 한다고 쳐도 사다리와 가장 가까운 새장(앵거스의 새장이었다)까지는 너무 멀었다. 혹시 밧줄의 길이를 늘여 새장이 흔들리는 각도를 최대화할 수만 있다면······.

그때 어떤 생각이 떠올랐다. "제게 좋은 생각이 있어요!" 커티스가 목소리를 낮춰 말했다. "여기에서 빠져나갈 좋은 방법이 있어요!"

조금 전의 말씨름은 깨끗이 잊고 산적들은 저마다 귀를 쫑긋 세웠다.

프루의 아빠는 흠뻑 젖은 채 가족상봉의 장소에 도착했다. 비가 오는데 외출을 했던 아빠의 비옷은 젖은 피부에 찰싹 달라붙어 있었다. 손에는 비에 젖어 납작해진 종이뭉치가 들려있었다. 크고 굵은 글씨체로 도움을 애원하는 글이 적혀있고 그 위에 맥과 프루의 사진을 배치시킨, 집에 있는 컴퓨터로 만든 전단지로 빗물에 얼룩진 상태였다.

엄마도 그랬듯이 아빠도 프루가 심한 통증으로 스스로 몸을 뺄 때까지 딸을 힘껏 껴안았다. 그러고는 맥이 아직 실종 상태라는 것을 알자 힘없이 독서용 의자에 털썩 주저앉아 두 손으로 머리를 감쌌다. 프루와 엄마는 맥없이 바라보기만 했다. 마침내 엄마가 입을 열었다.

"아빠께 어떻게 된 일인지 말씀드리는 게 좋겠다." 엄마가 말했다.

프루는 엄마가 시키는 대로 했다. 조금 전 엄마에게 했던 모든 얘기를 아빠한테도 털어놓았다. 그렇게 놀라운 이야기를 마치고 나서 어쩔 수 없이 "그런데 저 지금 너무 피곤해요. 피곤해서 죽을 것만 같아요."라고 말해야 했다.

프루의 이야기를 다 듣고 난 부모님은 아무 말도 하지 못했다. 단지 서로 재빨리 의미심장한 시선을 교환하기만 했다. 프루는

316

그 상태에서 아무것도 짐작할 수 없었다.

아빠가 일어서서 프루에게 다가오며 말했다. "그럼, 그만 자러 가자. 피곤해 보이는구나." 아빠의 가슴에 얼굴을 묻고 있던 프루는 아빠의 힘센 팔이 자신을 번쩍 안아올리는 것을 느꼈다. 아빠는 딸을 어린아이처럼 안아들고 조심조심 계단을 올라갔다. 프루는 자기 침대에 도착하기도 전에 잠이 들어버렸다.

잠에서 깨어났을 때 방안은 어두웠다. 프루는 뺨에 닿는 거위털 베개의 익숙한 포근함과 몸을 감싸는 거위털 담요의 아늑함을 느꼈다. 부스스 눈을 뜨고 몇 시쯤 되었나 보기 위해 베개에서 고개를 들었다. 침대 옆 시곗바늘이 3시 45분을 가리키고 있었다. 프루는 다리를 쭉 뻗어 노곤한 장딴지를 한껏 늘이다 삔 발목에 붙인 찜질 팩을 의식했다. 부모님이 그 위에 거즈를 붙인 것 같았다. 그대로 몸을 돌려 엎드린 채로 다시 눈을 감았지만 목이 몹시 말랐다.

프루는 침대에서 빠져나와 조용히 문을 열고 2층 복도를 걷는 동안 발목을 시험해보았다. 어느새 잠옷 차림이었지만 어떻게 옷을 갈아입게 되었는지 전혀 기억이 나지 않았다. 계단을 내려가는 동안 삐걱 소리를 내지 않으려고 조심했다. 부모님을 깨우고 싶지 않았다. 부모님의 마음이 지금 얼마나 혼란스러울지 감히 상상도 되지 않았다. 하지만 1층으로 내려갔을 때 아직 불이 켜져 있는 부엌을 보고 깜짝 놀랐다.

아빠가 부엌 식탁에 앉아있었다. 아빠는 물이 반쯤 담긴 컵을 두 손으로 감싼 채 식탁에 놓여있는 작은 검은 상자를 바라보고 있었다. 커다란 보석함 정도 되는 크기였다.

"아빠." 프루가 코르크 바닥재를 깐 부엌으로 들어가며 조그맣게 불렀다. 머리 바로 위에서 내리쬐는 불빛에 눈이 가늘어졌다.

아빠는 프루의 발소리를 듣고 화들짝 놀랐다. 고개를 든 아빠의 놀란 얼굴에는 피로와 눈물기가 어려있었다. 아빠는 울고 계신 게 틀림없었다. "어, 프루?" 아빠가 말했다. 아빠는 아무렇지도 않은 척 애써 담담한 표정을 지었지만 이내 절망에 빠진 상태가 됐다. "오, 프루야." 아빠가 다시 시선을 내리깔고 울먹였다.

프루는 앞으로 다가갔다. "죄송해요." 프루는 슬픔을 주체하지 못하는 목소리로 말했다. "정말 죄송해요. 뭐라고 말씀드려야 할지 모르겠어요. 정말이지 모든 게 말도 안 돼요." 프루는 빨간 식탁의자 네 개 중 하나를 끌어당겨 앉았다. "모든 게 제 잘못이에요. 제가 더 조심했더라면……."

아빠가 말허리를 잘랐다. "네 잘못이 아니다, 프루. 우리 잘못이야."

프루가 완강히 고개를 저었다. "아빠 엄마 잘못이 아녜요. 제 탓이라고요!"

아빠는 붉게 충혈되고 부은 눈으로 프루를 바라보았다. "아니야. 너는 아무 것도 몰라, 프루. 우리 잘못이야. 언제나 우리 잘못이었어. 지금까지 줄곧. 우리가 알았어야 했는데."

프루는 호기심이 생겼다. "알았어야 했다니요…, 뭘요?" 프루가 식탁으로 몸을 기울여 아빠의 물잔을 한 모금 마셨다.

아빠는 눈을 비빈 다음 빠르게 깜빡거렸다. "아무래도…," 아빠가 머뭇거렸다. "네게 말해줘야 할 것 같구나. 네가 겪은 일에 대해서. 우리가 미리 얘기해 줘야 했는데, 아무튼 이제 더 이상 미뤄서는 안 될 것 같다."

프루가 재촉했다. "뭔데요?"

"네가 만난 여인 말이다." 아빠가 천천히 이야기를 시작했다. "그 여왕. 엄마와 아빠도 예전에 만난 적이 있단다."

"뭐라고요?" 프루가 소리쳤다. 갑자기 목청을 높였더니 다친 갈비뼈가 욱신거렸다.

아빠는 딸의 목청이 커지지 않게 손을 들어 제지했다. "쉿! 엄마 깨겠다. 이 집에 있는 사람은 누구나 휴식이 필요하단다."

"아빠가 그 여자를 만나셨다고요? 알렉산드라를?" 프루는 더욱 목소리를 낮춰서 물었다. "언제요?"

"아주 오래 전이야. 네가 태어나기 전." 아빠는 슬프게 고개를 저었다. "우리가 알았어야 했는데." 아빠는 깊은 한숨을 내쉬며 프루를 바라보다가 이야기를 이어나갔다. "엄마와 내가 결혼했을 때 우리는 가정을 꾸리자마자 아기를 갖고 싶어했단다. 그리고 이 집을 샀을 때 이 방은 누구의 방이 될 거라는 둥 즐거운 상상을 했지. 언제나 딸 하나 아들 하나, 남매를 두고 싶어했어. 하지만 늘 그렇듯 일은 우리의 뜻대로 되지 않았단다. 우리는 노력하고 또 노력했지만 아기는 생기지 않았어. 의사도 찾아가고 전문가한테도 갔지. 명상원에도 가고 침술요법도 썼단다. 그런데 소용없었어. 아주 극단적인 방법도 우리에게는 효과가 없었단다. 우리에게는 아이가 생기지 않았어. 엄마는 크게 상심했지. 고통스러운 시절이었단다. 우리는 아기에 대한 기대를 포기하려고 했지만 그게…, 그게 잘 안 되더구나." 아빠는 다시 한숨을 내쉬고는 말을 이었다. "어느 날 시내에 있는 농산물 직판장에 순문지 뭔지를 사러 갔단다. 어느 순간 엄마가 안 보이기에 찾아보니 엄마가 이전에 한 번도 본 적이 없는 요상한 점포에 들어가서 어떤 노파와 이야기를 나누고 있더구나. 80대쯤 되어 보이는 할머니인데 싸구려 장신구와 이상한 묵주 따위를 팔고 있었어. 할머니 뒤쪽 선반에는 이상하게 생긴 팅크(알코올에 혼합하여 약제로 쓰는 물질. ―옮긴이)병이 진열

되어 있고. 내가 갔을 때 엄마는 그 할머니와 진지하게 얘기를 나누고 있었어. 엄마가 나를 보더니 이렇게 말했어. '이 할머니가 우리를 도와줄 수 있대요. 아이를 갖게 해주시겠대요.' 그래, 그랬단다. 당시 우리는 안 해본 노력이 없었어. 아빠도 인내심이 거의 바닥날 지경이었는데 엄마가 얼마나 간절하게 원하는지 알기에 그 할머니의 도움을 받자고 했지. 할머니는 얼마 되지 않는 돈을 받고 우리에게 이 작은 상자를 팔았단다."

아빠는 식탁에 놓인 작은 상자를 집어들었다. 티크목으로 만든 것 같았다. 정육면체 한 쪽에 경첩이 달려있는 것으로 보아 여닫을 수 있는 듯했다. 야구공 하나가 넉넉히 들어갈 만한 크기였다.

아빠의 설명이 계속되었다. "할머니는 우리에게 세인트 존스 중심부 근처 낭떠러지… 너도 알지? 레스토랑이 있는 바로 거기 아래 말이다. 그곳으로 가서 음, 이 룬문자를 던지라고 하더구나." 아빠는 상자 뚜껑을 들어 여섯 개의 조약돌을 식탁에 쏟았다. 갖가지 색깔의 인장에는 이상하게 생긴 각각 다른 룬문자가 새겨져 있었다. "할머니는 룬문자를 던지면 다리가 하나 나타날 거라고 했어. 그냥 다리가 아니라 *다리의 유령.* 오래 전 거기에 있었지만 지금은 없는 유령 다리가 틀림없었어. 어쨌든 다리가 나타나면 다리 중앙까지 걸어가서 종을 울리라고. 그러면 어떤 여자가 나타날 거라고 했어. 키가 크고 아름다운데다 머리에 깃털 장식을 하고 있어서 한눈에 그 여자라는 것을 알 수 있다고 했지. 음, 그런 말들이 허튼소리처럼 들릴 수도 있었지만, 그래 당연해, 하지만 우리는 절박했고 손해볼 게 없다고 생각했어. 효과가 없으면 그냥 웃어넘기면 그만이라고 여겼지. 그래서 그날 밤 늦은 시각 거리가 한적해졌을 때 우리는 낭떠러지로 가서 납작한 돌멩이를 찾았단다. 그리고 그 위에 조약돌

다리를 감쌌던 안개가 점점 흩어져 다리 상판 바로 아래에만 남아있을 때,
다리의 놀라운 모습이 온전히 드러났다.

을 올려놓았지. 그러자 강에 거대한 안개가 끼더니 케이블과 탑으로 이루어진 초록색의 웅장한 다리가 우리 앞에 떡하니 나타났어. 믿을 수가 없었지. 전에는 한 번도 본 적이 없는 다리였거든. 아무튼 다리 가운데까지 걸어가자 아니나 다를까, 작고 고풍스러운 종이 다리 기둥에 달려있었어. 우리는 그 종을 몇 번쯤 친 다음 거기에서 기다렸단다. 한참을 기다렸어. 엄마랑 아빠랑 그 '유령 다리' 한가운데 서서. 그때 갑자기 안개를 뚫고 다리 저편에서 누군가가 우리 쪽으로 걸어오는 모습이 보였단다. 우스꽝스런 머리띠를 두른 여자였지." 아빠는 물 한 모금을 만신 뒤 이야기를 계속했다. "그 여자는 자신을 소개하지도 않고 그냥 '아기가 필요해요?'라고만 묻더구나. 우리는 고개를 끄덕였지. 그러자 여자는 '내가 아기를 줄 테니 한 가지 약속해요.'라고 말했어. 우리는 무슨 약속이냐고 물었지. 여자는 '둘째 아이가 생기면 그 아이는 나에게 줘야 해요.'라고 말하더구나."

프루는 소름이 끼쳐서 아무 말도 못한 채 아빠를 쳐다보았다. 아빠는 놀라는 프루를 보며 요란하게 침을 꼴깍 삼키고 말을 이어나갔다. "프루, 당시 우리는 간절했단다. 절실하게 아이를 원했어. 이해하겠니? 그래서 그러겠다고 대답했지. 우리가 둘째 아이를 갖게 될 거라고는 상상도 못했기 때문에 괜찮은 조건 같았어. 그 여자가 원하는 거래는 절대 일어나지 않을 거라고 확신했거든. 그러자 그 이상한 여자는 엄마에게 다가와 엄마의 배에 손바닥을 올려놓았어. 그게 끝이었어. 여자는 되돌아가고, 우리는 그 다리를 건너 집으로 돌아왔단다. 우리가 다리 밖으로 나오자 다리는 사라졌고. 그 후 엄마는, 크게 달라진 것을 느끼지 못했어. 우리는 모두 교묘한 거짓말이라고 체념했지. 그런데 몇 주일 후 병원에 갔더니 엄마가 *임신을 했다*는 거야. 그게 바로 너란다!"

아빠는 그 감격스러웠던 순간을 표현하려고 이렇게 말했지만 프루에게는 전혀 통하지 않았다. 프루는 그저 혼란스러울 뿐이었다. 아빠는 민망한 듯 찡그리며 프루의 반응을 살피더니 이야기를 이어나갔다. "그래, 그렇게 된 거야. 그리고 네가 태어났지. 우리는 세상에서 가장 행복한 사람이었어. 하늘을 둥둥 떠다니는 것 같았지. 더구나 너는 누구나 꿈꿀 만한 예쁜 아기였단다. 우리는 단 한 번도 아이를 더 낳겠다는 생각은 하지 않았어. 이제 겨우 지옥 같은 시간을 빠져나왔고, 다시 돌아가고 싶지 않았으니까. 사실 그걸로도 기진맥진했지. 한 아이로 충분히 행복했어. 게다가 엄마와 나는 나이가 많아서 둘째를 갖는 건 불가능한 일이라고 생각했다. 그런데 난데없이 네가 태어나고 11년 후에 엄마가 다시 임신을 했단다. 난데없이 말이야. 정말로 그런 일이 일어날 줄 몰랐단다. 너무도 오래된 일인데다 다리에서 만난 그 여자도 잊었을 거라고 생각했지. 그래서 아이를 그냥 낳았단다. 그 아이가 맥이야." 아빠는 시선을 내리깔고 조금 훌쩍거렸다. "그래서 그렇게 된 거야. 모든 게 우리 때문에 일어난 일이야. 그 여자는 자신의 거래를 지키기 위해 돌아온 거지."

부엌에 정적이 흘렀다. 비는 멈췄고 뒷마당의 참나무 가지가 바람에 흔들렸다.

"프루?" 프루가 잠깐 아무 말 없이 앉아있을 때 아빠가 물었다. "더 묻고 싶은 말 또 없니?"

부엌 쪽 통로에서 들려오는 발걸음 소리에 프루는 엄마가 왔음을 알아차렸다. 이윽고 엄마가 부엌으로 들어섰다. 엄마는 조용히 프루에게 걸어와 어깨에 손을 얹었다. "프루." 엄마가 속삭였다. "미안하다. 우리는 절대 너를 탓하지 않아. 너도 어쩔 수 없었어. 모두 우리 잘못이야. 우리의 어리석은 잘못 때문이야."

아빠도 고개를 끄덕였다. "어차피 맥은 우리 가족이 될 수 없었어. 매정하게 들리겠지만 이제야 모든 게 명백해졌어. 하지만 그 여자가 아니었다면 우리는 절대 아이를 갖지 못했을 거야. *너마저도.*" 아빠는 금방이라도 눈물이 떨어질 듯 그렁그렁한 눈으로 프루를 응시했다. 아빠의 손이 프루의 손을 잡아끌더니 꼭 쥐었다.

프루도 아빠를 쳐다보았다. 손은 그대로 두었다. 엄마의 손가락이 프루의 어깨를 주물렀다. 프루는 발목이 시큰시큰 쑤셨다. 머릿속에서 열이 났다.

"전 돌아갈 거예요." 프루가 말했다.

아빠의 눈이 휘둥그레졌다. "뭐라고?"

프루는 스스로 꿈에서 헤어나려는 듯 고개를 빠르게 흔들었다. "돌아갈 거예요. 돌아갈 거라고요." 프루는 제 손을 잡은 아빠의 손을 단호하게 뿌리친 뒤 식탁에서 검은 상자를 집어들었다. 이어서 룬문자가 쓰인 조약돌을 상자에 도로 넣고 뚜껑을 덮었다. "이거 제가 가져갈게요." 프루가 말했다. 프루의 어깨를 주무르던 엄마의 손이 아래로 내려왔다. 프루는 서둘러 식탁의자에서 일어났다. 일어선 채로 발목을 잠깐 시험해보니 사고 이후로 통증이 많이 가라앉은 듯해서 부엌을 걸어나갔다.

"잠깐!" 결국 엄마가 소리쳤다. 프루는 엄마의 말을 못 들은 체했다. 이미 계단을 오르면서 머릿속으로 떠나기 전에 준비해야 할 것들을 빠르게 나열하는 중이었다.

"서두를 것 없잖니." 계단 아래쪽에서 아빠의 목소리가 들려왔다. "더 생각해보자. 위험할 수도 있어!"

프루는 이미 방으로 돌아와 슈퍼맨처럼 재빨리 옷을 갈아입었다. 그러고는 룬문자가 새겨진 조약돌 상자를 주머니에 잘 넣었다. 상자 안에서 돌들이 달그락 소리를 냈다. 프루는 여왕의 코요테 병사들이 철교를 지키고 있으리라고 생각했다. 혹시 그 다리가 유령 다리인가? 프루가 알기로 그 다리는 강을 건너는 유일한 수단이었다. 고개를 돌리자 문가에 서있는 부모님이 보였다.

"다시 한 번 생각해봐, 프루." 엄마가 애가 타서 만류했다. "네가 해결할 수 있는 문제가 아니야. 그러다가 네가 다칠 수 있어."

"엄마 말 들어라." 아빠가 근엄하게 말했다.

프루는 잠깐 동작을 멈추고 부모님을 번갈아 바라보았다. 두 분의 얼굴에 근심이 가득했다. "아니요. 듣지 않을 거예요." 프루가 말했다. 프루는 두 사람 사이를 빠져나와 계단을 내려가기 시작했다. 부모님은 계단 꼭대기에 꼼짝 않고 서있었다. 부모님이 조용히 속삭이는 소리가 들렸다. "어떻게 좀 해봐요!" 뒤이어 "노력하고 있어!" 또 다른 목소리가 이렇게 말했다.

부모님이 뒤따라 계단을 내려오는 바람에 프루는 부엌에 들르지도 못했다. 아빠의 목소리가 복도에서 윙윙 울렸다. "프루, 멈춰! *안 된다.* 그 숲에 들어가면 *안 돼!*"

프루는 아빠의 억센 손이 자신의 팔을 움켜쥐는 것을 느꼈다. 프루는 거칠게 팔을 잡아 뺐다. 두 사람 사이에 어색한 침묵이 흘렀다. 프루와 아빠는 서로 쳐다보았다. 한 번도 딸의 행동을 강제로 막은 적이 없는 아빠였다. 아빠의 뺨은 하얗게 질려있었다.

"제발, 아빠." 프루가 언짢은 표정으로 노려보며 입을 열었다. "저한테 뭘

해라 마라 말씀하지 마세요. 적어도 지금은요. 엄마 아빠가 무슨 말씀을 하고 싶든 나중에 하시란 말이에요."

아빠가 뒤로 물러섰다. 아빠는 더듬거리며 사과를 했지만 프루는 화를 내며 아빠의 사과를 거부했다. "저는 두 분을 사랑해요." 프루가 계속했다. "아주 많이요. 하지만 지금은 두 분의 말씀을 거부해야 해요. 전 두 분의 뜻을 따를 수 없어요." 프루가 느끼던 분노는 어느새 방향을 잃어, 아무 말도 못한 채 복도에 서있는 두 어른에 대한 동정으로 바뀌었다. 그들은 마치 겁먹고 불안한 아이들처럼 보였다. "하지만 두 분이 이렇게 만드신 거잖아요, 그렇죠? 제 말은, 두 분은 그때 *무슨 생각*으로 *그러셨느냐*는 거예요."

마침내 아빠가 입을 열었다. "나도 함께 가자. 내 잘못이야. 내게 책임이 있어. 나한테 어떻게 가야 하는지 말해줄래? 내가 가서 맥을 찾아올 테니."

프루는 화를 내며 눈알을 희번덕거렸다. "저도 그랬으면 좋겠어요. 저도 정말로 아빠를 보내드리고 싶어요. 하지만 아빤 못 가세요. 설명하자면 길어요. 다만 다른 사람들이 못 가는 그곳을 전 갈 수 있어요. '변방의 마법' 뭐 그런 게 있어요. 그리고 또…," 프루는 부모님을 번갈아가며 바라보았다. "전 맥 덕분에 제가 살아있다는 사실을 고마워해야 해요. 맥이 아니면 전 절대 태어나지 못했을 거 아니에요, 그렇죠?" 잠시 침묵하던 프루가 결연하게 내뱉었다. "그러니까, 저는 맥을 찾으러 갈 거예요." 프루의 목소리는 크고 위압적이기까지 했다. "이상이에요."

프루는 돌아서서 성큼성큼 부엌을 통해 뒷마당으로 나갔다. 그곳에는 엉망이 된 자전거가 받침대에 비스듬히 기대어져 있었다. 프루는 현관 계단 아래에서 아빠의 빨간색 금속 연장통을 꺼내 샅샅이 뒤지기 시작했다. 집안에서 엄마의 울음소리가 희미하게 들렸다. 마침내 몽키 렌치를 찾아냈다. 프루는 찌그러진 앞바퀴를 분리하기 시작했다. 포크(앞바퀴와 프레임을 연결하는 길쭉한 부품. —옮긴이)에서 헐거워진 타이어를 잡아뺀 다음 낡은 자전거 바퀴를 가지러갔다. 지난 봄, 프루는 자전거 바퀴가 충분히 쓸 만한데도 여름이 되면 자전거를 많이 탈 것 같아 바퀴를 교체했다. 프루는 바퀴를 끄집어내 먼지를 턴 다음 휠 허브의 나삿니에 포크를 끼워넣으며 자신의 선견지명에 감탄했다. 몇 분 사이에 자전거는 다시 탈 수 있을 정도로 복구되었다.

뒷문으로 아빠가 나타났다. 아빠의 그림자가 현관 계단 불빛에 비쳐 잔디밭에 드리웠다. 프루는 가늘게 눈을 뜨고 문가에 기대선 검은 실루엣을 올려다보았다.

"이러지 마라. 프루." 아빠가 말했다. 지치고 약한 목소리였다. "우린 행복하게 살 수 있어. 우리 셋은."

"갈게요, 아빠." 프루가 대답했다. "행운을 빌어주세요." 프루는 자전거에 올라타고 거리를 향해 힘껏 페달을 밟았다.

탈출!

"**정**말 할 거야, 확실해?" 셉티무스가 비비 꼬인 밧줄을 조심스럽게 살펴
보며 물었다. 이미 반쯤 갉아먹은 밧줄은 조금밖에 남아있지 않았다.

"물론이지!" 커티스가 조바심내며 대답했다. "그냥 하면 돼. 어서! 간수가 언
제 돌아올지 모른단 말이야."

"셉티무스, 내가 붙잡고 있어. 걱정하지 마." 시무스가 힘겹게 말했다. 그는
새장에 배를 깔고 누운 상태에서 창살 밖으로 팔을 내밀어 커티스의 새장 창
살 윗부분을 붙잡고 있었다. 이런 상태를 만들기 위해 시간이 좀 걸렸다. 흔들
거리는 새장을 몇 번인가 놓친 끝에 겨우 시무스의 손아귀에 들어간 것이다.
그는 창살을 단단히 움켜잡고 있었다.

셉티무스는 시무스를 흘끗 본 뒤 마음이 놓이는지 어깨를 으쓱하더니 부지런히 남은 밧줄을 갉았다. 커티스는 다리를 양옆으로 쭉 뻗고 창살에 몸을 찰싹 붙인 채 균형을 잡고서 쥐의 작업을 유심히 지켜보았다.

"얼마나 남았니?" 잠시 후 그가 물었다.

셉티무스는 동작을 멈추고 몸을 뒤로 젖혀 남은 밧줄을 확인했다. "별로 많이 남지 않았어." 그가 말했다. "솔직히 나는 모르겠어. 왜 이래야……."

그때였다. 나지막하고 통상적인 '툭' 소리가 나며 밧줄이 끊어져서 셉티무스는 말을 멈췄다. 새장을 매달았던 밧줄이 끊어지자 쥐는 나무뿌리에 묶어놓은 남은 밧줄에 달랑달랑 매달렸다. 새장이 흔들리며 자유낙하할 때 커티스는 숨이 탁 막혔다. 동굴 바닥이 빙글빙글 올라오고, 돌과 뼈다귀들이 자신의 피를 부르는 것처럼 보였다. 그때 새장의 낙하가 갑자기 멈추고 시무스의 새장에서 고통스러운 신음이 흘러나왔다. 커티스는 고개를 들었다. 시무스는 손가락뼈가 하얗게 보이도록 새장의 창살을 죽을 힘을 다해 붙들고 있었다.

"으으으익!" 시무스의 신음이 크게 흘러나왔다. "생각만큼 쉽지 않군!" 그는 나무 창살을 잡은 채 더 안전하게 잡을 만한 곳을 탐색했다.

"꼭 잡으세요, 시무스." 커티스가 외쳐다. "자. 이제 아저씨가 손을 밧줄로 옮기면……."

시무스는 새장 위에 남아있는 밧줄을 잡을 때까지 한 손 위로 다른 손을 넘기는 식으로 창살 잡은 손의 위치를 바꿨다. 시무스의 동작 하나하나에 따라 새장이 조그맣게 삐걱거렸다. 그 동안 커티스는 뼈가 여기저기 널린 동굴 바닥을 내려다보지 않으려고 애를 썼다. 마침내 시무스는 밧줄이 매여진 고리볼트를 잡아 새장을 들어올린 뒤 창살 대신 밧줄을 잡았다. 느슨했던 밧줄이 새장의 무게로 다시 팽팽해지면서 신음소리를 냈다. 하지만 신음은 곧 웃음소리로 바뀌었고, 시무스는 숨을 헐떡이며 "아이고! 내가 널 떨어뜨렸다고 생각해봐!" 라고 소리쳤다.

커티스는 광란의 탭댄스를 추는 듯한 자신의 심장소리를 들으며 무심하게 웃으려고 했지만 지금 자기 상황에는 맞지 않는다는 것을 깨달았다. 웃자마자 목소리가 갈라졌다.

시무스는 얼굴이 점점 비트처럼 빨개지며 심각해졌다. "좋아, 그럼 이제 앵거스한테 가는 거지?" 그가 물었다.

커티스가 고개를 끄덕였다.

붉은 뺨이 복어처럼 불룩해진 시무스가 3미터 정도의 밧줄을 붙잡고 새장을 흔들기 시작했다. 그의 뺨이 불룩해지면서 밧줄의 흔들거림이 점점 작아질 때마다 커티스는 간이 쪼그라드는 것 같았다. 흔들거리는 새장이 가장 위로 올라간 지점 즉, 커티스의 머리 위로 1.5미터쯤 되는 곳에 앵거스의 새장이 보였다. 그는 새장에 납작하게 엎드려 팔을 밖으로 쭉 내민 채 커티스의 새장을 받을 준비를 하고 있었다.

"자… 지금이에요!" 커티스가 소리쳤다.

시무스는 우렁찬 기합 소리를 내며 새장을 공중으로 힘껏 던졌고, 커티스가 탄 비행기구는 기다리고 있는 앵거스의 손으로 날아갔다. 앵거스는 눈이라도 튀어나올 듯 팔을 앞으로 쭉 뻗은 채 언제라도 새장 창살을 움켜쥘 태세였다.

첫 번째 잡기는 실패였다.

두 번째 잡기도 실패였다.

이 순간 10분의 1초, 아니 100분의 1초, 1000분의 1초는 1분, 1시간, 아니

영원처럼 느껴졌다.

세 번째 잡기. 새장을 받으려고 쭉 뻗은 채 마구 흔들던 두 손이 드디어 밧줄을 잡자 자유낙하하던 새장이 갑자기 요동을 치며 멈췄다. 앵거스는 의기양양하게 안도의 한숨을 내뱉었다. 흡사 제방에 부딪치는 파도 소리 같았다.

"오, 하느님." 커티스가 낮게 읊조렸다.

시무스가 그들 뒤에서 껄껄 웃었다. "너의 하느님도 이건 못할 걸! 산적들의 날렵한 손가락이나 가능하지! 앵거스, 멋지게 잘 잡았어!"

앵거스는 말이 없었다. 그의 눈은 아직 감겨있었다. "휴, 오줌을 지리는 줄 알았다니까." 그가 속삭였다.

커티스는 이제야 동굴 바닥을 내려다봤다. 바닥까지 남은 거리가 족히 15미터는 되어 보였다. 새장 바로 밑에는 유난히 울퉁불퉁한 바위가 솟아있었다. 그는 벽에 기대어둔 사다리를 흘끗 보았다. 물리에 대해 많이 알지는 못하지만 (지난주에 7학년 생명과학책 1장을 배운 정도였다) 자신의 계산이 맞는다면 앵거스가 커티스의 새장을 최대한 크게 흔들어서 새장이 가장 높이 올라갔을 때 뛰어내리면 사다리에 닿을 수 있을 것 같았다.

"그 다음엔 그냥 사다리를 타고 내려가면 돼요." 커티스가 자신만만하게 말했다.

"뭐라고?" 온 힘을 다해 밧줄을 쥐고 있느라 앵거스의 목소리는 쥐어짜는 것처럼 힘겹게 들렸다. 그는 어찌어찌 해서 밧줄을 손목에 한 바퀴 감아쥐었는데, 그로 인해 한결 단단히 쥔 것처럼 보였다.

"그냥 사다리를 타고 내려가면 된다고요." 커티스가 다시 말했다. "제가 사다리까지 뛰어내릴 수 있으면요." 그는 앵거스를 올려다봤다. "하지만 아저씨가 저를 최대한 높이 올려주셔야 해요. 제 새장이 한껏 올라가게."

"그거야 식은죽 먹기지." 앵거스가 호기롭게 웃었다. "그러면 네가 그리로 뛰어내리겠다는 말이구나."

커티스가 진지하게 고개를 끄덕이며 대답했다. "네, 하는 데까지 해봐야죠." 그때 셉티무스가 열쇠 꾸러미의 열쇠를 하나하나 새장 자물쇠에 꽂아보았다. 기다란 은색 스켈리톤 열쇠가 커티스의 새장 열쇠였다. 철컥! 하고 둔탁한 금속음을 내며 빗장이 풀렸고, 커티스는 새장 문을 열어젖혔다. 한참 아래 땅이 좌우로 흔들렸다. 머리가 저 울퉁불퉁한 바위에 그대로 떨어진다면? 커티스는 그 광경을 보지 않으려고 눈을 감은 뒤 당장 해야 할 일에만 집중했다. 그는 열어놓은 새장 문 앞 난간에 발가락을 딛고 서서 손으로 창살 바깥쪽을 잡았다.

"됐어요." 그가 말했다.

앵거스는 심호흡을 한 뒤 기합을 넣어 커티스의 새장을 흔들기 시작했다. 처음에는 작고 빠른 호를 그리며 움직였지만 이내 속도가 붙어서 크게 흔들렸다. 앵거스의 새장도 덩달아서 흔들려 어느새 새장 두 개가 기다란 추처럼 동굴 안을 왔다갔다 했다. 커티스는 새장이 위로 올라갈 때마다 사다리까지의 거리를 쟀다.

"아저씨, 조금만 더 높게요!" 그가 소리쳤다.

"알았다!" 앵거스는 이렇게 대답하며 근육질의 팔을 더욱 구부렸다. 몇 차례 더 흔든 후 앵거스가 물었다. "이 정도면 되냐?"

커티스는 새장이 한껏 올라갔을 때 사다리까지의 거리를 가늠해보았다. 원하는 거리보다 조금 더 멀었지만 상관없었다.

"좋아요, 아저씨." 그가 외쳤다. "제가 '던져요!' 하면 있는 힘껏 새장을 던지세요."

"그러마." 앵거스가 대답했다.

새장 몇 개 너머에 있던 이몬이 응원을 했다. "이건 해 머던지기와 같은 거야, 앵거스. 자네 백 번도 넘게 해 봤잖아!"

"맞아. 하지만 배를 깔고 누워 서 해본 적은 없어서 말이야!" 그는 커티스의 지시를 기다 렸다.

"좋아요. 던져요!" 커티 스가 외쳤다. 그리고 순식간에 새장이 허공으로 날아갔다. 커티 스는 새장이 최고점에 오를 때까지 기다렸 다가(그야말로 눈 깜짝할 사이였다) 열어놓은 문가에서 팔과 다리의 반동을 이용 해 새장에서 몸을 날렸다. 그리고 정신이 들었을 때, 그는 그 거리를 뛰어내 려 사다리의 맨 꼭대기를 잡은 채 허둥대고 있었다. 거친 나무에 몸을 부딪히 고 왼발은 위에서 여섯 번째 가로대를 딛고 있었다. 하지만 막 승리의 함성을 지르려 할 때였다. 그의 체중 때문에 무게 중심이 바뀐 사다리가 꼭대기부터 동굴 벽에서 멀어지기 시작했다.

"어, 어, 어!" 금방 부러질 듯 가느다란 가로대가 예순 개쯤 달린 사다리가 서 서히 뒤로 기울어지기 시작했다. "어이, 꼬마야." 산적 한 명이 심드렁하게 말 했다.

332

커티스가 올라탄 사다리는 코미디처럼 꼭대기부터 서서히 벽에서 멀어졌다. 그리고 바닥과 완벽하게 직각이 된 순간 균형이 맞았다가 이내 빠르게 뒤로 넘어가기 시작했다.

땅바닥이 커티스에게 빠르게 다가왔다. 동굴 바닥에 흩어진 뼈다귀는 새로 추가되는 수집품을 환호하는 것처럼 보였다.

그런데 그때 사다리가 멈췄다. 갑작스럽고도 격렬하게. 커티스는 등이 아래로 향한 채, 왼쪽 팔로 사다리 가로대를 필사적으로 붙들고 있었다. 왼쪽 다리는 다른 쪽 다리 위에 겹쳐져 있고 구부린 다리의 오금에 웬 나무가 박힌 상태였다. 눈은 꼭 감겨있었다.

이윽고 산적들의 웃음소리가 들려왔다. 그르렁거리는 거친 안도의 웃음소리였다.

눈을 떴을 때 커티스의 시야에 들어온 것은 앵거스의 새장에 직각으로 걸쳐져있는 사다리였다. 사다리 꼭대기 가로대 위로 쑥 튀어나온 고리가 산적의 새장 창살에 걸려있었다.

"이 정도면 될 거야, 꼬마야!" 앵거스가 킥킥대며 말했다.

커티스는 한숨을 내쉬었다. "저도…," 그의 목소

리가 잠겨있었다. "저도 이렇게 하려고 했어요."

🌿

도로 위에 물기가 남아있어서 프루의 자전거는 미끄러운 검정색 도로를 쉭쉭 소리를 내며 달렸다. 뒤에서는 빨간색 라디오 플라이어 왜건이 요란스럽게 덜컹거렸다.

한적한 이른 아침이면 세인트 존스의 시내는 버려진 도시처럼 보였다. 하늘에는 짙푸른색의 안개가 끼어있었다. 개 몇 마리가 새로운 하루의 시작을 반가워하며 컹컹 짖었다. 작동하지 않는 신호등 앞에 차 한 대가 하릴없이 기다리고 있었다. 이처럼 다른 세상에 있는 듯한 시각에도 일상의 규칙은 적용되었다. 중앙광장 버스 정류장에서 옹송그리고 있던 물체는 정체불명의 파카와 털모자 더미였다.

프루는 고풍스러운 시계가 있는 길모퉁이를 돌아서 강으로 갔다. 거리가 갑자기 막다른 골목이 되었다. 시멘트로 된 차량 진입방지 말뚝이 나란히 박혀있고 그 너머에는 검은딸기나무와 노란 트럼펫처럼 생긴 금작화가 제멋대로 피어있는 들판이 펼쳐졌다.

자전거에서 내린 프루는 걸어서 연석을 건너고 울타리를 지나 야생화 들판으로 갔다. 앞쪽에는 강물이 졸졸 흐르는 얕은 강이 있고, 그 강을 지나 비탈을 내려가면 철로가 나있는 낭떠러지가 나올 터였다.

하지만 프루는 그렇게 멀리 돌지 않고 야생화 들판 한가운데 있는 작은 공터로 갔다. 이 공터에 아빠가 설명해준 대로 커다랗고 납작한 회색 돌이 놓여

334

있었다. 그 돌판 너머 얼마 떨어지지 않은 곳에도 가파른 낭떠러지 절벽이 있었다. 그 비탈은 한참 아래 풀이 난 강둑까지 이어졌다. 강 골짜기는 안개가 짙게 깔려있어서 전체가 흐릿하게 보였다. 프루는 수레국화 더미에 자전거를 조심스럽게 내려놓고는 그 돌까지 걸어갔다. 이어서 무릎을 구부리고 앉아 옷 주머니에서 작은 상자를 꺼냈다.

상자 뚜껑을 열고 그 안에 든 것을 유심히 들여다보았다. 알록달록하고 매끄러운 표면에 이상한 문자가 새겨진 조약돌 여섯 개…. "아아." 프루는 그 중 하나의 돌을 보고 조그맣게 중얼거렸다. "뭐라고 주문을 걸어야 할지 모르겠네, 하지만…." 프루는 조약돌을 꺼내 돌판에 올려놓고 그것들이 달그닥 소리를 내며 차고 단단한 돌 위를 굴러가는 모습을 지켜보았다. "수리수리마수리? 아니면 열려라 참깨?"

조약돌이 데굴데굴 구르고 빙빙 돌다가 각각 편안한 지점에 멈췄다. 이윽고 낯선 인장의 표면에 보이는 무늬들이 이상한 모양을 만들었다. 프루는 숨을 죽이고 기다렸다.

갑자기 바람이 불며 잡목 숲을 에워싸더니 숲을 마구 헝클었다. 강 쪽에서 특이한 금속성 울음소리가 들렸다. 수천만 톤의 금속과 강철이 어떤 곳에 자리를 잡느라 내는 오래된 신음소리였다.

고개를 들자 짙은 구름기둥으로 분출된 강 위의 물안개가 보였다. 물안개는 프루보다 훨씬 위에 끼어있어서 이른 아침의 연푸른 하늘을 가렸다. 그런데 구름 속에서 서서히 어떤 형상이 나타났다. 거대한 나선형 철제 밧줄로 만들어진 초록색의 아치였다. 안개가 흩어지면서 숨어있던 구조물이 점점 모습을 드러내더니 나중에는 절벽에서 저편 강기슭까지 놓인 거대한 다리가 되어 우뚝 솟았다. 거대한 다리 중간중간에는 높이가 수백 미터에 이르는 넓고 밋밋한 철탑이 쌍으로 세워져있고, 철탑 사이에는 성당처럼 다양한 크기의 아치가 이어졌다. 그리고 다리 양쪽에 나무 기둥만한 케이블이 기둥과 기둥을 연결하며 다리 끝에 고정되어 있었다.

프루는 이런 장관을 목격한 사람이 또 있는지 보려고 주위를 두리번거렸지만 이 서늘한 신새벽에 서있는 사람은 자신뿐이었다. 다리를 감쌌던 안개가 점점 흩어져 다리 상판 바로 아래에만 남아있을 때, 다리의 놀라운 모습이 온전히 드러났다. 강은 아직 안개로 뒤덮여있었다. 프루는 만족스럽게 룬문자가 새겨진 돌을 상자에 넣고 뚜껑을 닫은 뒤 자전거를 밀며 이 유령 다리를 걸어서 건너기 시작했다.

다리가 시작되는 지점에 있는 두 개의 가로등은 으스스한 빛을 뿜었다. 프루는 과감하게 앞으로 나아가기 전 조심스럽게 발로 바닥을 디뎌보았다. 체중을 실어도 될 만큼 단단했다. 사실 이 유령 다리의 포장상태는 진짜 다리의 포장상태와 다르게 느껴지지 않았다. 프루는 자신있게 발걸음을 뗐다. 자전거와 왜건의 덜컹거리는 소리만 고요한 아침을 방해했다.

다리 중간쯤에 이르렀을 때 작은 고리에 달린, 구리로 된 종이 하나 보였다. 프루는 호기심을 느끼며 다가갔다. 겉 표면은 몹시 변색되어 회녹색이었고, 디자인은 단순했다. 종 한가운데 가죽끈으로 연결된 추가 내려와 있었다.

프루는 본능적으로 다가가 가죽끈을 잡았다. 13년 전 두려움과 호기심과 소망으로 가득한 가슴을 안고 이 자리에 서있었을 부모님의 모습이 떠올랐다. 아빠는 이 줄을 잡고 종을 치기 전에 틀림없이 엄마를 바라보았으리라. 순간 두 아이를 위해 모든 것을 걸었던, 부모님에 대한 연민이 솟구쳐올랐다. 내가 부모님이었다면 똑같이 행동했을까? 프루는 갑자기 대담해져서 줄을 잡아당겼고 이내 종소리가 울렸다. 청동으로 된 종에서 세 번 같은 음조의 종소리가 났다.

그 소리는 부드러운 안개를 헤치고 다리 저편의 나무 울타리에 부딪쳐 메아리가 되었다.

내가 간다, 마녀야, 프루가 속으로 되뇌었다. *내 동생을 구하러 내가 간다.*

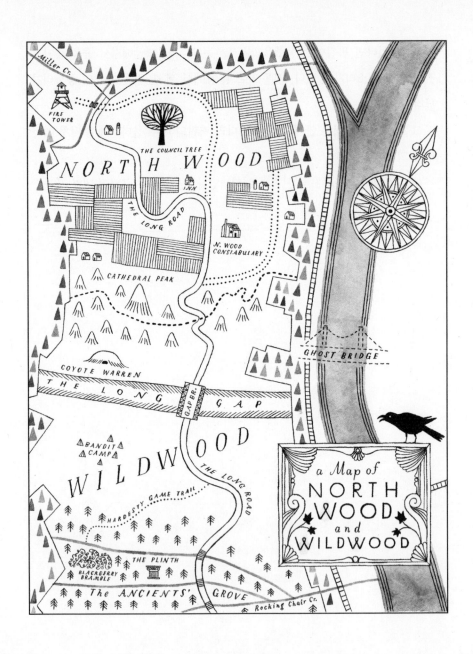

PART THREE

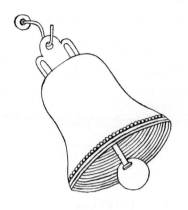

CHAPTER 20

세 번의 종소리

알렉산드라는 알현실의 단상에 서서 천장에 매달린, 꿈틀거리는 덩굴손 같은 식물 뿌리를 바라보았다. 가물거리는 횃불에 비쳐 부들부들 떠는 듯 보이기도 하고 흔들흔들 춤을 추는 듯도 했다. 병사들의 왁자지껄한 소리가 주위를 에워쌌다. 그들은 상자에 망치질해서 밀봉하고, 벽처럼 늘어놓은 미늘창과 소총을 수레에 실은 뒤 텐트를 걷고 있었다.

뿌리가 말했다.

"여왕님, 언제죠?" 뿌리들이 물었다. "우린 언제 먹게 되는 거죠?"

여왕이 웃으며 가느다란 손가락을 천장으로 뻗어 창백하고 연약한 뿌리털을 쓰다듬었다.

341

"때가 되면." 여왕이 대답했다. "곧 추분이란다. 그때가 되면 원조를 받게 될 거야. 우린 오늘 밤 고대의 숲으로 이사를 한다."

"네에에." 뿌리들이 속삭였다. "네에에." 뿌리들은, 배가 고파 혀를 할짝할 짝 핥듯 파르르 몸을 떨었다.

땡.

알렉산드라가 손을 옆으로 떨궜다.

땡.

그녀의 뺨에 온기가 올라 발그레해졌다. 눈은 휘둥그레해지고, 이마에는 주름이 잡혔다.

땡.

침묵이 흘렀다.

"종이 세 번 울렸구나." 여왕이 입꼬리를 일그러뜨리며 사악한 미소를 지었다. "어리석은 것, 어리석은 것 같으니."

※

산적들이 그 길고 휘청거리는 사다리를 얼마나 능숙하게 내려왔는지 커티스는 생각할 때마다 경이로웠다. 그는 맨 아래에 서서 발로 사다리를 단단히 고정시켰고, 산적들은 차례차례 새장 자물쇠를 열고 민첩하게 사다리를 타고 내려왔다. 정적이 흐르는 잠깐 사이에 산적 네 명이 모두 동굴 바닥으로 내려 왔다. 코요테 드미트리만 그냥 새장에 남았다. 그는 산적들에게 등을 돌린 채 창살에 기대어 앉아있었다. 산적들은 내내 그의 마음을 돌리려고 숨죽여 속삭였다.

"이봐, 가족을 생각해야지." 시무스가 요란하게 말했다.

드미트리는 뒷발로 창살을 짚고 물구나무서듯 일어섰다. "하지만…," 그는 망설였다. "자네들이나 탈출해. 난, 혹시라도 붙잡히면 군법회의에 회부될 거야. 그럼 보나마나 사형이라고."

코맥이 몇 걸음 걸어나왔다. "그러니까 잡히지 말아야지. 여기에 남는 건 명청한 짓이야. 놈들은 자네가 우리 탈출을 방관했다며 가만두지 않을 거야. 일부러 징계처분을 받을 필요는 없잖아, 그렇지 않아?"

드미트리는 그 말에 대해 잠시 생각하더니 어깨를 으쓱하며 말했다. "그래, 자네 말이 옳아. 좋아. 열쇠를 던져."

열쇠 꾸러미가 던져지고, 자물쇠가 열렸다. 드미트리는 용의주도하게 사다리를 타고 내려왔다. "좋아." 바닥으로 내려온 뒤 그가 말했다. "이제 어떻게 해야 하지?"

"자네가 우리를 밖으로 안내해줘." 이몬이 덥수룩한 검은 수염의 비듬을 털며 말했다. "셉티무스가 앞에서 정찰병 노릇을 할 거야. 자네가 이 동굴을 잘 알잖아?"

"그야 훤하지." 드미트리는 주둥이를 위로 쳐들어 킁킁대며 공기 냄새를 맡았다. "길을 찾을 수 있을 거야."

앵거스는 불꽃이 남아있는 횃불을 손에 쥐고 (그가 횃불을 횃불꽂이에서 잡아뺄 때 공중으로 불꽃이 튀었다) 쥐를 불렀다. "만날 지점을 정하자고."

"무기고가 좋아요. 거기에 사람들이 다니지 않는 샛길이 있어요. 중앙 홀을 피해서 뒷문으로 나갈 수 있다면요." 셉티무스가 공처럼 둥근 나무뿌리 속 자신의 은신처에서 속삭였다.

"하지만 산적왕을 구하기 전에는 나갈 수 없어." 코맥이 동료들에게 말했다. "브렌든 없이는 여길 떠나지 않을 거야."

네 명의 산적, 심지어 툭하면 어깃장을 놓던 시무스까지도 절대 동의한다는 듯 고개를 끄덕였다.

"좋아요." 셉티무스가 나섰다. "심문실은 중앙 홀에서 그리 멀지 않아요. 길 알죠, 드미트리?" 드미트리가 고개를 끄덕이자 셉티무스가 말을 이었다. "제가 앞장설게요. 혹시 무슨 문제가 생기면 제가 미리 차단해야 하니까요."

쥐가 넝쿨 뿌리 사이로 사라졌다. 어쩌다 탈옥수가 된 코요테와 바깥세상에서 온 소년 그리고 네 명의 산적은 뒤도 돌아보지 않고 감옥을 나섰다.

감옥과 연결되는 터널의 공기는 후끈하고 눅눅했다. 산적들은 발소리를 내지 않고 걸었다. 드미트리와 커티스의 발소리만이 정적을 깨뜨렸다. 커티스는 네 산적들처럼 소리내지 않고 민첩하게 움직이는 방법을 흉내내려고 애썼지만 대단히 어려웠다. 산적들의 비상한 몸놀림은 타고난 본능이었다. 얼마 후 그들은 교차로에 도착했다.

"드미트리?" 코맥이 조용히 불렀다. "어느 쪽인가?"

드미트리는 무리 앞으로 나가 네 개의 길에 각각 주둥이를 갖다댔다. 그리고 나서 "무기고로 가려면 오른쪽으로 가야 하네."라고 말했다. "곧장 가면 중앙 홀이 나오지." 그는 가슴을 들썩이며 재빨리 숨을 들이마셨다. "꺼진 모닥불 냄새가 나는데. 난롯불을 껐어. 이상한데."

"왜요?" 커티스가 물었다.

드미트리가 돌아다보았다. "한 번도 불이 꺼진 적이 없거든. 언제나 훨훨 탔지. 내가 운이 없어서 2주일 동안 불 피우는 일을 했지. 재미없었어."

"신경쓰지 말고," 코맥이 속삭였다. "어서 가기나 하자고."

그들은 앵거스의 안내로 오른쪽으로 돌아갔다. 앵거스가 든 횃불이 통로 벽에 동그랗고 노란 불빛을 드리웠다. 천장에는 식물 뿌리와 울퉁불퉁한 바위가 서로 경쟁하듯 빽빽하게 들어차 있었다.

조금 뒤처져서 가던 커티스는 느슨하게 풀려있는 신발 끈을 밟아 하마터면 넘어질 뻔했다. 바닥에 넘어지기 전에 간신히 몸을 지탱했지만 크게 "어엇!" 하는 소리를 냈다.

"쉿!" 시무스가 나무랐다. "조용히 걸어. 그러다 코요테 병사들이 몰려온다."

"죄송해요. 조심할게요." 커티스가 속삭였다. 하지만 시무스가 왠지 어리둥절한 표정을 짓고 있었다. 아직까지 자신들을 잡아놓은 자들로부터 아무 기척도 없다는 게 이상했다. 사육지 동굴 통로가 이상하게 조용했다.

마침내 그들은 또 하나의 교차로에 이르렀다. 그들은 드미트리의 지시에 따라 왼쪽으로 돌아 좁은 샛길로 들어섰다. 그리고 한동안 통로를 빙빙 돌고 나자 비좁고 갑갑한 방이 나왔다.

"잠깐만," 앵거스가 나지막이 말하며 횃불이 높이 쳐들었다. 불빛 사이로 벽에 나있는 작은 문이 살짝 열린 게 보였다. "무슨 소리가 들려."

탈옥수들은 다 같이 숨을 죽였다. 정적을 깨고 종종걸음치는 소리가 들렸다. 조그만 발이 흙바닥을 달리는 소리였다.

이윽고 수염 난 쥐의 주둥이가 문틈으로 나타났다. 셉티무스였다. 그가 앞발을 가지고 삐걱 소리가 나게 문을 밀었다.

코맥은 질책하듯 한 손가락을 입술에 대고 조용히 하라는 시늉을 했다. 하지만 셉티무스는 아랑곳하지 않았다.

"아무도 없어요." 쥐가 말했다. "여기를 버리고 떠났어요."

"뭐라고?" 코맥이 자기도 모르게 나지막이 속삭였다.

"아무도 없다고요. 없어졌다고. *싸악!*" 셉티무스는 쫙 벌린 앙상한 앞발을 들어보이며 말했다. "속삭일 필요도 없어요. 어차피 지금 이곳에는 듣는 사람도 없으니까."

"그렇다면…," 탈옥수 무리 뒤편에서 드미트리의 목소리가 들렸다. "나를 버려둔 채로 떠났단 말이야? *감옥에 두고?*"

"우린 어떻고? 우리도 남았을 뻔했어." 시무스가 끼어들었다.

"그건 그렇지만… 자네들이야 적이니까." 드미트리가 설명했다.

"그 여자는 자기 병사도 챙기지 않는군." 앵거스가 중얼거렸다.

산적들의 행동이 갑자기 느긋해졌다. 시무스는 벽에 기대서서 손톱에 낀 흙때를 한가로이 뺐다.

드미트리는 비참한 기분이 들었다. "그러게 말이야." 그가 천천히 말했다. "게다가 난 '총체적인 건방짐'인지 뭔지 그런 죄목으로 감옥에 갔는데."

"틀림없이 중죄구면." 앵거스가 대꾸했다.

셉티무스가 끼어들었다. "그런데 산적왕 찾는 거 아니었어요, 그렇죠?"

코맥의 얼굴이 환해졌다. "우리 대장도 두고 갔냐? 그는 어디 있어?"

"저를 따라 오세요." 셉티무스가 이렇게 말하고는 문 귀퉁이로 사라졌다.

앵거스가 횃불을 높이 쳐들자 네 명의 산적과 커티스, 드미트리는 쥐를 따라 어두컴컴한 통로를 걸어갔다.

마지막 종소리가 잠잠해지자마자 프루는 자전거에 오른 뒤 미친 듯이 페달을 밟아 남은 다리를 마저 건넜다. 종소리가 나자마자 자신이 경솔하게 종을 울린 사실이 후회되었다. 바람이 몰아치자 다리 가장자리 아래 물결마루에서 찬 기운이 느껴지고, 현수교 맨 꼭대기 케이블이 흔들리며 요란하게 우는 소리를 냈다. 자전거 바퀴 아래 상판이 출렁거렸다. 프루는 다리가 유령이라는 사실을 명심하면서 다리 저편 땅만 응시했다.

옅은 안개가 또다시 거대하고 뿌연 적란운 같은 안개로 변하고, 그 구름에 가려 다리가 보이지 않자 라디오 플라이어 왜건의 뒷바퀴 한쪽이 땅에 붕 뜬 것처럼 보였다. 프루는 브레이크를 세게 밟고 안개 속으로 사라진 초록색 강철기둥을 돌아다보았다. 그러고 나서 안개가 걷히자 입을 쩍 벌린, 건널 수 없는 골짜기가 드러났다.

프루는 어렴풋이 드러난 나무 울타리를 바라보며 몸서리를 쳤다. 태양이 두툼한 커튼 같은 구름 뒤로 우울하게 떠올랐다. 그 빛은 전나무와 삼나무 우듬지를 배경으로 청회색을 띠었다. 새들의 합창이 시작되자 대기가 점차 요란한 선율로 가득 찼다. 프루는 언덕을 내려다보다 강과 나란히 북쪽으로 나있는, 경사면이 깎여 생긴 흙길을 발견했다. 프루는 자전거 핸들을 단단히 쥐고 조심스럽게 몇 미터쯤 내려간 뒤 그 길을 따라 달리기 시작했다.

어느 정도 가자 길의 경사는 꽤 완만해져서, 기슭을 향해 급격하게 방향을 꺾어야 한다든지 하는 장애물은 더 이상 나오지 않았다. 숲과 경계를 짓는 키 작은 나무들 사이를 느긋하게 가기만 하면 됐다. 알고보니 자전거는 편안하게 달리지만 뒤따라오는 빨간색 왜건은 덜컹거리며 꽤 야단법석을 떨고 있었다.

꽤 갔다고 느꼈을 때 프루는 걸음을 멈추고 자신의 위치를 점검해보았다. 멀리 남쪽을 바라보자 세인트 존스는 건물 옥상들만 점처럼 보이고 철교는 이리저리 움직이는 강 안개에 가려져 거의 보이지 않았다.

"*다시 가는구나.*" 프루가 한숨을 내쉬었다.

프루는 고사리밭 사이로 공터가 없나 찾으며 언덕 기슭을 유심히 살폈다. 고맙게도 잔가지가 많은 층층나무 사이로 틈이 있어서 덤불 깊이 들어갈 수 있었다. 프루는 키가 작은 나무 사이로 한동안 자전거와 왜건을 몰다 빽빽한 풀이 다리에 닿을 때면 얼굴이 찌푸려졌다. 얼마쯤 가자 덤불은 점차 줄어들고 위풍당당한 전나무 숲이 나왔다. 나무와 나무 사이 틈새는 땅을 뒤덮은 애기괭이밥이며 살랄 넝쿨 따위가 자라는 너른 풀밭에게 창문이 되어주었다. 조금 더 가자 잿빛이 더욱 스며들었다. 프루는 자신이 지나온 숲속 벌판이 호박 넝쿨과 콩대가 뒤엉킨 채소밭 중 하나라는 것을 깨달았다. 이윽고 조용한 자갈길이 펼쳐지고, 프루는 그 길을 따라 갔다. 이 길 역시 반듯반듯하게 정리된 일련의 풀밭 한가운데로 난 길이었다. 프루는 멀리 나무 사이에서 연기 나는 굴뚝과 금방이라도 무너질 듯한 작은 집들을 발견했다. 왠지 새로운 풍경에 호기심을 느껴 자전거를 세워둔 채 그 밭들을 살펴보려고 가까이 다가갔다. 길을 벗어나자마자 어떤 목소리가 튀어나왔다.

"꼼짝 마. 거기 서." 낮고 차분한 목소리였다.

프루는 그 자리에 얼어붙었다.

"손 들어." 그 목소리가 지시했다.

프루는 천천히 머리 위로 손을 올렸다.

"자, 내 쪽으로 돌아서. 천천히. 난 무장을 했고, 총 쏘는 것을 무서워하지 않아." 그 목소리가 경고했다.

프루는 침을 꼴깍 삼켰다. 그리고 텃밭 쪽에서 흙길 쪽으로 천천히, 목소리를 향해 몸을 돌렸다.

앞에 서있는 것은 토끼였다. 그것도 삼지창을 든 토끼. 머리에는 소쿠리처럼 보이는 것을 쓰고 있었다.

"무기가 있으면 내려놔." 토끼가 명령했다.

프루는 상대를 뚫어져라 바라보았다. 프루의 무릎 정도 오는 키의, 갈색 얼룩 토끼가 뒷발로 서있었다. 머리에 쓴 소쿠리 때문에 기다란 귀를 얼굴 양옆으로 내려뜨렸는데 몹시 불편해보였다. 토끼는 프루가 자신을 이상하게 여긴다는 점을 눈치챈 게 틀림없었다. 얼른 모자를 고쳐 썼다. 한 쪽 귀가 소쿠리 손잡이 밖으로 쑥 튀어나왔다. 그는 화를 내며 작은 삼지창을 휘둘렀다. "내가 무기 내려놓으라고 그랬지!" 그가 희고 납작한 이빨을 드러내며 소리쳤다.

"난 무기 없어요." 프루가 마침내 대답했다. 프루는 손을 저었다. "자, 봐요. 난 무기 같은거 없다니까요!"

토끼가 킁킁 공기 냄새를 맡으며 흡족해했다. "넌 누구고, 노스우드에는 왜 왔지?"

"난 프루예요. 바깥세상에서 왔어요." 프루는 잠깐 멈췄다가 이렇게 덧붙였다. "신비주의자를 만나러 왔어요."

토끼가 눈썹을 쫑긋 치켜세웠다. "바깥세상 사람? 어쩐지 좀 웃기게 생겼다 했더니. 여긴 어떻게 들어왔지?"

"세인트 존스에서 강을 따라 왔어요. 그냥 걸어서요." 프루가 설명했다. "이제 손 좀 내려도 돼요?"

"좋아." 토끼가 허락해줬다. "하지만 나와 함께 가야 해."

토끼는 삼지창의 뾰족한 가지로 프루의 등을 겨눠 흙길을 계속해서 걸어가게 한 뒤 그 뒤를 바짝 따라갔다. 머리 위에 걸린 구름의 좁은 틈으로 새어나온 햇빛이 숲 사이의 벌판에 내리쬐었다. 주변에 점점이 흩어진 밭에는 이내 햇빛이 온통 내리쬐었다. 이곳은 구릉 같은 풀밭이 있고 그 둘레를 푸른 알전구처럼 생긴 양귀비밭이 화환처럼 둘러싸고 있었다. 나무 사이로 아늑히 자리 잡은 더 많은 집들이 보였다. 직접 구할 수 있는 나뭇가지나 돌, 진흙 따위의 재료로 만든 집들은 사우스우드에서 본 여느 집보다도 한층 소박했다. 지붕은 누런 건초더미를 엮어서 씌웠다.

프루는 한참 걸어가다가 용기를 내어 물어보았다. "머리에 쓴 거, 그거 소쿠리예요?"

"뭐?" 토끼는 수상쩍은 표정으로 물었다. "천만에! 헬멧이지, 아암."

"그런데 당신은 누구예요? 아니면 직함이라도?" 프루는 토끼에게 따지는 것처럼 들리지 않기를 바라면서 조심스럽게 질문을 했다.

"노스우드 인민공동체의 경찰관." 토끼가 자랑스럽게 대답했다. "길에서 너 같은 쓰레기를 깨끗이 치우는 게 내 일이지." 이렇게 말한 다음 토끼는 말버릇인 듯 무의식적으로 '아암'이라는 단어를 덧붙였다.

길이 넓어졌다. 그리고 점점 많은 여행자와 동물, 사람들이 길을 오갔다. 많은 사람들이 걸어다니는 길을 어떤 이들은 흔들거리는 낡은 자전거나 등에 오물이 묻은 당나귀를 타고 느릿느릿 지나갔다. 술을 달아 장식한 노새 두 마리가 끄는 포장마차도 옅은색 덮개를 흔들며 느릿느릿 길을 따라 굴러갔다. 프루

350

는 그 모습을 흥미롭게 바라보았다. 포장마차는 바퀴 위에 올려놓은 작은 집 같았다. 그런데 놀랍게도 마차를 모는 마부가 코요테였다. 순간 며칠 전 코요테 병사들한테 끌려간 커티스의 모습이 떠올랐다. 하지만 포장마차가 가까이 다가왔을 때 친절한 코요테의 표정을 보자 걱정스러운 마음이 금방 사라졌다. 프루와 토끼가 지나갈 때 코요테 마부는 순경을 향해 목례를 했다. 이곳에서는 코요테가 이웃들과 사이좋게 지내는 게 분명했다.

마침내 토끼는 큰 길에서 벗어난 좁은 오솔길로 프루를 데리고갔다. 얼마쯤

가자 너른 목초지 한가운데 있는 작은 통나무집이 나왔다. 금방이라도 허물어질 듯한 현관 위로 '노스우드 경찰 지구대'라고 씌어진 간판이 보였다. 빛바랜 거친 무명 바지에 단추를 반쯤 풀어헤친 리넨 셔츠 차림의 여우가 현관 앞 의자에 앉아 담배를 피우고 있었다.

"거기 누군가, 새뮤얼?" 여우가 물었다.

토끼는 삼지창 자루로 땅바닥을 툭툭 내려친 뒤 경례를 했다. "바깥세상 사람입니다. 국경선에서 발견했습니다. 신비주의자를 만나러 왔다네요, 암."

여우가 고개를 들었다. "바깥세상? 도대체 어떻게 여기로 들어왔지?"

"아마 숲의 마법을 썼나봅니다. 틀림없이 혼혈아입니다." 토끼가 대답했다.

"뭐라고요?" 프루가 끼어들었다.

여우는 프루를 찬찬히 뜯어보며 말했다. "음, 그런 것 같네. 요즘은 더 이상 많이 찾아보기 힘든데 말이야."

"혼혈아라뇨, 무슨 말이에요?" 프루가 흥미로워하며 물었다.

여우는 그 질문을 못 들은 체했다. "여기는 어떻게 왔지, 왜 왔어?" 그는 이렇게 물으며 의자에서 일어났다. 그가 파이프의 재를 바닥에 툭툭 털었다. "우린 골치 아픈 일을 떠맡기 싫은데."

"신비주의자를 만나러 왔어요." 프루가 설명했다. "아비앙 공국의 올빼미 렉스의 말을 듣고 왔어요. 미망인 여왕이 제 동생을 납치해서 데리고 있어요. 와일드우드에서 군인들을 훈련시키고 있고요. 저는 그녀가 무엇을 하든 상관하지 않지만 제 동생을 찾아야 해요."

여우는 프루를 한참 쳐다보고 나서 입을 열었다. "충분히 중대한 사태인 것 같군. 새뮤얼, 이 혼혈아 소녀를 신비주의자에게 데려다주어야겠어. 그들이라면 방법을 알고 있을 거야."

새뮤얼은 경례를 하고 또 한 번 삼지창 자루로 바닥을 쳤다. 여우는 느긋하게 집밖으로 몇 걸음 걸어나왔다. 토끼가 헛기침을 했다. "저, 서장님." 토끼가 조용히 속삭였다. "서장님도 무기가 필요하실 텐데요. 이건 정식 순찰 업무입니다. 그렇지 않습니까?"

여우는 부하의 경망스러운 참견이 분하다는 듯 토끼를 빤히 노려본 뒤 돌아서서 경찰서 안으로 들어갔다. 잠시 후 그가 나뭇가지를 자르는 전정가위 두 개를 허리에 차고 돌아왔다.

"좋아." 여우가 말했다. "가세."

CHAPTER 21

다시 찾은 와일드우드;
신비주의자와의 만남

그들은 동굴의 낮은 터널을 울리는 신음소리를 한동안 들은 끝에 심문실에 도착했다. 셉티무스의 안내는 더 이상 필요없었다. 고통스러운 신음소리만으로도 산적왕의 위치를 알아낼 수 있었다. 커다랗고 까만 가마솥이 한쪽으로 내동댕이쳐진 중앙 홀을 지나 바로 모퉁이를 돌자 높은 천장에 두꺼운 밧줄로 묶인 채 매달려 있는 산적왕이 보였다. 그 모습을 보자마자 그들은 자리에서 멈춰서고 말았다. 산적왕의 머리에는 마대자루가 씌워져 있고 목에는 가죽 끈이 단단히 매여있었다. 앵거스는 대장에게 달려가 손목을 잽싸게 움직여 얼굴에서 마대를 벗겨냈다.

"대장!" 그가 외치자 나머지 산적들도 달려왔다.

브렌든은 시커멓게 멍든 모습으로 힘겹게 눈을 떴다. 아랫입술에는 피가 검게 말라붙고, 머리카락은 땀으로 찰싹 달라붙어 있었다.

"이봐, 자네들." 그가 지치고 거친 목소리로 말했다. "나 좀 내려줘."

그들은 순식간에 대장을 공중에서 끌어내렸다. 셉티무스가 재빨리 밧줄을 타고 올라가 밧줄을 갉았고, 커티스와 산적들은 바위투성이 바닥으로 떨어지지 않게 아래서 받쳤다. 팔을 뒤로 돌려 손목을 묶은 밧줄은 쉽게 제거되었다. 산적왕은 바닥에 앉아 빨갛게 부풀어오른 손목을 비볐다.

"어떻게 된 겁니까?" 잠시 후에 시무스가 물었다.

"응, 놈들이 나를 때려눕혔어." 브렌든이 기력을 되찾은 목소리로 대답했다. "그 무례한 코요테 녀석들이 캠프의 위치를 알아내려고 했지." 그는 자신을 구해준 부하들을 둘러보다 드미트리에게 눈길이 멈췄다. "저 코요테는 왜 여기 있는 건가?"

드미트리가 앞발을 위로 들었다. "저는 대장 편입니다."

브렌든이 수상쩍은 듯 가늘게 뜬 눈으로 코요테를 살폈다.

"그래서 말했어요?" 시무스가 물었다. "그 자들에게 말했어요?"

브렌든이 뭔가 깊이 꿰뚫어보려는 눈초리로 시무스를 가만히 응시했다. 그의 목 힘줄이 팽팽히 당겨지면서 파르르 떨렸다. 이윽고 낮고 신중한 목소리로 말했다. "무슨 생각을 하는 건가?"

시무스가 짓궂은 미소를 지으며 대장에게 손을 내밀었다. "다시 만나서 기뻐요, 대장."

브렌든이 웃으면서 산적의 쭉 뻗은 손을 받아들였다. 바닥에서 일어서려던 그가 약간 비틀거렸다. "그 코요테들이 어찌나 두들겨패던지." 그가 휘청거리며 나지막이 중얼거렸다. "하지만 얼마든지 자네들과 함께 걸을 수 있어. 그런데 마녀는 어디 있나? 그 마녀는 이제 내 밥이다."

"떠났어요." 앵거스가 설명했다. "모두 짐을 싸서 떠났어요. 여기에는 한 명도 남지 않았어요."

브렌든은 고개를 끄덕이며 방안을 둘러보았다. "그럴 줄 알았어. 생각해보니, 나를 주머니쥐처럼 여기에 매달기 전에도 내게 그다지 심하게 굴지 않았어."

"그들이 어디로 갔다고 생각하세요?" 커티스가 용기를 내어 물었다. "혹시 그 짓을 하려고 간 거 아닐까요? 맥과 관련된 일이요."

브렌든은 놀라서 커티스를 빤히 쳐다봤다. 다리를 약간 절며 천천히 걷던 그는 커티스의 얼굴과 가까운 곳에서 걸음을 멈췄다. 그는 커티스보다 30센티미터는 더 키가 컸고, 하얀 피부에는 잡티 하나 없었다. 그의 이마에 새긴 문신이 햇볕에 그을리고 땀에 젖어 희미하게 보였다. 왼쪽 눈 아래 푹 꺼진 부분이 멍 때문에 더욱 어두워 보였다. 커티스는 자신을 내려다보는 브렌든의 숨결에서 시큼한 냄새를 맡았다.

"너 바깥세상에서 온 아이구나. 이제 우린 여기 있고, 자유의 몸이다……." 그는 커티스의 군복 옷깃 앞에서 주먹을 꼭 쥐어보였다. "너에게 내 진짜 생각을 말해줄까?"

브렌든이 두 팔을 구부리자 커티스는 자신의 신발 뒷굽이 동굴 바닥에서 붕 떠오르는 것을 느꼈다. 산적왕은 커티스의 얼굴을 자신의 얼굴 높이로 들어올린 뒤 위협적으로 노려보았다.

"네 녀석은 갈기갈기 찢겨야 마땅해." 그가 속삭였다. "네가 한 짓 때문이지. 이 멍청한 녀석, 쓸데없이 끼어든 이방인 녀석."

커티스는 어쩌지도 못하고 훌쩍거리기 시작했다. "전 몰랐어요!" 그가 항변했다. 브렌든이 멱살을 잡는 바람에 목이 조였다. "전 여왕이 옳은 일을 하는 줄 알았어요. 전 정말 몰랐어요."

"이런!" 코맥이 커티스 곁으로 다가서며 외쳤다. 그가 브렌든의 팔을 잡았다. "걱정 마세요. 이 아이는 우리 편이에요."

브렌든의 손아귀가 비로소 살짝 느슨해졌다. 커티스의 발이 다시 바닥에 닿았다.

코맥이 말을 이었다. "이 아이가 목숨을 걸고 우리를 탈출시켰어요. 우리 편이에요." 브렌든은 커티스의 멱살을 놓은 뒤 옷을 반듯하게 펴주었다. 핏발 선 그의 오른쪽 눈이 휘둥그레졌다. 코맥이 커티스에게서 브렌든을 잡아끌었다.

"우리 편이라 이거지, 응?" 브렌든이 방안을 둘러보며 물었다.

네 명의 산적이 일제히 고개를 끄덕였다. 그들의 강철빛 얼굴이 낮은 횃불에 비쳐 번쩍거렸다.

"음, 좋아." 브렌든이 말했다. 그는 다리에 힘이 빠져 발을 질질 끌며 뒷걸음질을 쳤다. 이몬이 재빨리 그의 곁으로 달려가 팔을 잡아 부축했다.

"대장!" 다른 산적들 역시 그를 도우려고 다가갔다.

산적왕은 팔을 저어 그들을 물리쳤다. "잠깐 힘이 빠졌을 뿐이야." 별일 아니라는 듯 그가 말했다. "그냥 좀 쉬게 해줘."

방이 조용했다. 누군가 자신의 바짓가랑이를 잡아당기는 것을 느껴 내려다보니 셉티무스였다. 커티스가 고갯짓을 하자 셉티무스는 군복을 타고 올라와 커티스의 어깨에 편안하게 앉아 산적왕을 쳐다보았다. 네 명의 산적은 근심 어린 표정으로 서로를 흘끗 곁눈질했다.

"우린 이동한다." 브렌든이 마침내 입을 열었다. "캠프로 돌아간다." 그가 고개를 들었다. 얼굴에 혈색이 돌아와 있었다. "아무쪼록 그 여자아이로 인해 놈들이 냄새를 맡지 않았기를 바랄 뿐이야. 자, 힘을 모으자고."

눈에 띄게 기력을 되찾은 브렌든이 턱을 높이 들고 이몬의 손길을 자연스럽게 뿌리친 다음 자신의 힘으로 방 한가운데까지 다리를 절며 걸어갔다.

"정말로 마녀가 그런 짓을 한다면, 바깥세상 아이를 제물로 바친다면." 그가 결연하게 말했다. "지금 당장 전 병력을 고대의 숲으로 진격시켜야만 한다. 내 계산이 맞다면 내일이 추분이야." 그는 커티스를 흘끔거렸다. "우리가 가서 막아야 해. 맹세코 우리는 그 마녀의 진로를 차단할 것이다. 게다가 담쟁이가 먹을 피는 반드시 그 마녀의 피여야 해." 돌아서서 산적들을 바라보는 그의 입가에 악의적인 미소가 피어올랐다. "난 너희들 관계에 대해서는 잘 모른다. 이 지긋지긋한 동굴에서 어서 나가고 싶을 뿐! 자, 이동하자."

산적들이 입을 모아 동의했다. 무리는 동굴 출입구를 향해 움직이기 시작했다.

🌿

토끼와 여우는 아주 느긋하게 걸었고, 프루는 그들과의 거리를 확인하며 더 빨리 가지 않도록 애써 보폭을 맞추는 것 외에 할 수 있는 게 없었다. 그들은 안하임 고추가 자라는 데는 어떤 날씨가 최고이며, 매운 맛을 극대화하려면 어떻게 보관해야 하는지에 관해 열띤 토론을 벌였다. 그러다 요점을 말해야 할 때면 어느 한 명이 길 한가운데 서서 조그만 손가락을 꼽았다. 한번은 길에서 완전히 벗어나는 바람에 프루도 따라서 덤불을 헤매고 다녀야 했다. 그 주 초반에 토끼가 몸에 좋은 그물버섯밭을 발견했는데, 그게 아직까지 거기에 있는지 보고 싶은 호기심이 발동했기 때문이다.

그야말로 느긋하기 그지없는 여행의 진수를 맛본 프루는 용기를 내어 항의했다. "신비주의자를 빨리 만나는 일은 저한테 아주 중요하단 말이에요. 저에게 시간이 얼마나 남았는지조차 몰라요."

하지만 이렇게 힘겹게 항의를 해도 돌아온 건 안내인들의 차가운 침묵뿐이었다. 프루를 무시하는 표정을 지으면서 여우가 대꾸했다. "이래봬도 우린 최대한 빨리 움직이고 있다. 미리 경고하는데, 우리는 노스우드 보안대 소속이고, 상황에 맞는 속도로 움직이는 것이다."

프루의 불평 이후 그들은 말을 많이 줄였지만 걷는 속도는 그대로였다.

이곳 시골은 평화롭고 고요했으며 와일드우드의 원시적인 숲이나 사우스우드의 바쁘게 돌아가는 대도시 분위기와 사뭇 달랐다. 깨끗한 공기 속에는 낙엽이나 토탄 태우는 냄새가 약간 배어 있었다. 시골 풍경에 마을이란 것은 따로 없었다. 단지 나무와 돌로 만든 가축우리처럼 생긴 집들이 드문드문 보이고, 그 사이로 넓은 흙길이 구불구불 나있었다. 게다가 그런 오두막 위에 식품이라든지 음료

359

수를 광고하는 간판이 붙어있었다. 또 다른 곳에는 우체국임을 암시하는 듯 날개 달린 봉투가 그려진 나무 간판이 달려있었다. 그들은 걸어가는 동안 많은 행인들을 만났다. 하나같이 느릿느릿 움직이던 행인들은 두 경찰관을 반갑게 맞았다. 얼마 후 그들은 숲속에서 구부러진 곳을 돌아 작은 식당에 도착했다. 흙으로 만든 굴뚝에선 토탄 연기가 몽실몽실 피어올랐다. 현관 밖에는 작은 테이블이 여러 개 놓여있었는데, 여우는 프루를 그곳에 앉혔다.

"회합 나무는 여기에서 멀지 않아." 여우가 말했다. "내가 가서 그들이 명상 중인지 아닌지 확인해야겠다. 그건 그렇고, 너 배고플 텐데……."

"네, 솔직히 그렇습니다." 토끼가 말했다.

"이 아이 말이네, 새뮤얼." 여우가 책망했다.

프루가 피식 웃었다. "간단히 먹는 건 좋아요. 대신 신비주의자들을 만나면 무척 급한 일이라고 말씀해주세요."

여우가 고개를 끄덕였다. "물론이지. 다만 약속을 받아내지 못할 수도 있다. 신비주의자들은 빨리빨리 판단을 내리는 편이 아니거든." 그는 눈썹을 치켜세우고 식당을 빠져나가 큰 길에서 샛길로 내려갔다.

프루는 자전거를 식당 건물 벽에 세워두고 토끼와 식탁에 마주앉았다. 어린 여자아이가 메뉴판을 가지고 걸어오다 프루를 발견하고는 얼굴을 붉혔다. 소녀가 문가에서 머뭇거리자 토끼가 이리 오라고 손짓했다. "안 잡아먹어." 새뮤얼이 웃으며 달랬다. "적어도 내가 관찰한 바에 의하면 이 아이는 널 잡아먹지 않아." 소녀가 붉어진 얼굴로 겨우 다가와 종이 메뉴판을 내밀었다. "우선 이 아이에게 물 한 병만 갖다줄래." 토끼가 메뉴판을 읽으며 말했다. "그리고 난 퍼피 맥주 한 잔." 소녀는 고개를 끄덕이며 식당 안으로 들어갔다.

오후로 접어들자 점점 더워졌다. 프루는 여우가 사라진 방향에서 눈길을 떼지 못하고 있었다. 이윽고 소녀가 프루를 위해 투명한 유리 물병을 가지고왔다. 새뮤얼 앞에는 맥주잔을 내려놓았다. 내내 메뉴판을 읽던 토끼가 고개를 들고 주문했다. "데친 채소와 렌즈콩." 그는 프루를 흘끗 보았다. "너는? 경찰 지구대에서 사는 거야."

프루는 메뉴판을 재빨리 훑어본 뒤 대답했다. "납작하게 으깬 덤플링과 빵이요."

종업원 소녀는 수줍게 웃으며 인사를 하고 다시 식당 안으로 들어갔다.

토끼는 사라지는 소녀의 뒷모습을 바라보며 입을 열었다. "눈치챘겠지만 네가 여기에 온 건 대단히 충격적인 일이란다." 그가 맥주를 한 모금 마시고 나서 말했다. "우리는 이런 종류의 혼란에 익숙하지 않지. 아암."

"알아요." 프루가 대답했다. "그 점은 정말 죄송하게 생각해요. 저는 정말 그러고 싶지 않아요." 프루가 말을 하다 말고 주위를 두리번거렸다. "여기는 다른 곳과 많이 달라요. 다른 숲 말이에요."

"그러니 이 땅에 사는 걸 감사해야지." 새뮤얼이 대꾸했다. "사우스우드 같은 곳에 사는 것은 상상도 할 수 없지. 상업지구에 살고 있는 내 사촌이 가끔 편지를 보내는데, 거기 사람들은 제정신이 아니야. 그들과 우리 사이에 와일드우드라는 완충지대가 있어서 얼마나 다행인지 모른다."

프루는 고개를 끄덕이고 나서 물었다. "우리도 회합 나무에 가는 거죠? 여우 서장님이 뭐라고 말씀하지 않으셨어요?"

"음, 음." 토끼는 털투성이 입술에 묻은 얇은 맥주 거품을 핥아먹으며 말했다. "회합 나무로 말할 것 같으면 숲 전체를 통틀어 가장 오래된 나무란다. 사람들, 아니 사람이든 동물이든 누구나 자기가 태어날 때부터 그 자리에 그 나무가 있었다고 말하지. 아마 나무뿌리가 곰팡이처럼 사방으로 수 킬로미터쯤 퍼졌을 거야. 그 나무는 여기에 사는 그 어떤 생물보다도 우드 전체를 속속들이 꿰뚫고 있단다. 그래서 신비주의자들도 거기에서 회합을 여는 거지. 아암. 게다가 노스우드의 모든 문제와 탄원은 결정을 내리기 전에 그 나무한테 고하게 되어 있단다."

"나무가… 말을 해요?" 프루는 잠시 묵었던 대저택의 숙소 벽에서 본 그림을 떠올리며 물었다. 거대한 나무를 둥글게 에워싸고 서있는 사람들 그림이었다.

"말을 하지. 많지는 않지만." 그가 설명했다. "그래서 신비주의자들이 거기에 모이는 거야. 그들은 나무의 말을 듣고 나무의 생각을 우리에게 전달해주는 역할을 하지. 그야 신비주의자들이 그 나무의 말만 전하는 건 아니지만. 어쨌든 그들은 무슨 말이든 다 전해준단다." 토끼가 팔 하나를 머리 위로 올리더니 크게 휘둘렀다. "나무뿐만 아니라 꽃, 양치류의 말까지 다 알아듣지." 그가 어깨를 으쓱했다. "하지만 난 몰라. 나는 어떤 이야기도 듣지 못했거든. 다른 종족처럼 수련할 시간도 없고."

"수련이라고요?" 프루가 물었다.

"한마디로 명상이야. 아마 그게 가장 중요할 걸. 완전한 침묵 상태에서 마음을 가라앉히는 거야. 그리고 자신이 자연세계와 연결되어 있음을 깨닫는 거지. 너도 해보렴. 그러면 그 소리를 들을 수 있단다. 그런데 그게 말이 쉽지." 그는 맥주를 벌컥벌컥 들이켰다. "집에 가면 우글우글한 대가족이, 밖에 나오면 여우 서장님이 하루 종일 귀가 아프게 떠들어대니, 난 그 말만 들어도 충분하다.

내 감자들이 나한테 투덜대는 소리까지 들을 필요는 없어. 아암."

"정말요?" 프루는 흥분을 감추지 못했다. "단지 명상만으로요?" 그 '수련'이라는 것이 프루에게는 친숙하지 않았다. 재채기를 일으키는 향이라든지 땀에 젖은 요가 매트, 맥주 효모 냄새 따위가 떠올랐다. "그게 그들의… 마법인가요?"

토끼가 대답할 겨를도 없이 종업원 소녀가 두 손으로 백랍 접시 두 벌을 들고왔다. 아이는 접시를 테이블에 내려놓았다. 프루가 주문한 덤플링은 하얀 치즈 덩어리를 얹어 먹음직스러웠다. 프루는 종업원에게 고맙다고 말한 뒤 작은 빵덩이를 손으로 찢어 먹기 시작했다. 토끼는 소쿠리 모자를 뒤로 벗은 채 열심히 음식을 먹었다. 이렇게 먹는 동안 시간은 조용히 지나갔다. 프루는 아직까지 신비주의자의 수련에 대한 대답을 듣지 못했다. 문득 무례한 질문을 느닷없이 던진 게 아닌가 싶어서 더 이상 묻지 않았다.

프루가 빵조각으로 접시 바닥에 남은 소스를 깨끗이 닦아 먹고 있을 때 여우 서장이 나타났다. "좋아. 그들이 널 만날 수 있다는구나." 그가 말했다.

큰 길에서 당당한 삼나무가 줄을 맞춰 늘어선 좁은 샛길로 들어섰다. 프루의 눈에는 삼나무를 일부러 가지런히 심고 손질을 한 것처럼 보였다. 샛길 끝으로 가자 나무 간격이 벌어지고 그 사이로 키 큰 전나무들이 벽처럼 에워싼 너른 풀밭이 보였다. 풀밭의 키 큰 풀들이 서늘한 바람에 흔들거렸다. 대부분의 풀들은 어느 한 지점을 향해 들썩거리는 것처럼 보였지만 말이다. 그것은 다름 아니라 들판 한가운데에 솟아난, 딱히 꼬집어 설명할 수 없는 다양함을 지닌 거목이었다. 우람하고 울퉁불퉁한 몸통은 뒤틀리며 자라나 울창한 나뭇가지 사이로 튼튼한 나뭇잎이 유쾌하게 달려있고, 지붕처럼 내뻗은 나뭇가지들은 풀밭을 거의 가리다시피 했다. 또 주변 나무들보다 훌쩍 커서 구름 낀 하늘을 향해 뻗은, 흡사 첨탑 같은 나무꼭대기는 흐릿하게 보일 지경이었다. 프루는 그 광경을 처음 봤을 때 눈이 휘둥그레졌다. 보자마자 대저택 숙소의 액자 속 그림과 같은 나무라는 것을 깨달았다. 그 나무가 얼마나 어마어마하게 큰지 나뭇가지의 그림자 아래 거니는 사람들은 마치 마천루 밑을 기어다니는 개미들 같았다. 하지만 가까이 다가가보니 동물이든 사람이든 몸집은 자신과 크기가 비슷했다. 그들은 단순한 디자인의 아마 색깔 옷을 입고 있었다. 몇 명은 풀밭에서 대화를 나누고, 몇 명은 나무에서 뻗어나온 구불구불한 뿌리 위에 기대어 쉬는 중이었다. 프루와 여우, 토끼가 다가가자 누군가 무리에서 나와 그들을 맞았다.

"어서 와라." 주름이 쪼글쪼글한 여자가 풀에 닿지 않게 치맛단을 든 채 걸어왔다. 가까이에서 본 그녀는 얼굴에 깊은 주름이 파이고 긴 잿빛 머리카락이 은색 철사처럼 흘러내린 모습이었다. "노스우드에 온 걸 환영한다." 그녀의 황갈색 얼굴에 행복한 미소가 피어올랐다. 그녀가 한 손을 내밀었다. "난 나이든 신비주의자란다. 모두 이피게니아라고 부르지."

프루가 그녀의 손을 잡고 악수했다. 그녀의 손바닥은 무두질한 가죽처럼 부드러웠다. "제 이름은 프루예요." 프루가 인사를 했다.

"알고 있단다." 나이든 신비주의자가 말했다. "오는 소리를 들었지. 이 나무," 그녀는 뒤에 있는 거대한 나무를 손으로 가리켰다. "나무가 줄곧 너를 따라왔단다, 줄곧. 그리고 우리에게 네가 올 거라고 알려주었지." 그녀의 손이 프루의 뺨을 어루만졌다. "힘들었지, 프루? 엄청난 시련을 잘 견뎠구나. 자, 어서." 그녀가 프루의 팔꿈치를 잡았다. "잠깐 함께 걸을까?"

이피게니아는 프루가 자전거에서 내릴 때까지 기다렸다가 두 경찰로부터 프루를 인도받은 다음 팔짱을 끼고 안내했다. 이피게니아에게서는 라벤더 향이 났고 손길은 따뜻했다. 프루는 금세 마음이 편안해지는 것을 느꼈다. 길고 헐렁한 옷을 비슷하게 차려입은 아이들이 풀밭에서 신나게 술래잡기를 하고 있었다. 프루는 신비주의자를 따라 거대한 나무 주위에 둥글게 모여있는 무리 안으로 들어갔다. 나무의 어마어마한 굵기에 놀라지 않을 수가 없었다. 나무의 껍질은 소용돌이쳐 올라가는 거대한 하나의 힘줄이고, 밑동은 지름이 족히 15미터는 되어보였다. 결이 넓은 나무 몸통에는 은하수만큼 많은 옹이구멍이 나있었는데, 그중 어떤 것은 사람을 통째로 삼킬 정도로 컸다. 높은 우듬지 둘레에는 새들이 태풍처럼 빙빙 돌며 각양각색의 깃털로 하늘을 아름답게 꾸몄다.

프루의 놀라는 모습을 보고 이피게니아가 말했다. "믿어지지가 않지, 그렇지? 회합 나무를 본 바깥세상 사람이 네가 처음은 아니란다. 물론 용감하게 제 발로 찾아온 사람은 거의 없지만."

"그럼 저 말고 여기에 온 사람이 또 있다는 건가요? 바깥세상 사람들 중에요?" 프루가 물었다.

"그렇단다." 나이든 신비주의자가 대답했다. "하지만 아주 오래 전 일이지. 침범을 당하기 전, 경계선의 나무들에 '변방의 곤경'을 걸기 전 말이다. 그러니까 넌 마법을 묵살하고 온 거야." 그녀가 따뜻하게 웃었다.

"제가 어떻게 그랬나요? 전 일부러 그런 게 아니에요, 정말이에요." 프루가 반문했다.

"물론 네가 일부러 그러지 않았지." 이피게니아가 말했다. "넌 아무 잘못도

하지 않았단다. 그보다 너에게 특별한 뭔가가 있는 것이지."

프루는 무슨 말인지 어렴풋이 이해가 갔다. "그 경찰들이 저를 혼혈아라고 불렀어요. '숲의 마법'으로 생겨난 뭐라고 하던데. 그게 무슨 뜻이에요?"

"네가 여기 사람이라는 뜻이야." 이피게니아가 차분하면서도 자상한 목소리로 대답했다. "네가 이 우드의 일부라는 거지. 이유가 어떻든 너라는 존재는 이곳과 관련이 있단다."

프루가 고개를 끄덕였다. 숲에 들어온 후 다른 지역에서는 프루가 혼혈아라는 사실을 몰랐는데, 여기 노스우드에서 만나는 사람들은 자신을 즉시 알아본다는 점이 이상했다. "부모님이 여기 와일드우드에 사는 여자와 거래를 했대요. 저를 갖기 위해서요." 그 생각을 하자 가슴이 미어지는 것 같았다. "어떤 의미에서는 그 여자가 저를 태어나게 한 거죠."

이피게니아는 프루의 팔을 잡고 가만히 얼굴을 응시했다. 나이를 먹어서 구부정해진 허리 덕택에 할머니의 눈높이가 프루와 같았다. "알렉산드라, 그래. 비참한 집안이지. 엄청난 비극을 겪은. 방금 말한 대로야. 그 여자가 너에게 숲의 마법을 걸었지. 그러니까 너는 이곳의 아이란다. 좋든 싫든."

"그럼, 제 동생 맥에 관해서도 아시겠네요?" 프루가 물었다. "전 동생을 구해야만 해요."

신비주의자는 프루와 함께 걸으며 찌푸린 얼굴로 바닥을 내려다보았다. "그렇단다. …그런데 내가 널 도울 수 있을지 모르겠다."

프루는 가슴이 덜컥 내려앉았다. "왜요?" 프루가 물었다. "전 그것 때문에 여기 온 거예요. 할머니는 저에게 유일하게 남은 희망이에요."

"프루! 우리는 생명력과 신비함, 선의와 고통으로 가득한 멋지고도 아름다운 세상의 후손이란다. 마찬가지로 그렇지 않은 세상의 자손이기도 하지. 우리는 생길 때부터 복잡하게 뒤얽힌 이 혼돈의 세상에 우리의 도덕과 질서를 부여하려고 했지만 실망만 하고 말았지. 가망 없는 일이었단다."

프루는 무슨 말인지 이해가 가지 않았다.

이피게니아가 웃었다. "어려서 이해하기 어려울 거야. 말할 필요도 없지만 난 우주의 질서와, 자유의지를 가진 개인이 선택한 길을 존중해야 한다고 생각한단다. 너의 부모님은 어떤 대가를 치르고서라도 아이를 갖는 길을 선택했어. 그게 그들의 소원이었으니까. 그러니 그들은 자신의 행동으로 인해 생긴 결과를 받아들여야 한단다. 만약 내가 탄원을 받아들인다면, 그것은 자연의 균형을 무너뜨리는 거야. 난 그럴 수 없단다."

프루는 할 말을 잃었다. "그러면 저를 위해 하실 수 있는 게 아무것도 없다는 말씀이세요?"

신비주의자는 어깨를 으쓱했다. "절대적인 것은 없단다, 프루. 회합 나무에게 고한 뒤 우리는 함께 명상을 할 거야. 나무한테 물어봐야지."

프루는 걸음을 멈추고 이피게니아의 손을 꼭 잡았다. "제발, 제발. 뭐라도 해주세요. 도와주세요. 부탁이에요."

이피게니아는 의미심장하게 고개를 끄덕였다. "그렇다면," 그녀가 마침내 말했다. "당장은 회합에 참석하지 못할 것 같구나. 그렇게 앉아있으려면 기를 모두 쏟아부어야 하는데. 좀더 걷자구나. 무릎운동도 필요하고. 나한테 바깥 세상 이야기 좀 들려주렴. 오랫동안 듣지를 못했구나."

"무엇부터 시작해야 할지 모르겠어요." 프루가 머뭇거렸다.

"네 부모님 얘기부터 해줄래?" 신비주의자가 거들자 프루는 이야기를 했다.

사육지 출입구 앞에 도착한 탈옥수 일행은 단체로 심호흡을 하며 다시 지상의 공기를 맡게 된 감격에 어쩔 줄 몰라했다.

"지옥구덩이에 있다 나오니 모든 게 더 달콤하군." 시무스가 감격스러워했다. "나무도, 숲속의 공기도 찬양하라!"

코맥이 드미트리를 돌아다봤다. "여기에서 그만 헤어져야겠군, 친구." 그가 말했다. "자네도 가족 품으로 돌아갈 테지?"

드미트리가 얼굴을 찡그렸다. "나에게 남은 거라곤 그뿐인 것 같군. 자식놈들을 보고 싶어 견딜 수가 없네. 지금쯤 다 컸을 텐데!" 그는 감사의 의미로 앞발을 내밀었다. 산적들과 커티스는 돌아가며 악수를 했다.

"안녕히 가세요, 드미트리." 커티스가 코요테의 앞발을 잡으며 말했다.

"참, 커티스." 드미트리가 말했다. "혹시 갓 죽은 고기 먹고 싶으면 찾아와. 어디로 찾아와야 하는지 알 거야. 우리 집은 롱로드 서쪽, 올드우드의 로킹체어 계곡 상류 부근이야. 쪼개진 바위를 찾아 내 이름을 부르면 달려갈 테니."

커티스는 웃으면서 고맙다고 했다.

"드미트리, 너무 부자가 되면 안 되네." 시무스가 장난스럽게 말했다. "그럼 우리를 다시 만날지도 모르니까. 산적들은 금방 천성이 나오거든."

"자네도 마찬가지야. 행여 어린 자식들이 밤에 너무 멀리 싸돌아다니지 않게 주의를 주라고." 드미트리가 대답했다. "자칫하면 애꿎은 저녁 밥거리가 될 수도 있으니."

브렌든이 웃었다. "어서 자식들이 있는 집으로 돌아가게."

드미트리는 고개를 끄덕인 뒤 앞발을 내리고 종종걸음으로 덤불 속으로 들어갔다. 하지만 완전히 사라지기 전 걸음을 멈추더니 걸치고 있던 낡은 군복을 흘끔 내려다보았다. 그러고는 별안간 주둥이를 홱 당기고 뒷다리와 엉덩이를 부르르 떨며 군복을 벗었다. 더러운 옷 뭉치가 바닥으로 떨어졌다. 드미트리는 잠깐 유쾌하게 짖고 나서 나무 사이로 사라졌다.

커티스는 어떤 손이 자신의 어깨를 짚는 것을 느꼈다. 브렌든이었다. "이봐, 바깥세상에서 온 아이, 너도 집으로 돌아가야 하는 거 아니냐?"

커티스는 대답이 금세 나오지 않았다. 그 전날까지 일어난 일들이 아직 머릿속에서 떠나지 않고 있었다. 하나하나의 기억이 모두 아찔했다. "아니요." 그가 고개를 저으며 대답했다. "전, 대장과 함께 가고 싶어요."

브렌든은 커티스를 정면으로 보았다. "우리가 어떤 일을 하게 되는 건지 네가 알아? 이건 생각보다 훨씬 큰 일이야."

"저는 맥을 찾으려고 여기 온 거예요. 이제 거의 다 왔어요." 커티스는 거의 닿을락 말락하게 구부린 엄지와 검지를 위로 들어 보였다. "프루도 집으로 돌아가고, 제 생각에는 포기한 것 같아요. 저에겐 마지막 기회가 한 번 남았어요. 지금 돌아갈 순 없어요. 절대로."

"좋아." 브렌든이 말했다. "그럼 따라와라. 하지만 난 분명히 경고했다. 네 목숨이 위태로워질 수도 있어."

커티스는 진지하게 고개를 끄덕였다. "알아요." 그러고는 어깨 위에 있는 쥐 셉티무스를 흘끔 보았다. "넌 어쩔 거야, 셉티무스?" 커티스가 물었다.

"나도 너와 함께 갈 거야." 셉티무스가 대답했다. "나로서도 그 동굴에 아무것도 없어. 음식 찌꺼기를 남겨줄 코요테들도 없고." 쥐는 이를 드러내고 웃었

369

다. "난 먹을 게 있는 데로 갈 테야."

앵거스는 벌써부터 땅바닥을 열심히 살피고 있었다. 카펫처럼 낮게 누운 고사리와 클로버는 누군가의 발에 짓밟힌 흔적이 역력했다.

"군인이야." 그가 말했다. "군인들이 여길 지나갔어. 빌어먹을, 떼로 지나간 게 틀림없어. 보라고." 그는 남쪽으로 나있는, 발에 밟혀 생긴 넓은 길을 가리켰다. "틀림없이 수백 명은 될 거야."

양치식물 군락지 틈에 녹이 슬어 버려진 총검 한 자루가 툭 튀어나와 있었다. 브렌든은 그것을 집어들고 강철로 된 가장자리를 살폈다. "그렇군, 이제 시작이야. 어서 진지로 돌아가야겠어. 그 여왕이 어떤 계략을 꾸미든 우리와 싸우지 않으면 안 될 걸. 자, 어서 가자고!"

그는 총검을 나무 사이로 던지고 자유의 몸이 된 죄수들과 고향으로 향했다.

🌿

프루는 풀밭에 차분히 앉아, 헐렁하고 긴 옷을 입은 사람들이 모여있는 모습을 구경했다. 누가 요구한 것도 아니고 어떤 신호가 떨어진 것도 아닌데 신비주의자들은 자기 위치에서 각자 자기 방식으로 명상에 몰두하며 서서히 자유의지에 도달하기 시작했다. 그러다 나중에는 옆 사람과 4미터 정도 간격으로 거대한 나무 둘레에 빙 둘러서더니 한 마디 말도 없이 그대로 바닥에 앉아 가부좌를 틀었다. 이피게니아 역시 똑같이 헐렁한 옷을 입은 토끼, 사슴들 사이에서 등을 꼿꼿이 세우고 목을 쭉 편 채 눈을 감고 깊이 집중하고 있었다. 그렇게 둘러앉은 사람들은 일제히 호흡을 했다. 프루는 그들의 집단적인 숨소리가 낮게 으르렁거리는 바람소리에 휩쓸려가는 것을 들었다.

명상이 시작되었다.

🌿

걸음걸이가 빨랐다. 산적들은 조용하면서도 날렵하게 나무 사이를 요리조리 빠져나갔다. 얼마 후 그들은 롱로드에 도착했다. 그리고 보초병이 서있지 않은 것을 확인한 뒤 커티스에게 빨리 따라오라고 연신 손짓을 해가며 남쪽으로 걸음을 재촉했다. 어느새 갭 브리지에 도착한 그들은 다리를 건넜다. 커티스만 빼고 산적들은 다리 아래 도무지 깊이를 알 수 없을 만큼 컴컴한 협곡을 거의 내려다보지도 않았다. 다리 반대편으로 건너간 그들은 재빨리 탁 트인 길을 벗어나 곧장 나뭇가지가 지붕처럼 뻗은 숲속으로 뛰어들었다.

커티스의 어깨에 앉아있는 셉티무스는 낮게 드리워진 나뭇가지를 지날 때면 부딪히거나 떨어지지 않게 어깨에서 폴짝폴짝 뛰었다. "이 계획을 어떻게 생각해?" 그가 커티스에게 귓속말로 소곤거렸다.

산적들이 어찌나 빠르게 달리는지 커티스는 숨이 차서 말을 할 수가 없었다. 산적들은 숲속 바닥에 나있는 잉크 자국이라도 따라가는지 커티스 눈에는 잘 보이지도 않는 길을 내달렸다. "나도 잘 몰라." 그가 셉티무스에게 속삭이듯 대답했다. "내 생각에는 군대를 소집하려는 것 같아."

셉티무스는 이빨 사이로 휘파람을 불었다. "휴, 뭐가 뭔지 잘 모르지만 위험한 일처럼 들리는 걸. 우연히 알게 됐는데 그 여왕의 병력이 어마어마해. 닥치는 대로 신병을 모집하고 있대. 어떻게 알았느냐고? 내가 그들의 쓰레기를 치워주잖아. 그런데 쓰레기 양이 엄청나."

"그렇구나." 커티스는 멀리 앞서가는 앵거스를 놓치지 않으려 애쓰면서 덤불을 헤쳐나갔다.

"내 말은 이거야. 가망이 없다는 얘기지. 산적이 몇 명이나 되는지 모르지만 충분하지는 않을 걸. 별로 많지 않을 거야."

"고마워, 셉티무스." 커티스가 말했다. "나를 믿어주는 건 고마운데, 잘 들어. 만약 네가 계속해서 내 어깨를 타고 싶다면 그런 생각은 너 혼자 간직하기를 바란다."

셉티무스가 화가 나서 씩씩거렸다. "쳇! 그럼 나중에 내가 경고하지 않았다고 원망하지나 마."

작은 공터에 이르렀을 때 산적들이 드디어 발걸음을 멈췄다. 브렌든은 가운데 서서 나무 꼭대기를 살폈다. "이상한데." 그가 이렇게 말하고 있을 때 커티스도 도착했다. "망보는 녀석이 없군. 빌어먹을! 보초 서는 녀석은 어디 갔어?"

커티스는 브렌든의 시선을 따라갔다. 층층이 뒤덮인 초록색 참나무 이파리와 그것을 떠받치는 나뭇가지 말고 아무것도 보이지 않았다. 작은 공터에는 침묵만이 감돌았고, 산적들의 발에 치이는 기다란 양치식물 잎사귀의 부스럭거리는 소리만 간간히 들렸다.

"가자." 브렌든이 걱정스러운 얼굴로 명령했다. 다리를 절기 때문에 발이 한쪽으로 약간 치우쳐졌지만 그는 여전히 부하들 못지않게 몸놀림이 재빨랐다. 얼마 가지 않아 브렌든이 앞장서서 언덕 기슭을 돌자마자 얕은 협곡 입구가 보였다. 그리고 협곡은 이내 작은 시내가 흐르는 계곡으로 바뀌었다. 커티스는 앞에 보이는 덤불 사이로 거대한 천연 절벽이 딱 버티고 있는 땅을 발견했다. 그리고 고사리밭이 끝나는 곳에 거친 천으로 만든 천막과 돌로 만든 별채, 불 꺼진 모닥불로 이루어진 캠프 전체의 모습이 보였다. 파견대로 보이는 소규모 사람들이 서성이고 있었다. 탈옥수들이 도착하자마자 진지에 일대 소동이 벌어졌다. 열심히 구슬치기를 하던 아이들이 달려왔고, 땔감을 나르던 남자들은 짐을 던져놓고 환호성을 질렀다. 작은 천막에서 하나 둘 모습을 드러낸 여자들은 다가오는 브렌든과 산적들을 발견하자 기뻐서 어쩔 줄을 몰랐다. 저마다 포옹을 하고 힘찬 악수를 했다. 재회한 남편과 아내는 사랑 가득한 뜨거운 키스를 나누었다. 오직 브렌든만 무리에서 떨어져 캠프를 살폈다.

"모두들 어디 갔나?" 그가 마침내 물었다. "왜 몇 명밖에 없는 거야?"

빛바랜 흰색 셔츠에 멜빵바지 차림의 젊은 남자가 앞으로 나왔다. 얼굴에 깊은 슬픔이 배어있었다. "죄송해요. 대장이 없는 동안 저희들끼리 최선을 다해보았지만."

"무슨 일이 있었나?" 브렌든이 물었다.

그 젊은이가 대답했다. "어제 저녁 일이에요. 보초병이 변방에서 코요테 병사를 몇 명 발견했어요. 우리는 곧장 병력을 보냈죠. 그런데 데본만 돌아왔어요."

팔에 부목을 댄 데본이 앞으로 걸어나왔다. 그는 걸음걸이가 불편해보였고, 야윈 몸을 나뭇가지로 대충 만든 지팡이에 의지하고 있었다. 산적들의 귀환으로 열광했던 분위기가 사라지고, 캠프에 짙은 먹구름이 끼었다.

데본이 고개를 끄덕였다. "대장." 멍한 눈으로 바라보는 브렌든에게 그가 말했다. "대장. 맨 끝에 있던 보초병이 변방을 확인하고는 겁을 잔뜩 먹은 녀석들을 봤답니다. 그래서 우리가 호된 맛을 보여주려고 갔습니다. 양치식물 밭이 있는 모퉁이를 돌아서 계곡으로 내려간 다음 녀석들에게 진격을 했습니다." 데본은 훌쩍거리기 시작했다. 그때의 기억이 살아나는지 눈에 띄게 불안해 보였다. "우린 최선을 다했지만 녀석들한테는 상대가 안 됐어요. 그쪽은 수백 명, 네, 수백 명이었어요. 녀석들이 사방에서 공격해왔어요. 제 평생 그렇게 많은 병사는 처음 봤어요. 우리는 도망도 못 가고 놈들한테 포위를 당했죠. 브린과 로우든, 마레, 모두 죽었어요. 할도요. 우리 쪽은 서른다섯 명이 전사했어요. 녀석들은 간신히 살아남은 저를 풀어주더군요. 이 모양으로 만든 뒤에." 그는 코요테들의 뾰족뾰족한 발톱 자국이 빨간 줄로 죽죽 난 뺨을 손으로 가리켰다. "제가 우리 동포에게 어서 피하라고 말했어야 했는데." 젊은 남자의 목소리가 슬픔으로 격앙되었다. "죄송해요. 대장. 실망하신 거 다 알아요."

브렌든은 입을 앙다물고 꼿꼿이 서있었다. "몇 명이나 잃었는가?"

희끗희끗한 갈색 수염을 기른 노인이 조금 떨어진 곳에서 엉덩이에 손을 얹고 서있었다. "대장." 그가 말했다. "그때 전사한 병사들과 다리 너머 전투에서 전사한 병사들을 빼면 이젠 어디든 진격할 형편이 못되네. 우리 캠프를 수비할 정도의 인원밖에 안 돼."

브렌든은 냉정을 찾은 뒤 부상당한 병사 데본에게 다가가 눈물을 글썽이며 그의 이마를 지그시 눌렀다. "그들의 죽음이 헛되지 않을 것이다." 그는 조용히 또박또박 말했다. "우리가 그들의 죽음을 되갚아줄 것이다. 모두의 죽음을."

한 젊은 여자가 공터 기슭에 모여있던 무리에서 앞으로 걸어나왔다. 삼단처럼 검은 머리를 짧게 자르고, 귓불에는 커다란 귀고리를 달고 있었다. 허리에 두른 넓은 비단 띠에는 칼자루가 튀어나와 있었다. 그녀가 반지 낀 손을 칼자루 끝에 얹고 말했다. "무슨 수로요? 우리한테 무슨 군대가 있죠? 우린에겐 미망인의 코요테 군사들은 고사하고 마을 부자한테서 마차를 강탈할 산적조차 충분하지 않아요." 서성거리던 몇 명의 산적들도 동의한다는 듯 고개를 끄덕였다. "안 돼요." 그녀가 계속해서 말했다. "가만히 있어야 해요. 이 상태가 끝날 때까지 기다려야 해요. 우리는 지금까지 이것보다 몇 배 더 큰 어려움도 겪었어요. 이까짓 고통쯤 얼마든지 헤쳐나갈 수 있어요."

브렌든은 데본에게서 물러나 산적들과 마주했다. "기다릴 것도 없어. 다 끝났어." 브렌든은 이 말을 하면서 주먹으로 자신의 다른 손바닥을 쳤다. 그의 목소리는 단호하고 직선적이었다. "그 여자가 이곳을 파괴하려고 한다. 아니, 우드 전체를. 바깥세상에서 훔쳐온 아기의 피를 담쟁이덩굴에게 먹이려 하고 있었어. 담쟁이덩굴이라고! 그런 다음에는 담쟁이덩굴에게 사우스우드와 노스우드 전체를 먹어치우라고 명령할 거야. 와일드우드까지. 그럼 다 끝나는 거야. 그 여자가 성공하면 온통 담쟁이덩굴 천지가 되는 거라고."

모여있는 산적들 입에서 두려움으로 인한 웅성거림이 터져나왔다. "어떻게 알았죠?" 한 명이 소리쳐 물었다. "그걸 어떻게 알았어요?"

브렌든은 절뚝거리며 커티스 옆으로 갔다. 그리고 셉티무스가 어디론가 가고 없는 커티스의 어깨에 손을 얹었다. "이 아이가." 그가 담담하게 말했다. "바깥세상에서 온 아이다."

산적들이 캠프에 도착한 뒤 처음으로 그들은 커티스의 존재를 의식하게 되었다. 사람들은 흥분해서 대장의 의견에 반대하는 말을 쏟아내기 시작했다.

브렌든은 주변의 흥분을 가라앉힌 뒤 "이 아이는 여왕과 싸웠어. 사실은 마녀의 절친한 친구이기도 했지! 하지만 그녀의 음모를 알게 된 뒤 결별했어. 그래서 감옥에 갇혔었지." 하고 설명했다.

산적 무리 속에서 앵거스가 덧붙였다. "우린 이 아이를 더러운 새장 감옥에서 만났다. 우리가 탈출하도록 도와준 것도 이 아이야. 말하자면 이 아이는 우리의 친구지."

"아 아이의 친구가 여왕한테 납치당한 아기의 누나다." 브렌든이 말했다. "여왕은 그 아기를 제물로 바치려 하고 있어. 만약 이 아이가 아니었으면 우린 이런 정보조차 알지 못했을 거야."

무리 중 누군가가 소리쳐 말했다. "만약 그 마녀가 담쟁이덩굴을 조종한다면…, 우린 모두 죽을 거예요."

다른 한 명이 뒤이어 나섰다. "나무들도 모두 넘어뜨리고 풀도 물에 처박을 거라고요!"

"바로 그게 그 여자의 계획이지." 브렌든이 말을 받았다. "그 여자는 미쳤어. 제정신이 아니라고. 우드 전체를 초토화시키고 우리를 모두 죽일 거야." 브렌든의 목소리는 점점 단호해졌다. 그는 절룩거리며 커티스를 떠나 산적들에게로 걸어갔다. "우리에게는 두 가지 선택권이 있다. 첫째…," 그는 손가락 하나를 꼽았다. "여기에 그대로 머무는 것. 그러면 추분이 시작되는 새벽, 그러니까 내일 아침 우리는 담쟁이한테 몽땅 잡아먹히게 될 것이다. 우리 모두 죽는 거지. 남자, 여자, 아이들 할 것 없이." 그는 넋이 나간 산적 한 명 한 명과 재빨리, 노골적으로 시선을 맞췄다.

"둘째," 그가 두 번째로 손가락을 꼽으며 결연하게 말했다. 가운데 손가락 마디까지 새겨넣은 뱀 문신이 보였다. "싸우는 것이다. 모든 수단을 동원해서 싸우는 것이다."

"그럼 죽겠죠." 귀고리를 한 여자가 받아쳤다. 그녀의 얼굴 표정이 갑자기 단호하고도 담담해졌다.

브렌든이 대답했다. "맞아, 애니. 우린 죽을 거야. 하지만 싸우다 죽는 거지. 담쟁이덩굴을 기다렸다 죽느니 싸우다 죽는 게 나아."

캠프가 순간 조용해졌다. 장작다발 중에 통나무 하나가 데굴데굴 굴러나와 불구덩이 화덕으로 들어갔다. 햇살은 구름 뒤로 사라졌다. 주변에 있는 나무의 높은 가지 이파리에 빗방울이 떨어졌다.

브렌든은 피곤했지만 동료의 얼굴을 하나하나 간절하게 바라보며 대답을 구했다. 마침내 한 명이 나섰다.

"싸우겠어요." 애니가 가슴을 펴고 당당하게 말했다. 다른 산적들이 그녀와 브렌든을 차례로 쳐다봤다. 잠시 후 모두가 차례로 고개를 끄덕인 뒤 같은 말을 중얼거렸다.

"나도 싸우겠어요."

CHAPTER 22

산적이 되다

태양이 스멀스멀 다가오던 구름 뒤로 숨으며 풀밭에도 때이른 땅거미가 내려앉았다. 멀리에서 들려오는 빗방울 소리는 머잖아 여기에도 비가 내릴 것임을 예고했다. 하지만 넓게 원을 만들어 앉은 신비주의자들은 꼼짝도 하지 않았다. 프루가 계산하기에는, 벌써 몇 시간째 말없이 앉은 채 일어설 기미도 보이지 않았다. 어느새 한두 방울 떨어지던 비가 마구 쏟아지며 풀잎을 공격하기 시작했다. 프루는 자신도 한동안 앉아서 신비주의자들의 인내를 흉내내려고 했지만 결국 포기하고 근처 참나무 아래로 뛰어갔다. 프루는 머리카락에서 물을 짜낸 뒤 거친 나무기둥에 기대앉아 다시 기다리기 시작했다.

그리고 또 기다렸다.

다행히 지나가는 소나기였다. 30분쯤 지나자 비가 그치고, 작렬하는 햇빛이 풀밭에 일제사격을 퍼부었다. 비구름이 떠나가며 풀잎에 다이아몬드처럼 반짝반짝 빛나는 빗방울을 남겨주었다. 이렇게 늦은 오후도 지나가고 초저녁이 되었다. 프루는 참나무 아래에서 기어나와 다시 자기 자리로 돌아갔다. 신비주의자들은 변함없이 자기 자리를 지키고 있었다.

아까 본 헐렁한 옷을 입은 아이들은 일종의 조수임이 분명했다. 아이들은 잠깐씩 명상에 참가했는데 기껏해야 한 시간 남짓이었다. 한동안 앉아있던 아이들 중 가장 어린 꼬마가 먼저 몸을 뒤척이다 조용히 일어나 딴 곳으로 달려갔다. 그러면 얼마 후 모든 아이들이 명상에서 빠져나와 원래 하던 놀이를 시작했다. 술래잡기나 빙글빙글 돌다 자리 먼저 차지하기 같은 놀이, 혹은 풀밭에서 벌레를 관찰하거나 몽상에 빠졌다. 그런데 역시 조수인 듯한 여자아이 하나가 친구들과 어울리지 않고 줄곧 프루를 지켜보았다. 그러다 나중에는 수줍음을 무릅쓰고 다가와 프루에게서 1미터쯤 떨어진 곳에 털썩 주저앉았다.

아이가 무슨 말을 할까 궁금해하며 기다렸지만 끝내 입을 열지 않자 프루가 먼저 말을 걸었다. "안녕!"

"안녕!" 아이도 프루의 관심을 받은 게 몹시 기쁜 듯 환한 표정으로 대꾸했다. "내 이름은 아이리스야. 네 이름은 뭐니?" 프루가 자기 소개를 하자 아이리스가 다시 물었다. "넌 경계선 너머에서 왔지, 그렇지?"

"응." 프루가 대답했다.

"여기에는 왜 왔어?"

"신비주의자들한테 내 동생을 찾아달라 부탁하려고." 프루가 이렇게 대답한 다음 유쾌하게 덧붙였다. "넌 여기에서 뭐해?"

아이리스의 얼굴이 붉어졌다. "공부를 하고 있어. 뭐가 좋은지 그건 모르겠지만. 난 가만히 앉아있는 게 힘들어. 겨우 2년차거든. 사람들이 그러는데 6년은 더 해야 이해할 수 있게 된대. 부모님 말씀이 내게 소질이 있대." 아이리스가 어깨를 으쓱했다. "난 잘 모르겠는데 말이야."

"소질?" 프루가 물었다.

"응." 아이가 털어놓았다. "신비주의자가 될 만한 소질. 난 한 번도 그런 생각 안 해봤는데 말이야. 그냥 풀밭에 앉아 풀과 이야기하는 것이 좋을 뿐이지."

"그럼 풀이 대답을 해?" 프루가 물었다.

아이리스는 콧잔등에 주름을 잡으며 큰 소리로 웃었다. "아니, 풀은 말을 못해. 풀은 입이 없잖아!"

"그야 그렇지." 프루가 약간 당황해서 다시 물었다. "그럼 왜 풀에게 말을 하는데?"

"그야, 거기에 있으니까. 우리 주위에는 온통 풀이 있잖아. 그러니 *무시하는 것은 무례한 짓이야*." 아이가 풀들을 가리켰다. "저것 봐!"

아이는 가부좌로 자세를 고쳐 앉은 뒤 두 손을 옆구리에 가만히 붙이고 눈을 감았다. 아이의 앞에 있는 풀잎들이 흔들리기 시작했다. 마치 갑자기 바람이 불어와 잎사귀를 툭툭 치는 것 같았다. 하지만 프루는 그 주변의 공기가 잠잠하다는 것을 알고 있었다. 그 모습을 보고 있자니 이윽고 풀잎 하나하나가 파르르 떨리고 놀랍게도 스스로 옆의 잎사귀를 휘감기 시작했다. 그리고 오래 걸리지 않아 완벽하게 땋은 풀 가닥들이 모여 작은 숲을 이루었다.

"믿을 수가 없어." 프루가 중얼거렸다.

풀이 서로 땋기를 할 때 아이는 집중을 하느라 이마에 잔뜩 주름을 잡았다.

다만 고르게 땋였던 형태가 점점 복잡하고 어지러워져 나중에는 그 형태가 구분도 안 되고 풀 다발은 마치 뒤엉킨 초록색 철사 뭉치가 떠는 것처럼 보였다.

"휴!" 아이리스는 휘둥그레진 눈으로 이렇게 소리쳤다. "난 언제나 엉망이 되고 만다니까."

아이가 관심을 거두자 엉켰던 풀잎들이 풀어져 처음의 평범한 풀로 돌아갔다.

그때 노끈을 뭉쳐서 만든 공이 둘 사이로 날아왔다. 웬 소년과 너구리, 이렇게 두 명의 조수가 공을 가지러 뛰어와서 미안하다고 했다. 집중하느라 자신이 어린 소녀라는 것도 잊었던 아이리스가 그제야 벌떡 일어나 프루는 아랑곳하지도 않고 친구보다 먼저 공을 차지하기 위해 달려갔다. 아이는 겨우 몇 미터 뛰어가다 문득 걸음을 멈추고 프루를 돌아다보았다. 그러더니 다시 프루에게로 달려와 프루의 팔을 잡았다.

"걱정하지 마. 동생을 찾을 수 있을 거야." 그렇게 말하고 아이는 다시 친구들을 쫓았다.

방금 아이가 보여준 놀라운 힘에 넋이 나간 프루는 그저 그녀가 달려가는 모습만 바라보고 있었다. 나도 해볼까, *명상을 하면 될까?* 프루는 생각했다.

신비주의자는 프루도 최소한 절반쯤은 숲의 마법에 의해 태어났다고 말했다. 그렇다면 나라고 왜 풀에게 명령을 내리지 못한단 말인가? 프루는 잠깐 풀 더미를 응시하며 움직이게 하려고 애를 써보았다. 아무 일도 일어나지 않았다. 이번에는 이를 꽉 다물고 되도록 크게 마음속으로 외쳤다. *움직여라! 명령이다!* 하지만 여전히 아무 일도 일어나지 않았다. 프루는 실망해서 한숨을 내쉬었다. 그러다 고개를 들고 뛰어다니는 아이들, 앉아서 명상에 빠진 신비주의자들, 어렴풋이 보이는 나무를 살펴보았다. *대단한 능력이야!* 프루는 생각했다. 혹시 누가 자신을 도와줄 수 있다면 이 사람들뿐이라는 생각이 들었다. 그런데 아이리스가 떠나기 전에 뭐라고 했더라? 프루더러 동생을 찾을 거라고 했던가? 프루는 그 어린 소녀가 어떻게 그렇게 간단히 말할 수 있는지, 어떻게 그토록 확신에 찬 목소리로 말할 수 있는지 아직도 놀랍기만 했다. 그리고 비록 순간이나마 절망에 빠져있다가 한 줄기 희망이라도 찾은 듯 웃고 있는 자신을 발견했다. 그때 숲에서 나타난 좀 나이들어 보이는 사람들이 놀고 있는 아이들을 향해 휘파람을 불었다. 그 소리를 들은 아이들은 갑자기 놀이를 그만두고 모여들어 일렬로 줄을 섰다. 두 번째 휘파람이 들리자 아이들은 발을 맞추어 휘파람을 분 사람을 향해 걷기 시작했다. 그리고 오래 걸리지 않아 아이들은 벽처럼 둘러쳐진 나무 너머로 사라졌다.

프루는 한숨을 내쉬고 눈을 돌려 다시 회합 나무와 그 둘레에 큰 원을 지어 둘러앉은 신비주의자들을 바라보았다. 햇빛이 옅어지기 시작했다. 프루는 무릎을 가슴 쪽으로 끌어당기고 턱을 팔꿈치 안쪽에 묻었다. 그리고 기다렸다.

발치의 풀들이 가만히 바스락거렸다.

"너 정말 할 거야, 응?" 셉티무스가 못미더워하며 물었다. "정말 할 거냐고. 전쟁에 나가야 하는데, 이 사람들이랑?"

커티스는 모닥불 앞 의자에 앉아서 고개를 끄덕였다. 그는 바쁘게 숫돌로 쨍 쨍 소리나는 칼날을 갈고 있었다. 칼날을 돌에 대고 갈 때마다 칼끝은 점점 더 예리해졌다. 시무스의 지시에 따라 이 일을 하면서 커티스는 묘한 만족감을 느꼈다. 캠프에는 땅거미가 내려앉았고, 공기에는 푸른 빛이 감돌았다.

"넌 미쳤어." 셉티무스가 고개를 절레절레 흔들며 말했다. "멍청이야, 집에 가면 가족이 있잖아. 바깥세상으로 돌아가지 않을 셈이야? 부모님 보고 싶지 않아?"

커티스는 다시 고개를 끄덕였다. "보고 싶어."

셉티무스가 앞발을 쳐들었다. "그런데 왜, 그런데 왜? 집에 돌아가지 않을 거야? 다 잊었어? 이제 그만 네 생활로 돌아가!"

커티스는 하던 일을 멈추고 쥐를 바라보았다. 쥐는 탁탁 소리나는 모닥불 앞 거꾸로 뒤집어놓은 장작더미 위에 앉아있었다. "너나 가족에게 돌아가. 나는 나대로 할 테니." 커티스가 말했다. 그는 검을 쭉 뻗은 뒤 날을 살펴보았다. 그러고는 흡족하게 그 검을 무기 쌓아놓은 곳에 올려놓고 셉티무스를 불렀다. "다른 검 좀 줄래."

쥐는 통나무에서 펄쩍 뛰어내려 재빨리 다른 무기를 가지러 갔다. 검, 총검, 화살촉. 그는 긴 검의 자루를 잡아 커티스에게 건넸다. 커티스는 검을 집 어들고 새것처럼 만드는 작업을 시작했다. 숫돌로 조심스럽게 날을 세우는 일이었다.

셉티무스는 다시 통나무로 기어올라가 커티스의 말에 대해 곰곰이 생각했다. "난 가족이 뭔지 몰라." 그가 말했다. "별로 생각해본 적이 없거든."

"넌 가족 없어?" 커티스가 물었다.

"응, 나에게는 가족이 없어." 셉티무스가 가슴을 부풀리며 말했다. "난 독신 남이야. 어디에든 매여있지 않지."

"그러면 너를 붙들 게 아무것도 없구나." 커티스가 다그쳤다. "전투에 참여하지 못할 이유가 없잖아." 그는 날이 잘 섰는지 느껴보려고 엄지로 날을 살살 긁어보았다. "그렇지?"

셉티무스가 웃으며 소리쳤다. "뭐라고! 별안간 허세남이 되셨군."

커티스가 살짝 얼굴을 붉혔다. "셉티무스, 내가 아는 건 난 여기에 뭔가를 하려고 왔다는 거야. 난 적어도 시작한 일을 마무리하려고 애써보기 전에는 떠나고 싶지 않아, 무슨 뜻인지 알아? 난 약속을 거의 지키기 전이었다니까. 내 팔에 맥을 안았더랬어. 그때 내가… 아, 그때 내가……."

셉티무스가 말을 가로막았다. "동굴에서 아기를 안고 도망치려고 했다고? 그거야? 까마귀와 여왕이 바로 네 앞에 서있는데."

커티스가 한숨을 내쉬었다. "모르겠어. 난 그냥 약속을 지키고 싶을 뿐이야. 그뿐이라고."

그들의 대화는 시무스가 오는 바람에 중단되었다. 그는 어찌 해볼 수 없을 정도로 낡은 죄수복을 벗고 마른 체격에 다소 헐렁해 보이는 멋진 초록색 벨벳 경기병 군복으로 갈아입은 터였다. "커티스," 그가 말했다. "가자."

"무슨 일이에요?" 커티스가 물었다.

"믿어지지가 않지, 그렇지? 회합 나무를 본 바깥세상 사람이 네가
처음은 아니란다. 물론 용감하게 제 발로 찾아온 사람은 거의 없지만."

"대장이 좀 보자고 하네."

"무슨 일인데요?"

시무스가 눈을 홉떴다. "압화 만들기 때문인가?" 그가 농담을 했다. "그거 알아서 뭐하게? 아무튼 중요한 일이야. 어서 가자."

"알았어요." 커티스가 일어서며 대답했다. "셉티무스, 내가 하던 일 마저 할 수 있으면 부탁해."

셉티무스는 아연실색해서 숫돌을 보았다. 자기 몸뚱이 크기의 절반쯤 되어 보였다. "알았어. 그런데……."

"고마워, 친구." 커티스가 말을 가로챘다. "아무래도 나는… 조금 있다 봐."

커티스는 산적을 따라 공터에서 멀리 떨어진 귀퉁이의, 오두막처럼 생긴 집으로 갔다. 촛불이 머리 위 전나무 가지로 널을 댄 천장을 가로질러 동그란 빛을 내뿜으며 집안을 밝히고 있었다. 브렌든은 조잡하게 생긴 책상 뒤쪽의 뒤집어놓은 나무통 위에 앉아있었다. 소리가 나자 그가 고개를 들었다.

"어떠니, 커티스?" 산적왕이 말했다.

"좋아요. 그런데 무슨 일인가요?" 커티스가 물었다.

브렌든은 시무스에게 오두막 문밖에 나가있으라고 손짓을 했다. 그런 다음 촛불에 어른거리는 강철 빛깔의 눈동자로 커티스를 응시했다. "여왕의 감옥에서 어떤 일이 일어났는지 내 부하들이 자세히 설명해주었단다. 네가 그야말로 패기를 보여준 것 같더구나."

커티스가 쑥스럽게 웃었다. "잘 모르겠어요. 누구라도 그렇게 했을 거예요. 마침 제 새장이 사다리와 가장 가까웠어요. 그뿐이에요."

브렌든은 의자에서 일어나 나무통 의자를 빙 돌아나왔다. 그리고 오두막 한

쪽 구석에 놓아둔 작은 트렁크를 열어 그 안에서 장식용 단도를 꺼냈다. 그는 의미심장한 표정으로 단도를 손에 쥔 채 이리저리 돌려보았다. 칼집부터 칼자루 끝까지 금박을 입힌, 구불구불 기어가는 뱀의 모습이 새겨져 있었다. "내 부하들이 나에게 어떤 부탁을 하러 왔었단다." 그가 말했다. "음, 말하지 않을 수 없구나. 난 부하들의 의견에 대체로 동의하는 편이지. 실은 네가 산적입단 선서를 할 후보로 추천을 받았단다."

커티스의 눈이 휘둥그레졌다. "정말이에요?" 그는 어깨 너머 오두막 문가에 서있는 시무스를 흘끗 보았다. 그는 커티스를 보며 인정한다는 듯 고개를 끄덕였다.

"그렇단다. 사실 이건 가볍게 여길 일이 아니란다. 애초에 이 캠프에서 태어나지 않고 그런 기회를 얻은 경우는 거의 없거든. 더구나 내가 알기로 넌 바깥세상 사람 중 최초로 뽑혔단다."

"그게 무슨 뜻이에요?"

브렌든이 커티스에게로 다가와 몇 센티미터도 안 되는 곳에 섰다. 커티스의 코가 산적의 셔츠 가운데 단추에 닿을락 말락했다. "그건 와일드우드의 산적이 된다는 의미지." 브렌든이 말했다. "네가 죽은 날까지, 머리부터 발끝까지 진짜 산적이."

오두막 지붕의 침엽수가 조용한 바람에 가볍게 흔들렸다. 캠프에 있는 산적들의 왁자지껄한 소리가 벽 너머에서 들려왔다. 함성도 이어졌다.

"좋아요." 잠시 후 커티스가 대답했다. "저에겐 큰 영광이에요."

그때 누군가 커티스의 등을 쳐서 놀라게 했다. 시무스였다. "역시 넌 내 친구야."

브렌든은 오두막 앞으로 걸어나가 서성거리는 산적들에게 소리쳤다. "앵거스! 코맥! 커티스는 준비됐네."

네 명의 산적 앵거스, 코맥, 시무스, 브렌든은 커티스를 캠프 오두막에서 데리고나와 횃불 두 개에 의지한 채 협곡 비탈을 따라 좁고 구불구불하게 난 오솔길을 걸어갔다. 얼마 후 그들은 숲속의 작은 빈터에 도착했다. 빈터 한가운데 비바람을 막기 위해 나무로 지은 오두막이 있고, 그 안에 높이가 1.5미터쯤 되게 돌을 쌓아 만든 단이 놓여있었다. 산적들은 커티스를 단 앞으로 내보내고 자신들은 굴뚝처럼 생긴 단 주위에 반원 모양으로 적절한 간격을 두고 섰다. 단 앞으로 다가간 커티스는 잿빛 제단석 표면에 무엇인가 두껍게 말라붙은 막을 보았다.

"제단 옆에 서라, 커티스." 브렌든이 말했다.

커티스는 제단을 흘끗 돌아다보았다. 가느다란 줄처럼 보이는 검은색 액체가 제단 아래로 흘러내린 모양이었다. 제단 위에는 뭔가 엉겨붙은 자국이 웅덩이처럼 고여 있었다. 그때 쉭, 하고 단도를 내리치는 듯한 불길한 소리가 들려왔다. 커티스는 재빨리 고개를 돌려 브렌든을 바라보았다. 횃불에 비친 그의 얼굴이 가까이 다가왔다. 손에는 장식용 단도가 들려있었다.

순간 공포심이 커티스의 가슴을 훑고 지나갔다. 혹시 이게 함정은 아닐까? 지난번 내가 여왕과의 전투에 참여했다고 응징하려는 걸까? 커티스가 겁에 질려 애원을 하려는데 브렌든이 뜻밖의 행동을 하기 시작했다. 자기 손바닥에 칼날을 올려놓은 뒤 이를 부드득 갈며 그 칼로 살을 긋는 게 아닌가. 손바닥에는 붉은 줄이 선명하게 그어졌다. 브렌든은 제단 옆으로 성큼성큼 걸어가 그 피를 제단에 뿌렸다. 그러고는 커티스를 돌아다보더니 상처 입지 않은 손으로 칼을 홱 뒤집어 커티스에게 칼자루를 내밀었다.

"네 손바닥도 그어서 그 피를 제단석에 뿌려라." 브렌든이 활짝 편 손바닥에서 선연한 붉은 핏방울을 떨어뜨리며 말했다.

브렌든에게서 칼을 받아든 커티스는 보드라운 손바닥에 천천히 칼날을 갖다댔다. "이렇게요?" 커티스가 물었다.

브렌든이 고개를 끄덕였다.

커티스는 두 눈을 질끈 감고 차가운 금속이 살을 짓누르게 했다. 칼날이 피부를 벨 때 찌릿한 통증이 느껴졌다. 상처에서 조그만 핏방울이 배어나왔다. 커티스는 얼른 손을 제단석으로 가져가 제단에 핏방울을 몇 개 떨어뜨렸다. 그리고 자신의 피와 브렌든의 피가 함께 제단석의 야트막한 그릇처럼 팬 곳으로 흘러가 말라붙은 검은 얼룩과 섞이는 모습을 지켜보았다. 브렌든이 웃으면서 고개를 끄덕였다.

"자, 이제 선서를 해야지." 브렌든이 말했다.

앵거스가 앞으로 나와 선서를 하면 커티스가 한 줄씩 따라했다.

나 커티스 멜버그는 산적의 규약과 신조를 지킬 것을 엄숙히 선서한다.

나는 내가 먹을 것은 내 손으로 구하며, 규약이 아닌 어떤 형태의 권위에도 도전한다.

나는 가난한 자의 자유와 이익을 수호한다.

나는 부자들에게서 부를 해방시킨다.

나는 나의 노력을 남의 노력보다 중시하지 않는다.

나는 산적 공동체 이익에 기여한다.

나는 충성을 이유로 동료 산적들을 협박하지 않는다.

나는 모든 식물과 동물, 인간을 평등하게 대한다.

나는 산적단에 의해 죽고 산적단에 의해 산다.

정적이 깔린 숲속 빈터에 앵거스의 목소리가 울려퍼졌다.

"수고했다. 이리 와라, 산적 커티스." 브렌든이 커티스의 등을 툭툭 두드렸다. "축하한다, 커티스." 칼을 받아 칼집에 넣으며 그가 말했다.

커티스가 웃으며 대답했다. "고마워요." 커티스는 손바닥을 입에 대고 혀로 찝찔한 피를 맛보았다.

커티스는 곧 다른 산적들에게 둘러싸였다. 산적들은 각각 커티스와 악수를 나누고 어깨를 두드리며 축하해줬다. "넌 훌륭한 도둑이 될 거야." 시무스가 말했다. "너를 처음 봤을 때부터 알아봤지."

그때 빈터 가장자리 풀숲이 어수선하더니 두 명의 산적단 보초병이 나타났다. "대장." 한 보초병이 근심스러운 얼굴로 말했다. "정찰병이 돌아왔어요. 코요테 군대가 갭 브리지를 건너 올드우드로 진격해오고 있답니다."

브렌든이 얼굴을 찌푸렸다. "예상보다 빠르군." 그가 눈썹을 찡그리며 추측했다. "아침이면 고대의 숲까지 진격할 거야." 그가 제단 옆에 서있는 커티스와 산적들을 돌아다보며 말했다. "준비해라. 오늘 밤 출격이다."

산적들은 즉시 캠프로 돌아갈 준비를 했다. 그러나 커티스는 제단 옆에 서서 움직일 줄 몰랐다. 그는 칼에 벤 상처를 혀로 다시 핥아보았다. 이윽고 손바닥 상처를 들여다보며 혼잣말을 했다. "내가 방금 뭘 한 거지?"

오늘 밤은 바람이 매섭겠군. 알렉산드라는 말을 타고 어두운 갭 브리지 상판을 지나가며 생각했다. 협곡 사이로 불어오는 바람에 말의 재갈이 달가닥달가닥 소리를 내며 흔들렸다. 앞에는 병사들이 바다처럼 끝없이 펼쳐있고, 그들의 무수한 군화 소리가 고요한 숲속에 북소리처럼 울려퍼졌다. 알렉산드라는 이 다리도 머잖아 담쟁이덩굴에게 잡아먹힐 거라고 생각했다. 이 유서 깊은 다리도. 이 다리가 놓인 지 얼마나 됐을까? 스빅 왕조가 들어서기 전, 그러니까 신비주의자들이 사우스우드를 탈출하기 전에 지어진 다리였다. 위대한 고대 문명을 엿볼 수 있는 마지막 유물로 나무로 된 다리 상판에 마법이 깃들어 있었다. 하지만 고대의 도시가 함락되면 사우스우드를 강탈한 자들도 몰락하리라.

어떻게 몰락할까, 알렉산드라는 생각에 잠겼다. 그 자들이 어떻게 용서를 빌까? 어리석은 라르스, 친애하는 멍청이. 뻔뻔스럽게도 나를 승계할 수 있다고 생각하다니. 내 아들 알렉세이를 승계할 수는 있었지. 그리고 나를 얼어붙은 유배지로 보냈겠다. 네 녀석은 첫 번째 먹잇감이 될 것이다.

바람에 나뭇가지가 울음소리를 내고, 마른 나뭇잎이 눈처럼 떨어져 행군하는 병사들의 군복을 덮었다. 품에 안은 아기가 포대기 속에서 발길질을 하고 옹알이를 했다.

이것이야말로 그 자들에게 자신들의 오만함을 깨닫게 해주는 방법이야, 그녀가 생각했다.

이것이야말로.

🌿

프루는 깜짝 놀라 잠에서 깼다. 꿈을 꾸었다. 종소리가 낮게 울려퍼졌고 자신은 거대한 다리 위에 서있었다. 뛰어서 다리를 건너려고 했는데 나무로 된 상판이 갑자기 발밑에서 사라져버렸다. 그래서 무섭게 흐르는 강물로 떨어졌다. 그 바람에 프루는 깊은 잠에서 빠져나왔다. 풀 더미에 긁혀 뺨에 상처가 나고 옷은 풀잎 이슬에 젖어 축축했다. 사방이 칠흑같이 까맸다. 넓게 드리워진 구름 아래 달빛이 빛나고 목초지 가장자리 높은 나무 우듬지에는 안개가 발처럼 걸려있었다. 프루는 일어나 앉아 눈을 비벼 잠을 털어낸 뒤 회합 나무 쪽을 바라보았다. 들판 주변에 켜둔 여러 개의 횃불이 땅바닥에 가물거리는

그림자를 드리웠다. 신비주의자 한 명이 나무 옆에 서서 그릇처럼 생긴 동종 안으로 나무 공이를 넣어 돌려가며 들판 전체에 끊이지 않은 종소리를 만들어 내고 있었다. 프루가 꿈속에서 들은 바로 그 소리였다. 그 소리에 맞춰 신비주의자들이 앉은 채로 몸을 움직였다.

숨죽여 그 모습을 바라보던 프루의 눈에 눈꺼풀을 파르르 떨다 번쩍 뜨는 이피게니아의 모습이 보였다. 나이든 신비주의자는 주위의 들판을 둘러보았다. 그러다 프루를 발견하고는 일어나서 걸어오기 시작했다. 프루는 자리에서 벌떡 일어나 그녀를 맞으러 뛰어갔다.

"오, 그래, 프루." 이피게니아는 아직 프루에게 다가오기도 전에 말부터 꺼냈다. "그래, 프루. 급하게 할 일이 있다."

"뭔데요?" 프루가 물었다. "무슨 말씀이세요? 나무가 뭐라고 말했어요?"

"아주 큰 일이 날 것 같구나." 신비주의자가 예전의 느긋함이 사라진 목소리로 말했다. "자칫하면 이 우드의 살아있는 모든 것들이 위험해질 수 있단다."

"무슨 일인데요?" 프루가 물었다. "제 동생과 관련된 말씀이세요?"

이피게니아는 말을 멈추고 프루의 눈을 가만히 응시했다. "오, 이런." 그녀가 말했다. "안 좋은 소식을 전하게 되어 마음이 아프구나." 그녀가 프루의 손을 잡았다. "회합 나무는 이 우드 전체의 토대와 같단다. 그 얽히고설킨 뿌리가 우드 북쪽에서 남쪽, 우리가 딛고 서있는 땅 구석구석까지 뻗어있거든. 게다가 참나무 고목이 쓰러지는 것부터 새들의 날갯짓까지 우드에서 일어나는 크고작은 변화를 다 감지한단다. 그런데 회합 나무는 담쟁이덩굴이 깨어난 걸 진작부터 알고 있었단다. 무언가 담쟁이덩굴의 수면을 방해한 거지. 이제야 명확해졌단다. 담쟁이덩굴은 바로 피에 굶주려있어. 오래 전에 몰락해 폐허가 된 고대 문명의 중심지이자 담쟁이의 주된 뿌리가 잠들어있는 고대의 숲에 대규모 군대가 진격해 들어왔어. 이 군대의 우두머리는 추방된 여왕이고, 그녀는 바깥세상 아기를 데리고 있어. 너처럼 혼혈아인 아이."

프루가 화들짝 놀랐다. "그 여자가 뭘 하려는 거죠?"

이피게니아가 슬프게 고개를 저었다. "네가 상상하는 것보다 훨씬 끔찍한 일이야. 여왕은 아기를 담쟁이한테 먹이려고 해. 담쟁이가 피를 먹고 생기를 되찾으면 여왕의 뜻대로 움직이는 부하로 길들이려는 거지. 그런 다음 숲에서 모든 식물과 동물을 없애버리려고 한단다."

"그 여자가…, 그 여자가 제 동생을 죽이려는 건가요?" 프루는 얼굴에서 핏기가 빠져나가는 것을 느꼈다. 무릎이 후들후들 떨리기 시작했다. 어떻게 될까 구체적으로 예상한 적은 없지만 이것은 상상했던 것 중에서도 최악이었다. "안 돼요." 프루가 신비주의자에게 도와달라는 듯 매달리며 말했다. "그렇게 하게… 그렇게 하도록 내버려둬선 안 돼요."

이피게니아는 고개를 끄덕이며 마디가 굵은 손가락으로 프루의 얼굴을 천천히 쓸었다. "그 여자는 지금 제정신이 아니란다." 신비주의자가 말했다. 그때 다른 신비주의자들이 스르륵 스르륵 풀잎을 스치는 황금빛 옷을 입고 다가와 이피게니아 뒤에 섰다.

"무엇보다 이건 우리의 문제이기도 하단다." 이피게니아가 동료 신비주의자들을 차례로 보면서 천천히 말했다. "우린 무슨 일이 있어도 이런 일탈 행위를 멈추게 해야 해." 신비주의자들이 각자 엄숙한 표정으로 고개를 끄덕였고 이피게니아의 말은 계속되었다. "그러나 우리가 해결해야 할 일이 만만치 않구나. 이런 경우에 해당되는 규약이 있기는 하지만, 노스우드 역사상 군대를 소집해야 했던 적이 거의 없어서 말이다. 그래도 이건 우리가 반드시 처리해야 할 일이다. 그것도 신속하게." 그녀가 동료 신비주의자들에게 직설적으로 말했다. "밝아오는 날, 그러니까 추분일 해가 가장 높이 떠올랐을 때 그 아이가 죽게 되어있어요. 우리에겐 시간이 없어요." 그녀는 동료인 호리호리한 사슴을 돌아보며 말했다. "하이드레인저, 경찰관 좀 불러줘요. 경보기를 울려야 하니."

암사슴은 고개를 끄덕인 뒤 동료들을 뒤로 하고 성큼성큼 달렸다.

"여기에도 군대가 있어요?"

"아니, 그런 건 아니고." 프루의 물음에 이피게니아가 대답했다. "노스우드 헌장을 보면, 필요한 경우 노스우드의 전 주민이 전쟁에 나가야 한다는 내용을 법령으로 정해놓았단다. 우리는 평화를 사랑하지만, 역사상 단 한 번, 우리 공동체를 방어하기 위해 군대를 소집한 적이 있지." 그녀는 눈썹을 치켜세우며 미간을 찌푸렸다. "비록 지금은 지원군의 현황에 대해서도 제대로 말할 수 없지만 말이다. 군대가 필요했던 시절도 있지만 그 후로 세대가 아홉 번이나 바뀌었어. 이 점은 가장 걱정스럽구나." 그녀는 한숨을 내쉬고 어둑한 들판 한가운데에 서있는 거대한 나무를 바라보았다. "하지만 나무의 의지가 있으니 우리도 따라야겠지."

"오, 고맙습니다. 정말 고마워요." 프루가 연신 감사를 전했다.

"만약 우리가 여왕의 행동을 성공적으로 막을 수만 있다면 네 동생을 구출할 수 있겠지. 그렇게만 된다면 결과적으로 우리에게도 좋은 거고." 신비주의자가 말했다. "우리는 사실 우드 전체를 위해 이 일에 개입하는 거란다. 우리가 살고있는 이 대지를 위해." 그녀가 나무 사이로 탁 트여 난 오솔길을 살펴보았다. "봐라. 경찰들이 오는구나. 함께 가자꾸나. 우리에겐 시간이 없어."

장작을 넉넉히 받아먹은 모닥불 불길은 위쪽의 나뭇가지 근처까지 혀를 날름거리며 산적들 사이에서 일어나는 일들을 샅샅이 비춰주었다. 그들은 침낭을 꾸리고 식량을 챙기고 화살에 깃털을 새로 달았다. 한 줄로 늘어서서 낡은 소총을 점검하는 산적들도 보였다. 다른 쪽에서는 검은 화약을 조심스럽게 가죽 행낭에 쏟아붓고 있었다. 커티스가 마지막 남은 무기의 날을 세우는 일을 재빨리 해치우고 대기한 수레에 소총들을 싣고 있을 때 브렌든이 저편에서 그를 불렀다.

"네?" 커티스가 대답했다. 브렌든이 이쪽으로 걸어오고 있었다.

"수장(군복, 경찰 제복 소매에 달아 계급을 나타내는 것. —옮긴이) 산적이라는 계급장이 하나 더 추가되었으니 당연히 그에 어울리는 군복을 입어야 하는데." 브렌든이 커티스의 군복을 털어주었다. "하기야 그것도 시간이 지나면 낡는 법, 너는 다행히 처음부터 새 군복을 입었으니 그건 됐고. 군화는 어떠냐?"

"괜찮아 보이는데요." 커티스가 발을 들어 살펴보는 시늉을 했다.

"잘됐구나, 우리에게 여벌의 군화가 없어서 말이다." 브렌든이 잠시 침묵하다가 이내 입을 열었다. "기억해봐라. 너는 우리와 치렀던 전투에서 전술작전에 능한 군인이었어. 네가 코요테와 한편이 되어 싸웠을 때 말이다. 그렇지 않니?"

그 말에 커티스의 얼굴이 붉어졌다. "그렇지도 않아요. 전 사실 전투에 참가할 예정이 아니었어요. 어쩌다보니 끼어들게 된 거예요. 정말이에요. 전 그냥 나무 위에……."

브렌든이 말을 가로막았다. "알았다. 전투 얘기를 들을 시간은 없고. 우리에겐 더 중요한 일이 있다. 자, 뭐로 하겠니? 총 아니면 단검?"

커티스는 잠깐 무엇을 선택할지 고민했다. 그 질문에 문득 이러지도 저러지도 못한 채 우왕좌왕했던 지난번의 기억이 떠올랐다. 그래도 싸울 수밖에 없었다. 여왕과 함께 참가했던 그 전투가 떠올랐다. 그때는 믿기 어려울 정도로 운이 좋았다. 다시는 그런 행운이 없을 것 같았다. 대포가 발사되고 커다란 고목이 곡사포 대원들에게 굴러떨어지고. 마치 그 일이 꿈인 듯 커티스의 머릿속에 떠올랐다.

브렌든의 얼굴에 묘한 미소가 비쳤다. "알겠다." 그가 커티스의 침묵을 짐작하며 말했다. "둘 다 갖겠다 이거군." 브렌든은 가까운 막사로 가서 낡은 가죽 벨트를 가져왔다. 벨트에 손잡이가 상아로 된 권총이 든 권총집과 길게 휘어진 검이 든 칼집이 달려있었다. 브렌든은 그것을 커티스에게 내밀었고, 커티스는 조심스럽게 두 팔로 안아들었다.

"너는 강한 남자다, 커티스." 브렌든이 말했다. "자, 다미안에게 가서 탄약을 받아라. 고개를 똑바로 들고! 잊지 마라. 넌 이제 산적이다."

확신이 없는 커티스가 건성으로 경례를 했다.

"경례하지 마라." 대장이 꾸짖었다. "우린 군인이 아니야."

"알았어요." 커티스는 어색하게 팔을 내렸다. "고마워요, 대장."

그는 화약 천막으로 가는 동안 바쁘게 오가는 산적들에게 부딪히지 않도록 조심해야 했다. 단검이 가득 든 통을 들고 걸어오는 사람을 피해 펄쩍 뛰고, 나무상자를 함께 들고오는 두 명의 산적을 피하느라 몸을 핑그르르 돌렸다. 모닥불 옆을 지나가기 위해 바짓가랑이를 끌어올리다 커티스는 문득 자신의 어깨로 올라오겠다는 신호로 바짓가랑이를 잡아당기는 셉티무스의 익숙한 손길을 느꼈다.

"너 여기에 올라오면 좋니?" 왼쪽 어깨 견장을 누르는 쥐의 무게를 느끼면서 커티스가 물었다.

"응, 최고야." 셉티무스가 찍찍거렸다. "여기에서 내려다보는 전망이 좋아. 특히 남들보다 위에 있어서 좋고. 다른 쥐들은 모두 땅에 있잖아. 오늘 밤에 벌써 두 번이나 꼬리를 밟혔다니까."

"이 사람들은 캠프에 쥐가 돌아다니는 게 익숙하지 않아서 그래." 커티스가 이해시켰다.

"그럴 거야." 셉티무스가 맞장구쳤다. "너 근데 여기에서 어디로 가는 거야? 어쩐지 불길해."

"난 이제 산적이야, 셉티무스. 정식으로 맹세를 했어."

"와우, 와우!" 쥐가 소리쳤다. "내 말은, 대단해! 기분이 어떠니?"

커티스가 어깨를 으쓱했다. "모르겠어. 그냥 똑같아."

"이 사람들은 동원할 수 있는 인력을 총동원할 거야. 내가 세어보니 100명이 안 되더라. 97명. 참, 너도 있지? 그럼 97명과 2분의 1." 셉티무스는 농담을 하고는 깔깔 웃다가 커티스가 아무 반응도 보이지 않자 하던 말을 계속했다. "어쨌든. 내일 밤이 되면 여기에는 한 명도 남지 않을 거야. 단 한 명도."

"셉티무스." 커티스가 엄하게 타일렀다. "내가 말했지?"

"알아. 산적을 비방하지 말라고. 알았어."

그들은 협곡 기슭, 커다란 천으로 지붕을 덮은 화약 텐트에 도착했다. 뺨 가득 눈물 문신을 한 반백의 산적 다미안이 줄을 서서 기다리는 남녀에게 탄환과 화약을 배분하고 있었다. 그 줄은 빠르게 줄었고, 산적들은 자신들의 할당

397

량을 받자마자 줄에서 빠져나갔다. 커티스가 거의 앞줄에 다다랐을 때 커티스 앞의 소녀 산적과 다미안 사이에 실랑이가 벌어졌다.

"미안하다, 애슐링, 네가 받아야 할 건 그게 다야." 다미안이 냉정하게 말했다.

"어서요! 전 열네 살이란 말이에요." 소녀 애슐링이 졸랐다. 그녀는 모랫빛이 도는 옅은 금발을 말총처럼 묶고 긴 부츠 위에 너풀거리는 연한 색깔의 치마 차림이었다. 잿빛 얼룩이 묻은 흰색 블라우스 위에는 가는 세로 줄무늬 조끼를 받쳐입고 있었다.

"알아." 다미안이 다시 말했다. "하지만 열여섯이 되어야만 총을 지급받을 수 있어. 그러니 다음번에 받아가거라." 그는 커티스에게 앞으로 나오라고 손짓을 했다.

커티스는 양해를 구하고 얼른 앞으로 나아갔다. 애슐링이 약이 오른 눈으로 커티스를 노려봤다. "하지만," 애슐링이 말을 더듬었다. "얘도 저처럼 어리잖아요! 그런데 총도 받고, 단검까지."

커티스는 뒷걸음질을 치며 사과를 할 수밖에 없었다. "미안해. 난 사실 이것과 아무 관계도 없어."

다미안이 의심스러운 눈으로 바라보았다. "그것 어디에서 났느냐?"

"대장이요." 커티스가 변명하듯 대답했다. "브렌든 대장이 주셨어요. 제가 달라고 하지도 않았는데. 그냥 주셨어요."

애슐링은 못마땅한 듯 머리채가 달랑거리도록 크게 한숨을 쉬었다. "그럴 줄 알았어. 흥, 남자는 열여섯이 되지 않았는데 총을 가져도 되고. 나는 안 되고? 말도 안 돼. 식물과 동물, 인간 모두 동등하게 대해야지. 앗, 내 운동화끈!

무슨 다람쥐 똥이 이렇게 많담!"

다미안은 미안한 듯 어깨를 으쓱하며 텐트로 들어가더니 화약과 탄환이 든 자루를 들고나왔다. 이 모습을 본 애슐링이 "흥!" 하고 크게 투덜거린 뒤 근처 모닥불가로 갔다. 커티스가 흥미진진한 표정으로 소녀를 바라보았다. 그러다가 이내 화약 관리인에게 주의를 들었다.

"이봐! 꼬마야!" 그가 커티스의 얼굴 바로 앞에서 손가락을 튕겼다.

"아, 죄송해요." 커티스가 눈을 껌벅거리며 말했다.

"이것 어떻게 사용하는지 아냐?" 다미안이 조바심을 내며 물었다.

"음." 커티스가 머뭇거렸다. "알 리가 없죠."

다미안이 눈알을 굴렸다. "간단해. 내가 하는 것 잘 봐." 그는 커티스에게 총을 장전하고 부싯돌로 불 붙이는 방법을 빠르게 시범을 보였다. 그런 다음 총알을 뺀 뒤 커티스에게 다시 총을 건넸다. "알았지?"

커티스는 사실 잘 이해하지 못했다. "네, 알 것 같아요." 그는 거짓말을 했다.

"좋아, 다음 사람." 그는 커티스에게 비키라고 손짓했다. 커티스는 화약 텐트에서 어정어정 걸어나오며 부싯돌식 구식 총의 이상하고 낯선 장전 방식을 찬찬히 머릿속에 정리했다.

"조심해서 다뤄." 셉티무스가 저만치로 피하며 말했다.

커티스는 고개를 들었다가 근처 나무 그루터기에 부루퉁한 얼굴로 앉아 뒤엉킨 실타래처럼 보이는 것을 만지작거리고 있는 애슐링을 발견했다. 가까이 다가가서 보니 조잡한 투석기였다. 애슐링은 커티스가 다가오는 것을 보고 얼굴을 찡그렸다.

"왜? 또 뭐가 필요한 거야?" 소녀는 이렇게 말한 뒤 덧붙였다. *"바깥세상에*

서 온 주제에."

커티스는 뱀 지나가는 소리를 들은 것처럼 걸음을 멈췄다.

애슐링은 다시 손에 쥔 실타래를 바라보았다. 그녀는 조약돌을 주워 받침대에 재워놓고는 땅바닥에 되는 대로 발사했다. "나도 내 몫을 하고 싶은 것뿐이라고." 그녀가 울먹이다시피 했다.

커티스가 돌아다보며 물었다. "이봐, 대신 이걸 쓸래? 네 것이랑 바꿀게." 커티스는 손잡이를 앞으로 돌려 총을 내밀었다.

애슐링이 의심스러운 듯 쳐다보며 물었다. "정말이야?"

커티스는 고개를 끄덕였다. "나는 총을 많이 쏘아보지 않아서 말이야." 그가 대답했다. "난 전술작전에 더 능하지."

소녀의 얼굴이 환해졌다. "전술작전?" 그녀가 흥미로운 듯 되물었다. "멋진데." 그녀는 권총을 받아들자마자 무게를 가늠하려는 듯 공중으로 던졌다가 손바닥으로 받았다. 그러고 나서 총열 뒷부분을 얼굴 가까이 대고 한쪽 눈을 감은 채 시야를 점검했다. "좋았어." 그녀는 총 상태가 마음에 드는 듯 이렇게 중얼거렸다. "고마워." 그녀가 커티스를 올려다보며 물었다. "그럼, 내 투석기 줄까?"

"당연하지." 커티스는 이렇게 말한 뒤 투석기를 받아들고 점검해보았다. 팔을 쭉 뻗어 줄을 잡아당긴 뒤 자신도 모르게 한 눈을 감고 거리를 가늠했다. "아주 좋은 걸." 그가 결론을 내듯 말했다.

애슐링이 웃었다. "고마워. 전술작전가."

커티스의 얼굴이 붉어졌다. 그는 쑥스러움을 감추려고 손을 내밀며 자신을 소개했다. "난 커티스야. 넌… 애슐링이지?"

소녀가 손을 내밀어 커티스의 손을 잡았다. "응, 만나서 반갑다, 커티스." 소녀는, 한쪽 뺨에서 시작되어 콧잔등을 타고 반대편 뺨까지 주근깨를 뿌려놓은 것 같았다. "네 친구는 누구야?"

셉티무스는 커티스의 어깨에서 정중하게 절을 했다. "내 이름은 셉티무스. 만나서 반가워."

"셉티무스는 가끔 내 어깨에 앉아." 커티스가 설명했다. "내가 들어서 올려주지. 우린 코요테 감옥에서 만났어." 그는 얼른 마지막 말을 애슐링이 제대로 알아들었는지 확인했다. 자신이 탈옥수 중 한 명이라는 사실을 알면 소녀가 틀림없이 감탄할 것 같았다. 예상대로 애슐링이 어느 정도 감동받은 표정을 짓자 커티스는 기분이 으쓱해졌다. 하지만 소녀가 빤히 쳐다보자 커티스는 다음 말을 찾지 못하고 어색하게 허둥댔다. 커티스는 한숨을 내쉰 뒤 양손을 허리에 대고 분주한 캠프를 돌아다보았다. "아주 정신없네." 그가 캠프를 가리키며 말했다. "모두."

애슐링은 고개를 끄덕이고 나서 권총 자루만 만지작거렸다.

"빨리 코요테 녀석들과 한판 붙고 싶다." 커티스가 투석기를 들어올려 한 손으로 아무렇게나 휘두르며 말했다. 그러고 나서 애슐링이 보고 있는지 흘끔거리며 작은 돌멩이를 주워 투석기에 쟀다. "지금까지 내내, 여기에 앉아있었지." 그가 투석기를 돌리기 시작했다. "난 언제라도 돌아갈 준비가 되어있지……." 커티스가 아무 의도 없이 손목을 살짝 움직였는데 투석기에 재워둔 돌멩이가 날아갔다. "전쟁터로!" 커티스는 돌멩이가 천막을 너머 차곡차곡 쌓아 둔 토기 쪽으로 날아가는 것을 보고 비명을 질렀다. 곧이어 토기가 바닥으로 떨어져 산산조각이 나고 적갈색 파편이 소나기처럼 쏟아져내렸다. 캠프에서 일하던 사람들이 일손을 멈추고 일제히 커티스를 바라보았다.

"오, 맙소사!" 그가 얼굴이 새빨개지며 중얼거렸다. "죄송해요. 일부러 그런 건 아닌데……."

그루터기 위에 앉아있던 애슐링이 몸을 구르고 배꼽을 잡으며 웃었다.

"아무래도 넌 전술작전에만 전념해야겠다." 셉티무스가 농담을 했다.

커티스가 쥐를 보며 분통을 터뜨렸다. "두고봐, 난 어떻게든 배울 거야." 그가 씩씩대고 있을 때 애슐링이 커티스에게 손을 흔들었다.

"잘했어." 소녀는 배를 쥐고 웃다가 도중에 이렇게 말했다. "어쨌든 여기 분위기도 점점 심각해지는데 말이야. 멋지게 잘했어."

커티스는 웃으면서 어깨를 으쓱하고는 말했다. "내가 할 수 있는 거라면 당연히 해야지."

그때 바쁘게 움직이며 와자지껄한 캠프의 소음을 뚫고 경적 소리가 울렸다. 한 자리 음으로 길게 지속되는 그 음은 협곡을 뒤흔들었다. 커티스의 눈에 재빨리 차렷 자세를 취하는 산적들이 보였다.

"드디어 올 게 왔군." 애슐링이 진지한 표정을 지으며 말했다. 그리고 몸을 일으켜 권총을 허리에 찼다.

이윽고 검을 차고 어깨 위에 긴 나팔총을 멘 브렌든이 협곡 입구에 모습을 나타냈다. 왼쪽 무릎에 여전히 붕대를 감았지만 예전의 기력을 되찾은 게 분명했다.

"동지 여러분!" 그가 소집한 군중을 향해 외쳤다. "산적 동지 여러분. 아침이 오고 있다. 정렬! 고대의 숲으로 진격한다."

산적들은 말없이 협곡 바닥에서 두 줄로 맞춰서며 진군을 준비했다. 예리하게 날을 세우고 광택을 낸 검은 칼집에 들어있고 어깨에는 총이 메여있었다. 연인과 남편, 아내들은 눈물 어린 작별인사를 주고받았다. 어린아이들은 부모와 헤어지기 싫어 울음을 터뜨렸고 캠프를 지키기 위해 남는 사람들은 그런 아이를 위로했다. 애슐링과 커티스는 행군종대 쪽으로 걸어갔다.

"행운을 빌어." 애슐링이 사람들 사이로 사라지며 말했다. "전술작전가."

CHAPTER 23

군대를 소집하라

"**군** 대요?" 토끼가 졸린 눈을 비비며 물었다. 그는 아직도 잠에서 덜 깨어난 게 분명했다. 머리에 쓴 소쿠리 헬멧은 삐뚜름하고, 경찰 제복은 주름투성이였다. "우린… 우린 한 번도 해본 적이 없는데요."

"그러니까 새뮤얼 말은," 여우 역시 혼란스러운 표정으로 횡설수설했다. "네, 그래요. 너무 오래 되어서…, 정말입니다. 그러니까, 제가 하고 싶은 말은, 우리는 평화주의자라는 겁니다. 그렇지 않습니까?"

이피게니아는 실망감을 누르려 애쓰고 있었다. "무슨 말인지 알아요, 스털링. 하지만 생각해봐요. 이건 아주 중대한 일이에요."

여우 스털링이 몸을 일으키고는 신비주의자를 찬찬히 살폈다. 이피게니아

404

옆에 서있는 프루는 점점 더 안절부절 못했다. 발가락은 신발 안에서 연신 꼼지락거렸다.

여우가 마침내 입을 열었다. "이 일이 경보기를 울리는 것과 관련이 있군요."

이피게니아가 눈을 홉떴다. "그래요. 그럴 거예요, 여우 서장. 그리고 경찰서에서 이 일에 관여해주면 정신 나간 여왕과 코요테 병사들이 우드 전체를 파괴하기 전에 막을 수 있어요."

"그렇군요, 역시 그거로군요." 여우가 대답했다. "경보기는 낡은 화재감시탑 안에 있어요. 탑은 잠겨있고요."

"그러니까, 그걸 열어야죠." 신비주의자가 재촉했다.

여우는 어색하게 웃었다. "열쇠가 없어요." 그는 빈손을 보여줘서 안타깝다는 표정을 지으며 앞 발바닥을 펼쳐보였다.

두 사람은 한동안 아무 말이 없었다. 나이든 신비주의자는 과장되게 긴 한숨을 들이켰다. "여우 서장." 그녀가 단호한 목소리로 말했다. "난 참을성이 대단한 여자예요. 평생 명상수련을 해왔으니까요. 앉은 자세로 3주 동안 돌 하나만 바라보고, 그 돌에 이끼가 끼는 것도 본 사람이에요. 그런데 당신은 지금 나에게 그보다 더한 참을성을 시험하고 있군요." 그녀는 이렇게 감정을 털어놓자 화가 다소 가라앉은 듯했다. "여우 서장, 만약 자물쇠만 있고," 그녀가 차분하게 말했다. "열쇠가 없다면, 자물쇠를 부수는 확실한 방법이 있군요. 어쨌든 경보기만 울리면 되니까요."

그녀에게 압도당한 스털링이 앞발을 이마에 붙이며 경례를 했다. "그렇습니다."

"우린," 신비주의자는 프루에게 자기 옆에 붙어있으라고 손짓을 했다. "이 일이 끝까지 잘 진행되는지 확인하기 위해 따라갈 거예요."

그때 지평선 위로 새벽의 첫 동이 트고 구름 가장자리가 주홍색으로 물들었다. 경찰들은 자기들끼리 쑥덕거리며 성큼성큼 걸어갔고, 이피게니아와 프루와 다른 신비주의자들은 그들의 뒤를 따랐다.

그렇게 활기차게 걸어 그들은 화재감시탑에 도착했다. 높은 언덕 꼭대기에 서있는 그 탑은 금방이라도 무너질 듯한 목조 건물이었다. 미로처럼 얽힌 수평 기둥 위 지붕이 작은 반구형 오두막으로, 좁다란 통로가 성벽처럼 둘러져 있었다. 건물 한쪽에 못으로 고정시켜놓은 사다리를 타고 올라가면 오두막의 작은 문에 이르게 되어있었다. 여우 스털링은 전정가위를 들고 이 문으로 가기 위해 사다리에 올랐다.

"자, 보세요." 그는 힘들게 사다리를 올라가며 밑에 있는 이들에게 설명했다. "이런 상황에선 보안이 무엇보다 중요합니다. 그래서 자물쇠가 있는 거죠. 꼭 채워놓지 않으면 보나마나 노스우드 장난꾸러기들의 손에 들어가고 말걸요."

아래에 있던 이피게니아가 여우에게 재촉했다. "자, 스털링. 우리에겐 채 하루도 남지 않았어요."

"그게 말처럼 쉽지 않다니까요." 스털링이 가위를 한 바퀴 돌리고 나서 조심스럽게 자물쇠의 구멍에 가윗날을 밀어넣었다. "이 자물쇠는 사우스우드의 최고 장인이 만든 거죠. 저도 설치하는 것을 직접 봤죠. 그래서 과연 열릴 것인지… 이런." 철커덕, 하는 금속성 소리와 함께 자물쇠가 바닥으로 떨어졌다. 스털링의 얼굴이 빨개졌다.

"무슨 일이에요, 여우 서장." 신비주의자가 물었다.

"아, 네. 제대로 박혀있지 않았나봐요." 여우가 대답했다.

이피게니아가 고개를 절레절레 흔들었다. "들어가서 경보기를 울려요."

여우는 시키는 대로 했다. 화재감시탑에서 귀를 멍하게 할 정도로 거슬리는 사이렌 소리가 연이어 흘러나와 주변의 목초지와 덤불에 메아리쳤다.

이른 새벽 조용한 농촌 마을이 갑자기 활기를 띠었다.

나무들과 가지런하게 심은 농작물 사이에서 사람들이 모습을 드러내기 시작했다. 오두막 문이 활짝 열리고, 그 안에 있던 사람들이 새벽빛 어룽거리는 창가로 나와 화재감시탑 아래 모여있는 사람들을 어리둥절한 표정으로 내려다보았다. 숲속에서는 연한 색깔의 포장을 씌운 마차가 나타나 덜컹거리며 언덕을 향해 올라오기 시작했다. 그날의 작업을 막 개시한 농부는 삽을 든 채 낡은 화재감시탑을 바라보더니 잘 가꾼 밭에서 걸어나왔다. 잠시 후 언덕에 많은 사람들이 모였다.

이피게니아가 프루를 돌아다보았다. "나 좀 도와주겠니?" 그녀는 화재감시탑으로 올라가는 사다리를 가리키며 말했다.

프루가 웃으면서 "당연하죠."라고 대답한 뒤 이피게니아가 사다리를 오를 수 있도록 뒤에서 떠받치며 따라 올라갔다. 위로 올라간 뒤 이피게니아는 모여있는 군중을 내려다보았다. 프루는 그녀의 옆에 다가섰다. 발아래 미로처럼 복잡한 오리나무 숲이라든지 조각보처럼 손질한 채소밭 등 노스우드의 평화로운 농촌 풍경이 펼쳐져 있었다. 멀리 툭 던져진 언덕 기슭에는 토탄 연기가 올라오는 고풍스러운 오두막 몇 개가 아늑하게 자리잡은 마을이 보였다. 게다가 언덕들 사이로 구불구불 널찍하게 나있는 하나뿐인 길은 (프루는 그것이 노스우드에 속한 롱로드일 거라고 추측했다) 골짜기 사이로 자취를 감추는 계곡물처럼

408

풍경을 관통하고 있었다.

"앞으로, 가까이 오세요." 이피게니아가 군중에게 말했다. "뒤에 서있는 분들은 앞으로 나와요. 큰 소리로 말하겠지만 육성이라서요. 스털링 서장, 두더쥐나 다람쥐 같은 작은 동물들은 앞자리에 앉게 해주세요. 네발 동물보다 큰 분들은 죄송하지만 뒷자리로 가주세요. 음, 좋아요."

새로운 주민이 도착해서 잠시 소란스러울 때면 그녀는 잠깐 말을 쉬었다. 군중은 꽤 불어났다. 두 명의 경찰관, 스털링과 새뮤얼은 늘어나는 군중 가장자리를 바쁘게 오가며 사람들을 진정시키고 주목하게 했다. 낮게 웅성거리는 사람들의 말소리가 마치 벌집에 든 벌들의 소리 같았다. 이피게니아는 언덕에 모인 군중의 규모가 자신의 성에 찰 때쯤 연설을 시작했다.

"모두 여기 모인 거죠?" 그녀가 묻자 일부는 고개를 끄덕이고 일부는 가로젓느라 머리들이 파도처럼 너울거렸다.

군중의 맨 가장자리에서 어떤 목소리가 외쳤다. "밀러 계곡에 올라간 사람들은 지금 오는 중이에요."

또 다른 목소리가 말했다. "크루거와 덱 농장은 지금 건초를 묶는 중이에요. 아마 못 올 거예요."

이피게니아가 고개를 끄덕였다. "그럼 지금부터 말하는 내용을 꼭 전해주세요." 프루가 계산해보니 거기에 모인 사람이 350명쯤 되는 것 같았다. 담비, 코요테, 여우, 인간, 사슴 등등 꽤 멋진 동물원이었다. 흑곰네 가족은 군중 위로 불쑥 솟아있고, 숫사슴의 뿔은 왼쪽 옆으로 튀어나왔다. 스컹크 무리는 새뮤얼의 지시에 따라 맨 앞 자리로 옮겼다.

"우리가 여러분을 여기에 소집한 이유는," 이피게니아가 낭랑하고도 단호한 목소리로 말했다. "우리가 경보기를 울린 이유는 중대한 시련이 닥쳤기 때문이에요. 어떤 군대가 숲 전체를 파괴하려고 지금 와일드우드로 진격 중이에요. 우리가 밤새 회합 나무 앞에서 명상을 했는데, 나무의 동의를 받아 이 적들에 대항하는 군대를 소집하기로 만장일치 결론을 내렸어요. 그러므로 노스우드 지원병이 소집될 예정이에요."

군중 사이에서 낮은 웅성거림이 터져나오더니 숨죽여 속삭이던 사람들이 점차 큰 소리로 떠들기 시작했다. "와일드우드가 어떻게 되든 우리와 무슨 상관이죠?" 돼지 한 마리가 물었다. "우리는 알 바 아니에요."

이피게니아가 얼굴을 찡그리며 대답했다. "와일드우드가 위험해지면 우리 모두 위험해져요. 담쟁이덩굴이 잠에서 깨어났어요. 추방당한 사우스우드의 미망인 여왕이 인간 아기의 피를 먹여주기로 약속하고 지배권을 얻었어요. 이 여자아이는 바깥세상에서 온 프루 매킬이라고 하는데, 고맙게도 우리에게 그런 사실을 알려줬어요." 이피게니아가 프루에게 앞으로 나오라고 손짓했다. 프루는 수줍게 앞으로 나와 흥분한 군중에게 공손히 인사했다.

"바깥세상 사람이 여기에서 뭘하는 거지?" 군중 속에서 누군가 소리쳤다.

다른 목소리가 대꾸했다. "저 아이는 바깥세상 사람이 아니고 혼혈아야!"

군중이 프루의 얼굴을 자세히 보려고 일제히 고개를 빼자 프루는 감시탑의 통로로 나와섰다. 많은 이들이 만족스럽다는 듯 고개를 끄덕였다. "정말이네!" 누군가 옆 사람에게 말하는 소리가 들렸다. 이피게니아는 프루를 향해 손바닥을 쭉 펼쳐보이며 연설을 부탁하는 시늉을 했다. 프루의 눈이 휘둥그레졌다.

"저보고 말을 하라고요?" 프루가 속삭여 물었다.

이피게니아가 고개를 끄덕였다. "그래. 너한테 직접 들으면 더 좋아하지 않겠니."

프루는 마른침을 삼킨 다음 한 발짝 앞으로 나와 통로 난간을 손으로 짚었다. 그리고 군중을 휘휘 둘러보았다. "제 동생은," 프루가 이야기를 시작했다. "제 동생은 5일 전에……."

"안 들려!" 누군가 뒷자리에서 외쳤다.

프루는 헛기침을 한 뒤 목청을 높였다. "5일 전에 까마귀 떼한테 납치를 당했어요. 제가 사는 바깥세상의 세인트 존스 놀이터에서요. 그래서 전 동생을 찾으러 여기에 오게 되었어요. 처음에는 사우스우드 사람들에게 도움을 청했는데, 그들은 저를 도와주지 않았어요." 프루는 점차 자신감을 얻었다. "그래서 아비앙 공국의 올빼미 렉스 공작에게 도와달라고 부탁했죠. 그런데 그는 체포되었어요! 체포되기 전 그가 이곳 신비주의자를 찾아가서 저의 사정을 말하라고 했어요. 신비주의자들이 저의 마지막 희망이 될 거라고 일러주었죠."

이피게니아가 프루 옆자리로 다가가 덧붙였다. "그 까마귀 떼를 매수한 장본인이 바로 여왕이에요. 까마귀들은 아비앙 공국과 멀어져 여왕의 부하 노릇을 하고 있어요. 게다가 담쟁이덩굴까지 그녀의 손아귀에 들어가면 파괴 행렬의 위력을 막을 수가 없을 거예요. 모든 나무들이 잘려나가고, 풀들은 먹이가 될 거예요. 여러분의 농작물과 집, 농장은 파괴될 거예요. 담쟁이덩굴은 경계라는 걸 몰라요. 아마 자기의 주인이 그만두라고 할 때까지 닥치는 대로 먹어치우며 파괴 행위를 멈추지 않을 거예요. 한데 그에게 명령을 내리는 사람은 알다시피 우드 전체를 멸망시키고자 하는 미친 여자에요."

겁에 질린 군중이 수군거리는 가운데 신비주의자의 연설이 계속되었다.

"회합 나무 앞에서 명상한 바 이건 우리의 사명임이 분명해요. 우리 땅을 지키기 위해 군대를 소집하는 것. 다른 방법은 없어요." 이피게니아가 말을 멈추고 심호흡을 했다. "여우 서장," 그녀가 불렀다. "한 말씀 해주시겠어요?"

사다리 밑에 서있던 스털링이 고개를 끄덕이고는 통로로 올라왔다. 그는 앞발에 너덜너덜하고 누런 두루마리를 들고 있었다. 그는 그것을 펼친 다음 군중에게 설명하기 시작했다. "군대 소집에 관한 법령의 내용은 이렇습니다. 남, 여, 동물, 인간할 것 없이 몸이 성한 자는 법에 규정된 대로 유사시에 무기를 소지하고 민병대의 신분이 되어야 한다. 이에 노동력을 제공한 대가로 공동체의 상점에서 보상을 받는다."

"하지만 우리에겐 무기가 없어요!" 누군가 말했다.

스털링은 두루마리를 감아 허리에 찬 전정가위를 툭툭 쳤다. "구할 수 있는 무엇이든 가지고 나오세요. 농기구라든지 요리기구, 여러분이 구할 수 있는 무엇이든."

군중이 일제히 걱정스러운 듯 투덜거렸다.

이피게니아가 앞으로 걸어나왔다. "이제 돌아가 집안을 뒤져보세요." 그녀가 명령했다. "무기가 될 만한 것을 찾아요. 그리고 한 시간 후에 다시 이곳에서 만납시다. 한 시간만 드릴게요. 그 이상은 안 돼요. 우리에게 주어진 시간은 아주 짧아요. 여왕은 오늘 정오에 제물을 바치려 할 거예요. 명심해요. 우리의 생명은 이걸 막을 수 있느냐에 달려있어요."

농부들이 뿔뿔이 흩어졌다. 그들은 각자 오두막으로, 농장으로, 집으로 달려갔다.

프루가 이피게니아를 돌아다보며 물었다. "함께 가실 거예요? 와일드우

412

드로?"

나이든 신비주의자는 고개를 끄덕인 뒤 주름진 이마에 흘러내린 잿빛 머리카락 몇 올을 쓸어올렸다. "물론이란다." 그녀가 말했다. "난 이번 진군 때 우리 민병대를 대표하게 될 거야. 다른 사람들은 남아서 명상을 계속할 거고. 하지만 이 수도복을 처음 입었을 때, 난 누구도 해치지 않고 폭력을 쓰지 않겠다고 목숨 걸고 맹세했단다. 그러므로 전투가 벌어진다고 해도 난 직접 전투에 참여하지는 않겠지만, 다른 방법으로 도울 일이 분명 있을 거야."

프루는 흩어지는 주민들의 모습을 바라보았다. 저마다 나무숲이라든지 풍경 속에 점점이 박혀있는 작은 오두막으로 사라졌다. "몇 명이나 모일 거라고 생각하세요?" 프루가 물었다.

여우 스털링이 숨죽여 투덜거렸다. "운이 좋으면 400명쯤."

이피게니아가 굳은 표정으로 여우를 바라보았다. "그 정도는 되어야 하는데."

"그게 다예요?" 프루가 물었다. 그 수가 너무 적게 느껴졌다.

"군중 규모를 보았잖니." 스털링이 변명하듯 말했다. "그것도 밀러 계곡 저편에 사는 주민과 농장 일꾼까지 모두 합친 숫자란다. 그 이상은 어려울 거야. 이곳은 평화로운 땅이야. 이런 비상사태에 익숙하지 않지."

이피게니아가 한숨을 내쉬었다. "하지만 회합 나무가 결정한 일이니, 이 문제에 관해 우리에겐 선택권이 별로 없어."

"그럼, 그럼…," 프루의 두뇌는 다른 방법을 찾아 급박하게 움직였다. "다른 동물들은 어떨까요? 숲에 사는 동물들 말예요. 와일드우드에 사는 동물들은요? 그들도 우리와 힘을 합쳐 싸우고 싶지 않을까요? 그들도 노스우드 주민들과 마찬가지로 보금자리가 위험해지잖아요."

이피게니아가 고개를 저었다. "불가능해. 우리가 아는 와일드우드의 동물들은 연대감이나 가족애가 약해. 그곳은 말 그대로 야생의 세계지. 그렇게 서로 이질적인 동물들을 한자리에 모으는 일은 불가능해."

그때 프루의 머릿속에 뭔가 떠올랐다. "산적들이요." 그녀가 말했다. "산적들은 어때요?"

스털링의 눈이 휘둥그레졌다. "그 피에 굶주린 깡패들 말이냐? 설마 농담하는 거 아니지? 제정신이라면 그렇게 무질서한 녀석들과 동맹을 맺겠다는 생각은 하지 못할 게다. 우리 모두 목을 졸리거나 지갑을 털릴 게 뻔해."

"전 그렇게 생각하지 않아요." 프루가 반박했다. "꼭 그렇지도 않아요. 전 거기, 산적들 캠프에 가봤어요."

"네가 그 녀석들 캠프에 가봤다고?" 이피게니아가 놀라서 물었다. "도대체 어쩌다?"

프루가 한숨을 내쉬었다. "이야기하자면 길어요. 제가 독수리 등 위에서 날고 있을 때 코요테 궁사가 화살을 쏘았어요. 제가 땅바닥에 고꾸라져 있었는데, 산적들이 저를 발견하고 자기들 은신처로 데려갔어요. 밖에서는 절대 보이지 않는 정말 깊은 골짜기에 있더라고요. 그런데 거기에 오래 머물지는 못했어요. 코요테들이 제 냄새를 맡고 근처까지 따라왔거든요. 그래서 그들의 대장이 녀석들을 따돌리려고 저를 캠프 밖으로 데리고 나왔어요. 그러고 나서 여왕한테 잡히고 말았죠."

여우는 잠시 할 말을 잃었다. "그놈들이 너를 두들겨패지 않던? 내 말은, 그놈들은 원래 그런 말종이거든, 그렇지 않더냐?"

414

"아니요. 아주 점잖던걸요." 프루가 대답했다.

"나도 그런 줄로만 알았는데." 이피게니아가 갸웃거렸다. "산적들이 제멋대로이기는 해도 동정심은 있나보구나. 한 가지 확실한 점은 산적들이 와일드우드의 많은 종족 가운데 가장 강하고 조직적이라는 사실이다. 우리가 그들과 동맹을 맺는다면 가공할 만한 힘을 갖게 되는 거지."

"그건 안 됩니다." 여우가 화를 내며 말했다. "와일드우드의 산적 떼와 함께 진격을 한다니. 그건 절대 불가능해요. 사우스우드와 주고받는 우리 수하물을 훔친 놈들인데, 우리가 그런 놈들 틈바구니에서 살아간다는 것만도 기적이에요."

"하지만 여우 서장. 수하물만 빼고 다른 것은 언제나 무사히 통과시켜줬다는 점을 잊지 말아요. 그들은 우리가 아무 문제 없이 편안히 살도록 해주었어요." 이피게니아가 이렇게 대꾸하고 나서 프루를 돌아다보았다. "너 그들의 캠프를 찾을 수 있겠니, 은신처 말이다."

프루는 잠깐 생각에 잠겼다. "은신처를 찾을 수 있을지 그건 잘 모르지만…, 근처까지는 갈 수 있어요. 아주 큰 다리 바로 남쪽이었거든요. 협곡을 가로지르는 다리."

"갭 브리지 말이구나." 이피게니아가 바로잡아주었다. "그래, 그리고?"

"그리고 서쪽으로 갔어요." 프루는 은신처에서 돌아나왔던 길을 기억하려고 애썼다. "네, 맞아요. 롱로드 서쪽. 그리고 캠프 곳곳에 보초병을 세워두었던 것도 기억나요. 만약 제가 그 근처에서 소란을 피우면 틀림없이 저를 체포하려고 할 거예요, 그렇죠? 그러면 그때 어떻게 된 일인지 설명하는 거예요!"

이피게니아가 고개를 끄덕였다. "그들도 우리만큼 걱정스러워할 게 분명하다. 이 일은 모두를 위험에 빠뜨리는 상황이니까."

"그럼 저를 보내주세요." 프루는 가슴에서 투지가 솟구쳐오르는 것을 느꼈다. "여러분이 민병대가 소집되기를 기다리는 동안 저를 와일드우드로 보내주세요. 제겐 자전거가 있어요. 그걸 타고 롱로드로 가면 돼요. 아마 노스우드 군대가 진군해오는 동안 산적들을 만나 우리에게 합류하라고 설득할 수 있을 거예요."

이피게니아는 곰곰이 생각한 뒤 대답했다. "프루, 그건 위험해. 자칫하면 산적들의 강령과 충돌할 위험도 있어. 자신들을 은신처에서 나오게 하려는 속임수라고 그쪽에서 오해할 수도 있고. 그들이 어떻게 반응할지 전혀 짐작할 수가 없구나."

"우리에게 선택권이 있나요?" 프루가 물었다. "제 말은, 우리가 그들과 한편이 되어야만, 그들은 틀림없이 수백 명은 될 테니까 최소한 여왕과 한판 붙어볼 수 있다는 거예요." 프루는 애원하듯 이피게니아와 스털링을 번갈아 쳐다보았다. 여우는 팔짱을 끼고 씩씩거렸다. 잠시 후 이피게니아가 고개를 끄덕였다.

"알았다." 그녀가 말했다. "가거라. 자전거를 타고 산적들한테 가거라. 그들에게 우리가 처한 곤경을 설명해라. 그리고 그들에게도 중대 사태라는 사실을. 그 동안 우리는 군대를 소집해서 출전 준비를 하마. 해가 가장 높이 올라오기 전에 갭 브리지에서 만나자." 이피게니아는 고개를 들어 태양의 위치를 가늠했다. 지평선 위 띠 같은 구름에 가려 햇빛은 그다지 강하지 않았다. "자, 어서 가렴. 우리에게는 시간이 많지 않아."

프루는 사다리를 내려와 자전거에 올라탄 뒤 페달을 밟기 시작했다.

🌿

커티스는 발뒤꿈치가 묵직하니 피로가 느껴졌다. 간밤에 잠을 설친(모닥불 가에서 자다 깨다를 반복했다) 탓에 아침나절의 장거리 행군을 할 엄두가 나지 않았다. 더구나 행군이 끝나면 자신의 존재도 끝날 것만 같은 생각이 들었다. 상황의 엄중함이 냉기처럼 천천히, 스멀스멀 엄습해왔다. 문득 자신의 편안한 침대, 책을 꽂고도 남아도는 책장, 짜증스러울 정도로 큰 소리가 나는 자명종 시계, 침실 밖 복도에서 재잘재잘 떠들며 돌아다니는 두 여동생의 발소리 따위가 그리워졌다. 그는 걸어가는 동안 손가락으로 투석기를 매만지면서 삼노끈의 꺼끌꺼끌함과 돌멩이 가죽받침의 부드러움을 느꼈다. 동료 산적이 물감으로 얼굴에 그려준 손가락 너비의 여섯 개 줄무늬는 여전히 거북하고 피부에 싸한 느낌을 주었다.

2열 종대로 행군하던 산적들은 은신처를 가려주는 협곡 절벽을 벗어나자마자 사방으로 흩어졌다. 커티스는 시커먼 형체가 되어 민첩하게 덤불을 빠져나

417

가는 동료들을 지켜보았다. 그들이 산적답게 재빨리 움직이는 모습을 보면 몸에서 강렬한 에너지가 흘러나오는 것처럼 보였다. 하지만 실패가 뻔히 예정된 현실은 걷히지 않는 짙은 안개처럼 그들을 맴돌았다. 커티스는 투석기로 발사할 만한 돌을 찾으며 절망스러운 현실을 잊으려고 애썼다. 그런 것들을 발견하면 얼른 주워서 주머니에 넣었다. 발걸음을 옮길 때마다 주머니는 점점 돌멩이로 무거워졌다.

"얼른 와, 커티스!" 앞서 가던 산적이 커티스가 매끈한 돌멩이를 줍느라 자꾸 뒤처지는 것을 눈치채고 소리쳤다. 코맥이었다. 커티스는 그에게 주머니에 든 돌멩이를 보여주며 얼른 뒤따라갔다. 그들은 캠프에서 점점 멀어졌고, 장작을 때는 연기 냄새도 더 이상 나지 않았다. 셉티무스는 지정석인 커티스의 오른쪽 어깨를 떠나 머리 위쪽의 나뭇가지를 뛰어다니는 모습만 간혹 보였다. 얼마 후 산적들이 롱로드로 쏟아져나왔다. 넝쿨 왕관을 쓴 브렌든은 산적 떼 앞에 서서 계속 진군하라는 손짓을 했다.

"우린 롱로드로 간다." 브렌든은 자신을 에워싼 산적들에게 말했다. 그는 옹이가 박힌 긴 막대기로 젖은 땅바닥에 대충 지도를 그리기 시작했다. "하디스티 사냥길까지 간 다음 산속으로 들어갈 것이다. 물론 우리 군사력은 충분히 우수해 전사자가 많이 생기지는 않을 테지만, 우리는 비밀리에 얼마든지 부족한 숫자를 보충할 수 있다. 그들의 병력 규모로 볼 때, 내가 추측하기에 그쪽은 롱로드를 길게 차지하고 올 것이다. 그리고 로킹체어 협곡 북쪽과 가운데로 갈라지는 지점에서 롱로드를 서쪽으로 빠져나올 거야." 그는 막대기를 가지고 길고 구불구불한 선을 긋다가 맨 끝에 가서 X표시를 했다. "우리는 플린스 바로 위, 북서쪽에서부터 공격해 들어간다. 그게 우리가 할 수 있는 최선이다." 그가 자신을 에워싸고 서있는 산적들을 올려다보았다. "알겠나?"

"네." 그들이 합창으로 대답했다.

브렌든은 굳은 결의를 보여주듯 입을 굳게 다물었다. 짧은 침묵 뒤 그가 말했다. "자, 그럼, 가자."

산적 군단은 롱로드를 따라 진격해 내려갔다. 커티스는 뒤처진 채 여전히 땅에서 돌멩이를 찾았다. 그때 무언가가 시선을 끌었다. 길 옆 덤불 속에 금속처럼 보이는 게 번쩍, 하고 빛났다. 커티스는 대열에서 빠져나와 무릎을 꿇고 살펴보았다. 작은 엉겅퀴 줄기를 옆으로 헤치자 놀랍게도 자신의 집 열쇠가 보였다. "어, 우리 집 열쇠네!" 커티스는 큰 소리로 외치며 바닥에서 열쇠를 집어 흔들었다. 귀에 익은 소리가 났다. 산적 대열로부터 한참 뒤떨어졌던 셉티무스가 허둥지둥 달려왔다.

"그게 뭐야?" 그가 물었다.

"응, 우리 집 열쇠." 커티스가 대답했다. "코요테한테 끌려갈 때 내 주머니에서 떨어진 게 분명해."

"대단하다." 셉티무스가 얼굴을 찌푸리며 말했다. "자, 빨리 가자. 우린 너무 뒤처졌어. 이런 데 신경쓰는 것은 자살행위와 같아."

커티스가 히죽 웃었다. "맞아." 그는 열쇠를 주머니에 넣으며 말했다. "저 길로 곧장 내려가서 숲을 지나면 철교가 나오는데, 생각만 해도 미칠 것 같아. 그 다리만 건너면 우리 집이거든. 그 다리를 건너는 바람에 내가 여기까지 오게 된 거야. 이 일에 휘말리게 된 거지." 그는 뭔가에 홀린 게 아닌가 하는 생각을 떨쳐버리려고 고개를 저었다. "내가 미쳤었나봐."

산적 군단은 이제 롱로드 저만치 내려가서, 모퉁이를 돌아간 대열의 앞부분은 보이지도 않았다. 셉티무스는 자갈길을 폴짝폴짝 뛰어가다 연신 뒤를 돌아다보며 커티스에게 말했다. "얼른 와."

"알았어." 커티스가 대꾸했다. "갈게." 커티스는 벽처럼 빽빽한 나무숲과 열쇠를 발견한 엉겅퀴 더미를 한 번 쓱 돌아본 뒤 산적들을 따라잡기 위해 뛰었다.

❦

프루는 태어나서 지금처럼 집중해서 자전거를 탄 적이 없었다. 페달을 밟을 때마다 종아리와 발목은 빠르고 리드미컬하게 움직이고 허벅지 앞 근육은 탄력있게 수축됐다. 프루는 자전거 안장에 앉아 가볍게 달리다 울퉁불퉁한 길을 지날 때 엉덩이에 가해지는 충격을 흡수하기 위해 엉덩이를 의자에서 살짝 들었다. 하지만 똑같이 울퉁불퉁한 길도 뒤에 매달려오는 빨간색 라디오 플라이어 왜건에게는 고역이었다. 왜건은 미친 듯이 날뛰고 몸을 뒤틀며 무시무시하게 부딪히는 소리를 냈다. 프루는 그 소리가 반항하듯 울려퍼지든 말든 개의치 않았다. 더군다나 무엇이든 산적들의 주의를 끌 수만 있다면 금속 왜건이 덜컹거리는 소리야말로 좋은 유인책일 거라고 생각했다.

도로를 덮칠 듯 점점 더 많은 나무들이 밀려들며 매끄러운 흙길에 서늘한 그림자를 드리웠다. 노스우드의 들판과 나무숲을 떠난 뒤 꽤 시간이 흘렀다. 노스우드의 한적한 농촌을 지나 사람의 손길이 닿지 않은 와일드우드의 숲으로 들어오는 경계에는 나무 울타리로 표시가 되어있었다. 한 조인 듯한 인간과 오소리, 두 보안관이 프루에게 문을 열어주었다. 프루는 고맙다는 인사를 하기 위해 자전거를 멈출 여유도 없었다. 그리고 지금 프루는 와일드우드의 숲속 깊이 들어와 있었다. 길가의 덤불과 나무들은 무수한 이파리를 매단 나뭇가지를 팔처럼 쭉쭉 뻗고 있었다. 바람은 얼굴을 매섭게 때리고 두툼한 모자 안까지 뚫고들어와 속삭였다. 바람이 숨을 불어넣을 때마다 프루의 몸은 부르르 떨렸다.

"좀더 빨리!" 프루가 다리에게 재촉했다. "더 빨리!" 자전거와 바퀴, 체인에게도 명령했다.

눈으로는 롱로드 저 먼 곳을 응시하면서 프루는 수많은 굽잇길과 모퉁이를 요리조리 잘도 빠져나갔다. 시간이 점점 흐르고 있었다.

그때 길 앞으로 갑자기 다람쥐 한 마리가 뛰어들었다. 프루는 비명을 지르며 브레이크를 걸었다. 다람쥐는 자전거 앞에 멈춰서서 자기 앞으로 달려오는 이상하게 생긴 금속 장치를 바라보았다. 브레이크에서 꺅, 비명소리가 나고 뒷바퀴는 옆으로 미끄러지고 라디오 플라이어 왜건은 몸을 뒤틀며 뒷부분이 좌우로 요동쳤다. 자전거가 나자빠져 프루가 좌석에서 밖으로 튕겨나갔을 때, 다람쥐는 자신이 치일 뻔했다는 사실을 깨닫고 깽깽거리며 길 밖으로 달아났다. 프루는 땅에 나가떨어지며 "으윽," 하고 고통스러운 비명을 질렀다. 추락하면서 양 손을 많이 부딪혔다. 뒤편에서는 자전거가 덜컹거리며 바닥에 내동댕이쳐졌다. 다람쥐는 뒤도 돌아다보지 않고 숲속으로 달아나버렸다.

"조심해야지!" 프루가 다람쥐에게 고함을 질렀다. 그리고 몸을 일으킨 뒤 손바닥의 흙을 털고 자전거가 있는 곳으로 갔다. 자전거를 살펴보니 다행히도 프레임이 약간 긁혔을 뿐 크게 망가진 부분은 없었다. 프루는 자전거에 다시 올라탄 다음 예전의 속력이 날 때까지 힘차게 페달을 밟았다.

또다시 이런 사고가 나면 안 되는데. 프루가 생각했다. 만약 이 자전거가 나를 또 거부하면, 그땐 끝장인데.

가슴 속 심장이 쿵쿵 뛰었다. 숨을 헐떡거릴 때마다 보조를 맞춰 페도 아우성치는 것 같았다. 마침내 쭉 뻗은 길 저편 멀리 지평선 위로 키 큰 두 개의 형체가 모습을 드러내고 풍경은 거대한 협곡을 향해 일그러지듯 빨려 들어갔다. 그 형체는 갭 브리지의 이쪽 난간 위로 우뚝 솟은 장식 기둥이었다.

⚘

"어서, 커티스!" 셉티무스가 외쳤다. "놈들이 막 모퉁이를 돌아 숲속으로 들어오고 있어!"

"가고 있어!" 커티스는 점점 느려지는 발걸음을 느끼면서도 이렇게 대답했다. 마치 누군가 억지로 못 가게 붙잡는 것 같았다. 걸을 때마다 주머니의 열쇠(아무리 생각해도 기적이었다!)가 조용히 짤랑거렸다. 그 소리를 들으면 집과 침대 생각이 났다. TV의 시시껄렁한 시트콤에 나오는 농담에 낄낄 웃는 아빠의 웃음소리도 들리는 것만 같았다. 엄마가 만든 음식 냄새도 났다. 지금까지 한 번도 엄마가 요리한 음식이 특별하다고 여긴 적 없는데, 지금은 신들이나 먹을 수 있는 만찬처럼 생각되었다. 심지어 여름날 오후 간단히 먹자며 엄마가 만들어주는 치즈 햄버거도 별미처럼 여겨졌다. 여동생의 목소리도 들렸다. 위층의 동생 방에서 음악을 틀어놓고 팝스타의 노래에 맞춰 춤을 추던 동생의 쿵쿵대는 발소리도 들렸다. 그 모든 게 지금도 그를 기다리고 있을 것이다. 갈 수 있는데, 지금 당장이라도, 커티스는 자신도 모르게 되뇌고 있었다. 지금이라도 갈 수 있는데…….

그는 고개를 돌려 다시 길 모퉁이를 바라보았다. 처음에 롱로드에서 마주 쳤다고 알고 있는 그곳이 점점 희미해 보이기 시작했다. 코요테 등에 묶여있 었고, 코요테들이 자기네 사육지로 데려갈 때 얼마나 달렸던지 숲이 질주하며 사라지는 것 같았다. 그게 며칠 전 일이지? 아주 오래된 일처럼 느껴졌다. 그 는 지금 광기 어린 여자의 손아귀에서 아기를 구하기 위해 자칫 죽을 수도 있 는 무모한 계획에 끼어들어 여기까지 와있었다. 이게 그토록 중요한 일일까? 나는 무엇 때문에 이런 상황에 빠진 것일까? 나와 상관도 없는 아이를 구하 는 일이 내 생명을 구하는 일만큼 중요할까? 심지어 프루도 포기했는데. 프루 는 여기 없었다. 자신의 안전을 위해 가족의 품으로 돌아갔다. 그애는 지금쯤 엄마의 요리를 먹고, 학교 숙제를 하고, 친구를 만나고, 텔레비전을 보고 있 겠지. 아마도 프루의 생활은 정상으로 돌아갔을 것이다. 게다가 프루네 가족 은 아이를 잃어버렸다는 사실을 잊고 더 이상 슬퍼하지 않을 것이다. 그렇다면 왜, 왜 내가 희생을 해야 하지?

"이봐." 머리 위쪽에서 셉티무스가 목소리를 낮춰 말했다. "커티스, 너 지금 뭐하는 거야?"

커티스는 자신이 롱로드 한가운데 서서 주머니에 손을 넣어 차가운 열쇠를 주물럭거리고 있음을 깨달았다. "셉티무스," 커티스가 말했다. "어떻게 말해야 할지 모르겠는데…," 그가 머뭇거렸다. 셉티무스는 눈썹을 치켜뜨고 친구의 말을 기다렸다. "내 생각에 난…….."

바로 그 순간, 뒤에서 어떤 소리가 그의 말을 가로막았다. 숲의 정적을 깨뜨리는 것은 틀림없이 금속성 소리였다. 점점 커지는 그 덜컹거리는 소리는 커티스 쪽으로 다가오고 있었다. 커티스는 동작을 멈추고 귀를 기울였다.

자전거 소리였다.

CHAPTER 24

다시 만난 친구

"프루!"

처음에는 올빼미가 부엉부엉 우는 소리처럼 들렸다. 프루는 온통 앞바퀴에만 신경이 쏠려있었다. 더구나 롱로드에서 유난히 길이 험한 지역을 지나고 있던 터라, 그게 온갖 소리들이 어우러진 숲속의 교향악 중 한 음인 줄로 알고 무시했다. 하지만 이번에는 더 크게 들렸다.

"프루우우우우!"

틀림없이 자신을 부르는 소리였다. 고개를 들었을 때 프루의 눈에 들어온 것은 지저분한 준장 군복을 입고 길 한가운데 서있는 조그만 형체였다. 그 형체는 머리카락도 있고 커티스의 안경도 쓰고 있었지만, 이성적으로 도무지 믿

425

어지지가 않았다. 하지만 가까이 다가가보니 부인할 수 없는 현실이었다. 커티스는 세인트 존스의 집으로 돌아가 부모님과 안전하게 있는 게 아니었다. 커티스는 와일드우드를 떠나지 않았다. 커티스는 바로 그녀의 눈앞에 서있었다. 프루는 곧장 커티스에게 달려갔다.

"커티스!" 프루가 큰 소리로 외쳤다. 갑자기 브레이크를 힘껏 넣는 바람에 뒷바퀴가 옆으로 미끄러지며 흙길로 방향을 틀었다. 왜건은 뒤에서 요란하게 튀어올랐다가 쿵! 굉음을 내며 바닥으로 떨어졌다.

커티스는 길 밖으로 튀어나가 곧장 덤불 속으로 뛰어들었다. 프루는 미끄러지듯 멈춘 뒤 발뒤꿈치로 받침대를 힘껏 내리고 자전거에서 내려 커티스에게 달려갔다.

"커티스!" 그녀가 외쳤다. "어떻게 된 거야! 믿을 수가 없어!" 커티스가 작은 검은딸기나무 장막 속에서 모습을 나타냈다. 군복은 온통 나무가시투성이였다. 프루가 손을 내밀자 커티스가 손을 잡았다. 둘은 그렇게 길가에 서서 감격스러운 표정으로 바라보았다.

두 아이가 동시에 입을 열었다. "난 네가…!" "어떻게 된 거야……?" 두 아이는 더 이상 말을 잇지 못하고 환호성을 지르며 행복한 포옹을 나누었다.

프루가 먼저 포옹을 풀고 말했다. "난 네가 집으로 돌아간 줄 알았어! 그 여자, 알렉산드라가 그렇게 말했어."

커티스는 고개를 저었다. "아니, 난, 네가 거기 왔을 때 감옥에 있었어. 감옥에 갇혀있었어!"

프루는 욕설을 내뱉으며 얼굴을 찡그렸다. "정말 악독한 여자군. 믿을 수가 없어. 그 여자가 나한테 한 말이 모두 거짓이라……."

"너에 대해서도 그랬어! 너도 집에 갔다고 그랬어." 커티스가 말했다.

"난 갔었어." 프루가 대답했다. "하지만 금방 돌아왔어. 오, 커티스! 너와 헤어진 후 얼마나 많은 일이 일어났는지 몰라. 설명하기 어려울 정도야."

커티스는 기쁨에 겨워 자신의 가슴을 손바닥으로 쳤다. "나도 그래! 너도 믿지 못할 거야!"

"하지만 나에겐 시간이 없어." 프루가 자신의 임무를 떠올리며 말했다. "노스우드 군대보다 앞서서 왔거든. 도움을 청하려고."

"노스우드 군대라니?" 커티스가 물었다. "그게 뭔데?"

"꼭 군대라고 할 순 없지만." 프루가 표현을 고쳐 말했다. "400명쯤 되는 농부와 성난 군중이라고 할까. 아무튼 나는 와일드우드의 산적들에게 도움을 청하려고 자전거를 타고 먼저 왔어. 그들이 도와줘야 그나마 가능성이 있어." 커티스가 웃자 프루가 의아해하며 물었다. "왜? 왜 웃어?"

"제대로 찾아왔어." 그가 말했다.

"뭐라고?"

"산적 말이야. 네가 제대로 찾았다고. 넌 지금 선서를 한 와일드우드의 산적과 만나고 있어." 커티스가 허리에 두 팔을 얹고 의기양양하게 말했다.

"네가? 네가 산적이라고?" 프루는 그렇게 물으며 손으로 자신의 이마를 탁 쳤다.

"응." 커티스가 신이 나서 말했다. "다른 산적들은 저기에 있어." 커티스는 이렇게 말하고 고개를 돌렸지만 등 뒤의 도로가 텅 비어있는 것을 발견했다.

"어, 저기 있었는데." 그는 멋쩍은 미소를 지으며 다시 프루를 보았다. "잠깐만 기다려봐." 그가 한 손가락을 치켜세우고 말했다. "금방 돌아올 테니까."

커티스는 돌아서서 롱로드로 달려갔다. 군복 견장의 금술이 흔들렸다. 도로의 굽어진 모퉁이에 다다른 커티스가 숲 가장자리에 서서 나무에 대고 큰 소리로 외쳤다. 잠시 후 누군가 모습을 드러냈다. 커티스는 그와 잠깐 이야기를 나누었다. 이윽고 그 사람은 다시 나무 뒤로 사라졌다. 커티스는 프루를 쳐다보며 손으로 원을 그렸다. 그때였다. 짙푸른색 덤불을 가르고 군복 차림에 무장을 한 어중이떠중이처럼 보이는 남녀 열댓 명이 도로로 걸어나왔다. 브렌든으로 보이는 남자가 맨 앞에 있고 커티스와 다른 산적들이 뒤따라왔다. 프루는 말없이 자전거 옆에 서있었다.

"프루, 이분은 브렌든이야. 산적왕이지." 산적단이 가까이 왔을 때 커티스가 말했다. "두 사람이 만난 걸로 아는데."

"맞아!" 프루가 다소 당황하며 소리쳤다. "어머나, 브렌든. 무사하셔서 기뻐요."

브렌든이 웃으며 물었다. "네 갈비뼈는 어떠니, 꼬마야?"

"괜찮아요. 고마워요." 프루가 얼굴을 붉히며 대답했다. "덕분에 훨씬 좋아졌어요."

프루는 산적 무리를 찬찬히 살폈다. 그들의 행색은 기대했던 것보다 훨씬 초라했다. 그 표정을 읽은 게 분명한 듯 브렌든이 갑자기 시무룩한 얼굴로 설명하기 시작했다. "우리 병력이 많이 훼손되었단다. 지난번 네가 우리 진지에 떨어졌을 때 봤던 완벽한 군단은 아니지. 하지만 그건 문제되지 않는다. 마침 마지막으로 한 번 더 여왕에 대항하려고 진군하는 참이었단다. 그녀에게 여생을 보낼 마지막 장소를 마련해주려는 계획이지. 그러다가 우리가 죽는 한이 있더라도." 뒤에 서있던 산적들이 결연한 표정으로 맞장구쳤다.

"대장, 제 말 좀 들어보세요." 커티스가 흥분한 듯 떨리는 목소리로 끼어들었다. "프루네도 군대가 있대요!"

"뭐라고?" 브렌든이 프루를 가만히 응시했다.

프루가 심호흡을 했다. "지난번에 대장을 만난 뒤 노스우드에 있는 신비주의자들을 찾아가서 도움을 청했어요. 그들이 저를 도와서 여왕과 싸우기로 동의했어요. 그들은 민병대를 소집했고요. 노스우드 지역 전체 주민들이 숲을 지키기 위해 소집되었어요. 지금쯤 오고 있을 거예요. 제가 떠난 뒤 곧장 출발했을 테니까요. 저는 산적들을 만나서 우리와 한편이 되어 싸우자는 말을 전하려고 먼저 왔어요."

모여있던 산적들이 일제히 함성을 터뜨렸다. "동맹을 맺어요!" 누군가 소리쳤다. "그럼 우리 병력도 늘잖아요!"

"그 촌뜨기들이랑? 지금 농담하는 거야?" 또 다른 목소리가 그를 질책했다. "산적은 민간인과 함께 싸우지 않아. 그런 건 상상도 할 수 없어!"

브렌든은 떠드는 부하들을 향해 돌아서서 두 팔을 높이 쳐들고 조용히 시켰다. "그만, 그만. 조용히!" 부하들이 조용해지자 브렌든은 다시 프루를 바라보았다. "네가 말하는 군대라는 게 어떤 거지?" 그가 물었다.

"약간 달라질지 모르지만 군인이 400명쯤 돼요." 프루가 말했다. "사람이랑 동물 합쳐서요. 대부분 농기구로 무장을 하고요."

"맙소사!" 산적들 중 누군가 이렇게 말했다. 하지만 그는 즉시 주위 사람들의 경고로 입을 다물었다.

브렌든은 프루가 전해준 말에 대해 곰곰이 생각했다. "이상적이지는 않지만, 군사력은 무기가 아니라 전술에 달려있지." 그는 헝클어진 붉은 수염을 톡톡 치며 말했다. "옛 산적들의 속담에도 '종도 치지 않으면 컵일 뿐이다'라는 말이 있지." 그가 산적들을 돌아다보며 주목하라고 소리쳤다. "우리는 농부들과 동맹군이 되어 싸울 것이다."

그의 말에 부하들이 일제히 반발했다. "도둑질을 하면 했지, 그런 얼치기들과 함께 싸울 수는 없어요!" "손녀가 노스우드 촌뜨기와 함께 싸우는 걸 알면 무덤 속 할아버지가 벌떡 일어나실 거예요!"

"조용히!" 브렌든이 소리쳤다. "그런 반대는 수용할 수 없다! 난 이 문제를 투표에 붙이는 게 아니다. 이상." 산적들의 아우성이 잦아들자 브렌든이 계속해서 말했다. "산적의 강령과 규칙에는 '식물과 동물, 인간을 모두 동등하게 대한다'고 명시되어 있다. 우리 산적단 역사상 이 조항이 지금보다 더 적절하게 인용되는 때도 없었을 것이다." 그의 목소리는 점점 우렁차고 단호해졌다. 그는 문신한 손가락으로 숲을 가리키며 연설했다. "우리가 직면한 위험은 숲에 살고 있는 모든 생명체에게도 마찬가지의 위험이다. 우리는 이 전투에서 노스우드 주민들과 연합함으로써 우리의 강령과 선서를 지킬 뿐 아니라 더욱 굳건하게 다질 것이다." 그가 콧구멍을 벌름거리며 일행을 바라보았다. "알아들었나?"

침묵만 흘렀다.

"알아들었느냐고 물었다." 그는 도로가 떠나가도록 큰 목소리로 다시 외쳤다.

"네." 한 산적이 말했다. 몇 명이 더 대답했다. "알았어요, 대장." 마침내 전체가 입을 모아 동의했다.

브렌든은 고개를 끄덕인 뒤 프루에게 향했다. "자! 이제 나를 너의 병사들에게 안내해다오."

⚘

프루는 다리 북쪽 끝을 향해 자전거 페달을 열심히 밟았다. 자전거 프레임이 다리 난간에 부딪혀 튕겨나갈 뻔하기도 했지만 지금은 두 기둥 사이를 일정한 속도로 달리고 있었다. 프루는 흐릿한 형체 몇 개가 어서 또렷이 보이기를 바라면서 이따금 도로 먼 곳을 곁눈질했다. 토끼의 귀라든지 포장마차의 둥근 지붕이 보이면 군대가 도착했음을 알 수 있겠지만 아직까지 도로는 텅 비어있었다.

산적단은 다리 위에서 진을 치고 있었다. 그들은 활기와 투지에 넘쳐서 도착했지만 시간이 흐르면서 점점 기가 빠졌다. 이유 없이 다리 상판을 이리저리 돌아다니는가 하면 어떤 지시라도 내려주기를 바라는 눈길로 프루를 바라봐서 안절부절 못 하게 만들었다. 커티스의 시선은 왔다갔다 하는 프루의 발만 따라다니다 중간쯤 되는 지점에서 프루의 시선과 마주치곤 했다. 깊은 협곡의 어둠은 다리 아래까지 밀려들었다.

브렌든은 입에 풀을 물고 난간에 기댄 채 서있었다. 그러다 생각에 잠길 때면 풀을 질겅질겅 씹었다. 마침내 그가 말했다. "프루, 우리에겐 시간이 없단다."

프루는 왔다갔다 하던 걸음을 멈추고 다시 한 번 롱로드를 내려다봤다. 여전히 아무것도 보이지 않았다. "저도 왜 그런지 모르겠어요." 프루가 초조하게 대답했다. "이렇게 늦게 올 거라고 예상하지 않았는데."

"군대를 소집한 게 확실하니?" 브렌든이 물었다.

"그럼요. 지시를 내릴 때 제가 그 자리에 있었어요. 신비주의자 이피게니아 할머니가 저한테 가서 대장을 찾으라고 했어요. 그리고 여기 이 다리 위에서 만나자고 했거든요. 아잇 정말!" 프루는 발로 바닥을 굴렀다. 신발 뒷굽이 나무 상판을 치는 소리가 들려왔다.

브렌든은 고개를 돌려 한가롭게 돌아다니는 산적단을 바라보았다. 많은 산적들이 권총이라든지 소총, 단검 따위의 무기를 풀어놓고 멍하니 시간을 죽이고 있었다. "빨리 출동해야 하는데." 그가 중얼거렸다. "만약 이 여자를 막지 못하면…. 시간이 없는데 말이야."

"대장!" 산적 한 명이 눈을 가늘게 뜨고 먼 곳을 바라보며 외쳤다. "노스우드 주민들이에요. 이쪽으로 오고 있어요."

브렌든과 프루는 그 산적의 시선을 따라 고개를 돌렸다. 과연 저 멀리 모퉁이를 돌아 몇 명이 보이기 시작했다. 그들은 느슨한 대형으로 걸어오고 있었다. 처음에는 조금씩 흩어져서 오는 듯 보이던 모습들이 점점 늘어나 나중에는 넓은 롱로드의 양쪽 끝까지 주민들의 물결로 뒤덮였다. 토끼와 사람, 여우, 곰들 모두 밭일을 하다 그냥 온 듯 흙 묻고 낡은 작업복 차림이었다. 아래위가 붙은 작업복, 헐렁한 체크무늬 셔츠, 바둑판 모양의 셔츠도 보였다. 손과 발마다 갖가지 농기구를 들고, 프루가 예상하지 못한 투지 넘치는 표정으로 걸어오고 있었다. 대열은 황소나 당나귀가 끄는 마차로 인해 끊기기 일쑤였다. 옅은 색 페인트를 칠한 마차는 초록색을 겹겹이 칠한 듯한 숲과 선명히 대비되었다. 프루는 군중 맨 앞에 서있는 여우 스털링을 알아보았다. 스털링을 발견한 프루가 환하게 웃었다.

"해내셨네요." 민병대가 가까이 왔을 때 프루는 안도하며 말했다.

스틸링은 반갑게 앞발을 내밀었다. "그래, 시간이 좀 걸렸지." 그가 말했다. "그래도 이렇게 왔다."

프루가 커티스를 돌아다보았다. "스틸링 서장님, 제 친구 커티스예요. 얘는, 음…, 산적이에요."

커티스가 가볍게 목례를 했다. "처음 뵙겠어요."

스틸링은 미심쩍은 눈으로 커티스를 보았다. "네가 지휘관이냐?" 그는 이렇게 물으며 여기저기 돌아다니는 산적 무리를 흘끔거렸다.

"아, 아뇨. 아니에요." 커티스가 한 발 물러나며 말했다. "저기 브렌든이 우리 대장이에요."

브렌든은 두 손으로 검 자루를 잡고 걸어왔다. 턱은 약간 치켜들고, 구불거리는 붉은색 머리칼과 뒤엉킨 살랄 넝쿨로 만든 관을 쓰고 있었다. "안녕하시오. 여우 서장님." 브렌든이 인사했다.

스틸링은 산적이 다가오자 가슴을 크게 부풀리고 눈을 부릅떴다. "오랜만이네, 브렌든." 그가 차갑고 단호하게 대답했다. "그 진절머리 나는 얼굴을 다시 안 볼 줄 알았는데."

프루는 놀란 표정으로 커티스를 쳐다봤다. 커티스가 어깨를 으쓱했다.

브렌든이 웃으며 대꾸했다. "정말 재미있는 상황이군요. 하지만 여기 다리 아래는 온통 물이군요, 그렇죠?"

"지금 당장 네놈을 체포할 수도 있다." 스틸링이 엄포를 놓았다. "지금껏 네놈이 한 짓을 생각하면."

프루가 앞으로 나아가 만류했다. "체포해요? 미쳤어요? 우린 동맹이에요, 아셨어요?"

여우가 프루를 노려보았다. "왜 이런 사이코패스와 손을 잡는다고는 미리 말하지 않았니?" 그는 산적왕을 향해 이빨을 드러내며 까칠까칠한 발톱을 세웠다. "이 자는 우드에서 그 어느 산적보다 많은 물건을 강탈한 놈이란다. 전국 방방곡곡에 수배령이 떨어진 놈이야. 나도 개인적으로 살았든 죽었든 이놈만 잡아다주면 한철 농작물로 보상하겠다고 내걸었단 말이다." 그는 브렌든을 다시 돌아다보았다. "지난번 만났을 때 네놈이 운이 좋아서 목숨을 부지했지. 하지만 이번에는 끝장을 낼 줄 알아."

"자자, 여우 서장." 브렌든이 손을 위아래로 흔들며 점잖게 말했다. "시시콜콜한 행정절차에 관한 이야기는 나중에 하고, 지금 당장 해결해야 할 중대한 일이 있을 텐데요."

스털링이 분통을 터뜨렸다. 화를 참지 못해 눈이 가늘어지자 얼굴의 두껍고 붉은 털이 더욱 붉어졌다. 갑자기 그의 손이 옆구리에 찬 전정가위로 향했다. 그가 가위집에서 가위를 빼려고 했다.

"좋소, 서장." 브렌든이 응수했다. "꼭 그래야 한다면." 그의 은빛 칼날이 칼집에서 천천히 나왔다. "어서 해보시지, 서장."

여우 뒤에 있던 무리 중 한 명이 소리쳤다. "그만두지 못해요!" 그랬다, 그 목소리였다. 프루는 고개를 돌려 군중을 밀치고 앞으로 나오는 이피게니아를 보았다. 마침 다리에 도착한 그녀는 쪼글쪼글한 손으로 여우의 팔을 잡았다. "여우 서장, 명령이에요. 그만해요."

브렌든은 여전히 검을 잡은 채 움직이지 않고 있었다. "여우 서장, 이 노부

434

인의 얘기를 들어요." 브렌든의 말에 여우의 목털이 곤두섰다. 뒷덜미에서 등 줄기를 타고 옅은 색의 여우 털이 바짝 섰다.

"당신도요, 산적왕." 이피게니아가 브렌든을 노려보며 말했다. 이피게니아 는 앞으로 걸어나와 브렌든의 손을 머리에 얹게 한 뒤 튀어나온 검을 칼집 안 으로 밀어넣었다. 이피게니아는 두 대결자를 꼼짝 못하게 해놓고 진지한 눈으 로 산적단을 바라보았다. 그러고는 프루를 향해 말했다. "더 빨리 오지 못해서 미안하다. 늙은이들이 좀처럼 신속하게 움직이지 못해서 말이다."

"괜찮아요." 프루는 깊은 안도의 숨을 내쉬며 대답했다. "이렇게 모두 만나 게 되어 기쁜 걸요."

이피게니아는 미소를 지은 뒤 고개 들어 가늘게 뜬 눈으로 하늘을 바라보았 다. 그녀가 태양의 위치를 확인하는 동안 양쪽 군대는 조용히 대열을 정비했 다. 그녀는 흡족한 얼굴로 다시 브렌든을 쳐다보았다. "산적왕. 우리도 싸울 거예요. 비록 병력은 보잘것없지만 무기의 허술함을 군 인 수로 보충할 겁니다. 여기에는 농부와 목장 주인을 비롯해 500명이 왔어요. 모두 낫과 전정가위, 쇠스 랑의 도사들이죠. 당신네가 우리와 함께 간다면 틀림없이 막강한 병력을 갖게 될 거예요."

나이든 신비주의자 앞에서 브렌든의 표정이 부드러워졌다. 그가 왼쪽 무릎을 땅에 대고 노부인에게 정중히 절을 했다. "같은 편이 되게 해주신다면…, 더없는 영광이지요."

　"절까지 할 필요는 없는데," 이피게니아가 얼굴을 붉히며 말했다. "난 당신네 강령을 잘 알고 있어요." 그녀가 모여있는 농부들을 보며 말했다. "노스우드 민병대는 잘 들어요. 오늘 이 다리에서 일시적이나마 동맹을 맺었어요. 오늘 우리는 공동의 목표를 위해 와일드우드의 산적들과 함께 진군할 겁니다. 우린 연합군으로 함께 갈 거예요." 그러고 나서 스털링에게 당부했다. "여우 서장. 우리의 계획을 위해, 선의의 마음으로 산적왕과 화해의 악수를 해준다면 정말 고마울 거예요."

　여우는 낮게 혼자 구시렁거리다 브렌든을 돌아다보았다. "그렇게 하죠. 우리의 계획을 위해서라면야." 그가 앞발을 내밀었다. 그러자 브렌든은 선뜻 앞발을 잡고 흔들었다. 몇 차례 흔들었을까, 여우가 돌연 앞발을 잡아빼고 엄숙하게 고개를 끄덕였다. "이제 됐소."

　"좋다, 우리 산적단은," 브렌든이 큰 소리로 외쳤다. "노스우드 주민들과 함께 진군한다."

　프루는 이피게니아를 보며 깊은 안도의 한숨을 내쉬었다. 이피게니아가 다가와 프루의 손을 잡으며 말했다. "우리의 작은 계획이 실행되었구나. 우리의 행운을 끝까지 빌어보자꾸나."

　프루가 웃었다. "어서 가요, 할머니."

　커티스는 프루의 옆으로 쭈뼛쭈뼛 다가와 손을 내밀었다. "안녕하세요?" 그가 진지하게 인사했다. "제 이름은 커티스예요. 프루의 친구예요. 지금은 산적이기도 하고요."

이피게니아가 놀란 표정으로 커티스를 돌아다보고는 이내 따뜻하게 웃었다. "음, 이거 굉장한 우연이구나."

프루와 커티스가 서로 바라보았다. "무슨 우연이요?" 커티스가 물었다.

"혼혈아가 또 있다니!" 이피게니아가 커티스의 손을 잡으며 말했다. "내 평생 몇 번 못 봤는데 하루 사이에 두 명이나 만났으니 대단할 수밖에!"

프루는 할 말을 잃었다.

커티스가 프루와 신비주의자를 번갈아 보며 물었다. "무슨 뜻이에요, 혼혈아라니?"

이피게니아는 커티스에게 다가가 뺨을 톡톡 쳤다. "한가하게 잡담이나 나눌 시간이 없단다." 그녀가 농부들을 바라보며 독려했다. "자, 이제 할 일을 해야죠."

대규모 군대가 물 흐르는 협곡을 지날 때 나무로 된 기다란 현수교는 요란스럽게 삐걱거렸다. 알렉산드라의 말은 히힝거리며 다리를 건너지 않으려고 했다.

"쉿! 쉿!" 여왕은 말의 두툼한 목덜미를 톡톡 치며 달랬다. 그리고 발꿈치로 재빨리 말의 옆구리를 걸어차 앞으로 나아가게 재촉했다. 팔에 안긴 아기가 옹알거렸다. 다리를 건너는 일은 더뎠다. 길게 이어지는 병사들의 대열로 다리가 심하게 출렁거렸다. 알렉산드라는 일단 다리 건너편에 도착해 언덕 위로 말을 본 다음 나머지 군사들이 건너는 모습을 지켜보았다. 대포의 무게가 매우 무거웠지만 포병부대는 스스로의 힘으로 다리를 건널 수밖에 없었다. 네 명의 병사가 한 팀이 되어 거대한 쇳덩어리를 천천히 밀면서 삐걱거리는 다리를 건넜다.

알렉산드라는 조바심이 났다.

그녀가 흐릿한 하늘을 올려다봤다. 태양이 서서히 정점을 향해 움직이고 있었다. 정오가 되려면 몇 시간밖에 남지 않았다. 그녀는 능선 사이 물이 흐르는 협곡을 내려다봤다.

"장군!" 그녀가 소리쳤다. 코요테 한 마리가 그녀 옆으로 달려왔다. 머리에 흡사 주교 모자같은 뾰족한 모자를 쓰고 짙은 주홍색 군복을 입은 상태였다. 달려온 그가 경례를 했다.

"계곡 북쪽에 보초병을 파견해라." 그녀가 명령했다. "고대의 숲 북쪽에 방어선을 쳐야 한다. 난 놀라고 싶지 않거든. 주문을 걸려면 나에게 있는 기를 모두 모아야 한다."

"네, 폐하." 장군이 이렇게 대답한 뒤 보초병 분대를 조직하러 달려갔다.

알렉산드라는 마지막으로 포병대가 조심조심 다리를 건너오는 모습을 보았다. 전 군대가 도로에 모였을 때 알렉산드라가 병사들에게 명령했다. "여기 이 도로를 벗어나 숲으로 들어간다. 모두 나를 따르라!"

🌿

"숲의 마법이라고?" 커티스가 의아해하며 고개를 갸웃거렸다. "도무지 무슨 말인지 모르겠는데!"

산적과 노스우드 농부 연합군은 언덕 기슭의, 뱀이 기어가는 것처럼 좁고 구불구불한 하디스티 사냥길을 1열 종대로 행군하고 커티스는 자전거를 끌고 가는 프루 옆에 바짝 붙어 걸으며 계속해서 질문을 퍼부었다.

"커티스, 이제 내가 알고 있는 건 다 말해줬어." 프루가 덧붙였다. "그게 숲의 마법이라고 부르는 거야. 그러니까 너도 나처럼 여기 출신이라는 뜻이지."

"그럼 너도 숲의 마법으로 태어난 거야, *어떻게?*" 그가 다시 물었다.

"내가 말했잖아. 우리 부모님이 아이를 가질 수 있도록 알렉산드라가 주문을 걸었다고." 프루가 짜증스럽게 대꾸했다. "그러니까 숲의 마법으로 내가 생겨난 거지. 내 생각은 그래."

커티스가 못 믿겠다는 듯 고개를 절레절레 저었다. "어떻게 그런 일이 가능하지? 우린 내가 다섯 살 때 지금 동네로 이사왔는데."

"기억을 뒤져봐." 프루가 채근했다. "혹시 이상한 친척 없어? 어쩌면 우드 출신 친척이 있을지도 몰라."

"루디 이모가 언제나 약간 이상하기는 했어." 커티스가 추측했다. "이모는 '지날 수 없는 숲', 그러니까 와일드우드 가장자리에 사는데, 남과 어울리지도 않고 혼자 지내. 엄마 아빠가 그러시는데 이모가 정신이 좀 이상하대."

이렇게 딴 데 정신을 파는 사이 커티스는 다른 병사들과 보조를 맞춰야 한다는 사실을 깜빡 잊었다. 전정가위로 무장한 노스우드 농부 흑곰이 으르렁거리며 화를 냈다. 커티스가 뒤처지며 곰의 커다란 발을 자꾸 밟을 뻔했기 때문이다. "미안해요!"

"앞을 똑바로 보고 빨리 가야지." 곰이 내려다보며 으르렁거렸다.

커티스는 얼른 뛰어가서 프루 옆에 바짝 붙었다. 프루는 자전거와 왜건을 밀며 가파른 오르막길을 올라갔다.

"계속 해." 프루가 재촉했다. "너의 루디 이모 얘기."

"글쎄, 잘은 몰라." 커티스가 고개를 저으며 말했다. "그러고 보니 우리 친척 대부분이 그런 말을 했던 것 같아. 정신이 약간 이상하다고."

그때 행군 대열 사이에서 '쉬잇!' 하는 소리가 파도처럼 밀려 내려왔다. 그러고 나서 팔들이 파도처럼 차례로 움직이며 이 병사로부터 저 병사에게로 바닥에 웅크리라는 지시를 전달했다. 커티스는 뒤에 있는 흑곰에게 손을 저으며 명령을 전달했다. 그리고 자신도 프루와 함께 조용히 바닥으로 몸을 구부렸다.

"무슨 일이지?" 커티스가 프루에게 속삭였다.

"나도 몰라." 프루가 대꾸하면서 자전거를 조심조심 언덕 기슭에 뉘어놓았다. 그리고 등에 여러 겹으로 밧줄을 감은 흙투성이 군복 차림의 여자 산적 등을 툭툭 쳤다. "무슨 일이에요?"

그 산적은 어깨를 으쓱하고는 길 위로 드리워진 줄고사리 사이로 몸을 낮췄다. 잠시 후 이런저런 속삭임으로 더 많은 정보들이 속속 전달되었다. 정보를 받은 산적이 프루에게 고개를 돌렸다. "코요테들이," 그녀가 속삭였다. "저 멀리 등성이에 있대."

프루는 맞은편 협곡을 자세히 살펴보았다. 무성한 풀과 나무가 언덕 기슭을 타고 두 경사면이 날카로운 V자로 만나는 마른 협곡까지 이어져 있었다.

"어디요?" 프루가 속삭였다. "난 아무것도 안 보이는데."

커티스도 멀리 언덕 기슭을 관찰하고 있었다. 그때 고사리숲 사이에서 우지끈 나뭇가지 부러지는 소리가 들리며 적이 다가오고 있음을 알렸다. 그러고 나서 잠깐 사이에 주변 거대한 공작고사리숲 위로 머리가 보일 듯 말 듯하더니 30여 마리의 코요테 병사들이 쏟아져나왔다. 그들의 진군은 거침이 없었다. 언덕 기슭을 따라 마구 내려왔다.

프루는 무슨 지시가 떨어지지 않을까 싶어 길게 줄지어 앉아있는 산적과 농부들 위로 고개를 들었다. 브렌든의 머리가 대열 위로 튀어나와 있었다. 그는 앞줄에 있는 동료 산적들 몇 명에게 손짓을 하고 있었다. 프루로서는 해독할 수 없는 수신호였지만 지시를 받은 산적들은 알아들었다는 듯 고개를 빠르게 끄덕였다. 이어서 브렌든은 웅크린 채 프루와 커티스 쪽으로 걸어오다 앞에 앉은 산적 곁에서 발을 멈췄다. 그리고 검지로 일종의 소용돌이 모양을 그린 다음 협곡 건너편을 가리켰다. 이에 산적은 짧게 고개를 끄덕인 뒤 어깨에서 밧줄더미를 끄집어내렸다.

"뭐하는 거지?" 프루 뒤에 있던 커티스가 속삭이듯 브렌든에게 물었다. "우린 뭘 해야 하나요?"

브렌든이 고개를 저었다. "낮게 웅크려. 이건 궁수와 격투자만 하는 거야."

"저한테 투석기가 있는데요." 커티스가 몸을 일으키며 나섰다.

브렌든이 눈을 동그랗게 뜨며 물었다. "전에 써본 적 있니?"

"아니요."

"흠, 내가 말했듯이 지금은 궁수와 격투자만 참가한다." 브렌든은 커티스의 어깨를 잡아 끌며 재차 설명했다. "넌 제 자리에 있어."

몇 분이 흘렀다. 협곡 맞은편에 있는 코요테들은 이쪽 고사리숲에서 벌어지는 위협을 눈치채지 못하고 계속해서 산등성이를 타며 이동하고 있었다. 사냥길 언덕에 매복한 산적들은 브렌든에게서 신호가 떨어지기만을 기다렸다.

그때 갑자기 바람의 방향이 바뀌면서 숨어있는 산적 군단의 언덕 위쪽을 휩쓸고 지나갔다. 가슴에 짤랑거리는 훈장을 단 코요테가 주둥이를 위로 쳐들고 킁킁거렸다. 이윽고 뭔가 냄새를 맡은 듯 그의 눈이 커졌다.

"적이다!" 그가 허리춤에서 검을 빼들고 외쳤다. "저기 저 등성이다!"

그가 이렇게 소리내어 경고하자마자 브렌든은 대열 앞쪽에서 신호를 보냈다. 대열을 따라 여기저기에서 스무 명쯤 되는 산적이 벌떡 일어나 공격을 준비했다. 절반은 갈고리를 위로 가게 한 채 밧줄더미를 손으로 잡고, 남은 절반은 기다란 주목나무 화살의 시위를 뒤로 잡아당긴 뒤 조심스럽게 맞은편 등성이의 과녁을 겨누었다.

"발사!" 브렌든의 명령에 따라 협곡 위로 화살이 날아가는 공중 쇼가 펼쳐졌다.

여러 개의 화살이 목표물을 맞히는 바람에 수십 개의 고사리나무가 코요테의 발에 밟혀 꺾인 채 생명을 잃고 바닥으로 쓰러졌다. 금세 코요테 병사의 수가 절반으로 줄었고, 남은 병사들은 공포에 사로잡혀 시끄럽게 짖어댔다. "물러서지 마라!" 코요테 대장은 여전히 검을 빼든 채 우뚝 서서 짖었다. "화승총! 무차별 발사!" 지시가 떨어지자 코요테 병사들은 기다란 화승총의 철제 총열에 화약과 탄약을 주섬주섬 쑤셔넣었다. 이때 산적들이 또 한 차례 화살을 쏘았고, 몸을 숨기지 못한 코요테 병사들은 총을 쏘아보지도 못한 채 화살 세례에 쓰러지고 말았다. 코요테 대장은 그 자리에 서서 맞은편 등성이를 도전적으로 노려보았다.

"퇴각! 퇴각!" 그가 외쳤다. "병력을 증강하라!"

브렌든은 이 순간을 포착하여 격투자들에게 공격 신호를 보냈다. 갈고리가 맞은편, 위로 뻗어나온 나뭇가지에 걸리면서 협곡에는 순식간에 튼튼한 밧줄이 생겼다. 밧줄처럼 몸을 던졌던 프루 앞의 산적은 밧줄이 튼튼하게 걸렸는지 잠깐 시험을 한 뒤 곡예하듯 매끄럽고 민첩하게 밧줄을 타고 협곡을 건넜다. 그리고 맞은편에 다다르자마자 검을 빼들어 재빨리 코요테 세 마리를 번개 같은 동작으로 해치웠다. 이윽고 더 많은 격투자들이 밧줄을 타고 반대편 능선으로 넘어가 뜨거운 결전을 벌였다.

코요테 대장은 자신의 병사들이 순식간에 당하자 분노하며 반대편 기슭에 있는 산적과 농부들을 향해 컹컹 짖더니 무기를 칼집에 넣고 도망치기 시작했다. 대장의 퇴각을 가장 먼저 발견한 커티스는 재빨리 투석기를 벨트에서 꺼내 받침대에 돌멩이를 올려놓았다.

"내가 저 녀석을 포획하겠어." 그가 말했다.

프루가 곁눈질로 쳐다보았을 때 커티스는 한 눈을 가늘게 뜨고 조심스럽게 투석기 돌렸다. 돌의 무게 때문에 투석기가 어깨를 중심으로 휙휙 소리내며 도는 것이 느껴졌다. 그는 자신과, 덤불 속으로 사라져 낮은 가지 바로 아래 이각모(테두리가 앞뒤 모두 꺾여 올라가고 좌우에 두개의 뿔을 모양잡고 있는 모자. ―옮긴이)만 비죽 보이는 군복 차림 코요테 대장까지의 거리를 가늠했다. 그의 군청색 군복이 완전히 사라지기 전, 커티스는 크게 기합을 넣으며 돌을 던졌다. 커티스는 협곡 위 공중으로 날아가는 돌을 바라보았다. 돌이 떨어지기까지 시간은 한없이 느리게 흘러가는 것 같았다.

이윽고 돌이 계곡으로 떨어지며 '풍덩' 소리가 났다. 그는 코요테 대장이 덤불 사이로 도망치는 모습을 허망하게 지켜볼 수밖에 없었다. 그러나 그 순간 협곡을 가로질러 화살 날아가는 소리가 들리고, 그 화살은 '툭' 소리를 내며 대장의 등에 명중했다. 쓰러진 코요테의 모습이 이내 짙은 초록색 덤불 안으로 사라졌다. 고개를 들자 활을 들고 있는 브렌든의 모습이 눈에 들어왔다. 화살이 나간 시위는 아직도 떨고 있었다. 그가 커티스를 돌아다보며 웃었다. 커티스는 얼굴이 화끈거렸다.

브렌든은 고개를 돌려 맞은편 등성이에 낙오자가 없는지 살폈다. 사방이 잠잠했다. 그는 병사들에게 가던 길을 계속해서 가라고 손짓했다.

"멋졌어요." 프루가 어깨 너머로 속삭였다.

"멋진 모습을 봐서 기뻤어요." 커티스 역시 손가락을 딱, 하고 부딪치며 맞장구를 쳤다.

CHAPTER 25

고대의 도시로

남쪽으로 난 사냥길은 올라가기에는 경사가 너무 가파른 탓에 거기에서 끊겼다. 거기에서부터는 협곡 골짜기를 가로질러 마주 보이는 산등성 이를 날카롭게 지그재그로 올라가게 되어있었다. 그 능선을 넘으면 평평한 땅 이 나오고 이내 두 번째 얕은 협곡으로 이어지는데, 이 협곡은 깊고 널찍한 물 길을 품고 있었다. 그래서 작은 나무다리를 통해 이 계곡을 건너 다시 맞은편 언덕으로 지그재그 올라가야만 했다. 즉 언덕길은 다리와 연결되어 있기 때문 에 산적과 농부 연합군은 일단 다리가 시작되는 공터에서 이동을 멈췄다.

프루와 커티스도 다리와 계곡 주변에서 서성거리는 사람들 틈으로 갔다. 커 티스는 졸졸 흐르는 계곡물에 손을 담가 차가운 물을 떠마셨다. 옆에는 프루가 허리에 두 손을 얹고 서있었다.

브렌든이 다가왔다. "너희들이 무기도 없이 이동하는 걸 봤다." 그가 눈썹을 치켜세우고 말했다. "나야 맨손으로 싸우는 사람을 우러러보지만, 너희들은 사정이 좀 다른데……."

프루가 얼굴을 찡그리며 대답했다. "사실 거기에 대해 생각해보지 않았어요. 그저 어떻게든 비폭력적으로 도움을 드릴 수 있을 거라고 생각했지요."

"좋아." 브렌든이 말을 이었다. "너와 커티스는 대열 맨 앞으로 나오너라. 행군 대열에 지시사항을 전달할 때 너희들을 이용하면 좋을 것 같구나."

병사들이 계곡물로 배를 채우자 브렌든은 짧고 날카로운 휘파람을 불어 대열을 재정비시킨 다음 작은 다리 너머에 있는 언덕을 오르도록 지시를 내렸다. 커티스와 프루는 대열 맨 앞에 자리잡았다. 프루는 자전거 손잡이를 잡고 브렌든과 여우 스털링 바로 뒤에서 움직이기 시작했다.

"여기에서 얼마나 멀어요? 거기가 어디라고 하셨죠?" 커티스가 다리를 건너며 물었다.

지그재그로 굽이치는 언덕길 꼭대기에 이르렀을 때 브렌든은 아직 올라오는 대열을 바라보며 병사들에게 능선 동쪽 정상을 향해 이동하라고 손짓했다. "고대의 숲이다. 여기에서 동쪽에 있지. 아마 한 시간 조금 못 걸릴게다."

프루가 다시 질문을 했다. "왜 고대의 숲이라고 부르죠?"

"잊힌 문명의 발상지거든." 스털링이 프루와 커티스 뒤에 정렬하며 대답했다. "그곳에 대해 잘 아는 사람은 별로 없을 거야. 하지만 와일드우드 전체가 한때는 철학자와 농부, 예술가들로 북적거리는 번성한 대도시였단다. 그렇게 화려했던 문화가 수세기 전, 겨우 몇십 년 사이에 폐허로 변했다고 전해지지.

무례한 야만인들의 침입으로 희생되었다고 한다.”

앞쪽에서 브렌든이 투덜거렸다. “여우 서장, 그 다음 무슨 말이 나올지 빤히 보이는군요.”

여우는 그의 말을 무시했다. “당시 그렇게 빛났던 문명 중 유일하게 남은 유적이 지금 우리가 행군하고 있는 이 폐허가 된 숲이란다. 그마저 야만인의 후손들이 엉망으로 만들어버렸지만.”

“그들이 누구예요?” 커티스가 물었다.

“네가 함께 행군하는 사람들.” 여우가 비아냥거렸다. “대단히 잘나신 산적 나리들 말이다.”

“제대로 확인된 것도 아니잖소.” 브렌든이 반박했다. “게다가 누가 알겠어요. 고대인들이 자신들에게 어떤 일이 일어날지 알았는지.”

“이 무뢰한 같으니. 믿고 싶은 대로 믿어.” 여우가 일축했다. “믿고 싶은 대로 믿으라고.”

그때 주변 풀밭에서 탁탁 소리가 나는 바람에 행군하던 사람들이 조용해지고 브렌든이 잔뜩 경계하는 얼굴로 팔을 마구 휘둘렀다. 하지만 쥐 셉티무스가 빽빽한 담쟁이덩굴 아래에서 종종걸음으로 나오자 그는 안도의 한숨을 내쉬었다. 셉티무스는 브렌든의 발치까지 와서는 몸을 부르르 떨었다.

“아이고,” 셉티무스가 말했다. “그것 때문에 겨우 기어서 빠져왔네요.”

“무슨 일이냐, 셉티무스?” 브렌든이 다그쳤다. “뭘 봤느냐?”

셉티무스가 고개를 저었다. “검은딸기나무요. 검은딸기 넝쿨. 어찌나 넓게 퍼져있는지 보이는 데가 온통 그 나무뿐이에요. 오리나무 숲 바로 너머예요.” 그는 달려오느라 숨이 차서 말을 제대로 잇지 못했다. “지나갈 수 없는 곳에요." 셉티무스는 이렇게 결론내렸다.

아니나 다를까, 농부와 산적 연합군의 긴 대열은 이내 노랑과 초록 색조의 잎사귀가 변화무쌍하게 찰랑이는 늘씬한 오리나무 숲을 지나 무시무시하게 뒤엉킨 검은딸기 넝쿨 숲에 이르렀다. 양쪽으로 벽처럼 두른 덤불은 언뜻 난공불락의 요새처럼 보였다.

브렌든은 숨죽여 저주를 퍼부었다. "들어라!" 그가 큰 소리로 외쳤다. "이 덩굴을 자르고 길을 낼 수밖에 없다."

병사들은 곧장 검은딸기 넝쿨로 달려들어 초록색 사이로 번쩍이는 검과 전정가위, 쇠톱을 열심히 놀렸지만 소용이 없었다. 빽빽한 넝쿨을 깊숙이 자를 수록 더 많은 나뭇가지가 떨어져 군복을 잡아채고 날카로운 발톱 같은 가시로 할퀴고 달라붙었다. 브렌든은 마침내 포기하고 돌아서서 나왔다. 팔꿈치까지 걷어붙인 군복 소매 아래 팔뚝이 온통 빨갛게 긁혀 있었다. 수염에는 나뭇잎이 달라붙어 있었다.

"제기랄!" 그가 욕을 퍼부었다. "이런 줄 알았어야 했는데. 이 숲에 와본 게 몇 년 전이야. 그 사이에 뿌리가 퍼져서 더 울창해진 게 당연하지."

"이피게니아." 프루는 어린 수도자 아이리스가 풀을 꼬아 다발을 만들던 기억이 떠올라 이렇게 중얼거렸다. "이피게니아 할머니를 불러야 해요."

브렌든이 미심쩍은 눈으로 바라보았다. "그 노부인이 어떻게 하는데? 명상을 해서 나무를 모조리 없애나?"

"제 말 믿으세요." 프루가 애원했다. "이피게니아 할머니께 가봐야겠어요."

브렌든은 두 손을 무릎에 얹고 잠깐 고개를 푹 숙였다. 땀이 흘러 이마에 새긴 요상한 문신이 반짝거렸다. "알았다." 그는 이렇게 덧붙였다. "하지만 빨리 움직여야 한다. 우리에겐 시간이 없어."

프루는 받침대를 이용해 자전거를 세워놓고 이피게니아를 만나러 뛰기 시작했다. 행군 대열은 구불구불한 길을 따라 계곡까지 이어져 있었다. 그들은 프루가 거꾸로 뛰어내려오자 의아한 눈길로 바라보았다. 프루는 마지막 남은 굽잇길을 멀리뛰기로 두 번 만에 내려와 작은 다리를 건너 곧장 포장마차가 모여있는 곳으로 갔다. 그들은 좁은 길을 올라오느라 애를 쓰는 중이었다.

"이피게니아 할머니!" 프루가 첫 번째 포장마차에 도착해 소리쳤다.

마부석 바로 뒤에 있는 작은 문이 열리고 나이든 신비주의자가 마부 오소리 뒤에서 고개를 내밀었다. "무슨 일이냐? 왜 가지 않고 왔어?"

프루는 뛰어오느라 숨이 차서 금세 말을 할 수가 없었다. "할머니가…," 프루가 말을 더듬었다. "필요해서요. 저기 언덕 정상에서요."

"무슨 일인데?" 이피게니아가 물었다.

"검은딸기 넝쿨 때문이에요." 프루가 설명했다. "더 이상 앞으로 나아갈 수가 없어요. 제 생각에는 할머니가, 방법을 알고 있어요, 할머니는 그 넝쿨을 옮길 수 있잖아요."

🌿

"그게 무슨 말이니?" 언덕 꼭대기까지 왔을 때 이피게니아가 물었다. "우리에겐 시간이 없어. 태양이 점점 정점에 가까워지고 있어."

"죄송합니다, 부인." 브렌든이 말했다. "난관에 부딪혔어요. 이 검은딸기 넝쿨을 도저히 빠져나갈 수가 없어요. 돌아가자니 시간이 너무 걸리고. 그런데

449

프루가 부인께서 이 문제를 도와주실 거라고 그러더군요."

이피게니아는 헛기침을 하고 나서 아마 빛깔 치마 밑에서 발을 굴렀다. 그녀는 장벽처럼 빽빽이 에워싼 나무덩굴로 걸어갔다.

"이 검은딸기나무는 오랜 세월 동안 이 자리에서 나고 자라났어요. 왜 애초에 다른 길을 찾지 않았죠?" 그녀가 물었다.

브렌든의 얼굴이 빨개졌다. "여기에 이런 덤불이 자라고 있는지 몰랐습니다." 그는 노부인의 비위를 거스르지 않으려고 애썼다. "이 정도로 빽빽한 줄은 몰랐죠. 그런 줄 알았으면 다른 길을 찾았을 겁니다. 하지만 지금은 시간이 촉박해 이 길뿐이에요."

"당신네 캠프, 산적들 은신처. 거기에 나무가 자꾸만 자라면, 그걸 옮기거나 반으로 나누거나 흩어놓을 건가요?" 이피게니아는 머리 위의 지붕처럼 드리워진 나뭇가지에 손짓을 하며 냉담하게 물었다.

"그렇게 물으시니 뭐라고 대답해야 할지 모르겠군요." 브렌든이 머뭇머뭇 대답했다.

이피게니아는 잠깐 산적왕을 노려보다가 말했다. "좋아요. 검은딸기나무에게 잠깐 비켜줄 수 있는지 물어볼게요."

"뭐라고요?" 그가 몹시 흥미로워하며 물었다. "제가 제대로 들었는지 모르겠지만 방금 나무한테 비켜줄 수 있는지 물어본다고 하셨지요?"

"아니, 제대로 들었어요." 이피게니아가 대답했다. 그녀는 헐렁한 옷자락을 끌어올리며 풀숲 바닥에 가부좌를 틀고 앉을 준비를 했다. "난 그냥 물어보기만 할 거예요. 어떤 약속도 할 수 없어요. 만일 그들이 내 요청을 거절하면 나로서도 어쩔 수 없어요." 그녀는 뒤엉킨 넝쿨을 가늘게 뜬 눈으로 바라보았다.

"검은딸기나무는 고집이 여간 세지 않아서요."

브렌든은 아무 말이 없었다. 그저 뭔가 설명을 기대하며 여우 스털링을 흘끔거릴 뿐이었다. 스털링이 어깨를 으쓱했다. 이피게니아는 엇갈리게 겹쳐놓은 발목으로 흙이 묻은 삼베 옷자락을 모으고 앉아 명상을 시작했다. 커티스도 미심쩍은 시선으로 프루를 흘끔거렸다.

"잘 보기나 해." 프루가 나지막이, 자신만만한 목소리로 말했다.

오리나무 숲에서 불어온 잔잔한 바람이 나이든 신비주의자의 무릎 주변 낙엽을 흩트려놓았다. 오리나무 나뭇가지 사이로 잠깐 황금빛 햇살이 내리쬐었다. 프루는 눈을 가늘게 뜨고 뺨에 닿는 따스한 햇볕을 만끽했다. 이피게니아가 깊고 소란스럽게 심호흡을 했다. 그 리드미컬한 숨소리가 늦은 아침과 오묘하게 어울리는 배경음악을 만들었다. 하지만 몇 분쯤 흘렀을까, 조용한 명상 시간이 지루하게 느껴지고 어떤 변화도 일어나지 않자 브렌든은 슬슬 화가 나서 숨죽여 욕설을 해댔다. 산등성이에 있는 병사들 사이에서도 씩씩대는 소리가 터져나왔다.

하지만 검은딸기나무들은 이미 움직이기 시작하고 있었다.

처음에는 아주 천천히 움직였지만 (보이지 않는 힘이 억지로 벌려놓은 것처럼 가시 돋친 넝쿨의 얽히고설킨 부분이 약간 벌어졌다) 나중에는 점차 속도를 내어 마치 거대한 문어의 촉수처럼 덩굴 자체가 스스로 풀어졌다. 뿌리 내린 줄기에 의지해 땅에 고정되어 있던 넝쿨은 모세혈관 같은 덩굴손이 되어 뱀처럼 땅 위를 구불구불 지나고, 덤불은 화려한 엉겅퀴 꽃처럼 활짝 벌어졌다. 그리고 잠시 후 지평선처럼 길게 펼쳐졌던 빽빽한 덩굴 숲 사이로 거대한 통로가 났다.

이피게니아의 거친 호흡이 부드러워지더니 이내 잠잠해졌다. 그녀는 눈을 뜨고 덤불을 바라보며 감사의 의미로 말없이 고개를 끄덕였다. 이어 힘들게 몸을 일으킨 다음 프루에게 걸어가 그녀의 팔꿈치를 잡고 몸을 지탱했다. 나무 숲가에 서있던 브렌든의 얼굴이 백짓장처럼 하얘졌다.

"자, 산적왕." 나이든 신비주의자가 책망하듯 말했다. "앞으로 다시는 이런 일이 없게 해준다면 나와 숲, 둘 다 감사하게 생각할 거예요."

軍대는 쓰러진 하얀 석조 기둥과 널브러진 열주로 에워싸인 고대의 숲으로 조용히 진군했고, 고대의 도시는 말없이 그들의 행동 하나하나를 주시하고 있었다. 알렉산드라는 자신을 맞으러 달려나온 군복 차림의 코요테 정찰견들에게 둘러싸인 채 말을 타고 나아갔다. 그녀의 팔에 안긴 아기는 걷는 말의 부드러운 흔들림에 조용히 잠이 들었다. 이곳은 담쟁이덩굴이 주변의 살아있는 것들을 거의 질식사시켜서 온통 진초록색투성이였다. 그들의 손아귀에서 벗어난 대리석과 돌들만이 이 숲을 지배하는 식물의 패권에 대항하는 것처럼 보였다. 이곳에 벽돌처럼 모양을 다듬은 널따란 석판이 하나 있는데, 과거 장터 자리에 놓여있던 주춧돌 같았다. 저편에는 대극장의 입구였던 아치형 기둥 잔해가 기울어질 듯 서있었다. 공터 위 땅딸막한 받침처럼 생긴 곳에는 기다란 기둥의 잔해가 남아있었다.

완전히 폐허가 되었군, 알렉산드라는 생각했다. 사람들이 알았던 옛 모습은 세월과 함께 사라져버렸다.

한 병사가 그녀의 몽상을 방해했다. 강아지 정도밖에 되어보이지 않는 어린 코요테로, 금줄로 장식한 군복의 어깨 부분이 헐렁하게 늘어져 있었다. "플린스입니다, 여왕폐하." 그가 알려주었다. "바로 저 앞에, 저 작은 언덕 위 폐허가 된 성당의 일부였던 겁니다. 폐하께 그렇게 설명드리라고 지시받았습니다."

"고맙구나, 사병." 여왕이 지평선을 바라보며 말했다. "훌륭하다."

그들이 도착했다. 이제 그 순간이 임박했다. 태양은 가장 높은 곳을 향해 움직이고 있었다. 이제 곧 정오가 되리라. 알렉산드라는 말발굽 아래에서 꿈틀거리는 담쟁이덩굴을 느꼈다. 검푸른 나뭇잎과 성난 손가락이 자신의 발목을 간질이는 것만 같았다.

"조금만 참아라." 그녀가 속삭였다. "조금만 참아."

🌿

정찰병이 숨을 헐떡이며 돌아왔다. "고대의 숲에," 그는 겨우 입을 뗐다. "벌써 도착했어요. 코요테가 우리를 앞섰어요, 물론 간발의 차이지만."

브렌든은 묵묵히 그 소식을 들었다. 산적 군단과 신비주의자들, 농부들은 서서 기다리고 있었다. 그들 뒤 검은딸기나무는, 마지막 병사가 빠져나오자 곧바로 전처럼 얽혀 지나갈 수 없는 숲을 이루었다. 지금은 전 군대가 오래된 전나무와 삼나무 숲 그늘 아래 모여있었다. 가장 크고 굵은 두 나무 사이의 공터는 이곳이 한때 꽤 번성했던 나라였음을 확인해주는 첫 번째 증거였다. 이곳에 나뒹구는 세로로 홈이 난 기둥(프루가 로마와 아테네를 생각할 때 머릿속에 떠오르는 풍경과 다르지 않았다) 하나는 자연 그대로의 주변 풍경과 묘한 대조를 이루었다. 브렌든은 산산조각난 기둥 한곳에 드리워진 그림자 아래에 자신의 지휘

관인 코맥, 여우 스털링, 프루를 소집했다.

"저는 왜요?" 프루의 첫 번째 질문이었다.

"넌 우리의 연락병이다." 브렌든이 설명했다. "아주 중요한 역할을 담당하지."

"좋아요." 프루가 조심스러워하며 대답했다. 이런 직책이 다소 부담스러웠다. 사람들의 목숨이 달린 임무였다.

브렌든이 조용히 말했다. "고대의 숲 중심부에 있는 플린스는 유서 깊은 성당의 일부다. 성당은 3단으로 이루어졌는데, 지금은 언덕 기슭에 거대한 세 개의 계단이 박혀있다고 보면 된다. 여왕의 군대는 맨 아래 단으로 도착할 것이다. 그곳이 일종의 광장이었거든. 우리와 가장 가까운 세 번째 단에 플린스가 있다. 우리는 가운데 단에서 코요테 군사와 맞붙게 될 것이다. 그곳에서 싸우게 될 것이다. 따라서 우리가 밀리더라도 여전히 플린스를 방어할 수 있을 것이다."

그는 각 지휘관들과 차례차례 눈을 맞춘 뒤 계속해서 말했다. "우리는 세 개의 대대로 나뉜다. 첫째, 둘째 대대는 측면에서 공격해 들어가고 나머지는 선봉에 선다. 코맥, 자네는 북쪽으로 공격하고 스털링 서장, 당신은 남쪽으로. 나는 중앙대대를 이끌고 서쪽에서 진격해 세 번째 단을 가로질러 내려갈 것이다. 두 사람은 각각 가운데 단의 북쪽과 남쪽, 양쪽에 포진한다. 내 명령에 따라 움직여라. 희망사항이지만 그들의 병력이 맨 아래와 가운데 단에 절반씩 나뉘게 하려고 한다. 결국 목표는 단 하나, 여왕이 플린스에 접근하지 못하게 막는 것이다." 브렌든이 프루를 돌아다봤다. "프루, 우리 대대는 별개로 움직이기 때문에 무엇보다 의사소통이 중요하단다. 네가 할 일은 바로 그거야. 넌 각

대대 간에 정보를 잘 전달해야 한다. 알겠니?"

프루는 가슴 깊은 곳에서 솟아나는 두려움을 애써 누르며 고개를 끄덕였다. 자신이 신고 있는 테니스화가 이 일을 잘 해낼 수 있을지 궁금했다. 문득 부모님이 생일 선물로 사준 연분홍색 운동화를 신을 걸 그랬다는 생각이 들었다. 그 운동화가 밉다며 신지 않겠다고 고집을 부렸다. 그까짓 디자인은 아무것도 아닌데 하는 생각이 지금에야 들었다.

브렌든이 짧게 한숨을 내쉬었다. "우리에겐 약 600명의 병사가 있다. 저쪽은 1,000명이고. 이런 차이는 사소하지 않다. 하지만 우리가 플린스를 수호하고, 여왕이 의식을 완수하지 못하도록 막을 수만 있다면 몇 명이 희생되더라도 헛된 것이 아니다." 구름 장막 사이로 태양이 나왔다. 브렌든은 도전적으로 햇빛을 쏘아보았다.

"자," 쓰러진 기둥 조각에 서있던 그가 갑자기 펄쩍 뛰어오르며 대기하고 있던 병사들을 향해 낮게 휘파람을 불었다. "친애하는 남, 여, 동물 등 모든 병사들이여!" 그가 부르자 농부와 산적 연합군은 말없이 동의하며 연사를 향해 모여들었다. "한때 이 조용한 숲에," 브렌든이 낭랑한 목소리로 연설을 시작했다. "찬란한 문명이 번성했다. 결코 길지 않았던 그 시절, 이 도시는 온 숲을 생명력과 철학이 충만한 땅으로 빛나게 해주었다. 오늘날 이 땅은 더 이상 그런 곳이 아니다. 그렇더라도 이 폐허는 온갖 파괴 속에서도 살아남은 우리에게 엄연한 진실을 일깨워준다. 우리가 지금 어떻게 살고 있든, 동포와 문명의 발전을 막으려는 자들의 교묘한 책략으로부터 그 누구도 안전하지 않다는 일깨움이다."

그가 연설을 중단하고 군중을 찬찬히 살폈다.

"친애하는 형제 자매···, 인간 동물 동지들이여! 오늘 우리는 사악한 마녀, 우리 모두를 없애려 하는 마녀와 싸우기 위해 그 동안 서로에게 품었던 원망과 적개심을 잊기로 한다. 오늘 우리는 와일드우드의 산적이 아니다. 오늘 우리는, 노스우드에서 온 겸손한 농부들이 아니다. 오늘 우리는 함께 진군할 것이다. 오늘 우리는, 모두가 형제이고 자매다. 오늘 우리는 힘을 합쳐 600명의 막강한 와일드우드의 비정규군이 될 것이다. 감히 우리의 길을 가로막는 자의 가슴을 공포로 떨게 할 막강한 숲의 군인이 될 것이다."

군중이 환호성을 질렀다.

프루는 커티스에게 되돌아왔다. 다른 병사들과 함께 명령을 기다리던 그가 물었다. "무슨 일이야? 왜 네가 거기 불려간 거야?"

"난 연락병이야." 프루가 대답했다. "대대 간에 의견 전달하는 역할을 맡게 됐어."

"아하," 커티스가 알겠다는 듯 고개를 끄덕였다. "한마디로 통신 작전병이군."

쓰러진 기둥에서 펄쩍 뛰어내린 브렌든은 병사들에게 작전 명령을 하달하기 시작했다. 그는 우선 병사들을 3개 대대로 나누었다. 커티스는 스털링의 부대에 배속되었다. 다른 병사들이 명령을 하달받는 동안 커티스는 프루에게 갔다. "결국 이렇게 되어가네." 커티스가 손을 내밀며 애절하게 말했다.

프루는 손을 잡고 흔들었다. "그래."

주위의 병사들이 지휘관의 지시 하에 대열을 짓기 시작했다. 두서없이 왔다 갔다 하던 군중이 군기가 바짝 든 열렬한 세 개의 대대로 재편되고, 오합지졸의 무기들도 언제든 휘두를 수 있게 전투태세를 갖추었다. 이윽고 중앙대대만 빼고 양쪽의 대대가 먼저 고대의 숲 양쪽으로 진격했다.

커티스는 자신의 대대가 이동하는 것을 보고 얼른 프루를 돌아다보았다. "다시 못 만나게 돼도…, 우리 부모님께 내가 그럴만한 이유로 이런 행동을 했다고 말씀드려줘. 내가 끝까지 행복했느냐고? 그래. 난 정말로 소속감을 느끼게 해주는 곳을 찾아냈어. 그 말도 부모님께 전해줄래?"

프루는 자기도 모르게 눈물이 글썽해졌다. "오, 커티스. 그 말은 네가 직접 하게 될 거야."

"너를 알게 되어 기뻤어, 프루 매킬. 진심이야." 커티스의 눈에도 눈물이 맺혔다. 그는 얼른 군복 소매에 코를 풀었다.

프루는 허리를 굽혀 그의 뺨에 키스했다. 커티스가 그렇게 자기 감정을 드러내자 어찌된 일인지 두려웠던 마음이 가시는 듯했다. "나도 그래, 커티스." 프루가 말했다.

커티스는 훌쩍거리며 눈물을 삼켰다. "안녕, 프루." 그렇게 말하고 커티스는 자신의 대대로 뛰어갔다.

프루는 그 자리에 서서 빽빽한 숲속으로 사라지는 대열을 지켜보았다. 그들이 사라진 후 고개를 돌렸더니 포장마차에서 나와 손을 흔드는 이피게니아가 보였다. "네 역할이 생길 때까지 나와 함께 있자꾸나, 프루." 이피게니아가 말했다.

프루는 마차에 올라타 마부석 옆 나이든 신비주의자의 옆자리에 앉았다. 울음을 참으며 애써 미소를 지으려고 했지만 어느 순간 감정의 둑이 무너져 흐느끼고 말았다. 눈물이 뺨을 타고 흘러내려 입술에 찝찔한 맛이 느껴졌다. 놀란 이피게니아가 프루의 등을 토닥였다. "자, 자, 프루." 이피게니아가 다정하게 위로해주었다. "왜 울지?"

"모르겠어요." 프루가 울먹이면서 대답했다. "모든 게 감당하기 힘들어요. 전 그냥 동생을 찾으려고 왔을 뿐인데. 제 말은, 전 그냥 여기에 온 건데, 저와 관련 있는 사람들이 저 때문에 목숨이 위태로워졌어요."

"모든 게 네 탓은 아니란다. 더 중대한 일이 벌어지고 있기 때문이야." 이피게니아가 위로했다. "네 일보다 더 큰 일. 네 동생의 납치는, 숲에 처음 심은 묘목에서 싹튼 후 낙엽이 떨어질 때까지 여러 과정을 거치듯, 지금까지 일어난 여러 사건들을 촉진시키는 촉매제였을 뿐이야. 어차피 시간이 지나면 낙엽이 떨어지듯 네가 개입하지 않았더라도 이 상황은 오게 되었다는 뜻이란다. 우린 그냥 순리에 따르면 돼."

프루는 코를 풀고 옷소매로 뺨에 흐르는 눈물을 닦았다. "하지만 제가 해초에 여기 오지 않았으면, 아니, 아니." 프루가 말을 잇지 못했다. "엄마 아빠가 알렉산드라와 거래를 하지 않고 제가 태어나지 않았으면, 우린 여기에 있지도 않을 거예요! 이 착한 사람들이 목숨 걸고 저를 도와주지 않아도 됐을 거예요."

"세상한테 그 시절로 돌아가라고 비는 것은 꽃한테 꽃봉오리를 만들라고 하는 것과 같단다." 이피게니아는 프루의 어깨를 부드럽게 토닥이면서 달랬다. "프루, 현실을 인정하고 사는 게 좋은 거란다. 그래야 우리가 우리를 둘러싼 세상과 얼마나 불화하면서 살아가는지 이해할 수 있게 되지."

프루는 허리를 쭉 펴고 앉아서 감정을 다스리려고 애썼다. 신비주의자의 말은 위로가 되었지만 한편으로는 더 큰 수수께끼를 던져준 것 같았다. "이 전투에서 언제 참여하실 거예요?" 그녀가 물었다.

"난 뒷전에 물러나 있을 거야." 이피게니아가 설명했다. "나의 믿음이 그렇게 명령했지. 난 전투가 끝날 때까지 앉아서 명상을 할 거야. 승자가 밝혀지면 숲이 내게 알려주겠지. 만약 여왕이 이기면 담쟁이덩굴이 마구 번져나갈 거야. 그러면 나는 그저 숲의 일부가 될 테고. 하지만 생각해보면 그것도 그다지 끔찍한 운명은 아니란다. 죽음이란 누구도 피할 수 없는 운명이니까 말이다."

프루는 그녀의 표정에 나타난 평화로운 체념을 의아해하며 가늘게 눈을 뜨고 바라보았다. 자신이 이 노부인과 더 많은 시간을 보내려면 신비주의자들이 가끔 보여주는 놀랄 만큼 직관적인 표현에 익숙해져야 할 것 같았다.

브렌든은 널찍한 공간에서 측면 공격을 하게 될 두 개의 대대가 출발하기를 기다리고 있었다. 그 사이에 그는 자신의 병력을 가늠했다. 어느 정도 시간이 흘렀다고 판단했을 때 그는 프루가 있는 곳으로 달려왔다.

"지금이다. 나와 함께 가야겠다." 그가 말했다.

프루는 고개를 끄덕이며 남은 눈물을 삼킨 뒤 마차에서 뛰어내렸다. 돌아서서 이피게니아에게 웃는 모습을 보여준 프루는 대기하고 있는 병사들에게로 달려왔다.

ꙮ

무언가가 미망인 여왕의 발걸음을 멈추게 했다. 그녀는 고대의 폐허를 무성하게 뒤덮은 담쟁이덩굴 사이를 말을 타고 천천히 가고 있었다. 불어오자마자 소멸되어버리는 추운 겨울날의 한 줄기 따스한 바람처럼 문득 어떤 생각이 스치고 지나갔다. 의혹. 왠지 모를 불안함.

그런데 왜? 승리를 눈앞에 둔 지금, 노력의 과실을 따려는 지금, 그런 생각

이 들까? 그녀는 생각했다.

지금까지 모든 게 순조로웠다. 저항도 없었다.

그러나 그녀는 뭔가를 느꼈다. 뼛속 깊이. 나무들끼리 수군거리는 소리, 풀들끼리 나지막이 속삭이는 말들에서 뭔가를 느꼈다. 마치 숲이 자신을 배반하려는 것만 같았다.

그녀는 호탕하게 웃음으로써 그런 생각을 날려버렸다. 심지어 막강한 예지력을 가진 노스우드의 신비주의자들도 이 숲, 이 무질서하고 복잡한 초록식물을 자기들 편으로 만들지 못했다.

아기가 잠에서 깨어났다. 그녀는 아기를 바라보며 달래주었다. 아기가 화답하듯 배시시 웃으며 공처럼 둥근 두 주먹으로 눈에 달라붙은 잠을 지웠다. 아기는 햇빛이 눈부신지 눈을 깜빡거렸다. 태양은 하늘의 정점 가까이 이동한 상태였다.

숲이 열린 것은 바로 그때였다.

🌿

브렌든은 자신에게 가장 먼저 공격 명령을 내렸다.

"가운데 기둥이다." 그가 시작했다.

프루는 브렌든 옆에 서서 경사면 너머로 코요테 병사의 대열과 말을 타고 병사들을 지휘하는 키 크고 냉혹한 표정의 미망인 여왕을 바라보고 있었다. 그녀의 팔에는 담요에 싼 아기가 들려있었다.

내 동생! 내 동생이에요! 프루의 머릿속엔 온통 동생 생각뿐이었다. 동생의

이름을 소리내어 부르고 싶었지만 꾹 참았다.

"공격하라." 브렌든이 침착하게 명령했다.

산적 군단과 노스우드 농부들로 구성된 연합군, 일명 와일드우드 비정규군은 폐허가 된 고대 도시 위쪽의 나무 저지선을 뚫었다. 그 순간 담쟁이덩굴로 뒤덮인 공터의 으스스한 정적은 목청껏 외치는 간절한 함성으로 산산조각났다.

🌿

알렉산드라의 말이 놀라서 앞다리를 치켜드는 바람에 말에 탄 사람이 비명을 지르며 안장에서 튕겨져 날아갈 뻔했다.

"맥!" 그 모습을 본 프루는 감정을 누르며 울먹였다. 어린 동생에 대한 걱정으로 심장이 터질 것만 같았다.

구릿빛 머리칼의 산적왕이 선봉에서 지휘하는 와일드우드 비정규군은 터진 둑으로 쏟아져내리는 거대한 물기둥처럼 함성을 지르며 언덕 기슭을 내달려 어리둥절한 코요테 병사들을 습격했다. 몸뚱이가 부딪치고, 금속이 쨍그랑 소리를 냈다. 울부짖음, 고함이 공중으로 터져나가 폐허가 된 도시의 대리석에 메아리쳤다. 화승총으로 무장한 코요테 병사는 무방비 상태에서 공격을 당해 총을 빼앗기자 검으로 대항하기 시작했다. 비정규군들이 초기에 전술적으로 유리한 고지를 점하는 바람에 당황한 어떤 코요테 검투사는 혼돈과 아수라장 속에서 칼집에 칼은 넣은 상태로 싸웠다. 코요테 병사들은 한참 싸운 뒤에야 무기를 꺼낼 수 있었다.

알렉산드라가 군중 속에서 말 머리를 돌리고는, 말 옆구리를 발로 찼다. 그

461

462

리고 잠시 후 결투를 벌이는 두 병사 옆을 지나 안전할 만큼 떨어져있는 돌로
된 단상에 이르렀다. 그곳에서 그녀는 팔에 안은 아이를 안장 주머니에 넣었
다. 아이의 분홍빛 얼굴이 가죽가방 위로 드러났다. 알렉산드라는 한 손으로
고삐를 쥐고 다른 손으로는 기다란 은빛 검을 뽑아들었다.

"코요테 병사여!" 그녀가 외쳤다. "공격하라!"

코요테 보충 병력이 언덕에서 굉음을 내며 전투를 하고 있는 병사들에게로
쏟아져 내려왔다. 밀집해 스크럼을 짠 그들은 이미 칼을 뽑아들고 전투 태세를
갖추었다. 그들 뒤로 화승총을 든 긴 대열이 나타나 총열에 화약과 탄알을 장
전하기 시작했다. 초반에 우세했던 비정규군은 점차 열세에 몰리기 시작했다.

"프루!" 프루가 자리를 지키고 있는 능선 아래쪽에서 누군가 소리쳤다. 브
렌든이었다. 그는 언덕 기슭으로 뛰어올라가 유난히 덩치가 큰 코요테 병사와
검투를 벌이고 있었다.

"네, 왜요?" 프루가 말했다.

"스털링 대대에 가거라." 쨍 쨍 검이 부딪히는 막간을 이용해 그가 뒤를 돌
아다보며 소리쳤다. "그들에게 진격하라고 해!"

"알았어요!" 프루는 이렇게 소리친 뒤 쭈그려 앉았던 몸을 벌떡 일으켰다.

⚜

초록색 카펫 같은 담쟁이덩굴 위에 옹송그리며 앉아있던 병사들은 언덕 위
에서 벌어지는 전투 소리를 들었다. 고함소리, 강철 부딪치는 소리, 화약 터지
는 소리가 들릴 때마다 커티스는 눈을 움찔 감았다. 스털링은 경사진 바닥에

옆으로 누워 1차 공격 소리를 감상하고 있었다. 그의 눈은 기대감으로 반짝거렸다. "제기랄! 왜 우리는 공격하지 않는 거야?"

그때 덤불을 헤치고 오는 발소리로 인해 멀리에서 들리던 전투 소리가 잠깐 들리지 않았다.

"프루!" 커티스는 달려오는 친구를 보고 소리쳤다. 최대한 몸을 낮춘 프루의 옷은 나뭇잎과 거미줄투성이였다.

스털링이 벌떡 일어나 프루를 맞았다. "무슨 명령이냐?" 프루가 미끄러지듯 병사들에게로 달려오자 그가 다급하게 물었다.

"대장이 진격하래요." 프루가 숨을 헉헉대며 말했다.

여우의 눈에서 광채가 뿜어져나왔다. "드디어!" 그는 쪼그려 앉아있는 200명의 남녀 인간, 동물 병사들을 돌아보며 소리쳤다. "진격이다!"

프루와 커티스는 말없이 서로 흘끗 쳐다보았다. 이윽고 기슭의 병사들은 일제히 함성을 지르며 자리에서 벌떡 일어나 언덕 위로 몰려갔다.

행운을 빌어, 병사들의 물결에 휩쓸려 언덕 너머 전투 현장으로 달려가는 커티스를 향해 프루가 입술만 달싹이며 말했다.

CHAPTER 26

와일드우드 비정규군;
가문의 이름을 걸고

커티스는 여우의 지휘 아래 궁사, 소총수들과 함께 언덕 꼭대기까지 기어 올라간 다음 오목한 공터보다 더 지대가 높은 곳, 공격대대 뒤편에 자리를 잡았다. 그는 다른 비정규군들이 아래쪽에서 벌어지는 열띤 백병전에 뛰어드는 모습을 구경했다. 흑곰은 놀라운 열정으로 타작하는 도리깨를 흔들어 물결처럼 밀려드는 코요테 병사들을 마구 때렸다. 그가 지나간 자리에는 의식을 잃고 쓰러진 코요테들로 어지러웠다. 두 자루의 단도로 무장한 산적은 코요테 검투사와 격렬한 접전을 벌였다. 토끼를 발견하기 전까지는 코요테 병사가 산적을 능가하는 줄 알았다. 그런데 청바지를 입은 토끼가 코요테 다리 사이로 마구 엉킨 실뭉치를 밀어넣는 동시에 실을 잡아당겼고, 무슨 영문인지 모르고

465

있던 코요테들은 발목에 실이 걸려 나자빠지면서 검에 찔렸다. 한편 여왕처럼 보이는 인물은 말을 타고다니며 전투를 벌이는 무리를 살피고 있었는데, 그녀의 말이 뛰어오르는 곳마다 무시무시한 파괴의 흔적이 남았다. 그녀의 긴 검이 번쩍일 때마다 산적과 농부들이 우수수 쓰러졌다. 그녀를 말에서 떨어뜨리려는 시도는 번번이 실패로 돌아가는 것처럼 보였다. 그녀의 검 실력은 이 전투에서 타의 추종을 불허했다. 커티스는 그녀가 군중을 뚫고 지나가는 모습을 넋 놓고 바라보았다. 알렉산드라의 시선은 멀리 대성당의 세 번째 단으로 올라가는 계단에 고정되어 있었다. 바로 플린스가 놓여있는 공터였다. 그때 누군가 시끄럽게 명령하는 소리에 넋을 놓고 구경하던 커티스는 정신이 번쩍 들었다. 토끼 새뮤얼이 언덕 꼭대기에 있는 대열 끝에 서서 명령을 내렸다. "장거리 투사, 발사 준비하라!" 커티스는 커다란 돌을 투석기 받침에 올려놓았다.

열띤 전투가 이어지던 중 요란한 호각 소리가 들렸다. 알렉산드라가 손가락을 입술 사이에 대고 분 것 같았다. 귀를 멍하게 하는 삑 소리가 허공을 가른 순간, 공터의 동쪽 하늘에서 무언가 은빛으로 번쩍, 하더니 칠흑같은 새떼가 몰려왔다.

"까마귀네." 커티스는 놀라서 혼잣말로 중얼거렸다.

새뮤얼도 얼핏 그런 장면을 본 것 같았지만 (죽 늘어선 나무에 검은 잉크를 뿌리는 것 같은 수십 마리의 새들이 아래 척후병들에게로 곧장 달려들었다) 이내 자신이 맡은 임무에 집중했다. "발사!" 그가 소리쳤다.

언덕은 탕탕, 발포 소리와 쉭쉭, 화살 날아가는 소리로 요란해졌다. 투석기로 돌을 발사한 커티스는 돌이 느긋하게 호를 그리며 자신이 의도했던 목표물로 날아가는 모습을 상상했다. 하지만 끝내 목표물에 명중하지 못하고 담쟁이덩굴이 카펫처럼 깔린 공터 바닥으로 떨어지자 여간 실망하지 않았다.

그 옆에 서서 머스킷 총열에 화약을 넣고 있던 산적이 조언했다. "조금 더 세게 휘둘러. 팔을 더 세게."

"네, 알았어요." 커티스는 주머니에서 돌 하나를 더 꺼냈다.

이런 돌 세례로 까마귀 몇 마리를 떨어뜨렸지만 이내 더 많은 동족이 날아와 빈 자리를 채웠다. 검은 구름 같은 새떼가 대성당의 맨 아래 단에서 넓은 계곡으로 꾸역꾸역 밀려들었다. 공터는 금속의 쨍그랑 소리와 전사들의 호전적인 함성으로 뒤덮였다.

프루는 여우 서장의 대대가 언덕을 넘어 아래 넓은 골짜기로 진격하는 것을 보고 얼른 돌아서서 자기 자리를 향해 달렸다. 뻥 뚫린 대성당의 2단과 3단 사이에 서있는 나무 사이, 작은 단상이 프루의 위치였다. 골짜기와 그 안의 폐허는 담쟁이덩굴과 나무로 뒤덮인 언덕에 가려 보이지 않았기 때문에 언덕으로 다시 뛰어올라올 때 처음에 있던 위치를 눈여겨두어야 했다. 대충 나무 사이의 공터일 거라고 추측되는 위쪽 덤불 속으로 들어갔다가 발을 헛디뎌서 언덕 기슭으로 미끄러진 적도 있었다. 다행히 담쟁이덩굴이 뒤덮고 있어서 그다지 아프지는 않았다. 프루는 몸을 일으켜 흙을 털다 공터 한가운데에 놓인 플린스를 발견했다. 세로 홈이 파인 기둥뿌리는 새로 난 담쟁이덩굴로 뒤덮여 있었다. 프루는 그곳으로 다가갔지만 (그 소박하게 생긴 돌이 차가운지 어떤지 만져보고 싶었다) 문득 브렌든이 지시를 내릴지 모른다는 생각이 떠올랐다. 그때 나무 울타리 너머에서 수많은 까마귀의 까악까악, 우는 소리가 들려왔다.

프루는 얼른 딸기나무 넝쿨 뒤 나지막한 스탠드의 자기 자리로 돌아와 밑에서 벌어지는 혈전을 지켜보았다. 공터 위를 빙글빙글 도는 무수한 까마귀 떼를 보고 있자니 소름이 끼쳤다.

브렌든은 두 산적을 양쪽에 거느리고 경사면을 따라 대성당의 맨 꼭대기 단에 이르는 넓은 돌계단 맨 아래에 서있었다. 세 명의 산적은 끊임없이 충원되는 코요테 검투사들과 격렬한 일전을 치르고 있었다. 브렌든과 그의 오른쪽 산적이 필사적으로 검을 휘둘러 코요테들을 궁지로 몰아넣는 동안 왼쪽에 있는 산적은 바쁘게 소총의 총구에 탄환을 쑤셔넣었다. 프루가 지켜보고 있을 때 브렌든은 어떤 코요테 습격자의 가슴에 재빨리 발차기 공격을 하는 한편 검의 날 반대편으로 다른 코요테를 힘껏 밀쳤다. 잠깐 소강상태에 빠졌을 때 브렌든이 은신처 뒤에서 고개를 빼고 구경하는 프루를 흘끗 보며 고개를 까닥했다.

"잘했어!" 그가 가파른 계단을 뒷걸음으로 한 칸 한 칸 올라가며 외쳤다. "자, 어서. 코맥의 대대로 가서, 언덕을 내려와 이 아랫단에서 대열을 정비한 다음 동쪽에서부터 치고 들어오라고 해라. 뒤로 가서 그들에게 전해라. 무슨 말인지 알지?"

"알았어요." 프루는 뛰어갈 준비를 하며 대답했다.

브렌든이 이마에 묻은 핏자국을 닦아냈다. 수염은 땀으로 범벅돼 있었다. "우리가 녀석들을 좀더 오래 붙잡고 있으면…." 그가 전투현장을 보며 말했다. "여왕을 끌어들일 수 있을 거야. 하지만 여왕의 주의를 분산시키려면 병력이 계속 보충되어야 하지." 가운데 단과 위의 단 사이 공간에는 담쟁이가 그리 빽빽하게 자라지 않아서 프루는 달려가다 넝쿨에 발이 걸려 넘어질 뻔했다. 하지만 몇 분 안에 멀리 있는 능선까지 올라갔다. 그러고 나서 능선의 맞은편 비탈을 마구 뛰어 내려가느라 낮게 헝클어져 드리운 나뭇가지에 긁혀 자신의 얼굴과 손등이 엉망이라는 것을 뒤늦게 깨달았다. 산비탈을 내려가자 바닥에 누워서 대기하는 와일드우드 비정규군 3대대가 보였다.

"무슨 일이냐? 우리가 공격할 차례냐?" 코맥이 다급하게 물었다. 프루는 미끄러지다시피 내려가다 산적과 농부들 속에 있는 코맥을 발견했다. 그들의 대대는 마지막으로 지시 명령을 기다리고 있었다. 그가 얼마나 간절하게 전투에 참가하고 싶어하는지가 프루의 눈에도 선명히 보였다. 작은 등성이 너머 골짜기에서 들려오는 소리가 점점 크고 격렬해졌다.

"대장이 언덕 너머 아래쪽으로 곧장 진격하래요." 프루가 숨을 헉헉거리며 전했다. "아래 공터에서 전열을 재정비하고, 그 다음 뒤에서부터 밀고 올라오래요."

코맥은 멍하니 프루를 바라보았다. "일단 거기에 가게 되면 포위당하지 않을 거라고 어떻게 장담하지? 아래 단에 병사들이 얼마나 많이 남았는지 대장이 알고 있을까?"

프루는 변명하듯 두 손을 쳐들었다. 산적의 얼굴에서 두려움이 읽혔다. "그냥 그렇게만 전하랬어요. 대장에게 생각이 있겠죠."

"알았다." 코맥이 엄숙하게 대답한 뒤 자신의 지휘 아래 있는 병사들을 돌아다보았다. "언덕을 넘어 내려간다. 언덕 뒤편에서 정렬하게 될 것이다." 비정규군 3대대는 몸을 낮춘 채 산등성이를 달려 내려갔고, 그 사이에 전투 소리는 서서히 멀어져갔다. 그들이 꽤 걸었을 때 코맥은 대원들에게 자신이 언덕 꼭대기에 올라가서 동태를 살피고 올 테니 꼼짝 말고 기다리라고 명령했다. 프루는 대원들과 함께 앉아 기다리며 그들의 조용한 숨소리, 돌아다보거나 손발을 가만히 두지 못 하고 안절부절 못 하는 통에 강철과 나무, 돌로 된 무기가 이따금 부딪치는 소리를 들었다.

코맥이 언덕 꼭대기에서 돌아왔다. 얼굴은 하얗게 질리고 표정이 심각해 보였다. "저 아래에 전 병력이 모여있군." 그가 겁에 질린 목소리로 말했다. "두 번째 단으로 올라가는 계단에 쫙 깔려서 대기하고 있어." 그는 프루를 흘끔거렸다. "저 상태로 붙는 건 도저히 불가능해."

"그럼 제가 어떻게 할까요?" 프루는 산적의 지친 얼굴에서 해답을 찾으려고 했다.

"아무것도." 코맥은 고개를 절레절레 흔들며 말했다. "대장한테 가서 명령대로 한다고 전해. 아래쪽 공터에 400명쯤 더 있다고. 포병부대가 이제 막 올라올 준비를 하고 있다고. 대포가 자그마치 12문이라는 말도 해야겠지. 아무튼 그들은 그 정도를 계속 유지할 거야. 우리로서는 최선을 다하는 수밖에."

코맥이 운집한 병사들을 돌아다보며 명령을 내렸다. "진격하라!" 그의 말이 떨어지기 무섭게 3대대 비정규군은 우레 같은 함성을 지르며 언덕을 넘어 반대편 아래로 쏟아져나갔다. 프루는 병사들의 함성과 교전 중인 코요테 병사들의 으르렁거리는 소리를 들으며 잠시 언덕 기슭의 방공호에 남아있었다. 그러다 얼마쯤 지나 한숨을 내쉬며 언덕을 넘어 고사리숲을 뚫고 자기 자리로 돌아왔다.

가운데 단 공터로 돌아왔을 때 프루는 브렌든이 조금 전까지 있던 그 계단에 없음을 알고 깜짝 놀랐다. 그가 공격을 받은 게 아닌가 싶어 잠시 공포에 사로잡힌 프루는 몸을 숙인 채 계단 꼭대기로 올라가 넓은 광장에서 벌어지는, 아수라장을 방불케 하는 전투를 내려다보았다. 그런데 그 가운데 알렉산드라가 보였다. 그녀의 검은 전투를 벌이는 병사들의 머리 위로 커다란 호를 그리며 날아다니고 있었다. 말의 안장 주머니 밖으로 겁에 질려 발작적으로 운 나머지 얼굴이 빨개지고 일그러진 맥의 얼굴이 보였다. 코요테 보병대원들이 여왕을 보호하기 위해 주위를 에워싸고, 그녀는 유유히 군중을 뚫고 움직이려 했다. 까마귀 비행중대는 어지러운 다수의 적들을 향해 공습을 했다가 농부의 쇠스랑과 산적의 검이 녀석들의 발톱을 내려찍으려고 하면 후다닥 다시 공중 으로 날아올랐다. 그때 프루의 눈에 군중 한가운데 떨어져 있는 브렌든의 왕 관이 보였다. 그가 알렉산드라와 그녀의 경비병 근처까지 갈 수밖에 없는 상 황이 발생한 게 분명했다.

"대장!" 프루가 소리쳤다.

귀가 멍멍할 정도로 시끄러운 전투 소리보다 큰 목소리를 내는 일은 불가능 했다.

"브렌든!" 그녀가 다시 불렀다.

그때 군중 속에서 격렬하게 싸우다 멈칫하는 브렌든을 발견했다. 그는 소 리나는 곳을 찾아 두리번거렸다. 프루는 일어서서 두 팔을 휘저었다.

"포병이요!" 프루가 대성당 아래 단을 가리키며 소리쳤다. "대포를 몰고오고 있 어요!"

브렌든이 당황해서 눈썹을 찌푸렸다. 프루는 다시 저편의 경사면을 가리키 며 있는 힘을 다해 큰 소리로 외쳤다. 브렌든은 프루가 가리키는 곳으로 시선 을 돌렸다. 언덕 위로 10여 문의 시커먼 대포 주둥이가 보였다. 그가 고개를 떨궜다.

대포를 가장 먼저 본 사람은 커티스였다. 네 마리의 코요테 포병이 한 조가 되어 그 거대한 총을 밀며 비탈진 언덕을 올라오느라 낑낑대고 있었다. 공터의 가장자리를 따라 죽 늘어선 대포는 10문도 넘는 게 분명했다. 포병들이 대포의 포문을 현재 커티스와 함께 언덕에 있는 궁수와 화승총 대열을 향해 돌리자 커티스는 불안해졌다.

"새뮤얼!" 커티스가 대포에서 시선을 떼지 않은 채 소리쳤다.

"왜?" 새뮤얼이 공터 중앙에 있는 적을 향해 화승총을 겨눈 채 대답했다.

"대포예요!" 커티스가 포병대를 가리키며 말했다.

새뮤얼은 화승총을 옆으로 내리고 바라보았다. 숨이 막혔다. "대열을 이탈하지 마."

"농담하시는 거예요?" 커티스가 물었다.

"가만 있으라니까." 새뮤얼이 화승총을 다시 어깨에 얹으며 되풀이해서 말했다. 새뮤얼은 대포를 발사하려 준비하는 포병을 겨누었다. "우리가 먼저 쏘지 않으면 놈들한테 당한다."

궁수와 화승총 사수 대열이 몸을 돌려 포병대 대열을 향해 발사를 했다. 언덕 비탈이 화약 연기로 자욱해졌다. 커티스는 여러 명의 코요테 포병대원이 쓰러지는 것을 보았지만 금세 다른 병력이 자리를 메웠다. 비정규군이 화승총에 화약을 다시 채워넣고 화살통에서 화살을 빼며 준비하고 있을 때 코요테 포병대원들이 대포를 발사하기 시작했다.

커티스는 세상이 폭발한 것 같다고 느꼈다.

폭발음은 전투를 벌이던 병사들의 소음을 순식간에 잠재웠다. 커티스의 귀에는 외마디의 쿵, 소리밖에 들리지 않았다. 발아래 땅이 갈라지는 듯하더니 흙먼지가 비처럼 쏟아져내렸다. 뒤로 나가떨어지는 순간, 커티스는 자신이 끝없는 영원의 심연으로 추락하는 거라고 생각했다.

※

커티스가 무의식 상태에서 벗어났을 때 처음 들은 소리는 귓전을 울리는 천둥 같은 발걸음 소리였다. 하지만 그의 청력은 여전히 정상이 아니었다. 세상이 짙은 막에 뒤덮인 것처럼 들렸다. 주위를 둘러보니 자신이 처음 의식을 잃었던 곳에서 6미터쯤 떨어진 곳에, 몸이 반쯤 땅에 묻힌 상태로 누워있었다. 얼른 판단해보니 조금 전의 소리는 코요테 병사와 비정규군 보병대의 발소리가 뒤섞인 것이었다. 포탄에 의해 생긴 둔덕 너머에서 전투가 벌어지고 있었다. 커티스는 정신을 가다듬은 뒤 짓밟히지 않으려고 두 팔로 머리를 감쌌다. 그렇게 스스로를 보호하면서 엉금엉금 병사들의 무리를 빠져나와 자두나무 아래 잡목숲으로 갔다.

그가 나무 아래 안전한 곳에 털썩 주저앉자마자 뒤에서 찰칵, 하는 소리가 들렸다. 권총의 공이치기 소리가 분명했다. 커티스는 손과 무릎은 그대로 둔 채 천천히 고개를 돌렸다. 피와 흙먼지 묻은 군복 차림의 코요테 병사가 커티스에게 총구를 겨누고 있었다.

"어이, 잘 지냈나, 변절자." 코요테가 사육지에서 만났던 커티스를 알아보고 말했다. "놀랍고도 반가운 걸." 그가 턱살과 콧등 사이의 누렇고 긴 이빨을 드러내며 웃었다. 이윽고 그는 날렵하게 권총을 들어 긴장된 순간을 연장시켰다. "난 이 순간을 즐길 참이야. 최대한 즐길 거야." 그가 잠시 총을 거두고 총구로 주둥이를 긁었다. "나를 위해 홍보 좀 해줘야겠어. 난 훈장 받은 전쟁 영웅이 되려고 하거든. 세르게이, 변절자 살해범. 남들이 나를 그렇게 부르겠지."

"제발 부탁이에요." 커티스가 나무에 등을 기대고 말했다. "저랑 얘기 좀 해요. 이러실 필요까지는 없잖아요."

"아니, 난 할 거야." 세르게이 병장이 말했다. "난 정말로 할 거라고, 정말이야." 그는 권총을 팔 높이로 올린 다음 천천히 커티스를 겨누었다. 커티스는 눈을 감고 그 순간을 기다렸다.

콩.

갑자기 그런 소리가 들렸다. 커티스는 얼른 눈을 떴다. 또다시 콩. 코요테는 여전히 권총을 겨눈 채 자두나무 위에서 떨어지는 무언가의 공격을 받고 있었다.

"뭐야?" 코요테는 자두나무 가지를 살피며 소리쳤다. 노란 나뭇잎 커튼 뒤로 쥐의 주둥이가 보였다.

"어이, 똥개!" 쥐가 약을 올렸다. 셉티무스였다. "여기야!"

화가 난 코요테가 권총으로 셉티무스를 맞히려고 했다. 커티스는 그 틈을 이용했다. 그는 벌떡 일어나 젖 먹던 힘까지 다해 코요테 병장을 들이받았다. 그의 머리가 코요테의 배에 닿았다. 코요테가 입을 벌리고 요란하게 '우후!' 소리를 내며 공기를 들이마시자 배가 공처럼 부풀어올랐다. 코요테는 있는 힘껏 몸을 구부렸고, 둘은 땅으로 넘어져 떼굴떼굴 굴렀다. 커티스는 총을 빼앗으려고 손을 뻗었지만 감각을 되찾은 코요테는 필사적으로 반항을 했다. 엎치

락뒤치락 하던 끝에 커티스는, 동그랗게 모아 권총의 손잡이를 잡은 코요테의 앞발을 덮쳐 비튼 뒤 잡아 빼내려고 했다. 그런데 코요테가 뒷발로 커티스의 배를 걷어차기 시작했다. 군복을 입었음에도 코요테에게 긁히고 걷어차인 부위가 쓰라리고 아팠다. 커티스를 위에서 덮친 코요테는 화가 나서 고함을 질렀고, 그 순간 커티스는 다시 몸을 틀었다. 마침내 코요테의 앞발을 잡아 비튼 커티스는 총신의 차가운 금속을 코요테의 가슴 쪽으로 돌렸다.

빵!

커티스는 움찔했다. 내 손으로 발사했나? 내가 쏜 건가?

총을 움켜쥐었던 코요테의 앞발이 느슨해지다가 아래로 툭 떨어졌다. 커티스는 뒤로 넘어간 코요테의 눈동자와 밖으로 쑥 내민 민달팽이처럼 통통한 혀를 보았다. 생명이 빠져나간 코요테가 커티스의 몸 위로 풀썩 고꾸라졌다.

커티스는 코요테의 몸뚱이를 한쪽으로 밀어내고 벌떡 일어나 주위를 둘러보았다. 놀랍게도 멀지 않는 곳에 애슐링이 서있었고, 권총의 총열에서는 화염이 조그만 꼬리를 물고 피어오르고 있었다. 그녀는 충격 받은 표정을 짓고 있었다.

"나…," 그녀가 더듬었다. "나…, 난 안 그랬어. 난 아직 잘 쏠 줄 모르는데."

자두나무 가지에서 휘파람 소리가 났다. "까딱하면 늦을 뻔했어." 셉티무스가 감탄했다.

커티스는 충격을 받은 소녀에게 다가가 손을 잡았다. "고마워. 어떻게 된 일인지 모르지만."

애슐링이 애써 웃음을 지었다. "자, 봐." 그녀가 으쓱했다. "나한테 주길 잘했지."

그때 뒤에서 들리는 전투 소리에 대화가 끊겼다. 커티스는 애슐링을 마지막으로 한 번 쳐다본 뒤 얼른 전장으로 달려갔다. 애슐링은 손에 쥔 권총을 바라보며 미동도 하지 않고 숲속에 서있었다.

※

전세가 최악으로 치닫고 있었다. 프루는 폐허가 된 계단 꼭대기에 서서 공터를 내려다보았다. 저편에서 코요테의 보충 병력이 끊이지 않고 밀려들었다. 코맥의 얼마 안 되는 대원들은 코요테 병사들에 의해 계속 뒤쪽으로 밀려나 경사면 가장자리까지 왔다. 그리고 얼마 후 가운데 단까지 올라와 나중에는 브렌든의 대대와 합류했다. 게다가 양쪽 대대 모두 병력 숫자가 심각하게 줄어든 상태였다. 브렌든과 코맥 대대의 연합군 병사들은 가운데 단의 오목한 공터에 포위되고 스틸링의 남은 병사들은 남쪽 등성이 너머에서 추격당해서 와일드우드 비정규군은 굳이 편대를 나눌 필요도 없어 보였다.

이 순간을 포착한 여왕은 시체 더미 위로 말을 달려 맨 위의 단으로 가는 계단을 오르기 시작했다. 그녀의 움직임을 눈치챈 브렌든이 옆에서 싸우는 산적들에게 뭐라고 소리쳤다. 그들은 다 같이 알렉산드라가 가려고 하는 방향으로 앞다투어 달려갔다.

프루는 나중에야 알았지만 (공터에서의 산적들 움직임이 워낙 민첩하고 복잡했다) 브렌든이 알렉산드라를 목격한 후 그녀의 말 앞으로 달려간 몇 초 사이에 멀리 어딘가에서 총알이 날아왔다. 그 총알이 나무 속에 숨어있는 코요테 병사가 쏜 것인지 아니면 비정규군의 오발탄인지 프루로서는 알 길이 없었지만 브렌든을 명중시킨 것만은 명확했다. 고통스러운 비명과 함께 브렌든의 고개가 뒤로 넘어가면서 돌진하는 말 아래 쓰러졌다. 그의 흰색 셔츠 어깨에서 빨간 피가 솟구쳤다.

사람이든 코요테든 가릴 것 없이, 병사들은 싸움을 멈춘 채 산적왕이 고꾸라져 뒷걸음질치다 바닥에 나가떨어지는 모습을 지켜보았다. 산적들은 분노와 절망으로 울부짖었지만 새로 투입된 코요테 병사들은 산적왕의 부상 사실을 알자마자 공격을 재개했다. 산적들도 다시금 흉포함을 보이며 전투에 뛰어들었다. 그 사이 브렌든은 공터 바닥의 짓밟힌 담쟁이덩굴 위에 누워 손으로 어깨를 움켜쥐었다.

"안 돼!" 프루가 소리쳤다. 프루는 생각할 겨를도 없이 대리석 계단을 내려와 전투 중인 병사들에게로 달려갔다.

전투의 아수라장 속을 프루는 별로 눈에 띄지도 않고 통과했다. 그때 적을 신속히 해치운 코요테 보병이 브렌든에게 달려가는 프루를 발견하고 뛰어들어 앞을 가로막았다. 하지만 아래 위가 붙은 작업복 차림의 담비가 강철 날의 삽을 휘둘러 코요테의 동작을 제지했고, 두 병사는 이내 격렬한 싸움을 시작했다. 하지만 그렇게 두 병사가 맞붙어 싸우는 동안 뒷전으로 기어서 빠져나가는 프루를 발견한 또 다른 코요테 병사가 프루에게 총구를 겨누었다. 그때 어디에선가 날아온 화살이 병사의 가슴을 관통했다. 그는 비명을 지르며 바닥에 쓰러졌다.

프루가 마침내 브렌든에게 다가갔을 때 그는 담쟁이덩굴이 뒤덮은 공터의 돌 위를 기어가고 있었다. 그의 흰색 셔츠는 피로 물들어있고, 얼굴에서는 서서히 핏기가 가시고 있었다.

"프루." 그가 겨우 입술을 벌려 일그러진 미소를 지은 뒤 꺽꺽거리며 말했다.

"넌 좋은 아이다." 그는 어깨의 상처를 흘끗 보더니 화가 나는 듯 바닥에 침을 뱉었다. "난 15대째 산적이지. 그것도 15대째 산적왕. 그런데 빌어먹을, 총에 맞다니." 그가 프루를 돌아다보았다. "난 죽고 싶지 않아." 그가 부드럽고 편안한 얼굴로 말했다. "여기에 있겠다. 내가 이곳을 지키도록 도와주겠니?"

프루는 눈물을 흘리며 자신의 옷을 찢어 피가 흐르는 브렌든의 어깨를 단단히 감쌌다. 옷에 피가 배어 초록색 천이 갈색으로 변했다.

"괜찮을 거예요, 대장." 프루가 말했다. "우리가 피를 멎게 해줄게요."

프루는 뒤에서 펼쳐지는 필사적인 전투를 지켜보며 자신들을 도와줄 수 있는 산적이 있나 찾아보았다. 슬프게도 잘 아는 응급조치 방법이 없었다. "도와 줘요!" 프루가 소리쳤다.

"대장이! 대장이 총에 맞았어요!"

그때 프루 위로 기다란 그림자가 드리워지더니 이내 누워있는 산적왕까지 뒤덮었다. 프루는 눈을 가늘게 뜨고 올려다보았다. 알렉산드라가 검은 말의 안장 위에 뾰족한 첨탑처럼 앉아있었다. 말이 앞발을 들어 흙먼지를 뿌렸다. 알렉산드라의 검이 아래로 내려오다 프루의 머리 바로 위에서 멈췄다. 검에 피가 묻어있었다. 안장 주머니에선 아기가 울고 있었다.

"너의 시대는 끝났다, 산적왕." 그녀가 말했다. "와일드우드에 새로운 시대가 시작되었어."

알렉산드라는 그 이상 말하지 않고 말 옆구리를 발로 찼다. 그리고 프루와 브렌든 위를 한 달음에 뛰어넘은 뒤 아무도 없는 대리석 계단을 질주해 폐허가 된 대성당의 윗단으로 올라갔다.

CHAPTER 27

담쟁이와 플린스

와 해되고 너덜너덜해진 스털링 대대의 생존병들은 맥없이 대성당에서 쫓겨나 언덕 아래로 내몰렸다. 물론 퇴각하면서도 추격하는 코요테 무리에게 마구잡이로 총질은 했다. 이렇게 퇴각하는 동안 무사히 살아남으면, 거대한 바위 무덤 위에 세워진 넓은 화강암 석판을 볼 수 있었다. 이곳은 쓰러진 탑의 폐허로 기단만 남아있었다. 커티스가 코요테 소총수들의 총질 세례를 요리조리 피해 간신히 이 은신처로 도망쳤을 때 스털링이 그를 보며 손을 흔들었다. "어서 와!" 그가 소리쳤다. "빨리!"

커티스는 허물어진 계단을 허둥지둥 올라 돌기단으로 몸을 날렸다. 예전의 모습은 거의 사라지고 나지막한 석벽만 하나 남아 가장자리에 박힌 일종의

480

여왕은 아기가 플린스 위에 반듯하게 누워있도록
손으로 누른 채 의식을 거행하기 시작했다.

말뚝 울타리 구실을 했는데, 얼마 남지 않은 비정규군이 바로 이 뒤에 숨어있었다.

커티스는 돌기단까지 기어가서 벽 너머로 밖을 내다보았다. 얼핏 가팔라 보이는 언덕 기슭은 능선 너머에서 끊임없이 병사를 공급해주는 듯, 코요테 병사들로 빼곡하게 뒤덮여있었다. 돌기단 둘레에는 산적과 농부 50여 명이 등을 기대고 앉아있었다. 그들은 돌아가며 석벽 밖으로 맹습하는 코요테들을 향해 총을 발사했다. 후텁지근한 공기에는 땀 냄새와 화약 냄새가 배어있었다. 다리를 심하게 다친 산적은 동료 병사의 보호를 받으며 기단 한귀퉁이에 기대어 쉬고 있었다. 폐허가 된 건물을 둘러보는 땟국 흐르는 커티스의 얼굴에서는 슬픔이 묻어났고, 병사들의 사기도 몹시 꺾여있었다.

코요테들은 지휘관의 명령에 따라 사람이 숨을 만한 조각상 같은 데를 쿡쿡 쑤셔대며 돌아다니고 있었다. 계속해서 보충되던 병사들도 대성당에서 전투를 할 필요가 없어지자 언덕 기슭에 진을 치고 있는 동료들에게로 철수했다. 이 난리통을 구경하는 수십 마리의 까마귀들로 인해 주변의 나뭇가지들은 축 늘어져 있었다.

코요테 지휘관 하나가 자신의 엄호에서 고개만 내밀고 소리쳤다. "너희들은 포위됐다! 항복하라! 너희들이 빠져나갈 곳은 없다!"

계단 옆 돌기단 가장자리에 등을 기대고 앉아있던 스털링이 옹송그리며 모여있는 산적과 농부들을 보았다. "이봐, 동지들." 그가 말했다. "결국 올 것이 왔군." 그는 앞발로 전정가위 손잡이를 잡고 가위질하던 행동을 멈췄다. "자네들이 항복한다고 해도 비난할 마음은 없네. 남, 여, 사람, 동물 누구라도 원한다면 그렇게 해."

하지만 아무도 움직이지 않았다. 멀리 언덕 너머에서 총소리가 들려왔다.

스털링이 고개를 끄덕였다. "좋아, 그렇다면," 그가 말했다. "다시 전쟁터로 복귀하자, 이거군."

남은 와일드우드 비정규군이 동의한다는 듯 고개를 끄덕였다.

여우가 심호흡을 했다. "자, 각자 제 자리로!" 그가 외쳤다. "하나, 둘……."

✌

"대장!" 프루는 등 뒤에서 나는 어떤 목소리를 들었다. 돌아다보니 공터의 오목한 곳에서 싸우던 산적 중 한 명이 그들에게 달려오고 있었다. 프루는 브렌든의 머리를 무릎에 올려놓은 채 그의 깊은 상처를 묶은 옷 조각을 힘껏 잡아당기고 있었다. "어떻게 된 거야?" 산적이 흥분해서 물었다.

"총에 맞았어요. 어디에서 날아왔는지는 몰라요." 프루가 씩씩대며 말했다. "총알이, 어깨에." 프루는 피로 물들은 산적왕의 어깨쪽 찢어진 셔츠를 보여주었다. 셔츠가 너덜너덜했다.

산적이 얼굴을 찡그렸다. "잠깐만 기다려라." 그는 엉덩이까지 내려오는 가죽 가방을 뒤져 작은 소독약을 꺼냈다. 그러고는 담쟁이 잎에 옅은 갈색 액체를 몇 방울 떨어뜨려 찜질 팩처럼 브렌든의 어깨에 붙이고 나서 다시 프루의 셔츠로 감아주었다. 액체가 찢어진 상처에 닿자 브렌든이 얼굴을 찡그렸다. 산적은 대장의 손을 잡고 상처를 세게 누르게 했다.

"대장, 괴로울 정도로 숨을 깊이 들이마셔요." 산적이 침착하게 말했다. 등 뒤쪽에서 펼쳐지는 전투는 아직 뜨거웠다. 산적이 프루를 올려다보았다. "망

초와 계피를 섞은 거란다. 약효가 아주 강하지. 틀림없이 피를 멎게 해줄 게다." 브렌든의 눈꺼풀이 가늘게 떨렸다. 그는 밀려오는 통증을 참으며 어떻게든 의식을 잃지 않으려고 안간힘을 썼다.

"전 가봐야겠어요." 프루가 산적에게 말했다. "여기 있을 거예요?" 프루는 알렉산드라가 플린스로 가고 있음을 알았다. 지금으로서는 그녀를 막을 사람이 아무도 없었다.

산적이 고개를 끄덕이자 프루는 벌떡 일어나 돌계단을 통해 대성당 꼭대기 단으로 올라갔다.

한 번에 두 계단씩 뛰어올라 마침내 경사면 꼭대기에 이르렀을 때 프루는 그만 뒤엉킨 담쟁이덩굴에 발이 걸렸다. 마침 알렉산드라는 말에서 내려 가죽 안장 주머니에서 울고 있는 아기를 꺼내려 하고 있었다. 밑동이 온통 담쟁이덩굴로 뒤덮인 플린스는 그곳 한가운데 놓여있었다. 프루가 계단 꼭대기에 서서 큰 소리로 외쳤다.

"알렉산드라!"

그것은 프루의 목소리가 아니었다. 공터의 저편에서 들리는 목소리였다. 프루는 입을 떡 벌린 채, 담쟁이덩굴이 뒤엉켜있는 바닥을 가로질러 저편에 서있는 이피게니아를 바라보았다. 나이든 신비주의자는 어지러운 바닥을 헤치고 여왕에게 걸어오고 있었다.

"그 아기 내려놔." 이피게니아가 명령했다.

여왕이 조롱하듯 웃음을 터뜨렸다. "이피게니아. 친애하는 이피게니아! 내 군대를 위해 이 시시한 전쟁놀이를 벌여놓은 줄 알았는데, 당신이 개입했다는 걸 진작 알았어야 했어. 당신은 불쌍한 농부들을 죽게 만들었어. 음, 어쨌든 딱 맞게 도착했군. 이제 곧 의식이 끝날 참이었어."

"그러면 당신 스스로 살인자라는 낙인을 찍게 될 뿐이야." 이피게니아가 딱 잘라서 말했다.

"나는 잠을 강요당하는 바람에 빼앗겼던 담쟁이덩굴들의 천성을 해방시켜 주겠어." 알렉산드라가 싸늘하게 되받았다. "야생세계에서의 지배력을 되찾아 주려는 거야. 당신처럼 신을 믿지 않는 자연주의자에는 본래의 상태로 되돌려 놓는 일이야말로 정당한 게 아닌가."

"그게 숲에 있는 모든 나무를 갈기갈기 찢고 나면 당신마저 먹어치울 걸. 당신은 무사할 거라고 생각하는가. 그리고 당신이 종처럼 부리는 그 순진한 종족, 코요테들은 자기들에게 어떤 결말이 기다리는지 알고 있을까? 그들에게 자신들의 서식지가 파괴되고 집에서 기다리고 있을 아내와 자식들이 목 졸려 죽을 거라는 말을 해줬나?"

"흥." 여왕이 코웃음쳤다. "그 멍청한 개들? 권력에 대한 망상을 맛보게 해 준 것만으로도 녀석들에겐 분에 넘치는 은혜지. 나는 그들이 대대손손에 걸쳐 누렸던 것보다도 더 많은 특혜를 지난 15년간 주었어. 그들은 멸종될 때 적어도 고상한 종으로서 죽음을 맞이할 거야. 난 나중을 걱정하지 않아. 담쟁이덩굴이 내 주위까지 뻗어오기 전에 다시 잠재울 참이거든."

이피게니아는 걱정스럽게 얼굴을 찡그렸다. "그렇게 마음대로 될 거라고 장담하지 않는 게 좋을 거야. 일단 돌아가기 시작한 바퀴는 무엇으로도 멈출 수 없어."

여왕이 웃었다. "그럼 계속할지 말지 당신의 허가를 받으라는 건가? 아니면 내가 하지 못하도록 계속해서 방해할 텐가?"

이피게니아가 뭐라고 대꾸했지만 프루는 그 말을 이해하지 못했다. 그것은 스스로 자신의 신념을 확인하기 위해 읊조리는 말 같았다. 여왕은 곁눈질을 한 뒤 플린스까지 얼마 되지 않는 거리를 성큼성큼 걸어갔다. 그러고는 자유로운 손으로 허리춤에서 긴 단도를 꺼냈다. 프루는 있는 힘을 다해 달려갔다.

"멈춰! 알렉산드라!" 프루가 외쳤다. "제발, 그러지 마!"

알렉산드라가 동작을 멈추고 프루를 바라보았다. 그녀의 눈빛이 이글거렸다. "애야. 미안하지만, 난 누군가가 이 의식을 보게 될 거라고는 예상하지 않았단다. 나에겐 아주 중요한 순간이야. 칭얼거리거나 귀찮게 하는 어린애나 할망구 때문에 이 일을 망치고 싶지 않단다."

"당신이 훔쳐간 아이는 내 동생이야." 프루가 애타게 항의했했다. "우리 부모님의 하나밖에 없는 아들이라고. 당신은 우리 부모님이 얼마나 가슴 아파할지 상상도 할 수 없을 거야!"

"저런! 애초에 거래를 하지 말았어야지." 알렉산드라가 대꾸했다. "그들은 어리석었어. 하지만 자신들이 뭘 원하는지 분명히 알고 있었지. 그들은, 너를 원했어." 미망인 여왕이 칼끝으로 프루를 가리켰다. "그래서 너를 갖게 된 거야. 축하한다. 그리고 네가 태어났어. 난 약속대로 대가를 받았을 뿐이고. 생각해봐라. 네 동생의 죽음과 부모님의 절망에 누군가 책임이 있다면, 그것은 바로 너야. 바로 너라는 존재와 너를 원했던 부모님이 이 모든 낭패의 근원이란 말이지. 다시 말해 난 미리 정해진 이야기 속에서 내 역할을 할 뿐이란다." 여왕이 플린스를 향해 몇 걸음 더 나아갔다. 이제 몇 미터밖에 남지 않았다.

"그런 힘을 가지려고 알렉세이도 담쟁이한테 바쳤나?" 단호한 그 목소리는 이피게니아의 것이었다. "그랬어?" 여왕이 멈칫하자 나이든 신비주의자가 다그쳤다. "그 아이도 한때 아기였지. 당신도 기억할 거야. 그 아름다운 아이를, 그랬었지."

알렉산드라의 창백한 얼굴이 붉어졌다. 그녀는 성난 표정으로 이피게니아를 노려보았다. "이 할망구, 내가 하는 일에 참견하지 말라고 경고했을 텐데. 당신들 둘 다 점점 짜증스러워지는군."

"불쌍한 알렉세이." 이피게니아가 혀를 찼다. "심지어 당신의 마법도 그 아이를 다시 살리지 못했지."

"아니, 천만에!" 알렉산드라가 불쾌해하며 소리쳤다. "난 그 아이에게 생명을 주려고 했어, 두 번씩이나. 한 번은 몸에 생명을 불어넣어 주었지. 그런데 두 번째에는 그러지 않았어. 왠지 알아? 왜 그랬는지 알아? 그 아이가 그걸 원치 않았기 때문이야. 그 아이는 내가…," 그녀가 검 자루로 자기 가슴을 툭툭 쳤다. "내가 새로운 생명을 주려고 기울이는 노고를 달가워하지 않았어…. 사실 매번 그랬지. 남편의 멍청한 조카와 그 패거리들은 두 번째로 그 아이를 죽였어. 그 아이를 죽인 뒤 그 죽음을 빌미로 나를 내쫓았지. 그놈들은 대가를 치르게 될 거야. 그것도 목숨으로 대가를 치르게 되겠지. 그들뿐만 아니라 그들의 가족까지도……." 여왕은 이내 마음의 평정을 회복했고, 검은 언제라도 쓸 수 있게 준비되었다. 얼굴이 빨개진 맥은 아직 알렉산드라의 팔에 안겨있었다. "아주 간단하지."

프루는 두려운 마음에 알렉산드라와 플린스 사이로 뛰어들어 알렉산드라의 등을 돌로 된 차가운 물체 쪽으로 밀쳤다. "멈춰!" 프루가 소리쳤다.

도자기처럼 하얀 알렉산드라의 얼굴이 분노로 일그러졌다. 그녀는 단도를 힘껏 휘둘러 칼등으로 프루의 뺨을 때렸다. 프루는 그 힘을 이기지 못하고 옆으로 몇 바퀴 돌아 푹신한 담쟁이덩굴로 떨어졌다. 뺨이 얼얼하고 화끈거렸다. 그리고 핏방울이 입술을 적셨다.

"저리 꺼져!" 알렉산드라가 단호하게 말했다. "내 일을 방해하지 말고 꺼지란 말이야."

태양이 정점에 이르렀다. 정오였다. 프루는 발아래 담쟁이가 천천히 움직이는 것을 느꼈다.

"…셋." 여우가 읊조렸다.

차가운 돌 뒤에 남아있던 오합지졸의 와일드우드 비정규군이 일제히 함성을 내지르며 낮은 돌기단 밖으로 튀어나갔다. 그들은 마지막 공격을 재개하면서 총알과 화염으로 대기를 가득 채웠다. 커티스는 칼집에서 칼을 꺼내들고 무시무시한 고함을 지르며 계단을 뛰어 내려갔다.

엄호하던 코요테들이 벌떡 일어나 진격하는 병사들을 벽처럼 가로막았다. 주변 나뭇가지에 앉아있던 까마귀들은 공중으로 날아올랐다가 난투장을 향해 공격을 가했다.

커티스 옆에서 달리던 산적은 가슴에 총알을 맞고 먼지를 일으키며 뒤로 자빠졌다. 한 농부는 털이 무성한 목에 화살이 꽂힌 채 바닥으로 굴러떨어졌다. 커티스는 자신도 언제 어떤 공격을 당해 쓰러질지 모른다는 각오를 하고 달렸다.

시간이 거의 멈춘 듯 천천히 흘렀다.

깩! 깩! 깩!

고개를 들자 무시무시한 독수리 떼가 보였다. 그 새들은 돌로 된 기단 뒤편 하늘에서 날아와 비정규군의 머리 위를 빠르게 맴돌았다. 창백한 잿빛 하늘은 비행 중인 무수한 새 떼들로 조그만 틈도 보이지 않았다.

"아비앙 공국의 새들이다!" 스털링이 외쳤다.

새 떼는 곧장 아래쪽에 있는 까마귀들에게 돌진했다. 까악까악! 두렵고 고통스러운 까마귀들의 섬뜩한 비명은 땅 위 전사들의 하늘을 더럽혔고, 그들은 모두 머리 위에서 벌어지는 놀라운 광경을 넋을 잃은 채 바라보았다. 남쪽 하늘에서 더 많은 새들이 날아왔다. 매와 물수리, 올빼미, 황조롱이의 물결이 하늘을 가득 채웠다. 그들의 전투적인 기합 소리에 맞춰 다양한 새들의 소리가 더해지고 또 더해지는 바람에, 귀가 멍멍할 지경이었다.

이런 충격에서 가장 먼저 빠져나온 것은 스털링이었다. "자, 공격하자!" 그의 외침에 새로 충원된 비정규군도 진격을 계속했다.

조류 군단은 간단한 명령에 따라 까마귀들을 신속하게 해치운 뒤(맹금류의 사나운 발톱에 찢긴 녀석들은 허둥지둥 날갯짓을 하며 주변 숲으로 도망쳤다) 아래에 있는 코요테 병사들을 공격하기 시작했다. 코요테 병사들은 새로이 출현한 조류 병사들의 위협에 질려 누구를 상대해야 할지 모르는 듯 우왕좌왕했다. 한편 뭐가 뭔지 구분이 안 되는 날개를 향해 권총을 겨누던 자들은 돌진한 농부와 산적에게 죽임을 당했다.

커티스를 주시하던 코요테 병사가 단검을 번쩍이며 싸움판으로 뛰어들었다. 검을 높이 쳐들고 방어하던 커티스는 문득 적의 무기가 자신의 무기를 짓누르는 느낌을 받았다. 그때였다. 구부러진 노란 발톱이 코요테 어깨 위에 앉

더니 단번에 공중으로 들어올렸다. 거대한 검독수리였
다. 낙엽 더미로 나가떨어진 커티스는 포획한 짐
승을 움켜쥔 채 멀리 하늘로 날아가는 독수리
를 바라보며 큰 소리로 승리의 함성을 질렀
다. "와와!"

　하늘은 운 없는 코요테를 공
중으로 낚아채 빙빙 선회하다
주검이 쌓여있는 바닥으로 떨어뜨
리는 맹금류들로 인해 먹구름이 낀 것 같
았다. 시간이 흐르면서 지상의 비정규군
에게는 이렇게 추락하는 코요테를 피하는 일
이 전투보다 더욱 힘든 골칫거리가 되었다. 이윽고
더 많은 새들이 언덕 꼭대기에 모여들고, 비정규군 연합
군과 아비앙 공국의 조류 군단으로 이루어진 병력은 언덕 기슭에서 코요테들
을 완전히 몰아낸 뒤 그 아래 대성당으로 진군했다.

　여왕은 독수리의 울음소리를 들었다. 그녀는 고개를 돌려 하늘을 쳐다보았
다. 수천 마리의 새가 동시에 울어대는 소리가 심상치 않았다. 프루는 몸을 틀
어 소리나는 쪽을 살펴보았다.

　"새 떼군." 알렉산드라가 화가 나서 혼잣말을 중얼거렸다. "빌어먹을……."

여왕은 하던 일에 다시 집중했다. 손아귀에서 꿈틀거리는 맥을 플린스 위에 대충 올려놓았다. 아기의 울음소리가 저 멀리 새들의 함성과 뒤섞였다. 여왕은 아기가 플린스 위에 반듯하게 누워있도록 손으로 누른 채 의식을 거행하기 시작했다. 그녀의 입술이 웅얼웅얼 움직이면서 목 뒷부분에서 나오는 듯한 낮은 소리로 어떤 고대의 주문을 외우기 시작했다. 그 다음 아기의 손바닥을 펼친 뒤 단도 끝으로 찔러 커다란 핏방울이 나오게 했다. 맥이 울음을 터뜨렸다.

프루는 애타는 비명을 지르며 바닥에서 일어나려고 했지만 몸이 움직이지 않았다. 담쟁이덩굴이 다리와 손목을 칭칭 휘감고 있었다. 공터 바닥에서 꼼짝도 할 수 없었다.

번져가는 담쟁이덩굴에서 벗어나려고 안간힘을 쓰는 동안 프루는 오로지 하나의 생각만 했다. 머리 위의 나뭇가지들은 찬바람에 흔들거리며 아래에서 벌어지는 참사에 무심했다. *아, 저 나뭇가지들이 여왕의 만행을 멈추게 할 수만 있다면, 아, 너희들이 이 아래로 가지를 뻗을 수만 있다면……*

여왕이 왼손으로 맥의 점퍼를 움켜쥔 채 공중으로 한껏 들어올렸다. 오른손에 쥔 단검이 태양빛에 잠깐 번쩍였다. 맥의 손바닥에서 흘러나온 피가 손가락을 타고 담쟁이덩굴로 떨어졌다.

"이제, 그만해." 어떤 목소리가 말했다.

계단 꼭대기에 브렌든이 서있었다. 팽팽하게 당겨진 시위에 화살이 매겨진 채 그의 뺨에 닿아있었다. 가늘게 뜬 눈은 과녁을 겨눈 화살대를 향했다. 얼굴은 핏기 없이 창백하고, 셔츠 앞은 붉은 피로 물든 상태였다.

알렉산드라는 산적을 돌아다보며 빙긋 웃었다. "너무 늦었어. 산적왕." 그녀가 이렇게 말한 뒤 검을 들어 아이를 찌르려고 했다.

만약 너희들이 이 아래로, 프루는 오직 이 생각뿐이었다. *제발, 내 동생을 구해줘.*

순간 시커먼 형체가 광활한 공간을 가로지르듯 휩쓸며 지나더니 넓게 펼쳐진 땅 위의 꿈틀거리는 초록색에 그림자를 드리웠다. 프루는 고개를 들었다. 길고 낭창한 전나무 가지 두 개가 여왕의 쭉 뻗은 손을 향해 힘찬 호를 그리며 다가오고 있었다. 그 순간 여왕은 브렌든과 그가 겨누고 있는 화살에 신경쓰느라 손에 든 아기를 향해 뻗어오는 나뭇가지를 눈치채지 못했다. 나뭇가지는 재빠른 동작으로 여왕의 손아귀에서 맥을 잡아채 위로 끌어올렸다. 알렉산드라는 비명을 지르며 아기의 발을 잡으려고 몸부림쳤다.

그때 브렌든이 화살을 쐈다. 화살은 알렉산드라의 어깻죽지에 박혔다.

담쟁이가 그녀의 발목을 탐욕스럽게 핥기 시작했다.

화살 맞은 상처에서 흘러나온 여왕의 핏방울이 담쟁이덩굴의 잎사귀로 튀었다. 알렉산드라의 손에서 단도가 떨어졌다. 피를 흘리는 여왕은 혀를 날름대며 기다리는 담쟁이덩굴 속으로 빨려들어갔다. 바닥에 깔린 짙은 초록색 잎사귀들이 슬금슬금 다가와 온몸을 휘감고 그 긴 몸뚱이를 순식간에 먹어치웠다.

가시 돋친 전나무 가지에 안겨 현장보다 훨씬 위로 들어올려진 맥은 자지러지게 울었다. 담쟁이는 이제 프루를 잡아먹기 위해 부들부들 떨리는 가시 많은 덩굴손을 뻗고 있었다. 프루는 담쟁이가 자신도 잡아먹을까봐 겁에 질려 울부짖었다.

공터 맞은편에 있던 이피게니아가 브렌든에게 소리쳐 말했다. "산적왕, 당신이 담쟁이를 불러내어 먹였군요. 담쟁이들이 여왕을 먹어치웠어요! 이제 저 식물은 당신의 노예예요. 당신이 잠들라고 명령해야만 해요!"

브렌든의 피곤한 얼굴에 어떤 깨달음이 빠르게 지나가는 것을 프루는 알 수 있었다. 그는 이제 이 숲에서 가장 강력한 권력을 손에 넣은 것이다. 그러나 그런 생각이 스치자마자 브렌든은 피 묻은 입술을 벌려 간결한 명령을 내뱉었다.

"잠들어라."

담쟁이는 즉시 꿈틀거리던 동작을 멈추고 바닥에 납작 널브러졌다. 잎사귀들은 잠에 빠져들기 직전의 사람처럼 몸을 뒤척였다. 그리고 어느 순간 모든 움직임이 멈췄다. 손목과 발목을 휘감고 있던 덩굴의 힘이 빠져나가자 프루는 얼른 몸에 달라붙은 줄기를 잡아뜯으며 빠져나왔다. 산적왕은 마치 자신에게 내린 명령에 따르기라도 하듯 계단 꼭대기에서 활을 떨어뜨리며 바닥으로 풀썩 쓰러졌다.

이피게니아가 한 손을 높이 쳐들어 전나무 가지에게 손짓을 했다. 나무는 신비주의자의 명령에 따르듯 맥을 조심스럽게 이 나뭇가지에서 저 나뭇가지로 옮겨 아래로 내려보냈다. 수많은 손이 섬세한 보석을 천천히 땅으로 내려보내는 모습은 마치 곡예를 보는 듯했다. 그 보석이 제일 아래에 있는 나뭇가지에 다다르자 가지는 다시 한 번 낭창한 손길로 넓게 호를 그리듯 빈터를 가로질러 누나의 무릎 위에 살며시 아기를 내려놓았다.

프루는 동생을 가슴에 꼭 껴안고 울먹였다. "맥! 이제 살았어!"

목소리를 들은 아기는 울음을 뚝 그치고는 누나를 바라보았다. "프우우!" 맥이 마침내 이렇게 화답했다.

프루는 맥의 부드러운 이마에 입을 맞추며 눈물을 흘렸다. 맥은 누나의 품에서 즐겁게 옹알거렸다.

조용한 장면은 오래가지 않았다. 공터 저편에서 커다란 신음소리가 들렸다. "브렌든!" 프루는 문득 쓰러진 산적왕이 생각나 소리쳤다. 그녀는 얼른 돌계단 맨 위에 쓰러져있는 브렌든에게 달려갔다. 산적이 만들어 붙인 담쟁이 잎사귀 찜질 팩이 어깨에서 덜렁거렸다. 활을 당겨 화살을 쏘느라 상처가 덧난 게 분명했다. 무의식의 어둠 속에서 무언가를 간절히 찾는 듯 브렌든의 동공이 얇은 눈꺼풀 아래에서 움직였지만 그 눈꺼풀은 끝내 열리지 않았다.

"도와줘요!" 프루가 소리쳤다. "산적왕을 도와줘요!"

대성당 가운데 단 위로는 잿빛과 갈색이 도는 새들이 넓게 빙빙 돌며 날고, 바닥에는 버려진 무기와 쓰러진 병사들이 널려있었다. 살아남은 비정규군과 끝없이 날아오는 새들이 마지막 남은 코요테를 낚아올렸다가 떨어뜨리는 짓을 계속하는 동안 패배한 여왕의 병사들은 허둥지둥 도망을 쳤다. 앞발을 내리고 달려가던 코요테들은 조잡한 천으로 만들어진 군복을 벗어던졌다. 대성당 옛터의 남쪽은 포병대의 일제 사격 탓에 아직도 화염이 자욱하고, 폐허가 된 도시는 거대한 연기 망토에 뒤덮인 듯했다. 프루의 귀에 누군가 다가오는 소리가 들렸다. 이피게니아였다.

"내가 좀 볼까. 음…, 출혈도 심하고 살점도 떨어져 나갔구나. 감염의 위험이 있어." 그녀는 브렌든의 어깨를 들어 등을 살펴보았다. "관통상이구나. 총알이 깨끗이 빠져나갔어. 잘됐구나." 그녀는 자신의 옷 소맷단을 길게 찢어 그것으로 상처를 동여매었다. 신비주의자가 상처를 치료해주는 바람에 통증을 느낀 브렌든이 무의식 상태에서 깨어나 충혈된 눈을 번쩍 떴다. 하지만 그는 이내 손으로 어깨를 감싸쥐며 고통스러워했다. 이피게니아가 그를 자리에 눕혔다. "편안히 쉬어요. 조금 다쳤어요. 대단하지는 않아요. 화살을 쏘지 않았으면 좋았을 걸……." 그때 계단을 쿵쿵거리며 올라오는 발소리가 들렸다. 여러 명의 동료 비정규군과 함께 커티스가 계단을 뛰어 올라오고 있었다. "프루!" 커티스가 소리쳤다. "프루! 너 무슨 일이 일어났는지 들으면 도저히 못 믿을 걸. 정말로…," 커티스가 순간 걸음을 멈추고 프루의 팔에 안긴 아기를 내려다보았다. 그의 얼굴에 환한 웃음이 번졌다. "맥이구나. 네가 해냈구나!"

"그래." 프루가 웃으면서 대답했다. "내가 구했어."

프루와 기쁨의 포옹을 나누려던 커티스는 순간 아래에 반듯이 누운 산적왕을 발견했다. "브렌든!" 그가 소리쳤다. "어떻게 된 거예요? 괜찮아요? 왜 이렇게 된 거예요?"

브렌든의 어깨를 황갈색 천으로 묶고 있던 이피게니아가 고개를 끄덕였다. "괜찮아질 거야. 아무래도 좀 누워서 안정을 취해야 할 것 같다. 당장은 역마차 강탈질을 쉬어야 할 거야. 하지만 시간이 지나면 나아진단다. 그나저나 지금은 빨리 포장마차로 옮기는 게 중요해. 그곳에 산적왕의 상처를 볼 줄 아는 사람이 있거든."

이피게니아의 말이 떨어지자마자 커티스의 옆에 서있던 여러 명의 비정규군이 달려와 브렌든을 번쩍 들어올린 뒤 대성당 위쪽 공터로 데리고갔다.

나이든 신비주의자는 자신의 옷자락에 손을 닦고, 커티스는 층계 맨 위 프루의 옆에 앉아서 팔에 안긴 아기를 내려다보고 있었다. 프루는 마치 중요한 수수께끼라도 푸는 듯 이마에 잔뜩 주름을 잡았다.

"프우우!" 아기가 계속 옹알거렸다.

"우리가 해내다니 믿을 수가 없어." 커티스가 조용히 중얼거렸다. 그가 아기에게로 팔을 뻗자 프루는 아기를 건네주면서 웃었다. 커티스가 맥을 무릎에 올려놓고 어르자 아기는 신이 나서 꺅꺅, 웃어댔다.

프루가 가늘게 뜬 눈으로 이피게니아를 바라보며 말했다. "정말 놀라운 일이었어요. 정말이지, 믿어지지 않아요. 그때 나뭇가지가 내려와서 맥을 들어올려주다니! 그런 일이 일어날 줄 어떻게 알았겠어요!"

이피게니아는 의미심장하게 고개를 끄덕였다. "그렇구나." 그녀는 앉은 자리에서 몸을 약간 뒤척이며 덧붙였다. "하지만 내가 부탁한 게 아니란다." 프루는 의아한 눈으로 다시 그녀를 보았다. "정말로 나에게 일어난 일은 아니야. 난 그때 딴 생각을 하고 있었거든. 여왕도 여왕이지만, 마침 산적왕이 오는 바람에. 아마 나뭇가지들이 알아서 그런 일을 한 것 같구나, 정말 신기하게도." 신비주의자가 덧붙였다. "그게 아니면…," 그녀는 말을 멈추고 프루를 유심히 바라보았다. "다른 누군가의 부탁에 응답을 한 건지도 모르지. 어찌됐든, 쉽사리 믿을 수 없는 일이야."

프루는 수줍게 자신의 신발을 내려다보았다.

"참, 여왕은 어떻게 된 건가요?" 커티스가 대화에 끼어들며 뒤편의 담쟁이 덩굴을 가리켰다. 알렉산드라의 흔적은 어디에도 남아있지 않았다. 완전히 사라져버린 것 같았다.

"여왕은 담쟁이의 일부가 되었단다." 신비주의자가 대답했다. "이 아기는 간신히 그 운명을 피했고."

"그 말은 여왕이," 프루가 말을 꺼냈다. "죽었다는 건가요?"

이피게니아가 고개를 저었다. "천만에. 죽은 건 아니란다. 잘 살아있지. 하지만 철저히 무력화되었어. 여왕은…," 나이든 신비주의자는 적당한 표현을 찾느라 말을 멈췄다. "여왕은 그저 형체가 바뀐 것뿐이야. 그녀의 분자 하나하나가 이 식물에 흡수되어 최면상태로 돌아갔다고 봐야지. 아무런 기능을 할 수 없는 상태로." 이피게니아가 생각에 잠긴 얼굴로 먼 곳을 응시했다. "말이 나왔으니 말인데, 아마도 뭔가 방법이…, 오! 이런, 누가 우리를 찾아왔는지 보려무나."

계단 맨 아래에 아비앙 군대의 지휘관이 모여있었다. 그 중 가장 큰 검독수리가 앞으로 나오더니 계단을 올라왔다.

"네가 프루 매킬이니?" 독수리가 물었다.

프루는 고개를 들며 대답했다. "네, 그런데요."

독수리가 고개를 까닥했다. "내 이름은 데브림이란다. 아비앙 보병대의 대장이지. 네가 이틀 전에 나와 같은 검독수리의 등에 타고 비행을 했던 걸로 알고 있는데."

"맞아요." 프루가 시무룩하게 대답했다. "하지만 도중에 화살에 맞았어요. 그는 살아나지 못했고요."

검독수리의 얼굴이 굳어졌다. "역시 걱정했던 대로군."

프루의 심장이 덜컹 내려앉았다. 프루는 어쩔 줄 몰라하여 머뭇머뭇 사과를 하려고 했다. 자신 때문에 이 불쌍한 동물들이 겪은 재앙을 생각하면! 하지만 프루가 말을 하기 전에 이피게니아가 당혹스러워하는 프루의 심정을 알아채고 앞으로 나아갔다.

"대장님!" 이피게니아가 입을 열었다. "우리의 곤경에 대해 어디에서 얘기를 들으셨나요?"

"참새한테요." 대장이 대답했다. "엔베르라는 어린 참새. 그 참새가 바깥세상에서 온 소녀한테 유난히 관심을 보였죠. 소녀의 여행을 도와주려고 와일드우드의 새들로부터 정보를 구하러 다녔답니다. 그 바람에 여왕의 군대가 소집되어 남쪽으로 진군한다는 소문도 듣게 되었고요. 우리는 중재를 해야 한다고 생각했죠. 음." 대장은 사람이 생각에 잠겼을 때 수염을 쓰다듬듯, 생각에 잠긴 표정으로 날갯죽지 아래를 부리로 콕콕 쪼았다. "그런데 우리 병력이 얼마되지 않습니다. 사우스우드의 박해로 아비앙 공국의 입지가 말도 못하게 축소되었죠."

나이든 신비주의자가 고개를 끄덕이며 말했다. "아무래도 우리의 과제가 아직 남아있는 것 같구나." 그녀는 프루와 커티스를 돌아다보더니 손가락을 가만히 그들의 팔꿈치로 가져가 살며시 그들을 일으켰다. "얘들아, 나 좀 부축해서 계단을 내려가게 해주겠니?" 그녀가 말했다. "이 선량한 대장에게 들려줄 말이 있단다. 그렇지 않아도 뭔가 바로잡아야겠다는 생각은 늘 해왔지. 마침 우리에게 군대도 생겼고."

CHAPTER 28

와일드우드 봉기

계속되는 바람에 흙먼지 날리는 롱로드에 흩어져있던 낙엽들이 위로 떠올라 작은 깔대기 모양으로 빙글빙글 돌았다. 하루하루 날이 갈수록 나무들도 바뀌고 있었다. 또 한 번의 가을도 절정을 향해 치닫는 중이었다. 몇날 며칠 울적한 비가 내리고 이따금 눈발이 날리면 겨울이 찾아오리라. 여름에 수확해서 먹고 남은 농작물을 단지에 담아 식품저장실에 바삐 저장하던 사우스우드 사람들은 줄어드는 장작더미를 안타깝게 바라보았다. 아직 남아있는 장작들은 벌레들이 드나들 수 있는, 집에서 멀리 떨어진 마른 울타리 안 정갈한 곳에 재두었다.

보초병 두 명이 소총에 몸을 기댄 채 널따란 목조 대문 양옆에 서있었다. 교대한 지 다섯 시간이 조금 넘었을 뿐인데도 그들은 벌써부터 저녁 퇴근을 기다렸다. 태양은 아래로 기울어지고, 이른 땅거미가 내려와 있었다. 가까운 누군가의 집 화로 위에서 무르익는 맛좋은 음식 냄새가 풍겨왔다. 그 냄새를 맡은 그들의 뱃속에서 동시에 꼬르륵, 소리가 났다. 그 소리를 들은 그들은 서로를 바라보며 웃었다.

먼 곳에서 시끄러운 소리가 들려왔다. 덜커덩거리는 소리였다. 롱로드에서 무언가 이쪽으로 다가오고 있었다.

그들은 몸이 굳어졌다. 저녁 무렵의 러시아워는 이미 오래 전에 지났고, 길 위에는 행인도 별로 없었다. 이맘때 저녁이면 언제나 볼 수 있는 그 정도였다. 마지막 화물차가 사우스우드 관문을 통과하면 롱로드는 종종 외딴 고속도로 같은 느낌을 주었다.

덜커덩 소리가 점점 가까워졌다. 보초병들은 시선을 주고받으며 기대어섰던 몸을 꼿꼿이 세우고 넓은 길을 주시했다. 틀림없이 체인이 부딪히는 금속성 소음이었다.

자전거였다.

멀리 구부러진 길모퉁이에서 자전거 한 대가 승객의 무게를 이기지 못해 삑삑, 소리를 내며 달려오고 있었다. 자전거 손잡이 앞에는 정수리만 곱슬거리는 검은 머리의 남자아이가 앉아있었다. 소년은 흙 묻은 찢어진 군복 차림이었다. 자전거가 가까이 왔을 때 보초병은 자전거 페달을 밟는 아이가 짧은 검은 머리의 소녀라는 사실을 알았다. 자전거 뒤에는 빨간색 왜건이 덜컹거리며 따라왔고 그 안에는 담요로 감싼, 머리카락이 없는 아기가 타고 있었다.

빠르게 달려온 자전거는 출입문 앞에서 미끄러지듯 멈췄다. 핸들바에 앉아있던 소년이 자전거에서 폴짝 뛰어내렸다. 그는 주머니에서 투석기를 꺼내 아무렇게나 흔들어댔다. 페달을 밟던 소녀는 자전거에서 내려 재빨리 왜건 속 아기를 확인한 뒤 두 보초병을 바라보았다.

"우리 좀 들여보내 주세요." 그녀가 말했다.

출입문 왼편의 보초병이 이 요상한 광경을 보고 웃음을 참지 못했다. "그래? 용건이 뭐지?" 그가 물었다.

"우린 올빼미 렉스와 아비앙 공국 주민을 사우스우드 감옥에서 석방하려고 왔어요." 프루가 단도직입적으로 말했다. "참, 그리고 라르스 스빅과 그의 친구들을 권좌에서 내쫓으려고요." 프루는 잠깐 생각한 뒤 덧붙였다. "가능하면 평화롭게."

보초병은 말없이 바라보기만 했다.

투석기를 흔들던 소년이 재촉했다. "어서요? 빨리 문 열어주세요."

오른편 보초병이 혼란스러운 머릿속을 정리하려
고 애썼다. "잠깐만, 그러니까, 우리, 아니 너희
들이… 아니! 도대체 무슨 말을 하는 거
냐?"

"이건 쿠데타예요." 프루가 말했
다. "그러니까 출입문을 열어주면
정말 고맙겠어요."

보초병이 더듬거리며 대꾸했다. "하지
만… 아니, 이 쪼그만 것들이. 그건 그렇다
치고 군대는?"

프루가 웃으며 뒤편을 가리켰다. "저기요."

그곳, 롱로드의 먼 모퉁이가 갑자기 수많은 새들과 인간, 동물들로 가득 찼다. 마치 담처럼 생긴 형체가 이리로 이동해오는 듯했다.

☙

그 사건은 세월이 흘러 역사로 기록될 즈음 '자전거 쿠데타'로 불리리라. 게다가 정부의 사악한 비밀경찰 스워드가 영향력을 확장함에 따라 불화를 빚은 사우스우드 군부가 일으킨, 지극히 평화로운 정부 전복사태로 기록될 것이다. 아비앙 공국과 소위 와일드우드 비정규군으로 이루어진 연합군 행렬은 사우스우드 시내를 통과하는 동안 시민들과 병사들의 열렬한 환영을 받았다. 이어서 그들은 군부와 함께 피트콕 대저택으로 향했다. 그들이 대저택의 대문에 다다랐을 때 스빅 행정부의 주요 인사들은 와일드우드의 깊숙한 협곡에 은신처를 찾기 위해 주변 숲으로 달아나거나 대저택 현관의 대리석 바닥에 무릎을 꿇고 애원했다.

대저택에 도착한 혁명군은 첫 번째 요구사항을 내놓았다. 사우스우드 감옥의 열쇠를 내놓으라는 것이었다. 실각한 관료들은 별 저항 없이 열쇠를 건넸다. 그런 다음 혁명군은 감옥으로 가는 증기기관차를 탔고, 지난 열두 시간 동안 이 나라의 거의 절반을 행군해온 이후 처음으로 꿀맛 같은 휴식을 맛보았다. 그들이 감옥 돌담에 도착하자 출입문이 활짝 열리고 그 안에 있던 다채로운 깃털이 빙글빙글 돌며 분출되더니 곧장 하늘로 올라갔다. 감옥에 투옥되었던 아비앙 공국의 새들은 자유의 몸이 되었다.

마지막으로 감옥을 나온 새는 매우 건장한 올빼미였다. 아비앙 공국의 공작인 그는 혁명군 지도자들과 감격 어린 포옹을 나눈 것으로 기록되었다. 그들은 함께 피트콕 대저택으로 가서 와일드우드를 위한 새로운 세상을 설계하였다.

ᘶ

"가만히 좀 있어." 프루가 수첩에 색연필 심을 올려놓으며 지시했다.

엔베르가 곁눈질로 프루를 바라봤다. 그리고 반쯤 벌린 부리로 간신히 말했다. "얼마나 더 걸려?" 엔베르는 발코니 난간에서 작은 발톱을 옮기며 더 편안한 자세를 찾으려고 했다.

"거의 다 됐어." 프루가 초록색 색연필로 선을 그으며 달랬다. 새의 꽁지 가닥이 완성되었다. "자." 프루는 색연필을 난간의 돌 위에 내려놓고 수첩을 들어올렸다. 색연필의 거친 디테일이 흐릿하게 모여서 참새의 줄무늬를 만들어냈다.

꼼짝하지 못하는 자세에서 드디어 해방된 엔베르가 난간에서 폴짝 뛰어내려 그림을 보더니 감탄했다. "와, 정말 잘 그렸다." 프루는 그림 밑에 대문자로 자신의 이름을 적었다. 그리고 그 밑에 멋진 글씨체로 'Melospi a melodia'라고 썼다.

"노래하는 참새라는 뜻이야." 프루가 설명했다.

엔베르는 감사의 뜻으로 짹짹거렸다.

"시블리 씨라든지 다른 전문가들만큼 잘 그리지는 못했지만, 그 누구도 자신의 모델과 이야기를 나누지는 못했을 걸. 이 정도면 충분해." 프루가 말했다.

움직이고 싶어 안달이 났던 엔베르는 공중으로 날아오르더니 피트콕 대저택의 쌍둥이 작은 탑 위를 빙빙 돌았다. 프루는 참새가 잿빛 하늘로 날아가는 모습을 바라보았다.

황금빛 단풍나무와 초록색 전나무의 빽빽한 스카이라인은 참새가 날고 있는 아찔한 비행경로를 분명히 드러내주었다. 장막처럼 펼쳐진 나무숲 너머는 포틀랜드, 프루의 집이 있는 동네였다. 이쪽에서 보니 포틀랜드가 오히려 낯선 마법의 동네처럼 보였다. 그곳은 지금 프루가 서있는, 위용 넘치는 키 큰 나무들이 늘어선 숲이 있고 주변 세상과 평화롭게 공존하며 교류를 나누는 이들이 살아가는 이 세상과 달랐다. 승용차와 트럭으로 꽉 막힌 포틀랜드의 격자무늬 고속도로는 온통 콘크리트와 강철투성이였다. 지금의 프루에게는 그런 모습이 더 낯설었다.

프루는 머리를 흔들며 생각에서 빠져나왔다. 그녀에게는 오늘만 남아있었다. 프루는 수첩을 접고 색연필을 챙겨서 가방에 넣었다. 공기가 서늘했다. 가을이 성큼 다가와 있었다. 곳곳에서 가을 냄새가 났다.

프루의 뒤편에 있는 문이 열렸다. 돌아다보니 올빼미 렉스와 브렌든이 대화를 나누며 2층 거실에서 넓은 프랑스풍 문을 통해 밖으로 나오고 있었다. 브렌든은 붕대를 맨 팔을 가슴에 단단히 고정시켜 놓았지만 전혀 불편하지 않은 것처럼 움직였다. 전날 대저택의 간호사가 그에게 목욕을 하라고 처방내리는 바람에 일대 소동이 일어났었다. 목욕을 하지 않겠다고 고함을 지르는 그의 목소리로 복도가 떠나갈 듯했다. 그의 옷은 빨래통으로 들어가고 피부는 비누칠로 말끔해지고…, 숲에서 다시 만났을 때 그는 몰라볼 정도로 달라져 있었다.

"어떻게 되고 있어요?" 발코니의 난간으로 걸어가며 프루가 물었다.

"길고 어려운 과정이 될 거라고 각오하고 있단다." 올빼미가 말했다. "스빅의 법에 의해 박해를 당한 많은 종의 동물들에게는 막대한 보상을 해줘야 할 테고. 코요테 고위 관리들은 오늘 처리될 거야. 이 과정에서 많은 저항이 있고 논란도 생기겠지. 벌써 산적들과 노스우드 농부 간에 이견을 보이고 있단다. 감옥에 수감되었던 우리 공국의 새들에게 보상해주는 문제에 있어서도 몇몇 가족이 항의를 하고 있지. 다행히 점심시간이 돌아온 덕분에 신선한 잣을 대접하겠다며 식당으로 데려가기는 했지만 말이다." 그가 한숨을 내쉬었다. "한 가지는 분명하단다. 정부를 세우는 과정은 언제나 쉽지 않다는 점이지. 하지만 작은 분란이 있더라도 시간이 지나면 우드의 전 시민에게 필요하고 권리를 해치지 않는 해법을 고안해낼 거라고 나는 믿는다."

브렌든이 어깨에 두른 붕대를 주물렀다. "네. 쉽지 않은 일이죠." 그가 발코니 벽돌을 발로 가볍게 차며 말했다. "하지만 합의에 빨리 도달할수록 좋을 거예요. 제 발이 여기 벽돌에 부딪쳐 다치기 전에요. 전 빨리 제 은신처와 동지들이 있는 숲으로 돌아가고 싶을 뿐이에요."

"잘될 거라고 확신해요." 프루가 거들었다. "당신들은 아주 능력 있는 분들이니까요."

"짐작했겠지만 너를 위한 자리도 있단다." 올빼미가 눈썹을 치켜세우며 말했다. "아마도 외교 사절쯤 될 것 같은데. 신비주의자들에게 파견하는 특사? 직책이 어떠니, 마음에 드니?"

"고마워요, 공작 폐하." 그녀가 웃었다. "하지만 전 정말 돌아가야 해요. 부모님이 제가 어떻게 되었을까 걱정하며 머리를 쥐어뜯고 계실 거예요. 맥도 집으로 데려가야 하고요."

올빼미는 이해한다며 고개를 끄덕였다. "음, 그렇다면, 넌 언제 돌아와도 환영이다."

"아기는 어디 있지?" 브렌든이 물었다. "네 동생 말이다."

그 말이 마법의 주문이기도 한 듯 하녀 페니가 프랑스풍 문가에 나타났다. 허리를 구부린 채 문가로 아장아장 걸어오는 맥의 손을 붙잡고서.

"이제 곧 잘 걷게 될 거예요!" 페니가 활짝 웃으며 소리쳤다. "그 사이에 걸음마를 배웠나봐요!"

프루는 둘에게 걸어갔다. 프루가 맥을 번쩍 안아올리며 고마움을 전했다. "페니, 동생을 돌봐줘서 고마워요. 떠날 준비를 할 시간이 필요했거든요."

하녀가 가볍게 절을 하며 말을 받았다. "떠나는군요, 매킬 양. 저도 만나서 영광이었어요."

하녀가 돌아서서 나가려다 문으로 달려 들어오는 물체를 보고 놀라서 비명을 질렀다. 하마터면 넘어질 뻔했다.

"커티스!" 프루가 소리쳤다. "앞을 보고 다녀야지."

커티스는 다림질을 한 새 군복을 깔끔하게 차려입고 하녀에게 어색하게 인사를 했다. "죄송해요." 그는 이렇게 사과한 뒤 본래의 용건으로 돌아왔다. "올빼미 공

505

작 폐하, 대장! 두 분 모두 여기에 계셨네요!" 커티스가 반갑게 소리치며 쏜살같이 발코니 난간으로 달려왔다. "좀 가보셔야겠어요. 안녕, 프루? 난리가 났어요. 새들이 샹들리에에 앉아서 사우스우드 대표단이 모든 검문소를 해체하기로 동의할 때까지 내려오지 않겠대요. 노스우드 사람들은 아직까지 양귀비 맥주 화물에 대한 자진신고 기간을 두고 산적들과 논쟁을 벌이고 있어요. 산적들은 거부했는데, 스털링이 전정가위를 휘두르며 합의하지 않는 산적들은 바지 단추를 잘라버리겠다고 협박하고 있어요."

"추하다, 추해." 셉티무스가 혀를 차며 말했다. 그는 커티스의 어깨에 앉아서 용맹스런 행위를 기리며 받은 메달을 이빨로 갉았다. 은색 표면이 작은 이빨 자국으로 가득했다.

올빼미와 산적왕은 곤혹스러운 시선을 교환했다. 그리고 함께 프루에게 다가왔다. "잘 가라, 프루." 올빼미가 고개를 끄덕이며 말했다. "아무래도 바깥세상에서 사는 게 나을 것 같구나."

브렌든은 두 팔을 벌려 프루와 맥을 한참 동안 포옹했다. "다시 만날 때까지 잘 지내거라." 그가 뒤로 물러서며 말했다. 그는 주머니에 손을 넣어 반짝거리는 조그만 금속 조각을 꺼냈다. 망치로 납작하게 쳐서 가운데가 오목한 쇠붙이였다. 그는 그것을 프루의 손에 쥐어주며 말했다. "혹시 와일드우드에 다시 왔을 때 산적을 만나면 이걸 보여줘라."

프루는 손가락으로 그것을 들어 뒤집어보았다. 뒷면에 '고속도로 강도로부터 무사통과를 보증함, 산적왕의 명령'이라는 글자가 새겨져 있었다. 브렌든은 윙크를 하며 돌아서서 방을 나섰다.

커티스가 두 사람을 따라 대저택으로 가려는데 올빼미가 말렸다. "넌 여기 있거라. 우리가 처리하마. 친구와 작별인사를 해야지. 친구가 떠나기 전에 조금이라도 함께 있고 싶을 텐데." 그는 셉티무스에게도 말했다. "함께 가자. 너는 모르겠지만 설치류의 의견이 필요할 때도 있단다. 잠깐이라도 이 두 아이만 있게 해주자꾸나."

셉티무스는 그런 추어올림에 금방 넘어가 커티스의 어깨에서 폴짝 뛰어내렸다. "잘 가, 프루." 쥐는 고개를 까딱하고 인사하더니 얼른 대저택으로 달려갔다. 올빼미와 산적도 쥐를 따라 프랑스풍 문 밖으로 사라졌다.

커티스가 고개를 푹 숙인 채 프루에게 물었다. "정말 갈 거야? 이렇게나 빨리?"

"응. 맥을 데려다줘야지. 솔직히 나도 내 침대와 친구들이 그리워. 믿을 수 없겠지만 부모님도 보고 싶고. 집에 돌아가고 싶어." 프루가 대답했다.

한 줄기 바람이 불어와 깔끔하게 손질된 대저택을 훑고 지나가며 잘 정리된 정원에 낙엽을 흩뿌렸다.

"정말 같이 안 갈래?" 프루가 물었다.

커티스가 고개를 끄덕이며 대답했다. "응. 난 여기에서 할 일이 많아. 정부를 처음부터 다시 세워야 해. 내가 코요테 군부와 친분이 있기 때문에 코요테 사절이 도착하면 큰 도움이 될 거래." 커티스는 말을 멈추고 나무 울타리를 내다보았다. "더구나 나는 맹세했어. 난 이제 산적이야. 어엿한 와일드우드의 산적이라고. 지금으로선 돌아갈 수 없어. 네가 다시 오기 전에 롱로드에서 잠깐 여기를 떠날 기회가 있었어. 하지만 나는 이곳에서 필요한 사람이야. 난 이곳 사람이야."

두 친구 사이에 침묵이 흘렀다. 그때 프루의 팔에 안긴 맥의 옹알거리는 소리에 정적이 깨졌다. 프루는 자신도 커티스처럼 어딘가 변한 게 아닐까 궁금했다.

"알았어. 네 마음 이해해." 프루는 가늘게 뜬 눈으로 하늘을 바라보았다. 쉬지 않고 움직이는 태양에 어느새 엷은 잿빛 구름띠가 서서히 엷어지기 시작했다. "내 자전거 있는 데까지 같이 갈래?"

"물론이지." 커티스가 대답했다.

그들은 대저택의 긴 복도를 함께 걸어 둥글게 휘어진 웅장하고 넓은 계단을 내려간 뒤 현관문을 통해 밖으로 나왔다. 한동안 둘은 각자 자기 생각에 빠져 말없이 걸었다. 대저택 베란다의 돌로 된 난간에 프루의 자전거가 세워져 있었다. 커티스는 프루를 도와 맥이 타고갈 왜건에 담요로 침대를 만들었다. 맥에게 선물해준 목각 말 인형이 빨간 왜건 바닥에 놓여있었다. 맥은 장난감을 보며 즐거워했다.

"자," 커티스가 말했다. "롱로드까지 함께 가줄게."

"그럼 넌 이제 뭘 할 거야?" 구불구불한 대저택 진입로를 느긋하게 걸어가다가 프루가 물었다.

"모르겠어. 일단 이 일이 마무리되면 아직 귀환하지 않은 많은 산적들이 캠프로 돌아올 것 같아. 그럼 내가 할 일도 늘어나겠지. 전쟁에서 많은 동지를 잃었거든. 그리고 무엇보다 별 아래에서 잠자는 데 익숙해져야 하고. 당연히 그래야지."

"넌 잘 해낼 거라고 믿어." 프루가 힘주어 격려했다.

진입로 중간에서 대저택의 문 앞으로 갈라지는 길 너머에 색이 화려한 마차 한 대가 서있었다. 마차 앞바퀴 밑에서는 하얀 토끼가 등을 대고 누워 멍키렌치로 부품을 두드리고 있었다. 그 옆에서 삼베 옷을 입은 노부인이 이런저런 지시를 했다.

"이피게니아 할머니!" 커티스와 함께 걸어오던 프루가 소리쳤다.

이피게니아가 돌아다보며 손을 흔들었다. 그녀의 표정이 당혹스럽고 난감해 보였다.

"떠나시는 거예요? 회의에 참석하지 않으세요?" 커티스가 물었다.

이피게니아는 고려할 가치도 없다는 듯 손을 저었다. "아이고, 나같은 늙은 이가 어디 필요하겠니? 난 지리멸렬하게 길어지는 말싸움에도 자신 없단다. 우리의 이익을 지켜줄 젊은 사람들이 있을 게야. 그나저나 바퀴 축을 고치기 전까지는 꼼짝도 못 하게 생겼구나." 그녀가 프루를 다시 한 번 보았다. "지금 떠나는 길이니, 혼혈아?"

"네." 프루가 대답했다. "집으로 가는 길이에요. 할머니는요? 노스우드로 돌아가실 거죠?"

"그럼." 나이든 신비주의자가 대답했다. "나야 그리로 돌아가야지. 회합 나무를 돌봐야 하니까. 그 나무가 우리의 모험에 관해 들려줄 말이 많을 게다." 그녀는 허리에 손을 얹고는 공기를 마시는 것처럼 턱을 쳐들었다. "마음 같아서는 시간을 많이 들여 천천히 돌아가고 싶구나. 지금까지 형편이 좋지 않아서 고대의 숲을 제대로 감상한 적이 없거든. 오랫동안 갈 수 없었지. 와일드우드에서 가장 볼거리가 많은 곳이란다. 로킹체어 협곡 상류에 웅장한 폭포도 있고, 캐드럴 피크 정상에서 보는 전망도 정말 끝내주지. 친절한 공작 폐하께서 한동안 아비앙 공국에 머물러도 좋다고 초대해주셨단다. 개인적인 손님으로서 말이다. 생각만 해도 좋구나. 또 누가 아니, 그러다가 이슈어리나무로 가는 길을 찾게 될지. 내 앞에 길을 닦아준 그 옛날의 신비주의자, 나의 조상들이 묻혀있는 무덤 말이다. 그 다음엔 무얼 할까? 김이 나는 뜨끈한 물로 느긋하게 목욕을 하고 집에서 편안하게 차를 마셔야겠다. 그 정도면 나에게는 충분한 모험이 될 게야."

"행운을 빌어요." 프루가 말했다. "듣기만 해도 멋진 여행일 것 같아요."

"잘 가라, 프루." 이피게니아가 두 팔을 뻗었다.

프루는 자전거를 세워둔 채 나이든 신비주의자에게 걸어가 품에 안겼다. 그녀의 뻣뻣한 잿빛 머리카락이 프루의 뺨을 간질였고, 짙은 라벤더 향에 취할 것만 같았다. "다시 뵐 수 있을지 모르겠어요, 이피게니아 할머니." 프루가 눈물을 삼키며 말했다.

신비주의자는 프루의 등을 토닥였다. "다시 만날 수 있을 거야. 암, 만날 수 있고 말고."

프루와 커티스는 마차를 뒤로 하고 계속해서 길을 걸어갔다. 대저택의 진입로가 끝나고 롱로드가 시작되는 곳에 이르렀을 때 커티스가 돌아서서 손을 내밀었다. "자, 그럼." 커티스가 말했다. "울면서 헤어지지 말자. 잘 가, 프루."

프루는 시무룩한 척 아랫입술을 삐죽거렸다. "잘 있어, 커티스. 코요테 병사이자 산적이며 혁명가."

둘은 손을 꼭 잡고 악수를 했다.

"자, 그럼." 커티스의 턱이 떨리기 시작하자 프루는 분위기를 바꾸려고 이렇게 말하면서 두 팔을 뻗었다.

진입로 중간에 서서, 주변 롱로드의 끊이지 않는 자동차 물결에 에워싸인 채 두 친구는 오랫동안 포옹을 나누었다.

얼마 후 커티스는 포옹을 풀고 뒤로 물러나 군복 소매로 코를 문질렀다. "네가 어떻게 했는지 좀 봐." 그가 장난스럽게 책망했다. "새로 세탁한 군복인데, 소매에 온통 콧물이 묻었어." 커티스는 이내 눈물 어린 눈으로 프루를 바라보았다. "잘 가, 프루."

프루는 더 이상 말하지 않고 길 위의 자동차 행렬 속에 서있는 자전거로 걸어갔다. 그리고 맥의 뺨에 살짝 뽀뽀한 다음 자전거와 왜건의 연결고리를 살폈다. 모든 준비가 끝났다. 프루는 자전거 반대편으로 한쪽 다리를 내려놓고 의자에서 자세를 잡은 뒤 페달 위에 발을 올려놓았다. 잠시 후 프루는 서서히 페달을 밟았다.

"이봐, 프루!" 커티스가 갑자기 소리쳤다. 프루는 핸드 브레이크를 당겨 속력을 늦추고 뒤를 돌아다보았다. "네가 필요하면," 자동차의 경적 사이로 그가 소리쳤다. "내가 부탁하러 갈 거야. 알았지?"

"물론이지!" 프루가 점점 멀어지며 대답했다.

"우린 파트너니까!" 커티스가 외쳤다.

"뭐라고?" 프루가 소리쳐 물었다. 번잡한 도로의 소음 속에서 커티스의 말소리가 잘 들리지 않았다.

"우린 파트너라고!" 커티스가 있는 힘껏 소리쳤다.

프루는 커티스의 말을 알아듣고 함빡 웃음을 지었다. "당연하지!"

프루의 자전거가 롱로드의 모퉁이를 돌자 커티스는 더 이상 보이지 않았다.

프루는 한동안 자동차의 행렬에 들락날락 하며 길을 가다 마침내 어떤 관문 앞에 이르렀다. 프루를 본 보초병이 문을 열고 경례를 했다. 프루는 유유히 아치로 된 문을 통과했다. 앞에 펼쳐진 롱로드가 저 멀리 안개 낀 곳까지 연결되어 있었다. 프루는 페달에 발을 올려놓고 몸을 일으킨 채로 속력을 냈다. 시원한 바람이 뺨을 매만졌다. 맥은 왜건 속에서 마치 거칠게 말을 하는 것처럼 목각인형을 머리 위로 흔들며 즐겁게 옹알거렸다.

"집에 가자, 맥." 프루가 소리쳤다.

⚜

세인트 존스의 집에 도착한 후 프루와 맥을 맞는 엄마 아빠의 환영회는 요란했다. 엄마는 뼈가 으스러질 정도로 딸을 꼭 껴안았고, 아빠는 웃으면서 맥을 왜건에서 번쩍 들어올린 뒤 조심스럽게 아들을 공중으로 던졌다. 포옹과 키스가 어찌나 오랫동안 이어졌던지 나중에는 누가 누구와 포옹을 나눴고, 어느 아이에게 키스를 더 많이 해주었는지 헷갈릴 정도였다. 심지어 부모님이 실종되었던 것처럼 둘이서 포옹을 하기도 했다. 프루는 그 모습을 재미있게 바라보았다. 그날 오후가 지나 저녁이 될 때까지도 환영의식은 끝나지 않았다. 아빠는 DJ가 되어 좋아하는 오래된 로큰롤 레코드를 틀어주었고 엄마는 어느 아이를 댄스 파트너로 삼아야 할지 결정하지 못하고 망설이다 결국 두 아이를 모두 선택했다. 세 사람은 한 덩어리가 되어 집안을 빙글빙글 춤을 추며 돌아다녔다. 서로서로 꼭 껴안고 기쁨으로 붉게 상기된 얼굴로.

프루의 세상은 이전으로 돌아왔다. 일주일 간의 무단결석은 갑작스럽게 몸이 아팠다는 식으로 설명되었다. 친구들은 걱정스러운 표정으로 복도에서 프루를 맞아주었다.

"수두에 걸렸더랬어." 친구들이 물어보면 프루는 이렇게 대답했다. 한 친구는 자기도 수두에 걸렸었다고 고백하며 자기가 프루에게 병을 옮긴 것 같다고 미안해했다. "내 생각에도 그런 것 같아." 프루는 어깨를 으쓱했다.

몇 주일이 흘렀다. 그 사이에 핼러윈도 맞았지만, 그날은 비가 쏟아져 모두가 의상 위에 비옷을 걸쳤다는 사실만 기억날 뿐이었다. 11월은 인디언서머(가을에 한동안 비가 오지 않고 날씨가 따스한 기간. ─옮긴이)답지 않게 비가 쏟아지는 것으로 시작되었다.

매킬네 가족은 어느 토요일, 추수감사절 디저트로 먹을 호박을 따기 위해 소비 섬의 한 농가로 떠났다. 프루는 그 농가 근처 사과농장을 거닐고, 그 사이에 부모님은 누가 더 좋은 호박을 잘 고르느냐를 두고 옥신각신했다. 이제 혼자서도 잘 걷는 맥은 과수원 여기저기에 놓아둔 몇 개의 피크닉 테이블 사이를 아장아장 돌아다녔다.

그때 주차장에 세워둔 차로 걸어가는 사람들이 프루의 시선을 끌었다. 중년 부부와 딸 둘이었다. 프루는 그들을 보는 순간 커티스의 가족인 멜버그 씨네라는 것을 알아차렸다.

아니 그 사실을 깨닫기도 전에 프루는 벌써 그들에게 다가가고 있었다. "멜버그 씨." 자기도 모르게 그런 말이 나왔다. "멜버그 부인."

두 사람은 고개를 들어 프루를 바라보았다. 두 여자 아이 중에 나이 많은, 그러나 프루보다 어린 여자아이가 프루를 쳐다보았다.

"왜 그러니?" 부인이 물었다.

프루는 부인의 얼굴에서 슬픔을 엿보았다. 아니, 그 가족 전체의 얼굴에 짙은 구름처럼 슬픔이 배어있었다. 프루가 멜버그 부인의 팔을 잡았다.

"전 커티스의 친구예요." 프루가 말했다.

부인의 얼굴이 환해졌다. "학교 친구? 네 이름이 뭐니?"

"프루 매킬이에요. 커티스를 알아요. 제 말은, 아주 잘 안다는 뜻이에요. 전…," 프루는 잠시 말을 멈췄다. "부인의 마음을 잘 알아요."

부인의 얼굴이 다시 파리해졌다. 그녀가 말했다. "고맙구나. 아주 마음이 깊은 아이구나."

프루는 아랫입술을 깨물며 잠시 생각에 잠겼다. 그리고 다시 입을 열었다. "부인께 드릴 말씀이 있어요…. 음, 커티스는 아주 좋은 곳에 있을 거예요. 제 생각에, 커티스는 어디에 있든 행복할 거예요. 정말로요."

아빠 엄마 그리고 그들의 두 딸까지 한동안 프루를 멍하니 바라보았다. 이윽고 멜버그 씨가 대답했다. "고맙구나. 우리도 그렇게 믿고 있단다. 만나서 반가웠다, 프루 매킬."

그는 운전석의 문을 열고 자동차에 올라탔다. 나머지 가족도 따라서 차에 탔다. 단 한 명 커티스의 막내 여동생이 열린 차 문 앞에서 동작을 멈추고는 가늘게 뜬 눈으로 프루를 쳐다보았다. "오빠한테 안부 전해줘." 아이는 이렇게 말하고 나서 자동차 뒷좌석에 올랐다.

프루는 잠깐 뒤로 주춤하다가 대답했다. "그럴게."

자동차는 주차장을 벗어나 도로로 달렸다.

집에 돌아왔을 때 매킬 씨네 차 트렁크는 다양한 크기와 종류의 호박으로 가득했다. 식구들은 호박을 부엌으로 나르느라 여러 차례 왔다갔다 했다. 시간이 점점 흘렀다. 농장에서 바나나와 아보카도를 실컷 먹은 맥은 졸립고 피곤한지 칭얼거리기 시작했다. 엄마가 허둥댔다.

"프루," 엄마가 말했다. "칭얼거리는 동생 좀 침대에 데려다주겠니? 엄마 아빠는 파이를 만들어야 하거든."

"네." 프루는 멜버그 씨 가족을 만난 후 내내 머릿속을 맴돌았던 마법에서 방금 풀려난 듯했다. 프루는 허리를 구부려 맥을 차에서 내려준 뒤 부엌으로 보내 엄마 아빠와 굿나잇 키스를 하게 했다. 그런 다음 여전히 칭얼거리는 맥을 위층으로 데려가 잠옷으로 갈아입혔다. 프루는 맥을 침대 한가운데 누이고 올빼미 헝겊인형을 팔에 안겨주었다. 그리고 맥의 정수리에 가볍게 입맞춤한 뒤 방을 나가는 길에 수면등을 켰다. "잘 자, 맥." 프루가 말했다.

복도를 반쯤 나오려는데 동생의 울음소리가 들렸다. "푸우! 푸우!"

프루는 한숨을 내쉬며 다시 동생의 방으로 돌아와 방문을 열고 물었다. "왜 그래?" 맥이 뭐라고 옹알거리자 프루가 다시 물었다. "안 졸려? 피곤하지 않아? 왜 그러는데?"

맥이 다시 옹알거렸다.

"옛날이야기 들려달라고, 그렇지?" 프루가 물었다.

맥이 얼굴 가득 환하게 웃었다. "푸우!"

"알았어." 프루는 맥의 침대로 걸어가 동생을 침대에서 번쩍 안아올렸다. "하나만 들려줄게."

누나와 동생, 둘은 방 한쪽 구석에 있는 흔들의자에 앉았다. 말 인형을 손에 쥔 맥은 누나의 팔에 편안히 안겼고, 프루는 마치 허공에서 이야기를 끌어내듯 창밖을 내다보았다.

"옛날 옛적에," 프루가 조용히 이야기를 시작했다. "남동생과 누나가 살았어." 프루는 말을 멈추고 뭔가 생각하다가 다시 입을 열었다. "그런데 그애들이 태어나기 전에 세인트 존스에 사는 어떤 남자와 여자가 있었어. 그들은 가정을 갖는 것 말고, 그 이상을 원했단다. 하지만 원하는 아이를 갖기 위해 악독한 여왕과 거래를 해야 했지. 저 머나먼 숲에 사는 악독한 여왕이야."

맥은 초롱초롱한 눈빛으로 해맑게 웃었다.

"그 거래라는 게 뭐냐면, 세월이 흐른 뒤 그 악독한 여왕이 아들인 두 번째 아이를 숲의 왕국으로 데려가겠다는 거였어. 그리고 어느 날 그녀는 진짜 데리러왔어. 하지만 그 아이의 누나는 거래를 받아들이지 않기로 했지. 그래서 자전거를 타고,

동생을 찾으러 갔단다……,

멀리 깊고 어두컴컴한 숲속으로……."

옮긴이 이은정

숙명여대 영어영문학과를 졸업한 뒤 전문번역가로 일하고 있다. 옮긴 책으로 《대부》《성채》
《허영의 불꽃》《위고 카브레》《크리스마스 캐럴》《보드워크 엠파이어》 등이 있다.

와일드우드

첫판 1쇄 펴낸날 2012년 12월 31일
첫판 6쇄 펴낸날 2015년 4월 10일

지은이 | 콜린 멜로이
그린이 | 카슨 엘리스
옮긴이 | 이은정
펴낸이 | 지평님
본문 조판 | 성인기획 (070)8747-9616
필름 출력 | 스크린출력센터 (02)322-4467
종이 공급 | 화인페이퍼 (031)955-0135
인쇄 | 중앙P&L (031)904-3600
제본 | 다인바인텍 (031)955-3735

펴낸곳 | 황소자리 출판사
출판등록 | 2003년 7월 4일 제2003-123호
주소 | 서울 영등포구 양평로 21길 26 선유도역 1차 IS Biz타워 706호 (150-105)
대표전화 | (02)720-7542   팩시밀리 | (02)723-5467
E-mail | candide1968@hanmail.net

ⓒ 황소자리, 2012

값 15,800원
03840

ISBN 978-89-91508-98-9 03840

9 788991 508989
ISBN 978-89-91508-98-9